「演義」
明代四大奇書敘事研究

李志宏 —————— 著

五南圖書出版公司 印行

誌　謝

本書係科技部（原國家科學委員會）專題研究計畫〈「演義」敘事學——以明代四大奇書爲考察中心〉（計畫編號：NSC99-2410-H-003-103-MY2）補助下彙編完成之研究成果，謹此致謝。

近年來，我的研究主題主要在於釐清中國古代小說文體的概念、關係和創作現象。關於此一研究課題，早在二十世紀二〇年代起，即受到學界的關注，諸如魯迅、胡懷琛、鄭振鐸和日本學者青木正兒等，皆對於小說文體的分類概念提出見解，其中尤以魯迅《中國小說史略》的影響最爲深遠。時至今日，重新檢視學者所提出的文體概念，大抵可以發現其中存在兩個主要問題：一是受到以西律中的小說觀念影響，對於小說創作表現的理解強調其敘事性和虛構性；二是對於文體分類標準的設定，往往呈現出題材與形式並置的情況。因此，長久以來，學界對於中國古代小說文體演變問題的考察，雖然仍持續的梳理和釐清，但在許多問題的詮解方面，不免尚留有諸多無法符應中國古代小說創作實際現象的空白，猶待進一步的解決。

爲能踵繼前賢研究成果，並嘗試提出一套研究觀點，我不揣學植尚淺，先以「明末清初才子佳人小說」和「明代四大奇書」爲研究對象，試圖立足於文化詩學觀點之上，重新探論中國古代通俗小說創作現象及其文體表現，期能與學界既有研究成果進行對話。

首先，在「明末清初才子佳人小說」研究方面，撰有《明末清初才子佳人小說敘事研究》一書，此爲師事胡萬川先生時所撰作完成的博士論文。基本上，本書視明末清初才子佳人小說興起，乃一特殊文化現象。不論從流派觀點或類型觀點看待，才子佳人小說在程式化書寫中有其相對一致性的文體表現。爲能深稽才子佳人小說創作的精神本體、美學規律、思想寓意和類型特徵，特借助於西方文藝美學理論進行總體性考察，以求明其創作的美學意義和文化價值。

其次，在「明代四大奇書」研究方面，撰有《「演義」——明代四大奇書敘事研究》一書。四大奇書作爲「經典」之作，自問世以來即受到讀者關注，且影響極爲深遠。有關四大奇書的文化身分、文體定位和藝術表現問題，亦成爲論者所關注的學術研究熱點。尤其在文體的界定方面，所謂「奇書體」、「奇傳體」的提出，皆有其不可忽視的學術見解。本書基於對話和重探的立場，特從「演義」的文體視角針對四大奇書的書寫性質和著述意識進行探論，以求明其敘事話語的實際表現。

當今學術出版與經營的環境日益艱難，上述兩本學術專著原係由其他出版社出版，如今卻已無以爲繼，令人深以爲憾。惟承蒙五南圖書出版公司第六編輯室副總編輯黃文瓊小姐厚愛，力邀合作重新出版，因而讓既有的學術研究成果得以通過嶄新面貌再度問世。在此，本人特別以此新序向五南圖書出版公司衷心表達感謝之意，亦期望兩本學術專著能再持續爲學界提供可資參考的研究見解和觀點，誠感萬幸。

是爲序。

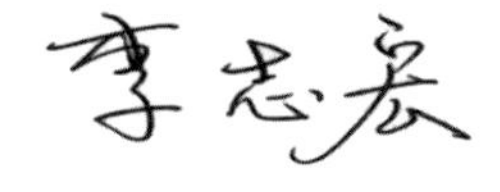

謹誌於臺灣師範大學國文學系勤838研究室

目　次
演義

緒　論

《三國志通俗演義》、《忠義水滸傳》、《西遊記》、《金瓶梅詞話》四部小說，自成書刊刻以來即以其獨特的話語表現和藝術魅力受到讀者的極大關注，並且在流傳過程中，隨著文人讀者品評的深入而獲得「四大奇書」的美譽。據現存文獻資料可知，有關四大奇書的說法首由馮夢龍提出。署名李漁所撰〈古本《三國志》序〉曰：「昔弇州先生有宇宙四大奇書之目：曰《史記》也，《南華》也，《水滸》與《西廂》也。馮夢龍亦有四大奇書之目：曰《三國》也，《水滸》也，《西遊》也與《金瓶梅》也。兩人之論各異。愚謂書之奇，當從其類。《水滸》在小說家，與經史不類。《西廂》係詞曲，與小說又不類。今將從其類以配其奇，則馮說爲近是。」[1]從接受觀點來說，四大奇書之所以能成爲晚明以來讀者所認定的「經典」[2]之作，主要受到晚明以來評價體系的轉化和文本的增飾修訂的雙重推動和影

---

① 丁錫根編著：《中國歷代小說序跋集》（中）（北京：人民文學出版社，1996年），頁899。

② 有關「經典」的概念內涵，本書參考王瓊玲在〈重寫文學史──「經典性」重構與明清文學之新詮釋〉一文中所提出的看法，即「指在經歷長時間歷史之考驗下，所留存於後代具有啓發性、鑑賞性與示範性之文學權威文本，以及此類文本中所蘊含之足以深刻啓發人之思維、情感與行為之文化資源之意。」收於王瓊玲、胡曉真主編：《經典轉化與明清敘事文學》（臺北：聯經出版事業股份有限公司，2009年），頁1。

響所致。[3]而值得注意的是，有關「四大奇書」的共稱出現，在某種意義上便體現了晚明以來讀者對於《三國志通俗演義》、《忠義水滸傳》、《西遊記》、《金瓶梅詞話》的書寫性質的認知和理解，其中極可能擁有美學意義或思想意義方面的某種共識。不可否認，「經典化產生在一個累積形成的模式裡，包括了文本、它的閱讀、讀者、文學史、批評、出版手段（例如書籍銷量，圖書館使用等）、政治等等」，[4]經典化背後有其特定的文學慣例，具有特殊的意識形態效應。至於此一文學慣例共識形成的時間、本質和內涵爲何？對於明清長篇小說的創作、發展、定型和評點等等面向具有何種啓示和影響？無疑是一個值得深入探討和闡論的課題。因此，爲求能進一步掌握明代四大奇書的藝術成就及其話語的共相表現，以下即針對整體研究思路和論述取向做一說明。

第一節　重讀經典：關於明代四大奇書文化身分的再思考

從中國古代小說發展史來看，明代四大奇書問世之後，各自奠立重要的敘事範式（narrative paradigm）。不論從歷時承衍或共時類型的創作觀點來看，明代四大奇書作爲中國古代小說的佳構和典範，對於明清長篇小說如何發展成爲一種文體／文類的書寫成規和話語特

---

[3] 譚帆：〈「四大奇書」：明代小說經典之生成〉，收於王瓊玲、胡曉真主編：《經典轉化與明清敘事文學》，頁29-57。

[4] （加）斯蒂文·托托西（Steven Tötösy de Zepetnek）講演，馬瑞奇譯：《文學研究的合法化——一種新實用主義：整體化和經驗主義文學與文化研究方法》（*Legitimizing the Study of Literature*）（北京：北京大學出版社，1997年），頁44。

徵，具有不可忽視的啓示和促進作用。影響所及，今之所謂「歷史演義」、「英雄傳奇」、「神魔幻怪」和「人情寫實」等不同類型或流派作品的生產之所以能夠在明清兩代蔚爲繁榮，可謂居功厥偉。[5]綜觀明代四大奇書研究的學術史，歷來論者大多對於奇書的歷史定位及其影響作用採取肯定意見；然而面對四大奇書的強大詮釋傳統，學界對於應該如何有效界定奇書的文化身分和藝術表現，迄今卻仍然聚訟紛紜，尚未能取得一致性的共識。以下即先就此一問題進行梳理和說明，以便作爲後續論題展開的背景知識和論述基礎。

一、成書：在世代累積與文人獨創之間

明代四大奇書作爲古代長篇小說的經典作品，整體敘事表現及其話語特徵，主要落實在故事分爲章回的定型化講述形式之上，而這種章回化的敘事形態，基本上又是歷經一定的發展過程而來。石昌渝在《中國小說源流論》中論及古代章回小說的發展時，針對成書方式和文體表現將之分爲三個階段：「初級階段的作品是平話，寫作性質基本上是對『說話』中『講史』一類題材的記錄整理。中級階段的作品是累積型小說，如《三國志演義》、《水滸傳》和《西遊記》等，題材經過幾百年若干代人的不斷累積修訂，最後由一位作家寫定。高

---

[5] 魯迅在1923年撰就之《中國小說史略》一書中，將明代長篇小說類型或流派劃分為「講史」、「神魔小說」和「人情小說」三種。見氏著：《魯迅小說史論文集》（臺北：里仁書局，1992年）。其後鄭振鐸在1957年出版之《插圖本中國文學史》中列有〈講史與英雄傳奇〉一章，特針對歷史演義與英雄傳奇的區別進行說明。見氏著：《插圖本中國文學史》（上海：上海世紀出版集團，2005年）。此後凡論及明清章回小說類型或流派之文獻，大體將小說劃分為「歷史演義」、「英雄傳奇」、「神魔幻怪」和「人情寫實」四大類型。

級階段的作品是獨創型小說，如《金瓶梅》、《紅樓夢》、《儒林外史》、《鏡花緣》等，完全由作家從生活中選取素材，按照自己的人生觀和美學理想對素材進行提煉和編排。高級形態的特徵不僅表現在成書方式上，還表現在敘事方式的進步，它實現了從『講述』到『呈現』的飛躍。」[6]倘除卻初級階段的平話作品不論，其中論及四大奇書的成書方式，便包含了中級階段的「累積型」小說和高級階段的「獨創型」小說兩種說法及其基本判斷。基本上，這樣的區分大體符合於中國古代小說發展的趨向。不過値得注意的是，在四大奇書研究的學術史上，有關奇書的成書問題不僅牽涉到作者之爭、成書年代之爭、版本演變之爭的問題，同時也與作品的創作屬性、美學表現和主題寓意等方面的判斷密切相關，向來是論者論辯的焦點問題，因而顯得極爲重要，不容忽視。[7]

關於明代四大奇書成書問題的研究，首見於胡適所發表的〈《水滸傳》考證〉和〈《西遊記》考證〉等系列章回小說考證的文章。[8]基本上，胡適立足於「國故整理」運動的理念之上，主要繼承了清代樸學學術觀點，採取「歷史的方法」進行系統的實證研究，「即從一種文學故事的歷史演變過程以及各種演變的背景進行具體的勾勒，從而顯示一種故事演變史的輪廓。」[9]受到此一研究方法的啓示和影響，後續研究者如魯迅、鄭振鐸和孫楷第等人亦撰文持續

[6] 石昌渝：《中國小說源流論》（北京：生活・讀書・新知三聯書店，1994年），頁290-291。

[7] 相關整理可參陳曦鐘、段江麗、白嵐玲等著：《中國古代小說研究論辯》（北京：百花洲文藝出版社，2006年）。

[8] 參胡適：《中國章回小說考證》（合肥：安徽教育出版社，2006年）。

[9] 黃霖主編：《20世紀中國古代文學研究史・小說卷》（上海：東方出版中心，2006年），頁16。

深入針對《三國志演義》、《水滸傳》和《西遊記》的成書演化情形進行源流考證。[10]然而由於受限於研究材料不足的問題，長久以來有關明代四大奇書的成書年代及其祖本問題的探討，固然是一大學術熱點，卻始終難成定論。近年來論者多將研究重心轉向四大奇書的成書方式和話語表現進行立論，時至今日，論者大體接受《三國志演義》、《水滸傳》和《西遊記》的成書方式皆體現出世代累積型特色的說法，並做了更爲深入而全面的探討，諸如關四平《《三國演義》源流研究》、侯會《《水滸》源流新證》、陳松柏《《水滸傳》源流考論》、鄭明娳《《西遊記》探源》、蔡鐵鷹《《西遊記》的誕生》等。[11]至於《金瓶梅》的成書情形，則因明顯缺乏如同其他三部奇書演化過程的具體故事或材料可供參照，只能就其創作素材來源進行探源研究，如美國學者韓南（Patrick Hanan）〈《金瓶梅》探源〉即做了深入的探討。[12]縱然如此，實際上也已取得豐富可觀的研究成果。

從歷來研究成果來看，論者大體同意早在明代四大奇書成書刊刻之前，實際上就已存在諸多形式的原始素材，並且對於奇書敘事的

---

[10] 相關代表性文獻，參陳其欣選編：《名家解讀《三國演義》》（濟南：山東人民出版社，1998年）。竺青選編：《名家解讀《水滸傳》》（濟南：山東人民出版社，1998年）。陸欽：《名家解讀《西遊記》》（濟南：山東人民出版社，1998年）。

[11] 有關《三國志演義》、《水滸傳》和《西遊記》成書源流研究的具體成果，可參關四平：《《三國演義》源流研究》（哈爾濱：黑龍江教育出版社，2001年）。侯會：《《水滸》源流新證》（北京：華文出版社，2002年）。陳松柏：《《水滸傳》源流考論》（北京：人民出版社，2006年）。鄭明娳：《《西遊記》探源》（全一冊）（臺北：里仁書局，2003年）。蔡鐵鷹：《《西遊記》的誕生》（北京：中華書局，2003年）。

[12] 有關《金瓶梅》創作素材來源研究的具體成果，可參（美）韓南（Patrick Hanan）：〈《金瓶梅》探源〉，見氏著，王秋桂等譯：《韓南中國小說論集》（北京：北京大學出版社，2008年），頁223-264。雖然韓南考證指出《金瓶梅》之前存在諸多先行素材，但最終仍主張這部小說是個人創作而成。

創造產生多寡不等的影響作用，這是無庸置疑的事實。只不過應當如何理解四大奇書寫定者的作用及其話語表現，事實上將對四大奇書文化身分和價值定位的判斷產生不可忽視的影響。一般來說，在《三國志演義》、《水滸傳》和《西遊記》成書之前，即存在《三國志平話》（《三分事略》）、《大宋宣和遺事》和《大唐三藏取經詩話》等作品，爲奇書創作提供了先行的故事框架，因此歷來論者對於《三國志演義》、《水滸傳》和《西遊記》作爲世代累積型作品的說法，較無爭議。惟《金瓶梅》整體創作雖有其素材來源，卻無相對完整的先行故事可供對照，僅見出於《水滸傳》的片段情節。是以《金瓶梅》究屬世代累積型創作或文人獨創型創作的作品，迄今仍是聚訟紛紜，猶未能取得共識。[13]以今觀之，主張明代四大奇書都是「世代累積型集體創作」的作品者，目前可以徐朔方的觀點爲代表。徐氏立足於胡適、魯迅、鄭振鐸等人所提出的觀點之上指出：「所謂明代小說四大奇書《三國》、《水滸》、《金瓶梅》、《西遊記》並不出於任何個人作家的天才筆下，它們都是在世代說書藝人的流傳過程中逐漸成熟而寫定的。誰也說不清現在我們所見的版本是出於誰的手筆。任何一個說書藝人都繼承原有的模式或版本而有所發展（即或大或小的標新立異）。所謂發展，既有精心的有意修改，也可以是無意中的逐漸失眞或走樣。同樣，任何一個出版商都可以請人重寫、潤色或照本翻印，而在翻印中有所提高。並不是每一個說書藝人、每一個出版商都只會越改越好，而不會改壞。改好改壞兩種情況，甚至比例不同、得失參半的多種情況都可能發生。但是優勝劣敗的進化規律在這裡同樣發生作用。我把這種型式的非個人創作稱之爲世代累積型集

[13] 有關《金瓶梅》作者和成書方式的論辯情形，可參鄧紹基、史鐵良主編，史鐵良、陳立人、鄧紹秋撰著：《明代文學研究》（北京：北京出版社，2003年），頁364-395。

體創作。」[14]基本上，徐朔方對於明代四大奇書成書問題作過一系列討論，始終秉持上述統一性觀點加以論述，構成一得之見。[15]此一看法提出之後，得到不少學者的贊同；[16]然而這樣的看法，實際上卻又有其明顯的侷限性，因此也引起不少質疑和爭論。[17]誠如論者所言：「其一，此觀點均衡地看待不同時代的不同參與者的作用，從而否定了最後寫定者的集大成作用，這導致讀者認爲這些早期古代小說是自然而然就形成的作品」；「其二，此觀點強調集體創作，過分關注古代小說的民間性，從而忽視了這些小說的充滿個性的文人色彩，這導致讀者不能深入理解蘊涵於小說文本之內的深厚情感和深刻寓意以及其獨特的藝術特徵。」[18]其實，不論從世代累積型或文人獨創型的角度來說，四大奇書創作背後的確都有其不可忽視的素材來源，甚至有其先行的故事本體，這早已是歷來研究者所公認的事實。因此，從成

---

[14] 徐朔方：《小說考信編》（上海：上海古籍出版社，1997年），頁2-3。

[15] 參徐朔方：《古代小說戲曲研究》（杭州：浙江大學出版社，2008年）。

[16] 徐永斌：〈論中國古代累積型集體創作長篇小說之基本特徵〉，《江淮論壇》，2003年第2期，頁118-121。周明初：〈中國古代文學中的世代累積型集體創作〉，《社會科學戰線》，2005年第2期，頁112-118。王運濤：〈論世代累積型作品的傳播特徵及傳播模式〉，《鄭州輕工業學院學報》（社會科學版），2005年2月，頁72-74。李蕊芹、許勇強：〈世代累積型創作說——一個重要的方法論〉，《寧夏大學學報》（人文社會科學版），2008年11月，頁89-92。

[17] 宋培憲、岳春蓮：〈四大奇書是「集體創作」嗎？——與徐朔方、徐永斌先生商榷〉，《江淮論壇》，2003年第5期，頁149-152。紀德君：〈世代累積型集體創作說獻疑〉，《學術研究》，2005年第11期，頁135-140。周明初：〈世代累積型集體創作說釋疑——與紀德君教授商榷〉，《南京師範大學文學院學報》，2007年9月，頁138-145。沈伯俊：〈「世代累積型集體創作」說商兌〉，《內江師範學院學報》，2007年第22卷第5期，頁5-9。紀德君：〈世代累積型集體創作說再思考〉，《南京師範大學文學院學報》，2008年6月，頁69-76。

[18] 蔣玉斌：〈世代累積型集體創作說檢討〉，《學術研究》，2006年第9期，頁122-125。

書寫定的角度來說，四大奇書必然具有不可抹煞的世代累積型特色，而小說文本的話語構成，亦必然滲透了歷代集體作者的思想意識和美學觀念，也是不可否認的事實。當然，這種世代累積的創作特質，難免會使得整體藝術表現出現一些不統一或內部自相矛盾的地方，造成在解讀上產生諸多方面的困擾。但即便如此，有關明代四大奇書如何寫定成書的討論，最後卻仍然不應該僅僅簡單將之歸諸世代累積集體作者的思想情感相加相乘的創作結果。倘持守此一看法，最後不僅無助於後續討論今之所見四大奇書寫定者所表達的著述意識或創作意圖，同時也難以進一步討論四大奇書寫定本的文學定位和藝術成就。[19]

在中國古代小說發展史上，諸多通俗小說往往歷經漫長的改寫期，因而使得「文本喪失了著作主體，只剩下編輯主體，而編輯主體的非權威性使文本難以固定。」[20]因此，在傳統研究上，學界一般便將四大奇書的生成視爲長期在民間創作的基礎上，最終由文人整理加工而成的集體智慧的結晶，可以說是通俗文化的產物。陳大康對於明代小說發展進行宏觀考察時，認爲必須去梳理與分析小說編創方式的變化，尤其「當考察明代通俗小說的改編或獨創的性質時，首先得

---

[19] 關於此一問題，樓含松立足於歷時演變的類型研究觀點之上，認為應該要充分重視作品成書過程和版本嬗遞的研究，即「從類型研究的角度看，世代累積的創作形式，正好說明了這些小說類型的形成並不是一朝一夕之功，其類型特徵是不斷添加、豐富與整合的結果，正因為積澱豐厚，才得到廣大讀者的認同與喜愛。這一過程不僅是小說內容與技巧的發展，同時也是文化形態、審美心理積澱與發展的過程。因此，在類型研究中，不能不考慮文化的因素；換句話說，小說類型研究同時應該是小說的文化研究。」見氏著：《從「講史」到「演義」——中國古代通俗小說的歷史敘事》（北京：商務印書館，2008年），頁5。由於本書對於明代四大奇書的考察，主要是立足於「寫定本」觀點進行探討，因此不考慮就其世代累積因素和問題延伸分析。基於研究取向不同，上引說法主要目的在於提供研究參照。

[20] 趙毅衡：《苦惱的敘述者——中國小說的敘述形式與中國文化》（北京：北京十月文藝出版社，1994年），頁22。

明確這兩個概念的含意。所謂改編，是指作家在已有作品（體裁並不限於小說）的基礎上進行創作，它又有下列幾種形式：一、作家在結構設計、情節發展與人物形象塑造等方面均承襲原作，對它只是作適當的改寫（包括將文言文譯成俗語），甚至只是對原作文字作綴連輯補。二、在總體框架上（包括結構、情節、人物等）承襲原作（可以是某幾部作品的組合），同時又根據自己的生活體驗，改動原作的不合理處，並按生活本身的邏輯，對原作中粗糙或闕略處作深掘式的豐富。三、作品總體框架的設計、情節的發展與故事中的人物只有一部分承襲原作，其餘的都是作家根據自己對現實生活的感受所增添的新內容。……至於獨創，則是作家創作時並不依傍前人的作品，而是直接從現實生活中概括提煉素材，獨立地設計全書結構，安排情節發展與刻劃人物性格。顯然，改編和獨創是兩種不同的編創方式，而由改編過渡到獨創，則是創作逐漸成熟的重要標誌。」[21]然而，從上述爭論意見來看，問題的本質即在於，學界迄今無法確定明代四大奇書各自最早刊刻的祖本或定本出於何時、出於何地乃至出於何人，以致在無法斷定「作者」究竟所屬何人的情形下，自然在研究上形成諸多言說，難於統一意見。因此，在現存文獻資料的基礎上，倘要將四大奇書簡單判斷爲世代累積型創作或純然屬於文人獨創，實際上皆有其論述上的侷限性。面對此一爭議性問題，黃霖則進一步提出「世代累作」的觀念，試圖解決聚訟不休的情況。[22]從世代累作的角度來說，基本上仍然可以肯定演變過程中每一階段性的實績都是一種創作，但對於最後寫定者的創造性貢獻應該給予正面肯定的評價，從而避免世

[21] 陳大康：《明代小說史》（上海：上海文藝出版社，2000年），頁24-25。

[22] 黃霖：〈大眾國學、世代累作及其他——讀《在書場與案頭之間》有感〉，《學術研究》，2009年第 5期，頁133-137。

代累積所帶來的泛化性認識問題，這理當是一個較爲符合事實情理的說法。因爲從敘事格局創造及其主題寓意來看，不論四大奇書是屬於累積型或獨創型的作品，當奇書最終由一位寫定者寫定時，固然可能參考諸多原始素材並加以襲用，但最終必然是寫定者按照自我人生觀與審美理想所設計而成的作品，有其獨特的創作觀念。正如寧宗一所言：「『三國』、『水滸』、『西遊』通常被說成是世代累積型建構的巨制偉作。但是不可否認，最後顯示其定型了的文本即具有不可重複性和不可替代性的畢竟是一位小說天才的完成品。」[23]因此，筆者傾向於採取一種折衷觀點，即從「寫定者」的認知觀點出發，將四大奇書視爲處於中下層的文人或知識分子所編纂成書的作品。緣此，一種可行的討論方向和方式，即在於利用學界認可出版年代較早或較爲完整的版本進行文本與文化研究，在寫定者眞實身分未能確定的情形下，先行由作品寫定本觀點深入探論四大奇書的思想觀念、主題寓意和藝術成就，或許更有助於整合統一以往研究中諸多論題爭辯不清的結果。

二、重寫：在通俗小說與文人小說之間

從寫定的觀點來說，明代四大奇書的成書是由一位寫定者個人編纂成書的結果，乃是具有個性化的文學作品。以今觀之，四大奇書各自作爲一種敘事範式，分別標誌著「歷史演義」、「英雄傳奇」、「神魔幻怪」和「人情寫實」章回小說流派的原生形態，無疑具有美

---

[23] 寧宗一：〈通俗小說家的智慧——借鑒一隅之五〉，《章回小說》，2001年第12期，頁104-107。

學意義和文化釋義的雙重典範性價值。然而受到中國傳統文學結構和觀念的制約，四大奇書雖然具有獨特的藝術表現，但大體上還是被正統文士視之爲六經國史之外的「小說」，屬於傳統文化認知中的邊緣話語。受此文化觀念影響，有關寫定者的身分問題，便因爲現存文獻資料保存不足，言人人殊，連帶使得有關明代四大奇書的創作屬性究竟是「通俗小說」（popular novel）或「文人小說」（scholar novel）的問題，自問世以來，便形成了兩極化的論點，難成定論。

由於明代四大奇書寫定者的眞實身分問題尚有諸多疑義未決，今暫且擱置不論。不過讀者應該可以從明代四大奇書經歷累積演變而成書的過程中發現一個值得注意的創作現象，即四大奇書都是經由寫定者參考衆多原始素材之後，通過「重寫」的策略而成書。在重寫的意義上，四大奇書敘事創造本身，除了體現出寫定者作爲創作主體的特定文學觀念和歷史意識之外，更是具體反映出寫定者面對文體選擇和話語實踐的價值判斷，對於四大奇書的藝術表現而言，具有不可忽視的制約和影響作用。

首先，以現存最早可見明嘉靖壬午刊本《三國志通俗演義》爲例，《三國志通俗演義》寫定者首揭「演義」之名以進行長篇小說創作，體現出建構新的文體（style）／文類（genre）的創作意圖。庸愚子在〈《三國志通俗演義》序〉特就「演義」之旨論其寫作特點和意義時指出：「夫史，非獨紀歷代之事，蓋欲昭往昔之盛衰，鑒君臣之善惡，載政事之得失，觀人才之吉凶，知邦家之休戚，以致寒暑災祥，褒貶予奪，無一而不筆之者，有義存焉。」[24]庸愚子在此特

---

[24] 庸愚子：〈《三國志通俗演義》序〉，見黃霖、韓同文選注：《中國歷代小說論著選》（上）（南昌：江西人民出版社，2000年），頁108。

別強調《三國志通俗演義》與「史」的聯繫關係及其闡發義理的創作宗旨，無疑有意深化小說具有不可忽視的社會功能和文化功能的認知和評價。事實上，正由於《三國志通俗演義》寫定者對於原始素材進行一番「考諸國史」、「留心損益」的重寫工作，最終呈現出「事紀其實，亦庶幾乎史」的話語表現和藝術成就，以致廣爲世人重視，由此顯見寫定者「有意爲之」的創作意圖。而其中最值得注意的是，《三國志通俗演義》寫定者有感於古代史籍「事詳而文古，義微而旨深」，恐不易爲一般世俗百姓理解，因此在「通俗」的自覺前提下，便「以俗近語櫽栝成編」，期能在「明白易曉」的語言表現下，有利於「天下之人」、「愚夫俗士」的閱讀和接受。因此，寫定者雖被名爲「好事者」，但著述意識當如修髯子〈《三國志通俗演義》引〉所強調的：「欲天下之人，入耳而通其事，因事而悟其義，因義而興乎感，不待研精覃思，知正統必當扶，竊位必當誅，忠孝節義必當師，奸貪諛佞必當去，是是非非，了然於心目之下，裨益風教，廣且大焉。」[25]正是以「歷史典籍通俗化」的創作觀念和方法作爲主導，乃能創造出有別於時下通俗小說之作，因此成書之後「士君子之好事者，爭相謄錄，以便觀覽」，又其後進一步經過官方認可並加以刊刻出版後，更受到時人歡迎。而此一接受情形，給予當時出版主和後續創作者極大啓示，紛紛起而效尤，投入歷史演義的創作行列。正如可觀道人在〈《新列國志》敘〉所言：「自羅貫中氏《三國志》一書，以國史演爲通俗演義，汪洋百餘回，爲世所尚。嗣是效顰日衆，因而有《夏書》、《商書》、《列國》、《兩漢》、《唐書》、《殘

---

[25] 修髯子：〈《三國志通俗演義》引〉，見黃霖、韓同文選注：《中國歷代小說論著選》（上），頁115。

唐》、《南北宋》諸刻，其浩瀚幾與正史分籤並架。」[26]以今觀之，此一「以國史演爲通俗演義」的創作取向所奠立的敘事範式，對於後來歷史演義的創作和發展具有重要的影響。[27]

其次，從中國古代小說史發展觀點來說，以《三國志通俗演義》爲敘事範式的歷史演義創作，其話語構成和藝術特色是長期發展演變的結果，乃有其世代累積的過程。但受到寫定者的歷史意識影響，乃創造出有別於一般通俗小說的超常之作。就《三國志通俗演義》的話語表現來看，主要是受到宋元以來「講史」平話的展演形式和教化理念的影響而來，因此整體敘事模式與講史平話之間實際上具有密不可分的承衍關係，本質上仍然體現出一種以「適俗」爲導向的文學屬性，這應該是無庸置疑的。[28]然而，雖然《三國志通俗演義》寫定者是在《三國志平話》（《三分事略》）的故事基礎上進行創作，卻是在「據正史、採小說、徵文辭、通好尚」的行動中進一步創造出一種新文體／文類的表達形式。在「演史以取義」的認知觀點上，有意強化「實錄」、「資治」、「勸懲」的歷史本體意識，因而得以在「以史爲鑒」中賦予了作品本身以相當程度文人化的內在精神。整體而言，《三國志通俗演義》爲明清長篇小說的創作發展奠定一種新文體／文類的敘事範式，不僅僅顯示了作品本身所具有的「經

---

[26] 可觀道人：〈《新列國志》敘〉，見黃霖、韓同文選注：《中國歷代小說論著選》（上），頁247。

[27] 從新文類創造的觀點來說，紀德君指出：「《三國志通俗演義》都初步確立了歷史演義這一小說類型的文體規範。以後的絕大多數歷史演義小說作者和評論者，也正是遵循這一規範來從事創作和評論的。」有關明清歷史演義小說藝術的完整論述，參紀德君：《明清歷史演義小說藝術論》（北京：北京師範大學出版社，2000年），頁4。

[28] 魯德才對於宋元講史如何奠定歷史演義小說的敘事模式有深入的討論，參氏著：《古代白話小說形態發展史論》（天津：南開大學出版社，2002年），頁61-76。

世致用」的史學意識；此外，更為重要的是，在文體選擇和編創方式等方面，亦為明清兩代不同題材類型的長篇小說創作和發展，明確建立起一個可供參照的對象。在《三國志通俗演義》敘事範式的啓示下，其後長篇章回體製的小說敘事形態得以在不斷發展和完善中逐漸走向定型，這使得《忠義水滸傳》、《西遊記》和《金瓶梅詞話》的寫定者得以循此敘事模式，進一步通過重寫素材的敘事策略表達個人對於歷史的理解和闡釋，從不同歷史側面中探求歷史或現實生活變化的成因和解決之道。因此，當四大奇書寫定者以歷史修撰的姿態為各自的故事類型進行特定的情節建構時，無不考量如何在探索歷史變化及其興亡盛衰軌跡的過程中，賦予小說文本以特殊的歷史含義，並由此創造出奇書之「奇」的藝術表現。

基本上，「四大奇書」的命名是在明末確立的，[29]而四大奇書命名之所由，則是作品出版、流行與發展的結果，有其相應的時代文化背景。王齊洲認為「四大奇書」之稱，與明中後期的資本主義萌芽、市民文化勃興、傳統儒家經典遭到懷疑，大衆文化需要確立自身經典的社會文化背景有關，又與通俗小說成為大衆的主要文化消費對象、通俗文學對大衆精神生活和文化生活產生重大影響的社會現實相關聯。因此，「四大奇書」的命名具有深刻的文化意義。[30]除了「奇書」之名外，明末清初以來文人亦有以「才子書」進行評點的現象。署名金人瑞〈《三國志演義》序〉曰：「余嘗集才子書者六，其目曰：《莊》也，《騷》也，馬之《史記》也，杜之律詩也，《水滸》也，

[29] 蘇興：〈「四大奇書」名稱的確立與演變〉，見氏著，蘇鐵戈、蘇銀戈、蘇壯歌選編：《蘇興學術文選》（上海：上海古籍出版社，2011年），頁195-204。

[30] 王齊洲：〈「四大奇書」命名的文化意義〉，《湖北經濟學院學報》，2004年1月，頁116-120。

《西廂》也，已謬加評訂，海內君子皆許余以爲知言。近又取《三國志》讀之，見其據實指陳，非屬臆造，堪與經史相表裡，由是觀之，奇又莫奇於《三國》矣。」[31]譚帆認爲這種以「奇書」與「才子書」指稱、評判明代中葉以來之通俗小說的說法，係明末清初小說史上的一種文化現象，體現了當時諸多文人對通俗小說這一文體的重要關注和審美評價，可以說是文人士大夫在整體上試圖改造通俗小說的文體特性和提升通俗小說文化品位的一種重要舉措。[32]更進一步來說，在晚明以來文人的小說評價系統中，「奇書」概念的提出，極大程度顯示出評論者對於四大奇書的美學關注，甚至可能借助於評點活動建構起一種有別於傳統文學結構中心的話語表達權力，並且從中寄託個人發聲的內在渴望。依馮文樓所言：「『奇書』的建構，不正透露出要擺脫『史統』、改變附庸的信息嗎？不正意味著對『形式的意識形態』的突破嗎？所謂『四大奇書』，正可理解爲當時小說創作中最值得稱道的、可與『正典』爭奪話語權的四部大書，它們已不是『叢殘小語』的『短書』和『街頭巷語、道聽塗說』的『小道』了。」[33]在晚明以來文人評點的介入下，明代四大奇書的出版和流行之所以能夠引起廣大讀者的接受和閱讀，以至於建立起作爲經典文學的地位，無乃反映出時人認知中的小說觀念和文學觀念，正處於積極轉化階段的事實。在某種意義上，有關「奇書」或「才子書」的標舉，可以說深刻反映了文人讀者試圖將通俗小說與傳統正典對舉並論的前沿性思想和作法。具體而言，此一思想和作法，除了回應了正統文學結構體系

---

[31] 金人瑞：〈《三國志演義》序〉，見黃霖、韓同文選注：《中國歷代小說論著選》（上），頁336。

[32] 譚帆：〈「奇書」與「才子書」——對明末清初小說史上一種文化現象的解讀〉，《華東師範大學學報》（哲學社會科學版），2003年11月，頁95-102。

[33] 馮文樓：《四大奇書的文本文化學闡釋》（北京：中國社會科學出版社，2004年），頁9。

的封閉思維，同時也反映當時部分讀者對於小說在文學與文化定位方面的重新理解。因此，從經典價值體系建構觀點來說，四大奇書作爲中國古代長篇小說的敘事範式，乃得以其題材屬性、寫作筆法和文體形式的特殊性獲得時人關注，由此奠定特殊的文學地位。但相對地，四大奇書的特殊藝術成就，也成爲後來衍續創作者難以逾越的經典障礙。[34]

明代四大奇書寫定者在編寫過程中借助於經典闡釋的概念進行重寫素材的工作，重寫策略選擇本身自然具有不可忽視的歷史意識和美學考量。從創作形式及其精神內涵言之，四大奇書的特殊性即在於表面上採用「通俗小說」[35]的話語體式進行創造，但整體敘事表現，卻體現出一種屬於傳統文人的文化教養、書寫成規和審美理想，一定程度上蘊含著深厚的文人／文化意識，實際上大不同於受到商業消費市場需求制約而創作生產的一般通俗小說作品。自晚明以來，論者在考察四大奇書敘事的理性認識過程中，即已十分注意奇書敘事內在存在著一種定向的思維圖式，並形諸衆家評點之上。在晚明以來各家評點的啓示和影響下，美國學者浦安迪（Andrew H. Plaks）即一反五四以來論者視四大奇書爲通俗小說典範的陳說，別開新面，另從「文人

---

[34] 時至清代，劉廷璣在《在園雜志》卷二中指稱：「至於《四大奇書》，則專事稗官，取一人一事為主宰，旁及支引，累百卷或數十卷者。」其後更進一步從「四大奇書」的敘事表現進行藝術分析，言論可謂中肯。卷三中則是對於後世詞客稗官家蹈襲成套、續以狗尾的行為，頗不以為然，特指出：「演義，小說之別名，非出正道，自當凜遵俞旨，永行禁絕。」顯然對於四大奇書和後續小說之藝術表現上的差別，有其不同評價觀點。見黃霖、韓同文選注：《中國歷代小說論著選》（上），頁388-391。

[35] 陳大康指出，《三國志通俗演義》與《水滸傳》的問世，標誌著通俗小說完成了從訴諸聽覺到供案頭閱讀的飛躍，而且它們本身又是極其優秀的巨著，在此之前沒有任何一部作品可與之相提並論。有關「通俗小說」內涵的規定，參陳大康：《明代小說史》，頁99-111。

小說」創作觀點提出「奇書文體」的概念：「本書的核心論調原來是從比較文學理論的觀點出發的，即視明清小說文類爲一種歸屬書香文化界的出產品，因此始終標榜著『文人小說』的概念。這個看法並不否認所謂『四大奇書』各各脫胎於通俗文化的民間故事、說書等現象，而只是強調這些長篇小說是經過文人撰著者手裡的寫造潤色才得出一新的文體來，這個體裁除了反映明清文人的美學手法、思想抱負之外，也常呈現一層潛伏在錯綜複雜的字裡行間、含蘊深遠的寓意，慣用反諷的修辭法來提醒讀者要在書的反面上去追尋『其中味』。我特別突出這四部泛稱『通俗小說』的作品富有文人色彩的一面，並不敢表示揚雅抑俗的偏見。相反，我的用意正是要推崇中國文化傳統獨有的雅俗交融的偉大精神。」[36]此一創新性看法的提出，特別標舉四大奇書內在所具有的文人意識、美學思維和表達慣例，可謂別開新面，提供了後續研究者重新反思既有研究觀點的侷限性及其合宜性問題，具有不可忽視的影響作用。大體而言，四大奇書的流行，乃受到明代中葉以來的商品經濟市場和消費文化形態的影響而來；然而四大奇書寫定者追求特定敘事範式的意圖和作爲，卻又使得作品的美學表現，明顯有別於一般以射利爲導向的通俗小說。從寫定的角度來說，四大奇書的成書，其中蘊含著特定文人作者有意通過文藝實踐來實現自我的一種內在追求，甚至顯示出一種共同的教養和審美標準，整體敘事話語創造因而體現出特定的著述意識。

基本上，明代四大奇書的敘事創造，可視爲寫定者回應當下歷史文化語境的理解和思考而來。然而由於受到祖本未定的限制，以目前

[36] （美）浦安迪（Andrew H. Plaks）著，沈亨壽譯：《明代小說四大奇書》（*The Four Masterworks of the Ming Novel: Ssu ta ch'i-shu*）（北京：中國和平出版社，1993年），〈作者弁言〉，頁1。

所能掌握版本情形來看，尚無法具體推論此一歷史文化語境的具體面貌為何。但即便如此，四大奇書寫定者立足於重寫歷史的編創原則之上，各自試圖在情節的重新建構中賦予小說文本以特定的歷史闡釋，因此在文本之內體現出一種「借古鑒今」的歷史意識，則應是可以接受的看法。尤其當四大奇書寫定者企圖在具有比喻性的話語實踐中提供小說文本以特定的主題寓意時，無疑可能在「通俗演義」的編創方式上，為敘事話語提供豐富的意義解讀空間，十分耐人尋味。至於究竟要如何準確認識和把握明代四大奇書的書寫性質及其話語構成，則有待後文持續釐清和分析。

第二節　釋題：問題意識與研究進路

在明清小說研究史上，歷來論者對於明代四大奇書所投入的關注極為可觀，不論在視野的拓展、觀念的更新、研究方法的改進與理論體系的擴建等方面的論述，對於四大奇書作為經典的研究價值勢必有所提升作用。但相對地，也可能因此導致研究格局的嚴重失衡，甚至弊病叢生。[37]因此，有學者顧及小說史研究或論述的周全性和深入性，甚至提出「懸置名著」的主張和反思。[38]就整體研究視野的拓展而言，此一看法的提出可謂立意良善。不過就四大奇書的研究而言，不論在創作方式、話語特徵、書寫成規和思想命題等諸多問題上仍然

---

[37] 陳大康在〈論古代小說研究中的紛爭及其意義〉、〈關於明清小說研究格局的思考〉、〈研究格局嚴重失衡與高密度重複〉、〈關於古典文學研究中一些現象的思考〉等一系列文章中對於研究失衡問題多所關注並提出具體反思，可為參考。見氏著：《古代小說研究與方法》（北京：中華書局，2006年），頁3-43。

[38] 郭英德：〈懸置名著——明清小說史思辨錄〉，《文學評論》，1999年第2期，頁61-66。

存在諸多爭辯，尚未獲得一致性看法，筆者以爲還有值得進一步探討的價值。其中最爲值得注意的是，近年來學界開始重新反省中國古代小說文體問題，並從文體研究的理論內涵及其學術史展開新向度的探討。本書題名爲「『演義』——明代四大奇書敘事研究」，主要基於雙重考量：其一，即旨在利用明清小說序跋文字，針對「演義」的名義及書寫性質作一梳理；其二，即旨在「演義」作爲一種新興文體／文類的認知下，以明代四大奇書敘事創造的文體形態及其話語構成作爲考察中心，探討其敘事體製生成背後的意識形態內涵。整體而言，期能在文體／文類批評中，針對四大奇書進行共相的整合性考察，日後再以考察所得作爲進一步釐清明清長篇通俗小說的創作精神、敘事話語和意識形態的理論基礎。以下即就本書的研究問題與研究進路做一說明。

一、問題意識

從明清以迄現代，明代四大奇書的影響性始終受到注目。時至今日，四大奇書作爲中國古代小說發展史上的經典之作，在各種不同研究方面已各自形成具有多元主題面向的學術史。面對強大的詮釋傳統和豐厚的研究成果，今人在四大奇書的研究上實不易提出新的研究論點，並開發出不同於前賢的研究結論。但即便如此，筆者以爲歷來在有關四大奇書書寫性質的討論方面所呈現出的兩極觀點，至今並未能產生一致且明確的共識。尤其以往學界對於四大奇書在話語構成和意識形態方面是否具有相對一致的共相性的問題，並沒有提供明確可供參考的有效結論。究其關鍵問題，即在於論者對於「奇書」作爲一種文體／文類的共通審美規範的理解有所差異所致。因此，在此一論題上，或有進一步發揮論述的空間，可資補足前賢研究不足之處。

基本上，對於明代四大奇書文學定位和文化身分的考察，首先涉及到的是關於文體／文類定位的認識問題。從中國古代小說發展歷史來說，《三國志通俗演義》、《忠義水滸傳》的問世，標誌著「章回體」[39]小說的誕生，並受到時人並提並論的關注。此後，在《三國志通俗演義》、《忠義水滸傳》的文體創造基礎上，其後創作者對於話語體製繼續發揮和修飾，進而使得此一具有分回標目、分章敘事、故事連接、首尾完整的長篇小說文體得以定型，加以《西遊記》和《金瓶梅詞話》的出現，更使得故事類型在創作上獲得新的開展面向，從此蔚爲大觀，並成爲明清兩代最具有代表性的文學體裁。從二十世紀初以來，學界對於章回小說的研究由零散評論走向整體分析，研究重點概可分爲兩個論述取向：一是章回小說文體淵源研究，主要針對影響章回小說文體生成、出現時間及其形式標記進行探究；二是章回小說的文體形態研究，主要針對回目、語體、結構和敘述方式進行探究。[40]時至今日，早已累積豐厚的研究成果。[41]然而，由於以往論者對於明代四大奇書的考察，大體滿足於章回體製、題材內容和審美規範的表面區分，或者從「歷時性」觀點針對單一小說文本的承衍問題進行探討。因此，對於如何從「共時性」觀點探討奇書作爲一種文體／文類的共相表現問題，並無太多整合性分析。此外，以往論者大都

---

[39] 關於「章回體」的考證分析，可參羅書華：〈章回小說之「章回」考察〉，《齊魯學刊》，1999年第6期，頁64-68。劉曉軍：〈「章回體」稱謂考〉，《上海大學學報》（社會科學版），2006年7月，頁118-122。

[40] 參劉曉軍：〈二十世紀中國古代章回小說文體研究的回顧與反思〉，《中國文學研究》，2007年第4期，頁121-124+41。

[41] 有關章回小說的發展源流和藝術形式表現的整合性論述，可參陳美林、馮保善、李忠明著：《章回小說史》（杭州：浙江古籍出版社，1998年）。

認爲明代四大奇書的創作生成年代前後時間差距頗遠，而且各自的題材屬性和主題寓意不相聯繫，倘要從共相角度進行比較分析，實際上有其難以突破的限制因素存在。因此，對於四大奇書在文體／文類表現方面的概念、範疇和術語的界定和說明，便往往以「長篇通俗章回小說」一語帶過，顯得有些攏統不清。影響所及，自然對於四大奇書文學定位和文化身分的相關討論，難於取得一致共識。基於上述認知，本書研究動機首要在於重新釐清明代四大奇書的文體表現問題。

所謂文體，一般「是指一定的話語秩序所形成的文本體式，它折射出作家、批評家獨特的精神結構、體驗方式、思維方式和其他社會歷史、文化精神」，其概念主要體現爲「體裁」的規範、「語體」的創造和「風格」的追求三個層次。[42]從文體創造的觀點來說，明代四大奇書之間是否存在一種創作系譜上的聯繫，又是否足以作爲論者重新探究明清長篇通俗小說文體發展源流的重要參照？似乎是一個有待深入考察的問題。根據歷來研究文獻資料可見，目前針對明代四大奇書文體問題進行宏觀討論並提出具體看法者，當以浦安迪所提出的「奇書文體」和李豐楙所提出的「奇傳體」觀點最爲重要。

首先，浦安迪在《明代小說四大奇書》一書中從十六世紀「文人小說」興起與發展的觀點論述四大奇書，[43]此後，又在《中國敘事學》一書中進一步針對二十世紀初以來學術界流行的「通俗文學」觀點提出反論，嘗試就明、清讀書人視小說爲「文人」之作的高見進行反思與重建，並進而明確提出「奇書文體」的概念。他指出：

---

[42] 童慶炳：《文體與文體的創造》（昆明：雲南人民出版社，1994年），頁1。

[43] （美）浦安迪著，沈亨壽譯：《明代小說四大奇書》，頁1-40。

> 「奇書文體」有一整套固定而成熟的文體慣例，無論是就這套慣例的美學手法，還是就它的思想抱負而言，都反映了明清讀書人的文學修養和趣味。它的美學模型可以從結構、修辭和思想內涵等各個方面進行探討。……我的研究不僅希望證實明清長篇章回小說是文人寫的小說，而且要特別指出它是一種在文類意義上前無古人的嶄新文體。它在本質上完全不同於宋元的通俗話本。它是當時文人精緻文化的偉大代表，是明清之際的思想史發展在藝苑裡投下的一個影子，是以王陽明為代表的宋明理學潛移默化地滲入文壇而創造出的嶄新虛構文體。㊹

浦安迪特就奇書文體的結構諸型、修辭形態、寓意問題及其與明清思想史的聯繫進行分析，為明代四大奇書的文化身分做了一番新的釐定。㊺

其次，李豐楙則以反思浦安迪所提出的「奇書文體」觀點為基礎，通過對明清敘事文學如何開展其中國風格與特色的文體表現進行共相探討，由此提出「奇傳小說」的說法。他指出：

㊹ （美）浦安迪（Andrew H. Plaks）講演：《中國敘事學》（*Chinese Narrative*）（北京：北京大學出版社，1998年），頁24-25。

㊺ （美）浦安迪（Andrew H. Plaks）：〈文人小說與「奇書文體」〉，見氏著，劉倩等譯：《浦安迪自選集》（北京：生活・讀書・新知三聯書店，2011年），頁116-132。

> 在諸多可能開出的研究方法中，既可揭出「奇書」之目，也可另提一種「奇傳」的小説：「奇傳」一辭雖是新撰的，但並非只是爲了立異於「奇書」，而是想要因此建立一種「奇傳文體」。其中蘊含一個嚴肅的思考，就是希望今之學者多加關注：當時人自題的書名多與「傳」、「記」有關；……基本上這些都是傳記體，傳以人奇，記以事奇，如此合傳記兩體於一，就成爲「奇傳體」。[46]

基於上述觀點，李豐楙特以六朝以迄明清的道教文化作爲研究基礎，從中發現道教謫凡神話及其義理普遍存在於明清長篇小說之中，一方面是反映其作爲敘述技巧的結構問題，一方面是反映其作爲小說主題寓意的思想問題，具有不可忽視的意義。如此分析做法，在某種程度上滿足了現代讀者對於大量運用道教思想元素而創作的小說作品深層結構的認識。

以上兩位學者共同立足於史傳書寫傳統的認識上論述四大奇書的書寫性質，並分別從儒學精神和道教義理的實踐角度，深入探討「奇書」的文體特質及其結構方式，由此各自提出了具有啓發性的論點。雖然彼此結論有所差異，卻都提供了後繼研究者持續深入分析明清長篇小說話語構成的參考徑路。

---

[46] 李豐楙：〈暴力敘述與謫凡神話：中國敘事學的結構問題〉，《中國文哲研究通訊》，第17卷第3期（2007年9月），頁147-148。另可參氏著：〈出身與修行：明代小說謫凡敘述模式的形成及其宗教意識——以《水滸傳》、《西遊記》為主〉，《國文學誌》，2003年12月，頁85-113。此文另可見於《明道文藝》第334 期，2004 年1月，頁102-128。

基本上，浦安迪和李豐楙兩位學者所提出的論點，有其獨到見解；然而，要將上述發現推及到明清長篇通俗小說之上進行考察時，實際上只能滿足於部分作品的解讀，仍有其不可避免的侷限性。這不禁讓筆者開始反思：到底應該如何從文體的角度重新界定明代四大奇書的書寫性質及其話語表現。爲求能妥善解決此一問題，筆者以爲，應當再回歸四大奇書出版以來現存可見相關小說序跋和批評文獻中進行考察，或有助益。首先，四大奇書自刊刻以來即受到讀者的關注而廣爲流行，文人甚至爲之傳抄和評點，其主要原因當在於奇書具有「超常之奇」的美學表現，而奇書之「奇」，不僅可以指內容之奇，也可以指文筆之奇。[47]今暫且不論過去論者的褒貶評價觀點如何，惟從現存文獻資料來看，明清讀者對於四大奇書的評價固然有其喜惡態度，但時有將四大奇書相提並論的情形，卻是一個不爭的事實。如崢霄主人〈《魏忠賢小說斥奸書》凡例〉曰：

> 是書動關政務，事係章疏，故不學《水滸》之組織世態，不效《西遊》之布置幻景，不習《金瓶梅》之閨情，不祖《三國》諸志之機詐。[48]

又如張無咎〈《批評北宋三遂新平妖傳》敘〉曰：

> 小說家以眞爲正，以幻爲奇。然語有之：「畫鬼易，畫人難。」《西遊》幻極矣，所以不逮《水滸》者，

---

[47] （美）浦安迪講演：《中國敘事學》，頁23。

[48] 崢霄主人：〈《魏忠賢小說斥奸書》凡例〉（選錄），見黃霖、韓同文選注：《中國歷代小說論著選》（上），頁240。

> 人鬼之分也。鬼而不人，第可資齒牙，不可動肝肺。《三國志》人矣，描寫亦工；所不足者幻耳。然勢不得幻，非才不能幻，其季孟之間乎？嘗辟諸傳奇：《水滸》，《西廂》也；《三國志》，《琵琶記》也；《西遊》，則近日《牡丹亭》之類矣。他如《玉嬌梨》、《金瓶梅》，另辟幽蹊，曲終奏雅，然一方之言，一家之政，可謂奇書，無當巨覽，其《水滸》之亞乎。[49]

事實上，在諸多序跋文字中出現並談《三國志》、《水滸傳》、《金瓶梅》、《西遊記》的說法，足以顯示四部小說有別於一般時下流行的小說，因而共同受到讀者關注的情形。直到「奇書」、「才子書」到「四大奇書」共稱出現，奇書在出版與批評的合力參與中逐步走向經典化，乃成爲衆所矚目的經典之作。尤其晚明以來評點者更進一步從「擬史」觀點進行批評，無形中又在某種理論側面上強化了四大奇書創作的共相性質，顯見受到讀者重視的程度。

在奇書、才子書經典價值觀點的建構之外，其實還有一個評論現象頗爲值得關注，亦即隨著明代四大奇書出版所開啓的長篇小說創作風氣盛行於世，明清兩代讀者甚有以「演義」之名指稱《三國志》、《水滸傳》、《金瓶梅》、《西遊記》的看法，其中儼然體現出一種視「演義」爲一種文體／文類的特定概念。如浙湖居士顧起鶴〈《三教開迷傳》引〉曰：

---

[49] 張無咎：〈《批評北宋三遂新平妖傳》敘〉，見黃霖、韓同文選注：《中國歷代小說論著選》（上），頁242。

> 顧世之演義傳記頗多，如《三國》之智，《水滸》之俠，《西遊》之幻，皆足以省睡魔而廣智慮。[50]

又如閑齋老人〈《儒林外史》序〉曰：

> 古今稗官野史，不下數百千種，而《三國志》、《西遊記》、《水滸傳》及《金瓶梅演義》，世稱「四大奇書」，人人樂得而觀之，余竊有疑焉。稗官爲史之支流，善讀稗官者，可進於史，故其爲書，亦必善善惡惡，俾讀者有所觀感戒懼，而風俗人心，庶以維持不壞也。……嗚呼！其未見《儒林外史》一書乎？[51]

由上述文字可見，論者將四大奇書並置在「傳記」、「稗官野史」論述框架中進行評論，大抵反映了晚明以來人們對於四大奇書作爲「史之支流」的重視程度，並體現出有意提升通俗小說文學位階的看法。然而應該進一步關注的是，當論者將《三國志》、《西遊記》、《水滸傳》及《金瓶梅演義》置於「演義」的文體／文類概念中進行評述時，此一說法則在某種程度上顯示出「演義」一詞的內涵事實上已產生轉化的情形。入清之後，在文人讀者細讀和批評的推介下，四大奇書作爲「演義」之作的敘事範式和經典地位，對於後來讀者閱讀和作

---

[50] 〔清〕潘鏡若編次：《三教開迷歸正演義》，收於古本小說集成編委會：《古本小說集成》（上海：上海古籍出版社，1990年）。

[51] 閑齋老人：〈《儒林外史》序〉，見黃霖、韓同文選注：《中國歷代小說論著選》（上），頁467。

家創作都具有不可忽視的指引作用。如天目山樵〈《儒林外史》新評〉曰：

> 近世演義者，如《紅樓夢》實出《金瓶梅》，其陷溺人心則有過之。《蕩寇志》意在救《水滸傳》之失，仍仿其筆意，其出色寫陳麗卿劉慧娘，使人傾聽而心知其爲萬無是事；「九陽鐘」、「元黃吊掛」諸回，則蹈入《封神傳》甲裡，後半部更外強中乾矣。《外史》用筆實不離《水滸傳》、《金瓶梅》範圍，魄力則不及遠甚，然描寫世事，實情實理，不必確指其人，而遺貌取神，皆酬接中所頻見，可以鏡人，可以自鏡。[52]

具體而言，「演義」之名顯然並不如傳統研究認知所見，僅僅只是一種「闡述義理」的創作行爲，或者只是一種專屬於以《三國志通俗演義》爲代表的歷史小說的類型名稱。實際上，在明清文人讀者的觀念中，「演義」乃是用以泛稱「通俗小說」文體／文類的基本術語。[53]

由此看來，在「演義」的認知基礎上，晚明以來讀者對於明代四大奇書之間具有共通的表達形式及其話語性質的理解，似乎已存有某種程度的共識。對於四大奇書研究而言，這顯然是一個值得進一步探

---

[52] 天目山樵：〈《儒林外史》新評〉，見黃霖、韓同文選注：《中國歷代小說論著選》（上），頁635。

[53] 譚帆：〈論明代小說學的基礎觀念〉，《中山大學學報》（社會科學版），2008年第2期，頁71-81。

究的觀點。不論從創作生成或刊刻傳播的角度來說，四大奇書的問世無疑具有重要的歷史意義和文學價值，倘要由此深入探討四大奇書的書寫性質及其創作系譜的內在聯繫，則理當先從「演義」作為一種文類／文體的觀念梳理中進行研究。因此在重讀經典的過程中，筆者即意欲立足於「演義」之上進一步尋繹四大奇書文體生成的文化淵源、編創方式和書寫成規，期能對於四大奇書敘事創造的歷史意義和美學價值做出一番新的評估和論述，並由此確認四大奇書的文學定位和文化身分。

二、研究進路

關於一種文體生成和發展的考察，無非涉及到心理、文化、歷史等層面的複雜因素。歷來研究者們大體認為明代四大奇書之書面寫定，應屬寫定者在世代累積的各種文本素材的基礎上進行整合性創造而形成，並在雅俗交融的話語體式創造中，寄寓了寫定者作為創作主體的理想精神。至於四大奇書究竟屬於民間文學的結晶或文人編次的成果，則是迄今未能獲得共識的問題。不過無論如何，明代四大奇書作為反映歷史現實的一種美學中介和表意形式，仍然顯現出寫定者在各種文化體系的交互作用中所接受的思想元素，使得奇書敘事的意義表達含有各自特殊的文化表徵（cultural representation）和共享意義。[54]在著手考察明代四大奇書的理性認識過程中，筆者始終感受到奇書敘事存在著一種定向的思維圖式，既關乎話語構成，亦關乎文體創造。今從「四大奇書」的命名來看，「奇書」之稱，基本反映了晚明以來文人讀者對於小說文本的話語表現擁有一種共性認識。從「演義」的觀點出發，本書將暫時擱置四大奇書出版與當時歷史文化語境的對話關係的討論，同時也不考慮從歷時演化的角度論述其源流發展情形，而是著重從文體的角度聯繫論述《三國志通俗演義》、《忠義水滸傳》、《西遊記》和《金瓶梅詞話》的書寫性質及其話語表現。基於前述問題意識，本書期望能夠從「演義」作爲一種文體／文類的核心概念出發，對四大奇書的文學定位和文化身分進行一番釐清和補充論述，以提供後續探究明清長篇通俗小說發展和變化的理論基礎。

（一）研究範圍

關於明代四大奇書的出版，就目前研究成果所知，《三國志通俗演義》和《水滸傳》的創作時間可能在元末明初，而《西遊記》和《金瓶梅》的成書時間，也可能早於現有最早萬曆刊本出現的時間。

---

[54] （英）斯圖爾特·霍爾（Stuart Hall）的觀點：「在文化中的意義過程的核心，存在著兩個相關的『表徵系統』。通過各種事物（人、物、事、抽象觀念等等）與我們的概念系統、概念圖之間建構一系列相似性或一系列等價物，第一個系統使我們能賦予世界以意義。第二個系統依靠的是在我們的概念圖與一系列符號之間建構一系列相似性，這些符號被安排和組織到代表或表徵那些概念的各種語言中。各種『事物』、概念和符號間的關係是語言中意義生產的實質之所在。而將這三個要素聯結起來的過程就是我們稱為『表徵』的東西。」見氏編，徐亮、陸興華譯：《表徵——文化表象與意指實踐》（*Representation-Cultural Representations and Signifying Practices*）（北京：商務印書館，2003年），頁19。從語言符號使用和共享信碼建構的實踐情形來說，四大奇書敘事創造本身反映了特定歷史文化語境的文化符號，其中意義表徵作為一種信息傳遞過程，使得讀者可以從語言的譯解中，進一步理解諸文本中各種事物本身所具有的共享意義。

但上述判斷，受限於可見文獻資料不足問題，迄今未成定論。現今可見最早且相對完整的四大奇書刊本時間分別爲明代嘉靖元年（1522年）的《三國志通俗演義》、萬曆十七年（1589年）的《忠義水滸傳》、萬曆二十年（1592年）的《西遊記》和萬曆四十五年（1617年）的《金瓶梅詞話》。

現今對於明代四大奇書的研究，論者多有從文人評改本探論編創者的創作意圖和作品的主題寓意情形，有時不考慮前後版本在文字內容更動上所產生的差異問題時，往往可能在「以今例古」中產生諸多詮釋方面的誤區。[55]面對此一研究限制，本書考量在無法確立四大奇書祖本究竟所屬爲何的情況之下，基本上不採取歷史研究或傳記批評的觀點進行討論，而是從「演義」的角度針對現存可見四大奇書早期版本的書寫性質及其話語表現進行文本分析，並由此說明「演義」作爲一種新興文體／文類的實質內涵。整體而言，本書基於「寫定」的觀點，在論述過程中主要採用的明代四大奇書版本，乃是以經過學界考證認定目前可見之最早且相對完整的版本爲主，即嘉靖本《三國志

---

[55] 陳平原在〈小說史學的形成與新變〉一文中指出：「與小說在傳統中國地位卑下相關聯，傳統的小說研究，成績遠不及詩話與詞話。雖有金聖歎、張竹坡等名家，但其整體水平，依然不宜過高估計。最近二十年來，關於傳統小說評點，學界做了很多研究，如葉朗、王先霈、方正耀、陳洪、林崗、譚帆等書，都取得了不容忽視的成績。可我隱約感覺到，刻意提升小說評點的學術價值，很可能成為一個新的陷阱。因為，一旦將其系統化，並作為今人解讀明清小說的眼光與方法，其不盡人意處當即暴露無疑。用『評點』的術語及方法來詮釋明清章回小說，近乎『原湯化原食』，本來是順理成章；可在實際操作中，難度很大。」見氏著：《作為學科的文學史》（北京：北京大學出版社，2011年），頁299。本書所秉持的研究立場，與上述觀點是一致的。

通俗演義》[56]、萬曆容與堂本《忠義水滸傳》[57]、萬曆世德堂本《西遊記》[58]和萬曆本夢梅館校本《金瓶梅詞話》[59]。為避免後起版本和評點本對於本書重新評估四大奇書早期版本的文體表現和寓意解釋時可能產生的影響，原則上排除引論明清兩代的各家評點本，以及入清以後的主要流行本，同時也不涉及具體歷史文化語境因素的論斷。有關四大奇書版本因承衍所引發的諸多解讀問題，將留待日後另闢論題再行繼續探究。

（二）基本思路

如前所言，明代四大奇書寫定者採取重寫策略進行創作，針對先前流傳於世的故事素材進行極其富有創造性的整合和新編。「四大奇

---

[56] 關於《三國志演義》的版本有繁、簡之分，繁、簡版本出現的先後問題，目前尚有爭議，仍無定論。本書研究係以目前學界認為現存所見最早的嘉靖元年刊本《三國志通俗演義》為對象。參署名羅貫中編次：《三國志通俗演義》，收於古本小說集成編委會編：《古本小說集成》（上海：上海古籍出版社，1994年）。本書關於《三國志通俗演義》的引文皆出於此本，不另贅注。

[57] 關於《水滸傳》的版本有繁、簡之分，繁、簡版本出現的先後問題，目前尚有爭議，仍無定論。本書研究係以目前學界認為保存較早且相對完整的明代萬曆三十八年容與堂刊本《水滸傳》為對象。參署名施耐庵、羅貫中著，凌賡、恆鶴、刁寧校點：《容與堂本水滸傳》（上海：上海古籍出版社，1988年）。本書關於《水滸傳》的引文皆出於此本，不另贅注。

[58] 關於《西遊記》的版本有繁、簡之分，繁、簡版本出現的先後問題，目前尚有爭議，仍無定論。有關《西遊記》版本演化情形之討論，首見於鄭振鐸所撰〈《西遊記》的演化〉一文，見陸欽選編：《名家解讀《西遊記》》（濟南：山東人民出版社，1998年），頁401-434。本書研究係以目前學界認為現存所見最早的萬曆二十年世德堂刊本《西遊記》為對象。參華陽洞主人編次，《西遊記》，收於古本小說集成編委會編：《古本小說集成》（上海：上海古籍出版社，1994年）。本書關於《西遊記》的引文皆出於此本，不另贅注。

[59] 本書所論《金瓶梅》版本，係以學界認為現存所見最早的明代萬曆四十五年出版的《金瓶梅詞話》為對象。參蘭陵笑笑生著，梅節注：《金瓶梅詞話》（夢梅館校本）（臺北：里仁書局，2007年）。本書關於《金瓶梅詞話》的引文皆出於此本，不另贅注。

書」對於明清章回小說文體的形成而言，不僅具有見證作用，同時也有著積極的影響作用。[60]在「演義」的文體／文類概念主導下，四大奇書敘事創造之間，是否在文體生成和文類創造上存在著一種創作系譜方面的內在聯繫，乃是一個值得關注的課題，但卻是歷來研究者較少展開綜合性比較論述的部分。基於文學研究的主要對象是文學作品的認知，本書乃以「奇書文體」的認識和考察爲邏輯起點。在論述過程中，本書並不以揄揚四大奇書的經典價值爲前提，以求避免過度詮釋四大奇書的藝術表現和思想內涵，而是力圖在文本分析的基礎上，以實事求是的論述方式，重新評估四大奇書敘事創造的本質及其相關的話語表現。以下即針對論述的基本思路做一說明：

1. 對於四大奇書敘事形態的分析

儘管一種文體／文類生成的背後可能存在著非常複雜的影響因素，可以從心理、社會、文化和歷史等角度談論各種文學體裁作品，但無論如何，作品構成的基本層面和實存狀態無疑是一種話語系統和結構體式。在此一認知基礎上，筆者試圖從「演義」作爲一種文體／文類的概念出發，對於明代四大奇書的話語系統和結構體式進行考察，首重分析四大奇書的敘事形態，期能由此揭示奇書文體創造的內在規律及其美學表現。

基本上，本書對於明代四大奇書進行作品本體性的探究，最終目的並不僅僅在於判斷作品本身是否具有作爲通俗小說的文體概念或文類概念，而是試圖了解寫定者如何透過小說敘事創造，進而在特定時間之中認識文化、社會和個人的根本形式。對於任何文學作品而言，

[60] 劉曉軍：〈「四大奇書」與章回小說文體的形成〉，《學術研究》，2010年第10期，頁134-142。

它最重要的外在制約物是文學傳統本身。所謂文學傳統，很大程度上依賴於一套由不同等級的文類及其規則維持的「文學秩序」。在這一「井然有序」的文學結構中，處於邊緣的文類和處於中心的文類，有大為不同的發展前景。[61]明代四大奇書以通俗小說之姿流行於世，除承繼通俗小說的審美規範外，又於文體創造過程中積極融入文人的思想情趣，顯示了寫定者在文學傳統中有意識地調和「雅」、「俗」文學形式的藝術思維，因而使得四大奇書得以展現出獨特的美學風貌。對於中國古代小說藝術發展而言，明代四大奇書的問世，不僅僅是寫定者對歷史文化、社會現實、自我人生以及讀者閱讀的不同需要而做出的反應，更是對文學傳統中的中心話語所做出的反應，具有不可忽視的表意作用。從文化釋義的角度來說，四大奇書乃是寫定者通過賦予形式以揭露和構築被隱藏的生活總體，進而形成一種特殊的敘事文本。同時，在回應歷史文化背景變遷的過程中，奇書文體的創造本身更可能體現出不可忽視的意識形態因素。[62]

---

[61] 陳平原：《小說史：理論與實踐》（北京：北京大學出版社，2010年），頁67。

[62] 陳平原在研究晚清至五四這一段時間的中國小說敘事模式轉變情形時，力圖引進歷史的因素，把小說形式研究和文化背景研究結合起來。這項研究觀點頗具有參考價值，陳平原指出：「小說敘事模式是一種『有意味的形式』，一種『形式化了的內容』，那麼，小說敘事模式的轉變就不單是文學傳統嬗變的明證，而且是社會變遷（包括生活形態與意識形態）在文學領域的曲折表現。不能說某一社會背景必然產生某種相應的小說敘事模式；可是某種小說敘事模式在此時此地的誕生，必有其相適應的心理背景和文化背景。」見氏著：《中國小說敘事模式的轉變》（北京：北京大學出版社，2003年），頁2-3。在本書研究過程中，由於受到四大奇書版本流傳情形無法完全確定的限制，目前只能就所選擇的早期或相對完整的寫定本，根據其出現的時代意義和意識形態內涵做出相應的推論。所謂「歷史文化語境」對於四大奇書成書及其文體表現的影響，在行文過程中大體上作為背景概念輔助說明，倘要從小說敘事模式的考察中論述其曲折表現的實際情況，則不免有其侷限性。關於此一問題的具體論述，尚待來日。但即便如此，在本書研究過程中，此一限制大體上並不影響筆者對於「演義」作為一種文體／文類問世的敘事形態分析及其價值判斷。

從參與歷史或現實的意圖來說，明代四大奇書的出現可以說都是回應當下歷史文化語境的寫作籲求而來，進而在與歷史或現實的互動之中成爲形塑特定意識形態（ideology）的重要形式媒介。海登·懷特（Hayden White）指出：「敘事不僅是意識形態生產的手段，而且也是一種意識模式，一種觀察世界的方法，它們對一種意識形態的建構都裨益匪淺。所以，敘事話語不僅僅爲意識形態服務。反之亦然，意識形態是產物，同時，事實上，它似乎也是我們對現實進行敘事性理解的工具。」[63]以今觀之，明代四大奇書在成書方式上的共通性，主要體現在「重寫素材」之上。在重寫的意義上，四大奇書寫定者「對前代小說題材的因襲承傳是一種以接受爲前提的創作行爲，新的文本不但緣此實現對先前文本及其自身的傳播，並在滿足當代社會的歷史、文化要求中取得自身價值。」[64]當然，四大奇書寫定者面對歷史和現實而展開「演義」，其最終目的並不在於摹寫素材和還原史實，而是在「取義」的書寫前提下，各自創造獨特的故事類型，並將特定的思想命題建構成爲敘事再現的重要對象。從敘事形態分析的觀點來說，四大奇書內在的意識形態表現，必然與寫定者的修辭策略和編創方法密切相關。

事實上，本書對於明代四大奇書敘事形態進行分析，乃爲了充分理解奇書文體創造的話語特徵及其美學意義，並從中尋繹作品的創作秩序和思想意義。除此之外，並不再簡單地將四大奇書的文體的創造，視爲文學技巧的運用、創作方法的選擇及一種文學現象而已，而是將它的出現視爲利用特定意識形態的融入對歷史文化中的既定價值

---

[63] （美）海登·懷特（Hayden White）：〈講故事：歷史與意識形態〉，見氏著，陳永國、張萬娟譯：《後現代歷史敘事學》（北京：中國社會科學出版社，2003年），頁350。

[64] 黃大宏：《唐代小說重寫研究》（重慶：重慶出版社，2004年），頁2。

體系進行解構與重構的結果。因此，從「演義」的觀點深入了解奇書文體的創作特性和文化意義，自然必須重新探討奇書文體創造的主導性審美規範，這使得整個研究程序除了落實在敘事話語和美學風格的解讀之外，同時也探討小說文體創造及其類型特徵等文化意蘊問題，藉以說明「演義」作爲一種文體／文類的文學意義和美學價值。

2. 對於四大奇書創作系譜的考察

基本上，任何一部文學藝術作品都不可能完全孤立於傳統之外，文學研究自然不得不考察它所可能因襲的傳統因素，其中包括文學的傳統和文化的傳統。無可否認的，不論是在文化生活的認知方面，或者文學傳統的建構方面，通俗小說在既有文學結構及其秩序當中所占有的地位始終處於邊緣地帶，同處於中心的詩詞和古文等有著大爲不同的發展前景。爲了能在話語生產上，獲得讀者的普遍關注，通俗小說必須依賴文學傳統或文化傳統中的知識體系和權力形式的支持，才能獲得生存的空間。因此，對於明代四大奇書敘事創造的本質及其表現而言，寫定者如何在歷史事實與文化系統之間的不斷調整中，透過創造性的轉化以及經由各種移位與變形的努力，展現其所潛伏的各種可能性與現實意義，無疑提供了本書深入研究四大奇書的重要途徑。

本書對於明代四大奇書創作進行系譜學（genealogy）的考察，乃試圖發掘不同文本之間的內在關聯性，重新揭示可能被視爲各不相同、互不相關的各種體製建構、信念系統、話語或分析方法。尤其立足於文體／文類研究的觀點，對於四大奇書所體現或隱含的某種普遍的精神文化進行「互文性」（intertextuality）研究，便顯得格外重要。具體來說，明代四大奇書是在宋元以來通俗文藝思潮發展下的文學語境中產生，整個創造活動本身無疑反映了奇書文體生成背後的一種文體意識和話語選擇，既有其文化的運作機制，又有其自然的創作邏輯。自《三國志通俗演義》問世以來，「演義」作爲一種文體／文類的確認和發展，對於明清長篇通俗小說文體的長期發展而言，可謂產生極爲深遠的影響。從「文體意識」形成觀點來說，「文體，尤其是文類文體，常常是慣例化的、規範化的，它是一種相對穩定的語言操作模式，從起源上看，它的源頭常常可以追溯到某一位或一群作家（或民間無名藝術家）的創造性實踐，但一經衆多作家自覺、不自覺的模仿，就獲得了一定程度的有效性、權威性，因而成爲一種傳統和慣例。這種慣例爲衆多作家、讀者和批評家所認可和尊重，逐漸內化爲『文體意識』、『文體期待』等心理現象。」[65]因此，本書對「演義」作爲一種文體／文類的話語表現展開重新認識，其中所反映出來的重要思路，除了是基於文學觀念的發展與文學理論視野的開拓，期能促成相關研究持續深入探究一種文學現象的產生及其類型化的演變趨勢；此外更從作品的整體性分析和解釋中，期能深入了解一個特殊歷史時期的文化現象乃至文化精神。有鑒於此，本書立足於系譜研究的基礎之上，試圖從類型批評角度闡析明代四大奇書的文體／文類特徵及其意識形態內涵，由此重新評估奇書文體的文學定位和文化身分。

（三）具體方法

明代四大奇書各自以有別於一般通俗小說的敘事姿態問世，其文體／文類表現分別從體裁、語體和風格方面提供了有關形式和內容的劃分標準和審視方法，頗有助於重新梳理中國古代小說史在明代以來的發展情形。

---

[65] 陶東風：《文體演變及其文化意味》（昆明：雲南人民出版社，1994年），頁99。

從文學史發展觀點來說，文學創作大都體現出某種程度的歷史意識和歷史感，從中展示特定的時代文化精神。因此，探索特定歷史時期文學現象的內部聯繫和發展規律，則除了有賴於對文學傳統因素和文學材料進行描述之外，還有賴於對文學現象生成背景進行宏觀的歷史考察。尤其重要的是，如何在「規律」和「現象」的探索上，有效呈現作品的思想藝術和美學價值，無疑是爲四大奇書進行歷史定位的一個基本前提。從文學歷史演變的角度來說，「文學是由作品構成的一整個的體系，它藉不斷加添新的成員而不斷地改變它的關係，發展爲一個不斷變化的整體。」[66]當我們試圖掌握四大奇書在敘述對象和敘述方式的結合表現，並從中建構出來的一種內容形式化的表現體系和審美特性，最終必須既觀照內容，又注重形式，才能從中凸顯作品的哲學精神。因此，爲求深入了解一種文體／文類現象的發生、發展和演變情形，由此理解文學與文化之間的密切聯繫關係，便成爲本書探究明代四大奇書敘事創造現象時的一個不得不深入思考的問題。[67]

在具體研究的方法上，本書首以明代四大奇書文本的敘事分析爲基礎，再輔以文化研究觀點論述四大奇書的文化定位，其主要原因在於，「把文學研究作爲一項重要的研究實踐，堅持考察文化的不同作用是如何影響並覆蓋文學作品的，所以它能夠把文學研究作爲一

[66] （美）韋勒克、華倫（René Wellek、Austin Warren）著，王夢鷗、許國衡譯：《文學論——文學研究方法論》（*Theory of Literature*）（臺北：志文出版社，1987年），頁431。

[67] 周憲等人論及作為文化的藝術（他律）與作為藝術的文化（自律）的張力關係時認為：「一方面，社會的其他文化因素以各種方式，通過多種文化機制深刻地影響藝術，這種影響體現在藝術觀、藝術功能、主題、體裁、風格和技巧等各個方面。另一方面，藝術作為人類精神活動的一個獨特領域，有它自身不同於其他人類活動的特性，正是通過這一特性的折射，映出赤橙黃綠的豐富文化色彩。」見周憲、羅務桓、戴耘編：《當代西方藝術文化學》（北京：北京大學出版社，1988年），頁8。

種複雜的、相互關聯的現象加以強化。」[68]在某種意義上，文化是一個由各種文本構成的大文本，這些文本之間相互聯繫構成了一種互爲指涉、關聯及滲透的現象，也就是說不同的文本之間相互作用而非完全獨立，文學文本的情形當然也是如此。基於上述想法，本書意在將四大奇書視爲一種文化產物與社會實踐時，一方面希望透過文化研究觀點分析作品意義如何透過文化生產活動而呈現出來——也就是如何透過小說藝術形式的創造與實踐來體現；另一方面，亦藉此觀察小說敘事系統建構與文化背景影響因素之間的對應關係。如此一來，不僅可以充實小說研究本身，也可以從敘事、文化和意識形態的結合探討中，更加了解文學創作所具有的文化意義與文化系統本身運作的過程。

總的來說，本書展開研究的邏輯起點，主要在於將明代四大奇書置放於整個小說歷史進程和文化背景的邏輯線索中進行考察，並對於四大奇書作爲一種新興文體／文類的歷史位置、藝術表現、美學價值和現實意義做一深入探討，期能藉此釐清個人對於明清長篇通俗章回小說形成與發展情形的基礎概念，並從中建立基本而宏觀的研究思維體系和架構。整體研究取向和研究方法，主要以「敘事」（narrative）爲討論基礎，嘗試參採「形式分析」與「文化分析」並行融合之「文化詩學」理念，將四大奇書視爲文化釋義體系之一環，重新評估四大奇書成書和流行的美學意義及其文化價值。最終期許能夠在重讀經典的過程中，積極建構個人的研究徑路、思維體系和闡釋觀點。基於問題意識的說明，本書對於研究方法的參照和應用，將視論題的需要而有所超越和取捨，期能在敘事分析的基礎上，適當地借鑒現當

[68] （美）喬納森．卡勒（Jonathan D. Culler）著，李平譯：《當代學術入門：文學理論》（*Literary Theory: A Very Short Introduction*）（瀋陽：遼寧教育出版社，1998年），頁50。

代文藝理論和美學批評理論的觀點，針對四大奇書創作的藝術表現和內在精神做一重新評估和探討。

上編

「演義」總論

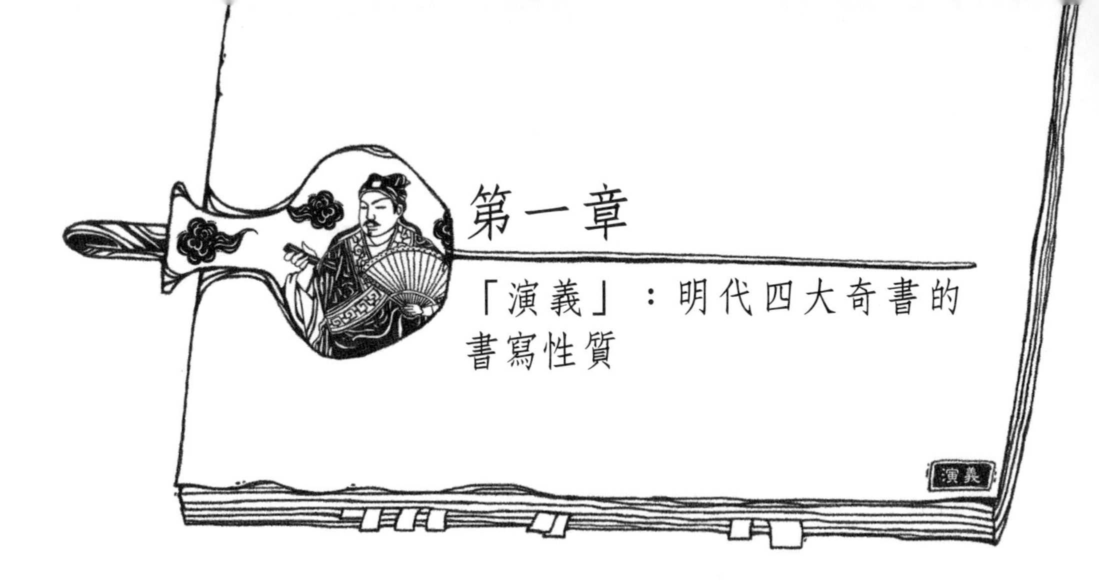

第一章

「演義」：明代四大奇書的書寫性質

在中國古代小說史上，從宋元以降小說文體的總體表現，除了維持正統文言小說的書寫傳統和表達成規之外，在民間說話伎藝的發展和影響下，說書藝人又爲小說文體創造另外形塑出一條走向通俗化的進程，其中宋元平話的刊刻印行即爲明證。到了明代中葉以後，在通俗文藝思潮興起、出版印刷技術改善和商業消費市場運作的推波助瀾下，不論是口頭展演或案頭創作，都共同促進通俗小說以不同以往的敘事姿態現身於世，並且廣爲流傳，受到讀者歡迎。明代中葉以來，通俗小說以長篇章回和短篇話本的形式刊刻行世，在藝術表現上各有擅場，無疑使得通俗小說創作達到史無前例的繁榮盛景，共同爲明清小說的發展融注可觀的創作能量。

從宋元以來，以「說話」爲主導的通俗文學發展，大抵呈現出以「重寫」爲主的創作取向，即利用前代奇蹟或當下生活流行的故事素材進行改編，並由此形成一種特殊創作觀念和書寫成規。章學誠在《文史通義》卷五〈詩話〉中有言：「小說出於稗官，委巷傳聞瑣屑，雖古人亦所不廢，然俚野多不足憑。大約事雜鬼神，報兼恩怨，《洞冥》《拾遺》之篇，《搜神》《靈異》之部，六代以降，家自爲書。唐人乃有單篇，別爲傳奇一類（專書一事始末，不復比類爲書）。大抵情鍾男女，不外離合悲歡，紅拂辭楊，繡襦報鄭；韓李緣通落葉，崔張情導琴心；以及明珠生還，小玉死報。凡如此類，或附會疑似，或竟託子虛。雖情態萬殊，而大致略似。其始不過淫思古意，辭客寄懷，猶詩家之樂府古艷諸篇也。宋元以降，則廣爲演義，譜爲詞曲，遂使瞽史絃誦，優伶登場，無分雅俗男女，莫不聲色耳目。蓋自稗官見於〈漢志〉，歷三變而盡失古人源流矣。」[①]姑且不論上述歷史變遷的概括說法和評價是否允當，倘從古代小說史發展脈絡予以考察，則清楚可見宋元以降通俗文學的興起，的確大大促成了小說創作形式和藝術風貌產生不同於前代的重要變化，可謂促進小說創作發展的重要變遷。而其中關於「廣爲演義」的展演活動或創作方式，更是直接促成小說創作形態轉向的核心概念，乃考察宋元以降通俗小說創作認知和方式的關鍵起點。

宋元說話伎藝作爲一種展演活動和創作形態，基本上爲通俗小說編創提供了基本的表達形式，直到原屬於口頭展演的故事逐漸通過書面寫定的方式被保存下來，乃逐漸演進成爲建構一種新文體（style）／文類（genre）的創作行爲。依現存文獻資料來看，以「演義」直接命名小說者，始自《三國志通俗演義》。[②]《三國志通俗演義》首揭「通俗演義」的體例進行長篇小說創作，爲明清小說創作奠立重要的敘事範式，乃是衆所周知的事實。「演義」一詞作爲小說題名的標記，實則蘊含著一種文學／文化觀念正在處於置換變形階

---

① 〔清〕章學誠：《文史通義》，見王雲五主編：《國學基本叢書四百種》（臺北：臺灣商務印書館，1968年），頁77。

② 黃霖、楊緒容論及「歷史的演義與小說的演義」時指出一個現象，頗值得進一步思考：即在《三國志通俗演義》之外，另有刊於明代嘉靖二十七年的葉逢春刊本《三國志傳》。「志傳」之名與「演義」形成一種參照，由於後來刊行的歷史演義多有兩者共現於文本內的情形，「志傳」是否為「演義」的源頭，目前尚難以判定。見氏著：〈「演義」辨略〉，《文學評論》，2003年6期，頁5-14。

段的事實，乃有不同宋元說話伎藝的藝術表現。借俄國學者維克多・什克洛夫斯基（Victor Shklovsky）的觀點說明之：「藝術作品是在與其他作品聯想的背景上，並通過這種聯想而被感受的。藝術作品的形式決定於它與該作品之前已存在過的形式之間的關係，藝術作品的材料必定特別被強調、被突出。不單是戲擬作品，而是任何一部藝術作品都是作爲某一樣品的類比和對立而創作的。新形式的出現並非爲了表現新的內容，而是爲了替代已失去藝術性的舊形式。」③因此，從中國古代小說發展史的角度來說，書面化「演義」之作的問世，對於既有敘事形態的改變和突破，乃實屬必然結果。《三國志通俗演義》作爲現存可見第一部長篇通俗演義之作並非憑空而來，而是在既有的文學傳統模式內產生的，其中除了標誌著一種新文體／文類的誕生，作品本身又因其典範效應，進一步帶動了後續創作者通過創作進行進一步的修改，因而更豐富了既有的文學傳統內涵。其後，《忠義水滸傳》、《西遊記》和《金瓶梅詞話》的相繼刊刻問世，大體上是在《三國志通俗演義》所奠定的敘事範式和文體規範下繼續朝向多元題材發展的重要創作成果，共同促成明清長篇章回小說的繁榮發展，自有其不可忽視的小說史意義和藝術表現。

在中國古代小說史的發展上，明代四大奇書的文體創造及其話語表現，正與「演義」創作傳統所形成的美學觀念和表達慣例具有不可忽視的重要聯繫關係。基於此一認識，本書對於明代四大奇書文學定位和文化身分的重新理解，理當先就四大奇書的書寫性質進行必要的釐清和探討，以下即就「演義」與明代四大奇書書寫性質的聯繫做一說明。

---

③ （俄）維克多・什克洛夫斯基（Victor Shklovsky）：《散文理論》（*Theory of Prose*）（南昌：百花洲文藝出版社，1994年），頁31。

第一節　「演義」辨題

近年來，學界頗爲重視從文體學辨析的角度對「演義」的概念和話語表現進行新的探討，諸如徐安懷〈論演義與小說之關係〉，[④]劉勇強〈演義述考〉，[⑤]洪哲雄、紀德君〈明清小說家的「演義」觀與創作實踐〉，[⑥]陳維昭〈論歷史演義的文體定位〉，[⑦]譚帆〈「演義」考〉，[⑧]黃霖、楊緒容〈「演義」辨略〉，[⑨]李舜華〈「小說」與「演義」的分野——明中葉人的兩種小說觀〉，[⑩]楊緒容〈「演義」的生成〉[⑪]和劉靜怡〈歷史演義：文體生發與虛實論爭〉[⑫]等文皆試圖針對「演義」的文體意義和實際話語表現做出一番辯證，足爲參考。然而由於各家理解或有不盡相同之處，有關「演義」內涵的討論，時有遊走在特指「歷史小說」和泛指「通俗小說」兩端之間的情形。因此，仍有必要對於「演義」一詞相關的幾個詞語概念進行梳理

---

④ 徐安懷：〈論演義與小說之關係〉，《四川師範大學學報》（社會科學版），1991年第6期，頁46-52。

⑤ 劉勇強：〈演義述考〉，《明清小說研究》，1993年第1期，頁47-51。

⑥ 洪哲雄、紀德君：〈明清小說家的「演義」觀與創作實踐〉，《文史哲》，1999年第1期，頁78-82。

⑦ 陳維昭：〈論歷史演義的文體定位〉，《明清小說研究》，2000年第1期，頁33-43。

⑧ 譚帆：〈「演義」考〉，《文學遺產》，2002年第2期，頁102-112。

⑨ 黃霖、楊緒容：〈「演義」辨略〉，《文學評論》，2003年第6期，頁5-14。

⑩ 李舜華〈「小說」與「演義」的分野——明中葉人的兩種小說觀〉，《江海學刊》，2004年第1期，頁191-196。

⑪ 楊緒容：〈「演義」的生成〉，《文學評論》，2010年第6期，頁98-103。

⑫ 劉靜怡：〈歷史演義：文體生發與虛實論爭〉（桃園：中央大學中國文學系博士論文，2009年）。

和釐定，以為後續探討明代四大奇書相關論題的理論基礎。以下即根據前引諸位學者的研究意見進行統整和說明，以明其義。

一、演

對於「演義」概念的掌握，首要關鍵在於「演」字的理解。《易・繫辭上第七》曰：「大衍之數五十，其用四十有九。」⑬鄭注云：「衍，演也。」⑭「衍」與「演」兩字具有相通之義，指的是推衍之義。根據此一看法，《史記・太史公自序第七十》曰：「昔西伯居羑里演周易。」⑮又《漢書・公孫劉車王楊蔡陳鄭列傳第三十六》曰：「至宣帝時，汝南桓寬次公（師古曰：次公者寬之字）治《公羊春秋》。……推衍鹽鐵之議，增廣條目，極其論難，著數萬言（師古曰：即今之所行《鹽鐵論》十卷是也），亦欲以究治亂，成一家之法焉。」⑯其中不論行文使用的是「演」或「衍」，大抵具有針對特定對象或論題發明文義並引申使之廣遠的意涵。此外，南朝宋范曄《後漢書・鄭孔荀列傳第六十》曰：「融聞人之善，若出諸己，言有

---

⑬〔魏〕王弼，〔晉〕韓康伯注，〔唐〕孔穎達等正義：《《周易》正義》，〔清〕阮元校勘：《十三經注疏》冊1（臺北：藝文印書館，1985年），頁152。

⑭〔漢〕鄭玄注，〔宋〕王應麟輯：《《周易》鄭康成注》，《四部叢刊三編・經部》（據上海涵芬樓景印元刊本）（臺北：商務印書館，1966年），卷2，頁97上。

⑮〔漢〕司馬遷撰，〔南朝宋〕裴駰集解，〔唐〕司馬貞索隱，〔唐〕張守節正義：《史記》冊8，《四部備要・史部》（據武英殿本校刊）（臺北：臺灣中華書局，1965-1966年），卷130，頁9下。

⑯〔漢〕班固撰，〔唐〕顏師古注：《前漢書》冊6，《四部備要・史部》（據武英殿本校刊）（臺北：臺灣中華書局，1965-1966年），卷66，頁16上。

可採，必演而成之。」[17]又晉干寶〈《搜神記》序〉曰：「今粗取足以演八略之旨，成其微說而已。」[18]由此可見，「演」字一般具有引申、推廣、發明、闡發之義。更進一步來說，「演」作爲一種言說方式，乃基於特定目的而進行語言文字加工的陳述行爲，因此增飾言辭作爲一種書寫成規，乃其基本特徵。

二、衍義與演義

何謂「演義」？根據現存文獻記載，「演義」一詞最早出現於梁蕭統《文選》中所收西晉潘岳〈西征賦〉：「靈壅川以止鬪，晉演義以獻說。」李善注云：「《小雅》曰：演，廣遠也。」[19]又南朝宋范曄《後漢書．逸民列傳第七十三》曰：「黨等文不能演義，武不能死君。」[20]「演義」作爲動賓詞組，在此指涉的是一種言語行爲或言說方式。所謂「演義」，指的是敷演文字以闡釋義理的意思。

根據前引諸位學者研究考察所見，「演義」作爲書籍名稱，較早見於唐人蘇鶚的《蘇氏演義》[21]，該書原名《演義》，重於典制名物故實的考訂，偏於「小學」範疇。此外，唐代尚有《大方廣佛華

---

[17] 〔南朝宋〕范曄撰，〔唐〕章懷太子賢注：《後漢書》冊5，《四部備要．史部》（據武英殿本校刊）（臺北：臺灣中華書局，1965-1966年），卷100，頁13上。

[18] 〔晉〕干寶：《搜神記》（臺北：里仁書局，1981年），頁2。

[19] 〔梁〕蕭統編，〔唐〕李善注：《文選》（上海：上海古籍出版社，1996年），頁445。

[20] 〔南朝宋〕范曄撰，〔唐〕章懷太子賢注：《後漢書》冊6，《四部備要．史部》（據武英殿本校刊），卷5，頁5上。

[21] 〔唐〕蘇鶚：《蘇氏演義》（全文），見〔清〕永瑢、紀昀等著：《景印文淵閣四庫全書》冊850（子部十，雜家類二，雜考之屬）（臺北：臺灣商務印書館，1983-1986年），頁185-208。

嚴經隨疏演義鈔》[22]一書，乃關於佛經注疏之作，北宋則有房庶所撰《大樂演義》[23]等，亦都標舉演義之名。雖然題名演義，然而尚未明確形成文體／文類的概念。值得注意的是，南宋以來理學盛行，儒者對於儒家經傳進行解讀和闡釋的風氣隨之興起，如王炎《春秋衍義》[24]、張行成《皇極經世觀物外篇衍義》[25]、張德深《潛虛演義》[26]、劉元剛《三經演義》[27]、錢時《尚書演義》[28]、王柏《大象衍義》[29]和《太極衍義》[30]以及謝鑰《春秋衍義》[31]等著述相繼以「衍義」、「演義」題名問世，而其中眞正引發社會廣泛注意並風行於

---

[22]〔唐〕釋澄觀：《大方廣佛華嚴經隨疏演義鈔》，《嘉興楞嚴寺方冊藏經》（明崇禎二年（1629）至五年（1632）刊本），線裝。

[23]〔宋〕房庶：《大樂演義》（存目），見〔清〕永瑢、紀昀等著：《景印文淵閣四庫全書》（臺北：臺灣商務印書館，1983-1986年）。

[24]〔宋〕王炎：《春秋衍義》（存目），見〔清〕永瑢、紀昀等著：《景印文淵閣四庫全書》（臺北：臺灣商務印書館，1983-1986年）。

[25]〔宋〕張行成：《皇極經世觀物外篇衍義》（全文），《景印文淵閣四庫全書》冊804（子部七，術數類一，數學之屬）（臺北：臺灣商務印書館，1983-1986年），頁37-196。

[26]〔宋〕張德深：《潛虛演義》（存目），《景印文淵閣四庫全書》（史部，目錄類，經籍之屬）（臺北：臺灣商務印書館，1983-1986年）。

[27]〔宋〕劉元剛：《三經演義》（存目），見〔清〕永瑢、紀昀等著：《景印文淵閣四庫全書》（臺北：臺灣商務印書館，1983-1986年）。

[28]〔宋〕錢時：《尚書演義》（存目），見〔清〕永瑢、紀昀等著：《景印文淵閣四庫全書》（臺北：臺灣商務印書館，1983-1986年）。

[29]〔宋〕王柏：《大象衍義》（存目），見〔清〕永瑢、紀昀等著：《景印文淵閣四庫全書》（臺北：臺灣商務印書館，1983-1986年）。

[30]〔宋〕王柏：《太極衍義》（存目），見〔清〕永瑢、紀昀等著：《景印文淵閣四庫全書》（臺北：臺灣商務印書館，1983-1986年）。

[31]〔宋〕謝鑰：《春秋衍義》（存目），見〔清〕永瑢、紀昀等著：《景印文淵閣四庫全書》（臺北：臺灣商務印書館，1983-1986年）。

宋末元明者，當屬眞德秀所撰《大學衍義》[32]。《四庫全書總目》卷九十二《大學衍義》提要論及其著述體例時曰：「皆徵引經訓，參證史事，旁採先儒之論，以明法戒，而各以己意發明之。大旨在於正君心，肅宮闈，抑權倖。」[33]因此，《大學衍義》一書問世之後，時至元明兩代被統治者奉爲「治天下」、「修身治國」的重要參考典籍，因而引發大量續補和研究之作的出現。影響所及，以「衍義」、「演義」爲名之作持續不斷在各種學術領域中出現，如元末有梁寅《詩演義》[34]、明代有胡經《易演義》[35]、徐師曾《今文周易演義》[36]、程道生《遁甲演義》[37]等等著作。除此之外，在文學領域中亦出現以「演義」命名之作，如張性《杜律演義》[38]、楊慎《絕句衍義》[39]，乃以訓解義理、發揮情趣爲主。大體而言，從南宋以至明代諸種「衍義」或「演義」之作的話語表現，乃在解經的認知基礎上廣泛引經據典，

[32] 〔宋〕真德秀：《大學衍義》（全文），《景印文淵閣四庫全書》冊704（子部一，儒家類）（臺北：臺灣商務印書館，1983-1986年），頁497-985。

[33] 〔清〕永瑢、紀昀等撰：《四庫全書總目》卷九十二（子部二）（清乾隆武英殿刻本）（臺北：臺灣商務印書館，1983年），頁1524。

[34] 〔明〕梁寅：《詩演義》（全文），見〔清〕永瑢、紀昀等著：《景印文淵閣四庫全書》（經部三，詩類）（臺北：臺灣商務印書館，1983-1986年）。

[35] 〔明〕胡經：《易演義》（存目），見〔清〕永瑢、紀昀等著：《景印文淵閣四庫全書》（臺北：臺灣商務印書館，1983-1986年）。

[36] 〔明〕徐師曾：《今文周易演義》（存目），《續修四庫全書》（經部，易類）（據北京圖書館藏明隆慶二年董漢策刻本影印）（上海：上海古籍出版社，2002年）。

[37] 〔明〕程道生：《遁甲演義》（全文），見〔清〕永瑢、紀昀等著：《景印文淵閣四庫全書》冊810（子部七，術數類，陰陽五行之屬）（臺北：臺灣商務印書館，1983-1986年），頁921-998。

[38] 〔元〕張性：《杜律演義》（存目），《續修四庫全書》（明嘉靖丁酉十六年（1537）汝南王齊刊本）（上海：上海古籍出版社，2002年）。

[39] 〔明〕楊慎輯，〔明〕焦竑批點：《絕句衍義》（存目），《續修四庫全書》（集部，總集類）（據北京圖書館藏明曼山館刻本影印）（上海：上海古籍出版社，2002年）。

參考史實，並融以己見，體現出一種將經典通俗化的闡釋意圖，期使讀者易於接受和理解。因此，在闡述名實和發明義理的意義上，「演義」題名的使用，似乎隱約傳達出一種書寫成規的確立，或者甚至可能暗示一種文體概念的逐漸成型。

章炳麟〈《洪秀全演義》序〉概括論及演義生發的淵源及其類型時指出：「演義之萌芽，蓋遠起於戰國。今觀晚周諸子說上世故事，多根本經典，而以己意增飾，或言或事，率多數倍。若《六韜》之出於太公，則演其事者也。若《素問》之托於岐伯，則演其言者也。演言者，宋、明諸儒因之爲《大學衍義》。演事者，則小說家之能事。根據舊史，觀其會通，察其情僞，推己意以明古人之用心，而附之以街談巷議，亦使田家孺子知有秦漢至今帝王師相之業；不然，則中夏齊民之不知故國，將與印度同列。然則演事者雖多稗傳，而存古之功亦大矣。」[40]章炳麟特就「演義」作爲一種表達方式的淵源及其演化情形做了歷史概括，並將「演義」分爲「演言」和「演事」二途論述，可謂頗具慧眼。前文引述諸多「衍義」、「演義」題名之作，大抵可以歸入「演言」一類。至於「演事」一類，則屬於小說家之能事，有待後文進一步考察論述。然而，不論是演言或演事，兩者作爲演義的一種表達形式，在話語本質的表現之上，其共通性都是根據經典或特定舊史見聞進行語言文字的加工和推衍，以期達到釋經解事的目的。

---

[40] 此一分類說法，乃章炳麟從理論後設的觀點加以概括歸納而來，未盡符古人利用演義的觀念，但不失為考察明清長篇章回小說發生與發展的參考見解。章炳麟：〈《洪秀全演義》序〉，見丁錫根編著：《中國歷代小說序跋集》（中）（北京：人民文學出版社，1996年），頁1058。

三、傳與演義

根據上述討論情形可知，明代嘉靖刊本《三國志通俗演義》寫定者採用「演義」以為小說題名，一方面保留了詞語本身的原始意涵之外，另一方面則更進一步通過特定的敘事形態創造，賦予了「演義」以一種文體／文類的話語特徵。然而值得注意的是，在《三國志演義》的傳世版本中，存有明嘉靖二十七年葉逢春刊本《新刊按鑑漢譜三國志傳》，題名為「傳」，不同於「演義」之稱。其後，時至萬曆和崇禎年間，同樣出現多種題名為《三國志傳》、《三國全傳》、《三國志史傳》的刊本。由於這類刊本與嘉靖本之間存有不少異文，兩者文字繁簡不同，因此有關兩種版本所據原本和出現時間孰先孰後的問題，學界歷來多有討論，但迄今未成定論。[41]雖然如此，但不論題名以「演義」或「傳」為之，兩種版本皆是以三國史實的推衍闡釋為主，在「演事」方面有其原始素材來源和話語創造上的相對一致性，其實爭議不大。除此之外，在版本演變過程中，事實上還出現題名中有「通俗演義」與「傳」兼行的情形，[42]如明萬曆二十四年成德

---

[41] 有關《三國志演義》版本論爭情形研究，可參鄧紹基、史鐵良主編，史鐵良、陳立人、鄧紹秋撰著：《明代文學研究》（北京：北京出版社，2003年），頁108-113。陳曦鐘、段江麗、白嵐玲：《中國古代小說研究論辯》（南昌：百花洲文藝出版社，2006年），頁25-30。對於《三國志演義》版本的完整探討，可參（英）魏安：《《三國演義》版本考》（上海：上海古籍出版社，1996年）。（日）中川諭：《《三國志演義》版本研究》（上海：上海古籍出版社，2010年）。劉世德：《《三國志演義》作者與版本考論》（北京：中華書局，2010年）。

[42] 以下羅列書目，主要參考江蘇省社會科學院明清小說研究中心文學研究所編：《中國通俗小說總目提要》（南京：江蘇社會科學院，1990年）。

堂刊本《新刊京本按鑑補遺通俗演義三國志傳》、萬曆三十三年聯輝堂刊本《新鍥京本校正按鑑補遺通俗演義三國志傳》和萬曆三十八年楊閩齋刊本《重刻京本通俗演義按鑑三國志傳》等等版本皆是如此。此一題名兼舉互補的情形，不僅涉及小說文體辨析的問題，同時也攸關寫定者著述意識的問題，理當加以釐清，以明其義。

有關「傳」的意涵，大抵可以從兩個方面加以理解。首先，「傳」是一種解經釋義的方式或體例。如《春秋》有《左傳》、《公羊傳》和《穀梁傳》三傳，各有書法義例，旨在闡發《春秋》的「微言大義」。劉勰《文心雕龍．史傳第十六》曰：「傳者，轉也，轉受經旨，以授於後，實聖文之羽翮，記籍之冠冕也。」[43]又劉知幾《史通卷一．六家第一》申言：「《左傳》家者，其先出於左丘明。孔子既著《春秋》，而丘明受經作傳。蓋傳者，轉也，轉受經旨，以授後人。或曰：傳者，傳也，所以傳示來世。案孔安國注《尚書》，亦謂之傳。斯則傳者，亦訓釋之義乎？觀《左傳》之釋經也，言見經文而事詳傳內，或傳無而經有，或經闕而傳存。其言簡而要，其事詳而博，信聖人之羽翮，而述者之冠冕也。」[44]事實上，漢儒用以發明闡釋《易》、《書》、《詩》、《禮》、《樂》、《春秋》六經義理時，書籍題名便多以「傳」爲名，而且不只一家而已，顯見諸「傳」書寫的話語本質乃體現出推演原書、增廣內容和文辭以及發明意義的共同特徵。大體上，此一意涵與「演義」一詞的意涵相互通用。其次，「傳」是與歷代史實和人物傳記的記述方式有關的文體或文類，

---

[43] 〔南朝梁〕劉勰著，周振甫注：《《文心雕龍》注釋》（臺北：里仁書局，2001年），頁293。

[44] 〔唐〕劉知幾著，〔清〕浦起龍釋：《《史通》通釋》冊1，《四部備要．史部》（據浦氏重校本校刊）（臺北：臺灣中華書局，1965-1966年），卷1，頁7下。

一般與「志」、「書」、「記」互爲運用，都屬於正史的書寫體例。從歷史書寫的觀點來說，明清長篇章回小說題名爲「傳」、「記」、「志」、「錄」者時而可見，另題名爲「志傳」、「全傳」、「史傳」、「本傳」、「書傳」者亦所在多有，顯示了作家有意將通俗小說置於稗官野史的思想框架之中進行命名，除了賦予作品本身以歷史性之外，更重要的是藉此提升通俗小說的文學位階。

基本上，自《三國志通俗演義》問世之後，重寫歷史作爲一種言說方式或書寫策略，乃受到時人的重視和摹仿，甚而衍生形成一股歷史演義小說創作風潮，蔚爲流派。是以凡標舉以歷史書寫爲主的小說作品，在不同版本的題名上，便可能出現或使用「演義」之名或使用「傳」之名的情形。饒富意味的是，在諸多小說的出版過程中，不同版本間甚至出現同書異名，並互通使用「演義」與「傳」題名的現象。今依《中國通俗小說總目提要》[45]進行抽樣檢視，便可清楚看見上述出版現象乃普遍情形，如明代《大宋中興通俗演義》又名《武穆王演義》、《大宋演義中興英烈傳》、《大宋中興岳王傳》等，《唐書志傳通俗演義》又名《秦王演義》、《隋唐演義》，《封神演義》又名《封神傳》、《商周列國全傳》，《楊家府世代忠勇演義志傳》又名《楊家府演義》、《楊家通俗演義》、《楊家將演義》，清代《梁武帝西來演義》又名《梁武帝全傳》，《反唐演義傳》又名《武則天改唐演義》、《南唐演義》、《中興大唐演義傳》等，《中東大戰演義》又名《說倭傳》，《洪秀全演義》又名《洪楊豪傑傳》。由此可見，「傳」字之命意，其本質或與解經方式有關，或與史傳書寫的「傳記」體例有所聯繫。而「演義」或「通俗演義」作爲小說題

---

[45] 參見江蘇省社會科學院明清小說研究中心文學研究所編：《中國通俗小說總目提要》。

名，在與「傳」相互結合或相互置換的過程中，除了在闡發義理的意涵時標榜自身與經、史書寫精神的關聯，最重要的是確切顯示出自身作爲標誌「通俗小說」的一種文體／文類的創作概念。

第二節　四大奇書文體／文類屬性的再認識

從文學史發展觀點來說，「演義」作爲明清通俗小說作家的一種話語選擇，反映的是歷史文化語境對於一種新興文體／文類誕生的形式籲求，不僅體現出小說作家自身文學／文化觀念的微妙變化情形，同時也意味著新的藝術形式以不同的話語形式應時而生的可能性。如緒論所言，明清兩代論者談及明代四大奇書敘事表現時，多有從「演義」的觀點進行評述的情形，顯示論者對於四大奇書敘事創造，乃在「演義」的基礎上開展而來的話語表現，有著某種程度的共識。因此，對於四大奇書敘事生成的共相性探討，自然必須從「演義」作爲一種文體／文類的屬性進行分析。

一、「演義」作為一種文體／文類的基本認知

自《三國志通俗演義》刊刻以來，後續之作同樣以「演義」命名小說而刊印者可謂「與正史分籤並架」，[46]數量相當繁多。然則究竟何爲「演義」？又應當如何理解「演義」的話語性質呢？庸愚子〈《三國志通俗演義》序〉曰：

---

[46] 可觀道人：〈《新列國志》敘〉，見黃霖、韓同文選注：《中國歷代小說論著選》（上）（南昌：江西人民出版社，2000年），頁247。

若東原羅貫中，以平陽陳壽《傳》，考諸國史，自漢靈帝中平元年，終于晉太康元年之事，留心損益，目之曰《三國志通俗演義》。文不甚深，言不甚俗，事紀其實，亦庶幾乎史，蓋欲讀誦者，人人得而知之，若《詩》所謂里巷歌謠之義也。[47]

又修髯子〈《三國志通俗演義》引〉亦曰：

史氏所志，事詳而文古，義微而旨深，非通儒夙學，展卷間，鮮不便思困睡。故好事者以俗近語，檃括成編，欲天下之人，入耳而通其事，因事而悟其義，因義而興乎感，不待研精覃思，知正統必當扶，竊位必當誅，忠孝節義必當師，奸貪諛佞必當去，是是非非，了然於心目之下，裨益風教，廣且大焉，何病其贅耶？[48]

據上述看法，《三國志通俗演義》之所以「據史演義」，無乃源於寫定者秉持「通俗為義」和「裨益風教」的著述意識，期能在「留心損益」之間，借編寫史事以隱括足為讀者借鑒之情理事體。如此書寫作為，不僅影響後續講史之作起而倣效的編纂與創作，而且促成「歷史

[47] 庸愚子：〈《三國志通俗演義》序〉，見黃霖、韓同文選注：《中國歷代小說論著選》（上），頁108。

[48] 修髯子：〈《三國志通俗演義》引〉，見黃霖、韓同文選注：《中國歷代小說論著選》（上），頁115。

演義」蔚爲繁榮，[49]甚而成爲明清章回體小說最早成熟的一個流派。[50]

然而值得注意的是，「演義」作爲一種文體／文類，在後來的發展中並不僅僅限於「講史」演義一途，反倒是「入耳而通其事，因事而悟其義，因義而興乎感」的敘事原則，進而促成《忠義水滸傳》、《西遊記》和《金瓶梅詞話》等類型演義之作的寫定本相繼出現，並廣泛影響了後續明清長篇小說作者的編創思維，從而擴大演義體小說創作的類型範疇。如雉衡山人〈《東西兩晉演義》序〉曰：

> 一代肇興，必有一代之史，而有信史有野史。好事者聚取而演之，以通俗諭人，名曰演義，蓋自羅貫中《水滸傳》、《三國傳》始也。羅氏生不逢時，才鬱而不得展，始作《水滸傳》以抒其不平之鳴，其間描寫人情世態、宦況閨思種種，度越人表，迨其子孫三世皆啞，人以爲口業之報。而後之作《金瓶梅》、《痴婆子》等傳者，天且未嘗報之，何羅氏之不幸至此極也？良亦尼父惡作俑意耳。[51]

又章學誠《丙辰札記》曰：

---

[49] 有關「歷史演義」作小說流派的系統性探討，可參紀德君：《明清歷史演義小說藝術論》（北京：北京師範大學出版社，2000年）。

[50] 參陳文新、魯小俊、王同舟：《明清章回小說流派研究》（武昌：武漢大學出版社，2003年），頁1-24。

[51] 雉衡山人：〈《東西兩晉演義》序〉，見丁錫根編著：《中國歷代小說序跋集》（中），頁939-940。

> 凡演義之書，如《列國志》、《東西漢》、《說唐》及《南北宋》，多紀實事；《西遊》、《金瓶》之類，全憑虛構，皆無傷也。惟《三國演義》，則七分實事，三分虛構，以致觀者，往往爲所惑亂，……。[52]

由引文中可知，在通俗小說發展過程中，論者不論從「實錄」或「虛構」的角度對明清長篇小說創作進行評論時，實多從「演義」的觀點入手，因此《金瓶梅》、《痴婆子》亦出現在評論之列，其中便反映出一種關於文體／文類上的可能共識。不容諱言，明清文人讀者對於「演義」作爲一種話語表現的寬泛性理解，當已逸出「以通俗形式演正史之義」的初始規定，進而逐漸朝向廣泛指稱對歷史現象、人物故事的通俗化敘述。[53]因此在「稗官野史」的解讀觀點中，舉凡長篇章回體小說之作皆足可視爲「演義」，乃成爲明清諸多論者看待此一文體／文類話語屬性的基本認知。

二、「演義」作為一種文體／文類的話語表現

既然「演義」是認識明代四大奇書的文體／文類屬性的重要概念，那麼又應當如何看待「演義」的話語表現呢？今可見者，作爲「小說」一種的「通俗演義」，其發展源流主要源自宋代說話伎藝活

---

[52] 章學誠：《丙辰札記》，見朱一玄編：《明清小說資料選編》（天津：南開大學出版社，2006年），頁76。

[53] 譚帆：〈論明代小說學的基礎觀念〉，《中山大學學報》（社會科學版），2008年第2期，頁71-81。

動。綠天館主人〈《古今小說》序〉即曰：

> 史統散而小說興。始乎周季，盛於唐，而浸淫於宋。韓非、列御寇諸人，小說之祖也。《吳越春秋》等書，雖出炎漢，然秦火之後，著述猶希。迨開元以降，而文人之筆橫矣。若通俗演義，不知何昉？按南宋供奉局，有說話人，如今說書之流，其文必通俗，其作者莫可考。泥馬倦勤，以太上享天下之養。仁壽清暇，喜閱話本，命內璫日進一帙，……。於是內璫輩廣求先代奇蹟及閭里新聞，倩人敷演進御，以怡天顏。然一覽輒置，卒多浮沉內庭，其傳布民間者，什不一二耳。……暨施、羅兩公，鼓吹胡元，而《三國志》、《水滸》、《平妖》諸傳，遂成巨觀。要以韞玉違時，銷鎔歲月，非龍見之日所暇也。[54]

又笑花主人〈《今古奇觀》序〉曰：

> 小說者，正史之餘也。……至有宋孝皇以天下養太上，命侍從訪民間奇事，日進一回，謂之說話人，而通俗演義一種，乃始盛行。然事多鄙俚，加以忌諱，讀之嚼蠟，殊不足觀。元施、羅二公，大暢斯道，

---

[54] 綠天館主人：〈《古今小說》序〉，見黃霖、韓同文選注：《中國歷代小說論著選》（上），頁225。

> 《水滸》、《三國》，奇奇正正，河漢無極。論者以二集配伯喈、《西廂》傳奇，號四大書，厥觀偉矣。[55]

姑且不論這則資料論及宋皇喜閱話本一事是否可信，惟據此可知，在宋代說話伎藝影響下，「通俗演義」之產生乃源於說話人講唱各類型故事，其後並經記錄或敷演而成書面形式的「話本」，再經由後來編寫者進一步敷演而成書，最終才逐漸發展演變成爲《三國》和《水滸》之類長篇巨觀的小說之作，從此「大暢斯道」。不論從口頭表演或書面寫定的角度來看，「演義」乃是說書藝人或文人編創者在以「通俗」爲前提下，根據「先代奇蹟及閭里新聞」等原始素材進行重新改編的展演活動或創作形式。在早期通俗小說發展的軌跡中，這樣一種創作方式乃是一種常態，甚至可以說是一種慣例。誠如陳大康所言：「在很長的一段時期內，那些古代的作家們都忙於將話本、戲劇、民間傳說乃至正史中的故事改編爲小說。他們中間也有不少人想藉此表達自己對現實生活的感受，但在處理情節的發展、人物形象的塑造等問題時，又不得不屈從於原作的限制。古代的作家在經歷了長期曲折的創作實踐過程之後，才逐漸意識到他們完全可以而且也應該用小說來直接反映自己置身於其間的現實生活，只有在這時，他們才慢慢地走上了獨立創作的道路。」[56]在此一通俗文學發展脈絡的影響下，《三國志》、《水滸》、《平妖》諸傳的寫定者自然也承繼了上述創作觀念，且在有意發揮的創作意圖主導下，因而得以創造出篇幅漫長的巨觀之作，深刻地展現出不同於前代創作的美學觀念和藝術形

[55] 笑花主人：〈《今古奇觀》序〉，見黃霖、韓同文選注：《中國歷代小說論著選》（上），頁270。

[56] 陳大康：《通俗小說的歷史軌跡》（長沙：湖南出版社，1993年），頁5。

式表現。是以自問世出版以來，即深受不同階層讀者的關注。

事實上，「演義」作爲一種創作策略，時至明代大爲興盛，整體創作實績遠勝於宋元兩代，綠天館主人即言：「皇明文治既郁，靡流不波；即演義一斑，往往有遠過宋人者。」[57]而此一創作轉向的發生，使得各家「演義」在書面寫定過程中，得以因此逐漸凝定成爲一種文體／文類，對於明代通俗小說文體形態的轉型、變遷和發展的確具有深遠的影響。此一影響情形，早已受到晚明以來論者的重視。天許齋在〈《古今小說》題辭〉中便提及兩者之間的聯繫曰：

> 小說如《三國志》、《水滸傳》稱巨觀矣。其有一人一事，可資談笑者，猶雜劇之於傳奇，不可偏廢也。本齋購得古今名人演義一百二十種，先以三之一爲初刻云。[58]

又如睡鄉居士在〈《二刻拍案驚奇》序〉曰：

> 今小說之行世者，無慮百種，然而失眞之病，起於好奇。……至演義一家，幻易而眞難，固不可相衡而論矣。……即空觀主人者，其人奇，其文奇，其遇亦奇，因取其抑塞磊落之才，出緒餘以爲傳奇，又降而

[57] 綠天館主人：〈《古今小說》序〉，見黃霖、韓同文選注：《中國歷代小說論著選》（上），頁225。

[58] 天許齋：〈《古今小說》題辭〉，見黃霖、韓同文選注：《中國歷代小說論著選》（上），頁236。

爲演義。此《拍案驚奇》之所以兩刻也。[59]

由此可知，在明人小說觀中，「演義」作爲一種文體／文類屬性的話語表現，並不等同於宋元以前傳統目錄學觀點下以文言創作的小說，對此論者大體已有清楚的看法。此外，所謂「演義」的指稱對象，事實上並不僅僅專稱以明代四大奇書爲範式的長篇小說而已，而是同時包括以《三言》、《二拍》爲範式的短篇小說在內。

以今觀之，在宋元以來的「小說」發展基礎上，不論是長篇或短篇小說，兩種「演義」形態在話語生成方式及其構成上具有某種一致性的體製表現。具體而言，「小說」的形式體製基本上包含六個層面：即題目、篇首、入話、頭回、正話、篇尾。「話本」一詞，基本上是說話藝術底本的總稱，而「小說」、「平話」、「詞話」等則是「話本」的分類名稱。因此，不論長篇演義或短篇演義的話語體製形式，都是在宋元說話伎藝的基礎上逐漸發展而來，主要以通俗淺近的語言進行書寫，且多附以街談巷語、古今傳聞。行文不僅要求會通其義，而且特以「辭話」（詞話）敷演而成。其中，長篇演義是從「平話」逐漸發展而來，則是無庸置疑的事實。[60]可觀道人〈《新列國志》敘〉曰：

小說多瑣事，故其節短。自羅貫中氏《三國志》一

---

[59] 睡鄉居士：〈《二刻拍案驚奇》序〉，見黃霖、韓同文選注：《中國歷代小說論著選》（上），頁266-267。

[60] 胡士瑩：《話本小說概論》（上）（北京：中華書局，1980年），頁133-194。

書，以國史演爲通俗演義，汪洋百餘回，爲世所尚。[61]

在上述認知基礎上，《三國志通俗演義》和《忠義水滸傳》作爲演義小說之一種，將「演義」的篇幅從「節短瑣事」的形式一變而成爲「長篇章回」，因而被視爲「演義」的巨觀之作。但即使如此，在明人眼中，其話語體製實際上仍與《三言》、《二拍》等話本相近，兩者在表達形式共享一套話語慣例，整體書寫性質其實並無太多差異。[62]若說其中存在差別，則或僅僅只在於「篇幅長短不同」而已。[63]

從表面上看來，「演義」作爲通俗小說的話語形式，一般在評者的眼光中「固喻俗書」，[64]「非國史正綱，無過消遣於長夜永晝，或解悶於煩劇憂愁，以豁一時之情懷」，[65]甚至與唐人小說相較，明顯缺乏婉轉風致。綠天館主人〈《古今小說》序〉即曰：

---

[61] 可觀道人：〈《新列國志》敘〉，見黃霖、韓同文選注：《中國歷代小說論著選》（上），頁247。

[62] 從話語體製的表現來看，長篇演義與短篇演義之間，的確在闡釋義理的前提下，共同分享著一套表達慣例和話語形式。但據筆者研究所見，兩者在著述意識和創作意圖的展現方面，卻可能有其根本區隔，各自承擔不同文化釋義功能。目前本書主要以長篇演義——明代四大奇書為研究對象，日後再針對短篇演義進行考察，謹此說明。

[63] （美）韓南（Patrick Hanan）在西方novel和novella的對比分析基礎上審視中國白話小說文體表現，指出：「但中國小說卻不同，長篇和短篇小說的來源，敘述型式、歷史，大體上相同，唯一的區別只在篇幅。」見氏著，尹慧珉譯：《中國白話小說史》（*The Chinese vernacular story*）（杭州：浙江古籍出版社，1989年），頁23。

[64] 陳繼儒：〈《唐書演義》序〉，見黃霖、韓同文選注：《中國歷代小說論著選》（上），頁138。

[65] 酉陽野史：〈《新刻續編三國志》引〉，見黃霖、韓同文選注：《中國歷代小說論著選》（上），頁179。

> 大抵唐人選言，入於文心；宋人通俗，諧於里耳。天下之文心少而里耳多，則小說之資於選言者少，而資於通俗者多。試令說話人當場描寫，可喜可愕，可悲可涕，可歌可舞；再欲捉刀，再欲下拜，再欲決脰，再欲捐金；怯者勇，淫者貞，薄者敦，頑鈍者汗下。雖小誦《孝經》、《論語》，其感人未必如是之捷且深也。噫，不通俗而能之乎？[66]

由此可知，「通俗」被視爲演義之作的主要美學屬性，其創作認知和目的自然有別於以文言書寫的稗官野史和筆記小說。但在許多明代讀者的小說觀中，演義之作即便以通俗話語形式爲之，卻仍不斷強調具有足堪「佐經史之窮」並成爲「六經國史之輔」者的文化功能。無礙居士〈《警世通言》敘〉即曰：

> 野史盡眞乎？曰：不必也。盡贗乎？曰：不必也。然則，去其贗而存其眞乎？曰：不必也。《六經》、《語》、《孟》，譚者紛如，歸於令人爲忠臣，爲孝子，爲賢牧，爲良友，爲義夫，爲節婦，爲樹德之士，爲積善之家，如是而已矣。經書著其理，史傳述其事，其揆一也。理著而世不皆切磋之彥，事述而世不皆博雅之儒。於是乎村夫稚子，里婦估兒，以甲

[66] 綠天館主人：〈《古今小說》序〉，見黃霖、韓同文選注：《中國歷代小說論著選》（上），頁225-226。

> 是乙非爲喜怒，以前因後果爲勸懲，以道聽途說爲學問，而通俗演義一種，遂足以佐經書史傳之窮。……事眞而理不贗，即事贗而理亦眞，不害於風化，不謬于聖賢，不戾於詩書經史，若此者其可廢乎！[67]

此中值得注意的是，在通俗的認知觀點之上，明人將「演義」置於六經國史之外的「小說」場域之中，更有意將通俗小說話語與文言小說話語等同並置看待的說法，則顯示出明代中葉以來，諸多文人的小說觀念已在寬泛理解的認知中，進入了一個新的轉變和融合的階段。[68]

三、「演義」作為一種文體／文類的接受情形

明代中葉以來，隨著小說觀念的轉變及商業經濟的發達，直接或間接促成通俗文化市場蓬勃發展。笑花主人〈《今古奇觀》序〉曰：

> 迄于皇明，文治聿新，作者競爽。勿論廊廟鴻編，即稗官野史，卓然敻絕千古。說書一家，亦有專門。然《金瓶》書麗，貽譏于誨淫；《西遊》、《西洋》，逞臆于畫鬼。無關風化，悉取連篇。墨憨齋增補《平妖》，窮工極變，不失本末，其技在《水滸》、《三

[67] 無礙居士：〈《警世通言》敘〉，見黃霖、韓同文選注：《中國歷代小說論著選》（上），頁230。

[68] 譚帆：〈「演義」考〉，頁106-108。

> 國》之間。至所纂《喻世》、《警世》、《醒世》三言，極摹人情世態之歧，備寫悲歡離合之致，可謂欽異拔新，洞心駴目。而曲終奏雅，歸於厚俗。即空觀主人壺矢代興，爰有《拍案驚奇》兩刻，頗費搜獲，足供談麈。[69]

姑且不論笑花主人對於諸種通俗演義的評價是否允當，惟從「說書」一門觀之，不論長篇如《三國》、《水滸》、《金瓶》、《西遊》或短篇如《三言》、《二拍》等「演義」之作盛行於世，乃是不爭的事實。如前文所言，長期以抄本形式流傳的《三國志通俗演義》，經由司禮監刊刻之後，以及武定侯郭勛與都察院亦分別刊印《三國志通俗演義》和《忠義水滸傳》，兩書隨即受到讀者喜愛和重視，共同被視爲演義「巨觀」之作，可謂爲後來長篇通俗小說的迅速發展奠定了基礎。[70]

基本上，「自羅貫中氏《三國志》一書，以國史演爲通俗演義，汪洋百餘回，爲世所尚。」[71]其後「通俗演義之所由名」，無乃基於「文不能通而俗可通」[72]的敘事原則進行創作。甄偉〈《西漢通俗演義》序〉曰：

---

[69] 笑花主人：〈《今古奇觀》序〉，見黃霖、韓同文選注：《中國歷代小說論著選》（上），頁270。

[70] 參陳大康：《通俗小說的歷史軌跡》，頁67-103。

[71] 可觀道人：〈《新列國志》敘〉，見黃霖、韓同文選注：《中國歷代小說論著選》（上），頁247。

[72] 袁宏道：〈《東西漢通俗演義》序〉，見黃霖、韓同文選注：《中國歷代小說論著選》（上），頁184。

> 西漢有馬遷史，辭簡義古，爲千載良史，天下古今誦之，予又何以通俗爲耶？俗不可通，則義不必演矣。義不必演，則此書亦不必作矣。……言雖俗而不失其正，義雖淺而不乖於理；詔表辭賦，模仿漢作；詩文論斷，隨題取義。使劉項之強弱，楚漢之興亡，一展卷而悉在目中：此通俗演義之所由作也。[73]

因此諸多「講史」演義之作，無不是作家藉由「旁搜事實，載閱筆記」，進而「條之以理，演之以文，編之以序」而成，[74]爲後續其他故事類型的演義之作，提供了可資依循的美學慣例和敘事成規。然而值得注意的是，從明代中葉以來，《三國志通俗演義》和《忠義水滸傳》等講史演義作爲通俗小說一種，雖然頗受時人歡迎；但在正統文人士大夫的接受上，卻又形成了兩極評價的認知觀點，各自反映出不同的小說觀念。首先，天都外臣在〈《水滸傳》敘〉一文中論及《忠義水滸傳》的藝術手法時指出：

> 載觀此書，……。紀載有章，煩簡有則。發凡起例，不雜易於。如良史善繪，濃淡遠近，點染盡工；又如百尺之錦，玄黃經緯，一絲不紕。此可與雅士道，不可與俗士談。視之《三國演義》，雅俗相牽，有妨正

[73] 甄偉：〈《西漢通俗演義》序〉，見黃霖、韓同文選注：《中國歷代小說論著選》（上），頁207。

[74] 余象斗：〈題《列國》序〉，見黃霖、韓同文選注：《中國歷代小說論著選》（上），頁223。

> 史，固大不侔。俗士偏賞之，坐暗無識耳。雅士之賞此書者，甚以爲太史公演義。[75]

由此可見，其時文人雅士亦多有喜觀《水滸傳》者，甚有比附爲「太史公演義」的情形，足見讚賞之意。不過相對來說，胡應麟在《少室山房筆叢》卷四十一「辛部二卷」〈莊嶽委談〉中則是對此提出反面評價，該文曰：

> 今世傳街談巷語，有所謂演義者，蓋尤在傳奇、雜劇下。然元人武林施某所編《水滸傳》，特爲盛行，世率以其鑿空無據，要不盡爾也。……其門人羅本亦效之爲《三國志演義》，絕淺鄙可嗤也。[76]

由於胡應麟秉持傳統史家目錄學的小說觀，視「演義」爲街談巷語及多採古今訛謬傳聞創作而成，加上以「俗語」爲之，實乃「村學究」編造而成的淺鄙之作，因此認爲不足以觀。不過即便評價呈現出南轅北轍的情形，但從上引兩則文字中卻明顯可見一個事實，即以《三國志通俗演義》和《忠義水滸傳》爲代表的講史演義之作在當世頗爲流行，乃是無庸置疑的。具體而言，除縉紳文士階層多有好之者外，一般市民百姓亦喜愛閱聽。在明代四大奇書刊刻和流傳過程中，當後繼小說作家持續以「演義」姿態進行長篇章回通俗小說的纂作，無疑更

---

[75] 天都外臣：〈《水滸傳》敘〉，見黃霖、韓同文選注：《中國歷代小說論著選》（上），頁129。

[76] 〔明〕胡應麟：《少室山房筆叢》（上海：上海書店出版社，2009年），頁436。

有助於人們在閱讀與接受中對於「演義」作爲一種文體／文類的話語屬性進行整體性的確認。

以今觀之，明代四大奇書寫定者以「演義」之姿敷演「詞話」的創作目的，或在於「豁一時之情懷」、「取快一時之耳目」，如西陽野史〈新刻續編《三國志》引〉曰：

> 夫小說者，乃坊間通俗之說，固非國史正綱，無過消遣於長夜永晝，或解悶於煩劇憂愁，以豁一時之情懷耳。今世所刻通俗列傳並梓《西遊》、《水滸》等書，皆不過取快一時之耳目。[77]

但深究四大奇書之後，卻可發現寫定者的著述意識其實有別於一般通俗小說作家，因而使得奇書本身得以展現出不同的敘事意涵和美學表現。西湖釣叟〈《續金瓶梅集》序〉曰：

> 今天下小說如林，獨推三大奇書，曰《水滸》、《西遊》、《金瓶梅》者，何以稱夫？《西遊》闡心而證道於魔，《水滸》戒俠而崇義於盜，《金瓶梅》懲淫而炫情於色，此皆顯言之，夸言之，放言之，而其旨則在以隱、以刺、以止之間。唯不知者，曰怪、曰暴、曰淫，以爲非聖而畔道焉。烏知夫稗官野史足以

[77] 西陽野史：〈新刻續編《三國志》引〉，見黃霖、韓同文選注：《中國歷代小說論著選》（上），頁179。

> 翊聖而贊經者，正如雲門韶濩，不遺夫擊壤鼓缶也。
> 夫得到知精者糟粕已具神理，得道之粗者金石亦等瓦礫，顧人之眼力淺深耳。[78]

由此得見，自四大奇書刊刻和流行以來，論者對於奇書的文體／文類特性的認識，已有擺脫講究以「紀實」爲前提的創作傾向，開始注視小說本身的「虛構」性質及其可能隱含的寄託寓意，並賦予肯定評價。如清代劉廷璣《在園雜志》曰：

> 降而至於《四大奇書》，則專事稗官，取一人一事爲主宰，旁及支引，累百卷或數十卷者。如《水滸》本施耐庵所著，一百八人，人各一傳，性情面貌，裝束舉止，儼有一人跳躍紙上。……再則《三國演義》，演義者，本有其事而添設敷演，非無中生有者比也。……蓋《西遊》爲證道之書，丘長春借說金丹奥旨，以心猿意馬爲根本，而五眾以配五行，平空結構，是一蜃樓海市耳。……若深切人情世務，無如《金瓶梅》，眞稱奇書。欲要止淫，以淫說法；欲要破迷，引迷入悟。……嗟乎！《四書》也，以言文字，誠哉奇觀，然亦在乎人之善讀與不善讀耳。[79]

---

[78] 西湖釣叟：〈《續金瓶梅集》序〉，見黃霖、韓同文選注：《中國歷代小說論著選》（上），頁332。

[79] 劉廷璣：《在園雜志》，見黃霖、韓同文選注：《中國歷代小說論著選》（上），頁388-389。

從寫定的觀點來說，「演義」作爲一種文體／文類，經口頭傳述轉化到書面寫定，其中必然包含作家的歷史觀察和審美趣味。四大奇書寫定者不僅通過「演義」的敘述行爲訴諸自身的情感體驗和思想意向，同時也以此達成自我塑造。在對歷史或現實進行重構的過程中，可以說體現出一種超常出奇的價值選擇。[80]不論在閱讀與接受方面，明代四大奇書在流傳過程中之所以受到衆多讀者的青睞和推崇，無乃緣於各自的話語構成和書寫性質的特殊性，殆無疑義。[81]

第三節　四大奇書的敘述程式和話語展演

在文學史的發展演變過程中，文學作品的生成與傳播，不僅受到歷史文化語境的制約，並且呈現了各種文化體系的交互作用。就實際情形而言，文學活動的產生和運作，並不僅僅是其歷史文化語境的一種單純反映，而是對於它所處的社會環境和時間因素做出相對性自主的各種反應。從宋元以至明代，不論長篇或短篇「演義」逐漸朝向一種新興文體／文類的書面創作形態發展，可以說「既取決於外部的社會文化環境的影響和價值選擇，又取決於對作爲一種書面語體內部的審美價值的選擇」。[82]以今觀之，兩者之間大體共同分享著一套關於

---

[80] 李晶：《歷史與文本的超越——小說價值學導論》（上海：上海社會科學院出版社，1992年），頁55。

[81] 當然，在明清正統文人讀者眼中，並不完全都是從正面讚賞角度接受明代四大奇書，亦時有「誨盜」、「誨淫」之論評，甚至多有視之為不登大雅之堂的情形。然而，縱然如此，都不能掩蓋四大奇書自傳抄階段開始即受到許多文人讀者重視的事實，而且正式出版之後，更是得到廣大市民百姓的接受和閱讀，廣為流傳，在在顯示出四大奇書「別構奇說」，展現出不同於一般通俗小說的出奇筆法和超常思想。

[82] 李晶：《歷史與文本的超越——小說價值學導論》，頁73。

通俗白話小說創作的知識體系和美學慣例。[83]基本上，明代四大奇書作爲長篇通俗小說敘事範式的確立，可以說是「演義」作爲一種文體／文類，在歷時發展中走向規範化的指標性作品。只不過經由晚明以來文人的評改，以及積極建立一套經典閱讀的認知體系和美學成規之後，四大奇書的文人性可以說因此被凸顯出來；但相對地，卻也逐步消解了四大奇書早期版本以「演義」姿態問世時所具備的原始書寫性質和文體規範，甚而造成後來研究者對於四大奇書的諸多解讀，產生以今例古的詮釋誤區。爲了能夠深入探究明代四大奇書的創作認知及其話語表現，則不能不考慮從「演義」的角度，重新理解四大奇書早期版本的創作形態及其系譜聯繫的問題。

一、「說話虛擬情境」的敘述程式

「演義」的生成，主要源自宋元以降說話伎藝活動的影響。從文體發展過程來看，明清長篇通俗演義的出現，其近源主要受到宋元說話伎藝中「講史」一門的影響，早已爲論者所重視。[84]有關「講史」的展演活動和內容，《都城紀勝》在「瓦舍衆伎」曰：「講史書，講說前代書史文、傳興廢爭戰之事。」[85]《夢粱錄》在「小說講經史」

[83] 從前文的討論中可知，「演義」乃明清讀者用以泛指宋元以來發展而成的通俗白話小說。目前有關白話小說文體形式表現的綜合研究，可參王凌：《形式與細讀：古代白話小說文體研究》（北京：人民出版社，2010年）。本書針對「演義」作為一種新興文體／文類的考察，整體研究取向與此有所不同，謹此註記，以提供參照。

[84] 羅書華：〈講史的文體形式及其在章回小說生成史上的重要作用〉，《南京師大學報》（社會科學版），2008年1月，頁127-134。

[85] 〔宋〕灌園耐得翁：《都城紀勝》，見〔宋〕孟元老等著：《東京夢華錄》（外四種）（臺北：大立出版社，1980年），頁98。

曰：「講史書者，謂講說《通鑑》、漢、唐歷代書史文傳，興廢爭戰之事。」[86]其他如《東京夢華錄》、《醉翁談錄》、《西湖老人繁勝錄》和《武林舊事》等文獻都有相關記載。由此可見，講史書者參考《通鑑》和歷代書史文傳編寫說話話本，並通過全知全能的宣講形式加以敷演，以求在「垂戒」與「娛樂」之間傳達「史義」。在有意爲之的前提下，宋元諸家講史書者得以在各自的故事題材上累篇敷演出「巨觀」之作，最終得以通過書面刊刻的方式流傳於世。誠如鄭振鐸所言：「在小說藝術未臻完美之前，長篇著作是很難著手的，只有跟了歷史的自然演進的事實寫去，才可得到長篇。」[87]今之所存諸家宋元講史話本，一般長於四五萬字，多則如《五代史平話》有十餘萬字，篇幅之長，大不同於一般短篇話本。以今觀之，在「演義」的創作基礎上，明代中葉以來長篇通俗演義創作大體承繼了宋元講史話本的敘述程式以建置敘事框架，並在「通俗爲義」的創作認知主導下進行情節建構。

在長篇通俗演義演變和發展的過程中，明代四大奇書作爲「演義」的巨觀之作，自問世以來即受到讀者關注。儘管明代四大奇書的成書年代各不相同，但從發生走向定型的過程中，奇書敘事形態所反映出來的表達方式、美學慣例和文化成規，在相當程度上與宋元講史平話話語體製具有其一致性，這是無庸置疑的事實。目前對於四大奇書成書的源流研究，已經累積相當豐厚的研究成果。然而對於四大奇書是否存在祖本的問題？又祖本的實際面貌爲何？則因受到文獻資料不足的限制，無從得知。即使如此，歷來學界對於四大奇書的演變發

[86] 〔宋〕吳自牧：《夢粱錄》，見〔宋〕孟元老等著：《東京夢華錄》（外四種），頁313。

[87] 鄭振鐸：〈中國小說的分類及其演化的趨勢〉，見氏著：《鄭振鐸古典文學論文集》（上）（上海：上海古籍出版社，2009年），頁342。

展歷程，仍然還是給予極大關注。依據現存文獻資料研判，有關四大奇書祖本的可能面貌，極可能與流傳於民間說話的「詞話」有所關聯。根據孫楷第研究推斷指出：「詞話爲通俗小說之先河。凡吾國舊本通俗小說，皆自詞話出。凡後世文人所撰通俗小說供案頭賞覽者，其唱詞雖有存有不存，要之皆是擬詞話之體。」[88]此一看法的提出，的確有其道理。如嘉靖癸丑年間建陽書坊詹氏進賢堂重刊本《風月錦囊》卷二《精選序編賽全家錦三國志大全》曰：

> 關羽英雄，張飛勇猛，劉備寬仁。桃園結義，誓同生死，天長地久，意合情眞。共破黃巾三十六萬，功蓋諸邦名譽馨。十常侍貪財賄賂，元嶠受非刑。弟兄肅聚山林，國舅將情表聖君，轉受平原縣尹。曹公舉薦，虎牢關上，戰敗如臣，呂布出關，李確報怨，黃允正宏俱受兵。三國志，輯成詞話一番新。[89]

又如錢希言《戲瑕·卷一《水滸傳》》曰：

> 詞話每本頭上，有請客一段，權做過德勝利市頭回，此政是宋朝人借彼形此，無中生有妙處。遊情泛韻，膾炙千古，非深於詞家者，不足與道也。微獨雜說爲

[88] 孫楷第：〈《水滸傳》舊本考——由明新安刊大滌餘人序百回本《水滸傳》推測舊本《水滸傳》〉，見氏著：《滄州集》（上）（北京：中華書局，2009年），頁89。

[89] 徐文昭編：《風月錦囊》，見王秋桂主編：《善本戲曲叢刊》第四輯1（臺北：臺灣學生書局，1987年），頁413。

> 然，即《水滸傳》一部，逐回有之，全學《史記》體。文待詔諸公，暇日喜聽人說宋江，先講攤頭半日，功父猶及與聞。今坊間刻本，是郭武定刪後書矣。郭故跗注大僚，其於詞家風馬，故奇文悉被鏟剃，眞施氏之罪人也。而世眼迷離，漫云搜求武定善本，殊可絕倒。[90]

由兩則引文中清楚可見，《三國志通俗演義》和《忠義水滸傳》問世之前，便可能即有相對完整的「詞話本」行世。此外，《西遊記》是否存在詞話本問題，胡士瑩則根據明代李詡《戒庵漫筆》記載所云：「道家所唱有道情，僧家所唱有拋頌，詞說如《西遊記》、《藍關記》，實匹體耳。」由此推測《西遊記》同樣也可能是由詞話體發展而來的。[91]至於《金瓶梅詞話》，從題名本身保留「詞話」一語來看，無庸置言便已一目了然。從四大奇書文體演變的角度來說，詞話本的存在與否對於奇書寫定成書應當有其不可忽視的影響；但是由於現今未見先行存在的詞話本，實際上無從比較分析四大奇書如何從詞話本演變成爲文人寫定本的發展過程。惟不論如何，根據早期文本形態來看，四大奇書各自作爲「演義」一種，整體話語表現仍然保留了程度大小不等說話展演形式的套語標記則是事實，頗值得給予關注和深入探討。

從宋元以降，「演義」作爲「說書」一門，歷經從「口話敷

---

[90] 錢希言：《戲瑕・卷一《水滸傳》》，見朱一玄、劉毓忱編：《《水滸傳》資料彙編》（天津：南開大學出版社，2002年），頁135。

[91] 胡士瑩：《話本小說概論》（上），頁192-193。

演」到「書面寫定」的形態轉化。其中值得注意的是，在文體／文類發展成型的過程中，不論短篇或長篇的「演義」之作都有可能被不斷改寫，而且「改寫，成了小說文本存在的基本模式，不斷改寫造成寫作主體特徵平均化。從而使所有的中國傳統小說形式特徵趨向於均質一致」。直到明末改寫期結束時，這種「主體平均化和敘述特徵的均質性已形成了強大的敘述程式」，即使進入創作期之後也沒有太大改變，並且不斷延續在整個明清小說創作和發展的歷史進程之中，形成一種獨特的創作現象。[92]以今觀之，此一敘述程式充分表現在諸家「演義」編創者對說書情境的全面化摹擬，從而使得中國古代通俗小說具有形式上的一致性和延續性，進而構成一種表達的基本形式和規律。[93]

「演義」作爲一種展演活動和表達形式，從「口話敷演」轉變成爲「案頭寫定」，可以說是在不同世代作家吸收前人之作的藝術經驗下，逐漸發展成爲具有規範化和定型化的話語體製。但在書面寫定的情況下，整體話語表現並未放棄口頭展演的套語形式，反而仍然不斷地運用說話人的虛擬修辭策略（simulated rhetoric of the storyteller）。在仿製「說話」虛擬情境（simulated context of storytelling）的敘述程式主導下，「演義」作家因而得以在書面化過程中加以利用，並建構一種特定的修辭策略和敘事成規。[94]對於此一敘述程

---

[92] 趙毅衡認為「這個傳統程式得以延續的原因，是白話小說在中國文化中的地位沒有改變，不管作者本人在創作中投入多少精力，對他自己的創作成果多麼珍視，白話小說文類限制了它的文本地位，從而限制了它的著作主體強度與敘述形式的獨創可能。」見氏著：《苦惱的敘述者——中國小說的敘述形式與中國文化》（北京：北京十月文藝出版社，1994年），頁22。

[93] 趙毅衡：《苦惱的敘述者——中國小說的敘述形式與中國文化》，頁19。

[94] （美）韓南（Patrick Hanan）著，尹慧珉譯：《中國白話小說史》，頁1-22。

式的功能表現，美國學者韓南（Patrick Hanan）認爲：

> 說書的情境是一種隱喻，是對過去相互交流的一種方式的模仿，是作者與讀者雙方爲了使交流成功而提供的相互默認爲假設的情境。從它在中國小說中非凡的持久性來看，它作爲一種模式或隱喻是非常成功的。[95]

因此從文體創造的角度來說，在進入書面創作階段之後，不論短篇或長篇「演義」始終共享著由宋元說話伎藝轉化而來的一套表達慣例。表面上，兩者的話語表現和敘事特徵固然多少有其些微差異，但在「說給人聽」的表達方式上，大致仍具有其相對的一致性和固定性。在此一創作認知和發展背景中，明代四大奇書在篇幅、情節建構和結構形式方面，固然已有突破傳統演義之作的創作動機和話語表現，但話語構成大體上仍然保留了「說書人」主導敘事生成的敘述程式。因此在明代文人的觀念中，四大奇書即便各顯藝術特色，並且獲得不少關注，卻在書寫性質上仍舊被視爲「通俗小說」之屬。

在「演義」的創作認知和言說方式上，明代四大奇書的敘事框架正是遵循著說話伎藝的敘述程式而建立起來的。在四大奇書中，「敘

---

[95] （美）韓南（Patrick Hanan）著，曹虹、王青平譯：〈中國短篇小說——年代、作者、作法的研究（一）〉，《明清小說研究》，1986年第1期，頁377。

述者」以「說書人」形象現身，[96]主要任務不僅僅止於傳述事件和組織故事而已，而是必須爲讀者提供一套帶有特定價值觀點的解釋和評論，進而引領讀者領會故事背後所蘊含的思想意義。因此，在此一對話空間中，由說書人引生「現場情境」（situational context）的敘述格局，幾乎可視爲成爲「演義」之作在結構和風格上的常規。[97]敘述者不僅可以引領讀者根據套語標記的引導融入文本之中，消弭認知距離，而且可以在模擬對話的形式中，引發讀者的思想投射和情感共鳴，從而促成文本意義的深刻實現。究其實質表現，此一創作認知和言說方式，主要是承襲宋元講史平話而來。誠如魯德才考察講史平話說書人形象時所言：

> 面對文化層次不同的欣賞對象，就要抓住聽眾的注意力，並使他們的注意力保持愈久愈好。因此，爲了調動聽者的感受、思考、聯想、想象等心理活動積極運

---

[96] 王平曾經針對魏晉南北朝以至於明清以來的古代小說作一番考察，由此發現敘述者變化演進的軌跡，以及古代小說因此而不斷發展的歷程。其中將敘述者概分為四類：即「史官式」、「傳奇式」、「說話式」和「個性化」。基本上，四大奇書雖然是供閱讀的案頭文學，但卻程度不同地保留了口頭文學的特徵，其敘述者仍保留著說書人的身分。不過，王平在上述認知基礎上另提看法，即「『四大奇書』中的敘述者與作者基本上是相一致的。也就是說，作者的愛憎褒貶與敘述者所表露的情感沒有太大的差別。這實際上是『史官式敘述者』與『說話式敘述者』的重疊。我們可以認為『四大奇書』的作者是在用說書的方式講述著某種『歷史』，只不過這種『歷史』虛構的程度大小有所不同罷了。」見氏著：《中國古代小說敘事研究》（石家莊：河北人民出版社，2001年），頁45。此一看法的提出，在某種程度上對於敘述者定位的說明仍有其語意未清之處，但從「演義」作為長篇通俗小說創作的文體／文類表現來看，仍然有其可資參考的啓發意義。

[97] 王德威：〈「說話」與中國白話小說敘事模式的關係〉，見氏著：《從劉鶚到王禎和——中國現代寫實小說散論》（臺北：時報文化出版有限公司，1986年），頁26。

> 轉，縮短說書人與聽眾的距離，除了講說能夠使聽眾保持情緒穩定的有趣的故事情節和人物外，在敘事語言上，則採用接近日常生活用語的口頭語言。而在講說時，常顯示敘述主體控制敘事流程的調控職能，時而現身向聽眾直接設問、提示、重複，提醒聽眾對人物與事件的關切、期待的興趣。對某些可能影響聽眾正確判斷理解書文的事件或概念進行詮釋補充，有時對人物事件公開發表說書人自己的道德評價。時而又隱身講說故事。[98]

基本上，四大奇書寫定者即利用平話的敘事成規敷演故事，其中在「說話」的虛擬情境中，敘述者仿製說書人的程式化套語和韻散結合形式講述故事，並且採取全知的敘述語態表達個人對於歷史的觀照和解釋，因此不斷在「話說」、「卻說」、「且說」、「再說」、「正是」、「眞是」、「只見」、「原來」、「看官聽說」、「有詩爲證」、「且聽下回分解」以及「開卷詩詞」、「結尾詩詞」等套語運用下，爲自身與看官之間創造出一種具有道德、情感和思想意識交流的對話空間，爲文本構築了一種「似眞」（verisimilitude）的敘事效果。不過，美國學者浦安迪則是基於「文人小說」觀點對此一敘述程式和文體表現提出不同見解：

> 雖說各自出於民間傳統的說書資料，而其寫定成書的

[98] 魯德才：《古代白話小說形態發展史論》（天津：南開大學出版社，2002年），頁66。

> 歷程都遠遠脫離了那些故事的來源，終於化身造成新的文學體裁。對於這一文體以套用說書術語爲慣例一事，我們不妨借取所謂「擬話本」之「擬」字的用法，稱之爲「擬體通俗小說」，以說明這全套的修辭技巧都是故意用來創造出一系列特殊的美學效果。[99]

當然，浦安迪建構「奇書」文體的概念時，主要從小說文本的深層結構安排進行考察，因而將「說話虛擬情境」的敘述程式視爲一種修辭技巧表現。[100]在理論設想上，爲了說明「奇書」作爲文人小說的創作事實和美學慣例，於是別出心裁地以「擬體通俗小說」之名稱之。在某種意義上，此一看法的提出，可以說從「文人小說」的觀點解構了四大奇書作爲「演義」之作的通俗性質，對於提升明代四大奇書的文學位階和文化定位而言，無疑有其積極意義和參考價值。但相對地，雖然如此說法凸顯了「奇書」創作的特殊性，但實質上並未必能完全符應於明代文人視「演義」爲通俗小說總稱的小說觀念和評論觀點。

當然，在明代四大奇書中，《三國志通俗演義》作爲改革「演義」創作形態的先行文本，奇書寫定者似乎的確有意在「演史取義」

---

[99] （美）浦安迪（Andrew H. Plaks）：〈《紅樓夢》與「奇書」文體〉，見'93中國古代小說國際研討會學術委員會編：《'93中國古代小說國際研討會論文集》（北京：開明出版社，1996年），頁354。該文另見氏著，劉倩等譯：《浦安迪自選集》（北京：生活．讀書．新知三聯書店，2011年），頁221-244。

[100] （美）浦安迪在〈前現代的中國小說〉一文中以「文人小說」觀點解讀四大奇書時，似乎認為上述模擬口頭敘述的「虛擬的說書情境」（simulated context）及其公式化套語在小說敘述中的突出運用，在相當程度上加深了中國小說藝術起源於職業說書人表演標誌的誤解。見氏著，劉倩等譯：《浦安迪自選集》，頁87-88。

的認知基礎上，爲「演義」創造出一種新文體／文類，而其中即可能蘊含深刻的文人意識和審美觀念。因此，在「據正史、採小說、徵文辭、通好尚」[101]的基礎上，已嘗試擺脫傳統演義之作的敘述程式。關於此一變革情形，或可從小說的開篇形式觀之。第一則〈祭天地桃園結義〉曰：

> 後漢桓帝崩，靈帝即位，時年十二歲。朝廷有大將軍竇武、太傅陳蕃、司徒胡廣共相輔佐。至秋九月，中涓曹節、王甫弄權，竇武、陳蕃預謀誅之，機謀不密，反被曹節、王甫所害。中涓自此得權。

基本上，在「庶幾於史」的創作觀念主導下，此一開篇形式的確有別於傳統演義之作的表達慣例。在某種意義上，開篇所體現的擬史書寫意識，或許可以視爲「寫定者有意削弱作品的通俗色彩而增強歷史感的措施。」[102]是以《三國志通俗演義》的話語體製，從一開始便建立在「半文言」的語言運用之上，並且在各則敘事中完全省略「回首詩詞」，使得故事的開展具有連貫性，在閱讀上頗有一新耳目之感。然而即使《三國志通俗演義》寫定者有意創造一種新文體／文類，但隨著敘事進程的開展，小說文本中在情節建構過程中所展現的講述方式，卻仍然相當倚賴傳統「說書人」的套語標誌，並未脫離說話伎藝的敘述程式。如第二則〈劉玄德斬寇立功〉敘及劉備三兄弟救董卓回寨後的一番談話情形：

---

[101] 高儒：《百川書志》，見黃霖、韓同文選注：《中國歷代小說論著選》（上），頁117。

[102] 樓含松：《從「講史」到「演義」——中國古代通俗小說的歷史敘事》（北京：商務印書館，2008年），頁289。

> 三人來見董卓，卓問：「見居何職？」玄德對曰：「白身。」卓甚輕之，不與賞賜。玄德出，張飛大怒曰：「我等親赴血戰，救了這廝，到覷人如無物！吾不殺之，難解怒氣！」提刀入帳來殺董卓。試看董卓性命如何，且聽下回分解。

從「試問董卓性命如何，且聽下回分解」的設問套語中，便可見說書情境對於「演義」創作而言，早已成爲一種根深蒂固的敘事模式。事實上，在《三國志通俗演義》之後的長篇演義創作發展過程中，諸多作品並沒有吸收上述《三國志通俗演義》史體化書寫的文體改造觀念，並加以發揮；反倒是在敘事創造中，又向宋元說話伎藝的演出套式靠攏，以之進一步強化「擬說書場」的敘述程式，甚至更促成此一話語體製和回目詩詞的運用方式朝向明確化和精緻化發展。這似乎顯示出，四大奇書的書寫本質，其實體現的仍是一種以「適俗」爲前提的創作傾向。以今觀之，《忠義水滸傳》、《西遊記》和《金瓶梅詞話》三部奇書之作，固然承繼《三國志通俗演義》的長篇章回話語體製，且擁有得天獨厚的藝術成就；但相較於《三國志通俗演義》而言，其他三部奇書的敘事格局，明顯多仰賴於說話虛擬情境的設置。如《忠義水滸傳》第一回〈張天師祈禳瘟疫　洪太尉誤走妖魔〉曰：

> 話說大宋仁宗天子在位，嘉祐三年三月五更三點，天子駕坐紫宸殿，受百官朝賀。但見：祥雲迷鳳閣，瑞氣罩龍樓。含烟御柳拂旌旗，帶露宮花迎劍戟。天香影裏，玉簪朱履聚丹墀；仙樂聲中，綉襖錦衣扶御

駕。珍珠簾捲，黃金殿上現金輿；鳳尾扇開，白玉階前停寶輦。隱隱淨鞭三下響，層層文武兩班齊。

又《西遊記》第一回〈靈根孕育源流出　心性修持大道生〉曰：

你看他瞑目蹲身，將身一縱，徑跳入瀑布泉中，忽睜眼擡頭觀看，那裡邊却無水無波，明明朗朗的一架橋梁。他住了身，定了神，仔細再看，原來是座鉄板橋。橋下之水，沖貫於石竅之間，倒掛流出去，遮閉了橋門。却又欠身上橋頭，再走再看，却似有人家住處一般，眞个好所在。但見那：……。

又《金瓶梅詞話》第一回〈景陽崗武松打虎　潘金蓮嫌夫賣風月〉曰：

說話的，如今只愛說這「情」、「色」二字做甚？故士矜才則德薄，女衒色則情放。若乃持盈慎滿，則爲端士淑女，豈有殺身之禍？今古皆然，貴賤一般。如今這一本書，乃虎中美女，後引出一個風情故事來。

從歷時演變觀點來看，《三國志通俗演義》或許與《忠義水滸傳》、《西遊記》和《金瓶梅詞話》的話語表現存在著一定程度的差異，終是無可避免的事實；但在「演義」的認知上，四大奇書中說書人的存在目的，卻有其相對的一致性，除了有助於引領和規範讀者的閱讀思路和理解之外，在營造「似眞」的交流情境方面，當然也有其不可忽視的修辭功能。進一步來說，明代四大奇書的寫定者正是利用說書情境的記述形式，在敘事過程中創造出一種寫實幻景，並造成讀者的臨場感和意義不假外求的豐滿感（sense of immediacy and plentitude）。是以在適中的距離（middle distance）中，不論題材虛實，說書人總是可以在似眞感的追求下創造出一種眞實的視景，同時也可以由此發表關於歷史和現實生活的評價和感慨。[103]

基本上，明代通俗小說的編創觀念，不僅是影響通俗小說傳播的重要因素，而且深深制約和促進著通俗小說的發展。爲了提升小說作爲小道的文化地位，論者無不在補史、教化和娛樂等方面強化通俗小說的話語表現。[104]如果說「演義」創作的目的，主要在於通過敷演故事以闡釋義理；那麼明代四大奇書寫定者有意在「演義」的創作過程中建立一種敘事成規，並通過說書情境的模擬以建構一種眞實的效果時，除了藉此塡補虛構與眞實世界的裂縫之外，最重要的還在於釋義過程中爲讀者提供可靠的信息。事實上，從敘事交流的角度來說，在全知語態運用下，四大奇書敘述者以不參與故事的異敘述（heterodiegetic）的身分所做出的陳述，在某種程度上都具有不可忽視的「證實權威」（authentication authority）。因此，一旦讀者進入了說話虛擬情境之中時，敘述者以說書人姿態現身所展現的意識形態和心理層面，都足以提供一個令人信服的參考章法，從而保證了作品的意義感。[105]如此一來，在「通俗爲義」的創作認知主導下，整體話語

---

[103] 王德威：〈「說話」與中國白話小說敘事模式的關係〉，見氏著：《從劉鶚到王禎和——中國現代寫實小說散論》，頁29。

[104] 黃卉：〈明代通俗小說的編創觀與其傳播〉，《濟南大學學報》（社會科學版），第20卷第2期（2010年），頁11-16。

[105] 王德威：〈「說話」與中國白話小說敘事模式的關係〉，見氏著：《從劉鶚到王禎和——中國現代寫實小說散論》，頁31。

展演便能在「似真」敘述中，一直引領讀者關注故事情節序列的發展線索，以及在不同道德尺度下的評價問題。

二、「通俗為義」的話語展演

基本上，宋元說話伎藝奠定說書情境的敘事模式，爲「演義」的生發和表達提供了基本的話語體製。在「說話」家數中，如果說以講說時事的「小說」一門的影響，主要在於短篇通俗演義方面；那麼「講史」一門的影響，則在於長篇通俗演義方面，兩家分庭抗禮。其中必須注意的是，「通鑑」類史書，乃是講史者說話或編創作品時的重要參考素材，又可以說是講史小說生發的前源。[106]此外，現存元代平話作爲「原生態的通俗小說」[107]經刊刻而行世，其內容、創作方法和敘事風格實已粗具長篇小說的格局，對於其後「講史」演義的興起同樣具有不可忽視的啓示作用。[108]

在講史平話的前期發展過程中，一般體現出從「口話敷衍」到「書面寫定」的創作進程，或者兩者可能同時兼行於世。根據胡士瑩研究指出，明成化年間發現十三種詞話，其中有關「講史」之作就有三種，即《新編全相說唱足本花關索傳》、《新刊全相唐薛仁貴

---

[106] 紀德君：〈「通鑑」類史書：中國講史小說之前源〉，《社會科學》，2003年第8期，頁112-117。

[107] 有關元代平話的系統化研究，可參盧世華：《元代平話研究——原生態的通俗小說》（北京：中華書局，2009年）。

[108] 有關宋元講史平話的總體性考察研究，可參羅筱玉：《宋元講史話本研究》（北京：中國社會科學出版社，2010年）。

跨海征遼故事》和《新編說唱全相石郎駙馬傳》。[109]時至明代弘治年間，仍有仿擬講史平話之作刊刻印行，據馮貞群〈《孔聖宗師出身全傳》跋〉曰：「《全相孔宗師出身全傳》平話，四卷，二冊。……據末『聖代源流六十二代聞韶弘治十六年襲封衍聖公』，則是書當刻於弘治間也，明矣。平話者，優人採史事敷衍而口話之之謂也。權輿趙宋，俗謂說書，或稱講史。方今赤俄亂華，人欲橫流，視禮法若土梗，疾孔子如蛇蠍，安得起李慥、柳敬亭輩以孔子之道，家喻而戶曉之。人心風俗，庶克稍有裨益乎？」[110]本書原刊今已未見，然依據今存《孔聖宗師出身全傳》版本內容可知，主要以講史形態演述孔子生平事，對於孔子周遊列國、論學訓徒、闡述《詩》、《書》等行蹟事誼做了一番史實敷衍，著述宗旨則意在弘揚儒學教義。可以想見，如同宋元講史平話一般，此書可能只是提供說書者參考的故事底本，因此整體話語表現顯得質樸無華，缺乏可觀的藝術性，而此一創作情形，可能直到嘉靖壬武年間《三國志通俗演義》正式問世之後，才眞正有了極爲可觀的突破和表現。如庸愚子〈《三國志通俗演義》序〉所言：「前代嘗以野史作爲評話，令瞽者演說，其間言辭鄙謬，又失之于野，士君子多厭之。」[111]因此，在雅俗相濟的創作思想主導下，《三國志通俗演義》寫定者創造出大不同於先前「以供村老談說故事」的傳世平話之作，整體藝術成就簡直「不與一切小說等量而齊

---

[109] 胡士瑩：《話本小說概論》（下），頁381-386。

[110] 馮貞群：〈《孔聖宗師出身全傳》跋〉，見丁錫根編著：《中國歷代小說序跋集》（中）（北京：人民文學出版社，1996年），頁753。

[111] 庸愚子：〈《三國志通俗演義》序〉，見黃霖、韓同文選注：《中國歷代小說論著選》（上），頁108。

觀矣」，因而廣受士君子和市井百姓的喜好而爭相謄抄和聽讀。[112]以今觀之，《三國志通俗演義》作爲明清長篇章回演義之作的開創者，其敘事框架和思想旨趣雖來自於《三國志平話》、《三分事略》一類講史平話的影響，大體繼承了講史平話的敘事模式。[113]但兩相比較之後可見，《三國志通俗演義》寫定者，實質上有意在「演史」過程中參照「通鑒」類史書和相關史料素材，整體藝術追求受到創作動機和著述意識的制約，明顯與平話迥異其趣。[114]《三國志通俗演義》的問世，開創了明清長篇通俗演義創作發展的新契機，乃成爲中國古代小說發展史的重要里程碑。

基本上，《三國志通俗演義》的話語表現主要融入文人儒士的審美價值觀念，針對三國歷史事實進行不同於前的通俗化敷衍，並在朝代興亡中積極揭示歷史盛衰之理，闡釋人倫存廢之義，因而爲後續長篇章回演義的創作生成奠定了敘事範式，具有不可忽視的里程碑意義。[115]庸愚子〈《三國志通俗演義》序〉曰：

> 夫史，非獨紀歷代之事，蓋欲昭往昔之盛衰，鑒君臣之善惡，載政事之得失，觀人才之吉凶，知邦家之休戚，以至寒暑災祥、褒貶予奪，無一而不筆之者，有

---

[112] 清溪居士〈重刊《三國志演義》序〉，見丁錫根編著：《中國歷代小說序跋集》（中），頁906。

[113] 胡士瑩：《話本小說概論》（下），頁741。

[114] 參紀德君：《中國歷史小說的藝術流變》（北京：中國社會科學出版社，2002年），頁94-110。魯德才：《古代白話小說形態發展史論》，頁61-76。樓含松：《從「講史」到「演義」——中國古代通俗小說的歷史敘事》，頁304-338。

[115] 參紀德君：《中國歷史小說的藝術流變》，頁51-61。

> 義存焉。[116]

此外，明代佚名〈重刊杭州考證《三國志傳》序〉曰：

> 《三國志》一書，創自陳壽，厥後司馬文正公修《通鑒》，以曹魏嗣漢爲正統，以蜀、吳爲僭國，是非頗謬。迨紫陽朱夫子出，作《通鑑綱目》，繼《春秋》絕筆，迨進蜀漢爲正統，吳、魏爲僭國，於人心正而大道明，則昭烈紹漢之意，始暴白於天下矣。然因之有志不可汩沒，羅貫中氏又編爲通俗演義，使之明白易曉，而愚夫俗士，亦庶幾知所講讀焉。[117]

從以上引文可知，《三國志通俗演義》寫定者的歷史感和歷史意識極爲強烈。此一著述意識的融入，同樣可以在《忠義水滸傳》看出，如李贄〈《忠義水滸傳》敘〉所言：

> 太史公曰：「〈説難〉、〈孤憤〉，賢聖發憤之所作也。」由此觀之，古之賢聖，不憤則不作矣。不憤而作，譬如不寒而顫，不病而呻吟也，雖作何觀乎？《水滸傳》者，發憤之所作也。蓋自宋室不競，

---

[116] 庸愚子：〈《三國志通俗演義》序〉，見黃霖、韓同文選注：《中國歷代小說論著選》（上），頁108。

[117] 佚名：〈重刊杭州考證《三國志傳》序〉，見丁錫根編著：《中國歷代小說序跋集》（中），頁891-892。

> 冠屨倒施，大賢處下，不肖處上。馴致夷狄處上，中原處下，一時君相猶然處堂燕鵲，納幣稱臣，甘心屈膝於犬羊已矣。施、羅二公在元，心在宋；雖生元日，實憤宋事。是故憤二帝之北狩，則稱大破遼以泄其憤；憤南渡之苟安，則稱滅方臘以泄其憤。敢問泄憤者誰乎？則前日嘯聚水滸之強人也，欲不謂之忠義不可也。是故施、羅二公傳《水滸》而復以忠義名其傳焉。[118]

因此，將《三國志通俗演義》、《忠義水滸傳》與明清其他講史演義諸作相比，更能顯現出其思想和藝術上的弘大器識和突出成就。[119]正如孫楷第評論《唐國演義》等四部同書異名作品時，即指出一般歷史演義的藝術缺失：「非史抄、非小說、非文學、非考定，凡前人之性格趣味，既不能直接得之於正史，又不能憑其幻想構成個人理想中之事實人物，……固謂雅俗共賞，實則兩失之無一而是。」[120]此一看法，的確切中諸多歷史演義創作的弊病。然而不可否認，在明清長篇演義的發展過程中，後續而出的歷史演義作家受到《三國志通俗演義》的啓發，無不在「按鑑」的認知主導下效顰而作，因而逐漸發展出以「卷、節與章回體」爲主的體製形式，並以「綱目體」的史傳敘

---

[118] 李贄：〈《忠義水滸傳》敘〉，見黃霖、韓同文選注：《中國歷代小說論著選》（上），頁144。

[119] 沈伯俊：〈《三國演義》與明清其他歷史演義小說的比較〉，見氏著：《《三國演義》新探》（成都：四川人民出版社，2002年），頁124-138。

[120] 孫楷第：《日本東京所見中國小說書目》（臺北：鳳凰出版社，1974年），頁38。

事模式爲參照對象建構而成。[121]在「演史」的認知基礎上，諸多長篇章回演義作家乃得以共同形塑出「市民文化」與「史官文化」並融於一的話語體式。

此外，從「通俗爲義」的觀點來說，《三國志通俗演義》寫定者編爲「通俗演義」的目的，無非在於敷衍史事，闡明義理。「演史」的原因，主要在於正史記事，實則「有義存焉」，然而「顧以世遠人遐，事如棋局」，往往使得「中間故實，若存若滅，若晦若明」，[122]難爲一般世俗百姓所能理解。因此，在「以通俗爲義也者」[123]的創作前提下，「演義」固是屬於「稗官野史」之作，但其話語實踐則旨在「編爲正史之補」[124]。如吉衣主人〈《隋史遺文》序〉曰：

> 史者遺名者何？所以輔正史也。正史以紀事；紀事者何，傳信也。遺史以蒐逸；搜逸者何，傳奇也。傳信者貴眞：爲子死孝，爲臣死忠，摹聖賢心事，如道子寫生，面面逼肖。傳奇者貴幻；忽焉怒發，忽焉嘻笑，英雄本色，如陽羨書生，恍惚不可方物。苟有正史而無逸史，則勳名事業，彪炳天壤者固屬不磨；而

---

[121] 參紀德君：〈明代「通鑑」類史書之普及與「按鑑」通俗演義之興起〉，《揚州大學學報》（人文社會科學版），2003年9月，頁62-66。樓含松：《從「講史」到「演義」——中國古代通俗小說的歷史敘事》，頁285-288。

[122] 陳繼儒：〈敘《列國傳》〉，見黃霖、韓同文選注：《中國歷代小說論著選》（上），頁141。

[123] 陳繼儒：〈《唐書演義》序〉，見黃霖、韓同文選注：《中國歷代小說論著選》（上），頁138。

[124] 林瀚：〈《隋唐志傳通俗演義》序〉，見黃霖、韓同文選注：《中國歷代小說論著選》（上），頁113。

> 奇情俠氣逸韻英風史不勝書者，卒多湮沒無聞；……竊以潤色附史之文，刪削同史之缺，亦存其作者之初念也。相成豈以相病哉？至其忠藎者亟爲褒嘉，奸回者亟爲誅擯，悼豪傑之失足，表驕侈之喪□，無往非昭好去惡，提醒顓蒙，原不欲同圖己也。試叩四方俠客，千載才人，得無相視而笑？「英雄所見略同」，或於正史之意不無補云。⑮

又如呂撫〈《綱鑑通俗演義》自序〉曰：

> 《綱鑑演義》何爲而輯也？通俗也。何言乎通俗也？自皇古以逮晚近，稱良史材者數十家，其最著者，則涑水氏之《通鑑》，紫陽氏之《綱目》也。微言大義，緯地經天，假一字之褒誅，留綱常於萬古，皆聖賢之精意，非俗人所能會通也。呂子安世於治經之外，日取《通鑑綱目》及二十四史而折衷之，歷代之統緒而序次之，歷代之興亡而聯續之，歷代之仁暴忠佞貞淫條分縷析而紀實之。芟其繁，緝其簡，增綱以詳，裁目以略，事事悉依正史，言言若出新聞，始終條貫，爲史學另開生面，不特經生學士，即婦人小

⑮ 吉衣主人：〈《隋史遺文》序〉，見黃霖、韓同文選注：《中國歷代小說論著選》（上），頁274-275。

> 子，逐回分解，亦足以潤色枯腸。末卷專言修身齊家之事，以通俗也，實人人之布帛菽粟也。[126]

事實上，不論從「傳奇貴幻」或「羽翼信史」的批評角度來說，諸家講史演義的刊刻問世，都意圖從不同面向闡釋歷史，這使得「通俗爲義」的著述宗旨和敘事形態表現，得以在各家演義創作中更形明確和落實，共同促成長篇章回演義的蓬勃發展。

在明清小說發展史上，「歷史演義」一種乃是重要創作流派，在歷時發展的過程中，對於長篇通俗小說的創作認知、審美規範和話語體製，無疑具有其定型化的作用。但隨著明代中葉以來通俗小說創作和消費市場的興起，加以史實素材的選擇逐漸出現限制的情形下，晚明以來的演義作家自然而然必須走出通鑑史書的歷史框架，從而轉向投入現實生活之中尋找各種可能的創作素材，從而開始出現突破宋元以來「演史」以「取義」的創作現象，實屬理所當然。如朱之蕃〈《三教開迷演義》敘〉曰：

> 演義者，其取喻在夫人身心性命、四肢百骸、情欲玩好之間，而其究其極，在天地萬物、人心底裏、毛髓良知之內，……于扶持世教風化豈曰小補之哉。[127]

---

[126] 呂撫：〈《綱鑑通俗演義》自序〉，見丁錫根編著：《中國歷代小說序跋集》（中），頁1070。

[127] 見〔清〕潘鏡若編次：《三教開迷歸正演義》，見古本小說集成編委會：《古本小說集成》（上海：上海古籍出版社，1990年），頁4-8。

就此而言，演義之作的「取義」來源和創作取向已經開始有所擴充，實則涵蓋上下天地、內外身心，可謂包羅萬象。以今觀之，在講史演義盛行的時代裡，《西遊記》和《金瓶梅詞話》寫定者如何秉其超前於世的創作認知，各自跨越了「據史演義」的題材框架，爲演義創作另闢新徑，實乃一件大事。而事實上，在「重寫」的基礎上，《西遊記》和《金瓶梅詞話》寫定者的確在原始素材的基礎上創造出全新且獨特的故事類型，在「取喻」書寫之中，進一步促成了長篇通俗演義在敘事形態表現上的重要轉向。此後，在書坊主主宰編創和刊行的商業消費市場影響下，諸多「神魔幻怪」、「人情寫實」類型的演義之作蔚然成風，直可以說引發明代長篇通俗演義創作形態的一場革命。[128]表面上，《西遊記》和《金瓶梅詞話》固非傳統觀點上的「講史」之作，但在「通俗爲義」的創作認知的影響下，論者卻多有立足於「史」的高度上對兩部演義之作進行評論。如陳元之〈全相《西遊記》序〉曰：

> 或曰：「此東野語，非君子所志。以爲史則非信；以爲子則非倫；以言道則近誣。吾爲吾子之辱。」余曰：「否！否！不然！子以爲子之史皆信邪？子之子皆倫邪？子之子此其以爲道道成耳。……史皆中道邪？一有非信非倫，則子史之誣均。誣均則去此書則遠。余何從而定之？故以大道觀，皆非所宜有矣；以天地之大觀，何所不有哉？故以彼見非者，非也；以我見非者，非也。人非人之非者，非非人之非；人之

[128] 陳大康：《通俗小說的歷史軌跡》，頁90-100。

> 非者，又與非者也。是故必兼存之後可。於是兼存焉。而或者乃以爲信。[129]

又如謝肇淛〈《金瓶梅》跋〉曰：

> 其中朝野之政務，官私之晉接，閨闥之媟語，市里之猥談，與夫勢交利合之態，心輸背笑之局，桑中濮上之期，尊罍枕席之語，駔驓之機械意智，粉黛之自媚爭妍，狎客之從臾逢迎，奴佁之稽唇淬語，窮極境象，駴意快心。譬之范工摶泥，妍媸老少，人鬼萬殊，不徒肖其貌，且并其神傳之。信稗官之上乘，爐錘之妙手也。[130]

雖然《西遊記》、《金瓶梅詞話》作爲通俗演義之一種，有其適俗的創作傾向，但是論者仍然將之置於「稗官野史」的場域之上進行評價，並且極力強調演義之作所具有的道德鑒戒或倫理風教的文化功能。是以論者認爲《西遊記》、《金瓶梅詞話》兩部小說固非演史之作，卻仍然蘊含著對歷史觀察和現實關注的「超常」視野。不論從發現或發明的角度來說，奇書寫定者面對歷史／現實而展開演義，其話語創造與現實世界的關係在時空關聯上，已不是簡單的歷史事實或生

---

[129] 陳元之：〈全相《西遊記》序〉，見朱一玄、劉毓忱編：《《西遊記》資料彙編》（天津：南開大學出版社，2002年），頁225-226。

[130] 謝肇淛：〈《金瓶梅》跋〉，見朱一玄編：《《金瓶梅》資料彙編》（天津：南開大學出版社，2002年），頁179。

活事件的羅列，而是在「取喻」的歷史思維中進行情節建構，可以說與《三國志通俗演義》、《忠義水滸傳》具有一脈相承的創作系譜和書寫理念。

在明代文人的小說觀中，雖然諸種「演義」之生成，多有出於編纂者的「臆見」之處，甚至亦多有負面評價情形。但觀今存諸多明清小說序跋文字，大體可見論者有意凸顯「演義」之作「亦有至理存焉」的觀點。[131]此一看法，或如夏履先〈《禪眞逸史》凡例〉中所言及者：

> 一、是書雖逸史，而大異小說稗編。事有據，言有倫，主持風教，範圍人心。兩朝隆替興亡，昭如指掌，而一代輿圖土宇，燦若列眉。乃史氏之董狐，允詞家之班馬。
>
> 一、書稱通俗演義，非故諧謔，以傷雅道。理奧則難解，辭葩則不眞。欲期警世，奚取艱深？舊本意晦詞古，不入里耳。茲演爲四十回，回分八卷，卷臚八卦，刊落陳詮，獨標新異。
>
> 一、此書舊本出自內府，多方重購始得。今編訂當與《水滸傳》、《三國演義》永垂不朽，《西遊》、

[131] 謝肇淛：〈五雜俎〉，見黃霖、韓同文選注：《中國歷代小說論著選》（上），頁167。

> 《金瓶梅》等方之劣已。故其剞劂也，取梨極精，染紙極潔，鐫刻必掄高手，讐勘必悉虎魚，誠海內之奇觀，國門之赤幟也。具眼當自識之，毋爲鴟鳴壟斷者所瞀。[132]

今且不論上述凡例文字對於《禪眞逸史》的藝術表現是否過於誇飾和揄揚，惟明顯可見者，即論者往往標榜其書如《三國志通俗演義》、《忠義水滸傳》一般優秀，而貶低《西遊記》和《金瓶梅》，或有重「實」輕「虛」的認知傾向。但在「適俗」書寫之中，論者明顯刻意強調其具有「補史」和「教化」的文化功能，視之「足以佐經書史傳之窮」，[133]不要將之簡單等同於其他膚淺俗濫的演義之作，提醒讀者對此應該有所注意。

總的來說，在歷史陳述需求的召喚下，「演義」的誕生，可以說反映了明代中葉以來歷史文化語境對於一種新興文體／文類發展的形式籲求。正如劉上生考察所言：

> 通俗小說源於「話」。……「話」繼承「史」的傳統而又突破「史」的傳統，是小說藝術發展的強大動力。因爲它反映了封建後期新興市民階層創造新的文化和文學形式的要求，古代小說的面貌因而煥然改

---

[132] 夏履先：〈《禪真逸史》凡例〉，見黃霖、韓同文選注：《中國歷代小說論著選》（上），頁280-281。

[133] 無礙居士：〈《警世通言》敘〉，見黃霖、韓同文選注：《中國歷代小說論著選》（上），頁230。

> 觀。但由於這個階層文化素質先天不足，故而通俗小說在其發展過程中，又仍須從「史」的傳統乃至雅文化系統中吸取藝術滋養。從某種意義上說，「講史」就是「話」中之「史」，長篇章回的創制就是「話」的傳統與「史」的傳統交匯結果。[134]

在「共成風化之美」的創作前提上，當四大奇書寫定者借助不同故事類型的「演義」以返觀歷史與現實時，在在使得敘事話語得以在一系列事件的情節建構中，深刻揭示歷史興亡盛衰的變化規律及其內在因素，進而從中寄寓風教之思。除此之外，在「演義」編創過程中，四大奇書寫定者得以在「借彼喻此」的書寫策略中積極發揮政治理想，以及在歷史變化發展中對於個人命運和生存定位進行深入考察。正是在此一創作認知主導下，四大奇書寫定者以「小說」之身建構敘事，整體話語實踐無疑造就出一種「大寫」的敘事格局，因而得以受到歷代有識讀者的極大關注，並爲之論評。

---

[134] 劉上生：《中國古代小說藝術史》（長沙：湖南師範大學出版社，2002年），頁6-7。

第二章

「講史」：明代四大奇書的話語實踐

從宋元以降，「講史」說話伎藝盛行，自成一家。在「演義」基礎上，講史書者主要參考《通鑑》類史書進行講述，可以說從歷史編纂的角度，爲其後發展成形的講史小說確立基本的表達形式，並且奠定其作爲通俗歷史讀物的話語屬性。[1]到了明清時代，在實際展演過程中，不論說書人或案頭作者一般恪守眞實性原則進行編創和敷演，而讀者大體上亦是基於將小說所言視爲事實的前提而參與其中。正如夏志清所言：「講史小說自然是當作通俗歷史來寫，也是當作通俗歷史來讀的；即便是荒唐不經的故事，只要附會上一點史實，也很可能被文化程度低的讀者當成事實而不是當作小說看。……但更重要的是，他們對虛構故事的不信任表明，他們相信故事和小說不能僅僅作爲藝術品而存在：無論怎樣加上寓言性的僞裝，它們只有作爲眞事才能證明自己的價值。它們得負起像史書一樣教化民衆的責任。」[2]而事實上，在歷史的召喚中，此一化民成俗的觀念，在宋元以來講史平話創作中，的確已有相當程度的表現。然而在《三國志通俗演義》

---

[1] 紀德君：〈「通鑑」類史書：中國講史小說之前源〉，《社會科學》，2003年第8期，頁112-117。

[2] （美）夏志清著，胡益民譯：《中國古典小說導論》（*The Classic Chinese Novel: A Critical Introduction*）（南昌：江西人民出版社，2003年），頁14。

問世之後，則又在「文參史筆」的話語實踐中有了更進一步的完整發揮，甚且成爲明清長篇通俗演義創作的內在精神圖式（schema）。

《三國志通俗演義》首揭「演義」題名，寫定者力圖通過「演史」的編創方式表達對於歷史的關注，並賦予特定歷史含義，實已有體現出不同於傳統演義之作的創作動機、美學思考和價值選擇。從「演義」作爲一種新文體／文類的觀點來說，衆所周知，《三國志通俗演義》在提升通俗小說地位和建立新的敘事形態方面，無疑爲後來長篇通俗演義創作奠立了一座重要的里程碑。而其中的重要關鍵，主要體現在「重寫歷史」的敘事策略運用之上。誠如庸愚子〈《三國志通俗演義》序〉考察所言：「若東原羅貫中，以平陽陳壽《傳》，考諸國史，自漢靈帝中平元年，終於晉太康元年之事，留心損益，目之曰《三國志通俗演義》。文不甚深，言不甚俗，事紀其實，亦庶幾乎史，蓋欲讀誦者，人人得而知之，若《詩》所謂里巷歌謠之義也。」[3]這段評論概括了兩個重要敘事表現：其一，在「庶幾爲史」的著述意識主導下，《三國志通俗演義》寫定者有意參照史傳典籍的書寫原則和敘述方式進行情節編排，力圖從中傳達個人關注歷史的創作動機和思想旨趣；其二，在「里巷歌謠之義」的美、刺政教思維主導下，《三國志通俗演義》寫定者有意在「演史」過程中採取「通俗爲尚」的敘事筆法，引導讀者領略小說文本背後的深層寓意。在「講史」理念的承衍與置換中，諸如《三國志通俗演義》、《忠義水滸傳》寫定者巧妙地將史傳文學與「說話」伎藝聯姻，[4]可以說在「書法」和「微言大義」方面爲明清長篇通俗演義融鑄典式，具有不可忽

[3] 庸愚子：〈《三國志通俗演義》序〉，見黃霖、韓同文選注：《中國歷代小說論著選》（上）（南昌：江西人民出版社，2000年），頁108。

[4] 韓進廉：《中國小說美學史》（保定：河北大學出版社，2004年），頁132。

視的指導作用。事實上，在「演義」創作的後續發展過程中，隨著創作認知的轉向和題材框架的突破，《西遊記》和《金瓶梅詞話》在各自的「取喻」書寫上，又爲明清長篇通俗演義創作提供不同的故事類型，因而得以造就今之所謂「歷史演義」、「英雄傳奇」、「神魔幻怪」和「人情寫實」四大流派的演義之作，蔚爲繁榮景觀。

在明代四大奇書研究的學術史上，有關四大奇書敘事創造及其話語構成的定位問題，向來是論者研究旨趣之所在。但是以往論者的研究，大都只是滿足於長篇章回體製和題材類型區分的基本認知而已；相對地，對於四大奇書彼此之間，是否在話語實踐及其意識形態方面具有共相表現的討論，一般較無關注。如第一章所言，在「通俗爲義」的認知前提下，論者大體承認明清長篇通俗演義作爲一種特定的話語類型，並有意凸顯其具有「補正史之遺闕」的功能。所以往往將長篇通俗演義與文言小說並置在「正史之餘」的理論框架中，從「逸史」、「稗史」或「野史」的角度進行深淺不一的評論。在某種意義上，長篇通俗演義的話語表現與歷史撰述之間呈現出一種「互文」關係，兩者並無嚴格的區別。正如閑齋老人〈《儒林外史》序〉曰：「古今稗官野史，不下數百千種，而《三國志》、《西遊記》、《水滸傳》及《金瓶梅演義》，世稱『四大奇書』，人人樂得而觀之，余竊有疑焉。稗官爲史之支流，善讀稗官者，可進於史，故其爲書，亦必善善惡惡，俾讀者有所觀感戒懼，而風俗人心，庶以維持不壞也。……嗚呼！其未見《儒林外史》一書乎？」[5]由此可見，閑齋老人將四大奇書並置在「稗官野史」的理論框架中進行評論，無乃有意凸顯晚明以來讀者將四大奇書視爲「史之支流」的重視程度。就話

---

[5] 閑齋老人：〈《儒林外史》序〉，見黃霖、韓同文選注：《中國歷代小說論著選》（上），頁467。

語表現而言，四大奇書固然屬於不同故事類型，且虛、實表現各有不同，但對於認同通俗小說創作的讀者而言，基本認爲四大奇書在道德教化意圖的表現方面，大體具有其相對的一致性。基於上述觀點，本書擬從「講史」的意識形態（ideology）[6]角度，重新考察四大奇書敘事創造的話語特徵、美學慣例和價值體系，期能將研究考察所見，作爲後續考察明清長篇通俗演義創作形態及其發展變化情形的理論基礎。

---

[6] 本書對於「意識形態」（ideology）此一術語概念的理解和使用，主要立足於文學批評的觀點之上。卡瓦納（James H. Kavanagh）對於此一術語概念進行簡要梳理，最後從研究觀點給予結論指出：「『意識形態』指的是必不可少的實踐——『表述體系』是它的產品和支撐物——通過這種實踐，不同的階級、種族和性別的個人，同社會歷史的綱領保持著具體的『體驗關係』。意識形態分析專門研究那些『體驗關係』和表述體系如何被制定、改變以及同具體的政治綱領的聯繫。更負責任的意識形態分析研究也試圖改變有影響的意識形態總體同具體的政治綱領之間的關係。因為如果沒有強大的有影響力的意識形態引導方式來發動，就不會有成功的政治綱領。所以，各種文學文本和文化文本構成了一個社會的意識形態實踐；文學批評和文化批評構成了這樣一種活動：以它自己粗陋的方式，既服從於，也有意識地去改變那種必不可少的社會實踐的政治影響。」（申潔玲譯）見（美）Frank Lentricchia & Thomas Mclaughlin編，張京媛譯：《文學批評術語》（*Critical Terms for Literary Study*）（香港：牛津大學出版社，1994年），頁441。此外，表述體系作為一種描述性的陳述，都在一個往往隱形的價值範疇的網絡中活動，與我們處身其中的社會的權力結構和權力結構互相聯繫。因此根據（英）泰瑞・伊果頓（Terry Eagleton）所言：「『意識形態』，並非簡單指人們所深深固持、往往是無意識的信仰，我是特別指那些感覺、評價、認識和信仰的模式，它們和社會權力的維持與再生有某種關聯。」見氏著，吳新發譯：《文學理論導讀》（*Literary Theory: An Introduction*）（臺北：書林出版有限公司，1993年），頁29。本書從「講史」的意識形態角度討論明代四大奇書的敘事創造表現，主要參考上述兩者的觀點，謹此說明。

第一節　「解史」：四大奇書敘事的歷史性

明代四大奇書各自在「歷史演義」、「英雄傳奇」、「神魔幻怪」和「人情寫實」的故事類型上創造獨特的敘事範式。值得注意的是，四大奇書的話語性質固以「通俗」爲主導，但寫定者無不積極通過重寫素材的方式，表達出個人對於歷史興亡盛衰之道的強烈關注。此一創作取向，或者與明代史學的通俗化現象有所關聯。[⑦]在「講史」的創作認知主導下，不論是以「再現歷史」或「虛構歷史」的方式進行故事新編，當四大奇書寫定者立足於「解史」的基礎上，有意編創「演義」的特殊表達形式時，則可以說共同爲奇書敘事內容融鑄一種不可忽視的「歷史性」（historicality）。[⑧]從參與歷史或現實的角度來說，「演義」作爲一種文體／文類，究竟如何在「通俗爲義」中回應當下歷史文化語境的寫作籲求，進而在互動之中成爲形塑歷史和現實的意識形態的重要形式媒介，無疑相當值得重視。

---

⑦ 有關明代史學通俗化現象的討論，參錢茂偉：《明代史學的歷程》（北京：社會科學文獻出版社，2003年），頁398-409。

⑧ （美）浦安迪（Andrew H. Plaks）在〈前現代的中國小說〉一文中論及中國古代小說的文學史前源時認為，歷史寫作在前現代中國文化全體小說的重要性無與倫比，尤其對於中國小說的發展具有深遠的影響。他指出：「如此多的傳統散文敘事作品，不僅是由對歷史材料與通俗傳說中那些最著名段落的簡單重寫而成，更重要的是對經典史書本身進行狹義的精心修飾：這也是『演義』這一小說亞類型的字面意思之所在。有的作品沒有直接標出『演義』二字，只是自稱為歷史的記錄（『傳』、『記』，諸如此類），這也同樣表明它們以這樣那樣的方式對過往的歷史編年史以批判眼光進行重述或改編。而且，此類正史邊緣的虛構寫作，通常都被稱為——以一種自我辯護的口氣，來掩飾這樣一些瑣屑的費力從事——『史餘』（leftover history）、『外史』（unofficial history）、『野史』（rustic history）或『稗史』（uncultivated history）。」見氏著，劉倩等譯：《浦安迪自選集》（北京：生活·讀書·新知三聯書店，2011年），頁95-96。

一、世變書寫：闡釋歷史的自覺意圖

基本上，「歷史」本身具有其不容忽視的複雜性，而歷史中的「現實」，更是由政治的、社會的、經濟的、文化的等等諸種力量所構成，歷史文本本身所顯現出的某些權力關係，無非反映了寫定者對於自身所處時代文化語境的根本認識。新歷史主義觀點認爲，「歷史」作爲一種特殊文本的存在，並不僅僅是被記錄的系列事件的編年史符號而已，而是史家通過對特定系列歷史事件進行情節建構，並賦予各種可能的意義的話語形式。[9]以今觀之，明代四大奇書寫定者面對既已發生的歷史或當下現實生活而展開「演義」，最終目的並不在於摹寫素材和還原史實，而是依違在「市民文化」與「史官文化」之間進行敘事創造，強化自身作爲再現歷史或虛構歷史的目的和過程。如此一來，不僅使得小說文本體現出特定的歷史意識，同時也使得小說文本所體現的歷史思維具有不可忽視的「意向性」（intentionalität）。[10]

不論明代四大奇書寫定者以何種故事類型進行演義，今通比四大奇書敘事內容後可見，四大奇書敘事創造的共通性，主要體現在對於「世變」情境的關注之上，並以之作爲故事情節開展的歷史時空背

---

⑨（美）海登・懷特（Hayden White）：〈作為文學仿製品的歷史文本〉，見氏著，陳永國、張萬娟譯：《後現代歷史敘事學》（北京：中國社會科學出版社，2003年），頁169-192。

⑩本書所謂「意向性」（intentionalität），指的是「當人想要在外在的各種環境中，繼續生存下去的時候，他不只是想認知這些外在條件，而是想去改變它。人類行為的特色之一在於其內在的意向性，使人們不斷地超脫出他們所處的狀況。」參胡昌智：《歷史知識與社會變遷》（臺北：聯經出版事業公司，1988年），頁20。

景。在「通俗爲義」的創作理念主導下，四大奇書的話語展演對於特定歷史或生活事件的重視，不僅使得奇書創作體現出一種「歷史性」，並且賦予其不可忽視的意識形態內涵。明代嘉靖壬午年刊本《三國志通俗演義》第一則〈祭天地桃園結義〉曰：

> 後漢桓帝崩，靈帝即位，時年十二歲。朝廷中有大將軍竇武、太傅陳蕃、司徒胡廣共相輔佐。至秋九月，中涓曹節、王甫弄權，竇武、陳蕃預謀誅之，機謀不密，反被曹節、王甫所害，中涓自此得政。建寧二年四月十五日，帝會群臣於溫德殿中。方欲陞座，殿角狂風大作，見一條青蛇，從梁上飛下來，蟠於椅上。靈帝驚倒，武士急慌救出，文武互相推擁，倒於丹墀者無數。須臾不見。片時大雷大雨，降以冰雹，到半夜方住，東都城中壞卻房屋數千餘間。建寧四年二月，洛陽地震，省垣皆倒，海水泛溢，登、萊、沂、密盡被大浪捲掃居民入海，遂改年熹平。自此邊界時有反者。熹平五年，改爲光和，雌雞化雄；六月朔，黑氣十餘丈，飛入溫德殿中；秋七月，有虹現於玉堂；五原山岸，盡皆崩裂。種種不祥，非止一端。於是靈帝憂懼，遂下詔，召光祿大夫楊賜等詣金商門，問以災異之由及消復之術。

又明代萬曆年刊容與堂本《水滸傳・引首》曰：

> 這朝皇帝，廟號仁宗天子。在位四十二年，改了九個年號。自天聖元年癸亥登基，至天聖九年。那時天下太平，五穀豐登，萬民樂業，路不拾遺，户不夜閉。這九年謂之一登。自明道元年至皇祐三年，這九年亦是豐富，謂之二登；自皇祐四年至嘉祐二年，這九年田禾大熟，謂之三登。一連三九二十七年，號爲三登之世。那時百姓受了些快樂。誰想道樂極悲生：嘉祐三年上春間，天下瘟疫盛行，自江南直至兩京，無一處人民不染此症。天下各州各府雪片也似申奏將來。且說東京城裏城外，軍民無其大半。開封府主包待制親將惠民和濟局方，自出俸資合藥，救治萬民。那裏醫治得住，瘟疫越盛。文武百官商議，都向待漏院中聚會，伺候早朝，奏聞天子。專要祈禱，禳謝瘟疫。不因此事，如何教三十六員天罡下臨凡世，七十二座地煞降在人間。鬨動宋國乾坤，鬧遍趙家社稷。

又明代萬曆年世德堂刊本《西遊記》第八回〈我佛造經傳極樂　觀音奉旨上長安〉曰：

> 如來講罷，對眾言曰：「我觀四大部洲，眾生善惡，各方不一：東勝神洲者，敬天禮地，心爽氣平；北俱蘆洲者，雖好殺生，祇因糊口，性拙情疎，無多作踐；我西牛賀洲者，不貪不殺，養氣潛靈，雖無上

> 眞，人人固壽；但那南贍部洲者，貪淫樂禍，多殺多爭，正所謂口舌凶場，是非惡海。我今有三藏眞經，可以勸人爲善。」諸菩薩聞言，合掌皈依，向佛前問曰：「如來有那三藏眞經？」如來曰：「我有《法》一藏，談天；《論》一藏，說地；《經》一藏，度鬼。三藏共計三十五部，該一萬五千一百四十四卷，乃是修眞之經，正善之門。我待要送上東土，頗耐那方眾生愚蠢，毀謗眞言，不識我法門之旨要，怠慢了瑜迦之正宗。怎麼得一個有法力的，去東土尋一個善信，交他苦歷千山，詢經萬水，到我處求取眞經，永傳東土，勸化眾生，却乃是个山大的福緣，海深的善慶。誰肯去走一遭來？」當有觀音菩薩行近蓮臺，禮佛三匝道：「弟子不才，願上東土尋一个取經人來也。」

又明代萬曆年刊本《金瓶梅詞話》第一回〈景陽岡武松打虎　潘金蓮嫌夫賣風月〉曰：

> 話說宋徽宗皇帝政和年間，朝中寵信高、楊、童、蔡四個奸臣，以致天下大亂。黎民失業，百姓倒懸，四方盜賊蜂起，罡星下生人間，攪亂大宋花花世界，四處反了四大寇。那四大寇？山東宋江，淮西王慶，河北田虎，江南方臘。皆轟州劫縣，放火殺人，僭稱王

> 號。惟有宋江替天行道，專報不平，殺天下贓官汙吏，豪惡刁民。

從上述四則引文來看，明代四大奇書寫定者關注歷史時所展現的認知模式，無疑在「取喻」書寫上，力求將歷史與現實綰合於敘事之中。在現實的歷史文化語境中，四大奇書寫定者深切感於「世變」之故，國史不彰，因而導致官方政體走向衰微、崩解的狀態，或者個人因欲望追求而遭受生命損害，致使傳統士人所講求「修齊治平」的儒家政治理想，在小說世界中隳毀殆盡。如此一來，「世變」無疑使得個人際遇乃至家國制度面臨命運變化和存亡考驗，甚至對於歷史的未來發展造成極爲重大且深遠的影響。因此，從上述四大奇書對於歷史時空的設定來看，寫定者對於世變情形的關注，乃是奇書敘事得以藉演義以表明歷史闡釋的重要關鍵因素。

明代四大奇書寫定者爲了強化小說文本所具有的歷史性，因而相當重視在「講史」的書寫前提下，通過「演義」創造出獨特的故事類型，並將特定的思想命題建構成爲敘事再現的重要對象。不論四大奇書敘事本質是「紀實」或「虛構」，奇書寫定者出於對「眞實性」的重視，無乃十分重視在小說文本中再現特定歷史情境，因此即使像《西遊記》一書採取神魔幻怪爭鬥的諧謔筆法爲之，仍然必須落實在大唐王朝和取經隊伍遊歷不同西域國家的時空背景之上進行書寫。以今觀之，明代四大奇書之成書，大體皆是在世代累積過程中逐漸形成，最後才由寫定者加工完成。從重寫素材的觀點來說，現存《三國志》、《水滸傳》、《西遊記》和《金瓶梅傳》的寫定者在「寫定」的思想基礎上敷演詞話，其書寫目的實不在於單純地複製或再現歷史事實、生活事件，而是在重寫的過程中，更進一步創造出具有虛構想像特質的歷史。因此在歷時性發展過程中，整體寫作取向已由實存歷史的重寫轉向想像歷史的再造。最終，在特定歷史的再現和闡釋中，無不意圖通過一系列情節事件的編排，由此昭示隱含其中的人情事理及其奧義。[11]

基於上述認知，筆者在此必須特別申明的是，所謂「講史」，其義涵實際上已不同於宋元說話伎藝中的「按鑑演史」，講究對於歷史史實的敷衍和編創，而是在歷時發展中逐步轉化成爲對於「盛衰成敗，廢興存亡」的現象考察，並深化成爲「演義」話語實踐背後既定的意識形態。借蔡元放〈《東周列國志》序〉以言之：

> 夫史固盛衰成敗，廢興存亡之迹也。已然者事，而所以然者理也。理不可見，依事而彰，而事莫備於史。天道之感召，人事之報施，知愚忠佞賢奸之辨，皆於是乎取之，則史者可以翼經以爲用，亦可謂兼經以立體者也。[12]

儘管明代四大奇書成書年代各不相同，但作爲特定歷史文化語境的話語創造，小說文本所牽涉的表達方式、美學慣例和文化成規，都不可避免地都帶有其時代歷史性。不可否認，四大奇書寫定者的歷史思維，不僅僅通過「演義」而建立奇書的獨特敘事形態而已，而且也必

---

[11] （美）夏志清指出：「與白話短篇小說直接來自說書不同，白話長篇小說還和編纂歷史的傳統有很大的關係。修史的傳統影響是如此之大，以致於許多明代的歷史小說可看作是對說書傳統有意識的反動而寫的。」參氏著，胡益民等譯：《中國古典小說導論》，頁10。

[12] 蔡元放：〈《東周列國志》序〉，見黃霖、韓同文選注：《中國歷代小說論著選》（上），頁418。

然要影響並制約著小說的主題和文體的形成與演變。筆者以爲，四大奇書寫定者對於歷史思維的生發與關注，可謂與古代「史官文化」中的敘事意識和精神息息相關。⑬

二、取義為上：歷史敘事傳統的接受

在中國古代文化傳統中，「史貴於文」的價值觀對於中國敘事文學傳統的影響可謂極爲深刻。在「尙史」的文化認知影響下，文人士大夫的歷史意識促進了史官文化的發展，史官制度的建立又加深了文人士大夫的歷史意識。正如董乃斌所言：

> 中國的敘事文學始終和「史」保持著難以割捨的血緣關係。「史」是後代文學家（從文人作家到民間藝人）汲取創作素材和靈感的不竭源泉。無論是在文學家把目光和筆觸伸向當代現實生活之前或之後，歷史題材和歷史人物始終是中國敘事文學的主流。⑭

基本上，中國古代小說與正史的關係，向來是文人關注的焦點。小說作爲一種話語形式，向來側身於文化結構邊緣。因此，文人爲了要能提升小說在文化結構中地位，總是必須以「補正史之遺闕」爲理論前提，在比附和聯繫當中不斷強調小說源出於史傳的事實和精神。傳

---

⑬ 參魯德才：《古代白話小說形態發展史論》（天津：南開大學出版社，2002年），頁42-60。

⑭ 董乃斌：《中國古典小說的文體獨立》（北京：中國社會科學出版社，1994年），頁92。

統上，小說家借鑒史傳的題材、筆法、結構、語言和體製等方面以進行編創，乃成爲一種寫作成規。是以史傳文學的敘事模式，對於古代小說的歷史性和著述意識的表現均具有極爲深遠的影響。以今觀之，四大奇書寫定者關注歷史和現實時所展現的認知模式具有其一致性存在，即共同將敘事的歷史時空背景建立在「世變」的概念之上。奇書寫定者通過重寫素材的敘事策略，藉以表達個人對於歷史的理解和闡釋，最終無不試圖在「世變」之中，深入探求歷史變化的成因和解決之道，因而得以通過不同故事類型賦予話語本身以特殊的歷史含義。

首先，從《三國志通俗演義》中明顯可見，寫定者在「講史」的基礎上進行編創時所體現的歷史意識。如庸愚子〈《三國志通俗演義》序〉曰：

> 夫史，非獨紀歷代之事，蓋欲昭往昔之盛衰，鑒君臣之善惡，載政事之得失，觀人才之吉凶，知邦家之休戚，以至寒暑災祥、褒貶予奪，無一而不筆之者，有義存焉。吾夫子因獲麟而作《春秋》。《春秋》，魯史也。孔子修之，至一字予者褒之，否者，貶之。然一字之中，以見當時君臣父子之道，垂鑒後世，俾識某之善，某之惡，欲其勸懲警懼，不致有前車之覆。此孔子立萬萬世至公至正之大法，合天理，正彝倫，而亂臣賊子懼。故曰：「知我者其惟《春秋》乎！罪我者其惟《春秋》乎！」亦不得已也。孟子見梁惠王，言仁義而不言利；告時君必稱堯舜禹湯；答時臣必及伊傅周召。至朱子《綱目》，亦由是也。豈徒紀

歷代之事而已乎？[15]

從上述引文可見，庸愚子在論述《三國志通俗演義》的話語屬性時，實有意特別強調小說文本的演史作爲與孔子據「魯史」以作《春秋》的著述意識有其一定的聯繫。而其中最重要的關鍵，無非在於四大奇書敘事創造所設定的歷史時空背景，直如《春秋》一般，皆面臨世衰道微、禮崩樂壞的時勢局面，由此展現出四大奇書寫定者特定的歷史關懷。因此，從「有義存焉」的角度來說，《三國志通俗演義》寫定者通過一系列情節事件的重新編排，實則有意藉「世變」書寫，爲讀者昭示隱含於小說文本的情理事體及其歷史含義。而此一作法，對於後來《忠義水滸傳》、《西遊記》和《金瓶梅詞話》等長篇通俗演義創作而言，便可能具有一定程度的啓示和影響。尤其在明代四大奇書敘事創造的過程中，重寫素材策略的選擇和運作，實際上便有其不可忽視的歷史意識和美學考量。因此，倘要清楚釐清明代四大奇書的話語實踐表現時，理當由孔子作《春秋》的自覺意圖和經典意義談起。

《春秋》是中國史學史上第一部編年體私人歷史撰述之作，具有舉足輕重的崇高地位。《左傳・成公十四年》評曰：「春秋之稱，微而顯，志而晦，婉而成章，盡而不污，懲惡而勸善，非聖人，誰能脩之！」[16]至於孔子作《春秋》的背景、目的和理想，則以孟子所言最爲明確。《孟子・滕文公下》曰：

[15] 庸愚子：〈《三國志通俗演義》序〉，見黃霖、韓同文選注：《中國歷代小說論著選》（上），頁108。

[16] 〔春秋〕左丘明傳，〔晉〕杜預注，〔唐〕孔穎達疏：《《春秋左傳》正義》，〔清〕阮元校勘：《十三經注疏》冊6（臺北：藝文印書館，1985年），頁465上。

世衰道微，邪説暴行有作，臣弒其君者有之，子弒其父者有之。孔子懼，作《春秋》。《春秋》，天子之事也。是故孔子曰：「知我者，其惟《春秋》乎！罪我者，其惟《春秋》乎！」⑰

又《孟子·離婁下》曰：

王者之迹息而《詩》亡，《詩》亡，然後《春秋》作。晉之《乘》、楚之《檮杌》、魯之《春秋》，一也。其事則齊桓、晉文，其文則史。孔子曰：其義則丘竊取之矣。⑱

準此而言，孔子在自覺意識當中纂作《春秋》，十分重視在道德鑒戒思想的基礎上建立起經世致用的社會作用和政治目的，其中「取義為上」作為編纂的主要指導原則，則大有深意。面對「世變」的政治情勢，《春秋》一書問世，可謂影響極為深遠，正如《孟子》所言：「孔子成《春秋》而亂臣賊子懼。」⑲而事實上，此一著述宗旨乃普遍受到後人的關注，並有所發揮。董仲舒《春秋繁露·俞序第十七》曰：

---

⑰〔漢〕趙岐注，〔宋〕孫奭疏：《《孟子》注疏》，〔清〕阮元校勘：《十三經注疏》冊8（臺北：藝文印書館，1985年），頁117下。

⑱〔漢〕趙岐注，〔宋〕孫奭疏：《《孟子》注疏》，〔清〕阮元校勘：《十三經注疏》冊8，頁146下。

⑲〔漢〕趙岐注，〔宋〕孫奭疏：《《孟子》注疏》，〔清〕阮元校勘：《十三經注疏》冊8，頁118上。

> 仲尼之作《春秋》也，上探正天端王公之位，萬民之所欲，下明得失，起賢才，以待後聖。故引史記，理往事，正是非，見王公。史記十二公之閒，皆衰世之事，故門人惑。孔子曰：「吾因其行事，而加乎王心焉。」以爲見之空言，不如行事博深切明。故子貢、閔子、公肩子言其切而爲國家資也。其爲切而至於殺君亡國，奔走不得保社稷，其所以然，是皆不明於道，不覽於《春秋》也。故衛子夏言，有國家者不可不學《春秋》，不學《春秋》，則無以見前後旁側之危，則不知國之大柄，君之重任也。[20]

在此一認識基礎上，司馬遷作爲史家，則上承孟子和董仲舒觀點，又有進一步的闡論，如《史記・十二諸侯年表第二》曰：

> 是以孔子明王道，干七十餘君，莫能用，故西觀周室，論史記舊聞，興於魯而次《春秋》，上記隱，下至哀之獲麟，約其辭文，去其煩重，以制義法，王道備，人事浹。七十子之徒口受其傳指，爲有所刺譏褒諱挹損之文辭不可以書見也。[21]

---

[20] 〔漢〕董仲舒撰：《春秋繁露》，《四部備要・經部》（據抱經堂本校刊）（臺北：臺灣中華書局，1965-1966年），卷6，頁12上。

[21] 〔漢〕司馬遷撰，〔南朝宋〕裴駰集解，〔唐〕司馬貞索隱，〔唐〕張守節正義：《史記》冊2，《四部備要・史部》（據武英殿本校刊）（臺北：臺灣中華書局，1965-1966年），卷14，頁1下。

又《史記・太史公自序第七十》曰：

> 上大夫壺遂曰：「昔孔子何爲而作《春秋》哉？」太史公曰：「余聞董生曰：『周道衰廢，孔子爲司寇，諸侯害之，大夫壅之。孔子知言之不用，道之不行也，是非二百四十二年之中，以爲天下儀表，貶天子，退諸侯，討大夫，以達王事而已矣。』子曰：『我欲載之空言，不如見之於行事之深切著明也。』夫《春秋》，上明三王之道，下辨人事之紀，別嫌疑，明是非，定猶豫，善善惡惡，賢賢賤不肖，存亡國，繼絕世，補敝起廢，王道之大者也。……撥亂世，反之正，莫近於《春秋》。《春秋》文成數萬，其指數千。萬物之散聚皆在《春秋》。……故有國者不可以不知《春秋》，前有讒而弗見，後有賊而不知。爲人臣者不可以不知《春秋》，守經事而不知其宜，遭變事而不知其權。爲人君父而不通於《春秋》之義者，必蒙首惡之名，爲人臣子而不通於《春秋》之義者，必陷篡弒之誅，死罪之名。其實皆以爲善，爲之不知其義，被之空言而不敢辭。夫不通禮義之旨，至於君不君，臣不臣，父不父，子不子。夫君不君則犯，臣不臣則誅，父不父則無道，子不子則不孝。此四行者，天下之大過也。以天下之大過予之，則受而弗敢辭。故《春秋》者，禮義之大宗也。夫禮

> 禁未然之前，法施已然之後；法之所爲用者易見，而禮之所爲禁者難知。」[22]

由此可知，面對春秋戰國時期的歷史變動情形，由於「王道」不興，「霸道」盛行，是以孔子自言作《春秋》之志：「我欲載之空言，不如見之於行事之深切著明也。」爲了求王道，別嫌疑，明是非，定猶豫，因而在「屬辭比事而不亂」、「約其辭文，去其煩重」中奠立中國史學敘事傳統，並在「春秋筆法」運用下，建立起勸善懲惡的倫理道德化審美傾向，可以說對於後代史傳書寫產生極爲深遠的影響。因此，司馬遷在《史記・孔子世家第十七》再次強調：「《春秋》之義行，則天下亂臣賊子懼焉。」[23]面對世衰道微的歷史景況，孔子依據魯史修訂而作《春秋》，具有強烈的政治倫理傾向。在「撥亂世反之正」的前提下，《春秋》所建立的「書法」和「義例」，足爲中國敘事傳統垂示典範，可謂居功厥偉。正如劉知幾《史通卷一・六家第一》所言：

> 逮仲尼之修《春秋》也，乃觀周禮之舊法，遵魯史之遺文；據行事，仍人道；就敗以明罰，因興以立功；假日月而定歷數，籍朝聘而正禮樂；微婉其說，志晦其文；爲不刊之言，著將來之法，故能彌歷千載，而

---

[22] 〔漢〕司馬遷撰，〔南朝宋〕裴駰集解，〔唐〕司馬貞索隱，〔唐〕張守節正義：《史記》冊8，《四部備要・史部》（據武英殿本校刊），卷130，頁8-9。

[23] 〔漢〕司馬遷撰，〔南朝宋〕裴駰集解，〔唐〕司馬貞索隱，〔唐〕張守節正義：《史記》冊5，《四部備要・史部》（據武英殿本校刊），卷47，頁21下。

> 其書獨行。[24]

無庸置疑，孔子因「制義傳道」而作《春秋》的歷史修撰觀念，不僅爲中國史學的敘事傳統融鑄典式，同時對於明代四大奇書敘事創造而言，實際上亦具有不可忽視的啓示作用。

不可否認，「中國小說源於史傳。如果撇開史傳『實錄』和小說『虛構』之不同點，在敘事方式上小說與史傳簡直同出一轍。……中國小說有文言小說與白話小說兩大系統。文言小說直接由史傳衍生出來，其敘事傳統繼承史傳自不待言；白話小說從民間『說話』口頭文學演進而成，它在文體發展中逐漸由俗到雅，由野到文，當生活在史官文化中的文人雅士成爲它的主要創作者的時候，便意味著它也納入到了史傳敘事傳統之中。」[25]事實上，明代四大奇書雖屬「通俗演義」之作，但奇書寫定者面對歷史或現實生活的盛衰興亡現象的變化而展開演義，最終並不以摹寫素材、還原史實爲目的，而是在「取義爲上」的書寫前提下進行話語建構。最終目的，無不在於裨益風教的思想主導下飾演傳奇，從中寄寓勸善懲惡之旨，以期能夠導善戒奸，提供觀覽者鏡鑒。如託名李贄〈《忠義水滸全書》發凡〉曰：

> 顧意主勸懲，雖誣而不爲罪。今世小說家雜出，多離經叛道，不可爲訓。間有借題說法，以殺盜淫妄，行警醒之意者，或釘拾而非全書，或捏飾而非習見，雖

---

[24] 〔唐〕劉知幾著，〔清〕浦起龍釋：《《史通》通釋》冊1，《四部備要・史部》（據浦氏重校本校刊）（臺北：臺灣中華書局，1965-1966年），卷1，頁5下。

[25] 石昌渝：〈春秋筆法與《紅樓夢》的敘事方略〉，《紅樓夢學刊》，2004年第1期，頁142-158。

> 動喜新之目，實傷雅道之亡，何若此書之爲正耶？昔賢比于班馬，余謂進於丘明，殆有《春秋》之遺意焉，故允宜稱傳。[26]

依據引文所言，《水滸傳》寫定者對於《春秋》以降歷史敘事傳統的接受，乃充分反映在「意主勸懲」的作意之上，整體敘事創造和筆法表現，不僅比於司馬遷《史記》和班固《漢書》，甚且進於《左傳》。其後，《西遊記》和《金瓶梅詞話》固非眞正的「講史」之作，但兩部小說在反映歷史事實或現實生活時所展現的歷史性，同樣在講史意識形態的制約下，展現出「經世」思想，以及借「春秋筆法」以寄託「微言大義」的敘事表現，因而受到時人關注。陳元之〈《西遊記》序〉曰：

> 此其書直寓言哉！彼以爲大丹丹數也，東生西成，故西以爲紀。彼以爲濁世不可以莊語也，故委蛇以浮世。委蛇不可以爲教也，故微言以中道理。道之言不可以入俗也，故浪謔笑虐以恣肆。笑謔不可以見世也，故流連比類以明意。[27]

欣欣子〈《金瓶梅詞話》序〉曰：

---

[26] 此文係袁無涯託名李贄而作。黃霖、韓同文選注：《中國歷代小說論著選》（上），頁214。

[27] 陳元之：〈《西遊記》序〉，見朱一玄、劉毓忱編：《《西遊記》資料彙編》（天津：南開大學出版社，2002年），頁225。

> 竊謂蘭陵笑笑生作《金瓶梅傳》，寄意於時俗，蓋有謂也。……吾友笑笑生爲此，爰罄平日所蘊者，著斯傳，凡一百回。其中語句新奇，膾炙人口，無非明人倫，戒淫奔，分淑慝，化善惡，知盛衰消長之機，取報應輪回之事，如在目前，始終如脈絡貫通，如萬絲迎風而不亂也，使觀者庶幾可以一哂而忘憂也。[28]

縱然上述兩則序言並未直言小說與《春秋》、《左傳》之具體聯繫，但對於《西遊記》和《金瓶梅詞話》二書在「微言以中道理」、「寄意於時俗」的話語實踐方面的說明，仍隱約可見奇書與《春秋》以降的經世教化觀念和曲筆書法傳統，具有一脈相承的書寫理念。

從新歷史主義的觀點來說，明代四大奇書敘事創造本身並不僅僅是一種對歷史的反映或表達，而且是歷史文化事件之一，具有塑造歷史的能動力量。在「講史」理念的制約和主導下，四大奇書寫定者各自將「天下」、「國家」、「家庭」乃至「個人」的興亡盛衰情形作爲考察歷史運行的參照觀點，無疑使得小說敘事創造，隱含著對理想人文秩序的重建與實現的深切期望。即使四大奇書的故事類型有所不同，但取資於傳統史學的敘事觀念和講述姿態的作法，早已受到時人的關注。正如王德威觀察所言：

> 中國古典作家之所以運用歷史敘事類型與典故，其主要目的並不在於達成如19世紀歐洲歷史小說模擬的幻

---

[28] 欣欣子：〈《金瓶梅詞話》序〉，見朱一玄編：《《金瓶梅》資料彙編》（天津：南開大學出版社，2002年），頁176。

像效果，而在於形成作品的似眞感：即在中國古典小說的世界裡，只要能與歷史情境扯上關聯，則任一事物皆「有其意義」。至於小說敘述中對語言、服飾、禮節舉止及道德規範等記錄，即使有時代錯置的現象發生，卻鮮爲作者／說話人及讀者所重視。因爲大家認爲歷史敘述最主要的功能作爲借鏡，提醒讀者其中道德運作的意義，而此一意義實是超乎時空限制的。㉙

除卻題材屬性和故事類型不論，四大奇書寫定者受到傳統講史理念的影響，乃十分重視從整體性觀點展示歷史發展的進程，並講求在一定時間跨度中處理紛紜複雜的歷史或現實事件，最終目的無不在於揭示家國人事的盛衰治亂之跡，提供勸鑒之旨，是以強調「觀演義之君子，宜致思焉」。㉚在講史的理念上，四大奇書作爲一種「解史」的話語類型，基本上體現出一種歷史闡釋的自覺意圖。借海登·懷特（Hayden White）所言說明之：

論述歷史修撰的理論家一般都認爲，所有歷史敘事都包含著不可簡約的或無法抹掉的闡釋因素。歷史學家必須闡釋他的材料以便建構形象的活動結構，用鏡像反映歷史進程的形式。……因此，一個歷史敘事必然是充分解釋和爲充分解釋的事件的混合，既定事實和

㉙ 王德威：《想像中國的方法》（北京：讀書·生活·新知三聯書店，1998年），頁303。

㉚ 庸愚子：〈《三國志通俗演義》序〉，見朱一玄、劉毓忱編：《《三國演義》資料彙編》（天津：南開大學出版社，2003年），頁233。

> 假定事實的堆積，同時既是作爲一種闡釋的一種再現，又是作爲對敘事中反映的整個過程加以解釋的一種闡釋。[31]

整體而言，明代四大奇書寫定者有意依照自己所觀察到的歷史事件的內在規律來進行歷史修撰的書寫行動時，即以「演義」的特定敘事模式來組合自己的敘事，賦予小說文本深刻的主題思想和總體意義，展現出「小說大寫」的創作意識和敘事格局。[32]最終，在歷史闡釋的話語表徵之中，「小說文本於此亦超越故事情節敘述功能，成爲歷時交流對話與價值意識互補之載體」。[33]準此而言，由於四大奇書寫定者對於演義所賦予的「命意」各不相同，故能造就不同的書寫風格，足稱一代之「奇」。

第二節　「擬史」：四大奇書敘事的情節建構

面對「歷史」或「現實」，明代四大奇書寫定者選擇採取長篇通俗演義的創造以敷演歷史史實與生活事件，可以說在一定的時間長度和空間環境中進行歷史虛構與想像，試圖從中寄寓個人時世感懷與道德勸懲的意識形態表現。因此，長篇「通俗演義」的問世，可以視爲

---

[31] （美）海登・懷特：〈歷史中的闡釋〉，見氏著，陳永國、張萬娟譯：《後現代歷史敘事學》，頁63。

[32] （美）海登・懷特：〈講故事：歷史與意識形態〉，見氏著，陳永國、張萬娟譯：《後現代歷史敘事學》，頁354。

[33] 許麗芳：《章回小說的歷史書寫與想像：以《三國演義》與《水滸傳》的敘事為例》（臺北：秀威資訊科技股份有限公司，2007年），頁8。

呼應歷史文化語境對於新文體／文類的形式籲求而來。從「擬史」的觀點來說，四大奇書創作之「取義」，乃有以「史」爲本的思想，但已不單純取決於過去歷史史實的題材內容或人物對象而已，而是攸關於編年爲序的情節建構，如何在特定主題思想的統攝之下將一系列事件再現爲一種故事類型。以下即據考察所見予以說明：

一、總成一篇：預述性敘事框架的設置

明代四大奇書寫定者借助於「演義」的話語形式以進行歷史闡釋，乃是以傳統史學作爲參照體系，在重寫素材中進行不同故事類型的創造。然而，要如何才能在小說文本中各自形塑出符應於故事題材表達需要的虛構世界和時空體，則是一個相當重要的課題。借米哈伊爾・巴赫金（Mikhail Mikhailovich Bakhtin）的觀點來說：

> 在人類發展的某一歷史階段，人們往往是學會把握當時所能認識到的時間和空間的一些方面；爲了反映和從藝術上加工已經把握了的現實的某些方面，各種體裁形成了相應的方法。文學中已經藝術地把握了的時間關係和空間關係相互間的重要聯繫，我們將之稱爲時空體。[34]

---

[34] （俄）米哈伊爾・巴赫金（Mikhail Mikhailovich Bakhtin）著，白春仁、曉河譯：〈小說的時間形式和時空體形式〉，見錢中文主編：《巴赫金全集》第三卷（石家莊：河北教育出版社，1998年），頁274。

據此言之，四大奇書寫定者既以「世變」爲書寫對象，因而各自爲小說文本創造出反映特定歷史或現實的時空體。至於如何在情節建構中，將一系列歷史事件編碼成爲一個具有整體性的故事類型，無乃與其自身的歷史觀念和審美意識密切相關。關於此一問題，學界已獲致相當豐碩的研究成果，本應無庸贅言；但值得注意的是，以往論者在研究明清長篇章回小說的結構問題時，往往借用西方novel的統一性觀點進行審視，因而得出長篇章回小說的結構布局多呈顯出拼湊素材痕跡的「綴段性」（episodic）印象，並且普遍認爲小說文本缺乏整體一致的結構表現。美國學者浦安迪即曾經總結指出此一批評印象：

> 前代的西方漢學家在探討中國敘事文的時候，往往會自覺或不自覺地用西方novel的結構標準去要求中國古典小說，因而指責中國明清長篇章回小說的「外形」缺乏藝術的整體感（unity），也就是說，缺乏「結構」的意識。這種觀察，與五四以來，中國的文學史家們把明清長篇章回小說的興起，歸結到對說書藝術的模仿和繼承的說法，有異曲同工之妙；總而言之，中國明清長篇章回小說在「外形」上的致命弱點，在於它的綴段性（episodic），一段段的故事，形如散沙，缺乏西方novel那種「頭、身、尾」一以貫之的有機結構，因而也就欠缺所謂的整體感。㉟

㉟（美）浦安迪（Andrew H. Plaks）講演：《中國敘事學》（*Chinese Narrative*）（北京：北京大學出版社，1998年），頁56。

但事實上，有關綴段性結構的批評觀點的提出，看似符合於明清章回小說的敘事形態表現，卻可能忽略一個創作事實：即明清長篇章回小說寫定者在「講史平話」和「史傳書寫」的雙重制約和影響下，如何在「總成一篇」的創作認知主導中，通過重寫素材以「取義」的話語實踐表現。關於此點，應該有所釐清。

如前所言，《春秋》作爲中國歷史敘事典範，在統一性敘事法則的追求方面，特別重視歷史事件背後的內在邏輯，因此在「簡而有法」的結構安排中，仍然在編年爲序中體現出清楚的發展線索，整體歷史話語所奠立的敘事法則，向來受到史家的極力推崇。自明代中葉以來，時人頗有認爲明代四大奇書寫定者受到《春秋》以降歷史敘事傳統的經世思想，以及春秋筆法的啓發和影響。在「講史」思維的制約下，四大奇書的敘事創造背後，實際上有其一以貫之的敘事邏輯，讀者應該有所關注。

今可見者，明代四大奇書寫定者立足於整體性觀點重寫素材，在情節建構方面不僅僅只是滿足於歷史表象的簡單敘述和講述故事而已；實際上，在特定的歷史時間斷限中，四大奇書寫定者無不充分考量如何在編年爲序中針對歷史興衰變化情形進行描寫，並以之統攝長時間內紛繁複雜的生活事件和人物行動，由此達到對歷史發展規律進行闡釋的目的。四大奇書敘事作爲一個有機結構表現的基礎，除了與奇書寫定者借演義創作以考察歷史發展演變規律的目的有關之外；在「通俗爲義」的敘事觀念主導下，奇書寫定者在敘事開端通過「預述性敘事框架」的建置，實有意在「主題先行」的預告中，爲讀者建立起基本的閱讀取向和故事印象。借徐岱的觀點來說：

在敘事活動中，主題的意義在於對創作格局的總體設

> 計，和對創作軌跡的定向性把握，而在於事無巨細地涉足插手，君臨一切地包辦代替整個創作過程；換言之，也就是幫助小說家進入一種創作境地，建構起審美的自律機制。因此，主題往往「顯在」地出現於敘事活動的開端，作爲小說家構築敘事文本的一種牽引力。[36]

具體而言，關於主題先行的敘事表現，無非承繼宋元以來說話伎藝的敘述程式而來，大體上與「題目」、「開篇詩」、「入話」、「頭回」等具有點明主題和預構情境的敘事功能密切相關。[37]是以在「總成一篇」的敘述認知中，四大奇書敘事創造的思維圖式，由於受到「主題先行」觀念的制約和影響，因而明顯帶有自覺性的創作意圖和歷史闡釋目的。

《三國志通俗演義》作爲「演義」的開篇之作，可以說爲明清長篇小說的話語形式和美學慣例提供了具參照性質的敘事模式。在書面化過程中，《三國志通俗演義》一方面承繼講史平話的基本體製，另一方面又參照《資治通鑑》編年體的結構形式，加以綜合紀傳體和紀事本末體的書寫方式，因而在編年合傳中創造出長篇章回演義的結構體例範式。其中值得一提的是，在「擬史」的認知影響下，《三國志通俗演義》寫定者接受傳統史家著述原則和方式，因而刪卻了講史平

---

[36] 徐岱：《小說敘事學》（北京：商務印書館，2010年），頁149-150。

[37] 參魯德才：《古代白話小說形態發展史論》（天津：南開大學出版社，2003年），頁61-76。樓含松：《從「講史」到「演義」——中國古代通俗小說的歷史敘事》（北京：商務印書館，2008年），頁149-246。

話中以「頭回」、「開場詩」和「散場詩」爲敘事框架的口頭文學特徵，在極大程度上調整講史平話的敘事形式，明顯促使小說文本的話語構成呈現出接近於史家著述的史書體製表現。從長篇「通俗演義」作爲一種新文體／文類創造的角度來說，《三國志通俗演義》寫定者在話語實踐上爲「演義」奠定基本的敘事特徵：即採取客觀型全知敘事模式講述三國鼎立紛爭的歷史，大幅減低主觀性干預的議論，對於情節事件或人物行動的評價，主要通過〈贊〉、〈論〉和〈評〉等詩文的引用予以替代。只不過，在後續演義創作發展過程中，這樣的書寫原則在敘事轉向中，並未能全面繼續維持，反倒是基於「適俗」和「教化」的需要，不斷地向傳統說話伎藝的敘述程式靠攏，因而脫離了原來模擬史書體製的話語表現。這樣一來，四大奇書的語言表達和話語體製自然存在一些差異。但不論如何，《三國志通俗演義》所開創的擬史書寫和歷史闡釋的創作取向，在流傳和發展過程之中，卻已逐漸轉變成爲一種意識形態和美學慣例，對於後起長篇通俗演義而言具有無可取代的指導作用。

從「擬史」的觀點來說，《三國志通俗演義》寫定者在預述性敘事框架的建置方面，主要透過情節編排融入歷史思維和表達政治期望，從中確立「取義爲上」的創作原則。在《三國志通俗演義》中，故事開端即試圖藉由「婦女干政」、「中涓專朝」導致「黃巾爲亂」的情節建構拉開歷史序幕，爲讀者提供東漢末世天下大亂、群雄割據的歷史時空視野。第一則〈祭天地桃園三結義〉講述中平元年黃巾之亂大作情事：

> 却說中平元年，甲子歲。鉅鹿郡有一人，姓張，名角。一個兄弟張梁，一個兄弟張寶。角，初是個不第

> 秀才，因往山中採藥，遇一老人。碧眼童顏，手執藜杖，喚角至洞中，授書三卷，名太平要術，咒符：「以道爲念，代天宣化，普救世人。若萌異心。必獲惡報。」角拜求姓名，老人曰：「吾乃南華老仙。」遂化陣清風不見了。角得此書，曉夜攻習，能呼風喚雨，號爲太平道人。

然而張角兄弟三人因徒衆極多，遂假借「民心已順」，訛言「蒼天已死，黃天當立」，因此「造下黃旗」，告變作亂，「逢州遇縣放火劫人，所在官吏望風逃竄」。此時，朝廷降詔討賊，各地出榜招募義兵，量才擢用，因而引出劉備、關羽和張飛三位英雄同往應募，彼此互告征討黃巾賊心志，進而結義成爲生死之交。文曰：

> 三人焚香再拜，而說誓曰：「念劉備、關羽、張飛，雖然異姓，結爲兄弟，同心協力，救困扶危，上報國家，下安黎庶，不求同年同月同日生，只願同年同月同日死。皇天后土，以鑑此心。背義忘恩，天人共戮。」誓畢，共拜玄德爲兄，關某次之，張飛爲弟。

倘將前後情節兩相對照之後，則明顯可見情節編排用意，即値此朝政亂象橫生，亟待草莽英雄出世弭平賊亂，重造清平盛世。基於上述歷史思維，《三國志通俗演義》寫定者首揭劉備、關羽和張飛三人應募從軍、共論天下大事並義結桃園一事，無乃從中寄寓「英雄出世」並同心合力「平治天下」的救世思想。因此，第二則〈劉玄德斬寇立功〉更進一步強調劉備兄弟三人建立戰功的英雄事蹟。由此可見，《三國志通俗演義》的「取義」之思，自不同於陳壽《三國志》以「曹魏」爲正統的史家觀念，頗展現出「尊劉抑曹」的敘事意向性。在後續敘事進程的情節編排中，《三國志通俗演義》寫定者著重講述劉備集團致力恢復漢室的忠義作爲，並與曹魏、孫吳兩大政治集團形成對照，乃成爲《三國志通俗演義》敘事創造的主導理念。從英雄創業及其功蹟敘寫的角度來看，《三國志通俗演義》在講史之中，隱然體現出一種近於「史詩」書寫的精神和意向。[38]

相較於《三國志通俗演義》的史體化書寫的話語表現，《忠義水滸傳》之成書則與民間說話、戲曲和傳說等交涉較深，整體敘事話語表現明顯與宋元講史話本的體製形式較爲接近。因此在預述性敘事框架的建置方面，一開始即通過〈引首〉中祈禳瘟疫一事進行預告，爲讀者提供了明確的敘事信息，其作用頗近於傳統話本的篇首、入話和頭回的敘事功能。在《忠義水滸傳》敘事的開端，敘述者即講述宋仁宗在位歷經三登盛世，然而一場瘟疫流行天下，致使民不聊生，衆臣企求解決之道，提出詔請嗣漢天師張真人建醮祈禳消災。隨後指出：

> 不因此事，如何教三十六員天罡下臨凡世，七十二座地煞降在人間，鬨動宋朝乾坤，鬧遍趙家社稷。

其後，派遣洪信前往江西信州龍虎山宣詔。洪信偶遊「伏魔之殿」，誤揭刻有「遇洪而開」眞字大書的石碑，只見一道黑氣，直沖天際，

---

[38] 參李時人：〈亞史詩：《三國演義》與中國文化〉，見譚洛非主編：《〈三國演義〉與中國文化》（成都：巴蜀書社，1992年），頁25-38。

散作百十道金光望四面八方而去，驚得洪信目睜痴呆，罔知所措。此一插曲的發生，敘述者即時補充說明：「却不是，一來天罡星合當出世，二來宋朝必顯忠良，三來湊巧遇着洪信，豈不是天數？」爲後續情節編排埋下伏筆。其後天師「普施符籙，禳救災病，瘟疫盡消，軍民安泰」，但「一百單八個魔君出世」，「必惱下方生靈」，成爲禍患。第二回開篇即引詩曰：

> 千古幽扃一旦開，天罡地煞出泉臺。自來無事多生事，本爲禳災却惹災。社稷從今雲擾擾，兵戈到處鬧垓垓。高俅奸佞雖堪恨，洪信從今釀禍胎。

因此，《忠義水滸傳》寫定者按「天數」的命題觀點賦予梁山泊好漢出世的必然性和合理性，但事實上對於類似洪信專擅行事所釀「人禍」，最終如何導致大宋皇朝陷於朝綱政體混亂的狀態，無疑有其深刻觀察。在如此歷史意識的感知和主導下，實際上即有意從故事開端中高俅發迹、王進被逼出走的情節展開敘事創造，對此意有譴責。在重寫歷史的前提下，後續情節編排便以梁山伯好漢出世聚合情事作爲故事主體，「敘事過程的隱義就由對應著『天道』轉換爲對應著『人道』」，[39]進一步通過編年合傳方式展演水滸英雄的事蹟行誼。

不同於《三國志通俗演義》和《忠義水滸傳》的情節建構方式，《西遊記》在預述性敘事框架的建置方面，近似於「篇首」引用詩詞的形式，敘述者於第一回開篇即引詩曰：

---

[39] 楊義：《中國敘事學》（嘉義：南華管理學院，1998年），頁44。

> 混沌未分天地亂，茫茫渺渺無人見。自從盤古破鴻蒙，開闢從茲清濁辨。覆載群生仰至仁，發明萬物皆成善。欲知造化會元功，須看《西遊釋厄傳》。

隨後即在後續情節建構中，極力通過前七回敷演孫悟空石卵化生、大鬧天宮和終被如來佛祖鎮壓於五行山下的故事，由此確立了《西遊記》以孫悟空為完成自我救贖而參與取經隊伍的生命史書寫作為故事主體，並且積極地形塑孫悟空形象及其「借卵化猴完大道」的象徵意涵：

> 三羊交泰產群生，仙石胞含日月精。借卵化猴完大道，假他名姓配丹成。內觀不識因無相，外合明知作有形。歷代人人皆屬此，稱王稱聖任縱橫。

據此而論，《西遊記》一書並不以複製唐僧取經史實為目的，而是從天下群生萬物追求仁善生命境界的角度探討宇宙天理運作之功。因此，在前七回裡，孫悟空的生命歷程出現追求「長生」到追求「名利」的轉變，其中所發生的心性變化無乃成為主要關注焦點。由於孫悟空以妖猴之身伏逞豪強，妄圖大反天宮，最後遭到如來佛祖殄滅於五行山下。第七回敘述者引詩曰：

> 當年卵化學為人，立志修行果道眞。萬劫無疑居勝境，一朝有變散精神。欺天罔上思高位，凌聖偷丹亂大倫。惡貫滿盈今有報，不知何日得翻身。

事實上，《西遊記》寫定者有意在此預伏後續孫悟空參與取經隊伍的情節編排，因此在有關「若得英雄重展掙，他年奉佛上西方」、「果然脫得如來手，且待唐朝出聖僧」的情節預示中，便足以說明《西遊記》寫定者有意以孫悟空如何重返勝境的生命歷程作爲故事主體，賦予特殊的象徵意涵。從整體性觀點來說，從出身、作亂、收伏到參與取經的情節建構方式，實際上與後續西行取經行動構成具有緊密邏輯聯繫，事件序列安排之間如「金線貫珠」[40]一般，體現出一種對於孫悟空生命之「史」的發展和變化模式的關注，且前後之間並非毫無關聯。

至於《金瓶梅詞話》，其成書方式大不同於前述三部小說所具有的世代累積性特質，主要移植《忠義水滸傳》中有關潘金蓮和西門慶偷情的情節事件而有所創變。從「演義」觀點論之，《金瓶梅詞話》首揭「四貪詞」，便以篇首形式說明取義之思何在，只是如何藉由偷情故事進行展演，則有待於第一回進一步明確說明創作緣起。事實上，在預述性敘事框架的建置方面，敘述者即於第一回開篇引詞曰：

> 丈夫隻手把吳鈎，欲斬萬人頭。如何鐵石打成心性，却爲花柔？　請看項籍并劉季，一怒使人愁。只因撞着虞姬、戚氏，豪傑都休。

不可否認，從「情色爲禍」的觀點反思歷史盛衰成敗之因，《金瓶梅詞話》寫定者所展現的歷史思維可謂深具慧眼。因此以「情色」作爲

[40] 張錦池：《《西遊記》考論》（修訂版）（哈爾濱：黑龍江教育出版社，2003年），頁305-307。

敘事生成的核心概念，敘述者更進一步現身說明情節建構方式：

> 說話的，如今只愛說這「情」、「色」二字做甚？故士矜才則德薄，女衒色則情放。若乃持盈慎滿，則爲端士淑女，豈有殺身之禍？今古皆然，貴賤一般。如今這一本書，乃虎中美女，後引出一個風情故事來。一個好色的婦女，因與個破落户相通，日日追歡，朝朝迷戀，後不免屍横刀下，命染黄泉，永不得着綺穿羅，再不能施朱傅粉。靜而思之，着甚來由！況這婦人他死有甚事？貪他的，斷送了堂堂六尺之軀；愛他的，丢了潑天關産業。驚動了東平府，大鬧了清河縣。端的不知誰家婦女？誰的妻小？後日乞何人占用？死于何人之手？

由此一故事預示中可見，《金瓶梅詞話》乃有意以潘金蓮作爲主要書寫對象，著重表現潘金蓮的情慾生命如何影響西門慶所有的新興商人家庭的興衰成敗，已然對於整體結構布局有所掌握和安排。此一情節建構方式，使得《金瓶梅詞話》的敘事結構從《三國志通俗演義》、《忠義水滸傳》和《西遊記》等類同短篇板塊組成的長篇體製，一變而成爲以西門慶家庭興衰之「史」爲敘事核心的網狀結構，對於後續世情演義之作影響甚爲深遠。[41]

由上述說明可知，在「總成一篇」的敘述認知中，明代奇書敘事

---

[41] 周中明：《《金瓶梅》藝術論》（臺北：里仁書局，2001年），頁307-335。

的情節建構，可以說是在特定的歷史意識主導下而有所開展。借美國學者海登・懷特的觀點來說：「歷史領域中的要素通過按事件發生的時間順序排列，被組織成了編年史；隨後編年史被組織成了故事，其方式是把諸事件進一步編排到事情的『場景』或過程的各個組成部分中。」[42]當四大奇書寫定者立足於整體性歷史考察的觀點進行敘事創造時，無不試圖通過預述性敘事框架的建置，爲讀者提供明確的敘事信息和敘事邏輯，並由此確立敘事再現本身如何面向歷史和現實的根本意圖。浦安迪考察《金瓶梅》開頭和結尾時，則從十六世紀中國小說文體的美學觀念提出類此看法：

> 我認爲小說以詳述《水滸傳》中一段情節開始這個事實之所以有意義並不限於作家顯然採用原始素材一面，而在於它呈露了另一個主要的章法，即在作品主體部分之前附加一個結構獨立的序曲。明清小說的這一共同特點顯然與擬話本中的「入話」有某種淵源關係，這在當時正在成爲一種標準格式，儘管一般認爲這原是說書藝術的直接反映，這一意見在這裡顯然已不妥貼。我們不妨將此理解爲作家一種自覺的創作手法，用它與小說結局形成結構上的平衡，同時又建立起一種敘述模式，提醒讀者注意作品主體部分將要有

[42] （美）海登・懷特（Hayden White）著，陳新譯：《元史學：十九世紀歐洲的歷史想像》（*Metahistory: The Historical Imagination in Nineteenth-Century Europe*）（南京：譯林出版社，2004年），頁6。

深刻一些的問題。[43]

從四大奇書的敘事結構安排的觀點來說，這個看法無疑是正確的。今可見者，《三國志通俗演義》、《忠義水滸傳》、《西遊記》和《金瓶梅詞話》皆有在前數回不等的篇幅中化用「篇首」、「入話」或「頭回」的概念，爲後續故事主題揭示全書所要呈顯的重要敘述命題，進而在證實性認知中，爲小說文本創造出具有「印證預告」[44]性質的情節類型。

整體而言，明代四大奇書各自作爲「通俗演義」一種，主要體現出兩個方面的敘事特徵：第一，四大奇書受到宋元說話伎藝的口頭展演形式和講史平話體製的影響，主要採用「全知全能」的敘事視角進行講述，不僅重視從整體性結構觀點針對既有素材進行情節編排，並且注重追溯開端到結尾的序列事件的歷史發展過程，因而得以提供一個具有可辨認的文本形式和故事類型。第二，不論從客觀或主觀的敘述姿態講述故事本身，四大奇書寫定者普遍立足於「世變」的歷史反思之上，爲奇書敘事展開一連串情節建構。因此，無不有意在奇書敘事的開端提供「亂世」發生根源的基本認識，並藉此爲整體敘事結構建置一個「預述性敘事框架」。從整體性觀點來說，預述性敘事框架的建置具有「預設」（prefigurative）性質，不僅有助於確立「演

---

[43] （美）浦安迪（Andrew H. Plaks）著，沈亨壽譯：《明代小說四大奇書》（*The Four Masterworks of the Ming Novel: Ssu ta ch'i-shu*）（北京：中國和平出版社，1993年），頁53-54。

[44] 所謂「印證預告」，主要屬於一種逐步揭示或證實事件真相的轉換型情節類型，作品事先預告結局，情節的發展逐步印證這一預告，體現出一種證實性的認知。參胡亞敏：《敘事學》（武昌：華中師範大學出版社，1994年），頁136-137。

義」所關注的主要人事對象，而且能夠為讀者提供必要的敘事信息和閱讀視野，實有助於在「適俗」的話語實踐中傳達作品中的歷史含義。因此，不論從寓意、解釋或結構等角度來看，此一敘事模式的承衍和確立，可以說為明清長篇通俗演義的開頭模式樹立了基本的表達方式和書寫慣例，[45]實有不可忽視的美學意義和思想價值。

二、編年合傳：共成一傳的情節編排

在「總成一篇」的情節建構中，明代四大奇書的敘事結構主要通過不同敘事單元組合而成為一個整體。從敘事模式創造的觀點來說，「任何情節中都必然都存在兩個基本因素：作為實體的故事與使這個故事成為實體的結構，而邏輯性是其中的一個核心。因為正是邏輯使敘事主體將一系列故事聯結起來，構成為一個被稱作『情節』的整體。」[46]表面上看來，四大奇書的故事類型各不相同，但實際上奇書敘事繼承《春秋》、《左傳》所奠立的「繫事於時」的書寫策略而來。[47]關於《春秋》的紀事特點，根據晉人杜預〈《春秋經傳集解》序〉考察所見：

---

[45] 李小菊、毛德富：〈論明清章回小說的開頭模式及成因〉，《河南大學學報》（社會科學版），第43卷第6期，2003年11月，頁80-85。

[46] 徐岱：《小說敘事學》，頁245。

[47] 傅修延指出：「無論是民間的口頭敘事，還是文人的筆頭敘事，常常呈現出共同的開篇程式——『自從盤古開天地，三皇五帝到如今』，這種強烈的時序觀念無疑伏源於《春秋》。」見氏著《先秦敘事研究——關於中國敘事傳統的形成》（北京：東方出版社，1999年），頁185-186。

> 以事繫日，以日繫月，以月繫時，以時繫年，所以紀遠近，別同異也。[48]

正是以歷史時間演進作為結構發展的主要線索，因此在編年順序的敘事中進行情節編碼，自有其特殊寫作用意。整體來說，《春秋》創立編年體記史的敘事模式，其中記史以時間為序，亦即從魯隱公開始，再寫桓、莊、閔、僖、文、宣、成、襄、昭、定、哀諸公，對於歷史面貌的建構和再現無疑具有重要意義。《左傳》在「以事解經」的前提下，對於《春秋》記事和述史的內容有所發揮，更進一步確立了編年體記史的編撰原則和史學方法，對於後世史學發展深具影響。正如張金梅研究所言：

> （《春秋》）對中國史學的意義生成方式、話語解讀方式和話語言說方式都產生了深遠影響。雖然從體例上說，《春秋》是編年史，採用的是杜預〈春秋序〉所謂「以事繫日，以日繫月，以月繫時，以時繫年」的記事方法，而煌煌「二十五史」採用的是紀傳體，但紀傳體卻是從編年體中演變出來的，如章學誠《文史通義・方志立三書議》云：「紀傳正史，《春秋》知流別也；……馬《史》、班《書》以來，已演《春秋》之緒矣。」也就是說，孔子作《春秋》以紀「天

---

[48] 〔春秋〕左丘明傳，〔晉〕杜預注，〔唐〕孔穎達疏：《《春秋左傳》正義》，〔清〕阮元校勘：《十三經注疏》冊6（臺北：藝文印書館，1985年），頁6下。

> 子之事」，而司馬遷、班固卻因之而創紀傳體——作帝王本紀以包舉大端，作公卿列傳以委曲細事。而孔子作《春秋》的筆法也由此被歷代史學家奉爲「圭臬」，成爲他們無論修史還是論史都會自覺或不自覺地加以運用和發揮的一個「顯話語」。[49]

在《春秋》、《左傳》的所開創的歷史敘事傳統啓示下，中國古代史學相當重視「以史爲鑑」的歷史意識，同時也相當重視揭示歷史事件的發展過程和內在因果。可以這樣說，「時間—因果，是史官文化的思維模式，也決定著史官散文的敘述方式。在『以古爲鑑』與『爲後世法』的歷史意念中，時間的延續性被視爲絕對的觀念，而事實之間的因果聯繫也被看做永恆的法則。」[50]事實上，在「講史」的意識形態制約下，明代四大奇書寫定者通過「總成一篇」的敘述認知進行情節建構，並非以隨機組合事件序列的方式再現歷史，而是按照「時間—因果」一致的原則進行編年列傳，整體敘事創造背後仍然存在著在時間順序中以記事爲主的寫作邏輯。

自宋元以來，「講史」一門採取「演史」以「取義」的觀念和方法，實際上與《春秋》以來中國傳統史書編纂的原則和「經世」目的息息相關。至於在「總成一篇」的歷史再現前提下，明代四大奇書如何在歷史發展過程中展演紛繁人事，並揭示歷史現象背後的盛衰成因，則不能不與司馬光《資治通鑑》或朱熹《資治通鑑綱目》所創造

---

[49] 張金梅：〈「《春秋》筆法」與中國文論〉（成都：四川大學博士論文，2007年），頁66。

[50] 劉雲春：《歷史敘事傳統語境下的中國古典小說審美研究》（北京：中國社會科學出版社，2010年），頁9。

的話語體製和書寫慣例有所關聯。依據現存資料來看，宋元講史伎藝活動盛行，其時說書人大體在「按鑑」的認知模式中，講述歷代書史文傳和興廢戰爭之事，促使歷史知識在通俗化和普及化的話語表現中，得到前所未有的傳播。所謂「按鑑」，指的是按照司馬光《資治通鑑》或朱熹《資治通鑑綱目》增補修訂之意。司馬光〈進《資治通鑑》表〉曰：

> 每患遷、固以來，文字繁多，自布衣之士，讀之不徧，況於人主，日有萬幾，何暇周覽！臣嘗不自揆，欲刪削冗長，舉撮機要，取關國家興衰，繫生民休戚，善可爲法，惡可爲戒者，爲編年一書。……伏望陛下寬其妄作之誅，察其願忠之意，以清閒之燕，時賜省覽。監前世之興衰，考當今之得失，嘉善矜惡，取是捨非，足以懋稽古之盛德，躋無前之至治，俾四海群生，咸蒙其福，則臣雖委骨九泉，志願永畢矣。[51]

準此而論，司馬光在編訂《資治通鑑》的過程中，對於體裁經營、史料選擇和編寫方法無疑做了一番思考和突破，尤其在「編年合傳」的編纂認知中創造出「通鑑」的史書體例，奠定了十分重要的撰述原則和體例。而朱熹編訂《資治通鑑綱目》，則是仿《春秋》經文列出內容提要、再仿《左傳》敘述具體內容，訂定綱目，採取記事本末方式

[51] 〔宋〕司馬光：〈進《資治通鑑》表〉，見〔宋〕呂祖謙：《宋文鑑．皇朝文鑑卷第六十五》（四部叢刊景宋刊本），見王雲五主編：《國學基本叢書四百種》（臺北：臺灣商務印書館，1968年），頁569。

記錄史實，因而在分卷、設綱、立目的記事格式中新創史書體裁。不論《資治通鑑》或《資治通鑑綱目》都以彰顯儒家綱常義理爲己任，講求「嘉善矜惡」、「致用當世」的著述宗旨。是以，「按鑑」講史對於宋元以來講史小說和明清長篇章回演義文體生成和確立有其深遠的影響。[52]今觀《三國志通俗演義》一書可知，在「以史爲鑑」的創作意向主導下，奇書寫定者積極取法史著並利用各種史料，別分卷、則，乃得以在綜合「編年體」、「紀傳體」的情形下，創造出近於「紀事本末體」的演義體，爲長篇章回演義奠立重要的書寫原則和類型特徵，隨後在講史演義流派的發展中更進一步獲得確立，甚而影響及於不同故事類型的演義之作的創作。

不可否認，「中國古代小說不論是何種小說均受史傳意識的影響，則時間刻度上總喜好利用前朝故事演說生活哲理，即使採用現實題材也標以過去時間。」[53]因此，不論從史傳書寫或小說創作的觀點來說，明代四大奇書敘事所具有的重要敘事特徵，即都是關於「過去」的講述。其中被講述的最早的事件，僅僅是由於後來的事件才具有自己的意義，並成爲後事的前因。在事件發展終始之間，敘事生成本身便包含了「後向預言」（retrodiction），具有不可忽視的逆向的因果關係。[54]當然，四大奇書採取「編年合傳」的方式進行情節建構，不僅有助於在講史過程中，藉由人物命運的多重對比，從中傳達「取義」的知識和見解，甚至可以因應人物行動或事件發展而調整

[52] 紀德君：〈《資治通鑑》、《資治通鑑綱目》與「按鑑」演義小說〉，見氏著：《中國歷史小說的藝術流變》（北京：中國社會科學出版社，2002年），頁94-110。另可參紀德君：〈「通鑑」類史書：中國講史小說之前源〉，《社會科學》，2003年第8期，頁112-117。

[53] 魯德才：《古代白話小說形態發展史論》（天津：南開大學出版社，2002年），頁53。

[54] 參（美）華萊士・馬丁（Wallace Martin）著，伍曉明譯：《當代敘事學》（*Recent Theory of Narrative*）（北京：北京大學出版社，2006年），頁65。

敘事節奏，深刻體現出「以史爲經」、「以人爲緯」的編撰思維。「在『探本溯源』、『追本窮源』、『正本清源』思維定勢下，中國講故事，講究『歷歷從頭說分明』、『減頭緒』，故而往往採取自始至終語勢，首先要將複雜的故事理出個頭緒來。」[55]整體敘事結構的開展，呈現出「帳簿式」[56]敘述的特性。此一敘述方式，固然容易流於成爲資料排比的記述形式，因而變得寡味無趣；但在四大奇書採取「總成一篇」的情節建構中，整體話語表現上卻沒有這樣審美問題。至於明清長篇通俗演義的敘事結構，爲何會在閱讀過程中造成「綴段性」結構布局的印象，[57]或許與奇書寫定者著意關注於歷史發展演變規律的考察，以及人物生命經驗流動的認知有關。正如浦安迪所言：

從某種意義上來說，所有的敘事文在一定的程度上都

---

[55] 李桂奎：〈頭緒、次序與時間統籌〉，見黃霖、李桂奎、韓曉、鄧百意：《中國古代小說敘事三維論・上卷〈時間論〉》（上海：上海世紀出版集團，2009年），頁78。

[56] 關於「史者，天地間一大帳簿」的觀念，可參陳繼儒〈敘《列國傳》〉所言：「此世宙間一大帳簿也。」見黃霖、韓同文選注：《中國歷代小說論著選》（上），頁141。又褚人穫在〈《隋唐演義》序〉亦言：「昔人以《通鑑》為古今大帳簿，斯固然矣。第既有總記之大帳簿，又當有雜記之小帳簿，此歷朝傳志演義諸書所以不廢於世也。」見丁錫根編：《中國歷代小說序跋集》（中）（北京：人民文學出版社，1996年），頁958。

[57] 關於「聯綴性」印象的產生，美國學者浦安迪指出奇書並不具備前後直貫的時間性藝術統一感，而是在「互涵」（interrelated）和「交迭」（overlapping）的傳統美學觀念影響下，以「十回」構成一系列連續性敘事單元（topos），體現出以「事」與「事」聯繫為主體的空間布局。因此，在考察「奇書體的結構諸型」時，浦安迪曾經提出一個獨特見解：「中國古典小說的定型長度是一百回，並不是一個偶然的巧合，在四大奇書成文的時代，它已成為文人小說形式的標準特徵，『百』的數字暗示著各種潛在對稱和數字圖形意義，正好符合中國藝術美學追求二元平衡的取向。……更為重要的是，明清文人小說家又把慣用的『百回』的總輪廓劃分為十個十回，形成一種特殊的節奏律動。……我們一旦看破奇書文體由『十』乘『十』的敘述節奏組成——即小說敘述的連續統一性被有節奏地劃分為十個『十回』的單元——全書的整體結構模型就了然在目了。」參氏著：《中國敘事學》，頁62。

> 可以說帶有某種「綴段性」。因爲它們處理的正是人類經驗的一個個片段的單元。然而，反過來說，每一個片段的敘事單元——不管如何的經營——也總是在某種意義上具有一定的統一性。[58]

不過嚴格來說，四大奇書寫定者爲了總結歷史興亡盛衰和實現勸善懲惡功能的歷史編纂理念，除了從歷史定位的角度爲故事本體提供了特定的時空背景之外，在「編年」爲主、「列傳」爲輔的敘事創造中，仍然十分重視「時間—因果」邏輯的確立，以求在「繫日月而爲次，列時歲以相續」[59]的歷史發展過程中揭示人事流變之情理。

《三國志通俗演義》講述東漢末年佞臣干政，黃巾爲亂，終致魏、蜀、吳三國爭權分立的故事。故事本體時間從東漢靈帝建寧元年起至晉太康七年止，共一百一十九年。在三國鼎立的歷史時空中，魏、蜀、吳逐鹿中原的政權角力和人事際遇變化乃是基本內容，在各自謀求統一的過程中，曹魏伺機篡漢立國，最終卻又被司馬氏篡權滅國，乃是順應歷史事實而來。然而在奇書寫定者的心目中，劉備作爲統領蜀漢集團的領導人物，肩負起維護漢室正統、匡扶正義的重大歷史責任，無乃成爲政治理想寄託之所在，體現出「尊劉」的敘事基調。這種傾向的確立，對於敘事文本意味著描寫重點或焦點的調整和轉移。[60]第二則〈劉玄德斬寇立功〉敘及黃巾賊程遠志領軍哨近涿郡，劉備兄弟三人飛身上馬，來幹大功：

---

[58] （美）浦安迪：《中國敘事學》，頁58-59。

[59] 〔唐〕劉知幾著，〔清〕浦起龍釋：《《史通》通釋》冊1（卷二·二體第二），《四部備要·史部》（據浦氏重校本校刊），卷2，頁1上。

[60] 楊義：《中國古典小說史論》（北京：中國社會科學出版社，2004年），頁330-339。

> 玄德部領五百餘眾，飛奔前來，直至大興山下，與賊相見，各將陣勢擺開。玄德出馬，左有關某，右有張飛，揚鞭大罵：「反國逆賊！何不早降？」程遠志大怒，遣副將鄧茂挺鎗直出。張飛睜環眼，挺丈八矛，手起處，刺中心窩，鄧茂翻身落馬。……程遠志見析了鄧茂，拍馬舞刀，直取張飛。關某躍馬舞刀直出，程遠志見了，心膽皆碎，措手不及，被關某起處，揮爲兩段。……眾賊見程遠志被斬，倒戈卸甲，投降者不知其數，斬首數千級，大獲功而回。

顯然從敘事開端起，奇書寫定者不僅在桃園結義的敘寫中張揚忠義倫常；在後續敘事進程中，更進一步敘寫劉備三顧茅廬、風雪訪孔明，以此建構聖君賢相的仁政圖景。在茅廬之中，君臣對談天下之勢，孔明議論定三分。此一佳話，第七十五則〈定三分亮出茅廬〉引史官詩贊曰：

> 堪愛南陽美丈夫，願將弱主自匡扶。片時妙論三分定，一席高談自古無。先取荊州興帝業，後吞西蜀建皇都。要知鼎足爲形勢，預向茅廬指畫圖。

自此，蜀漢集團的整體性命運發展與人物際遇變化的情形，便備受重視。建安二十四年秋七月，劉備進位漢中王，在西川創立帝基，乃是蜀漢政治勢力達於巔峰之刻。然而，正當大業將圖之際，關羽因「小義」而遭東吳所害，張飛因急於伐吳復仇亦遭害喪亡。劉備念及昔日結義盟誓，一心興兵伐吳，不計代價。執意實踐兄弟情義，遺略國家大計，興兵結果卻遭東吳陸遜大破蜀兵於猇亭夷陵之地，最後羞於回去成都，就白帝城駐紮。章武二年夏六月，大疫流行，先主劉備在永安宮染病不起，漸漸沉重。章武三年夏四月，其病愈深，劉備病危向孔明托孤。第一百六十九則〈白帝城先主托孤〉曰：

> 卻說孔明到永安宮，見先主病危，慌忙拜伏於龍榻之下。先主傳旨，乃請孔明坐于龍榻之上。近臣扶起先主，撫其臂曰：「朕自得丞相，成其帝業，何期智術淺陋，不納丞相之言，自取其敗，羞回成都與丞相相見。今日病已危篤，不得不請丞相托以大事也。」言訖，淚流滿面。孔明亦涕泣曰：「願陛下善保龍體，以副天下之望！」

就此而言，寫定者所具有「尊劉」的敘事意向，可以說充分體現在以蜀漢集團作爲敘事核心的寫作原則之上，尤其對於劉備、關羽、張飛和諸葛亮的仁德忠義典範形塑不遺於力。從取義的角度來看，蜀漢與魏、吳之間的政治勢力在地理空間上形成一種抗衡關係，乃使得三國角力所發生的歷史場景成爲價值辯證的場域。在蜀漢盛衰興亡的歷史變化中，人物命運與三國政權角力之間所產生的各種情境變化，大體上仍然與「時間—因果」邏輯的制約之間具有緊密的聯繫。在情節發展過程中，奇詭多變的事件衝突與情節轉折本身，乃體現出特定的道德倫理籲求和政治理想寄託，成爲取義之所在。

《忠義水滸傳》講述一百零八位水滸英雄因應亂世而出，最終聚義於梁山泊的故事，故事本體時間則從仁宗嘉祐三年起至徽宗宣和六年止。北宋徽宗年間佞臣干政，民間瘟疫亂象橫生，水滸英雄因應天數出世，紛紛前往梁山泊聚義，成爲雄霸一方的江湖集團。在第三任首領宋江領導下，主張替天行道，最終帶領水滸好漢接受朝廷招安，並協助朝廷征服外患大遼，消滅內憂方臘。然而宋江期待兄弟封官受爵、爲朝廷效命的想法，卻與願違，宋江等人最終難逃奸臣所害。是以在「哄動宋國乾坤，鬧遍趙家社稷」的歷史背景中，一百零八條好漢的命運走向以及宋江如何成爲梁山泊首領，便成爲敘事中心。《忠義水滸傳》第二十一回開篇引古風一首：

> 宋朝運祚將傾覆，四海英雄起寥廓。流光垂象在山東，天罡上應三十六。瑞氣盤纏繞鄆城，此鄉生降宋公明。神清貌古眞奇異，一舉能令天下驚。幼年涉獵諸經史，長爲吏役決刑名。仁義禮智信皆備，曾受九天玄女經。江湖結納諸豪傑，扶危濟困恩威行。他年自到梁山泊，繡旗影搖雲水濱。替天行道呼保義，上應玉府天魁星。

基本上，「天罡地煞下凡塵，托化生身各有因」，英雄聚會係受天數所定、天命召喚而來。其間梁山泊歷經王倫、晁蓋兩任首領，已然在聚義爲尙的認知中奠定初始氣象。直到宋江成爲梁山泊第三任首領，一改「聚義」爲「忠義」，讓梁山泊好漢「改邪歸正」，由追求安身立命之徒，轉變成爲實現替天行道之人。第七十一回敘及天罡地曜相會大聚義，對天盟誓。宋江爲首誓曰：

> 宋江鄙猥小吏，無學無能，荷天地之蓋載，感日月之照臨，聚弟兄于梁山，結英雄于水泊，共一百八人，上符天數，下合人心。自今已後，若是各人存心不仁，削絕大義，萬望天地行誅，神人共戮，萬世不得人身，億載永沉末劫。但願共存忠義于心，同著功勛于國，替天行道，保境安民，神天察鑒，報應昭彰。

由此看來，《忠義水滸傳》寫定者在小說中有意賦予宋江引領梁山泊好漢接受赦罪招安、同心報國的使命。至於替天行道之志能否實現，關鍵就在於「皇上至聖至明，只被奸臣閉塞」的情形是否能夠得到解決。其中梁山泊好漢如何在匯聚中走向眞正英雄之路的命運走向，便在「時間—因果」的邏輯中一一展演。整體而言，奇書寫定者在操縱敘事節律的過程中，對於各個結構單元和板塊之間銜接甚爲留心，因此敘事單元之間的因果關係和時空配置，有其緊密的聯繫關係。[61]

《西遊記》講述孫悟空出世，妄逞英雄，欺心爭位，終被如來鎭壓於五行山下，苦心等待參與玄奘取經隊伍以完成自我救贖的故事。取經故事的本體時間從唐太宗貞觀十三起至貞觀二十七年止，共十四年。多殺多惡的南贍部洲，則是預設被度化向善的亂世空間。其中第一回從渾沌初分、盤古開天闢地到三皇五帝治世定倫的歷史背景寫起，無非爲了凸顯孫悟空誕生的特殊性，直到第七回被佛祖如來收服鎭壓於五行山下，等待五百年被取經人救贖。第八回敘述佛祖造經傳極樂，菩薩引木叉奉旨前往長安尋覓取經人，途經五行山下看見攪亂蟠桃大鬧天宮的齊天大聖被鎭壓在此。菩薩嘆息不已，作詩一首曰：

---

[61] 楊義：《中國古典小說史論》，頁376-380。

> 堪嘆妖猴不奉公，當年狂妄逞英雄。欺心攪亂蟠桃會，大膽私行兜率宮。十萬軍中無敵手，九重天上有威風。自遭我佛如來困，何日舒伸再顯功。

孫悟空因為欺心亂天之故，終受鎮壓之禍，因此為了脫離此難，情願修行。是以，菩薩指示等待東土大唐取經人前來拯救，從此秉教伽持，皈依佛門，再修正果。在取經旅程中，孫悟空所代表的個人與取經隊伍成員所代表的群體之間，如何在同心合力中通過循環結構模式的災難試煉，一方面完成自我救贖，一方面達到修成正果，最終則祈保大唐「江山永固」，便成為《西遊記》的敘事中心。其中五聖的心性變化和提升，乃決定取經隊伍命運起伏的重要關鍵，因此從分化走向和諧，無乃取決於取經成員能否在「一體拜真如」中彼此協力合作，完成取經使命。第九十四回敘及孫悟空向天竺國王自述來歷時，便見其心性已然有所變化。其言曰：

> 老孫祖居東勝神洲傲來國花果山水簾洞。父天母地，石裂吾生。曾拜至人，學成大道。復轉仙鄉，嘯聚在洞天福地。下海降龍，登山擒獸。消死名，上生籍，官拜齊天大聖。翫賞瓊樓，喜遊寶閣。會天仙，日日歌懽；居聖境，朝朝快樂。只因亂却蟠桃宴，大反天宮，被佛擒伏，困壓在五行山下，飢餐鐵彈，渴飲銅汁，五百年未嘗茶飯。幸我師出東土，拜西方，觀音教令脫天災，離大難，皈正在瑜珈門下。舊諱悟空，稱名行者。

隨後在豬八戒和沙和尚的言語表述中，同樣亦出現類似此內容。由此可見，從過往事蹟的自我陳述中可知，孫悟空等人參與玄奘取經隊伍的機緣與使命實現，乃構成故事本體的基礎。在順時的線性發展中，《西遊記》的情節序列安排皆有其相互聯繫的「時間—因果」邏輯關係。

《金瓶梅詞話》借《水滸傳》中潘金蓮與西門慶偷情、終致武松殺嫂的風情故事以建構敘事，整體上以潘金蓮情慾表現和西門慶家業興衰爲核心進行擴充講述，故事的本體時間從北宋徽宗政和二年起至南宋建炎元年止，共十六年。《金瓶梅詞話》以潘金蓮和西門慶偷情事件作爲敘事起點，無非通過敘事再現爲讀者提供一個道德價值辯證場域。第三回開篇引詩曰：

> 色不迷人人自迷，迷他端的受他虧。精神耗散容顏淺，骨髓焦枯氣力微。犯着姦情家易散，染成色病藥難醫。古來飽暖生閑事，禍到頭來總不知。

面對潘金蓮的淫欲誘惑，西門慶貪戀情色與武松拒絕色誘無疑形成強烈對比，其中所引出的人倫省察，可謂昭然若揭。然而，《金瓶梅詞話》寫定者正有意藉由潘金蓮與西門慶的情慾糾葛，進一步回應開卷之初所提出的「四貪詞」的勸戒之旨，在個人與家國之間對應之間揭露世變病根之所在，因此特別重視如何針對人物欲望和黑暗社會現實亂象進行暴露式描繪。基本上，西門慶家庭興衰與西門慶個人縱情聲色息息相關，尤其與潘金蓮之間不知節制的交歡行爲，乃成爲奪取西門慶身家性命的關鍵。《金瓶梅詞話》第七十九回議論西門慶患病情形曰：

> 看官聽說：一己精神有限，天下色欲無窮。又曰：嗜慾深者，其天機淺。西門慶只知貪淫樂色，更不知油枯燈盡，髓竭人亡。原來這女色坑陷得人有成時必有敗，古人有幾句格言道得好：花面金剛，玉體魔王，綺羅織就豺狼。法場斗帳，獄牢牙床。柳眉刀，星眼劍，絳唇槍。口美舌香，蛇蝎心腸，共他者無不遭殃！纖塵入水，片雪投湯。秦楚強，吳越壯，爲他亡。早知色是傷人劍，殺盡世人人不防！

由於西門慶的生活呈現出「朝歡暮樂，依稀似劍閣孟商王；愛色貪杯，彷彿如金陵陳後主」的景象，以致於讓個人命運最終走向自我毀滅之途。整體而言，《金瓶梅詞話》正是以西門慶家庭興衰的考察建構爲故事本體，進而創造出一個繁複的網狀結構，由此輻射反映社會現實的世情風貌。但實質上，情節序列的安排亦是在「時間—因果」的邏輯中發展而成。

基本上，在「講史」意識形態的承衍中，明代四大奇書寫定者主要從整體上認識歷史和現實生活，彼此之間在歷時性發展的聯繫中形成一道創作系譜。以今觀之，在「稽其成敗興壞之理」的歷史思維中，四大奇書寫定者不論採取「實錄」或「虛構」的方式進行敘事創造，特別關注於個別關鍵的人事變化與歷史漸變發展之間的因果關係，以及有關不同個體人物生命流動所構成的整體命運書寫如何回應歷史發展的趨向。是以四大奇書所具有的歷史感，大體便反映在以歷史時間爲線索組織情節的表現之上，使得情節建構本身在序列發展中仍保有明顯的時間意識，「所有各個階段的小故事在時間的序列上都含有前後的因果關係，同時又都歸向起訖全篇的大故事，都是大故事的一個有機的組成部分」。[62]此外，在四大奇書敘事創造中，「預敘」作爲情節建構的重要形式因素，除了具有維持線性時間的作用，同時也是強化時間—因果邏輯的重要敘事功能。[63]通過占夢、卜筮、相術、天文和敘述干預等預敘方式，可以將眼下之事與將來之事統一於時間軸線之上，以達到情節前後呼應的目的。尤其預敘爲情節事件發展結果提供了各種道德評價的可能性，有助於將勸懲意識融入歷史發展規律之中。[64]整體而言，四大奇書寫定者／編輯者爲揭示歷史發展演變的規律以及實現道德倫理勸懲的目的，因此非常注重探討歷史事件或生活事件之間的因果聯繫。在順時性情節序列的線性發展過程中，基於揭示主題、刻劃人物和安排結構的需要，無不將「因果關係」視爲串聯情節的主要敘事手法。如此一來，四大奇書敘事模式即在「時間—因果」邏輯[65]的演述過程中得到確立，爲不同故事類型的長篇章回演義建立起明確的敘事邏輯和結構範式。

---

[62] 石昌渝：《中國小說源流論》（北京：三聯書店，1994年），頁31。

[63] 關於預敘發達的原因，可參考陳才訓、時世平：〈古典小說預敘發達的文化解讀〉，《西華師範大學學報》（哲學社會科學版），2006年第2期，頁26-30。

[64] 趙毅衡：《苦惱的敘述者——中國小說的敘述形式與中國文化》（北京：北京十月文藝出版社，1994年），頁242。

[65] 根據陳才訓研究指出：「《春秋》、《左傳》都是編年體史書，不用說它們都有著強烈的時間意識。而且，總結歷史興亡規律，實現勸善懲惡是它們的主要敘事目的，這樣，『以古為鑑』與『為後世法』便使過去與未來這兩根向兩極無限延伸的時間軸線成為它們敘述歷史事件的唯一參照系。而『為後世法』的歷史敘述功能的實現，必須依賴於歷史敘述的清晰明了，於是，《左傳》作為中國最早成熟的史傳作品，以其敘述的典範性為後世敘述文學奠定了行之有效的敘述模式，即以時間為敘述的參照系，注重歷史事件之間的因果聯繫。我們姑且稱之為『時間—因果』敘述模式。」見氏著：《源遠流長——論《春秋》《左傳》對古典小說的影響》（北京：中國社會科學出版社，2008年），頁130。

如前所言，在總成一篇的情節建構中，明代四大奇書寫定者有意將一系列歷史事實或生活事件與歷史興衰盛亡進行聯繫，無不特別關注「世衰道微」的歷史全局發展情形，並予以褒貶評價。從「通俗取義」的觀點來說，在預述性敘事框架的「先在結構」[66]主導下，明代四大奇書的敘事生成，無不特別重視事件的選擇、認識和判斷，隱含著特殊的歷史理解。正如楊義所言：

> 一篇敘事作品的結構，由於它以複雜的形態組合著多種敘事部分或敘事單元，因而它往往是這篇作品的最大的隱義之所在。它超越了具體的文字，而在文字所表述的敘事單元之間、或敘事單元之外，蘊藏著作者對於世界、人生以及藝術的理解，在這種意義上說，結構是極有哲學意味的構成，甚至可以說，極有創造性的結構是隱含著深刻的哲學的。[67]

在「史學經世」的歷史意識建構性的活動中，四大奇書寫定者有意依據個人的創作目的，將既有素材重新整合安排並賦予意義，以求建構

---

[66] 楊義論及「結構的動詞性」精義時指出：「事實很清楚，敘事作品的落筆雖然從一字一句、一節一章開始，但從落筆之時，就已經隱隱約約或頭頭是道地感覺到，這一字一句、一章一節在全局中的位置、功能和意味著什麼。也就是說，所謂落筆，就是把作者心中的『先在結構』加以分解、斟酌、改動、調整和完善，賦予外在形態，成為文本結構。在作者的『先在結構』和文本的完成結構之間存在著對應、錯位的張力，先在結構賦予文本結構以對世界、世界的意義和形式的體驗，文本結構則以其有限的形式讓人們解讀其難以限量的潛在意義。」見氏著：《中國敘事學》，頁39。

[67] 楊義：《中國敘事學》，頁42。

起一個前後相關的關聯體系。是以在「編年合傳」的敘事進程中，奇書寫定者十分重視從總體歷史的考察過程中，認識歷史興衰盛亡變化的原因，同時也在紀傳書寫中，針對特定人物和事件進行定點透視的深入敘述。兩相補充配合，有利於讀者掌握歷史發展的原委。而事實上，自明代中晚期以來，論者即多有從「擬史批評」[68]觀念評點四大奇書敘事結構及其歷史含義的情形。如李開先《一笑散·時調》首開先例曰：

> ……《水滸傳》委曲詳盡，血脈貫通，《史記》而下，便是此書。且古來更未有一事而二十冊者。倘以奸盜詐僞病之，不知序事之法，學史之妙者也。[69]

其後金聖歎〈讀第五才子書法〉曰：

> 《水滸傳》方法，都從《史記》出來，卻有許多勝似《史記》處。若《史記》妙處，《水滸》已是件件有。[70]

---

[68] 李金松指出：「擬史批評即從史傳的角度對非史傳的作品進行闡釋、批評。中國古代小說與史傳淵源極深，兩者文體也頗為接近。在古代小說成熟之前，史傳已取得了極高的敘事藝術成就，並成為小說學習的對象，影響比它晚熟的小說創作。因此，人們論及小說，往往依託史傳，根據史傳的體例、敘事修辭原則與敘事藝術範式，展開擬史批評，解讀或闡釋小說的藝術事實。」見氏著：〈金批《水滸傳》的批評方法研究〉，《漢學研究》，第20卷第2期，2002年12月，頁224。

[69] 李開先：《一笑散·時調》，見朱一玄、劉毓忱編：《《水滸傳》資料彙編》（天津：南開大學出版社，2002年），頁167。

[70] 金聖歎：〈讀第五才子書法〉，見朱一玄、劉毓忱編：《《水滸傳》資料彙編》，頁219。

又毛宗崗〈讀《三國志》法〉曰：

> 《三國》敘事之佳，直與《史記》彷彿，而其敘事之難則有倍難於《史記》者。《史記》各國分書，各人分載，於是有本紀、世家、列傳之別。今《三國》則不然，殆合本紀、世家、列傳而總成一篇。[71]

又張竹坡〈《金瓶梅》讀法〉曰：

> 《金瓶梅》是一部《史記》。然而《史記》有獨傳，有合傳，卻是分開做的。《金瓶梅》卻是一百回共成一傳，而千百人總合一傳內，卻又斷斷續續各人自有一傳。固知作《金瓶》者，必能作《史記》也。何則？既已爲其難，又何難爲其易？[72]

不可否認，明代中晚期以來文人讀者有意將四大奇書與《史記》進行聯繫批評，並致力於發掘奇書敘事創造的美學規律和藝術價值，無非說明了奇書敘事具有不同尋常的話語實踐和政治寓意。有關四大奇書的著述意識，或如司馬遷在〈報任安書〉中概括所言：「僕竊不遜，近自託於無能之辭，網羅天下放失舊聞，考之行事，稽其成敗興壞之理，凡百三十篇，亦欲以究天人之際，通古今之變，成一家之

[71] 毛宗崗：〈讀《三國志》法〉，見朱一玄、劉毓忱編：《《三國演義》資料彙編》，頁266。

[72] 張竹坡：〈《金瓶梅》讀法〉，見朱一玄編：《《金瓶梅》資料彙編》，頁433。

言。」[73]尤其值得注意的是，評點者普遍認爲四大奇書敘事結構皆呈現出「總成一篇」或「共成一傳」的章法表現，甚至更有倍難於《史記》者，顯然對於奇書寫定者採取「編年合傳」方式進行情節編碼的表現，給予了正面肯定的評價。就此而言，明代四大奇書敘事創造所體現的歷史編纂意圖，便可能在情節建構中反映出特定的歷史哲學。

由上述分析可見，明代四大奇書寫定者是以歷史修撰的姿態編創「演義」，十分重視在歷史興亡盛衰的總體命運觀照中進行情節建構，並由此提供讀者思考特定的歷史含義及其隱含的世教風化之思。如此作法，實則隱含「垂變以顯常，述事以求理」的預設性觀念。在「以時爲經、以事爲緯」的序列安排中，爲了確保敘事信息的開展和人物命運結局的印證，便在主題先行的敘事邏輯中建立起一種預前認識的整體性印象。如同楊義分析中國敘事文學時所言：

> 中國作家在作品的開頭就採取了大跨度、高速度的時間操作，以期和天人之道、歷史法則接軌。這就使他們的作品不是首先注意到一人一事的局部細描，而是在宏觀操作中充滿對歷史、人生的透視感和預言感。[74]

因此，當四大奇書寫定者所選擇的特定的故事系統和敘述方式本身時，其中便在敘事結構的「首尾照應」中，體現出一種歷史闡釋的評價意識。尤其奇書寫定者有意在歷史或現實的建構中將歷史文本化，

---

[73] 〔漢〕班固，〔唐〕顏師古注：《前漢書》卷六十二《司馬遷列傳第三十二》冊6，《四部備要・史部》（中華書局據武英殿本校刊）（臺北：臺灣中華書局，1965-1966年），卷62，頁16。

[74] 楊義：《中國敘事學》，頁164。

整體話語表現，無疑讓讀者對於歷史事實或生活事實本身有了進一步理解和掌握的機會。具體而言，在講史理念的主導下，四大奇書敘事的生成與發展，不僅以「一事一人」爲主宰，甚且更以「一方之言，一家之政」敷演詞話而成書，無乃是創造出奇書之「奇」的重要因素。因此，四大奇書寫定者如何在「編年合傳」的結構布局中進行「演義」，進而展現奇書敘事之「奇」，其情節建構方式和美學考量便顯得相當重要。借署名金人瑞所撰〈《三國志演義》序〉的評價觀點曰：

> 作演義者，以文章之奇，而傳其事之奇，而且無所事於穿鑿，第貫穿其事實，錯綜其始末，而已無之不奇，此又人事之未經見者也。獨是事奇矣，書奇矣，而無有人焉起而評之，即或有人，而使心非錦心，口非繡口，不能一一代古人傳其胸臆，則是書亦終與周、秦而上漢、唐而下諸演義等，人亦烏乎知其奇，而信其奇哉！[75]

無庸置疑，明代四大奇書寫定者有意依照自己所觀察到的歷史事件的內在規律來進行歷史修撰，更在宏觀的歷史考察的視野中，以「演義」的特定模式來組合自己的敘事，故能造就不同的歷史修撰風格及其話語形態，足稱一代之「奇」。

[75] 金人瑞：〈《三國志演義》序〉，見朱一玄、劉毓忱編：《《三國演義》資料彙編》，頁253。

第三章
「經世」：明代四大奇書的寓言創造

在中國傳統文化中，「歷史」與「小說」之間具有一種特殊的互文性（intertextuality）關係，由來已久。「小說」作家爲了確保話語存在的合法性，特別注重如何在依附史傳的認知中，積極尋求和創造出一種符合歷史書寫成規的話語體製和表達形式。借美國學者J. 希利斯·米勒（J. Hillis Miller）的觀點來說：「一部小說傳統上並不被看作是小說，而是被當作語言的另一種形式。它差不多已經成爲了某種『再現的』形式，深深根植於歷史與『眞實的』人類經驗的直接報告之中。小說似乎恥於把自己描述爲『自己是什麼』，而總愛把自己描述爲『自己不是什麼』，描述爲是語言的某種非虛構的形式。小說偏偏要假託自己是某種語言，而且標榜自己同心理的或是歷史的現實有著一對一的對應關係，以此來體現自身的合法性。」①在中國古代小說發展史上，除了文言小說之外，這樣的情形同樣也體現在宋元說話伎藝的基礎上發展而來的各種類型話本創作，尤以「講史」一門爲然。

---

① （美）J. 希利斯·米勒（J. Hillis Miller）著，郭英劍等譯：《重申解構主義》（北京：中國社會科學出版社，1998年），頁37。

「講史」的興起，主要是爲了滿足一般世俗百姓認識歷史的需求和興趣而有所發展。雖然講史活動本身強調講史者參考《資治通鑑》或《通鑑綱目》等史料文獻進行演史的事實；但大體而言，講史活動本身作爲民間敘事，主要是爲了面向世俗百姓，講史行爲所體現的「娛樂」作用，一般而言仍重於「垂鑒」之思。關於此點，從現存宋元講史平話的書面刊刻情形來看便一目了然。直到《三國志通俗演義》寫定者在「講史」理念主導下，有意識地將「演義」與傳統歷史敘事模式進行巧妙融合，不僅爲通俗演義創造出一種新的文體／文類，並且得到相當程度的讀者的認同和接受，因而廣爲流行。許寶善在〈《北史演義》敘〉即言：「晉陳壽《三國志》，結構謹嚴，敘次峻潔，可謂一代良史。然使執卷問人，往往有不知壽爲何人，《志》屬何代者。獨《三國演義》，雖農工商賈婦人女子無不爭相傳誦。夫豈演義之轉出正史上哉？」[②]影響所及，除了帶動歷史演義創作的繁榮，同時也爲其他故事類型的演義之作提供了發展契機，以致《忠義水滸傳》、《西遊記》和《金瓶梅詞話》的寫定者同樣得以在重寫素材的過程中，借鑒史傳敘事模式和書寫筆法，從不同創作視角觀照歷史和現實生活，藉「演義」的創造以達到對歷史或現實生活進行闡釋的目的。

此外，從「重寫」的角度來說，明代四大奇書對於既有文本的題材框架和主題寓意的改寫，顯現出特定的歷史意識和政治思維。基本上，作爲重寫型小說，明代四大奇書「總是既負載著前文本的信息，又帶有重寫時歷史文化語境的痕跡。重寫者一定對前文本有所認識，

---

② 許寶善：〈《北史演義》敘〉，見丁錫根編：《中國歷代小說序跋集》（中）（北京：人民文學出版社，1996年），頁945-946。

具有『前見』，進而在寫作中將時代因素、個人因素帶入小說。」[3]事實上，四大奇書寫定者試圖在小說文本中構築「世變」的歷史背景，並通過「演義」申述政治理想，因此在「借彼喻此」的歷史書寫中，理當特別關注於小說虛構世界與歷史文化語境中的現實的聯繫，並賦予了小說文本以特殊的歷史性。在重寫的基礎上，明代四大奇書的整體話語表現，固然仍以面向世俗百姓閱讀需求爲前提；但實質上，在「集正史所遺，補國史之闕」的意識形態制約下，寫定者爲了迎合《春秋》、《左傳》乃至《史記》以降史學傳統所形塑的歷史敘事法則和精神表現，無不力求在「經世」的思想基礎上，確立小說文本的文學定位和文化身分。具體而言，寫定者在「講史」的意識形態主導中，重寫素材的策略選擇，使得四大奇書各自的話語實踐，都強烈體現著一種「鑑往知來」的敘事動機。此外，在「知識娛樂」與「道德垂訓」相互融合的話語實踐中，寫定者無不力求能夠讓整體話語構成達到「以俗融雅」、「以雅化俗」的美學目的。

在遵從歷史敘述法則的認知下，明代四大奇書敘事創造所關注的表意問題，不僅僅只是將既有文獻材料當作歷史記錄加以整理而已，而是必須審慎考量，如何在話語實踐中以修辭化的語言進行意識形態化的敘事創造，從而使得「演義」得以成爲參與歷史闡釋的一種文體／文類。如同海登·懷特（Hayden White）所言：「話語在經驗的既定編碼與一連串現象之間『往返』運動。這些現象拒絕融入約定俗成的『現實』、『眞理』或『可能性』等概念。……總之，話語從本質上說是一種調節。即如此，話語就既是闡釋的，又是前闡釋的（preinterpretative）；它總是既關注闡釋本身的性質，也同樣

---

[3] 參祝宇紅：《「故」事如何「新」編——論中國現代「重寫型」小說》（北京：北京大學出版社，2010年），頁6。

關注題材，這也顯然是它詳盡闡述自身的機會。」[4]因此，面對歷史與現實生活的召喚，四大奇書寫定者爲了深入考察歷史興亡和人物際遇盛衰問題的發生緣由，並不僅僅只是滿足於複製歷史事實或生活事實而已，而是根據個人的歷史意識，各自通過「演義」的創造，積極回應自身所處歷史文化語境的變化景況。在「演義」的話語實踐中，寫定者無不在虛實互滲的話語構成中寄寓了特定的歷史意識，因而表現爲「詮釋其外在世界變遷及其自身變遷的心靈活動」，藉著這個心靈活動，得以「瞭解自己的特質以及自己在外在世界變化中的位置及方向。」[5]最終，在敘事話語的「比喻」創造中，四大奇書寫定者通過「演義」創作，爲廣大讀者提供了特殊的意義生產和政治想像的空間。

筆者以爲，在「講史」的意識形態基礎上，明代四大奇書寫定者自覺地按照一定的歷史觀念系統進行歷史修撰，體現出中國傳統文化以「儒家倫理」爲本位的文化意識和思維圖式。[6]因此，倘將四大奇書視爲一種特殊的歷史話語，事實上或更符合於奇書創作的本質。無論我們視四大奇書爲歷史敘事還是文學敘事，都應該可以了解一個事實：即「進行這種話語活動的目的都不僅僅是傳達一個事件，而是要通過對一個或一系列事件的敘述和闡釋而表達某種意義。」[7]正是基於這樣的歷史意願，四大奇書寫定者乃得以將歷史闡釋，充分展現在各自的故事類型創造和情節建構之上，因而造就出不同於時下一般通

---

[4] （美）海登・懷特（Hayden White）：〈轉義、話語和人的意識模式〉，見氏著，陳永國、張萬娟譯：《後現代歷史敘事學》（北京：中國社會科學出版社，2003年），頁5-6。

[5] 胡智昌：《歷史知識與社會變遷》（臺北：聯經出版事業公司，1988年），頁20。

[6] 有關中國傳統文化與小說思維的同化同構現象的討論，參吳士餘：《中國文化與小說思維》（上海：上海三聯書店，2000年），頁15。

[7] 高小康：《中國古代敘事觀念與意識形態》（北京：北京大學出版社，2005年），頁17。

俗小說的美學表現和文化意義。在以往的研究中，論者爲了凸顯四大奇書彼此之間在話語實踐及其故事類型表現方面的差異性，因此側重於題材內容的分析，反倒因此不太注意四大奇書作爲明清長篇通俗演義的敘事範式，彼此之間可能存在著敘事動機和話語構成表現上的內在系譜聯繫。基於上述認識，本書即著重參考美國學者海登・懷特的後現代歷史敘事學理論觀點，從「重寫歷史」的創作系譜和互文聯繫中，深入闡論明代四大奇書敘事創造的意識形態內涵及其話語表現。

第一節　話語轉義：四大奇書敘事創造的取喻書寫

明代四大奇書作爲具有強烈歷史性的「演義」之作，乃植基於對過去曾經發生的歷史事件進行重寫而來。四大奇書寫定者有意在前文本的閱讀和理解的基礎上進行話語創造和歷史闡釋，直可以視之爲一種特殊的歷史話語。在「講史」的意識形態基礎上，「撰寫歷史不是件尋找眞相的工作，而是在表現歷史家的政治理念。」[⑧]因此，四大奇書寫定者對於前文本中的重寫，即在「主題先行」的預述性敘事框架中，通過不同的情節建構賦予小說文本以特定的歷史詩學內涵。在「取喻」的認知模式轉移中，四大奇書敘事的歷史時空結構，乃是通過與現實世界互文隱喻的方式來實現的，這使得話語本身具有轉義（trope）的語言表現，即整體話語構成「偏離了語言字面意義的、約定俗成的或『規範』的用法，背離了習俗或邏輯所認可的表達方式（locution）。轉義通過變體從所期待的『規範』表達，通過它們在

---

⑧ （美）喬伊斯・艾波比（Joyce Appleby）、琳亨特（Lynn Hunt）、瑪格麗特・傑考（Margaret Jacob）著，薛絢譯：《歷史的真相》（*Telling the Truth about History*）（臺北：正中書局，1996年），頁225。

概念之間確立的聯想而生成比喻或思想。」[9]是以在話語轉義的意義上，四大奇書各自作爲一種特殊的歷史話語，整體話語構成對於歷史經驗領域的再現，都可視爲一種帶有隱喻描寫的結果。尤其在「政治寓言」（political allegory）的預設創造中，事實上具有其不可忽視的意識形態內涵，應當重新給予關注和深入探討。[10]

一、感時憂國：奇書敘事的歷史意識

對於明代四大奇書而言，「講史」行爲本身既體現出對世代累積素材的信息的全面認識，同時更可能體現出對於創作當下的歷史文化語境的深刻觀察，從而顯示出四大奇書敘事的深層結構都具有一種歷史整體性認識的觀點。以今觀之，四大奇書寫定者面對歷史和現實而進行「演義」，旨在深入考察歷史發展與現實人事的成敗興壞之理。因此，重寫素材的策略選擇和運作機制，顯示了四大奇書寫定者刻意在前文本中「發現」的「故事」，對於奇書敘事的情節建構和歷史闡釋來說，總是具有一種預期敘述的思維存在，[11]方能彰顯奇書敘事創造所具有的特定「歷史意識」。以今觀之，在中國傳統史學的影響下，四大奇書寫定者對於歷史上的時勢（historic situation）之掌握

---

[9] （美）海登・懷特（Hayden White）：〈轉義、話語和人的意識模式〉，見氏著，陳永國、張萬娟譯：《後現代歷史敘事學》，頁2-3。

[10] 礙於明代四大奇書的版本選擇問題，本書無法在此依所採用的早期版本內容，從中指實四大奇書具體反應的歷史文化語境面貌為何。因此，在「去歷史化」的討論中，本書首先考量的是從政治寓言創造的角度，深入釐清「演義」作為一種文體／文類的意識形態內涵，而不針對四大奇書所可能反映的歷史或現實問題進行考察，謹此說明。

[11] （美）海登・懷特：〈歷史中的闡釋〉，見氏著，陳永國、張萬娟譯：《後現代歷史敘事學》，頁75。

和判斷，無不體現出「感時憂國」的歷史意識，以及映現出正統儒家思想的政治情結，特別值得加以關注。

在「講史」的基礎上，明代四大奇書所體現的創作意圖和敘事動機，可以說與孔子作《春秋》所奠立的史學精神和政治理念具有一脈相承的聯繫關係。如前文所述，孔子生當春秋末世，禮崩樂壞，有感於「世衰道微，邪說暴行有作」，因此爲了「撥亂世反之正」，追求王道之治，於是據魯國舊史以作《春秋》。劉勰《文心雕龍·史傳第十六》曰：

> 昔者夫子閔王道之缺，傷斯文之墜，靜居以歎鳳，臨衢而泣麟；於是就太師以正《雅》、《頌》，因魯史以修《春秋》。舉得失以表黜陟，徵存亡以標勸戒；褒見一字，貴逾軒冕，貶在片言，誅深斧鉞。[12]

如前所述，在重寫素材的策略運作中，明代四大奇書的敘事話語創造本身所具有的比喻意義的成分，即深受到《春秋》一書的「經世」思想的制約和影響。因此，當明代四大奇書寫定者出於特定的敘事目的而進行「演義」時，對於歷史或現實語境的深刻關注，首先便共同展現在「世變」的歷史背景的認識和選擇之上，並且在開篇之初，即賦予話語本身以一股濃厚的感時憂國的歷史意識。

在《三國志通俗演義》中，第一則〈祭天地桃園結義〉作爲小說敘事的開端，寫定者即著重強調漢末政局紛亂情景，乃起於「後漢桓

---

[12]〔南朝梁〕劉勰著，周振甫注：《《文心雕龍》注釋》（臺北：里仁書局，2001年），頁293。

帝崩，靈帝即位，時年十二歲」，「中涓自此得權」。時當建寧二年四月十五日，帝會群臣於溫德殿中，天降異象。靈帝憂懼，下詔召光祿大夫楊賜和議郎蔡邕等問以災異之由及消復之術時，兩人皆藉異象之生以喻政局混亂之根由。楊賜曰：

> 臣聞《春秋》讖曰：「天投蜺，天下怨，海內亂。」加四百之期，亦復垂及。今妾媵奄尹之徒，共專國朝，欺罔日月，又鴻都門下，招會羣小，造作賦稅，見寵於時。……唯陛下斥遠佞巧之臣，速徵鶴鳴之士，斷絕尺一，抑止槃游。冀上天還威，眾變可弭。

蔡邕略曰：

> 臣伏思諸異，皆亡國之恠也。天於大漢，殷勤不已，故屢出妖變，以當譴責，欲令人君感悟，改危即安。蜺墮雞化，皆婦人干政之所致也。……夫宰相大臣，君之四體，不宜聽納小吏，雕琢大臣也。且選舉請託，眾莫敢言，臣願陛下忍而絕之。左右近臣，亦宜從化。人自抑損，以塞咎戒，則天道虧滿，鬼神福謙矣。夫君臣不密，上有漏言之戒，下有失身之禍。願寢臣表，無使盡忠之吏，受怨姦仇。

唯帝覽奏而嘆息，無所作爲，從此中涓「執掌朝綱」，「出入宮闈，稍無忌憚」。在《三國志通俗演義》中，寫定者首揭漢末亂世生成之由，無非認為婦人干政和群小紊亂朝綱乃是罪魁禍首。因此，不論是黃巾之亂、董卓之亂，乃至三國鼎立爭戰，無不導因於此。在感時憂國的敘寫中，對於「上報國家，下安黎庶」的政治理想的實現，可謂充滿強烈的期望。

在《忠義水滸傳》中，〈引首〉首揭大宋太祖開朝之事，其中寓含「明君賢臣」創造太平盛世的政治期望，可謂溢於言表。然而宋仁宗嘉祐三年上春間，天下瘟疫盛行，無一處人民不染此症的情景，歷史時勢因而產生重大變化。第一回敘及其時宰相趙哲、參政文彥博出班奏曰：

> 目今京師瘟疫盛行，民不聊生，傷損軍民多矣。伏望陛下釋罪寬恩，省刑薄稅，以禳天災，救濟萬民。

不料其年瘟疫轉盛，仁宗天子聞知，龍體不安，復會百官，眾皆計議。參知政事范仲淹奏曰：

> 目今天災盛行，軍民塗炭，日夕不能聊生，人遭縲絏之厄。以臣愚意，要禳此災，可宣嗣漢天師星夜臨朝，就京師禁院，修設三千六百分羅天大醮，奏聞上帝，可以禳保民間瘟疫。

於是天子御筆親書，欽差內外提點殿前太尉洪信為天使，宣請嗣漢天師張眞人星夜臨朝，祈禳瘟疫。從疾病隱喻的觀點來說，此一情節安排以隱伏宋朝運祚因人禍之故而出現重大歷史轉折，亟待英雄出世弭平天下亂離情勢。

在《西遊記》中，佛祖如來有感於「南贍部洲者，貪淫樂禍，多殺多爭，正所謂口舌兇場，是非惡海」。因此派遣觀音菩薩前往東土尋覓取經人，前來靈山求取三藏真經。最終目的在於勸化衆人歸心向善，共創清平世界。究詰其因，當如第七回篇首引詩所言：

> 富貴功名，前緣分定，爲人切莫欺心。正大光明，忠良善果彌深。些些狂妄天加譴，眼前不遇待時臨。問東君因甚，如今禍害相侵。只因心高圖罔極，不分上下亂規箴。

由此可見，《西遊記》寫定者以「猿猴道體配人心」建構敘事話語，正是假借孫悟空因爭名奪利而導致原始心性變化，由此反諷世人皆爲名爲利之徒，而不爲身命。[13]因此，所謂「心即猿猴意思深」，乃在一開始藉由孫悟空引發各種戰鬥情節的安排，從中寄寓了對於歷史現實中各種大小動亂產生的基本認識和看法。因此有關孫悟空被如來鎮壓於五行山下，以及隨後參與玄奘取經隊伍，個人心性如何隨著斬妖除魔的試煉而有所改變，最終達成理想人格的形塑，[14]此一情節建構本身便有其深刻寓意存在。

---

[13] 清人張書紳在〈新說《西遊記》總批〉一文亦有類此看法，該文曰：「《西遊》又名《釋厄傳》者何也？誠見夫世人，逐日奔波，徒事無益，竭盡心力，虛度浮生，甚至傷風敗俗，滅理犯法，以致身陷罪孽，豈非大厄耶？作者悲憫於此，委曲開明，多方點化，必欲其盡歸於正道，不使之覆蹈於前愆，非『釋厄』而何？」見朱一玄、劉毓忱編：《《西遊記》資料彙編》（天津：南開大學出版社，2002年），頁323。

[14] 張靜二：《《西遊記》人物研究》（臺北：臺灣學生書局，1984年），頁61-84。

在《金瓶梅詞話》中，寫定者對於歷史的關注，已從宏大敘事的建構轉向微觀敘事的創造，整體敘事意向落實在現實生活的理解和闡釋之上。在「嫉世病俗」的歷史思維主導下，特別於第一回即揭示「情色爲禍」之旨：

> 「情」、「色」二字，乃一體一用。故色絢於目，情感於心，情色相生，心目相視。亘古及今，仁人君子，弗能忘之。晉人云：情之所鍾，正在我輩。如磁石吸鐵，隔礙潛通。無情之物尚爾，何況爲人，終日在情色中作活計者耶？詞而「丈夫隻手把吳鈎」，吳鈎，乃古劍也。古有干將、莫邪、太阿、吳鈎、魚腸、屬鏤之名。言丈夫心腸如鐵石，氣概貫虹蜺，不免屈志於女人。

《金瓶梅詞話》寫定者更以劉邦和項羽爲例進行評價：「說劉項者，固當世之英雄，不免爲二婦人以屈其志氣。」而紅顏禍水之思，可謂盡現其中。因此，《金瓶梅詞話》一書從潘金蓮與西門慶偷情事件出發，寫定者採取「以小喻大」的方式進行「家國同構」的寓言創造，正可見其歷史闡釋的意向性。

從「世變」的角度考察明代四大奇書創作生成的敘事動機及其內在結構，必然涉及到對於歷史與現實語境變化的深入考察。在重寫的基礎上，明代四大奇書作爲一種特殊的歷史話語，乃是奇書寫定者「通過就特定歷史事件所提供的形式解釋，無論是什麼，而把意義類型嵌入他們的敘事之中，因此獲得了『一種解釋情感』。」⑮從「感時憂國」的歷史意識表現來說，四大奇書敘事創造的基本敘述意圖，實際上與中國傳統儒家詩教精神的人文關懷和歷史思維具有密不可分的聯繫。如孔子在《論語・季氏》中曰：

> 天下有道，則禮樂征伐自天子出；天下無道，則禮樂征伐自諸侯出。自諸侯出，蓋十世希不失矣。自大夫出，五世希不失矣。陪臣執國命，三世希不失矣。天下有道，則政不在大夫，天下有道，則庶人不議。⑯

此外，借〈毛詩序〉言之：

> 至于王道衰，禮義廢，政教失，國異政，家殊俗，而變風變雅作矣。國史明乎得失之迹，傷人倫之廢，哀刑政之苛，吟詠情性，以風其上，達於事變而懷其舊俗者也。……是以一國之事，繫一人之本，謂之風；言天下之事，形四方之風，謂之雅。⑰

從歷史修撰的觀點來說，「話語本身是事實和意義的實際綜合，這種

⑮ （美）海登・懷特：〈歷史中的闡釋〉，見氏著，陳永國、張萬娟譯：《後現代歷史敘事學》，頁75。

⑯ 〔魏〕何晏集解，〔宋〕刑昺疏：《《論語》注疏》，《十三經注疏》冊8（臺北：藝文印書館，1985年），頁147下。

⑰ 〔漢〕毛亨傳，〔漢〕鄭玄箋，〔唐〕孔穎達疏：《《毛詩》正義》，〔清〕阮元校勘：《十三經注疏》冊2（臺北：藝文印書館，1984年），頁16下-18上。

綜合所表示的特定意義結構的那個方面使我們將其看作一種而不是另一種歷史意識的產物」。[18]因此，對於明代四大奇書而言，「演義」創作發生的前提，無疑是奇書寫定者面對時世變化時，為滿足於對政治秩序和道德規範進行重整的需要所做的話語選擇和價值選擇。

一般而言，「如果歷史事實是『建構』的而不是『給予』的，那麼，作為敘事因素，它們也是選擇的而不是經過邏輯證實的。面對紛亂的『事實』，歷史學家必須出於敘事目的『對他們進行選擇、切分和分割』。」[19]而事實上，在明代四大奇書的歷史想像中，寫定者在敘事開展之初，即已為故事本體奠定了歷史座標，並且有意為讀者創造政治寓言的召喚結構和想像空間，其美感功能足以引發讀者的特定美感經驗。借高辛勇的觀點來說：

> 中國傳統小說有一種藝術原則或觀念似乎與姆氏的「美感功能」觀念相類，但其「美感」來源並不在作品的多層關係與多層意義，而在「意義」的隱藏與發現的過程。簡單地說，這種藝術原則涉及意義的「間接表達」——亦即傳統作品中所強調的含蓄、婉轉、委曲等等修辭手法的基本原則。在「間接表達」的作品中，讀者必須透過表面明言部份而領悟作品所影射或暗指的意思或事物。這種「領悟」或「會意」的心

---

[18] （美）海登・懷特：〈歷史主義、歷史與比喻的想像〉，見氏著，陳永國、張萬娟譯：《後現代歷史敘事學》，頁109。

[19] （美）海登・懷特：〈歷史中的闡釋〉，見氏著，陳永國、張萬娟譯：《後現代歷史敘事學》，頁70-71。

> 智或直覺活動過程或許即是一種「美感」經驗。其「美感」或「快感」可能來自於從「暗」到「明」、或從「此」到「彼」的心理或意識的轉折。婉轉、含蓄能引起這種經驗，「用典」與「類比」的手法也能使讀者做這種心智活動。[20]

尤其當寫定者通過「演義」以「講史」時，則四大奇書敘事以「變風」、「變雅」之姿再現歷史，便極大可能地在春秋筆法的運用中表述微言大義，由此體現出「庶人之議」的著述意圖。因此，不論從「庶人之議」或「變風」、「變雅」的政治寓言創造觀點來說，四大奇書的話語構成在此大體上可以被視作承繼了中國傳統政教思維的具體表述形式，整體話語實踐乃是以「美刺」爲中心的道德批評模式作爲敘事開展的基礎，並試圖從王道興衰的觀點中，建立起具有通鑑作用的歷史闡釋，最終得以賦予奇書敘事本身以特殊的美感經驗和美感功能。

二、一家之言：世變書寫的歷史考察

在「講史」的意識形態基礎上，明代四大奇書寫定者在創作之初對於小說文本的故事類型所進行的預設性想像，可以說是根據前文本與當下歷史文化語境交互作用的結果加以建構而成。在「通俗爲義」

[20] 高辛勇：《形名學與敘事理論──結構主義的小說分析法》（臺北：聯經出版事業公司，1987年），頁53。

的歷史修撰過程下，明代四大奇書具有促成「歷史」與「現實」進行對話的可能性，甚至能夠「成爲一種相互闡釋的張力結構」。[21]在某種意義上，四大奇書所反映的歷史哲學和著述宗旨，乃正如司馬遷在〈報任安書〉中所言：

> 近自托於無能之辭，網羅天下放失舊聞，考之行事，稽其成敗興壞之理，凡百三十篇，亦欲究天人之際，通古今之變，成一家之言。[22]

而尤其重要的是，四大奇書寫定者通過「演義」以傳達「由亂返治」的政治期望，無疑使得奇書敘事創造具有「取喻」書寫的性質。在「歷史演義」、「英雄傳奇」、「神魔幻怪」和「人情寫實」的故事類型背後，四大奇書的情節建構本身乃各自足以造就「一家之言」。

在「世變」的歷史圖景再現中，明代四大奇書寫定者對於歷史興亡和際遇盛衰的理解，主要反映在對於「人」的關注之上。更進一步來說，四大奇書寫定者特別重視在遵循時間順序發展的情節邏輯中，揭示特定人物的內在欲望及其作爲如何深刻反映出歷史和現實的興亡盛衰之「理」，進而在各種不同情境的對比敘述中，體現出中國傳統史家所秉持的「善善惡惡，賢賢賤不肖」的著述意識。在「主題先行」的預述性敘事框架建置過程中，四大奇書敘事創造確立了對於歷史與現實的高度關注，其中實際上隱伏著「垂變以顯常，述事以

---

[21] 王岳川：〈歷史與文本的張力結構〉，《人文雜誌》，1999年第4期，頁132-136。

[22] 〔漢〕班固撰，〔唐〕顏師古注：《前漢書》卷六十二《司馬遷傳第三十二》冊6，《四部備要·史部》（據武英殿本校刊）（臺北：臺灣中華書局，1965-1966年），卷62，頁17下。

求理」的類推思維。因此，在「總成一篇」的有機結構基礎之上，四大奇書寫定者十分重視如何通過「編年合傳」的情節建構以探求「世變」的成因，此一作法無乃構成了奇書敘事創造背後的基本敘述意圖。對於四大奇書敘事邏輯的確立和情節序列的安排而言，實際上具有不可忽視的影響。關於四大奇書的歷史書寫及其解釋，寫定者往往便將事實判斷與道德判斷結合於敘事過程之中，以此構成「演義」的基礎。以下即就四大奇書的敘事內容進行分析和說明。

在《三國志通俗演義》中，東漢末年君權不彰，權奸當政，專擅行事，導致朝政荒廢，黃巾之賊假奉天承運之說，應時作亂。寫定者除了意在說明漢室君權衰微，導致國政混亂的遠因之外，最重要的是要呈顯形成三國分合的關鍵因素，由此揭示說明歷史變化之理。

東漢桓、靈二帝在位時，由於「親小人，遠賢臣」，致使十常侍等宦官亂政，外戚何進私自降詔，董卓等人應詔入京平亂，意圖誅除朝中佞宦。第五則敘及詔文曰：

> 朕聞敗紀亂常，不曰無誅；害國傷時，豈能彌久？切惟常侍張讓、段珪等濫叨寵榮，恣生狂逆，不思報本之恩，復造滔天之禍。意喜者，一門榮貴；心怒者，九族誅夷。令諸侯於畿甸之方，挾天子於宮闈之內。上下切齒，咸思殄滅。朕素知卿等心懷忠義，討戮奸邪，速提雄虎之師，剋定蕭墻之禍。詔書到日，火速奉行。宜體朕懷，遐邇知悉。欽哉。

然而，董卓入京後破黃巾無功，卻處心積慮地賄賂十常侍，因此幸免議罪。其後又以金珠結託顯貴，任職顯官。當董卓統掌重兵之權時，便常有不仁之心。直到董卓輔政期間，出入宮廷，略無忌憚。日後，更因得志，進而有意代漢稱帝。於是脅嚇文武百官，弄權廢帝、遷都，逐步遂行私心。第七則〈廢漢君董卓弄權〉敘及中平六年九月朔，董卓權重，群臣見者皆栗然。請帝升嘉德殿，群臣列於班次。董卓掣劍在手，指責少帝暗弱，全無威儀，因讓李儒宣讀郊天冊文曰：

> 孝靈皇帝不究高宗眉壽之祚，早棄臣子。皇帝承紹，海內側望，而帝天資輕佻，威儀不恪，在喪慢惰，哀如故焉；凶德既彰，淫穢發聞，損辱神器，忝汙宗廟。皇太后教無母儀，統政荒亂。永樂太后暴崩，眾論惑焉。三綱之道，天地之紀，而乃有闕，罪之大者。陳留王協，聖德偉茂，規矩邈然，豐下兌上，有堯圖之表；居喪哀戚，言不以邪，岐嶷之性，成周之懿。休聲美譽，天下所聞，宜承洪業，爲萬世統，可承宗廟。廢皇帝爲弘農王。皇太后還政。應天順人，以慰生靈之望。

由此可見，董卓逆天無道，蕩覆王室，妄圖亂國篡位；然而由於重兵在握，朝中之臣無能反抗霸權。第七則〈廢漢君董卓弄權〉敘及王允於侍班閣子內見漢朝舊臣俱集曰：

> 酒至半酣，王允舉盞，掩面大哭。眾官曰：「司徒貴降，不可發悲。」允曰：「老夫非賤降之日，要與眾官聚會，恐賊生疑，故推賤降。吾哭者，哭漢天下也。董賊勢若泰山，吾等朝夕難保。想漢高皇提三尺劍，斬白蛇，起義兵，子孫相承四百餘年，誰想喪於卓之手。吾等捨死，無益於國。」眾公卿盡皆掩面而哭。

其後，曹操謀殺董卓不成，逃歸回鄉，並謀發矯詔。在「尊君」的號召下，各鎮諸侯始興大義，共立袁紹爲盟主，共思爲國除賊。第九則〈曹操起兵伐董卓〉敘及其盟曰：

> 漢室不幸，皇綱失統。賊臣董卓，乘釁縱害，禍加至尊，虐流百姓，大懼淪喪社稷，剪覆四海。紹等糾合義兵，並赴國難。凡我同盟，齊心戮力，以致臣節。殞首喪元，必無二志。有渝此盟，俾墜其命，無克遺育。皇天后土，祖宗明靈，實皆鑒之！

從立盟聲討董卓的作爲來看，各路諸侯文臣武將「各懷報國之心，盡有匡君之志」，以「仁義之師」興扶漢室可謂在望。然而，由於諸侯和群雄多有私心自用之思，嫉賢妒才，以勢傲人，甚至互爭傳國璽，致使各懷異心，無法竟其全功。相對於此，司徒王允則始終以國家爲念，盡其忠君本分，謀劃殺賊之策，最終才得施以貂蟬連環之計誅滅董卓。然而，董卓逆賊固然因欺天受報身亡，但是漢代「國祚終衰，戎馬在郊」，此後持續紛擾百年，已成不可違逆的歷史事實。

從現存《三國志平話》來看，說書人以入話和頭回編撰天帝請司馬仲相進入陰間斷論漢高祖與韓信、彭越、英布之間的冤案的故事，其中三人轉世投生爲曹操、劉備、孫權並三分天下，司馬仲相則因斷冤有公，奉天命轉生爲司馬仲達，最後統一天下。《三國志通俗演義》寫定者一改《三國志平話》的因果報應敘事框架，在敘事開篇之際即著意藉由黃巾之亂爲引，鋪陳董卓專權廢帝、進而妄圖踐位的相關書寫。[23]在此一敘事結構安排中，寫定者有意凸顯亂世之中，「個人欲望」的因應和決定，如何成爲促成當下歷史發生重大轉變的關鍵因素。具體而言，董卓死後，群雄稱霸，各懷逐鹿中原之心。凡「有志圖王」者在面對「匡扶漢室」和「代漢而立」的抉擇時，無不假「興復漢室」與「維護正統」之名以確立個人行事的正當性，然後遂行爭權奪位之舉。是以不論「忠君」與否，各地諸侯和群雄以「興義討賊」的口號彼此互競角逐的紛亂情勢，一直到赤壁之戰之後，才確立了魏、蜀、吳三國鼎立的局面。而值得注意的是，面對天下紛亂，改朝換代的歷史情勢，寫定者在「天下奇局」的世變書寫中，意圖進一步引出「天下者，非一人之天下，乃天下之天下」和「良禽擇木而棲，賢臣擇主而侍」的雙重政治命題，便顯得十分重要。是以，通過「演義」以展演此一與「明君賢臣」緊密相聯的政治命題，無疑在歷史闡釋中寄寓了實現「王道」和「治世」政治理想的道德倫理籲求。

---

[23] 段啓明論及《三國演義》的歷史觀時指出：「揚棄了因果報應論，肯定了歷史發展本身具有客觀的規律性，即從宗教迷信的傳說，到富有哲理性的概括，僅此一點，就足以說明《三國演義》的歷史觀，較之平話，有了長足的進步。」見氏著：〈試論《三國演義》歷史觀——關於「英雄史觀」和「正統觀念」的辨析〉，《西南師範大學學報》（人文社會科學版），1983年第1期，頁74-79。

在《忠義水滸傳》中，寫定者於開篇「引首」處即藉由宋仁宗天下瘟疫盛行，引出「三登之世」頓時發生巨變，「東京城裡城外，軍民無其大半」的紛亂情形。然而，正因爲此事，「教三十六員天罡下臨凡世，七十二座地煞降在人間，哄動宋國乾坤，鬧遍趙家社稷。」在此一預述性敘事框架建置中，寫定者如何通過世變書寫以展演歷史變化成因，自有其深刻認識和理解。

從「疾病書寫」的隱喻觀點來說，[24]北宋國祚因天降瘟疫，由盛轉衰，「天災盛行，軍民塗炭，日夕不能聊生，人遭縲絏之厄」，原來太平豐登的政治秩序從此混亂失序。文武百官商議，奏聞天子，「專要祈禱，禳謝瘟疫」。因此，天使洪信受命宣請張眞人臨朝祈禳瘟疫，卻因專擅行事，揭開三清宮中的鎮魔封條，致使一道黑氣沖上半天，散作百十道金光，望四面八方而去。其後，雖然張天師「在東京禁院做了七晝夜好事，普施符籙，禳救災病，瘟疫盡消，軍民安泰。」然而，洪信誤走妖魔，致使一百單八個魔君出世「必惱下方生靈」之事卻被隱瞞，從此埋藏未來天下大亂的禍因。第二回〈王教頭私走延安府　九紋龍大鬧史家村〉開篇即引詩評論曰：

> 千古幽扃一旦開，天罡地煞出泉臺。自來無事多生事，本爲禳災却惹災。社稷從今雲擾擾，兵戈到處鬧垓垓。高俅奸佞雖堪恨，洪信從今釀禍胎。

---

[24] 借（美）蘇珊・桑塔格（Susan Sontag）的觀點來說：「秩序是政治哲學最早關切的東西，如果把城邦政體比作有機體是行得通的話，那把國家的失序比作疾病，也行得通。」又「在政治哲學的主流傳統中，把國家失序類比為疾病，是為了以此來敦促統治者追求更為理性的政策。」見氏著，程巍譯：《疾病的隱喻》（*Illness as Metaphor and Aids and Its Metaphors*）（上海：上海譯文出版社，2003年），頁68-69。

由此或可推論寫定者的基本敘述意圖，即「天災可解」，但是「人禍難防」。具體而言，歷史隆替之間，或與「陰陽造化功」的「天數」密切相關，然而除此之外，「人禍爲害」的影響卻可能極爲深遠，並非一時可見可知。關於此點，大體上可以從宋朝國祚到徽宗即位時，因誤信奸佞之臣才逐漸走向衰微傾覆的情節安排中獲得印證。

基本上，《忠義水滸傳》寫定者有意藉著洪信誤走妖魔一事，爲天罡地煞出世提供一種合理性／合法性基礎，以此推演世變的根本成因。第十二回〈梁山泊林沖落草　汴京城楊志賣刀〉開篇引詩曰：

> 天罡地煞下凡塵，托化生身各有因。落草固緣屠國士，賣力豈可殺平人。東京已降天蓬帥，北地生成黑煞神。豹子頭逢青面獸，同歸水滸亂乾坤。

更值得注意的是，在水滸英雄朝向梁山泊匯聚的過程中，因衆家好漢的行動所引發的各種道德倫理議題，實際上有其不可忽視的歷史意識和政治思維。在「總成一篇」的敘事認知主導下，水滸英雄好漢出世後的生命歸趨既是情節建構的基礎，同時也是道德倫理辯證的場域。

從實際情形來看，在宋江正式出場並領導水滸英雄在梁山泊「大聚義」之前，寫定者主要將「安身立命」作爲一種實踐政治理想形態的基本訴求，並充分展現在「公理正義」的追求之上，成爲敘事開展的主導意向。因此，高俅發跡變泰後，當權倚勢迫害王進、林沖等忠良之臣；魯提轄仗義救人，拳打鎮關西，野豬林解救林沖；晁蓋等人七星聚義，共劫蔡太師生辰綱等不義之財。凡此敘事，都明顯凸顯朝臣與擁權者，往往因「個人欲望」而欺壓忠臣良民，無乃構成故事主體展開的前導內容。其中，在「豪傑英雄聚義間，罡星煞曜降塵寰」的起始匯聚過程中，晁蓋等人劫得生辰綱金珠寶貝，並登上梁山泊取代王倫爲主，在積極建設中乃爲往後梁山勢力版圖奠定重要基礎。第二十回〈梁山泊義士尊晁蓋　鄆城縣月夜走劉唐〉敘及防備迎敵官軍的情形曰：

> 晁蓋與吳用等眾頭領計議，整點倉廒，修理寨栅，打造軍器，鎗刀弓箭，衣甲頭盔，準備迎敵官軍；安排大小船隻，教演人兵水手，上船廝殺，好做提備。

此時，梁山泊已從獨占山頭打家劫舍的綠林強盜，頃刻轉化成爲與朝廷官府不義之臣相互抗衡的聚義集團。值此，「替天行道」的政治理念隱約成形。不可否認，即使水滸英雄在嫉惡如仇的俠義行動中屢有不近人情的情形，但爲了追求公理正義的實現，許多在憤怒之中所完成的殺人放火舉動，也都被講求行俠仗義的江湖倫理和道德準則給消解了。

由於當朝讒佞欺世誑主，聖主遭受蒙蔽，致使忠良之士遭受奸臣迫害，善良百姓遭受強權欺侮；因此，在主題先行的主導下，寫定者既有意將宋朝運祚的變化之因埋藏於此，同時亦有意合法賦予天罡地煞出世的必然性。是以在「替天行道」的政治思維中，寫定者通過「演義」以展演「懲惡除奸」的忠義行動，其中所反映的忠奸二元對立思想，無乃成爲話語構成的重要政治命題。此外，在第七十一回梁山泊大聚義的歡慶場合中，更針對「明君賢臣」的理想性建構進行一場具體的實踐，在話語轉義中傳達了深刻的政治期望。

在《西遊記》中，寫定者對於歷史變化的深刻考察，大不同於《三國志通俗演義》和《忠義水滸傳》採取直接面向歷史的敘述姿態，而是將敘事視角轉向個人生命歷程的開展及其心性變化之上。從實際情形來看，《西遊記》是從唐代玄奘西天取經的宗教故事演化而來，故事主角轉而成爲孫悟空。關於這樣的敘事轉向，基本上說明了寫定者並不準備複製玄奘聖蹟，宣揚取經史實。在取喻書寫的過程中，反倒是極可能通過「演義」，曲折表達對於晚明宗教發展乃至佛道相競情形的認識，並意圖藉此回應晚明文化社會中儒學價值體系轉變和人心急遽變化事實。

《西遊記》寫定者對於取經故事的重寫，基本上並不以再現特定宗教史實爲最終目的，而是在整體情節建構中，著意針對「每受天眞地秀，日月精華，感之既久，遂有靈通之意」的石猴化生故事進行演繹。從《西遊記》前七回中可見，寫定者除了積極賦予孫悟空以特定的隱喻意涵之外，更重要的是在後續敘事過程中，將孫悟空的生命歷史與玄奘取經故事進行互爲隱喻關係的融合，從中寄寓特定的歷史意識和政治思維。以今觀之，孫悟空出世所具有的神聖意涵，一則體現在自身本事的高強，如第一回〈靈根孕育源流出　心性修持大道生〉敘及孫悟空發現「花果山福地，水簾洞洞天」，衆猴跟隨入洞並拜之爲王：

> 眾猴聽得，个个歡喜。都道：「你還先走，帶我們進去，進去！」石猴却又瞑目蹲身，往裡一跳，叫道：「都隨我進來！進來！」那些猴有胆大的，都跳進去了；胆小的，一个个伸頭縮頸，抓耳撓腮，大聲叫喊，纏一會，也都進去了。跳過橋頭，一个个搶盆奪

> 碗，占灶爭床，搬過來，移過去，正是猴性頑劣，再無一个寧時，只搬得力倦神疲方止。石猿端坐上面道：「列位呵，『人而無信，不知其可』。你們纔說有本事進得來，出得去，不傷身體者，就拜他爲王。我如今進來又出去，出去又進來，尋了這一个洞天與列位安眠穩睡，各享成家之福，何不拜我爲王？」眾猴聽說，即拱伏無違。一个个序齒排班，朝上禮拜，都稱「千歲大王」。自此，石猴高登王位，將「石」字兒隱了，遂稱美猴王。

此外，孫悟空入世尋求長生之道，費時多年輾轉來到「靈臺方寸山，斜月三星洞」尋訪仙人，志心朝禮，拜菩提祖師爲師父。歷經七年，祖師正式授道。第二回〈悟徹菩提眞妙理　斷魔歸本合元神〉敘及祖師「將悟空頭上打了三下，倒背著手，走入裡面，將中門關了，撇下大眾而去」。然而悟空卻已打破盤中之謎，夜半子時依指示前往：

> 那祖師不多時覺來，舒開兩足，口中自吟道：「難！難！難！道最玄，莫把金丹做等閑。不遇至人傳妙訣，空言口困舌頭乾！」悟空應聲叫道：「師父！弟子在此跪候多時。」祖師聞得聲音是悟空，即起披衣盤坐，喝道：「這猢猻！你在前邊去睡，却來我這後邊作甚？」悟空道：「師父昨日壇前對眾相允教弟子三更時候，從後門裡傳我道理，故此大胆徑拜老爺榻

> 下。」祖師聽說，十分懽喜，暗自尋思道：「這廝果然是个天地生成的！不然，何就打破我盤中之暗謎也？」悟空道：「此間更無六耳，止只弟子一人，望師父大捨慈悲，傳與我長生之道罷，永不忘恩！」祖師道：「你今有緣，我亦喜說。既識得盤中暗謎，你近前來，仔細聽之，當傳與你長生之妙道也。」

由此可見，孫悟空從自然化生到悟求長生之道的歷程轉變，充分體現出一種理想生命個體的崇高意涵，這無疑是一件值得肯定的事情。然而，孫悟空卻在習得躲三災的變化之法之後，竟在同門大衆之前賣弄精神，以致遭到祖師驅趕離開，回到「東勝神洲傲來國花果山水簾洞」。此一情節安排，無非說明了孫悟空忘卻「修行」的體段，自我心性因個人欲望驅使而產生了前所未料的變化。正如菩提祖師所言：「你這去，定生不良。憑你怎麼惹禍行凶，却不許說是我的徒弟」一句話中，即已埋藏孫悟空可能惹禍行凶的伏筆。

果不其然，孫悟空回到花果山之後，剿殺強占水簾洞的「混世魔王」；入龍宮，強取由天河定底的神珍鐵變化而成的「如意金箍棒」；下地獄，強行勾銷生死簿上但屬猴類而有名者，一路棒打出幽冥界。此外，登上界，官封弼馬溫卻心有未足，甚而宣作「齊天大聖」，仍然心有未寧。最終，因作亂大鬧天宮，妄圖取代玉皇上帝之位。第七回〈八卦爐中逃大聖　五行山下定心猿〉敘及如來佛祖前來鎮伏孫悟空時，孫悟空大發「強者爲尊該讓我，英雄只此敢爭先」的言論：

> 佛祖聽言，呵呵冷笑道：「你那廝乃是个猴子成精，焉敢欺心，要奪玉皇上帝龍位？他自幼修持，苦歷過一千七百五十劫。每劫垓十二萬九千六百年。你算，他該多少年數，方能享受此無極大道？你那个初世爲人的畜生，如何出此大言！不當人子！不當人子！折了你的壽算！趁早皈依，切莫胡説！但恐遭了毒手，性命傾刻而休，可惜了你的本來面目！」大聖道：「他雖年劫修長，也不應久占在此。常言道：『皇帝輪流做，明年到我家。』只教他搬出去，將天宮讓與我，便罷了；若還不讓，定要攪攘，永不清平。」

由此可見，孫悟空學道固然有成，卻因爲受到個人欲望的驅使，欺心逞亂，「立心端要住瑤天」，以致擾亂既有政治秩序，最後被鎮伏在五行山下，苦等救贖之日到來。對於孫悟空心性變化及其作爲，第七回結尾即有引詩評論曰：

> 妖猴大胆反天宮，却被如來伏手降。
> 渴飲溶銅捱歲月，飢食鐵彈度時光。
> 天災苦困遭磨蟄，人事淒涼喜命長。
> 若得英雄重展掙，他年奉佛上西方。

在主題先行的預述性敘式框架建置中，所謂「猿猴道體配人心，心即猿猴意思深」的形象塑造，無疑賦予孫悟空以特定的政治倫理隱喻意涵。尤其在「南部贍洲者，貪淫多禍，多殺多爭」的歷史背景設置中，孫悟空參與玄奘取經隊伍前往西方靈山勝境求取《三藏》經文，正通過「演義」揭示南瞻部洲處於世變狀態的成因，並藉由取經歷程展演一場關於取經成員如何在「明心見性」的修心過程中重獲身心自由，以及對於理想政治秩序重建的深刻籲求。

在《金瓶梅詞話》中，寫定者主要以《水滸傳》中西門慶和潘金蓮故事爲重寫素材，從擴敘之中廣爲敷衍西門慶家庭的興衰史。其中「西門慶、潘金蓮這天造地設的人物，簡直就是金瓶梅創作的靈機；這個故事描寫男女情慾的恣肆，更替金瓶梅作了『開宗明義』。」[25]從英雄傳奇過渡到家庭日常生活的世情書寫，大體反映了晚明歷史文化語境中重視「好貨好色」的市井社會實況。

早在《金瓶梅詞話》的情色故事正式展開之前，寫定者即通過「酒、色、財、氣」四貪詞的揭示作爲敘事創造的價值判斷基準。其中「情色」作爲敘事生成的重要命題，則是通過潘金蓮與西門慶的情慾展演而有所表現。從實際情形來看，潘金蓮從九歲賣在王招宣府裡，本性機變伶俐。後王招宣死了，後又被潘媽媽轉賣予張大戶家爲使女，早晚學習彈唱。長成一十八歲，便被張大戶收用。主家婆頗知其事，因而將金蓮甚是苦打，大戶倒賠房奩嫁給武大。第一回〈景陽崗武松打虎　潘金蓮嫌夫賣風月〉敘及潘金蓮憎嫌武大，常與他合氣，頗有怨言。敘述者評論曰：

> 看官聽說：但凡世上婦女，若自己有些顏色，所稟伶俐，配個好男子便罷了。若是武大這般，雖好煞也未免有幾分憎嫌。自古佳人才子相湊着的少，買金偏撞不着賣金的。武大每日自挑炊餅擔兒出去賣，到晚方

[25] 樂蘅軍：《古典小說散論》（臺北：大安出版社，2004年），頁116。

> 歸。婦人在家，別無事幹，一日三餐吃了飯，打扮光鮮，只在門前簾兒下站着，常把眉目嘲人，雙睛傳意。左右街坊有幾個奸詐浮浪子弟，睃見了武大這個老婆，打扮油樣，沾風惹草。被這干人在街上撒謎語往來嘲戲唱叫：「這一塊好羊肉，如何落在狗口裡！」人人只知武大是個懦弱之人，却不知他娶得這個婆娘在屋裡，風流伶俐，諸般都好。爲頭的一件好偷漢子。

關於潘金蓮形象塑造，在「嫌夫賣風月」的注解中便已作了一番定位。此後，潘金蓮看見武松「身材凜凜，相貌堂堂」，於是「私心便欲成會，暗把邪言釣武松」，十足一副「貪淫無恥壞綱常」的模樣，然而遭到武松搶白一場。又看見西門慶「也有二十五六年紀，生的十分薄浪」，直是一個「可意的人兒」。在王婆協助之下，兩人遂行淫蕩春心，背著武大偷情。西門慶「狂戀野花」，完全不顧及「亡身喪命皆因此，破業傾家總爲他」的後果，竟在王婆建議之下唆使潘金蓮鴆殺武大，並一應出錢整頓。爲了一晌貪歡，甚至顧不得人性與道德禮法。第六回〈西門慶買囑何九　王婆打酒遇大雨〉敘及潘金蓮與西門慶在武大靈前偷情：

> 那婦人歸到家中，樓上去設個靈牌，上寫「亡夫武大郎之靈」。靈床子前點一盞琉璃燈，裡面貼些經幡、錢紙、金銀錠之類。那日却和西門慶做一處，打發王婆家去，二人在樓上任意縱橫取樂。不比先前在王婆

> 茶坊裡，只是偷雞盜狗之歡，如今武大已死，家中無人，兩個恣情肆意，停眠整宿。初時西門慶恐鄰舍瞧破，先到王婆那邊坐一回。今武大死後，帶着跟隨小廝，徑從婦人家後門而入。自此與婦人情沾肺腑，意密如膠，常時三五夜不曾歸去，把家中大小丟的七顛八倒，都不喜歡。原來這女色坑陷得人，有成時必有敗。

在此，武大死亡靈位與潘金蓮、西門慶偷情行為並呈於同一場景之上，一方面顯現兩人色膽如天，貪淫無度，另一方面則是顯示世俗生活之中宗法倫理，已因個人的「淫色」欲望而有崩毀之跡，無疑充滿了一股濃厚的嘲諷意味。更耐人尋味的是，對於潘金蓮與西門慶的偷情事件，第三回開篇以帶有「預敘」的觀點引詩評論曰：

> 色不迷人人自迷，迷他端的受他虧。
> 精神耗散容顏淺，骨髓焦枯氣力微。
> 犯着奸情家易散，染成色病藥難醫。
> 古來飽暖生閑事，禍到頭來總不知。

由此可見，因淫色而敗家，甚至誤國的情形屢見不鮮。《金瓶梅詞話》寫定者頗有意在「紅顏禍水」[26]的母題下將歷史、欲望與道德統

[26] 有關「紅顏禍水」的母題表現，參康正果：《重審風月鑑》（瀋陽：遼寧教育出版社，1998年），頁42-88。

一在敘事過程之中，由此構成一種對於現實世界的隱喻描寫。在主題先行的預述性敘事框架建置中，已然對於潘金蓮如何通過情色牽制西門慶，甚至最後成爲影響西門慶家庭的興衰的關鍵作了一番預設。最後，更在家國同構的政治思維中，揭示出傳統宗法倫理和道德秩序，在個人欲望的衝擊下已然面臨解體的危機。

如前所述，明代四大奇書的敘事內容主要是在「世變」的歷史背景中展開敘述，奇書敘事與歷史相互塑造，並不單純只是反映歷史的一種話語表現而已，而是奇書敘事和歷史都參與到文化形成的動態交換之中，體現出一種具有共通性的認知模式和歷史意識，可以說構成了表徵「現實」的一個隱喻。四大奇書作爲一種歷史話語，實際上卻可以分成兩個意義層面來看：即「事實與其形式解釋或闡釋是話語的顯在或字面意義，而用於描寫這些事實的比喻語言則指向一種深層結構的意義。歷史話語的這個隱在意義包含著一種故事類型，以特定秩序排列或被賦予不同重心的事實就是這種故事類型的顯在形式。當我們在瞬間識別出某一特定故事的類型時，我們就明白了關於這些事實所講的特定故事。」㉗因此，在重寫的策略運作上，如果說明代四大奇書寫定者意圖通過敷演歷史事實或生活事件進行歷史經驗的總結，從中褒貶人物作爲和揭示興衰治亂的義理，藉以達到世教風化的目的；那麼，整體話語表現所具有歷史意識和道德判斷，無疑將使得奇書敘事本身在情節建構中體現出一種二元對立的深層隱喻思維：

㉗ （美）海登・懷特：〈歷史主義、歷史與比喻的想像〉，見氏著，陳永國、張萬娟譯：《後現代歷史敘事學》，頁113-114。

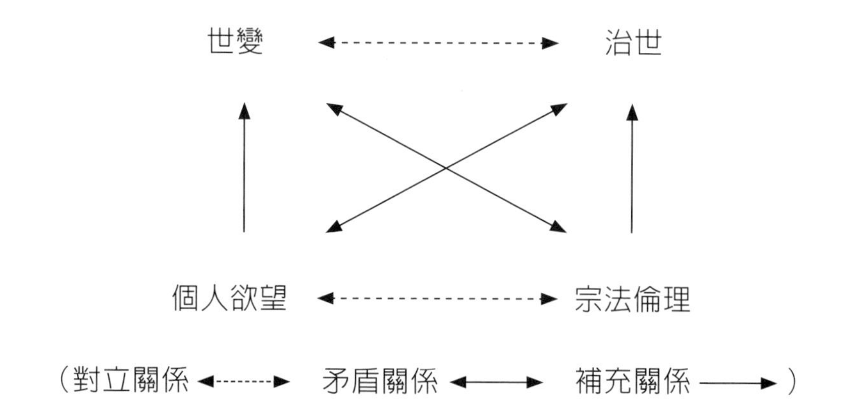

（對立關係 ◀------▶　矛盾關係 ◀——▶　補充關係 ——▶）

具體而言，明代四大奇書寫定者通常在「演義」開篇敘述之際，即有意在「個人欲望」與「宗法倫理」二元對立的辯證邏輯中開展講述，往往將歷史事件的表述重心，聚焦於特定人物行動與既有價值規範的相互矛盾乃至對立衝突的刻劃之上，並以之作爲故事主體實際開展時的前導內容。尤其四大奇書寫定者著意在敘事過程中，對於「個人欲望」與「宗法倫理」的矛盾和衝突進行歷史考察，乃成爲自始至終貫穿在敘事內容中的問題意識。尤其當寫定者試圖在敘事過程中建置以「三綱五常」爲本體的各種道德價值辯證情境，促使讀者進一步在「義利之辨」中反思歷史興亡盛衰之「理」時，諸家演義無不在「一家之言」的創造中，深刻傳達了特定的道德法則和價值態度，足以視之爲特定的政治寓言。

第二節　故事新編：四大奇書敘事創造的寓言思維

從「講史」的知識系譜觀點來說，明代四大奇書作爲特定的歷史文本，其話語構成背後是否存在共同的詩意邏輯或詩性結構，無疑是一個值得關注的課題。如前所述，四大奇書寫定者對於《春秋》以降歷史敘事傳統的接受，整體創作意圖早已充分展現在帶有強烈預設觀念的敘述行爲表現之上，並且在「轉義」的比喻性語言形式運作中，賦予敘事話語以不可忽視的意識形態內涵，足以在「以此喻彼」的書寫中構成一種「寓言」。正如《莊子・天下》所言：「莊周……以天下爲沉濁，不可與莊語，以卮言爲曼衍，以重言爲眞，以寓言爲廣。」[28]整體而言，在「世變」的歷史考察和書寫中，四大奇書寫定者對於歷史事實的重寫和表述，乃是受到中國傳統史學的影響，並且遵照儒家的政治倫理反覆闡明「史義」。因此，四大奇書話語實踐背後的詩意邏輯，便體現出深厚的「史學經世」的內在精神和敘事傳統。整體著述意識，即如章學誠所言：「史學所以經世，固非空言著述也。」[29]因此，在「救世」的政治寓言創造中，整體話語構成在經世思想的詩性建構上，實際上反映出強烈的政治倫理隱喻功能，應該對此給予更多的關注。

一、救世寓言：「經世思想」的詩性建構

在講史理念的承衍中，「通俗取義」作爲四大奇書寫定者創作的核心概念，不僅僅只是滿足於對過去事件的複製或還原，而是提供對現實狀況的認識以及對未來的期望，使得奇書敘事具有不可忽視的意識形態內涵。海登・懷特指出：

---

[28] 〔周〕莊周撰，〔晉〕郭象注，〔唐〕陸德明音義：《莊子》，《四部備要・子部》（據華亭張氏本校刊）（臺北：臺灣中華書局，1965-1966年），卷10，頁20。

[29] 〔清〕章學誠：《文史通義》，見王雲五主編：《國學基本叢書四百種》（臺北：臺灣商務印書館，1968年），頁66。

> 歷史敘事不僅僅是關於過去事件和過程的模式，同時也是隱喻性敘述，表明這些事件和過程與我們約定俗成的敘事類型是相似的，這個敘事類型通常用來賦予生活中的事件以文化意義。從純粹形式的方面看，歷史敘事不僅是對其中所述事件的再生產，也是指導我們在文學傳統中尋求那些事件結構之語像的一個複雜的符號系統。[30]

因此，從「史學經世」的觀點來說，倘要深入了解明代四大奇書寫定者在歷史闡釋中的自我定位表現，無疑必須回到歷史現實和意識形態的結合處中加以考察，才能有所釐清。

在《三國志通俗演義》中，主要描寫東漢末年群雄競爭，魏、蜀、吳政治集團爲謀求政權，不斷利用各種權謀進行複雜的政治角力和軍事鬥爭，其中對於英雄出世復振綱常的政治期望，無不充分展現在王道與霸道的認識之上。尤其有關「天下者，非一人之天下」、「有德者居之」的看法的提出，更是寄寓了奇書寫定者的政治理想與道德理想。而此一歷史問題的提出，奇書寫定者從敘事開篇之初，即有意敘寫董卓擁兵自重，專擅政權，最後廢帝踐位爲皇，以此作爲參照座標，在情節建構中展演各路英雄崛起爭霸的因應情形。在歷史發展過程中，曹操被定位爲「治世之能臣，亂世之奸雄」，但劉備「弘毅寬厚，知人待士」，展現「英雄之器」，兩者之間形成強烈的對照。第二十七則敘及曹操自黃巾之亂、董卓亂政以來，興義兵以誅暴

---

[30] （美）海登・懷特：〈作為文學仿製品的歷史文本〉，見氏著，陳永國、張萬娟譯：《後現代歷史敘事學》，頁181。

亂，最後得以奉詔入朝，以輔王室佐主。然而，曹操卻已有代漢而立之心，擬議由洛陽遷都許都。此後，曹操專擅行事，妄圖王霸之機。第三十九則〈曹孟德許田射鹿〉敘及曹操請獻帝田獵，曹操騎爪黃飛電馬，引十萬之衆，與天子獵於許田。當衆臣以爲天子射中大鹿，踴躍而來，同呼萬歲。此時，「曹操縱馬而來，遮於天子之前，以迎當之。衆皆失色。」此一欺君罔上作爲，完全暴露奸雄曹操的心志：

> 却說漢獻帝駕還許都，歸宮室，至晚泣訴與伏皇后曰：「可憐朕自即位以來，奸雄並起。先受董卓之殃，後遭傕、汜之亂。常人不受之苦，吾與汝輩當之。得見曹操，以爲重扶社稷之臣，今獨專國政。此賊節生奸計多端，專權弄國，分毫不由朕躬。殿上見之，有若芒刺。今在圍場上，自迎呼噪，早晚圖謀，必奪天下。欲至臨期，吾夫婦未知死於何處也！」伏皇后曰：「公卿子孫四百餘年，乃食漢祿者就無一人效股肱之立而救國難乎？」言訖，夫婦共哭於宮中。

相對於曹操的反賊形象，寫定者從第一則〈祭天地桃園結義〉中即有意形塑劉備、關羽和張飛三人「同心協力，救困扶危，上報國家，下安黎庶」的英雄形象。第一百四十五則〈劉備進位漢中王〉則敘及建安二十四年秋七月孔明等人勸說劉備進位漢中王一事，更凸顯了寫定者的正面期望：

却說玄德命劉封、孟達、王平等，攻取上庸諸郡。申耽等聞操已棄漢中而走，遂皆投降。玄德大喜，就於東川之地大賞三軍。安民已定，玄德愈加愛惜軍士。眾將皆有推尊玄德爲帝之心，未敢擅便，遂告諸葛軍師。孔明曰：「吾意已定奪了。」隨引法正等，入見玄德。孔明曰：「方今漢帝懦弱，曹操專權，天下百姓無主。主公年過半百，威震四海，東除西蕩，今得兩川，可以應天順人，法堯禪舜，即皇帝位，名正言順，以討國賊。此合天理，事不宜遲，便請擇日。」玄德大驚曰：「軍師之言差矣！某雖漢室宗親，乃臣下之臣；若爲此事，乃反漢也。」孔明曰：「非也。方今天下分崩，英雄並起，各霸一方，四海有才德者同聲相應，同氣相求，捨死亡生而事其主者，若非爲名，即爲利也。今主公苟避嫌疑，守義不舉，手下之士，大小皆無所望，其心皆憚，不久盡去矣。願主公熟思之。」玄德曰：「僭居尊位，吾實不爲！汝等再宜商議。」諸將一齊曰：「主公若是推却，三軍變矣！」孔明曰：「主公平生以義爲本，安肯便稱尊號？今有荊、襄兩川之地，可暫爲漢中王。以正其位，方可用人。」玄德曰：「汝等雖欲尊吾爲王，不得天子明詔，是僭稱也。」孔明曰：「離亂之時，宜從權變；若守常道，必誤大事。」張飛大叫曰：「異姓之人皆欲爲君，何況哥哥乃漢朝宗派！若不如此，半世英雄成一夢矣！」孔明曰：「主公可宜從權變，

> 進位漢中王，臣等自作表章申奏天子。」玄德再三推辭不過，又恐軍心有變，只得依允。

由於三國政治紛亂，豪雄並起，連年爭戰，導致民不聊生；因此，民心望治，無乃寄託於治世英雄的出現。如曹操所言：「夫英雄者，胸懷大志，腹隱良謀，有包藏宇宙之機，吐沖天地之志，方可爲英雄也。」普天之下，唯有曹操與劉備足以當之。但兩人之不同，正如劉備自言：「今與吾水火相敵者，曹操也。曹以急，吾以寬；曹以暴，吾以仁；曹以譎，吾以忠。每與操相反，事乃可成。」因此，在「尊劉」的歷史思維主導下，劉備才是奇書寫定者心目中的仁君典範。在此，寫定者對於群雄互競稱雄所引發的政治倫理的省察和道德價值的判斷，乃體現出特定的歷史評價。整體話語創造在轉義中所建構的救世寓言，實有其深刻的歷史反思。修髯子〈《三國志通俗演義》引〉曰：

> 今古興亡數本天，就中人事亦堪憐。欲知三國蒼生苦，請聽通俗演義篇。忠烈赤心扶正統，奸回白首弄威權。須知善惡當師戒，遺臭流芳憶萬年。……此編非直口耳資，萬古綱常期復振。[31]

在尊重三國歸晉的歷史事實前提下，寫定者對於三國歷史的分合有其獨特的認識和考察，尤其寫定者通過演義之作而提出「天下唯有德者居之」的君道觀，除了表達個人對於正統宗法的看法之外，更重要的

[31] 修髯子：〈《三國志通俗演義》引〉，見朱一玄、劉毓忱編：《《三國演義》資料彙編》（天津：南開大學出版社，2003年），頁234-235。

是如何通過聖君賢臣、忠臣義士共同建構仁政理想圖景，表明平定天下、維護國家統一的思想。[32]

在《忠義水滸傳》中，寫定者從敘事開篇即有意將「天災」與「人禍」進行隱喻式綰連。其中北宋仁宗年間瘟疫盛行，百姓受難，民不聊生，因此請求張天師祈禳救災，保境安民，最終瘟疫盡消，君民安泰。然而，洪信誤開「伏魔之殿」石板，導致天罡地煞散作金光，奔竄而去，卻爲徽宗年間的社會動亂埋下伏筆。其中高俅等佞臣專擅朝綱，矇蔽君主，導致朝政混亂，良臣遭禍，乃體現出「亂自上作」、「自古權奸害善良，不容忠義立家邦」的眞相。基本上，梁山好漢應命出世，雖爲惱人後患，但又被奇書寫定者視爲「宋朝必顯忠良」的預兆，在天數命定之中賦予其歷史必然性。由於水滸英雄講求不軌法制、濟危扶弱的豪俠精神，致使水滸英雄走向梁山泊聚義，成爲抗衡官方統治者的強大江湖勢力。從「救世」的角度來說，水滸英雄最後如何能夠成爲「助行忠義，衛護國家」的正義之師，其中便有待宋江的領導。第五十一回開篇引詩曰：

> 龍虎山中走煞罡，英雄豪傑起多方。魁罡飛入山東界，挺挺黃巾架海梁。幼讀經書明禮義，長爲吏道志軒昂。名揚四海稱時雨，歲歲朝陽集鳳凰。運蹇時乖遭迭配，如龍失水困泥岡。曾將玄女天書受，漫向梁山水滸藏。報冤率眾臨曾市，挾恨興兵破祝莊。談孝西陲屯甲胄，等閑東府列刀鎗。兩贏童貫排天陣，三

[32] 沈伯俊：〈嚮往國家統一，歌頌「忠義」英雄——論《三國演義》的主題〉，見氏著：《《三國演義》新探》（成都：四川人民出版社，2002年），頁87-102。

> 敗高俅在水鄉。施功紫塞遼兵退，報國清溪方臘亡。
> 行道合天呼保義，高名留得萬年揚。

由此可知，當明君賢臣的理想政治蕩然無存之時，忠義之士只好向體制之外尋求可能的正義力量。水滸好漢上山之前，個人命運遭際和走向各不相同，但不畏強權、行俠仗義、劫富濟貧和意氣相投，基本上可視爲彼此之間的共同秉性。整體形象的創造，深切反映的是民間百姓對抗腐敗官僚體系的集體意識。然而應該有所釐清的是，水滸英雄出世聚義的目的並不只是爲了與朝廷抗爭，而是在忠君前提下主張替天行道，獻身爲朝廷效命，推翻以蔡京爲首的官僚體制，實際上負有醫國的神聖使命。因此，宋江領軍梁山泊之後，一心接受招安，但是卻屢遭蔡京、高俅等奸臣阻撓，並三度興兵剿捕。第八十回開篇引詩評論曰：

> 乾坤日月如梭急，萬死千生如瞬息。只因政化多乖違，奮劍揮刀動白日。梁山義士眞英豪，矢志忠義凌雲霄。朝廷遣將非仁義，致令壯士心勞忉。高俅不奉朝廷意，狡猾縈心竟妖魅。詔書違戾害心萌，濟州黎庶肝塗地。仁存方寸不在多，機關萬種將如何。九重天遠豈知得，紛紛寰海與干戈。

由於奸臣讒佞專權，閉塞賢路，致使「國家損兵折將，虛耗了錢糧」，有待英雄出世拯救。而事實上，第八十三回開篇引古風一首，對於水滸英雄始於任俠聚義、終於接受招安一事深表肯定之意：

> 大鵬久伏北溟裏，海運摶風九萬里。丈夫按劍居蓬蒿，時間談笑鷹揚起。縣官失政羣臣妬，天下黎民思樂土。壯哉一百八英雄，任俠施仁居山塢。宋江意氣天下稀，學究謀略人中奇。折馘擒俘俱虎將，披堅執鋭盡健兒。艨艟戰艦還湍瀨，劍戟短兵布山寨。三關部伍太森嚴，萬姓聞風俱膽碎。惟誅國蠹去貪殘，替天行道民盡安。只爲忠貞同皦日，遂令天詔降梁山。東風拂拂征袍舞，朱鷺翩翩動鉦鼓。黃封御酒遠相頒，紫泥錦綺仍安撫。承恩將校舒衷情，焚香再拜朝玉京。天子龍顏動喜色，諸侯擊節歌昇平。汴州城下屯梟騎，一心報國眞嘉會。盡歸廊廟佐清朝。萬古千秋尚忠義。

自此，宋江等水滸英雄便在「順天護國，秉全忠義」中爲朝廷破大遼、征方臘，盡忠報國。是以，《水滸傳》雖爲「誨盜」之作，無乃有其深意。天都外臣〈《水滸傳》序〉曰：

> 或曰：子敘此書，近於誨盜矣。余曰：息庵居士敘《艷異編》，豈爲誨淫乎？《莊子・盜跖》，憤俗之情；仲尼刪《詩》，偏存《鄭》、《衛》。有世思者，固以正訓，亦以權教。如國醫然，但能起疾，即鳥喙亦可，無須參苓也。㉝

㉝ 天都外臣：〈《水滸傳》敘〉，見朱一玄、劉毓忱編：《《水滸傳》資料彙編》（天津：南開大學出版社，2002年），頁169。

不可否認，《忠義水滸傳》寫定者通過演義之作，一改宋江「勇悍狂俠」的歷史形象，在儒化中賦予宋江接受玄女天書，領導梁山泊展開救世的任務，因而讓梁山好漢脫離打家劫舍的強盜之身，轉變成爲安邦定國的英雄之師。因此，奇書敘事創造在轉義行動之中所建構的救世寓言，無疑寄寓深刻的政治理想。

在《西遊記》中，寫定者意不在於複述玄奘西行取經故事，而是以孫悟空生命史起伏變化爲敘事中心，特就「心即猿猴」進行演義，由此尋繹歷史治亂興衰之根由。在孫悟空的生命史中，石卵化生所具有的神聖生命意涵，乃反映在「天產仙猴道行隆」、「立志潛心建大功」的追尋之上。孫悟空遠離花果山水簾洞，「一心訪問佛仙神聖之道」；然而，「在市廛中，學人禮，學人話」，卻見「世人都是爲名爲利之徒」。其後，在「靈臺方寸山，斜月三星洞」，從菩提祖師處得道，徹悟妙理，卻又因心性變化，演變化耍、賣弄精神而遭到斥逐。此一經歷，已然使得自我生命情境隱伏變化之因。果不其然，孫悟空因「心高要做齊天聖」、「立心端要住瑤天」而大鬧天宮，終遭佛祖如來鎮壓於五行山下。不過，孫悟空雖然「惡貫滿盈身受困」，卻因「善根不絕」，因而得以參與唐僧取經隊伍進行自我救贖，同時保護唐僧前往靈山求取眞經，永傳東土，勸化衆生。第七十五回敘及孫悟空自述金箍棒由來和保護唐僧西行取經使命：

> 棒是九轉鑌鐵煉，老君親手爐中煅。禹王求得號神珍，四海八河爲定驗。中間星斗暗鋪陳，兩頭箝裹黃金片。花紋密佈鬼神驚，上造龍紋與鳳篆。名號靈陽棒一條，深藏海藏人難見。成形變化要飛騰，飄颻五色霞光現。老孫得道取歸山，無窮變化多經驗。時間

> 要大甕來粗，或小些微如鐵線。粗如南岳細如針，長短隨吾心意變。輕輕舉動彩雲生，亮亮飛騰如閃電。攸攸冷氣逼人寒，條條殺霧空中現。降龍伏虎謹隨身，天涯海角都遊遍。曾將此棍鬧天宮，威風打散蟠桃宴。天王賭鬪未曾贏，哪吒對敵難交戰。棍打諸神沒躲藏，天兵十萬都逃竄。雷霆眾將護靈霄，飛身打上通明殿。掌朝天使盡皆驚，護駕仙卿俱攪亂。舉棒掀翻北斗宮，回首振開南極院。金闕天皇見棍兇，特請如來與我見。兵家勝負自如然，困苦災危無可辨。整整挨排五百年，虧了南海菩薩勸。大唐有个出家僧，對天發下洪誓願。枉死城中度鬼魂，靈山會上求經卷。西方一路有妖魔，行動甚是不方便。已知鐵棒世無雙，央我途中爲侶伴。邪魔湯著赴幽冥，肉化紅塵骨化麵。處處妖精棒下亡，論萬成千無打算。上方擊壞斗牛宮，下方壓損森羅殿。天將曾將九曜追，地府打傷催命判。半空丟下振山川，勝如太歲新華劍。全憑此棍保唐僧，天下妖魔都打遍。

在敘事之初，孫悟空固然曾經秉持個人意志，欺心妄爲，然而在觀音菩薩勸化下參與玄奘取經隊伍之後，固然仍具有某種程度的反抗性格和自由意志，但大體上還都維持著本性的「善根」，一路上竭心盡力護衛唐僧通過重重魔考，乃成爲社會願望寄託之所在。從救贖的觀點來說，「一念才生動百魔」，八十一難所引發的心性衝突，無非都與自我認知和個人欲望緊密聯繫。因此，所謂「欲知造化會元功，須看西遊釋厄傳」的預設結構和人物命運內涵，如何藉由孫悟空「斷魔歸本」、「護僧除魔」的心性試煉的敘寫而有所展演，便充分體現在斬妖除魔的鬪戰歷程之中。以今觀之，孫悟空參與取經隊伍，以「歷代馳名第一妖」之身協助唐僧完成使命，最終能夠成爲「鬪戰聖佛」，在在顯示心性修持的重要性。其中「五聖合一」、「九九歸眞」的關鍵，便取決於孫悟空的心性轉變，如此一來，方能將大覺妙文帶回東土上國，完成渡化救世的任務。第九十八回〈猿熟馬馴方脫殼　功成行滿見眞如〉敘及唐僧師徒通過淩雲仙渡，抵達靈山，四衆到大雄寶殿拜見如來：

> 四眾到大雄寶殿殿前，對如來倒身下拜。拜罷，又向左右再拜。各各三匝以遍，復向佛祖長跪，將通關文牒奉上。如來一一看了，還遞與三藏。三藏頫顖作禮，啓上道：「弟子玄奘，奉東土大唐皇帝旨意，遙詣寶山，拜求眞經，以濟眾生。望我佛祖垂恩，早賜回國。」如來方開憐憫之口，大發慈悲之心，對三藏言曰：「你那東土乃南贍部洲。只因天高地厚，物廣人稠，多貪多殺，多淫多誑，多欺多詐；不遵佛教，不向善緣，不理三光，不重五穀；不忠不孝，不義不仁，瞞心昧己，大斗小秤，害命殺牲，造下無邊之孽，罪盈惡滿，致有地獄之災：所以永墮幽冥，受那許多碓搗磨舂之苦，變化畜類。有那許多披毛頂角之形，將身還債，將肉飼人。其永墮阿鼻，不

> 得超昇者，皆此之故也。雖有孔氏在彼立下仁義禮智之教，帝王相繼，治有徒繳斬之刑，其如愚昧不明，放縱無忌之輩何耶？我今有經三藏，可以超脫苦惱，解釋災愆。三藏：有《法》一藏，談天；有《論》一藏，說地；有《經》一藏，度鬼。共計三十五部，該一萬五千一百四十四卷。眞是修眞之徑，正善之門。凡天下四大部洲之天文、地理、人物、鳥獸、花木、器用、人事、無般不載。汝等遠來，待要全付與汝取去，但那方之人，愚蠢村強，毀謗眞言，不識我沙門之奧旨。」

由此可見，唐僧師徒歷經十四年完成取經任務，最終得以「見性明心參佛祖，功完行滿即飛升」，小者解脫自我罪愆，還其身心自由，大者渡化衆生，祈保永固江山，救世之義盡在寓言之中。陳元之〈《西遊記》序〉曰：

> 太史公曰：「天道恢恢，豈不大哉！譚言微中，亦可以解紛。」莊子曰：「道在屎溺」。善乎立言！是故「道惡乎往而不存，言惡乎存而不可」。若必以莊雅之言求之，則幾乎遺《西遊》一書，不知其何人所爲。……此其書直寓言者哉！……於是其言始參差而俶詭可觀；謬悠荒唐，無端崖涘，而譚言微中，有作

者之心儆世之意。夫不可沒也。[34]

不同於《三國志通俗演義》和《忠義水滸傳》的歷史書寫，《西遊記》主要通過非現實性的諧謔敘述以演義一場救世寓言。具體而言，宋元取經故事演化爲《西遊記》的過程，其主導思想已然「由弘揚佛法演化爲求索塵俗治平之道過程」，[35]在「譚言微中」之間賦予敘事以深意。不論自我救贖或祈保江山永固，孫悟空與唐僧取經隊伍所擔負的使命，實已非聖徒朝聖之旅的簡單複製。在救世寓言的轉義創造中，「秉教迦持悟大空」的取經目的，不僅僅是爲修道、證道而來，而是受到「法輪迴轉，皇圖永固」的政治功利思維的深刻制約。作爲自我意識和社會願望統一的象徵性人物，[36]孫悟空乃是被賦予了匡危扶傾和扶正祛邪的救世英雄形象。

在《金瓶梅詞話》中，寫定者有意化用《水滸傳》中潘金蓮與西門慶的偷情事件，以此關注特定的社會現實，並在「曲盡人間醜態」中，著重描繪世衰道微的世情風貌。其中以西門慶與妻妾之間的家庭生活瑣事作爲敘事中心，每每通過人物之間的情慾糾葛和風情事件隱喻人心隳壞、社會黑暗所衍生而來的道德問題，並進而投射朝綱腐敗、貪官污吏橫行濫權的政治現實，顯現特定的政治關懷。第四回開篇引詩曰：

---

[34] 陳元之：〈《西遊記》序〉，見朱一玄、劉毓忱編：《《西遊記》資料彙編》（天津：南開大學出版社，2002年），頁225。

[35] 張錦池：《《西遊記》考論》（修訂版）（哈爾濱：黑龍江教育出版社，2003年），頁252-253。

[36] 劉勇強：《《西遊記》論要》（臺北：文津出版社，1991年），頁97-150。

酒色多能誤國邦，由來美色喪忠良。
紂因妲己宗祀失，吳為西施社稷亡。
自愛青春行處樂，豈知紅粉笑中槍。
西門貪戀金蓮色，內失家麋外趕獐。

在揭露世態人情之際，寫定者採取「著此一家，即罵盡諸色」的情色寓言創造策略，無乃立足於對過去歷史的考察而來，深切反映藝術構思的深刻性。雖然《金瓶梅詞話》不同於《三國志通俗演義》、《忠義水滸傳》和《西遊記》敘事創造所展現的明確政治功利目的，同時也欠缺正面的政治理想表現；但寫定者卻有意在「因一人寫及一家」、「一家寫及一縣」和「一縣寫及一國」中，將個人、家庭、社會和國家的時勢變化和命運走向以相應同構的方式進行綰合。第七十回敘及西門慶轉正千戶掌刑後，與夏提刑一同前往東京引奏謝恩。之後，西門慶隨同何千戶同往新家太保的朱太尉宅門前來。兩人在左近相識家等候，直到午後時分，才見朱太尉從南壇視牲回來。此時，朱太尉「頭戴烏紗，身穿猩紅斗牛絨袍，腰橫四指荊山白玉玲瓏帶，腳趿皂靴，腰懸太保牙牌、黃金魚鑰，頭帶貂蟬，脚登虎皮踏，抬的那轎離地約有三尺高。」身邊侍從之人「個個貪殘類虎，人人那有慈悲」，官家親隨等「都出於紈袴仕宦驕養，只知好色貪財，那曉王章國法」。當朱太尉回宅時，本尉八員堂官，各備大禮。禮部張爺與學士蔡大爺來拜。尚書張邦昌與侍郎蔡攸來拜。吏部尚書王祖道與左侍郎韓侶、右侍郎尹京來拜。皇親喜國公、樞密使鄭居中、駙馬掌宗人府王晉卿來拜。本衙堂上六員太尉，呵殿宣儀，行仗羅列。由此得見，朱太尉秉權衡威，可謂「輦下權豪第一，人間富貴無雙。」隨後，西門慶與何千戶挨次進見，在第五起上擡進禮物進去懸有徽宗皇帝御筆欽賜「執金吾堂」朱紅牌扁廳堂。經接見後，剛出大門正要離開時，忽聽飛馬報來：

> 剛出大門來，尋見賁四等。抬擔出來，正要走，忽聽一人拿宛紅拜帖飛馬報來，說道：「王爺、高爺來了！」西門慶與何千户閃在人家門裡觀看。須臾，軍牢喝道，人馬圍隨，塡街塞巷。只見總督京營八十萬禁軍隴西公王燁，同提督神策御林軍總兵官太尉高俅，俱大紅玉帶，坐轎而至。那各省參見官員，都一湧出來，又不得見了。西門慶與何千户，良久等了賁四盒擔出來，到于僻處，呼跟隨人拉過馬來，二人方纔騎上馬回寓。正是：不因奸佞居臺鼎，那得中原血染衣！看官聽說：妾婦索家，小人亂國，自然之道。識者以爲，將來數賊必覆天下。果到宣和三年，徽、欽北狩，高宗南遷，而天下爲虜有，可深痛哉！史官意不盡，有詩爲證：
>
> 權奸誤國禍機深，開國承家戒小人。
>
> 六賊深誅何足道，奈何二聖遠蒙塵。

由「妾婦索家，小人亂國」的評論中可知，在「家國同構」的政治寓言中，「情色」與「財富」構成一種互爲隱喻的關係。因此，《金瓶梅詞話》的寫定者在以「情色」爲主要符號概念的書寫中，無不意圖通過敘事轉向揭露個人的欲望和貪念如何成爲朝政腐敗根源的歷史事實。第七十一回開篇更進一步引詩對此一朝政亂象進行評論曰：

> 暫時罷鼓膝間琴，閑把遺編閱古今。
> 常嘆賢君務勤儉，深悲庸主事荒淫。
> 致平端自親賢哲，稔亂無非近佞臣。
> 說破興亡多少事，高山流水有知音。

無庸置疑，在《金瓶梅詞話》中，寫定者有意在世變書寫之中，將西門慶因潘金蓮而縱欲身亡，家庭從此走向衰敗之途，與宋徽宗因寵信佞臣導致徽宗、欽宗兩君北去，康王泥馬渡江，偏安建康，國祚從此逐漸衰微。寫定者有意在此進行話語轉義上的聯繫，實則使得整體話語實踐在世情生活書寫中，寄寓了耐人尋味的微言大義。欣欣子〈《金瓶梅詞話》序〉曰：

> 竊謂蘭陵笑笑生作《金瓶梅傳》，寄意於時俗，蓋有謂也。……至於淫人妻子，妻子淫人，禍因惡積，福緣善慶，種種皆不出循環之機，故天有春夏秋冬，人有悲歡離合，莫怪其然也。合天時者，遠則子孫悠久，近則安享終身；逆天時者，身名罹喪，禍不旋踵。人之處世，雖不出乎世運代謝，然不經凶禍，不蒙恥辱者，亦幸矣。故吾曰：笑笑生作此傳者，蓋有所謂也。[37]

---

[37] 欣欣子：〈《金瓶梅詞話》序〉，見朱一玄編：《《金瓶梅》資料選編》（天津：南開大學出版社，2002年），頁176-177。

在道德淪喪、價值混淆的年代裡，《金瓶梅詞話》固然已難將政治理想寄託於英雄人物出世，創造新的歷史情勢；但是西門慶家庭史發展所體現的「盛衰消長之機」和道德理想籲求，卻已充分在「世運代謝」的敘寫中，提供了批判現實政治和社會生活的參照標準。整體而言，在轉義的話語創造中，仍然深切體現出追求長治久安的政治期望，[38]並在微言大義的曲筆中賦予奇書敘事以隱含的救世意涵。

不論是就寫作形式、創作意圖、微言寓意或勸懲鑒戒等方面的立論來看，四大奇書敘事之「通俗為義」，雖然是為了適應廣大讀者閱讀需求而有所表現，藉以在「寓教於樂」的創作觀念下提供世教風化的看法。不過深究四大奇書書寫性質之後可見，論者又往往在「史」的撰述觀念制約下解讀奇書敘事創造的審美意趣及其嚴肅思想，十分重視奇書所具有的歷史闡釋價值。以海登・懷特的觀點來說：

> 作為符號體系，歷史敘事並不再現它所描述的事件，它告訴我們如何思考事件，賦予我們對這些事件的思考以不同的情感價值。歷史敘事並非是它所標識的事物的意象；它與隱喻一樣使人們回憶起它所標識的意象。當一個特定系列事件被編成悲劇情節時，它只表明歷史學家如此描寫事件的目的在於使我們記起與悲劇概念相關的虛構形式。按正確的理解，歷史永遠不應被視為它所記錄的事件的明確符號，而應被視為象徵結構，即擴展了的隱喻，從而將其中記錄的事件

[38] 周中明：《《金瓶梅》藝術論》（臺北：里仁書局，2001年），頁69。

「比喻」成我們在文學文化中已經熟知的某種形式。[39]

總的來說，在「救世」寓言的意識形態制約和主導下，四大奇書寫定者賦予小說文本以歷史性的同時，亦規定了小說文本的話語體式及其敘事秩序。所謂「歷史演義」、「英雄傳奇」、「神魔幻怪」和「人情寫實」的故事類型區分，固然有其題材和形式上之區隔，然而從講史的眞實性問題來看，奇書的話語秩序及其歷史闡釋，在道德標準和審美趣味的呈現上，便可能與小說問世當時的歷史文化語境變化情形息息相關。究其實質，明代四大奇書各自作爲特殊的敘事話語，在文化表徵（cultural representation）上所體現的，不僅僅是一種文學話語的詩學價値，同時也是一種歷史話語的文化價値。在以「亂世」爲歷史時空背景中展開一場世變書寫，明代四大奇書敘事話語在歷史闡釋中所體現的自我塑造及其意識形態表現，已然藉由各自的救世寓言創造，深刻寄託「由亂返治」的政治期望。

二、政治期望：「大學之道」的通俗化闡釋

一般論及明代四大奇書所屬的故事類型，總是從故事的顯在意義上進行判讀，因此有關「歷史演義」、「英雄傳奇」、「神魔幻怪」和「人情寫實」的流派概念，已然構成一種定型化解釋的依據和論點。相對地，對於四大奇書敘事背後共享的元敘述命題和世界觀，一般不予討論。但實際上，「從最根本的意義上說，任何敘事所要表達

[39] （美）海登・懷特〈作為文學仿製品的歷史文本〉，見氏著，陳永國、張萬娟譯：《後現代歷史敘事學》，頁181-182。

的首先就是貫穿在敘事內容中的世界觀。作爲歷史著作的歷史敘事中的世界觀，是由寫定者對歷史的基本認識所決定的。」[40]因此，倘要對於四大奇書的世界觀問題進行探究的話，便必然涉及到四大奇書與現實世界之間的比喻關係的理解。

從「史學經世」的觀點來說，傳統史家著述十分重視眞理的維護與實踐，因而在實際的褒貶書寫中，採取價值判斷與事實判斷合而爲一的敘述方式，藉此展演各種政治與道德的命題。因此，對於如何在歷史發展過程中闡明王道和分辨人倫綱紀，乃成爲史家著述的終極目的。在中國史學傳統的影響下，明代四大奇書的經世思想，便深切反映出對於「王道」政治理想的追求。而此一政治理想，正如《禮記．大學》所言：

> 大學之道，在明明德，在親民，在止於至善。……古之欲明明德於天下者，先治其國；欲治其國者，先齊其家；欲齊其家者，先脩其身；欲脩其身者，先正其心；欲正其心者，先誠其意；欲誠其意者，先致其知；致知在格物。物格而后知至，知至而后意誠，意誠而后心正，心正而后身脩，身脩而后家齊，家齊而后國治，國治而后天下平。自天子以至於庶人，壹是皆以脩身爲本。其本亂而末治者否矣。[41]

---

[40] 高小康：《中國古代敘事觀念與意識形態》，頁17。

[41] 〔漢〕鄭玄注，〔唐〕孔穎達疏：《禮記》，〔清〕阮元校勘：《十三經注疏》冊5（臺北：藝文印書館，1985年），頁983上。

從實際情形來看，四大奇書在故事類型的選擇上各有區別，特別引人深思。其中《三國志通俗演義》關注於「平天下」，《忠義水滸傳》關注於「治國」。之後，《西遊記》和《金瓶梅詞話》的寫定者似乎有意在情節建構和故事類型創造上與之進行創作題材方面的區隔，因此促成《西遊記》關注於「修身」，《金瓶梅詞話》則關注於「齊家」。如前所言，四大奇書寫定者在故事新編過程中，促使「演義」作爲一種新文體／文類問世，並且在「講史」的意識形態主導下，各自寄寓了強烈的經世思想表現。此外，在「修、齊、治、平」的「互文性」聯繫意義上，四大奇書彼此之間，在歷時發展的創作系譜中，似乎在儒家政治理想的願望實踐上構成一種共時性的對話關係。在某種意義上，這使得四大奇書的整體話語構成，隱含著一種特殊的政治倫理隱喻意涵，顯得極爲耐人尋味。

基本上，「大學之道」作爲歷史與道德統一的理想境界，對於明代四大奇書來說，無疑具有意識形態建構的參考價值，因爲它既強調個人良知之自覺，又強調社會道德之建構，因而具有重整現實政治秩序的積極意義。因此，浦安迪在考察奇書文體與明清思想史的關係時，即獨具慧眼地指出奇書文體應該視爲晚明士大夫文化的產物，儘管它們都源自早先的故事素材，但對通俗敘事素材作反諷的改寫，正是文人小說作爲一種新興文體的核心課題。其中儒家思想在晚明的士大夫文化的各種觀念中占有核心地位，四大奇書可以說廣泛地反映了修心修身這一儒學的核心概念。[42]此一看法的提出，的確頗能反映出

---

[42] （美）浦安迪（Andrew H. Plaks）講演：《中國敘事學》（*Chinese Narrative*）（北京：北京大學出版社，1998年），頁167-188。另可參浦安迪著，沈亨壽譯：《明代小說四大奇書》（*The Four Masterworks of the Ming Novel: Ssu ta ch'i-shu*）（北京：中國和平出版社，1993年）。

一個事實：即四大奇書的創作，在寫定者的文化素養和歷史意識的影響和制約下，大不同於時下一般的通俗小說。四大奇書寫定者對於「修身、齊家、治國、平天下」的傳統儒家政治理想境界的籲求，可以說充分反映在故事類型的選擇和創造之上。從「通俗演義」的觀點來說，四大奇書各自作爲特定歷史文化語境的產物，對於大學之道的通俗化闡釋，大體上可視之爲以回應歷史現實爲主的敘述姿態和政治反思。然而，其中是否深刻體現出浦安迪所設想的一種具有「理學」高度的哲學思維和價値辯證，則可能有待商榷。但不論如何，明代四大奇書寫定者通過「演義」以敷衍歷史史實和生活事件，整體話語構成在「取義爲上」的歷史思維表現上，的確與中國傳統儒家文化所追求的「大學之道」的人生境界有所聯繫，並且在總成一篇的情節建構的預述性敘事框架中，對此進行通俗化闡釋。

在《三國志通俗演義》中，面對漢代國祚衰微，三國鼎立之勢確立之後，究竟在興復漢室與改朝易代之間，歷史發展演變的軌跡該何去何從？無乃是影響小說敘事創造的本質性問題。而事實上，寫定者對於此一「易代主題」[43]的關注，充分反映出對於歷史分合現象和王朝興廢治亂成因的高度興趣。第七十三則〈劉玄德三顧茅廬〉敘及劉備拜訪孔明，途中遇見孔明之友博陵崔州平：

> 玄德曰：「久聞先生大名，請席地權坐，少請教一言。」二人對坐於林石之間。關、張侍立於側。州平曰：「將軍欲見孔明何爲？」玄德曰：「方今天下大

[43] 有關明清歷史小說與「易代主題」的聯繫論述，可參彭利芝：《說破興亡多少事——明清歷史小說易代主題研究》（北京：中國書店，2010年）。

亂，盜賊蜂起，欲見孔明，求安邦定國之策。」州平曰：「公以定國爲主，雖是良心，但恨不明治亂之道。」玄德請問曰：「何爲治亂之道？」州平曰：「將軍不棄，聽訴一言。自古以來，治極生亂，亂極生治，如陰陽消長之道，寒暑往來之理。治不可無亂，亂極而入於治也。如寒盡則暖，暖盡則寒，四時之相傳也。自漢高祖斬白蛇起義兵，襲秦之亂，而入於治也。至哀平之世二百年，太平日久，王莽篡逆，由治而入亂也。光武中興於東都，復整大漢天下，由亂而入治也。光武至今二百年，民安已久，故起干戈，此乃治入於亂也。方今禍亂之始，未可求定。豈不聞『天生天殺，何時是盡？人是人非，甚日而休？』」

從「天理」角度論之，治亂循環固然取決天命、天數，各有必然之理，無庸置疑。但是在國運遞更的世變書寫之中，如何才能弭平戰亂，平定天下，則是「有志圖王者」必須正視的問題。因此，在劉備與崔州平對談之後，劉備另有想法：

玄德與關、張上馬而行。雲長曰：「州平之言，若何？」玄德曰：「此隱者之言也，吾固知之。方今亂極之時，聖人有云：『危邦不入，亂邦不居。天下有道則見，天下無道則隱。』此理固是，爭奈漢室將

> 危，社稷踈崩，庶民有倒懸之急。吾乃漢室宗親，況有諸公竭力相輔，安可不治亂扶危，爭忍坐視也？」雲長曰：「此言正是。屈原雖知懷王不明，猶捨力而諫，宗族之故也。」玄德曰：「雲長知我心也」。

從「救世」的政治寓言創造觀點來說，《三國志通俗演義》寫定者固然十分清楚歷史的興亡盛衰，有其不可違抗的天數。但是對於「平天下」的政治期望而言，仍然強烈希望通過「演義」之作，對於朝綱不振、國家分裂和社會動亂的現象進行歷史闡釋，其中對於仁德之君的形塑，無不蘊含著濃厚的道德色彩。[44]在「命世之才」的政治籲求中，寫定者對於群雄競逐中原、三國鼎立的歷史書寫，乃著意形塑「有德之君」、「有賢之人」的形象，便深切地寄寓了平天下的政治理想。

在《忠義水滸傳》中，聖聰遭受蒙蔽，奸臣當道，行事專擅、任人唯親，貪贓枉法。因此，「權奸誤國」，致使忠良隱退，對於王朝命運的發展造成不可忽視的政治危機。而事實上，在《三國志通俗演義》中，便已先行揭示此一政治命題。第一則敘及劉備三兄弟、孫堅共同跟隨朱雋平定黃巾之亂有功。班師回朝，朱雋拜車騎將軍、河南尹，孫堅有人情，除別郡司馬。惟玄德聽候日久，不得除授。三人鬱鬱不樂，正値郎中張鈞車到，玄德攔住說功績。第三則曰：

[44] 王齊洲指出：「《三國演義》的『擁劉貶曹』傾向並不是只在追求一姓一系的延續，而主要是體現了人民大衆歌頌仁政反對暴政的政治態度和贊賞忠義鄙棄奸僞的道德觀念。」見氏著：《四大奇書與中國大衆文化》（武漢：湖北教育出版社，1991年），頁166。

> 鈞大驚，隨入朝見帝，曰：「昔黃巾造反，其原皆由十常侍賣官害民，非親不用，非讎不誅，以致天下大亂。宜斬十常侍，懸頭南郊，遣使者布告天下，有功重加賞賜，則四海自清平也。」十常侍曰：「張鈞欺主也，可令武士推出朝門！」張鈞氣倒。帝與十常侍共議：「此必是破黃巾有功者，不得除授，故生怨言。權且教省家銓註微名，待後有功，却再理會未晚。」因此玄德除授定州中山府安喜縣尉，克日赴任。

其後，劉陶、陳耽向靈帝直諫十常侍專權，欺君罔上，隨遭殺害。由此得見，漢室變亂之因即在於佞臣掌政，以致君聽不明，導致天下大亂。《忠義水滸傳》寫定者更有意採取忠奸二元對立觀點進行情節建構，針對「亂自上作」的政治命題加以擴大書寫，以明國家治亂根源。第一回敘及高俅由「一個浮浪破落戶子弟」，因會踢毬，受到時爲端王的徽宗所賞識，待徽宗即位，沒半年間即抬舉高俅做到殿帥府太尉職事。新官上任，即公報私仇，逼走八十萬禁軍教頭王進。其後，第七回爲了讓螟蛉子高衙內滿足淫妒人家妻女的欲望，設計陷害林沖，刺配倉州牢城，並遣人謀殺。由此得見，權奸殘害忠良，最終只能逼上梁山。因此，梁山聚義始於七星智劫蔡太師生辰綱，其後乃是爲了對抗朝廷之中以高俅、蔡京、童貫和楊戩爲首之佞臣。由於「天下大亂，天子昏昧，奸臣弄權」，因此在「替天行道，濟困扶危」的前提下，水滸英雄聚義的政治動機和訴求，「非圖壞國貪財」，而是期望「奸臣退位」，以求接受招安之後，能夠「施恩報國」。如第八十一回開篇引詩表達對於「聖君賢相」政治圖景的籲求曰：

> 混沌初分氣磅礡，人生稟性有愚濁。聖君賢相共裁成，文臣武士登臺閣。忠良聞者盡歡忻，邪佞聽時俱忿躍。歷代相傳至宋朝，罡星煞曜離天角。宣和年上亂縱橫，梁山泊內如期約。百單八位盡英雄，乘時播亂居山東。替天行道存忠義，三度招安受帝封。二十四陣破遼國，大小諸將皆成功。清溪洞裏擒方臘，雁行零落悲秋風。事事集成忠義傳，用資談柄江湖中。

從「治國」的政治期望來說，梁山英雄固然起於綠林，然而始終是以反貪官污吏爲聚義訴求。尤其在宋江成爲梁山泊首領之後，更是「指望將替天行道、保國安民之心上達天聽，早得招安，免致生靈受苦」。只不過梁山英雄接受招安之後，雖然歷經破大遼、平方臘等戰役，立功無數，但最終卻仍然遭受「讒佞之徒，誤國之輩，妒賢嫉能，閉塞賢路」，設計屈害忠良。第一百回開篇引〈滿庭芳〉詞曰：

> 罡星起河北，豪傑四方揚。五臺山發願，掃清遼國轉名香。奉詔南收方臘，催促渡長江。一自潤州破敵，席捲過錢塘。　抵清溪，登昱嶺，涉高岡。蜂巢剿滅，班師衣錦盡還鄉。堪恨當朝讒佞，不識男兒定亂，誑主降遺殃。可憐一場夢，令人淚兩行。

造成此一悲劇結局的關鍵因素，正如司馬光《資治通鑑．唐紀》所言：「君子進賢退不肖，其處心也公，其指事也實；小人譽其所好，毀其所惡，其處心也私，其指事也誣。」[45]由於朝代奸佞不清，只能任由亂臣賊子變亂天下，壞國壞家壞民；因此，爲求實現治國的政治期望，並且達到救世的目的，重要關鍵即如諸葛亮在〈前出師表〉所言：「親賢臣，遠小人」。事實上，《忠義水滸傳》寫定者即據此觀念，在話語轉義中建構一場政治寓言。

在《西遊記》中，孫悟空形象的隱喻意涵，主要體現在「猿猴道體配人心，心即猿猴意思深」之上。當孫悟空因爲「欺心」，妄圖玉皇大帝之位，大鬧天宮，因而遭如來鎮壓於五行山下時，其實反映出當初孫悟空入世所見世人都是爲名爲利、更無一個爲身命者的普遍迷失情形。第一回引詩曰：

> 爭名奪利幾時休？早起遲眠不自由。
> 騎著驢騾思駿馬，官居宰相望王侯。
> 只愁衣食耽勞碌，何怕閻君就取勾？
> 繼子蔭孫圖富貴，更無一个肯回頭。

由此可見，孫悟空遺忘當初尋仙求道的初衷，以致伏逞豪強、大膽逆反天宮的結果，即是遭此天災折磨，最終只能等待唐僧拯救，一同奉佛前往西方取經。在此一充滿諷諭意味的情節建構中，寫定者有意通過重寫玄奘取經的聖蹟，將取經旅程視爲一場「修心」寓言。而值得注意的是，玄奘弘誓大願，自願前往西天取經，乃是爲了盡忠報國，祈保唐朝江山永固，有其傳統儒學的政治思維。第十三回敘及臨行前

[45]〔宋〕司馬光撰，〔宋〕胡三省音註：《資治通鑑》冊17，《四部備要・史部》（據鄱陽胡氏仿元本校刊）（臺北：臺灣中華書局，1965-1966年），卷245，頁4。

夜，三藏與眾僧議論取經原由：

> 眾僧們燈下議論佛門定旨，上西天取經的原由。有的說水遠山高，有的說路多虎豹；有的說峻嶺陡崖難度，有的說毒魔惡怪難降。三藏拑口不言，但以手指自心，點頭幾度。眾僧們莫解其意，合掌請問道：「法師指心點頭者，何也？」三藏答曰：「心生，種種魔生；心滅，種種魔滅。我弟子曾在化生寺對佛設下洪誓大願，不由我不盡此心。這一去，定要到西天，見佛求經，使我們法輪回轉，願聖主皇圖永固。」眾僧聞得此言，人人稱羨，個個宣揚，都叫一聲：「忠心赤膽大闡法師！」

在「經乃修行之總徑，佛配自己之元神」的修心之旅中，唐僧師徒無非必須一體同心，才能共詣西方靈山勝地，求得三藏眞經。而此一修心思想，正如第十四回〈心猿歸正　六賊無踪〉開篇引詩曰：

> 佛即心兮心即佛，心佛從來皆要物。
> 若知無物又無心，便是眞如法身佛。
> 法身佛，沒模樣，一夥圓光涵萬象。
> 無體之體即眞體，無相之相即實相。
> 非色非空非不空，不來不向不回向。
> 無異無同無有無，難捨難取難聽望。

內外靈光到處同，一佛國在一沙中。
一粒沙含大千界，一个身心萬个同。
知之須會無心訣，不染不滯爲淨業。
善惡千端無所爲，便是南無釋迦葉。

爲求能識破源流，唐僧玄奘師徒五人所組成的取經隊伍，在五行匹配中即各自代表「心」的喻體之一，必然要歷經重重考驗方能功滿行完，在「即心成佛」中，「共登極樂世界，同來不二法門」。從救世的觀點來說，前往西方取經旅程，除了在於修持正法，苦練凶魔，明心見性，達成修心的目的之外，又如〈聖教序〉所言：「方冀眞經傳布，並日月而無窮；景福遐敷，與乾坤而永大也歟」，以此達成渡化衆生的救世目的。無庸置疑，在《西遊記》中，「修身」的政治期望，即完全體現在修心的籲求之上。

不同於前面三部奇書從正面書寫建構政治理想，在《金瓶梅詞話》中，有關政治理想的實踐，無不是從充滿諷諭思想的角度進行反向建構。在「人情以放蕩爲快，世風以侈靡相爭」的歷史文化語境中，《金瓶梅詞話》寫定者從「縱欲」的角度著重關注於西門慶在「酒」、「色」、「財」、「氣」四泉並湧的行爲表現時，則其中影響西門一家興亡盛衰的關鍵因素，無非在於「情色」欲望的漫無節制之上。第五十七回敘及李瓶兒生子，西門慶平日原是一個潡漫好使錢的漢子，又是新得官哥，心下十分歡喜，也要幹些好事，保佑孩兒。因此，對於東京募緣的長老募修永福寺一事，頗爲心動。因此，有個捨財助建的念頭。當時，吳月娘正經地對西門慶說下幾句警語，惟西門慶卻未放在心上，更有一番說詞：

> 月娘說道：「哥，你天大的造化！生下孩兒，你又發起善念，廣結良緣，豈不是俺一家兒的福分？只是那善念頭怕他不多，那惡念頭怕他不盡。哥，你日後那沒來由、沒正經，養婆兒沒搭煞、貪財好色的事體，少幹幾樁兒也好，攢下些陰功與那小的子也好。」西門慶笑道：「娘，你的醋話兒又來了。却不道天地尚有陰陽，男女自然配合。今生偷情的、苟合的，多都是前生分定，姻緣簿上註名，今生了還。難道是生剌剌胡搊亂扯歪斯纏做的？咱聞那佛祖西天，也止不過要黃金鋪地；陰司十殿，也要些楮鏹營求。咱只消盡這家私廣爲善事，就使強奸了嫦娥，和奸了織女，拐了許飛瓊，盜了西王母的女兒，也不減我潑天富貴！」月娘笑道：「笑哥狗吃熱屎，原道是個香甜的！生血掉在牙兒內，怎生改得？」

從「齊家」的觀點來說，吳月娘勸誡西門慶少幹些貪財好色的事體，有其遠識之見。相對於心懷妒忌的潘金蓮，吳月娘基本上是以作爲維護宗法倫理的正面形象而被塑造的。然而，潘金蓮卻是以破壞三綱五常傳統道德倫理的「女禍」形象現身於小說世界之中。第五十九回敘及潘金蓮訓練白獅子貓兒，在房裡用紅絹裹肉，令貓撲而撾食。因此，當雪獅子看見官哥兒在炕上穿著紅衫兒一動動的玩耍時，竟撲將官哥兒身上，嚇得官哥兒風搐起來，最後身亡。敘述者爲此發出評論曰：

> 看官聽說：常言道，花枝葉下猶藏刺，人心怎保不懷毒。這潘金蓮平日見李瓶兒從有了官哥兒，西門慶百依百隨，要一奉十，每日爭妍競寵，心中常懷嫉妒不平之氣，今日故行此陰謀之事，馴養此貓，必欲唬死其子，使李瓶兒寵衰，叫西門慶復親于己。就如昔日屠岸賈養神獒，害趙盾丞相一般。

不論西門慶的妻妾吳月娘、李嬌兒、孟玉樓、孫雪娥、李瓶兒是以何種身分、方式進入西門一家，大體上都還能安分行事，惟獨潘金蓮貪淫無度，時懷奪寵之心，因此官哥之死，也許是西門慶當初與潘金蓮偷情、繼而娶之爲妾時所始料未及的結果。更甚者，自然是造成西門慶死亡。第七十九回敘及潘金蓮欲火燒身，淫心蕩意，強行以燒酒配和尙藥給酩酊大醉的西門慶吃，結果造成西門慶精盡出血，血盡出其冷氣：

> 婦人慌做一團，便摟着西門慶，問道：「我的哥哥，你心裡覺怎麼的？」西門慶甦省了一回，方言：「我頭目森森然，莫知所之矣」。金蓮問：「你今日怎的流出恁許多來？」更不說他用的藥多了。看官聽說：一己精神有限，天下色欲無窮。又曰：嗜慾深者，其天機淺。西門慶只知貪淫樂色，更不知油枯燈盡，髓竭人亡。原來這女色坑陷得人有成時必有敗，……。

最後，西門慶臨死之前囑咐懷孕在身、悲慟大哭的吳月娘，有〈駐馬聽〉爲證曰：

> 賢妻休悲，我有衷情告你知：妻，你腹中是男是女，養下來看大成人，守我的家私。三賢九烈要貞心，一妻四妾携帶着住。彼此光輝光輝，我死在九泉之下口眼皆閉。

可惜事與願違，當西門慶死亡之後，「陳經濟竊玉偷香，李嬌兒盜財歸院」、「韓道國拐財倚勢，湯來保欺主背恩」、「潘金蓮月夜偷期，陳經濟畫樓雙美」……，西門一家可謂一路盛極而衰，散伙解體。倘將西門慶的「前行」與「後語」相互對照後，明顯可見其中的諷諭之思。從救世的觀點來說，當《金瓶梅詞話》寫定者有意在家國同構的話語轉義中傳達「齊家」乃「治國」之本時，則西門一家之衰敗，便在以此喻彼的隱喻修辭中預示北宋國祚即將面臨毀亡的事實，可謂充滿了警示教化意味。

總的來說，「歷史的盛衰，國家的治亂，從根本上說，乃是人的實踐，乃是人心人性的存在。離開了人的實踐，離開了人心人性，是談不上人類社會歷史領域的盛衰治亂，這正是人類史與自然史不同的地方。」[46]在重寫素材的過程中，明代四大奇書的意義結構，主要反映在「由亂返治」的王道理想實現之上，這使得讀者可以將其看作一種由特定歷史意識主導的歷史話語，並傳達了各自的經世思想。

---

[46] 司馬雲傑：《盛衰論——關於中國歷史哲學及其盛衰之理的研究》（西安：陝西人民出版社，2003年），頁171。

具體來說，在歷時性演進過程中，四大奇書彼此之間所形成的對話空間，乃與《大學》所提示的修齊治平的政治理想發生了緊密呼應的關係。如果說，中國歷史精神的最主要內容，是「以人為核心的歷史意識」[47]；那麼，浦安迪以為：「『修身』是宋儒大家從《四書》中摘出來的整個理學思想的綱領，進而把它演繹成新儒學的核心問題。《四書》中的某些程式化的信條，有助於我們進一步把握奇書文體的若干隱含的意義層次。」[48]關於這個解讀看法，其實不無道理。在此一具有互文性意義的承衍對話語境中，明代四大奇書寫定者各自對「大學之道」——「平天下」、「治國」、「齊家」和「修身」進行通俗為義的歷史闡釋。總的來說，四大奇書寫定者通過演義創作所建構理想政治圖景，乃足以寄寓大學之道實現的政治期望，整體話語構成在比喻想像中，因而蘊含了烏托邦或意識形態的雙重性質。

---

[47] 郭丹：《史傳文學：文與史交融的時代畫卷》（桂林：廣西師範大學出版社，1999年），頁87。

[48] （美）浦安迪：《中國敘事學》，頁170。

第四章
「知命」：明代四大奇書的思想命題

《三國志通俗演義》、《忠義水滸傳》、《西遊記》和《金瓶梅詞話》四部小說成書刊刻以來，即各自以其獨特的思想價值和藝術魅力受到讀者的關注，更在晚明時期獲得「四大奇書」的美譽。四大奇書的問世，不僅爲明清長篇通俗章回小說的發展奠立重要基礎，並且深刻影響其後「歷史演義」、「英雄傳奇」、「神魔幻怪」和「人情寫實」小說類型與流派的發展和演進，具有不可忽視的歷史地位。因此，歷來探討四大奇書創作生成、藝術技法及主題思想的文獻，可謂蔚爲大觀，從而在諸多方面的論辯中，造就了奇書學術研究史的豐富性，相關著述迄今不斷。從既有研究情形來看，歷來論者或由內容之奇、或由筆法之奇探究奇書話語表現，多持肯定意見；然而，對於四大奇書敘事彼此之間是否具有內在一致的思想命題，實際上則是較疏於進行比較與思考。①

有關明代四大奇書通過「演義」以作小說，是否體現出共同的

---

① 目前對於明代四大奇書進行整體研究者，當以大陸學者王齊洲所撰《四大奇書與中國大衆文化》（武漢：湖北教育出版社，1991年）和美國學者浦安迪（Andrew H. Plaks）所撰《明代小說四大奇書》（*The Four Masterworks of the Ming Novel: Ssu ta ch'i-shu*）（北京：中國和平出版社，1993年）兩本專著為重要，兩者在解讀立場和方法上分別代表兩種不同取向，各有其論述價值。

思想命題，引發了筆者進一步探究的動機。經初步考察後，筆者以爲明代四大奇書與史傳書寫傳統的創作觀念緊密相關，因此在改編素材的過程中，特別注重如何在歷史發展演變過程中，通過對「時間」的考察，以進行個人命運與生命定位的闡釋。如同吳國盛所言：「中國人的時間觀活躍在本源性的標度時間經驗中，對『時』、『機』、『運』、『命』、『氣數』的領悟，構成了中國傳統時間觀的主體。」[②]因此，四大奇書寫定者立足於「史」的撰作前提之上，積極關注人物的生存情境及其價值定位，並試圖在演義的過程中「稽其成敗興壞之理」。在「重寫」的認知基礎上，明代四大奇書寫定者的著述意識主要反映在「天理」的探索之上，進而將歷史與道德的辯證關係統一在敘事之中，其中傳統天命思想對於奇書敘事生成和話語表現的制約和影響尤爲深刻，從「演義體」敘事系統的表現來看，這無乃構成一種具有「元敘述」特質的基本命題。[③]

明代四大奇書中的天命思想向來是歷來研究者的討論焦點，並且已取得豐富而深入的研究成果；不過細加閱讀後可知，以往研究者多側重於分析作品的主題思想和價值取向，從而少用於說明天命思想對於奇書敘事機制形成的主導作用。筆者初步以爲，天命作爲四大奇書進行歷史闡釋的後設命題，乃是主導奇書敘事秩序建構的重要思想內涵，對於此一後設命題的深入探索，或有助於讀者從內在關聯的角度考察奇書文體的構成方式和美學表現。有鑒於此，本書意欲立足前人研究基礎之上，從敘事分析角度深入考察明代四大奇書敘事的表達形式，著重探討奇書以天命作爲敘事建構基礎的話語表現，期能進一

② 吳國盛：《時間的觀念》（北京：中國社會科學出版社，1996年），頁37。

③ 高小康：《中國古代敘事觀念與意識形態》（北京：北京大學出版社，2005年），頁29-72。

步在共性認識的基礎上，闡論四大奇書敘事機制及其思想命題的內在關聯。

第一節　面對歷史：「天命」作爲後設命題

基本上，文學藝術創作的展開，意謂著寫定者進入一個審美選擇的過程。經由對主題思想的思考、文體形式的創造、題材內容的決定、人物對象的塑造和時空環境的設置等方面的種種選擇，從而在創作過程中賦予文本以理想的秩序形態。從表面上看來，明代四大奇書的敘事機制及其主題內涵具有明顯區別，不相聯繫；倘若進一步比較和考察明代四大奇書的故事內容，則可以發現奇書敘事不論在認識、結構或修辭方面，實際上都展現出具有內在關聯的美學慣例。倘就敘事機制的運作言之，這種內在一致性的話語表現，首先主要反映在小說歷史時空背景的設置上，並普遍觸及「天命」與「治亂」的關係。

今觀明代四大奇書清楚可見，寫定者特意從「亂世」——「天下無道」的開端描述中爲故事主體營造特定的時空環境，從而在敘事進程中寄寓對歷史興亡盛衰規律的關注與反思。奇書時空背景的設置，顯然並非無意之舉。從敘事動力的形成來說，「一篇理想的敘述文總是以穩定的狀態作爲開端，而後這個狀態受到某種力量的破壞，由此而產生一個平衡失調的局面，最後另一種來自相反方向的力量再重新恢復平衡。第二個平衡與第一個似乎差不多，但它們從來不是一模一樣的。」[4]那麼，明代四大奇書究竟爲何以「亂世」作爲故事主體的

---

[4] （法）茲維坦・托多羅夫（T. Todorov）著，黃曉敏譯：〈文學作品分析〉，見張寅德編選：《敘述學研究》（北京：中國社會科學出版社，1989年），頁85。

時空背景？其中歷史政治秩序或個人生命秩序的混亂狀態，如何能通過重整而解決各種相應而生的道德危機？這似乎是解讀奇書敘事生成及其思想命題時必須面對的重要問題。從實際情形來看，四大奇書寫定者普遍採取的是「重寫素材」而非「還原歷史」的敘述姿態，除了承繼傳統史家以「救國救民」爲主的著述精神之外，⑤最終目的乃在於通過「演義」的創造，以針對既有歷史事實或生活現實進行情節編纂和歷史闡釋。當四大奇書共同以「天下無道」的亂世變局作爲特定歷史時空背景時，在思想命題的演義上，便可能體現出某種共通的思維圖式，進而成爲奇書文體發生和主題設置的重要參照，頗值得給予進一步的關注。

在重寫的意義上，明代四大奇書敘事創造的目的，最終並不在於通過個人式幻想以創造主觀歷史，而是試圖通過重寫以理解歷史演變或生活變化背後的主導因素及其根本含義。如果說對於既定素材的重寫是爲了提供認識對象，那麼以轉義（trope）的方式構築敘事，⑥便可能在隱喻機制中創造出特定的政治寓言。正如庸愚子在〈《三國志通俗演義》序〉中所揭示的創作原則一般：

> 夫史，非獨紀歷代之事，蓋欲昭往昔之盛衰，鑒君臣之善惡，載政事之得失，觀人才之吉凶，知邦家之休

---

⑤ 王汝梅：《《金瓶梅》探索》（長春：吉林大學出版社，1990年），頁5。

⑥ （美）海登・懷特（Hayden White）在〈轉義、話語和人的意識模式——《話語的轉義》前言〉一文中指出：「對於修辭學家、語法學家和語言理論家來說，轉義（trope）偏離了語言字面意義的，約定俗成的或『規範』的用法，背離了習俗和邏輯所認可的表達方式（locution）。轉義通過變體從所期待的『規範』，通過它們在概念之間確立的聯想而生成比喻或思想。」見氏著，陳永國、張萬娟譯：《後現代歷史敘事學》（北京：中國社會科學出版社，2003年），頁2-3。

> 戚，以至寒暑災祥、褒貶予奪，無一而不筆之者，有義存焉。⑦

因此在「演史」以「取義」的書寫取向中，奇書寫定者普遍採取以「通俗爲義」的敘事形式觀照歷史，主要目的無非在於探究歷史或人事興亡盛衰的演變規律，進而在情節建構中重整已然失序的政治秩序和道德邏輯，以此寄寓「亂中求治」的政治願望。在此一認知基礎上，四大奇書敘事形式本身所體現的情節效果，便足以被視爲一種關乎歷史認識的特殊解釋，普遍賦予一系列事件以各種意義闡釋的能力。基本上，奇書寫定者對於傳統史家著述意識的接受，可以說既有承繼，亦有超越，亦各自展現了特定的史識。關於此點，或可從庸愚子將「演義」之作與孔子撰作《春秋》的動機進行聯繫的言論中得知一二：

> 《春秋》，魯史也。孔子修之，……以見當時君臣父子之道，垂鑒後世，俾識某之善，某之惡，欲其勸懲警懼，不致有前車之覆。此孔子立萬萬世至公至正之大法，合天理，正彝倫，而亂臣賊子懼。……則《三國》之盛衰治亂，人物之出處臧否，一開卷，千百載之事豁然于心胸矣。……欲觀者有所進益焉。⑧

⑦ 庸愚子：〈《三國志通俗演義》序〉，見黃霖、韓同文選注：《中國歷代小說論著選》（上）（南昌：江西人民出版社，2000年），頁108。

⑧ 庸愚子：〈《三國志通俗演義》序〉，見黃霖、韓同文選注：《中國歷代小說論著選》（上），頁108-109。

奇書寫定者藉由「演義」形式進行特殊的歷史闡釋，其敘事思維的開展，可以說爲建立獨特的奇書形態提供了必要條件。以今觀之，四大奇書在長期民間集體創作的基礎上產生，最終經由寫定者寫定之時，不僅集中體現了大衆文化人民的情感理念、思想觀念和價值判準，同時亦可能注入了文人的審美意識和藝術趣味，深刻地傳達出一種生活的事實感及文化假定的價值標準，並爲現實世界已失去的秩序留下一個見證。[9]

今從「合天理，正彝倫」的觀點考察奇書著述意識，讀者當可清楚看見一個重要的書寫現象，即奇書寫定者在亂世書寫中賦予敘事以「歷史性」及其話語形式時，無不力圖從不同情節建構中表達各自關注的中心主題，因而得以在歷史編纂過程中各自創造出「歷史演義」、「英雄傳奇」、「人情寫實」和「神魔幻怪」的故事類型。[10]然而更應注意的是，在話語展演中，四大奇書本身所體現的敘事思維和道德邏輯，普遍將歷史興衰與人事變化的必然結果，最終歸因於「天數」、「造化」或「天道」的制約和影響，並以「天命」的形式落實在人物作爲和命運歸趨之上，從而顯示出奇書敘事背後具有內在關聯的後設命題，並在奇書尾聲之中得到一致性的強調。如《三國志

---

[9] （美）華萊士・馬丁（Wallace Martin）指出：「敘事的形式就是某些普遍的文化假定和價值標準——那些我們認為是重要的，平凡的，幸運的，悲慘的，善的，惡的東西，以及那些推動著由此及彼的運動者——的實例。」見氏著，伍曉明譯：《當代敘事學》（*Recent Theories of Narrative*）（北京：北京大學出版社，2006年），頁79。

[10] （美）海登・懷特在〈講故事：歷史與意識形態〉一文中指出：「沒有諸如一般敘事的東西，只有不同種類的故事或故事類型，而且歷史故事的解釋效果來自於它賦予事件的連貫性，而這種連貫性是通過將特別的情節結構強加給故事而實現的。這就是說，可以認為敘事性陳述是通過將事件再現為具有一般的情節類型——史詩、喜劇、悲劇、鬧劇等——的連貫性來解釋事件的。」見氏著，陳永國、張萬娟譯：《後現代歷史敘事學》，頁354。

通俗演義》二百四十則〈王濬計取石頭城〉篇尾詩最後四句曰：

> 紛紛世事無窮盡，天數茫茫不可逃！鼎足三分已成夢，一統乾坤歸晉朝。

又如《忠義水滸傳》第一百回〈宋公明神聚蓼兒洼　徽宗帝夢遊梁山泊〉引詩曰：

> 莫把行藏怨老天，韓彭當日亦堪憐。一心征臘摧鋒日，百戰擒遼破敵年。煞曜罡星今已矣，讒臣賊相尚依然。早知鴆毒埋黃壤，學取鴟夷泛釣船。

又如《西遊記》第九十九回〈九九數完魔滅盡　三三行滿道歸根〉引詩曰：

> 九九歸眞道行難，堅持篤志立玄關。必須苦煉邪魔退，定要修持正法還。莫把經章當容易，聖僧難過許多般。古來妙合參同契，毫髮差殊不結丹。

又如《金瓶梅詞話》第一百回〈韓愛姐湖州尋父　普靜師薦拔群冤〉結尾詩曰：

> 閑閱遺書思惘然，誰知天道有循環。西門豪橫難存嗣，經濟顛狂定被殲。樓月善良終有壽，瓶梅淫佚早

歸泉。可憐金蓮遭惡報，遺臭千年作話傳！

在天下無道的亂世背景中，四大奇書寫定者共同將歷史盛衰興亡之數，歸就於天道循環之理和陰陽造化之功的制約所致，可以說對於人在歷史中的生存定位及其命運的深層觀照中，呈現出某種一致性的認識。因此在「究天人之際」的理性探索中，奇書寫定者以「演義」之姿重寫素材，不論從預示或總結的角度來看，奇書敘事機制的建構及其話語構成，實際上都寄寓了對天命與人事之辯證關係的回應與思考。⑪

明代四大奇書作爲一種文學形態，或作爲一種文化形態，乃從屬於社會意識形態，一定的思想文化觀念必然會影響並制約小說的主題和文體的形成與演變。⑫在重寫素材的過程中，四大奇書並不同於正史著作，採取「述而不作」的審美原則進行編纂，而是在「演義」的話語展演過程中，積極融入寫定者的情感體驗和思想意向。爲了能理解天命與歷史之間的關係，四大奇書寫定者無不採取全知敘事語式，立足於全知視角的宏觀視野之上進行敘事創造。正如楊義所言：

---

⑪ 許麗芳指出：「《三國演義》與《水滸傳》故事之情節安排因作者既定之價值詮釋而有所規格化，對於無法超越歷史規律、謫凡緣起，亦及對人間現實遭際之解釋，即使是實際的歷史進程，亦往往與天命相關。《三國演義》雖『擁劉反曹』，但仍忠於劉備未能一統天下的歷史事實，而委之『天命』『炎漢氣數已終』的解釋。而《水滸傳》亦多次強調『此皆注定，非偶然』，以此建立敘事框架。」見氏著：《章回小說的歷史書寫與想像——以《三國演義》與《水滸傳》的敘事為例》（臺北：秀威資訊科技股份有限公司，2007年），頁48。就《西遊記》和《金瓶梅詞話》敘事創造而言，其敘事框架之建立，在重寫素材過程中仍忠於原有故事本身，著重書寫天命對於人事興衰的制約影響。

⑫ 李晶：《歷史與文本的超越——小說價值學導論》（上海：社會科學院出版社，1992年），頁106-115。

> 源遠流長的歷史，在總體上是採取全知視角的。因爲歷史不僅要多方搜集材料，全面地實錄史實，而且要探其因果原委，來龍去脈，以便「究天人之際，通古今之變」。沒有全知視角，是難以全方位地表現重大歷史事件的複雜因果關係、人事關係和興衰存亡的形態的。⑬

因此，四大奇書作爲寫定者個人價值實現的具體化結果，無不訴諸於自我情感體驗與思想意向的傳達，並由此完成對現實的重構，整體話語構成必然以傳達寫定者的審美意識爲導向。對於奇書敘事框架的建置而言，「天命人受」作爲一種知識信仰或修辭模式，便扮演著主導奇書敘事秩序得以確立的重要動因。在敘事進程中，早在「敘述開始之前事件就已成過去並得到了處理。這種封閉本身以運氣、命運、天命或命定等概念投射某種類似意識形態的幻象，而這些敘事似乎是『說明』那些概念。」⑭最終，這些概念都在結局中獲得一種必然性的印證。

第二節　探索天理：「命運」作爲共同母題

基本上，重述明代四大奇書中的天命觀，並非本書撰作立意之

---

⑬ 楊義：《中國敘事學》（嘉義：南華管理學院，1998年），頁228。

⑭ （美）弗雷德里克・詹姆遜（Fredric R. Jameson）著，王逢振、陳永國譯：《政治無意識——作為社會象徵行為的敘事》（*The Political Unconscious: Narrative as a Socially Symbolic Act*）（北京：中國社會科學出版社，1999年），頁140。

所在。在考察明代四大奇書的話語表現時，筆者以爲要掌握奇書敘事創造的本質，不僅止於判斷奇書敘事的類型特徵是長篇小說或短篇小說，而是要注意如何在奇書敘事的「內在時間」歷程中，充分認識世界、社會和個人的互動關係及其存在方式。今可見者，四大奇書之成書，皆是針對過去發生過的歷史／故事（不論是眞實的或虛構的）進行重寫而成，[15]在某種意義上，頗展現出「爲時而作」的敘事動機。此一關於「時」的本源性認識，基本上體現出多重含義。借吳國盛的考察觀點來說：

> 「時」的第一方面的含義，是指天象、氣象和物候等自然環境構成的情境、形勢，用現代物理學的術語，場，所謂「天時」、「四時」是也。……「時」的第二方面是指更抽象、更一般性的機會、條件，所謂「時機」是也。俗話說「機不可失，時不再來」，講的就是「時機」。……「時」的第三方面是指宇宙間某種神祕的力量和趨勢，順之者得益，逆之者受損。所謂「時運」是也。[16]

在天命與「時」的互文關係上，當四大奇書寫定者對既有故事題材進行重寫時，奇書敘事創造作爲一種建構理想精神的基本策略，乃在一

[15] 魯德才指出：「中國古代小說不論是何種小說均受史傳意識的影響，在時間刻度上總喜好利用前朝故事演說生活哲理，即使採用現實題材也標以過去時間。」見氏著：《古代白話小說形態發展論》（天津：南開大學出版社，2002年），頁53。

[16] 吳國盛：《時間的觀念》，頁40-47。

定時間歷程中對人物「命運」進行某種程度的戲擬，從中寄寓了寫定者探索「天理」的思想意圖和微言大義，而其中以「情理事體」做爲敘事核心，無乃是「演義體」形成的根本條件。

如前所言，由於受到天命思想的影響，四大奇書往往通過開篇的詩、詞、引語和評論的介入書寫，以各種預示方式觀照「歷史」或「現實」，賦予了小說以預敘性敘事框架和主題意向，從而在後續敘述中展開印證預言之旅。這種採取「詩文論斷，隨題取義」[17]的演義行爲，無乃是強化作品主題的重要表現方式。以今觀之，明代四大奇書往往在小說開端即共同展現出「主題先行」的形態特徵，對於小說敘事框架的建置無疑具有不可忽視的指導作用和規範功能。如清初毛氏父子修訂《三國志通俗演義》時，依閱讀感知在評本第一回卷首添增明代楊慎所作〈臨江仙〉詞曰：

> 滾滾長江東逝水，浪花淘盡英雄。是非成敗轉頭空，青山依舊在，幾度夕陽紅。　白髮漁樵江渚上，慣看秋月春風。一壺濁酒喜相逢，古今多少事，都付笑談中。[18]

又《忠義水滸傳・引首》結尾引詩曰：

---

[17] 語見甄偉：〈《西漢通俗演義》序〉，見黃霖、韓同文選注：《中國歷代小說論著選》（上），頁207。

[18] 〔元〕羅貫中著，陳曦鐘、宋祥瑞、魯玉川輯校：《《三國演義》會評本》（上）（北京：北京大學出版社，1986年），頁1。

> 萬姓熙熙化育中，三登之世樂無窮。豈知禮樂笙鏞治，變作兵戈劍戟叢。水滸寨中屯節俠，梁山泊內聚英雄。細推治亂興亡數，盡屬陰陽造化功。

又《西遊記》第一回〈靈根孕育源流出　心性修持大道生〉卷首詩曰：

> 混沌未分天地亂，茫茫渺渺無人見。自從盤古破鴻蒙，開闢從茲清濁辨。覆載群生仰至仁，發明萬物皆成善。欲知造化會元功，須看《西遊釋厄傳》。

又《金瓶梅詞話》第一回〈景陽岡武松打虎　潘金蓮嫌夫賣風月〉中敘述者評述曰：

> 說話的，如今只愛說這「情」、「色」二字做甚？故士矜才則德薄，女衒色則情放。若乃持盈慎滿，則爲端士淑女，豈有殺身之禍？今古皆然，貴賤一般。如今這一本書，乃虎中美女，後引出一個風情故事來。一個好色的婦女，因與個破落户相通，日日追歡，朝朝迷戀，後不免屍橫刀下，命染黃泉，永不得著綺穿羅，再不能施朱傅粉。靜而思之，着甚來由！況這婦人，他死有甚事？貪他的，斷送了堂堂六尺之軀；愛他的，丟了潑天關產業，驚動了東平府，大鬧了清河

> 縣。端的不知誰家婦女？誰的妻小？後日乞何人占用？死于何人之手？

通過上述主題先行的預敘性敘事框架的建立，四大奇書所凸顯者，乃是不同人生經驗在歷史時間之流中，受到天命思想主導而重複展演的規律事實，無不共同反映出人事變化背後存在著主宰人物命運的思想命題，進而達到對歷史運行背後之「天理」的必然性的根本認識。而這種依照時間循環觀念來組織故事情節的開端設計，無乃賦予了奇書敘事以一種近於悲劇性的審美質素。

對於明代四大奇書而言，天命思想可謂普遍存在於敘事進程之中，乃論者所關注的書寫事實。天命作爲一種文化代碼（code），在很大程度上是中國傳統文化知識的一個組成部分，並且大量通過人物命運書寫的編碼來傳達意義，以此確立屬於有關觀念或信仰的意識形態（ideology）。[19]值得注意的是，天命作爲維持敘事形態創造的內在道德邏輯，不論在宇宙秩序、歷史秩序、政治秩序或人情秩序等現象的話語展演方面，由此建構了奇書內在的天命空間。[20]因此，對於人物命運的觀照，直可說是四大奇書對廣大讀者進行閱讀召喚的重

---

[19] （美）史蒂芬·科恩（Steven Cohan）、琳達·夏爾斯（Linda M. Shires）指出：「意識形態相當於『人們生活並對他們自己表現他們與其存在狀況的關係的種種方式的總和。』這樣一些表現作為手段在文化中發揮作用，通過它，『人類作為在一個在不同程度上為他們創造出意義的世界裡的有意識的角色去過著他們的生活。』用這種眼光去看，意識形態就不是一個真實或虛假的信念及價值的系統，不是一種教條，不如說，它是文化藉以表現信仰和價值的手段。」見氏著，張方譯：《講故事——對敘事虛構作品的理論分析》（*Telling Story - A Theoretical Analysis of Narrative Fiction*）（臺北：駱駝出版社，1997年），頁147。

[20] 參李艷蕾：〈《三國演義》的天命空間敘事〉，《山東科技大學學報》（社會科學版），2005年3月，頁87-89。

要關鍵，其中一方面大量融入寫定者的價值觀念、信仰體系和是非知識；另一方面又成爲支配整個作品的主題以及釋讀作品的讀者的力量。進一步來說，奇書敘事形式的創造及其魅力的發揮，如何召喚讀者進一步對天理運作的規律進行深層反思，無乃是奇書審美趣味生成之所在。[21]筆者以爲，「命運」作爲四大奇書在「探索天理」時的共同母題，主要體現在「合時」、「察勢」、「承命」三方面的情節建構和主題觀照之上。在重寫歷史的編纂過程中，有關人物命運的興亡盛衰變化的書寫，乃構成演義做爲一種文體／文類的重要審美特質。

一、合　時

基本上，從「天人感應」或「天命人受」的觀點來說，人生存於特定歷史時空之中，對於時間的感受往往通過四季、天象、曆法或晝夜的變化進行認知和掌握。其中所衍伸而來的「時命」、「時遇」和「時運」的觀念，則在在顯示出天命對於人物命運的主宰作用。因此對於「時」的認識和預示，通常與人物出處存亡的生存情境問題息息相關。如同張祥龍所言：

> 中國古人「仰觀於天」的長久熱情在其他文明古國也有，但中國人由此不僅發展出測時的曆法和作預言的

---

[21] （美）韋恩・布斯（Wayne C. Booth）指出：「每一部具有某種力量的文學作品——不管它的作者是否頭腦裡想著讀者來創作它——事實上，都是一種沿著各種趣味方向來控制讀者的涉及與超然的精心創作的體系。作者只受人類趣味範圍的限制。」見氏著，華明、胡蘇曉、周憲譯：《小說修辭學》（*The Rhetoric of Fiction*）（北京：北京大學出版社，1987年），頁137。

> 占星術，而且將這種比較外在意義上的「天時」轉化到人的生存領會和行爲態勢中來，發展出了一種天人相參的時機化的時間觀。中國人眞正看重的既非物質自然之天，亦非主體之人，而是在其中摩蕩生發著的生存時境。㉒

相對於此，四大奇書敘事情節開展，也往往通過「合時」的思考、預示和驗證而得到具體的描寫，並構築而成爲一種特定的思維框架。

如《三國志通俗演義》第七十三則〈劉玄德三顧茅廬〉曰：

> 州平曰：「將軍欲見孔明，何爲？」玄德曰：「方今天下大亂，盜賊蜂起，欲見孔明，求安邦定國之策。」州平哄曰：「公以定國爲主，雖是良心，但恨不明治亂之道。」玄德請問曰：「何爲治亂之道？」州平曰：「將軍不棄，聽訴一言。自古以來，治極生亂，亂極生治，如陰陽消長之道，寒暑往來之理。治不可無亂，亂極而入於治也。如寒盡則暖，暖盡則寒，四時之相傳也。自漢高祖斬白蛇，起義兵，襲秦之亂，而入於治也。至哀平之世二百年，太平日久，王莽篡逆，由治而入亂也。光武中興於東都，復整大漢天下，由亂而入治也。光武至今二百年，民安已

㉒ 張祥龍：〈中國古代思想中的天時觀〉，《社會科學戰線》，1999年第2期，頁68。

> 久，故起干戈，此乃治入於亂也。方今禍亂之始，未可求定。豈不聞『天生天殺，何時是盡？人是人非，甚日而休？』久聞大道不足而化爲術，術之不足而化爲德，德之不足而化爲仁，仁之不足而化爲儉，儉之不足而化爲仁義，仁義不足而化爲三皇，三皇不足而化爲五帝，五帝不足而化爲三王，三王不足而化爲五霸，五霸不足而化爲四夷，四夷不足而化爲七雄，七雄不足而化爲秦漢，秦漢不足而化爲黃巾，黃巾不足而化爲曹操、孫權與劉將軍等輩，互相侵奪，殺害群生，此天理也。往是今非，昔非今是，何日而已？此常理也。將軍欲見孔明，而使之斡旋天地，扭捏乾坤，恐不易爲也。」

在《三國志通俗演義》中，英雄逐鹿中原各有一套關於天命人受的思想邏輯，也各有一套對於歷史治亂的解釋看法，天人合一對小說敘事系統的影響極爲深刻。[23]其中「合乎天時」與否，乃成爲衆家英雄檢視個人時運的重要參考依據。依「崇劉貶曹抑孫」的敘事邏輯來看，《三國志通俗演義》固有同情劉備兄弟恢復漢室正統之心，然而「時不我予」之感，無乃通過孔明「待時而飛」、「非時而出」到「應命而亡」的命運書寫而有所強調，凸顯了「合時」的基本命題。

---

[23] 參戴承元：〈試論《三國演義》在「天命」和「人事」之間的兩難抉擇〉，《西安電子科技大學學報》（社會科學版），2000年9月，頁88-91。韓曉、魏明：〈論「天人合一」對《三國演義》敘事系統的影響〉，《湖北大學學報》（哲學社會科學版），2004年5月，頁328-331。

又如《忠義水滸傳》第一回〈張天師祈禳瘟疫　洪太尉誤走妖魔〉敘及洪太尉誤走妖魔時曰：

> 眾人一齊都到殿內，黑暗暗不見一物。太尉教從人取十數個火把點着，將來打一照時，四邊並無別物，只中央一箇石碑，約高五六尺，下面石龜趺坐，太半陷在泥裡。照那碑碣上時，前面都是龍章鳳篆，天書符籙，人皆不識；照那碑後時，却有四個眞字大書，鑿著「遇洪而〈間〉（開）」。却不是：一來天罡星合當出世，二來宋朝必顯忠良，三來湊巧遇著洪信，豈不是天數？

在《忠義水滸傳》中，天罡地煞齊下凡塵，乃屬因緣際會之因。「遇洪而開」一事正應天數。因此在小說敘事進程中，人物命運之匯聚無非在「順天應時」的命題主導下，逐一向梁山泊聚義，其中宋江之能夠成爲最後首領，帶領梁山兄弟「替天行道」，乃九天玄女代天宣示並授傳三卷天書而來。因此，在「替天行道」的敘事邏輯中，一百零八條好漢降世，乃是合時而生，有其歷史必然性。

又如《西遊記》第一回〈靈根孕育源流出　心性修持大道生〉敘及石猴誕生情形曰：

> 蓋自開闢以來，每受天眞地秀，日精月華，感之既久，遂有靈通之意。內育仙胞，一日迸裂，產一石卵，似圓裘様大。因見風，化作一个石猴。五官俱

> 備，四肢皆全。便就學爬學走，拜了四方。目運兩道金光，射衝斗府。驚動高天上聖，大慈仁者，玉皇大天尊玄穹高上帝，駕座金闕雲宮靈霄寶殿，聚集仙卿，見有金光焰焰，即命千里眼、順風耳開南天門觀看。……玉帝垂賜恩慈曰：「下方之物，乃天地精華所生，不足爲異。」

在《西遊記》中，孫悟空之誕生乃是天地精華所感而化生。作爲一個具有隱喻性質的自然個體，在孫悟空一生充滿鬪戰歷程的命運書寫中，「待時而動」與否所導致的各種結果，可以說寄寓了一種特定的人生觀念或理想的社會倫理道德。從大鬧天宮、皈依取經到功圓成佛，命運變化本身實與合時觀念密切相關。

又如《金瓶梅詞話》載欣欣子所撰〈序〉曰：

> 既其樂矣，然樂極必悲生。如離別之機將興，憔悴之容必見者，所不能免也；折梅逢驛使，尺素寄魚書，所不能無也；患難迫切之中，顛沛流離之頃，所不能脫也，陷命於刀劍，所不能逃也。陽有王法，幽有鬼神，所不能逭也。至於淫人妻子，妻子淫人，禍因惡積，福緣善慶，種種皆不出循環之機。故天有春夏秋冬，人有悲歡離合，莫怪其然也。合天時者，遠則子孫悠久，近則安享終身；逆天時者，身名罹喪，禍不旋踵。人之處世，雖不出乎世運代謝，然不經凶禍，

不蒙恥辱者，亦幸矣。

在《金瓶梅詞話》中，人物命運書寫背後充滿各種因果報應思想和宿命論觀點，並且深入而詳盡地反映在死亡主題的暗示與預演之上。從整體敘事結構來看，人之生存情境及其發展是否順利，往往與合乎天時有關。在某種意義上，不論人的內在欲望如何實踐，一旦逆時而爲，最終只能走向悲慘的死亡結局。

由此可見，「時」的先驗制約，充分展現在四大奇書對於人物如何「應時而生」、「順時而行」和「待時而動」等命運問題的書寫之上。因此，天時、人時與小說敘事架構的形成，具有緊密聯繫的關係。[24]有關時與天命的聯繫，使得小說人物的誕生、作爲和抉擇，在在都必須考慮是否合於天時的影響，人力從來無法輕易改變。一旦違逆天時，則禍患踵至的情形便可能隨時發生。因此，天時觀念經「天人感應」、「天人合一」等傳統觀念的推動和消融，從而以獨特的敘事功能作用於奇書敘事的建構之上。[25]對於奇書文體的創造而言，時間觀念與人物命運互融的敘事機制，在情節建構上具有不可輕易忽視影響作用。

---

[24] 李桂奎：〈天時、人時與小說敘事架構〉，見黃霖、李桂奎、韓曉、鄧百意：《中國古代小說敘事三維論·上卷〈時間論〉》（上海：上海世紀出版集團，2009年），頁27-60。

[25] 李桂奎：〈「天時」觀念與明清小說的敘事機制〉，《魯東大學學報》（哲學社會科學版），2009年3月，頁77-83。

二、察　勢

雖然明代四大奇書敘事共同體現出對於「時」的接受，但並不表示奇書寫定者只是以「非抗衡」的被動姿態讓人的一切命運發展都順應於天命的先驗安排。[26]具體來看，四大奇書主要將盛衰興亡之「理」體現在人事際遇的各種可能性狀況之上，尤其對於個人命運因勢改變的可能性，總是抱有某種程度的期待。事實上，面對歷史現況，「歷史進程中的每一個時刻都可視為一種布置狀態」。因此，「勢」的形成，「意味某一個個別的現況，同時也意味通過該個情況而表現的並且引導該情況的那個趨勢。」[27]對於順勢而為、逆勢而亡的問題，奇書寫定者無不積極通過人物命運際遇、出處抉擇和個體行動的書寫而加以表現。對於奇書敘事機制的建立而言，「勢」之生成具有動能作用，各種可能情況的產生都有助於情節鋪排和開展，從而

---

[26] 張火慶在〈水滸傳的天命觀念——非抗衡的〉一文中指出：「假設水滸傳中的『天命』觀念是一種理想的最後歸趨，是施耐庵用以寄託所有無法實現於世間的願望的綜合概念。它可能是一股積抑的憤懣，或轉化了的逃避，或裝飾過的畏縮，總之，只要是現實中所喪失的理想與權力，都可以在這裡獲得補償。」見龔鵬程、張火慶：《中國小說史論叢》（臺北：學生書局，1984年），頁128。

[27] （法）余蓮（François Jullien）著，卓立譯：《勢——中國的效力觀》（*La Propension des Choses*）（北京：北京大學出版社，2009年），頁150。

形成特定的敘事邏輯。[28]如《三國志通俗演義》第一百零八則〈劉玄德取孫夫人〉言及劉備、孫權問天買卦一事曰：

> 玄德更衣，出殿前，見庭下有一塊石。玄德拔從者所佩之劍，仰天禱告曰：「若劉備能勾回荊州，成王霸之業，劍揮石爲兩段；如死於此地，劍剁不開。」言訖，手起劍落，火光迸濺，砍石爲兩段。忽然孫權後面而言曰：「玄德如何而恨此石？」玄德曰：「備年近五旬，不能與國家剿除賊黨，心嘗恨焉。今蒙國太招爲女婿，此平生之際遇也。卻纔問天買卦，如破曹興漢，砍斷此石。今果然如此。」權暗思：「劉備莫非用此言瞞我？」亦掣劍與玄德曰：「吾亦問天買卦，若破得曹賊，亦斷此石。」却暗暗祝告曰：「如再取得荊州，興旺東吳，石亦爲兩半！」手起劍落，巨石亦開。

東漢桓、靈二帝朝政衰微，氣數將近，群雄應時並起，伺時而動。整體政治情勢的變化多端，除倚賴天時之機、象和兆的觀察之外，對於

[28] 在考察敘事可能之邏輯時，首先必須掌握關於對所敘故事起支配作用的規律，這種規律本身又分別屬於兩個組織層次，一是任何事件系列構成的故事都必須服從一定的邏輯制約，二是各種特殊事件系列又具有一定的文化、一定的時代、一定的文學體裁、一定的作者風格、甚或僅僅這個敘事作品本身所規定的特性。參（法）克洛德．布雷蒙（Cl. Brémond）著，張寅德譯：〈敘述可能之邏輯〉，見張寅德編選：《敘述學研究》（北京：中國社會科學出版社，1989年），頁153。本書從察勢角度談論明代四大奇書的敘事機制，正著眼於對敘事情節發展之規律的認識。

自我命運之「勢」掌握，則是掌控時局的重要條件。因此，藉天命以創造利己的時勢，便成爲歷史交替之際群雄競逐中原的重要參考時運因素。

又如《水滸傳》第七十一回〈忠義堂石碣受天文　梁山泊英雄排座次〉敘及宋江於忠義堂立醮禳謝大罪並要求上天報應時曰：

> 是夜三更時候，只聽得天上一聲響，如裂帛相似，正是西北乾方天門上。眾人看時，直豎金盤，兩頭尖，中間闊，又喚做天門開，又喚做天眼開，裏面毫光射人眼目，霞彩繚繞，從中間捲出一塊火來，如拷栳之形，直滾下虛皇壇來。……只見一箇石碣，正面兩側各有天書文字。……宋江聽了大喜，連忙捧過石碣，教何道士看了，良久說道：「此石都是義士大名，鐫在上面，側首一邊是「替天行道」四字，一邊是「忠義雙全」四字；頂上皆有星辰南北二斗，下面却是尊號。

從天命觀點來說，水滸英雄匯聚梁山之上，乃是歷史必然性的結果，早在「遇洪而開」之時已有預示。然而梁山泊歷經王倫、晁蓋和宋江三度易主的過程，直到宋江才在九天玄女授旨諭知，謫降修行以完道行。因此在勢之所趨中，最終眞正成爲梁山泊首領，引領水滸英雄替天行道。

又如《西遊記》第十四回〈心猿歸正　六賊無踪〉敘及孫悟空受不得三藏叨念而離開，龍海龍王勸解曰：

> 茶畢，行者回頭一看，見後壁上掛著一幅「圯橋進履」的話兒。行者道：「這是甚麼景致？」龍王道：「大聖在先，此事在後，故你不認得。這叫做「圯橋三進履」。行者道：「怎的是『三進履』？」龍王道：「此仙乃是黃石公。此子乃是漢世張良。石公坐在圯橋上，忽然失履于橋下，遂喚張良取來。此子即忙取來，跪獻于前。如此三度，張良略無一毫倨傲怠慢之心，石公遂愛他勤謹，夜授天書，着他扶漢。後果然運籌帷幄之中，決勝千里之外。太平後，棄職歸山，從赤松子遊，悟成仙道。大聖，你若不保唐僧，不盡勤勞，不受教誨，到底是个妖仙，休想得成正果。」悟空聞言，沉吟半晌不語。龍王道：「大聖自當裁處，不可圖自在，誤了前程。」悟空道：「莫多話，老孫還去保他便了。」龍王忻喜道：「既如此，不敢久留，請大聖早發慈悲，莫要疎久了你師父。」行者見他催促請行，急聳身，出離海藏，駕着雲，別了龍王。

從求生而哭、求名而鬧到皈依求經，孫悟空的求仙之路幾經變化，但不得正果。直到唐僧救之於五臺山下，使得免於「飢餐鐵丸，渴飲銅汁」之苦。如果說，孫悟空皈依取經是天命所定，那麼爲能修成正果，則必須察勢而行，別無他心，最終才得成佛。

又如，《金瓶梅詞話》第九十五回引首詞曰：

> 有福莫享盡，福盡身貧窮。有勢莫倚盡，勢盡冤相逢。福宜常自惜，勢宜常自恭。人間勢與福，有始多無終。

由於西門一家諸多人物在生活之中往往縱意而爲，未能察勢而行，致使「禍不尋人人自取，色不迷人人自迷」。「貪淫倚勢把心欺」的結果，導致最終命運結局皆顯得極爲淒涼。自西門慶縱慾而亡之後，家業日漸趨向頹敗，別具諷刺意味。

基本上，「勢」的形成，具有一種不可預知的偶然性，人只能在觀察時機的過程中嘗試掌握。因此在宏觀的角度上，交替、消長、盛衰必然有一種調整運作的功能，人物命運亦隨之產生變化。倘從歷史發展之勢而言，人要有所作爲，決定關鍵無非在於「不失時」和「不倚勢」。因此，惟有對於客觀歷史形勢深入觀察和確切掌握，才能在「依理成勢」中造就一種興盛局面。就此而言，在歷史嬗變的分析與詮釋上，四大奇書寫定者對於勢的效能及其影響的認識，主要便是通過人物命運變化的考察而有所掌握和思考。

三、承　命

在明代四大奇書中，不論天命作爲制約人事興亡盛衰的自然之理或道德依據，在在顯示奇書寫定者歸服天命的敘事思維，具有其不可移易的內在關聯。然而在天下無道的亂世中，如何「正視己命」的意義和價值，卻又必須以人物的個體自覺爲前提。「求在我者」的時命意識，使得奇書敘事雖受天命主導而生成，但敘事焦點往往落實於對個體命運的關注之上。所謂「謀事在人，成事在天」，奇書通過天命以設置人物命運變化的情節，無非要從中張揚個體的道德生命，更進一步寄勸懲褒貶之道。如《三國志通俗演義》第二百零六則〈孔明秋夜祭北斗〉曰：

> 是夜，孔明遂扶疾出帳，仰觀天文，大慌失色，入帳，乃與姜維曰：「吾命在旦夕矣！」……孔明曰：「吾見三臺星中，客星倍明，主星幽隱，相輔列曜以變其色，足知吾命矣！」維曰：「昔聞能禳者，惟承相善爲之，今何不祈禳也？」孔明曰：「吾習此術年久，未知天意若何。汝可引甲兵七七四十九人，各執皂旗，身穿皂衣，環遶帳外，吾自於帳中祈禳北斗。七日內，如燈不滅，吾壽則增一紀矣；如主燈滅，吾必然死也。一應閑雜人等，休教放入。」……却說孔明在帳中乃祭祀到第六夜了，見主燈明燦，心中暗喜。姜維入帳，正見孔明披髮仗劍，踏罡步斗，壓鎮將星。忽聽得寨外吶喊，欲令人問時，魏延入帳報曰：「魏兵至矣！」延脚步走急，將主燈撲滅。孔明棄劍而嘆曰：「『死生有命，富貴在天。』主燈已滅，吾豈能存乎？不可得而禳也！」

諸葛孔明非時而出終南茅廬，以恢復漢朝政統和重安漢室爲念，一生可謂鞠躬盡瘁。如果天命所在是既定事實，未能輕易變改，則孔明理當清楚個人命運的可能結局早已前定。然而爲報知遇之恩，戮力以爲，但終究未能預知天數所在，終有「天命已絕」之嘆。相對於三國諸多人物背信取利、因利擇主的投機現象，孔明一生作爲尤能彰顯君臣之義、家國之忠的道德倫理表現。

又如《忠義水滸傳》第七十一回〈忠義堂石碣受天文　梁山泊英雄排座次〉曰：

> 宋江對眾道：「今非昔比，我有片言：今日既是天罡地曜相會，必須對天盟誓，各無異心，死生相托，吉凶相救，患難相扶，一同保國安民。」眾皆大喜。各人拈香已罷，一齊跪在堂上。宋江爲首誓曰：「宋江鄙猥小吏，無學無能。荷天地之蓋載，感日月之照臨。聚弟兄于梁山，結英雄于水泊。共一百八人，上符天數，下合人心。自今已後，若是各人存心不仁，削絕大義，萬望天地行誅，神人共戮。萬世不得人身，億載永沉末劫。但願共存忠義於心，同著功勳于國。替天行道，保境安民。神天察鑒，報應昭彰。」誓畢，眾皆同聲共願，但願生生相會，世世相逢，永無斷阻。當日歃血誓盟，盡醉方散。

在「替天行道」的主旨制約下，[29]水滸英雄因天下無道而降世，[30]即使曾經屢現大鬧中原、大鬧東京、大鬧濟州的情景，也是受命於天的結果。當然，梁山事業的正當性與神聖性，最終必須立基於「全忠仗義」、「輔國安民」的共識中才能實現。從亂世妖魔到忠君賢臣的形象轉變，足見水滸英雄的道德生命在替天行道中有所昇華。

又如《西遊記》第七回〈八卦爐中逃大聖　五行山下定心猿〉引首詞：

> 富貴功名，前緣分定，爲人切莫欺心。正大光明，忠良善果彌深。些些狂妄天加譴，眼前不遇待時臨。問東君因甚，如今禍害相侵。只爲心高圖罔極，不分上下亂規箴。

由於孫悟空一心認爲「靈霄寶殿非他久」，只想著「強者爲尊該讓我」，因此屢反天宮，目無禮法。殊不知，富貴功名乃天命所受，早已前緣分定。如果能夠承命以「待時」，則遇合之機自有降臨之日。否則欺心以爲的結果，只會讓個人私欲爲自己招來無窮後患，最終只能等待救贖。

---

[29] 歷來對於《水滸傳》的主旨研究有諸多說法，未成共識。但「替天行道」作為一種印證天命所在的行動和思想表現，對於小說的藝術形式形成有極大的規約。參杜貴晨：〈《水滸傳》「替天行道」論〉，《荷澤學院學報》，2008年11月，頁23-38。

[30] 以《水滸傳》和《西遊記》為例，李豐楙特從道教謫凡敘述模式的形成及其宗教意識論述其敘事框架的建置問題，揭示小說的敘述結構與義理結構完美結合的事實。其中凡間的天道、天機經由謫凡者遂行神聖使命而有所表現。見氏著：〈出身與修行：明代小說謫凡敘述模式的形成及其宗教意識——以《水滸傳》、《西遊記》為主〉，《國文學誌》，2003年12月，頁85-113。此文另可見於《明道文藝》第334 期，2004 年1月，頁102-128。

又如《金瓶梅詞話》第九十四回〈劉二醉毆陳經濟　酒家店雪娥爲娼〉卷首詩曰：

> 花開不擇貧家地，月照山河到處明。世間只有人心歹，萬事還教天養人。痴聾喑痖家豪富，伶俐聰明卻受貧。年月日時該載定，算來由命不由人。

《金瓶梅詞話》全篇充滿宿命之思，側重於從受諸天命的觀點描寫人的禍福際遇，以之強化因果報應不爽的基本命題。[31]相較於其他奇書而言，《金瓶梅詞話》寫定者的承命思想頗爲明顯，認爲人的生平造化皆由天命，「豈容人力敵天時」。因此，當人物行事因個人私欲而踰越善惡分際，妄求改變既有命運，終將招禍。

總的來說，主題作爲情節建構的重要參照基準，其先驗性思維對於敘事秩序的整飭和安排有其積極影響。就敘事學意義來說，一則有助寫定者實現對題材的征服與超越；二則具有藝術修辭的功能；三則體現在敘事個性與風格的孕育上。[32]具體來說，在重寫歷史的過程中，明代四大奇書寫定者既通過人物命運的觀照以反思亂世產生的成因及其結果，無非必須「通過講故事的方式把人生經驗的本質和意義

---

[31] 參魏子雲：〈因果、宿命、改寫問題——「金瓶梅」原貌探索〉，《中外文學》，第十三卷第九期，頁58-76。孔繁華：〈《金瓶梅》與宗教〉，《徐州師範大學學報》（哲學社會科學版），1999年3月，頁74-77。劉孝嚴：〈《金瓶梅》天命鬼魂、輪回報應與儒佛道思想〉，《東北師大學報》（哲學社會科學版），2000年第6期，頁69-74。

[32] 徐岱：《小說敘事學》（北京：商務印書館，2010年），頁139-151。

傳示給他人」[33]，其中便具有特定的價值詮釋和道德判斷。當四大奇書寫定者藉由敘述者的全知全能能力，在帶有某種封閉性傾向的敘事結構中進行歷史講述時，其中所有對於歷史現實的特定理解和解釋，除了用以印證天命主宰和天道循環的事實之外，實際上仍隱隱傳達了奇書寫定者試圖超越既定命運框架及其限制的潛在欲望，因而得以在意識形態幻象的投射中形成特殊的寓言結構。整體而言，四大奇書敘事作爲一種轉義話語，無不在預敘性敘事框架的建置中借人物命運變化的書寫探索天理的運行規律，不僅爲敘事話語的生成建立形式基礎，同時也從中寄寓道德勸鑒之思。因此，奇書敘事在一定時間歷程之中，以情節建構傳達人物生命經驗，便足以提供讀者審視人物命運之使然與必然的觀察視角，從中掌握人生命運變化的「因果關係」。

第三節　自我定位：「知命」作爲意識形態素

從先秦時代以至明清時期，有關天人關係探討的各種學說不斷出現，大多數哲學家都在宣揚「天人合一」的理念，不僅構成了宇宙觀和道德觀的根本問題，同時也是人們探索自然和歷史的演變及其規律的重要範疇。[34]面對自然或歷史的巨大變化情形，人們無不以各種方式積極探索天道循環與人事際遇之間的對應關係，由此尋繹「天理」的根本規律。最終所有的一切判斷，無不落實爲對人的存在方式的積極思考，因而建構出主宰歷史或個人命運的「天命」思想命題。其中

---

[33] （美）浦安迪（Andrew H. Plaks）講演：《中國敘事學》（*Chinese Narrative*）（北京：北京大學出版社，1998年），頁5-6。

[34] 張岱年：〈「天人合一」思想的剖析〉，見苑淑婭編：《中國觀念史》（鄭州：中州古籍出版社，2005年），頁24-37。

「天命人受」的理論建構和陳述模式，不僅影響了中國傳統政治秩序和社會秩序的建立，同時也制約了人們對於自我定位的認知。

在中國古代小說美學傳統中，傳統文化與小說思維的同化同構，可以說是中國小說思維形態及其圖式構成的審度的認知前提，[35]而其中更是普遍呈現出傳統天命思想的元素。天命思想的主宰作用，除了是人們建構道德觀念和倫理意識的重要來源，更極大程度地反映在中國古代小說創作之上，同樣也體現在明代四大奇書之中，頗與上述中國傳統文化中的天人哲學觀念一脈相承。龔鵬程指出：

> 「天命」在中國思想及小說的表現上均有極根源的地位，是一切愛恨生死出發之始基。小說裏談到人物對天命的處理態度時，也即是說明了他們對生命的處理方式。在此，我嘗試在古典小說裏籀繹出三種基本型態的大系統：一是力與命永無休止的爭衡，而人即在此絕對敗亡的淒涼慘暗中迸現出他強烈的生命力和偉大的情操。一種是在人與命、數與智、才與時之間求得一調合的安頓地位，一切悲涼憤懣在天命的澄化下歸於恬淡。另一種則是利用我們對天命的沉思而消極地化解人世物象的追逐；名利榮辱的羈絆與牽制，在此都歸虛幻，所謂「萬事不由人作主，百般原來俱是空」即是此意。對人世有些詭譎的嘲弄和冷凝的觀照。──以上三類彼此間並無明顯的葑域，有時在同

[35] 吳士餘：《中國文化與小說思維》（上海：三聯書店，2000年），頁2。

> 一部書中也彼此參合交錯地出現著，但總以其中一類爲其基調或主導，變而不離其宗。又因爲它們都從敬畏天命這個基點上出發，是以無論恬淡或悲愴，對天命均無所疑，其抗衡命運之播弄時，也非對「天命」本身的懷疑或反抗，而是爲了人世某種理想或人倫的牽繫，這是中國小說的一項特色，其與西方神話中悲劇英雄造型不同處也即在此。㊱

在上述三種基本型態的歸納中顯示了一個事實：即在古代小說的創作與閱讀之間，天命思想作爲人們安頓生命意識的一種精神需要，大體提供了一套認知方式、價值觀念、文化想像和審美趣味等等，從而具有某種意識形態的內涵和觀念。在古代小說敘事中，這種意識形態不必然是通過敘事內容以表述特定觀念體系，進而展現爲建構宏大敘事的企圖，反而更多的是滲透於人與自然、人與社會、人與人及人與自我的互動關係之中，形成爲一種內在統一結構。

在明代四大奇書中，「天」的無上權威無疑也充分表現在對人物命運的主宰之上，並體現出一定的道德意涵。仔細觀察，「天命」作爲明代四大奇書敘事創造的後設命題，在個體命運的展演上，天命的主宰作用既表現爲先天稟賦的賦予，又表現爲後天際遇的變化，實具有不可移易的權威本質。然而，倘深入考察人物在亂世中的「機遇」問題時，卻又可以看見奇書寫定者對於天命轉移的意圖，無不寄託於人物之「德」的自我修養之上，並且暗示通過自我修養可能改變既有

㊱ 龔鵬程：〈傳統天命思想在中國小說裡的運用〉，見龔鵬程、張火慶：《中國小說史論叢》，頁21-22。

天命對於自我命運主宰的事實。因此在情節發展中，對於人物如何在盡人事的過程中發揮主體能動力量，可以說保留了許多行動空間，頗爲耐人尋味。今可見者，四大奇書對於人物命運的形塑，便通過人物的「不俟命」到「知天命」的轉變歷程加以表現，其中「知命」作爲奇書敘事創造的意識形態素（ideologeme），無乃是構成奇書內在思想命題表達的最小可讀單位。在「天地不全」的時空背景下，奇書中的人物如何能夠突破天命的主宰權威，從而在歷史動態變化中尋找改變自我命運的機會，「知命」與否便成爲人物省察自我出處際遇的重要前提。

一、不俟命

從現實的意義來說，明代四大奇書中的歷史結局早已前定，在尊重既有歷史事實的前提下，不論如何盡其人事，人物命運走向的最終結果其實已無從改變。然而通過重寫歷史的敘事策略，奇書寫定者並不僅僅將史實具體化而已，而是重視在陳述過程中注入主觀判斷的評價。因此，整體話語構成對於天理的探究便成爲敘事發展的主軸。如何凸顯天理之所在，四大奇書寫定者無不將之反映在人物「不俟命」的認知和行動中，從力與命的抗衡當中營造情節張力和賦予悲劇意識。《三國志通俗演義》第二百零三則〈諸葛亮六出祁山〉敘及譙周夜觀星相後勸諫孔明不宜出兵祁山曰：

> 卻說，譙周官居太史，深明天文地理之事，見孔明又欲出師，乃奏後主曰：「臣今職掌司天臺，但有禍

福，不可不奏。近有羣鳥數萬，自南飛來，皆投於漢水而死，此大不利也。今夜臣仰觀天象，見奎星躔於太白之分，乃盛氣在北，不利伐魏。況成都人人皆聞柏樹夜哭。有此數事，不祥之兆，丞相只宜守舊，決不可妄動也。」孔明曰：「吾受先帝托孤之重，當竭力討賊，豈可以風雲虛謬之兆，而廢國家之大事耶？」孔明即設太牢，祭先帝之廟，涕泣拜告曰：「臣，諸葛亮五出祁山，未得寸土，負罪非輕！今臣復統全師，再出祁山，誓竭力盡心，剿滅漢賊，恢復中原，惟死而已！」當日祭畢，拜辭後主，後主與百官送孔明於城外。

在劉備敗走江陵之際，諸葛孔明曾經舌戰群儒，以忠孝立身之論直言曹操不思報恩，久有篡逆之心，以此反駁有關劉備不識天時而欲與曹操一爭天下之論。其中清楚可見，孔明為求重立漢室政統，即便深知「天命有歸」之數，仍然以不俟命的人生態度輔助劉備，竭忠盡力，可謂一代理想賢臣典範。

又如《忠義水滸傳》第三十九回〈潯陽樓宋江吟反詩　梁山泊戴宗傳假信〉敘及宋江因犯罪遠流，在潯陽樓吃酒有感曰：

宋江……獨自一個，一盃兩盞，倚闌暢飲，不覺沉醉。……忽然做一首〈西江月〉詞調，便喚酒保，索借筆硯。……去那白粉壁上，揮毫便寫道：「自幼曾

> 攻經史，長成亦有權謀。恰如猛虎臥荒丘，潛伏爪牙忍受。不幸刺文雙頰，那堪配在江州。他年若得報冤仇，血染潯陽江口。」……去那〈西江月〉後，再寫下四句詩，道是：「心在山東身在吳，飄蓬江海謾嗟吁。他時若遂凌雲志，敢笑黃巢不丈夫。」

「天罡地煞下凡塵，托化生身各有因」，水滸好漢落草方式雖有不同，但在梁山匯聚以應驗天命之前，個人生存在世有其各人一套道德倫理邏輯。不俟命的生命態度，往往展現在不服亂世政治的禮法規範之上，甚且「壯志淹留未得伸」時，僅僅講求「向山凹僻靜之處，取此一套富貴不義之財，大家圖個一世快活。」最終，仍不輕易隨順命運安排。

又如《西遊記》第七回〈八卦爐中逃大聖　五行山下定心猿〉敘及佛祖訓示孫悟空時兩者之間的一段對話曰：

> 佛祖聽言，呵呵冷笑道：「你那廝乃是個猴子成精，焉敢欺心，要奪玉皇上帝尊位？他自幼修持，苦歷過一千七百五十劫。每劫該十二萬九千六百年。你算，他該多少年數，方能享受此無極大道？你那个初世爲人的畜生，如何出此大言！不當人子！不當人子！折了你的壽算！趁早皈依，切莫胡說！但恐遭了毒手，性命頃刻而休，可惜了你的本來面目！」大聖道：「他雖年劫修長，也不應久占在此。常言道：『皇帝輪流做，明年到我家！』只教他搬出去，將天宮讓與

我，便罷了。若還不讓，定要攪擾，永不清平。」

雖然「功名富貴，前緣分定」，但孫悟空自誕生以來，依從自我本性自由行事，當無順服天命之知。因此以玉皇大帝和如來佛祖為代表的人文體系，強調以天命解釋人事，並在歷劫試煉的修行中強化天人合一的神祕天數內涵。相對於順命思維，孫悟空的不俟命態度所引發的道德倫理判斷，顯得深具意義。

又如《金瓶梅詞話》第五十七回〈道長老募修永福寺　薛姑子勸捨陀羅經〉敘及吳月娘勸誡西門慶節欲曰：

> 月娘說道：「哥，你天大的造化！生下孩兒，你又發起善念，廣結良緣，豈不是俺一家兒的福分？只是那善念頭怕他不多，那惡念頭怕他不盡。哥，你日後那沒來由沒正經、養婆兒沒搭煞、貪財好色的事體，少幹幾椿而也好，攢下些陰功，與那小的子也好。」西門慶笑道：「娘，你的醋話兒又來了。卻不道天地尚有陰陽，男女自然配合。今生偷情的、苟合的，都是前生分定，姻緣簿上注名，今生了還。難道是生刺刺胡搊亂扯歪斯纏做的？咱聞那佛祖西天，也止不過要黃金鋪地；陰司十殿，也要些楮鏹營求。咱只消盡這家私廣為善事，就使強奸了常娥，和奸了織女，拐了許飛瓊，盜了西王母的女兒，也不減我潑天富貴！」

人事決定於天，無疑是《金瓶梅詞話》中不斷渲染的一種觀念。雖然人們可以通過各種觀相和卜筮方式預知命運，但一切只能推定吉凶，卻無法改變天數。然而，在西門慶或潘金蓮身上所體現的不俟命心態，固有其符應晚明文化中「重人欲」現象的現實意義，然而應該關注的是，人物命運遭際變化中所體現的道德倫理判斷，使得小說敘事邏輯之發展，在天命與人事的衝突中形成一種強烈的辯證關係，深刻影響情節結局的安排。

在某種意義上，四大奇書寫定者對於天命思想的接受，並不完全僅僅是通過「安於天命」的觀念安置，以此作爲解決小說人物在歷史與現實困境中的一種消極解釋而已。其中不論天的本質是神性的、自然的或道德的，天命作爲奇書寫定者在道德、情感與欲望的糾葛中建構小說敘事框架的回應對象，無疑是小說敘事進程得以開展和結束的重要後設命題，並成爲主導敘事模式建立的原型思維內容。

二、知天命

天命普遍以天人感應的方式出現在明代四大奇書之中，主要通過天文乾象、吉凶預兆、星卦謠讖、感應夢幻、術數命理等預言方式，一一昭示天意，展現出一套「知命」系統。在某種意義上，在明代四大奇書中，天命作爲主宰人物命運的權威因素，往往帶有強烈的先驗性唯心思想。然而，倘若讀者僅僅將天命思想視爲一種迷信或宿命，則不免可能輕忽知命作爲敘事框架建構背後的意識形態素的積極意義。那麼，我們應當如何看待奇書寫定者意欲通過敘事創造以探究天人關係的思維本質呢？

對於明代四大奇書敘事創造而言，以「知命」作爲話語構成的基礎，既是形式的構成因素，亦是內容的表現因素，可以視爲一種四大奇書背後共同的潛文本（subtext），奇書寫定者藉由情節建構以觀照小說人物的命運，無不積極傳達出對天命思想本身的信仰與質疑的一種迫切性思考。其中「天」與「人」、「命」與「遇」的交會作爲一種故事性思維程式，可謂構成四大奇書內在一致的情感體驗和審美指向。

如《三國志通俗演義》第二百零七則〈孔明秋風五丈原〉敘及諸葛亮臨死之前慨嘆天命已絕曰：

> 孔明乃與姜維曰：「吾本欲竭忠盡力，恢復中原，重興漢室。奈天意如此，吾旦夕將亡矣！……」孔明強支病體，令左右扶上小車，出寨遍視各營，自覺秋風吹面，徹骨生涼。孔明淚流滿面，長嘆曰：「吾再不能臨陣討賊矣！攸攸蒼天，曷我其極！」

所謂「古今興亡數本天，就中人事亦堪憐」，即便窮盡一生心力，孔明仍未能以一己之志完成重興漢室之業，然而對於自我的道德倫理實踐而言，卻足以形塑其理想形象典範。只不過，雖然孔明能夠制天命而用之，但最終對於天意的感嘆，可謂深刻透顯出人力終究不能與天相互抗衡的悲劇意識。[37]

---

[37] 參孫殿玲：〈《三國演義》中諸葛亮命運悲劇根源初探〉，《遼寧教育學院學報》，2000年11月，頁96-98。符麗平：〈天命觀與《三國演義》孔明形象塑造〉，《成都大學學報》，2006年第6期，頁53-56。

又如《忠義水滸傳》第九十三回〈混江龍太湖小結義　宋公明蘇州大會垓〉敘及水滸英雄因征方臘而折損曰：

> 話說當下眾將救起宋江，半晌方纔甦醒，對吳用等說道：「我們今番必然收伏不得方臘了！自從渡江以來，如此不利，連連損折了我八箇弟兄。」吳用勸道：「主帥休說此言，以懈軍心。當初破大遼之時，大小完全回京，皆是天數。今番折了兄弟們，此是各人壽數。眼見得渡江以來，連得了三箇大郡：潤州、常州、宣州。此乃皆是天子洪福齊天，主將之虎威，如何不利？先鋒何故自喪志氣？」宋江道：「軍師言之極當。雖然天數將盡，我想一百八人上應列宿，又合天文所載。兄弟們過如手足之親；今日聽了這般凶信，不由我不傷心。」

自從接受招安之後，以宋江為首的梁山好漢，便從亂世妖魔轉為忠義賢臣，並積極投入征討大遼和方臘的軍事行動之中，無乃「天道不昭明」，致使「不識存亡妄逞能，吉凶禍福並肩行」，使得好漢一一折損的情形特別令人感傷。尤其對於「煞曜罡星今已矣，讒臣賊相尚依然」的結局，最終只能將之歸諸天數使然，「莫把行藏怨老天」。安於命運還是反抗命運，生還是死，兩難選擇中體現出一股濃重的悲劇意識。[38]

又如《西遊記》第一百回曰：

> 孫行者却又對唐僧道：「師父，此時我已成佛，與你一般，莫成還戴金箍兒，你還唸甚麼《緊箍咒兒》掯勒我？趁早兒唸個《鬆箍兒咒》，脱下來，打得粉碎，切莫叫那甚麼菩薩再去捉弄他人。」唐僧道：「當時只為你難管，故以此法制之。今已成佛，自然去矣，豈有還在你頭上之理！你試摸摸看。」行者舉手去摸一摸，果然無之。此時旃檀佛、鬬戰佛、淨壇使者、金身羅漢，俱正果了本位，天龍馬亦自歸眞。

從歷劫救贖觀點來說，取經隊伍所經歷之除魔試煉旅程，乃一場註定的生命際遇。[39]對於孫悟空而言，如何從大鬧天宮的妖仙妖猴轉變成爲皈依昇天的鬬戰勝佛，完全取決於是否順服於命定的循環考驗，護送唐僧完成取經行動。爲求早日解開緊箍限制，知命之思可謂充分反映在孫悟空三離、三回唐僧身邊的認知作爲之上。

又如《金瓶梅詞話》第九十七回〈經濟守禦府用事　薛嫂賣花說姻親〉引首詞曰：

---

[38] 參舒媛媛：〈「生」與「死」的背反——《水滸傳》道德觀〉，《明清小說研究》，2007年第1期，頁85-94。

[39] 參吳達芸：〈天地不全——西遊記主題試探〉，《中外文學》，第10卷第11期，1982年4月，頁80-109。許麗芳：〈命定與超越：《西遊記》與《紅樓夢》中歷劫意識之異同〉，《漢學研究》，23卷第2期，2005年12月，頁231-255。

> 在世為人保七旬，何勞日夜弄精神。世事到頭終有盡，浮華過眼恐非真。貧窮富貴天之命，得失榮枯隙裡塵。不如且放開懷樂，莫待無常鬼使侵。

由於欺心之故，「一切諸煩惱，皆從不忍生。」以潘金蓮和西門慶為敘事中心，可見人物之間的交往、爭鬥和夤緣權臣現象，在在反映了道德價值淪喪的事實。知命之說，主要體現在故事情節的發展之中而非個別人物身上。其中藉知命評論以強化勸懲之道，頗反映出小說本身所具有的內在道德理想。

當明代四大奇書寫定者對「天命」此一潛文本進行重寫或重構，並在個別文本的書寫形式上對「知命」進行特定的演義時，基於創作主體意識的不同，因此便造就了極為特殊而有意義的故事類型。基本上，通過人物命運的書寫，「知命」作為一種意識形態素，最終將「天命」與「人事」在敘事之中合而為一，使得人物在負載道德情感實踐的使命意義中，各自體現了奇書文本內在所寄寓的道德判斷和政治理想。不可否認，當四大奇書寫定者試圖藉由敘事以建構理想的欲望形式，並從中隱喻一種精神革命和文學革命時，其話語構成所具有的真實性特徵和主體精神，已然展示出對歷史現實的深刻觀照。

從文體／文類價值選擇的意義上來說，明代四大奇書固然是以通俗小說話語系統為表現媒介，但在敘事形式的創造及其美學經營上，卻不能簡單地將之視為文學技巧的運用、創作方法的選擇及一種文學現象而已，而是反映出對主流意識形態的確認，或者是對世俗價值的進一步補充。[40]四大奇書寫定者選擇通俗話語系統進行創作，無疑必須在正統文學觀念的影響下進行一場思想文化的價值轉換，進而期許通過邊緣話語的政治性操演和書寫，從不同側面進入文化結構和文學秩序的中心，並與主流文學話語進行實質性的對話和交流，從中確立自我的社會身分和自我本性（selfhood）。因此，明代四大奇書在獨特的藝術形式和精神結構的創造中，便積極展現出寫定者在面對歷史現實困境時如何致力維持自我本性的重大人生課題。在形式化的話語構成中，四大奇書寫定者將人在歷史或文化中所遭遇的生存困境或命運歸向訴諸於天命的決定性影響，在某種意義上卻相對地顯示出人物面對歷史時局變化時尋求自我定位的思想意識。

天命作爲明代四大奇書命運書寫中的理性認識和體悟的對象，直可視爲寫定者通過敘事以進行道德情感實踐的最高精神指標。倘進一步考察奇書敘事結構時清楚可見，在知命的意識形態主導下，人物生命及其命運與歷史語境本身的互動，往往形成了一種潛在的對立抗衡關係，甚至在「死亡」結局的安排中，透顯了無可消解的悲劇素質和反諷意味。從敘事創造的意圖來說，這種對於天命之必然性的解釋，似乎爲寫定者的敘述困境及其悲劇意識找到解決之道；卻也在在彰顯寫定者在小說敘事進程中對於天命所抱有的矛盾態度——既欲超越天命，又畏服於天命。但不論如何，在死亡結局的審美化和道德化的處理中，所謂「死生，命也」所隱含的人生思考，使得讀者可以由此獲

---

[40] 趙毅衡在〈中國小說的文化地位〉一文中指出：「中國傳統社會中的白話小說，在文類上就被規定了它只具有從屬地位，不可能獨立的表意，只是作為有特權地位的文類（歷史、古文、詩等）組成的主流文化之下的附屬文類：作為其例證，普及主流文化已確立的現成意義；或作為其補充，洩露被壓抑的社會下意識。」見氏著：《苦惱的敘述者——中國小說的敘述形式與中國文化》（北京：北京十月文藝出版社，1994年），頁198-199。

得有關人生、道德和歷史的知識來源，無疑爲解讀明代四大奇書的主題寓意提供了豐富的想像空間。就此而言，「知命」所具有的意識形態作用，便不僅僅是用來傳達意義或用來進行象徵性生產的事物；相反地，就敘事創造來說，命運書寫所產生的審美行爲本身就是意識形態的，而審美行爲或敘事形式的生產將被看作是自身獨立的意識形態行爲，其功能就是爲不可解決的社會矛盾發明想像的或形式的「解決辦法」。[41]

由於中國傳統文化意識對小說思維的制約，中國小說美學有著一個明顯的延伸態勢：通過對人與社會的具象描述（或說刻意摹仿），以張揚具有明顯功利性的民族情感和理想人格，來實現人倫道德教化的教育功能和小說形象的審美功能，這便形成了中國傳統小說思維的深層的機制。作爲小說思維的物化形態——小說敘事模式，便構成了獨特的文學傳統：即對現實社會的模擬和眞實反映，以及對以人與人關係爲基本內涵的情節表述及其藝術表現力的追求。由此，導引了中國小說文體的成熟與定型，以及小說敘事藝術的發展。[42]今觀明代四大奇書可知，奇書寫定者在作品之中試圖將各種經驗組織成具有現實意義的敘事的普遍意圖，亦即一方面試圖通過敘事理解世界，一方面也試圖通過敘事講述世界。倘從宏大敘事的角度考察奇書的寓言內涵，明顯可見小說話語本身構成了文學與文化文本的持續不變的範疇，深刻地反映了人們關於歷史和現實的集體思考和集體幻想的基本範疇。因此，在人物命運書寫上所體現的「知命」觀念傾向，便顯得頗爲耐人尋味。

---

[41] （美）弗雷德里克・詹姆遜著，王逢振、陳永國譯：《政治無意識——作為社會象徵行為的敘事》，頁67-68。

[42] 吳士餘：《中國小說思維的文化機制》（上海：華東師範大學出版社，1990年），頁9。

總的來說，從明代四大奇書的思想命題的考察中可知，四大奇書本身在敘事框架的建構和書寫策略的運用方面，普遍以「天命」作爲統整和建立小說現實世界中政治秩序和人生秩序的「主導」（dominant），而這樣的主導充分反映出傳統天命思想對人物「命運」的影響與制約，從中進行一場人力與天命相互衝突的演義。在天道循環與人事際遇之間，明代四大奇書寫定者通過敘事創造對於小說人物「命運」所進行的一種歷史性觀照，在某種意義上從「合時」、「察世」和「承命」三方面主題內容顯示出對於「天理」的積極探求。在天下無道的亂世時空背景中，奇書寫定者通過對人物命運的書寫，可謂賦予奇書文體本身以「有意味的形式」（significant form）。[43]其中「知命」作爲意識形態素，無不通過天象、術數、預言或評論等各種形式始終貫串出現在奇書敘事進程之中，構成一種具有特殊意蘊的講史基調。[44]

明代四大奇書以「知命」爲意識形態素，其敘事操演及其序列安排，可謂在歷史現實的再現中，賦予小說話語以特定的政治倫理隱喻，並通過敘事的社會象徵性行爲揭示被現實壓抑的政治無意識（political unconscious）。[45]這種政治無意識的存在，或可借韋恩·布斯（Wayne C. Booth）所提出「隱含作者」（implied author）的術語概念做一參照，布斯指出：

---

[43] （英）克萊夫·貝爾（Clive Bell）：〈有意味的形式〉，見朱立元總主編、張德興編：《二十世紀西方美學經典文本》，《第一卷：世紀初的啼聲》（上海：復旦大學出版社，2000年），頁460-478。

[44] 參魯小俊：〈天道的循環與人道的悲劇——《三國演義》的講史基調〉，《天府新論》，2007年第4期，頁128-130。

[45] （美）弗雷德里克·詹姆遜著，王逢振、陳永國譯：《政治無意識——作為社會象徵行為的敘事》，頁24。

> 我們對隱含作者的感覺，不僅包括所有人物的每一點行動和受難中可以推斷出的意義，而且還包括它們的道德和情感內容。簡言之，它包括對一部完成的藝術整體的直覺理解；這個隱含作者信奉的主要價值，不論他的創造者在眞實生活中屬於何種黨派，都是由全部形式表達一切。㊻

而事實上，明代四大奇書寫定者對於小說人物「命運」的關注，無疑在各種生命表象紛呈的敘事進程中，造就了小說藝術形式本身特殊的審美生命形式，深刻顯示出「情感」與「形式」兩者在表現上的一種同構關係。具體來說，四大奇書話語實踐本身，既隱含著寫定者進行自我表達和自我發現的修辭功能，同時亦構成了小說藝術形式的理想精神和審美趣味。因此從奇書文體創造的角度來說，寫定者以「全知全能」的敘述立場普遍預示人物命運走向之時，其中命運作爲一種藝術暗示，無疑具有其特殊的美學意義和文化價值。㊼經前文分析後可知，「知命」作爲明代四大奇書敘事創造的意識形態素，深刻反映出「天命」作爲後設命題的敘事事實，可以說是解讀奇書著述意識和思想寓意的重要關鍵。

㊻ （美）韋恩・布斯著，華明、胡蘇曉、周憲譯：《小說修辭學》，頁83。

㊼ 蘇桂寧指出：「從這個意義上說，中國敘事文學的全知全能的敘述角度和敘述立場已經在這樣的命運觀念中確立。作者可以通過豐富的命理知識預知過去未來，把人物的命運發展安排得井井有條。以命運安排為內核的敘述策略是中國藝術的重要特徵。命運的發展是潛在的，站在命運預知的立場上說故事，按照命運發展的路徑演繹故事，同樣是中國藝術敘事的潛在方式。」見氏著：《宗法倫理精神與中國詩學》（上海：三聯書店，2002年），頁194-195。

下 編

「明代四大奇書」文本分析

第五章

《三國志通俗演義》的經世思想及其寓言建構

不論從文化史或文學史觀點來說，《三國志通俗演義》的創作生成，都具有其不可忽視的歷史意義和思想意蘊，普遍受到歷代讀者的關注和研究。在《三國志通俗演義》研究的學術史上，有關奇書敘事創造及其話語構成的定位問題，始終是論者研究旨趣之所在，進而影響及於作品主題意蘊的解讀。根據沈伯俊、譚良嘯編著《《三國演義》大辭典》整理所見，有關《三國演義》的主題探討，基本上可以歸納出以下幾種面向，諸如「正統」說、「讚美智慧」說、「天下歸一」說、「謳歌封建賢才」說、「悲劇」說、「總結爭奪政權經驗」說、「追慕聖君賢相魚水相諧」說、「宣揚用兵之道」說、「人才學教科書」說、「嚮往國家統一，歌頌『忠義』英雄」說和「總結歷史經驗」說等等。由於各家立論焦點不同，於是形成衆聲喧嘩的情形，迄今尚未形成具體共識。[①]筆者以爲，倘要解決此一衆聲喧嘩現象，應該要重新思考《三國志通俗演義》的書寫性質。依據現存考據資料可知，《三國志通俗演義》在成書過程中具有不可忽視的「世代

---

① 見沈伯俊、譚良嘯編著：《《三國演義》大辭典》（北京：中華書局，2007年），頁738-741。

累積」的題材內容和文體淵源。[②]庸愚子〈《三國志通俗演義》序〉曰：

> 若東原羅貫中，以平陽陳壽傳，考諸國史，自漢靈帝中平元年，終于晉太康元年之事，留心損益，目之曰《三國志通俗演義》。文不甚深，言不甚俗，事紀其實，亦庶幾乎史，蓋欲讀誦者，人人得而知之，若詩所謂里巷歌謠之義也。[③]

又高儒《百川書志》卷六概括《三國志通俗演義》的藝術表現曰：

> 據正史，採小說，證文辭，通好尚，非俗非虛，易觀易入，非史氏蒼古之文，去瞽傳詼諧之氣，陳敘百年，該括萬事。[④]

值得注意的是，《三國志通俗演義》寫定者在「既已發生的歷史事實」的敷演上，固然參考諸多材料進行創造，惟可留意的是，當奇書寫定者通過重寫素材以傳達個人積極參與「歷史」的敘事意圖，此一

---

② 鄭振鐸於1929年於《小說月報》上發表〈《三國志演義》的演化〉一文，首開全面論述三國故事演化過程的先例。該文見陳其欣選編：《名家解讀《三國演義》》（濟南：山東人民出版社，1998年），頁17-89。更為完整的源流論證，參關四平：《《三國演義》源流研究》（哈爾濱：黑龍江教育出版社，2001年）。

③ 庸愚子：〈《三國志通俗演義》序〉，見朱一玄、劉毓忱編：《《三國演義》資料彙編》（天津：南開大學出版社，2003年），頁232-233。

④ 高儒：《百川書志》，見朱一玄、劉毓忱編：《《三國演義》資料彙編》，頁202。

創作行爲和策略選擇便具有不可忽視的歷史思維和美學考量。尤其《三國志通俗演義》一書首揭「演義」之命名，採取「演史」以「取義」的理念進行創作，以其別出心裁的文體形式奠定「長篇章回演義」作爲一種文體／文類的話語特徵和寫作成規，可以說爲明清長篇小說奠立重要的敘事範式。⑤以今觀之，《三國志通俗演義》固爲一種通俗化歷史小說，但本質上仍帶有歷史修撰的著述意識。

從新歷史主義觀點來說，「歷史」作爲一種特殊文本的存在，並不僅僅是被記錄的系列事件的編年史符號而已，而是史家通過對特定系列歷史事件進行情節建構，並賦予各種可能的意義的話語形式。⑥因此，《三國志通俗演義》寫定者採取重寫素材的敘事策略，除了用以表達個人對於歷史的理解和闡釋之外，仍然表現出如何在「世變」之中探求歷史變化的成因和解決之道的政治關懷，這使得整體敘事創造在取喻書寫的話語實踐中，展現出特定的「經世」思想，適足以在「取義」的認知上，爲奇書話語建構獨特的「政治寓言」。基於上述認知，本書擬在「寫定」⑦的認識基礎上，重新探討《三國志通俗演義》奇書敘事創造的總體特徵、意識形態和話語表現，從中釐清奇書寫定者的著述意識，期能將研究所得作爲後續考察明清長篇章回演義創作形態及其發展變化情形的理論基礎。

---

⑤ 有關明代四大奇書作為「演義」的書寫性質，參李志宏：〈「演義」：明代四大奇書書寫性質探析〉，《中國學術年刊》第32期秋季號，2010年9月，頁159-190。

⑥ （美）海登・懷特（Hayden White）：〈作為文學仿製品的歷史文本〉，見氏著，陳永國、張萬娟譯：《後現代歷史敘事學》（北京：中國社會科學出版社，2003年），頁169-192。

⑦ 此處所謂「寫定」的意涵，主要以目前所見最早刊本嘉靖本《三國志通俗演義》為討論對象，從整體性文本觀點進行探討，而不就其源流問題進行考辨。

第一節　講史：奇書敘事的歷史性

在中國古代文化傳統中，「史貴於文」的價值觀，對於中國敘事文學傳統的影響極爲深刻。[8]在「尙史」的文化認知影響下，文人士大夫的歷史意識促進了史官文化的發展，史官制度的建立又加深了文人士大夫的歷史意識。基本上，小說作爲一種話語形式，總是以「補正史之遺闕」爲創作前提，在某種意義上與歷史之間並無嚴格的區別，所以小說往往又被稱爲「逸史」、「稗史」或「野史」。如閑齋老人〈《儒林外史》序〉曰：

> 古今稗官野史，不下數百千種，而《三國志》、《西遊記》、《水滸傳》及《金瓶梅演義》，世稱「四大奇書」，人人樂得而觀之，余竊有疑焉。稗官爲史之支流，善讀稗官者，可進於史，故其爲書，亦必善善惡惡，俾讀者有所觀感戒懼，而風俗人心，庶以維持不壞也。……嗚呼！其未見《儒林外史》一書乎？[9]

由上述文字可見，閑齋老人將四大奇書並置在「稗官野史」框架中進行評論，除了凸顯晚明以來讀者對於奇書作爲「史之支流」的重視程度，此外更反映了讀者對於以四大奇書爲敘事範式的長篇章回演義之

---

[8] 董乃斌：《中國古典小說的文體獨立》（北京：中國社會科學出版社，1994年），頁92。

[9] 閑齋老人：〈《儒林外史》序〉，見黃霖、韓同文選注：《中國歷代小說論著選》（上）（南昌：江西人民出版社，2000年），頁467。

作的歷史性的根本認識。因此，對於《三國志通俗演義》與中國古代尙史傳統之間的聯繫討論，乃成爲解讀小說主題意蘊的重要關鍵。

基本上，「歷史」本身具有其不容忽視的複雜性，而歷史中的「現實」更是由政治的、社會的、經濟的、文化的等等諸種力量所構成，歷史文本本身所顯現出的某些權力關係，無非反映了作家對於自身所處時代文化語境的根本認識。在某種意義上，《三國志通俗演義》敘事創造本身，並不僅僅是一種對歷史的再現或表達，而且可視之爲歷史文化事件之一，甚而具有塑造歷史的能動力量。因此，不論是「重寫歷史」或「虛構歷史」，當奇書寫定者採取「講史」理念進行敘事創造時，可以說在「通俗演義」的話語實踐中，賦予了歷史事件以特定的文化意義和「歷史性」（historicity），更爲重要的是，還在敘事再現的過程中達到對歷史的闡釋目的。[10]

《三國志通俗演義》作爲「演義」的奠基之作，可以說爲明清長篇章回演義的表達形式、話語特徵和美學慣例的形成，奠定具有重要參照意義的敘事模式。從寫定的角度來說，《三國志通俗演義》的成書，一方面承繼講史平話的基本體製，另一方面又參照《資治通鑑》編年體的結構形式，並且綜合紀傳體和紀事本末體的書寫方式，在編年合傳中創造出長篇章回演義的結構體例範式，在諸多文體因素的影

[10] （美）海登‧懷特在〈歷史中的闡釋〉一文中開宗明義指出：「論述歷史修撰的理論家一般都認為，所有歷史敘事都包含著不可簡約的或無法抹掉的闡釋因素。歷史學家必須闡釋他的材料以便建構形象的活動結構，用鏡像反映歷史進行的形式。……因此，一個歷史敘事必然是充分解釋和未充分解釋的事件的混合，既定事實和假定事實的堆積，同時既是作為一種闡釋的一種再現，又是作為對敘事中反映的整個過程加以解釋的一種闡釋。」見氏著，陳永國、張萬娟譯：《後現代歷史敘事學》，頁63。

響下，因而造就出一個具有集大成式的文體表現。[11]整體而言，《三國志通俗演義》寫定者主要採取客觀型全知敘事模式講述三國鼎立紛爭的歷史，大幅減低主觀性干預的議論，對於情節事件或人物行動的評價，主要通過〈贊〉、〈論〉和〈評〉等詩文的引用予以替代。由於受到寫定者採取史家著述原則和方式的認知影響，因而大量刪卻了平話中頭回、開場詩和散場詩的口頭文學特徵，使得小說文本的話語構成呈現出接近於史家著述的史書體製表現。[12]

從重寫素材的觀點來說，《三國志通俗演義》寫定者通過一系列情節事件的重新編排，最終目的並不在於複製或還原歷史，而是在「以史爲鑑」的問題視域中展開敘事創造，由此探索隱含其中的情理事體及其歷史含義。因此，《三國志通俗演義》一書在「演義」中所展現的歷史關懷和自覺意識，便爲世人對歷史事件的理解和解釋提供了一種評價體系。是以當庸愚子〈《三國志通俗演義》序〉論及《三國志通俗演義》的話語屬性時，即有意將之與孔子據「魯史」以作《春秋》、左丘明解釋《春秋》以作《左傳》的著述意識進行聯繫。該文曰：

> 吾夫子因獲麟而作《春秋》。《春秋》，魯史也。孔子修之，至一字予者褒之，否者貶之。然一字之中，

---

[11] 根據陳文新的研究認為，《三國演義》的文體大致有三種：與史書編纂相近的準紀事本末體，與宋元白話小說相近的準話本體，以片斷綴合為特徵的準筆記體。《三國演義》融三者為一爐，集諸文體之大成，因而造就出一部劃時代的歷史小說。見氏著：〈論《三國演義》文體之集大成〉，《武漢大學學報》（哲社版），1995年第5期，頁85-92。

[12] 從「講史」到「演義」的發展過程中，《三國志通俗演義》具有承上啓下的指標意義，為明清歷史演義奠定具典範性的文體特徵。具體論述可參樓含松：《從「講史」到「演義」——中國通俗小說的歷史敘事》（北京：商務印書館，2008年）。

> 以見當時君臣父子之道，垂鑒後世，俾識某之善，某之惡，欲其勸懲警懼，不致有前車之覆。此孔子立萬萬世至公至正之大法，合天理，正彝倫，而亂臣賊子懼。故曰：「知我者其惟《春秋》乎！罪我者其惟《春秋》乎！」亦不得已也。孟子見梁惠王，言仁義而不言利；告時君必稱堯、舜、禹、湯；答時臣必及伊、傅、周、召。至朱子《綱目》，亦由是也。豈徒紀歷代之事而已乎？⑬

無庸置疑，《春秋》作爲中國史學史上第一部編年體私人歷史撰述之作，具有舉足輕重的崇高地位。孔子纂作《春秋》，十分重視在道德鑒戒思想的基礎上建立起經世致用的社會作用和政治目的。事實上，此一著述宗旨乃普遍受到後人關注，如《左傳・成公十四年》評曰：「春秋之稱，微而顯，志而晦，婉而成章，盡而不污，懲惡而勸善，非聖人，誰能脩之！」⑭《孟子・滕文公下》言：「孔子成《春秋》而亂臣賊子懼。」⑮司馬遷《史記・孔子世家第十七》亦言：「《春秋》之義行，則天下亂臣賊子懼焉。」⑯在《史記・太史公自序第

---

⑬ 庸愚子：〈《三國志通俗演義》序〉，見朱一玄、劉毓忱編：《《三國演義》資料彙編》，頁232。

⑭ 〔春秋〕左丘明傳，〔晉〕杜預注，〔唐〕孔穎達疏：《《春秋左傳》正義》，〔清〕阮元校勘：《十三經注疏》冊6（臺北：藝文印書館，1985年），頁465上。

⑮ 〔漢〕趙岐注，〔宋〕孫奭疏：《《孟子》注疏》，〔清〕阮元校勘：《十三經注疏》冊8（臺北：藝文印書館，1985年），頁118上。

⑯ 〔漢〕司馬遷撰，〔南朝宋〕裴駰集解，〔唐〕司馬貞索隱，〔唐〕張守節正義：《史記》冊5，《四部備要・史部》（據武英殿本校刊）（臺北：臺灣中華書局，1965-1966年），卷47，頁21下。

七十》更進一步云：

> 上大夫壺遂曰：「昔孔子何爲而作《春秋》哉？」太史公曰：「余聞董生曰：『周道衰廢，孔子爲司寇，諸侯害之，大夫壅之。孔子知言之不用，道之不行也，是非二百四十二年之中，以爲天下儀表，貶天子，退諸侯，討大夫，以達王事而已矣。』子曰：『我欲載之空言，不如見之於行事之深切著明也。』夫《春秋》，上明三王之道，下辨人事之紀，別嫌疑，明是非，定猶豫，善善惡惡，賢賢賤不肖，存亡國，繼絕世，補敝起廢，王道之大者也。……撥亂世，反之正，莫近於《春秋》。」⑰

由此可知，面對春秋戰國時期的歷史變動情形，孔子自言作《春秋》之志，乃在於「我欲載之空言，不如見之於行事之深切著明也」，是以在「屬辭比事而不亂」、「約其辭文，去其煩重」中奠立中國史學敘事傳統，並且在「春秋筆法」運用下，建立起「勸善懲惡」的倫理道德化審美傾向，對於後代史傳書寫產生極爲深遠的影響。且不論庸愚子的說法是否過於理想化，但從歷史修撰的角度論《三國志通俗演義》的創作，則《春秋》對於奇書敘事生成及其創造而言，仍具有不可忽視的啓示作用。

---

⑰〔漢〕司馬遷撰，〔南朝宋〕裴駰集解，〔唐〕司馬貞索隱，〔唐〕張守節正義：《史記》冊8，《四部備要．史部》（據武英殿本校刊），卷130，頁8。

事實上，《三國志通俗演義》寫定者受到傳統講史理念的影響，十分重視從整體性觀點和統一性敘事法則展示歷史發展的進程，並講求在一定時間跨度中，處理紛紜複雜的歷史或現實事件，其中即相當重視《春秋》／《左傳》的啓示和影響。如第七十五則敘及劉備兄弟三人三顧茅廬訪見孔明曰：

> 卻說，玄德因訪孔明二次不遇，再往南陽。關、張諫曰：「兄長二次親謁茅廬，其禮太過矣。想諸葛亮虛聞其名，內無實學，故相辭也；避而不敢面，遁而不敢言。豈不聞聖人有云：『毋以貴下賤，毋以眾下寡。』兄何惑於斯人之甚也！」玄德曰：「不然。汝讀《春秋》，豈不聞桓公見東郭野人之事耶？齊桓公乃諸侯也，欲見野人，而猶五返方得一面。何況於吾欲見孔明大賢耶？」

在文學與歷史的辯證統一中，[18]《三國志通俗演義》寫定者借助於「演義」以進行歷史闡釋，乃是以歷史編纂的史學傳統作爲參照體系。因此，行文之間亦多有以《春秋》／《左傳》記載之事作爲評價人物或闡述事理的內容，可見以《春秋》／《左傳》的歷史書寫作爲參考依據的意識形態取向。顯然地，庸愚子之所以從孔子作《春秋》說明《三國志通俗演義》的書寫性質，其中最重要的關鍵，無非在於奇書創作生成的歷史時空背景如同《春秋》／《左傳》一般，皆處於

---

[18] 張國光：〈《三國演義》──文學與歷史的辯證統一〉，《湖北大學學報》（哲學社會科學版），1997年第2期，頁16-21。

世衰道微、禮崩樂壞的「世變」局面。

《三國志通俗演義》寫定者借由重寫素材的敘事策略創造小說文本，既體現出對世代累積素材的信息有某種意義上的全面認識，更體現出對於創作當下的歷史文化語境的深刻觀察。雖然奇書寫定者對於某些歷史知識或事件有所曲解、改造和挪用；但不可否認的是，他們仍然在一定程度上賦予了小說文本以「歷史性」，由此揭示家國人事的盛衰治亂之跡，提供勸鑒之旨。是以庸愚子提醒「觀演義之君子，宜致思焉」，[19]正為後人認識和掌握奇書話語屬性提供了重要的認識基礎。

第二節 感時憂國：奇書敘事的歷史意識

基本上，「重寫歷史」本身通過對不同史籍材料的重構，在某種程度上「都必須在主題上具有創造性」。[20]因此《三國志通俗演義》寫定者的歷史想像，必然要受到「分析的眼光」（the analytical eye）和「理會的眼光」（the comprehensive eye）的雙重制約，[21]從中表達個人對於歷史上的時勢（historic situation）之掌握和判斷，進而展現特定的歷史意識。在小說文本中，寫定者面對東漢末年以至三國歷史的成敗興壞之理時，如何通過自身的歷史意識進行審美創造，無疑對於小說敘事的主題表現和結構布局有所制約和影響。

---

[19] 庸愚子：〈《三國志通俗演義》序〉，見朱一玄、劉毓忱編：《《三國演義》資料彙編》，頁233。

[20] （荷）杜威・佛克馬著，范智紅譯：〈中國與歐洲傳統中的重寫方式〉，《文學評論》，1999年第6期，頁144-149。

[21] 杜維運：《史學方法論》（北京：北京大學出版社，2006年），頁149。

《三國志通俗演義》講述東漢末年佞臣干政，黃巾爲亂，終致魏、蜀、吳三國爭權分立的故事。故事本體時間從東漢靈帝建寧元年起至晉太康七年止，共一百一十九年。在三國鼎立的歷史時空中，魏、蜀、吳逐鹿中原的政權角力和人事際遇變化乃是基本內容，在各自謀求統一的過程中，曹魏伺機篡漢立國，最終卻又被司馬氏篡權滅國，乃是順應歷史事實而來。在尊重「三國歸晉」的歷史事實前提下，《三國志通俗演義》寫定者最終如何通過情節建構再現東漢末年政治衰變、群雄並起逐鹿中原、三國鼎立紛爭的歷史成因，由此揭示國家治亂興亡之道，其中便與敘事結構的安排息息相關，表現出特定的理解和鑒別力。[22]倘由此考察《三國志通俗演義》的結構布局，首先清楚可見奇書寫定者在敘事開篇之初即體現出強烈的「感時憂國」的歷史意識和正統儒家的政治情結，其中對於英雄出世平定天下的政治期望，可謂深切反映了民心望治的根本願望。

在《三國志通俗演義》中，故事開端敘及「後漢桓帝崩，靈帝即位，時年十二歲」，「中涓自此得權」。時當建寧二年四月十五日，帝會群臣於溫德殿中，天降異象。寫定者有意強調漢末政局紛亂情景起因於此，是以通過青蛇蟠椅、風雨大作、地震海嘯、雌雞化雄、黑氣衝殿、虹現玉堂等一連串異象書寫以創造歷史治亂興亡的隱喻時空。當時靈帝憂懼，下詔召光祿大夫楊賜和議郎蔡邕等問以災異之由及消復之術時，兩人皆藉異象之生以喻政局混亂之根由。楊賜曰：

---

[22] （美）海登·懷特在〈作為文學仿製品的歷史文本〉一文中指出：「我們關於歷史結構和過程的解釋與其說受我們所加入的內容的支配，不如說受我們所漏掉的內容的支配。因為，為使其他事實成為完整故事的組成部分而無情地排除一些事實的能力，才使得歷史學家展現其理解和鑒別力。任何特定歷史事實『系列』的『整體一致性』都是故事的一致性，但是這只能通過修改『事實』使之適應故事形式的要求來實現。」見氏著，陳永國、張萬娟譯：《後現代歷史敘事學》，頁173。

> 臣聞，《春秋》讖曰：「天投蜺，天下怨，海內亂。」加四百之期，亦復垂及。今妾媵奄尹之徒，共專國朝，欺罔日月，又鴻都門下，招會羣小，造作賦稅，見寵於時。……唯陛下斥遠佞巧之臣，速徵鶴鳴之士，斷絕尺一，抑止槃游。冀上天還威，眾變可弭。

蔡邕略曰：

> 臣伏思諸異，皆亡國之怪也。天於大漢，殷勤不已，故屢出妖變，以當譴責，欲令人君感悟，改危即安。蜺墮雞化，皆婦人干政之所致也。……夫宰相大臣，君之四體，不宜聽納小吏，雕琢大臣也。且選舉請託，眾莫敢言，臣願陛下忍而絕之。左右近臣，亦宜從化。人自抑損，以塞咎戒，則天道虧滿，鬼神福謙矣。夫君臣不密，上有漏言之戒，下有失身之禍。願寢臣表，無使盡忠之吏，受怨姦仇。

惟靈帝覽奏而嘆息，無所作為。從此，中涓「執掌朝綱」，「出入宮闈，稍無忌憚」，致使貪官佞臣矇蔽主上，違法亂禁，朝綱紊亂，黃巾之亂四起。以今觀之，《三國志通俗演義》的故事開端，藉由「黃巾為亂」的情節建構拉開歷史序幕，可謂為讀者建立了東漢末世天下大亂的歷史時空視野。第一則〈祭天地桃園三結義〉講述中平元年黃巾之亂大作情事：

> 卻說中平元年，甲子歲。鉅鹿郡有一人，姓張，名角。一個兄弟張梁，一個兄弟張寶。角，初是個不第秀才，因往山中采藥，遇一老人。碧眼童顏，手執藜杖，喚角至洞中，授書三卷，名太平要術，咒符：「以道爲念，代天宣化，普救世人。若萌異心。必獲惡報。」角拜求姓名，老人曰：「吾乃南華老仙。」遂化陣清風不見了。角得此書，曉夜攻習，能呼風喚雨，號爲太平道人。

然而張角兄弟三人因徒衆極多，遂假借「民心已順」，訛言「蒼天已死，黃天當立」，因此在「至難得者，民心也。今民心已順，若不乘勢取天下，誠爲萬代之可惜」的想法主導下，便「造下黃旗，約會三月初五，一齊舉事」，告變作亂，「逢州遇縣放火劫人，所在官吏望風逃竄」。第三則曰：

> 一日，帝在後園，與十常侍飲宴，諫議大夫劉陶，逕到帝前大慟。帝問其故，陶曰：「漢天下危在旦夕，陛下尚自與閹官共飲耶？」帝曰：「國家承平日久，有何危急？」陶曰：「四方賊盜並起，侵掠州郡，其禍皆由十常侍，賣官害民，欺君罔上。朝廷正人皆去，禍在目前矣！」十常侍皆免冠流涕，跪於帝前，曰：「大臣不容，臣等不能活矣！願乞性命歸田里，盡將家產以助軍資！」帝曰：「汝家亦有近侍之人，

何不容寡人耶？」呼武士推出劉陶斬之。劉陶大叫：「臣不怕死，可憐漢朝天下，四百餘年，到此一旦休矣！」

由此得見，靈帝昏瞶無能，德政不修，致使外戚干政和宦官弄權，群小專政，朝綱紊亂，良臣完全不得作爲，處境十分艱難。正是基於揭示歷史興亡的義理的深刻考察，《三國志演義》寫定者在推其治亂之由時，便將根本原因歸於桓、靈二帝禁錮善類、崇信宦官，可謂一語中的。

在《三國志通俗演義》的歷史書寫中清楚可見，奇書寫定者在敘事開展之初即從世變的角度爲故事本體奠定歷史座標，主要目的無非在於爲讀者創造政治寓言的召喚結構和想像空間，並從中寄託個人情志。在某種意義上，奇書敘事精神內涵，實際上與中國傳統儒家詩教精神所具有的人文關懷和歷史思維有所聯繫。借〈毛詩序〉言之：

至于王道衰，禮義廢，政教失，國異政，家殊俗，而變風變雅作矣。國史明乎得失之迹，傷人倫之廢，哀刑政之苛，吟詠情性，以風其上，達於事變而懷其舊俗者也。……是以一國之事，繫一人之本，謂之風；言天下之事，形四方之風，謂之雅。[23]

---

[23] 〔漢〕毛亨傳，〔漢〕鄭玄箋，〔唐〕孔穎達疏：《《毛詩》正義》，《十三經注疏》冊2（臺北：藝文印書館，1985年），頁16下-頁18上。

變風、變雅作爲政教思維的具體表述形式，基本上提供了以「美刺」爲中心的道德批評模式，由此從王道興衰觀點建立起具通鑒作用的歷史闡釋。當《三國志通俗演義》寫定者通過「演義」以「講史」時，則奇書敘事以變風變雅之姿進行創造，乃是在「春秋筆法」的運用中表述「微言大義」，體現出「庶人之議」的著述意圖。正如在《論語·季氏》載孔子所言曰：

> 天下有道，則禮樂征伐自天子出；天下無道，則禮樂征伐自諸侯出。自諸侯出，蓋十世希不失矣。自大夫出，五世希不失矣。陪臣執國命，三世希不失矣。天下有道，則政不在大夫，天下有道，則庶人不議。[24]

具體而言，《三國志通俗演義》創作發生的前提，無疑是奇書寫定者面對時世變化時，爲滿足於對政治秩序和道德規範進行重整的需要所做的價值選擇，而此一價值選擇無非展現出對於儒家正統的社會秩序和人文精神的認同。《三國志通俗演義》寫定者在「演義」中所寄寓的特定歷史意識，無不表現爲「詮釋其外在世界變遷及其自身變遷的心靈活動」，藉著這個心靈活動，得以「瞭解自己的特質以及自己在外在世界變化中的位置及方向。」[25]從感時憂國的歷史意識表現來說，《三國志通俗演義》敘事創造的根本功能，正在於揭露特定歷史文化語境中所存在的不可解決的社會矛盾，並從中尋找想像的或形式的「解決辦法」，而此一解決辦法，則充分體現在「英雄救世」的政

---

[24] 〔漢〕趙岐注，〔宋〕孫奭疏：《《孟子》注疏》，《十三經注疏》冊8，頁147下。

[25] 胡智昌：《歷史知識與社會變遷》（臺北：聯經出版事業公司，1988年），頁20。

治寓言創造與實踐之上。

在《三國志通俗演義》中，正當黃巾起義爲亂之時，朝廷降詔討賊，各地出榜招募義兵，量才擢用。在此一世變的歷史時空中，劉備、關羽和張飛三位英雄同往應募，彼此互告征討黃巾賊心志，進而結義成爲生死之交，無疑爲讀者形塑了特定的英雄形象。第一則曰：

> 三人焚香再拜，而說誓曰：「劉備、關羽、張飛，雖然異姓，結爲兄弟，同心協力，救困扶危，上報國家，下安黎庶，不求同年同月同日生，只願同年同月同日死。皇天后土，以鑒此心。背義忘恩，天人共戮。」誓畢，共拜玄德爲兄，關某次之，張飛爲弟。

由於東漢末年朝政亂象橫生，亟待英雄出世弭平賊亂，重造清平盛世。是以在感時憂國的意識形態主導下，《三國志通俗演義》寫定者對於「同心協力，救困扶危，上報國家，下安黎庶」的政治理想的實現可謂充滿強烈的期望。因此通過此一結義儀式，兄弟三人的行動便跨入自覺的人格實現過程和歷史使命的承擔過程，忠義精神具有了價值的合理性和合道性。[26]事實上，在《三國志通俗演義》寫定者的心目中，劉備作爲統領蜀漢集團的領導人物，肩負起維護漢室正統、匡扶正義的重大歷史責任，無乃成爲政治理想寄託之所在。第二則〈劉玄德斬寇立功〉敘及黃巾賊程遠志領軍哨近涿郡，劉備兄弟三人飛身上馬，來幹大功：

---

[26] 馮文樓：《四大奇書的文本文化學闡釋》（北京：中國社會科學出版社，2004年），頁63-64。

> 玄德部領五百餘眾，飛奔前來，直至大興山下，與賊相見，各將陣勢擺開。玄德出馬，左有關某，右有張飛，揚鞭大罵：「反國逆賊！何不早降？」程遠志大怒，遣副將鄧茂挺鎗直出。張飛睜環眼，挺丈八矛，手起處刺中心窩，鄧茂翻身落馬。……程遠志見折了鄧茂，拍馬舞刀，直取張飛。關某躍馬舞刀直出，程遠志見了，心膽皆碎，措手不及，被關某起處，揮爲兩段。……眾賊見程遠志被斬，倒戈卸甲，投降者不知其數，斬首數千級，大獲功而回。

基於上述歷史思維，《三國志通俗演義》寫定者首揭劉備、關羽和張飛三人應募從軍、共論天下大事並義結桃園一事，無乃從中寄寓「英雄出世」並同心合力「平治天下」的救世思想，進而體現出「尊劉」的敘事基調。相對於此，曹操同以命世之才的英雄之姿出場，汝南許劭予以「治世之能臣，亂世之奸雄」的評價，已爲曹操形象做了一番定調。對於《三國志通俗演義》敘事創造而言，這種傾向的確立正意味著描寫重點或焦點的調整和轉移。[27]

整體而言，《三國志通俗演義》描寫東漢末年群雄競爭，魏、蜀、吳政治集團爲謀求政權，不斷利用各種權謀進行複雜的政治角力和軍事鬥爭，其中對於英雄出世復振綱常的政治期望，無不充分展現在「王道」與「霸道」的認識之上，寄寓了奇書寫定者的政治理想與道德理想。今可見者，《三國志通俗演義》寫定者在繼承接收三國以

---

[27] 楊義：《中國古典小說史論》（北京：中國社會科學出版社，2004年），頁330-339。

來「尊劉」民意的思想傾向下，總其成就，最終將之凝結為小說的情感動力結構。[28]第二十三則敘及陶謙三讓徐州曰：

> 卻說，陶謙在徐州染病，看看病重，請麋竺、陳登議事。竺曰：「曹操棄徐州而去者，蓋為呂布襲兗州之故也。今歲大荒，故暫罷兵，來春又必至矣。府君素欲讓位與劉玄德，雖以兩番，府君那時無恙；今病沉重，正可就此而與之。」謙使人來小沛，請劉玄德商量軍務。玄德引關、張，帶十數騎到徐州，陶謙直教請入臥房。謙曰：「請玄德公來不為別事，老夫病已危篤，朝夕難保。萬望玄德公可憐漢家城池為重，受取牌印，老夫死則瞑目矣。」……玄德尚猶推託，陶謙以手指心而死。眾官舉哀畢，捧擁玄德領徐州事。玄德固辭。徐州百姓哭拜於地，曰：「使君若不領此郡，我等皆死於賊人姦黨之手矣！」因此玄德領徐州牧，麋竺、孫乾輔之，陳登為幕官，盡取小沛軍馬入城，出榜安民，一面安排喪事。

由於劉備為人「弘毅寬厚，知人待士」，展現個人作為「英雄之器」的內涵，乃成為奇書寫定者心目中的「仁君」典範，形象塑造本身即深有寄託。如果說，劉備以「有德者」立足天下，施行仁政和王道，深得民心，廣受臣民尊崇愛戴，符合聖君和明主的理想典範；那麼，

---

[28] 鄭鐵生：《《三國演義》敘事藝術》（北京：新華出版社，2000年），頁83-90。

董卓不仁、曹操欺君，時懷篡逆之心，其間專權弄政，則多遭賢臣挺身質疑。在敘事進程中，「能臣」與「奸雄」的對比書寫，可謂忠奸賦形立判。因此，劉備成王稱帝乃成爲衆人期待之事。第一百四十五則敘及建安二十四年秋七月孔明等人勸說劉備進位漢中王一事：

> 卻說，玄德命劉封、孟達、王平等，攻取上庸諸郡。申耽等聞操以棄漢中而走，遂皆投降。玄德大喜，就于東川之地大賞三軍。安民已定，玄德愈加愛惜軍士。眾將皆有推尊玄德爲帝之心，未敢擅便，遂告諸葛軍師。孔明曰：「吾意已定奪了！」隨引法正等，入見玄德。孔明曰：「方今漢帝懦弱，曹操專權，天下百姓無主。主公年過半百，威震四海，東除西蕩，今得兩川，可以應天順人，法堯禪舜，即皇帝位，名正言順，以討國賊。此合天理，事不宜遲，便請擇日。」玄德大驚曰：「軍師之言差矣！某雖漢室宗親，乃臣下之臣；若爲此事，乃反漢也。」孔明曰：「非也。方今天下分崩，英雄並起，各霸一方，四海有才德者，同聲相應，同氣相求，捨死亡生。而事其主者，若非爲名，即爲利也。今主公苟避嫌疑，守義不舉，手下之士，大小皆無所望，其心皆憚，不久盡去矣。願主公熟思之。」玄德曰：「僭居尊位，吾實不爲！汝等再宜商議。」諸將一齊言曰：「主公若是推却，三軍變矣！」孔明曰：「主公平生以義爲

> 本，安肯便稱尊號？今有荊、襄兩川之地，可暫爲漢中王。以正其位，方可用人。」玄德曰：「汝等雖欲尊吾爲王，不得天子明詔，是僭稱也。」孔明曰：「離亂之時，宜從權變；若守常道，必誤大事。」張飛大叫曰：「異姓之人，皆欲爲君，何況哥哥乃漢朝宗派！若不如此，半世英雄成一夢矣！」孔明曰：「主公可宜從權變，進位漢中王，臣等自作表章申奏天子。」玄德再三推辭不過，又恐軍心有變，只得依允。

不可否認，建安二十四年秋七月，劉備進位漢中王，在西川創立帝基，乃蜀漢政治勢力達於巔峰之刻。從英雄創業及其功蹟敘寫的角度來看，《三國志通俗演義》寫定者在情節建構中著重講述劉備集團致力恢復漢室的忠義思想和作爲，已然體現出一種近於「史詩」書寫的精神和意向。[29]

從「重寫歷史」的角度來說，《三國志通俗演義》的「取義」之思，不同於陳壽《三國志》以「曹魏」爲正統的史家觀念。在「尊劉」的歷史思維主導下，奇書敘事對於群雄互競稱雄所引發的政治倫理的省察和道德價值的判斷，乃體現出特定的歷史評價，尤其對於劉備、關羽、張飛和諸葛亮的仁德忠義典範形塑不遺餘力，使得整體話語創造在轉義中所建構的救世寓言，當有其深刻的歷史反思。在三國

---

[29] 參李時人：〈亞史詩：《三國演義》與中國文化〉，見譚洛非主編：《《三國演義》與中國文化》（成都：巴蜀書社，1992年），頁25-38。

盛衰興亡的歷史變化中，人物命運與政權角力之間所產生的各種情境變化，已然藉由奇詭多變的事件衝突與情節轉折本身，寄寓了特定的道德倫理籲求和政治理想，乃成爲「取義」之所在。

第三節　經世思想：奇書敘事創造的政治命題

《三國志通俗演義》寫定者以「亂世」作爲故事的歷史背景並展開敘述，並不單純只是反映三國歷史的一種話語表現而已。以今觀之，在「演義」的書寫基礎上，《三國志通俗演義》寫定者針對既有原始素材進行特定故事類型的情節編碼，乃使得小說文本背後的主導符碼與中國傳統史傳書寫的「經世」思想密切相關。庸愚子〈《三國志通俗演義》序〉論「史」曰：

> 夫史，非獨紀歷代之事，蓋欲昭往昔之盛衰，鑒君臣之善惡，載政事之得失，觀人才之吉凶，知邦家之休戚，以至寒暑、災祥、褒貶、予奪，無一而不筆之者，有義存焉。㉚

據此觀點考察《三國志通俗演義》一書，則在講史的理念基礎上，奇書寫定者採取重寫素材的策略重新敷演三國歷史事實，無疑促使「演義」話語創造成爲寄託時世感懷與道德勸懲的重要途徑。從歷史修撰的觀點來說，「話語本身是事實和意義的實際綜合，這種綜合所表示

㉚ 庸愚子：〈《三國志通俗演義》序〉，見朱一玄、劉毓忱編：《《三國演義》資料彙編》，頁232。

的特定意義結構的那個方面使我們將其看作一種而不是另一種歷史意識的產物」。[31]因此，在「講史」的基礎上，當《三國志通俗演義》寫定者通過敷演歷史事實進行歷史經驗的總結，並從中褒貶人物和揭示興衰治亂的義理時；那麼，在感時憂國的歷史意識表現上，《三國志通俗演義》的敘事便得以與歷史相互塑造，整體話語表現可以說構成了表徵「現實」的一個隱喻。[32]

從政治寓言建構的角度來說，「通俗取義」作爲《三國志通俗演義》寫定者創作的核心概念，不僅僅只是滿足於對過去事件的複製或還原，而是在情節建構中提供對現實狀況的認識以及對未來的期望，便足以使得奇書敘事創造本身體現出「取喻」書寫的話語性質，使得奇書敘事在經世思想的表述上具有不可忽視的意識形態內涵。以今觀之，《三國志通俗演義》一書主要針對兩個重要的政治命題進行反思，並由此提出政治理想：

[31] （美）海登・懷特：〈歷史主義、歷史與比喻的想像〉，見氏著，陳永國、張萬娟譯：《後現代歷史敘事學》，頁109。

[32] 借海登・懷特的觀點來說：「作為符號體系，歷史敘事並不再現它所描述的事件，它告訴我們如何思考事件，賦予我們對這些事件的思考以不同的情感價值。歷史敘事並非是它所標識的事物的意象；它與隱喻一樣使人們回憶起它所標識的意象。當一個特定系列事件被編成悲劇情節時，它只表明歷史學家如此描寫事件的目的在於使我們記起與悲劇概念相關的虛構形式。按正確的理解，歷史永遠不應被視為它所記錄的事件的明確符號，而應被視為象徵結構，即擴展了的隱喻，從而將其中記錄事件『比喻』成我們在文學文化中已經熟知的某種形式。」見氏著：〈作為文學仿製品的歷史文本〉，見氏著，陳永國、張萬娟譯：《後現代歷史敘事學》，頁181-182。

一、就「正統觀」而言

關於《三國志通俗演義》的正統思想向來是重要研究課題之一。在中國傳統史學發展過程中，向來存在「尊曹」和「尊劉」兩種態度和思想傾向。對於《三國志通俗演義》而言，寫定者明顯受到「尊劉」思想傾向的制約和影響，主要從「揭露、譴責董卓擅行廢立、曹操的挾天子以令諸侯、曹丕的篡漢自立」[33]三個方面，反襯劉備作爲漢室宗親、高揚恢復漢室、延續漢帝正統的聖君典範，正如陶謙一讓徐州時所言：「今天下擾亂，帝王懦弱，奸臣弄權，公乃漢室宗親，正宜力扶社稷」。劉備作爲「漢景帝中山靖王之後，應繼漢統」，乃成爲《三國志通俗演義》寫定者寄託政治理想之所在。因此，歷來論者頗多有認爲《三國志通俗演義》一書體現出以蜀漢集團爲正統的政治觀和歷史觀。然而，此一看法似乎仍有進一步釐清的必要性。且觀第二百三十五則敘及後主劉禪接受譙周建議降魏：

> 後主與諶曰：「今大臣皆議可降，汝獨仗血氣之勇，欲令滿城流血耶？」諶曰：「昔先帝在日，譙周未嘗干預政事。今妄議大事，輒敢亂言，甚非理也。臣切料成都之兵尚有數萬，姜維全師皆在劍閣，若知魏兵犯闕，必來救應：內外夾攻，可獲大功。豈可聽腐儒之言，輕廢先帝之基業乎？」後主叱之曰：「汝小兒

---

[33] 郭瑞林：《《三國演義》的文化解讀》（上海：上海古籍出版社，2006年），頁39。

> 豈識天時也！」諶叩哭曰：「若理窮力屈，禍敗必及，便當父子君臣，背城一戰，同死社稷，以見先帝，可也。奈何降乎？」後主不聽，令近臣拖下殿階。諶踴躍大哭曰：「吾祖公公，非容易創立基業，今一旦棄之，吾寧死不辱也！」後主令推出宮門，遂令譙周作降書，遣私署侍中張紹、駙馬都尉鄧良同周齎玉璽來雒城請降。

由此得見，後主劉禪昏庸無能，寵信宦官，重蹈東漢桓、靈二帝覆轍，以致最終請降於魏，致使「一朝功業頓成灰」。在《三國志通俗演義》中，即便「尊劉」的情感邏輯和政治思維從故事開端便主導著情節建構，並成為批判歷史人物道德感和倫理作為的參照座標，一旦「蒼天有意絕炎劉，漢室江山至此休」時，蜀漢面臨滅亡的結果乃是既定事實，無由輕易改變。

三國歷史紛爭的形成，起於天下無道、朝廷昏昧、群雄崛起爭霸。在尋求重返治世的現實政治秩序的過程中，何人得以統一天下，事關「明主」的政治想像和政治期望。如此一來，便涉及正統觀的辯證問題。究其實質，《三國志通俗演義》寫定者對於正統思想的反思，主要通過「天下者，非一人之天下，乃天下人之天下」的說法來加以表現。此一說法，首見於第十五則：

> 允捧觴稱賀曰：「允自幼頗習天文，夜觀乾象，漢家氣數到此盡矣。太師功德震於天下，若舜之受堯，禹之繼舜，正合天心人意也。」卓曰：「安敢望此！」

允曰：「『天下者，非一人之天下，乃天下人之天下』。自古『有道代無道，無德讓有德』，豈過分乎？」卓笑曰：「果然天命歸吾，司徒當爲元勳。」允拜謝。

由於「漢室不幸，皇綱失統」，賊臣董卓欺天罔地，廢帝弄權。司徒王允議除奸臣，設宴計誘董卓，席間即以「天下者，非一人之天下，乃天下人之天下」的說法取信董卓，終致董卓在受禪臺前被呂布所弒。如果說，王允之說只是爲拯救漢室的權宜之計，別無他想；那麼，此說出於諸葛亮之口，則意味著群雄胸懷天下，各有異心，全憑造化。第一百零一則敘及周瑜與諸葛亮論及「取南郡」之先後曰：

瑜曰：「待吾取不得南郡，從公取之。」玄德曰：「子敬、孔明在此爲證，都督却休反悔。」瑜曰：「大丈夫一言既出，駟馬難追，何悔之有！」孔明曰：「都督此言極是公論。古人云：『天下者，非一人之天下，乃天下人之天下也。』先儘東吳去取；若不下，主公取之是也，有何不可哉！」周瑜相辭。

又第一百零七則敘及周瑜定計取荊州，魯肅受命前往劉備處討荊州時曰：

玄德未及開言，孔明變色曰：「子敬公好不通禮！我主人相待，直須要說到根前？自三皇五帝開天立

> 極以來，『天下者，非一人之天下，乃天下人之天下也。』且休說遠。昔我高皇帝提三尺劍，斬白蛇，起義兵，成四百餘年之基業，傳至于今。不幸姦雄並起，宇宙瓜分，各處一方，自收賦稅；有日天道好還，復歸正統。」

又第一百一十九則敘及張松與劉備的對話曰：

> 玄德曰：「二公休言。吾有何德，豈敢望居高位而守城池乎？」松曰：「不然。『天下者，非一人之天下，乃天下人之天下也，惟有德者居之。』何況明公乃漢室宗親，仁義充塞乎四海。休道占據州郡，便代正統而即帝位，亦不分外。」玄德拱手，惶恐而謝曰：「如公所言，吾何敢當之！」

在群雄爭霸的動亂歷史情勢中，各路英雄懷有「圖王」之思，無不處心積慮通過「人謀」之說為政權取得的合法性和合理性建立說法。而事實上，第六十七則敘及劉表遣使請玄德赴荊州時，席間論及「天下分裂，干戈日起，機會豈有盡乎」時，兩人多有感慨。劉備因髀肉復生，潸然淚下：

> 表使人再請入席，見玄德淚下，表問曰：「弟何故發悲？」玄德曰：「備往常身不離鞍，髀肉皆散；今不復騎，髀裏肉生。日月蹉跎，老之將至矣！而功業不

> 建，是以悲耳！」表曰：「吾聞弟在許昌，曹公嘗青梅煮酒，共論英雄。賢弟盡舉當世名士，操皆不許，曾對弟言：『天下英雄，惟使君與操耳。』操雖有四十萬之眾，挾天子而令諸侯，猶不敢在吾弟之先，何足慮也？」玄德乘酒興而答曰：「備若有基本，何慮天下碌碌之輩耳！」表聞之，忽然變色。玄德自知語失，託醉而起，歸於館舍。劉表雖不出言，心中不足。

由此可知，劉備心存圖王之志，只是基業未定，不能有所發揮。雖說如此，《三國志通俗演義》寫定者有意在「仁政」的道德基礎上揭示「王」、「霸」之理，並以之作爲政治批判和價值追求的參考座標。因此，在以蜀漢集團爲《三國志通俗演義》的敘事核心的書寫中，著意強化劉備在皇位正統繼承的形塑之間所展現的「忠義」之心、「仁德」之懷，使之成爲「惟有德者居之」的理想君主代表。

在三國群雄紛爭的歷史發展進程中，繼承皇位正統的觀念受到「權變」思想的衝擊，已從傳統宗法倫理的延續轉向對於德化政治的追求。如此一來，「天下者，非一人之天下，乃天下人之天下，惟有德者居之」作爲《三國志通俗演義》的重要政治命題被提出。對於「明主」的高度期待，正足以構成爲一種政治批評的話語策略，進而寄寓特定的道德評價。第一百五十九則敘及曹丕意廢漢獻帝一事：

> 帝曰：「祥瑞圖讖，皆虛謬之事，奈何以虛誕之事，而捨萬世不朽之基業乎？」華歆又曰：「陛下差矣。

昔日，三皇、五帝以德相讓，無德讓有德也。三皇次後，各傳子孫。至於桀、紂無道，天下伐之。春秋強霸，各相吞併，有福者者居之，後併入秦，方歸於漢也。『天下者，非一人之天下，乃天下人之天下也。』非陛下祖公公傳繼天下，宜早退之，不可久疑，遲則生變矣。」王朗又奏曰：「自古以來，有興必有廢，有盛必有衰，豈有不亡之道？安有不敗之家？陛下漢朝相傳四百餘年，氣運已極，不可自執迷而惹禍也。」帝大哭，入後殿而去。百官哂笑而退。

又第二百三十八則敘及司馬炎廢曹奐而受禪爲帝曰：

傍有黃門侍郎張節大喝曰：「晉王之言差矣！昔日，魏武祖皇帝東蕩西除，南征北討，非容易得此天下。今天子有德無罪，何故讓與人耶？」炎大怒曰：「此社稷乃大漢之社稷也。曹操倚仗漢相之資，挾天子以令諸侯，自立魏王，篡逆漢室。吾祖父三世輔魏得天下者，非曹氏之能，實司馬氏之功也，四海咸知。吾今日豈不堪紹魏之天下乎？」節又曰：「若此，乃篡國之賊也！」炎大怒曰：「吾與漢家報本，有何不可？」叱武士，將張節乱瓜打死於殿下。奐泣淚跪告。炎起身下殿而去。奐與賈充、裴秀曰：「事將急矣，如之奈何？」充曰：「天數盡矣，陛下不可逆

> 之！當照漢獻帝故事，重脩受禪臺，具大禮，禪位與晉王：上合天心，下順人情，陛下可保無虞也。」奐從之，遂令賈充築受禪臺。以十二月甲子日，奐親捧傳國璽，立於臺上，大會文武，請晉王司馬炎登臺，授與大禮。

基本上，《三國志通俗演義》寫定者採取尊重歷史的態度進行敘事創造，因此在改朝換代的講述中，政治興替乃是歷史發展的一種必然結果。然而，群雄奪取政權、力求自王之際，是否心存「仁政」之思，則不無可議之處。從曹丕、司馬炎假禪讓之名、行廢帝篡位之實的作爲來看，《三國志通俗演義》寫定者重構歷史的本意並不在於強調「尊崇正統」，反倒是藉「天下者，非一人之天下，乃天下人之天下，惟有德者居之」說法的提出，以之反思朝代興替背後的根本影響因素，以此提供鏡鑒之道。

二、就「忠君倫理」而言

基本上，在尊重三國歸晉的歷史事實前提下，《三國志通俗演義》寫定者對於三國歷史的分合有其獨特的認識和考察，尤其奇書寫定者通過演義之作而提出「天下惟有德者居之」的君道觀，除了表達個人對於正統宗法的看法之外，更重要的是如何通過聖君賢臣、忠臣義士共同建構仁政理想圖景，表明平定天下、維護國家統一的思想。[34]其中對於「忠君倫理」的籲求，便充分展現在賢臣形象的擬塑之上。第一百六十九則敘及先帝白帝城託孤時曰：

> 先主分付了，又喚諸臣入，乃索紙筆寫罷遺詔，遞與孔明而嘆曰：「朕不讀書，麄知大略。聖人云：『鳥之將死，其鳴也哀；人之將死，其言也善。』朕本待與卿等同滅曹賊，共扶漢室，不幸與卿等中道而別也。」言訖，又與孔明曰：「煩丞相將詔可就付與劉禪，勿以爲常言也。凡事宜教之！」孔明等泣拜於地曰：「願陛下將息龍體，臣等盡施犬馬之勞，以報陛下知遇之恩也。」先主請起孔明，一手掩淚，一手執其手曰：「朕今死矣，有心腹一言以告之！」孔明曰：「願陛下勿隱，臣當拱聽。」先主泣曰：「君才勝曹丕十倍，必安國而成大事。若嗣子可輔，則輔之；如其不才，君可自爲成都之主。」孔明聽畢，汗流遍體，手足失措，泣拜於地曰：「臣安敢不竭股肱之力也？願效忠貞之節，繼之以死！」言訖，以頭叩地，兩目流血。先主又請孔明坐於榻上。先主喚子魯王劉永、梁王劉理近前，分付曰：「爾等皆記朕言：朕亡之後，爾兄弟三人皆以父事丞相。稍有怠慢，天人共誅爾等不孝之子！」先主又與孔明曰：「丞相請

---

[34] 沈伯俊：〈嚮往國家統一，歌頌「忠義」英雄——論《三國演義》的主題〉，見氏著：《《三國演義》新探》（成都：四川人民出版社，2002年），頁87-102。

> 坐，朕兒拜以為父。」二王拜畢，孔明曰：「臣以肝腦塗地，安能補報知遇之恩也！」先主與李嚴等多官曰：「朕已託孤於丞相，令嗣子以父事之。卿等官僚勿可怠慢，以負朕望耳。」先主又與趙雲曰：「朕與卿於患難之中，相從到今，不想於此地分別。卿可想朕之故交，早晚看覷幼子，勿負朕言。」雲泣拜於地曰：「臣願效犬馬之勞，以扶社稷！」先主又與多官曰：「朕不能一一分囑，皆乞保愛。」言畢，駕崩。

劉備臨死之際，召喚諸葛亮等近臣遺言託孤。此一作爲的發生，或者源於個人對於政治興亡盛衰的觀察而來，或者眼見董卓、曹操、曹丕挾帝自重、擅權專政的影響有關。但不論如何，劉備的深謀遠慮，乃惟恐有亂臣賊子妄圖篡逆蜀漢，致使一生功業頃刻瓦解。然而其中值得注意的是，諸葛亮和趙雲有感劉備的「知遇」之恩，因而誓死願效犬馬之勞，以扶社稷，鞠躬盡瘁而後已。因此，在諸葛亮勸諫後主劉禪「親賢臣，遠小人」的輔佐下，蜀漢國祚得以延續多年，直到劉禪昏昧降魏而亡。在諸葛亮、趙雲乃至姜維身上所體現的忠君思想，無疑成爲《三國志通俗演義》中令人讚嘆的理想賢臣形象和道德典範。

東漢末年以來，王室衰微，禮崩樂壞，群雄爭亂，政局動盪不安。此時，傳統以三綱五常爲核心的宗法倫理，正面臨嚴重考驗，良臣朝不保夕。其中董卓廢帝並議立陳留王劉協爲帝，對於忠君思想產生了巨大衝擊。由於漢帝政道廢弛之故，董卓遍請公卿，帶劍入席，提議冊立陳留王爲天子以正漢室，當時荊州刺史丁原和尚書盧植相繼質疑董卓有篡逆之心。第六則曰：

> 董卓與百官曰：「吾所見者，合公道否？」盧植立於筵上曰：「明公所見差矣！昔商之太甲不明，伊尹放之於桐岡宮；昌邑王登位，方立二十七日，造罪三千餘條，霍光告太廟廢之。今上皇帝年紀雖幼，聰明仁智，並無分毫過失。汝乃外郡刺史，素不曾參預國政，又無伊尹、霍光之大才，何敢強主廢立之事？聖人有云：『有伊尹之志則可，無伊尹之志則篡也。』汝莫不待篡漢天下耶？」董卓大怒，拔劍向前欲殺植。

又次日董卓設宴，會集公卿，再提廢帝之事，袁紹起而應聲質疑。第六則曰：

> 酒行數巡，卓按劍曰：「大者天地，次者君臣，所以爲治。今上皇帝闇弱，不可以奉宗廟爲天子。吾依伊尹、霍光故事，廢帝爲弘農王，立陳留王爲君。汝大臣意下如何？」羣臣惶怖，莫敢對。座上一人應聲而出，曰：「太甲不明，伊尹放之；昌邑有罪，霍光廢之。今上富於春秋，有何不善？汝欲廢嫡立庶，欲爲反耶？」眾視之，乃中軍校尉袁紹也。卓大怒，叱之曰：「豎子，天下事在我！我今爲之，誰敢不從！汝視我之劍不利也？」袁紹亦拔劍出，曰：「汝劍雖利，吾劍豈不利也！」兩個在筵上敵對。

董卓欺君擅權，妄行廢帝，意圖篡逆天下。依呂布之言：「今卓不仁不義，亂理亂倫，上欺天子，下虐生靈，罪惡貫盈，神人共戮。」然而，董卓爲掩飾個人罪行，卻自言所爲乃行「伊尹」、「霍光」之事，同時又受到盧植和袁紹以之質疑廢帝動機，無疑顯得極爲耐人尋味。關於伊尹事蹟，《史記・殷本紀第三》記載曰：

> 帝太甲既立三年，不明，暴虐，不遵湯法，亂德，於是伊尹放之於桐宮。三年，伊尹攝行政當國，以朝諸侯。帝太甲居桐宮三年，悔過自責，反善。於是伊尹迺迎帝太甲而授之政。帝太甲脩德，諸侯咸歸殷，百姓以寧。[35]

關於霍光事蹟，《漢書・霍光金日磾傳第三十八》贊曰：

> 霍光以結髮內侍，起於階闥之間，確然秉志，誼形於主。受襁褓之託，任漢室之寄，當廟堂，擁幼君，摧燕王，仆上官，因權制敵，以成其忠。處廢置之際，臨大節而不可奪，遂匡國家，安社稷。擁昭立宣，光爲師保，雖周公、阿衡，何以加此。[36]

---

[35] 〔漢〕司馬遷撰，〔南朝宋〕裴駰集解，〔唐〕司馬貞索隱，〔唐〕張守節正義：《史記》冊1，《四部備要・史部》（據武英殿本校刊），卷3，頁5-6。

[36] 〔漢〕班固撰，〔唐〕顏師古注：《前漢書》冊6，見《四部備要・史部》（據武英殿本校刊）（臺北：臺灣中華書局，1965-1966年），卷68，頁21上。

由上述引文可見，歷史上的伊尹、霍光作爲賢臣，不因位極人臣而生欺天之謀和篡逆之心，反倒是秉持「忠君」思想以奉主輔政，乃成爲賢臣的理想典範。以此反觀董卓欺君罔上的作爲，則可見《三國志通俗演義》寫定者從忠君倫理的政治命題出發進行歷史批判，反諷意圖可謂昭然若揭。

自從董卓遭王允設計弒除以後，天下並未因此太平，李榷、郭汜續寇長安，朝政未得安寧。當群雄並起逐鹿中原之際，曹操隨之乘勢而起，聚兵山東，並奉詔入朝輔佐天子。其時洛陽宮室燒盡，街市荒蕪，漢末氣運衰敗，無甚於此，董昭建議曹操移駕遷都許都。第二十七則曰：

> 操猶豫遷都之事。時有侍中太史令王立與宗正劉艾曰：「吾仰觀天文，以察炎漢氣數，自去春太白犯鎮星於斗、牛，過天津，熒惑又逆行，與太白會於天關。金火交會，必有新天子出。吾觀大漢氣數終矣，晉、魏之地，必有興者。」立以是言於獻帝前曰：「天命有去就，五行不常盛。代火者土也。承漢天下者，必魏也，能安天下者，必曹姓也。當委任曹氏而已。」操聞之，使人告立曰：「知公忠於朝廷，然天道深遠，幸勿多言。」操以是告彧。彧曰：「漢朝劉氏以火德旺天下，故兩都皆興。今主公乃土命也，許多屬土，到彼必興。火能生土，土能旺木，正合董昭、王立之言。他日必有王者興矣。」操意遂決。次日，引軍入洛陽見帝，奏曰：「東都廢弛之地久矣，

> 不可修葺，更兼轉運糧食艱辛。臣料許都，地近魯陽，城廓宮室、錢糧民物，足可備矣，可幸鑾輿。臣排辦已定，便請陛下登輦。」群臣皆懼曹操之勢，莫敢言者。即日駕起，操分排車馬，盡令百官遷都。

此一情節安排或有將漢末氣運之衰訴諸於天命之意，實則已預伏其後曹操的篡逆之心。建安十五年，曹操大宴銅雀臺時自言衆文武不知己救國家傾危之孤心：「身爲宰相，人臣之貴已極，意望已過。如國家無孤一人，正不知幾人稱帝，幾人稱王。或有一等人，見孤強盛，任重權高，妄相忖度，言孤有篡逆之心，此言大亂之道也。」其時諸文武起拜曰：「雖周公、伊尹，不及丞相耳。」時至建安二十三年，曹操卻接受群臣進言，自議進爵爲王。其時，漢獻帝在群臣威逼之下，頌魏公曹操功德，「極天際地，雖伊尹、周公，莫可及也，宜進爵爲王。」然而曹操卻是「冕十二旒，乘金銀車，駕六馬，用天子車服儀鑾，出警入蹕於鄴郡。」當初興舉義兵、匡扶漢室的忠貞之心，此刻早已蕩然無存，更遑論「忠侔伊、周」。其後，曹操因病去世，曹丕進一步僭稱王位，威逼獻帝，尤甚於曹操。建安二十五年，上天垂象，曹丕手下百官商議令漢帝將天下讓與魏王，華歆引文武多官來奏漢獻帝，強迫禪位與魏王曹丕。第一百五十九則曰：

> 華歆出班奏曰：「陛下依臣之言，免遭大禍。」帝痛哭曰：「卿等皆食漢祿久矣，中間多有漢朝功臣子孫，何無一人與朕分憂也？」歆曰：「陛下之意，不以天下禪於魏，旦夕蕭墻有禍，非臣等不忠於陛下

> 也。」帝曰：「誰敢以弒朕耶？」歆曰：「天下之人，皆知陛下無人君之福，以致四海大亂。若非魏王在朝，弒陛下者，塞滿公庭矣！陛下尚不知恩以報其德，直欲令天下人共伐陛下也？」帝曰：「昔日桀、紂無道，殘暴生靈，故惹天下人伐之。朕自即位以來，三十餘年，兢兢業業，未嘗敢行半點非禮之事，天下之人，誰忍伐之？」歆大怒，厲聲而言曰：「陛下無德無福，而居大位，甚於殘暴之君也！」帝大驚，拂袖而起。王朗以目視華歆，歆縱步向前，扯住龍袍，變色而言曰：「許與不許，從與不從，早發一言！」帝戰慄不能答。

由此可見，曹丕廢除獻帝，逼迫禪讓天下，全無忠君之志，而此一「強霸奪乾坤」的積惡作爲，隱然埋下日後司馬師廢主立君和司馬炎廢魏帝以篡位之機。第二百一十八則曰：

> 司馬師大會羣臣，曰：「今主上荒淫無道，褻近娼優，聽信讒言，閉塞賢路：其罪甚如漢之昌邑，不能主天下。吾謹按伊尹、霍光之法，別立新君，以保社稷，以安天下，如何？」眾皆應曰：「大將軍行大聖伊、霍之事，所謂『應天順人』，誰敢違命耶？」師大喜，遂同多官入永寧宮，奏聞太后。

同樣的情形也出現在東吳政權之中，第二百二十五則敘及孫綝殺害全尙、劉丞、桓彝等人，然後再廢帝孫亮爲會稽王，令立孫休即天子位，權傾人主。從歷史循環的角度來說，以上權臣湮滅宗室、竊據神器、劫迫忠良的無道作爲，儼然體現出「一還一報皆天理」的結局，十分耐人玩味。幾經對照之下，似乎可見《三國志通俗演義》寫定者對於忠君倫理的籲求，主要通過伊尹、霍光乃至姜子牙、周公、管仲、樂毅等賢臣輔君的典範而有所表現的。在「良禽擇木而棲，賢臣擇主而佐」的動亂時代裡，同時又藉三國中衆多忠良之士的忠君作爲反諷諸家亂臣賊子，從道德倫理角度給予譴責評價，足爲後人鏡鑒。

深究《三國志通俗演義》的書寫性質之後可見，奇書寫定者在「史」的撰述觀念制約下創造小說的審美意趣及其嚴肅思想，十分重視奇書所具有的歷史闡釋價値。其中奇書敘事創造所存之「義」，主要通過「正統觀」和「忠君思想」的政治命題進行陳述。其中「仁政」理想能否實現，或可從諸葛亮在五丈原臨死前手書的「遺表」內容進行反思。第二百零七則曰：

> 伏聞生死有常，難逃定數。死之將至，願盡愚忠。念臣，賦性愚拙，時遭艱難；分苻擁節，專掌鈞衡；興師北伐，未獲成功；何期病在膏盲，命垂旦夕！伏願陛下清心寡慾，薄己愛民；遵孝道於先君，布仁義於寰海；提拔幽隱，以進賢良；屏除奸讒，以厚風俗。臣家成都，有桑八百株，薄田十五頃，子弟衣食，自有餘饒。至於臣在外任，別無調度，隨身衣食，悉仰於官，不別治生，以長尺寸。若臣死之日，不使內有

餘帛，外有贏財，以負先帝、陛下也。

在「漢室傾危，四方雲擾」的動亂歷史情勢中，實際上「非但君擇臣，臣亦擇君」。因此，此一達於後主的遺表內容，可謂在歷史經驗的總結和反思上，從「爲君之道」和「爲臣之道」兩個層面爲政治理想的實踐提供了具體的提示。方今漢室衰微，賢愚一混，「明主」與「賢臣」之遇合本非易事，第六十九則曰：

水鏡曰：「愚聞將軍大名久矣，何故區區奔走於形勢之途耶？」玄德曰：「時運不齊，命途多蹇之故也。」水鏡曰：「不然。蓋將軍左右不得其人耳。」玄德曰：「備雖不才，文有孫乾、糜竺、簡雍之輩，武有關某、張飛、趙雲之流，竭忠輔相，何爲不得其人耶？」水鏡曰：「關、張、趙雲之流，雖有萬人之敵，而非權變之才；孫乾、糜竺、簡雍之輩，乃白面書生，尋章摘句小儒，非經綸濟世之士，豈成霸業之人也？」玄德曰：「備屈身恭己，求山谷之遺賢，奈何未得其人也！」水鏡曰：「儒生俗士，不識時務；識時務者，在乎俊傑也。」玄德曰：「請問誰爲俊傑？」水鏡曰：「且如漢高祖得張良、蕭何、韓信之輩，漢光武得鄧禹、吳漢、馮異之徒，能成王霸之根基，如此則爲俊傑也。」

如此一來，《三國志通俗演義》寫定者有意敷演劉備三顧茅廬，終得經世奇才諸葛亮，並在「隆中對」中議定三分天下，無疑乃成爲一段充滿政治理想實踐的歷史佳話。從講史的意向性來看，《三國志通俗演義》寫定者在「君臣遇合」政治寓言建構的意識形態制約和主導下建構經世思想，不僅賦予小說文本以歷史性，同時亦規定了小說文本的話語體式及其敘事秩序。無庸置疑，在亂世的歷史時空背景中展開敘事，《三國志通俗演義》在歷史闡釋中所體現的自我塑造及其意識形態表現，已然藉由君臣遇合的政治寓言創造，深刻地寄託了「由亂返治」的政治期望。

第四節　結　語

在前文分析中，筆者試圖重新解讀主導《三國志通俗演義》敘事生成的意識形態和話語表現，進一步釐清奇書寫定者的基本敘述意圖，從中尋繹敘事的本質特徵和發展線索。

基本上，《三國志通俗演義》作爲「演義」之作，寫定者在講史理念的承衍中，特意以「亂世」作爲故事發展的時空背景，從中表達對歷史治亂興亡規律的考察與反思，並寄寓勸善懲惡的道德辯證與歷史評價。在「重寫歷史」的創作前提下，寫定者通過對過去既已發生的素材和事件的重新編纂，無不藉助特定人物命運的書寫，以關注於歷史的轉折、成敗和興亡等現象。是以在重寫歷史的認知基礎上，《三國志通俗演義》敘事創造本身便體現出雙重著述意識表現，即一方面既具有傳達情志的表達功能，另一方面則具有考察歷史的闡釋作用。在某種意義上，《三國志通俗演義》的寫定作爲整體結構的社會文化話語轉換和競爭的場域，無疑具有促成「歷史」與「現實」進行對話的可能性，甚至能夠「成爲一種相互闡釋的張力結構」[37]，藉以傳達奇書寫定者的歷史思維。

《三國志通俗演義》寫定者以重寫素材的姿態進行演義，並不單純在時空關聯上羅列簡單的歷史事實或生活事件，而是在長篇章回演義的基礎上，通過重寫素材的敘事策略傳達個人關注歷史的創作動機和思想旨趣，儼然展現出「小說大寫」的創作意識和敘事格局。究其實質，《三國志通俗演義》作爲特殊的話語構成，在文化表徵（cultural representation）上所體現的不僅僅是一種文學話語的詩學價值，同時也是一種歷史話語的文化價值。奇書敘事再現的目的，除了與創作當下的歷史文化語境構成一種內在對話，並從中發掘歷史的底蘊，此外更在取喻書寫的過程中進行寓言創造和歷史闡釋。不論就寫作形式、創作意圖、微言寓意或勸懲鑒戒等方面的立論來看，《三國志通俗演義》敘事之「通俗爲義」，雖然是爲了適應廣大讀者閱讀需求而有所表現，但在盛衰興亡的歷史發展過程和人物命運觀照中，奇書敘事本身所展示的價值判斷，無非提供讀者思考特定的歷史含義及其隱含的世教風化之思。修髯子〈《三國志通俗演義》引〉曰：

> 今古興亡數本天，就中人事亦堪憐。欲知三國蒼生苦，請聽通俗演義篇。忠烈赤心扶正統，奸回白首弄威權。須知善惡當師戒，遺臭流芳憶萬年。……此編非直口耳資，萬古綱常期復振。[38]

---

[37] 王岳川：〈歷史與文本的張力結構〉，《人文雜誌》，1999年第4期，頁132-136。

[38] 修髯子：〈《三國志通俗演義》引〉，見朱一玄、劉毓忱編：《《三國演義》資料彙編》，頁234-235。

總的來說，從「取義」的觀點加以分析，《三國志通俗演義》寫定者有意選擇特定的故事系統和敘述方式進行「君臣遇合」的政治寓言建構，乃在感時憂國的講史姿態中賦予情節建構以一種歷史闡釋的評價意識，寄託個人的經世思想和「由亂返治」的政治期望。

第六章

《忠義水滸傳》敘事的後設命題及其話語構成

從中國古代小說發展演變的歷史來看，《忠義水滸傳》[1]作爲章回體小說之新文類的敘事範式，被賦予「奇書」之名。《水滸傳》固有講史小說之實，[2]但對於其後「英雄傳奇」[3]小說流派之形成及其

[1] 本章對於《忠義水滸傳》的指稱，此後皆以《水滸傳》名之，謹此註明。

[2] 馬幼垣在〈中國講史小說的主題與內容〉一文中指出：「中國歷史上紛亂的改朝換代時期，其間野心勃勃的群雄，在各種旗幟下爭拼，想要統一國家，最終建立一個新的統治秩序，這些自然成為受人注目的多采多姿時期。因此，幾乎所有重要改朝換代時期，都成為講史小說家最愛處理的題材；它們在歷史人物的爭戰中，找到了扣人心弦的對峙局面。」見氏著：《中國小說史集稿》（臺北：時報出版公司，1987年），頁78。

[3] 關於《水滸傳》的文類區分問題，魯迅在《中國小說史論文集——中國小說史略及其他》一書中將《水滸傳》及其續書置於元明以來「講史」小說章節之中，視之為演義歷史的作品。今人則多就《水滸傳》人物群像之特質，視之為「英雄傳奇」。事實上，就分類觀點而言，歷史演義與英雄傳奇在創作形式及其美學表現上頗有難於區分之處。孫楷第在《中國通俗小說書目·分類說明》即言：「通俗小說中講史一派，流品至雜，自宋元以至於清，作者如林。以體例言之，有演一代史事而近於斷代者；有以一人一家事為主而近於外傳、別傳及家人傳者；有以一事為主而近於紀事本末者；亦有通演古今事與通史同者。其作者有文人、有閭里塾師、瓦舍伎藝。大抵虛實各半，不以記誦見長。亦有過實而直同史抄，憑虛而全無根據者，而亦自托於講史。如斯紛紛，欲以一定標準挈其短長，殆非易事。」參氏著：《中國通俗小說書目》（臺北：木鐸出版社，1983年），頁4-5。有關英雄傳奇與歷史演義之區別的討論，可參齊裕焜主編，《中國古代小說演變史》（蘭州：敦煌文藝出版社，1999年），頁228-231。《水滸傳》作為「英雄傳奇」的開山之作的觀點，則可參羅德榮所撰〈「英雄傳奇」的開山之作——《水滸傳》〉一文，見沈伯俊主編：《《水滸》研究論文集》（北京：中華書局，1994年），頁620-631。

話語表現的影響甚於講史本質，具有不可忽視的地位和意義。不論從文學史或文化史的角度來說，《水滸傳》一書都具有其可值探究的美學意義和文化價值。

經歷來研究得知，《水滸傳》的故事素材主要源諸史傳。《水滸傳》之成書，乃歷經宋元以來長期而複雜的累積、豐富和匯聚而得。時至元明之際，才眞正由文人作家寫定／編輯而成書。[④]自《水滸傳》刊刻及流傳以來，論者對於《水滸傳》的寫作意圖、主題寓意和美學表現之相關探討，歷來詮解視角多有不同，難以定論。[⑤]究其原因，主要關鍵在於《水滸傳》所寫歷史人事，與北宋末年宋江等人橫行齊、魏等地的史實記錄以及《宣和遺事》等文獻的相關事蹟記載有關。[⑥]從現存文獻記載中可見，北宋徽宗宣和年間，以宋江為首的三十六人綠林集團，橫行為亂，被朝廷視為強盜賊寇，擾亂政體秩序，因此遣將討捕，終被招降。但耐人尋味的是，自北宋末年以來，宋江等三十六人挑戰正統政治體制的行誼事蹟，卻在民間街談巷語的流傳過程中形成了另一種認識／認同，甚且獲得文人士大夫

---

④ 關於《水滸傳》作者究竟誰屬？至今尚無定論。今以容與堂本《水滸傳》扉頁所書施耐庵、羅貫中二人為參考作者。至於水滸故事之演化情形之具體討論，可參胡適的〈《水滸傳》考證〉、魯迅的〈關於《水滸傳》〉、鄭振鐸的〈《水滸傳》的演化〉等文章，載竺青選編：《名家解讀《水滸傳》》（濟南：山東人民出版社，1998年），頁1-108。

⑤ 歷來關於《水滸傳》的主題思想的研究，主要觀點有三：一是歌頌農民起義精神；二是強調忠義精神；三是表現市民意識。相關討論可參黃霖主編：《20世紀中國古代文學研究史·小說卷·〈第十章《水滸》研究〉》（上海：東方出版中心，2006年），頁239-293。

⑥ 參佘嘉錫：《宋江三十六人考實·楊家將故事考信錄》（昆明：雲南人民出版社，2005年），頁1-92。

的讚賞。[7]在流傳過程中，宋江等人的事蹟更是以不同媒介形式獲得展演，[8]只不過這些零散的故事之間並無具主導性的思想體系予以整合，直到《水滸傳》成書爲止。今且不論水滸故事流傳及其演化的具體情形如何？當《水滸傳》寫定者在重新加工之際，著意將以宋江爲首的綠林好漢集團的匯聚過程置於敘事中心進行形塑，則人物身分——介於「強盜」與「英雄」之間——在書寫上所具有的複雜政治意涵，實足以影響讀者對於《水滸傳》究竟是「誨盜」之作抑或是「頌揚忠義」之書的根本認知和解讀方式。[9]

《文心雕龍·通變第二十九》贊曰：「文律運周，日新其業。變則〔其〕堪久，通則不乏。趨時必果，乘機無怯。望今制奇，參古定法。」[10]今觀《水滸傳》可知，寫定者著重通過對遠處江湖的梁山泊人物命運進行書寫，字裡行間無不積極融入個人對「天道循環」和「人事際遇」的對應關係的思考，在重寫歷史過程中體現出對「天

[7] 南宋周密《癸辛雜識續集》中記載龔聖與所作〈宋江三十六人贊並序〉一文中即提及：「宋江事見於街談巷語，不足採著。雖有高如李嵩輩傳寫，士大夫亦不見黜，余年少時壯其人，欲存之畫贊，以未見信書載事實，不敢輕為。及異時見《東都事略》載侍郎《侯蒙傳》，……余然後知宋江輩真有聞於時者。於是即三十六人，人為一贊，而箴體在焉。蓋其本撥矣，將使一歸於正，義勇不相戾，此詩人忠厚之心也。余嘗以江之所為，雖不得自齒，然其識性超卓，有過人者。立號既不僭移，名稱儼然，猶循軌轍，雖託之記載可也。……豈若世之亂臣賊子，畏影而自走，所為近在一身，而其禍未嘗不流四海？」見朱一玄、劉毓忱編：《《水滸傳》資料彙編》（天津：南開大學出版社，2002年），頁19-20。

[8] 參朱一玄、劉毓忱編：《《水滸傳》資料彙編》，頁1-116。

[9] 陳文新指出歷來關於《水滸傳》的闡釋、評論中具有兩種路數：一是側重於題材原型；二是側重於象徵義蘊。各有偏蔽，亦各有勝場。見氏著：〈《水滸傳》闡釋中的兩種路數——兼評李贄的政治索隱〉，收入氏著：《傳統小說與小說傳統》（武昌：武漢大學出版社，2005年），頁197-209。

[10] 〔南朝梁〕劉勰著，周振甫注：《《文心雕龍》注釋》（臺北：里仁書局，2001年），頁571。

理」的一種積極探求。因此，在主題寓意和敘事觀念的審美表現上，與前此流傳之水滸故事頗不相同，既展示出寫定者以其通變的創作精神和自覺追求以重寫歷史的美學事實，同時也反映了寫定者借創作表達對時代歷史變化觀照及其政治理想投射的一種反思意向。《水滸傳》一書對於梁山泊人物和事業的關注，可以說脫離了還原歷史的純粹寫實格局，進而在眾多人物匯聚與流散的命運書寫過程中，凝鑄一種史詩的文化性格和形式意味。[11]整體來說，在《水滸傳》的敘事進程中，寫定者普遍書寫梁山泊好漢面對個人／群體尋求「安身」與「立命」的生命歷程，並在「招安」議題上，凸顯梁山泊好漢游移在「江湖倫理」與「政治倫理」之間所隱含的情感矛盾和思想轉化。從政治書寫的觀點來說，《水滸傳》寫定者通過重寫歷史的敘事策略，對梁山泊好漢的歷史存在狀態及其存在方式，展開不同以往的觀察和復現，其話語構成（discursive formation）[12]實際上便可能隱含了特定的政治倫理隱喻，無疑值得進一步深入探究。

基本上，《水滸傳》的話語構成是在特定歷史文化語境中被賦予意義和敘事秩序，《水滸傳》作爲一種認知方法或知識型（epis-

---

[11] 樂蘅軍：《古典小說散論》（臺北：大安出版社，2004年），頁76-77。

[12] 從文化研究觀點來說，本文將《水滸傳》視為一種「話語構成」（discursive formation），「是指稱或構造有關一個特定話題的實踐——一組觀念、形象和實踐活動（或其構成體），它們提供談論一個特定話題，即社會活動或社會中的制度化情境的方法提供與此有關的知識和行為的各種形式——的知識的方式。」因此，從話語實踐的角度分析《水滸傳》的話語構成時，行文之中「不僅著重考察語言和表徵如何生產出意義，而且考察一種特有的話語所產生的知識如何與權力聯結，如何規範行為，產生或構造各種認同和主體性，並確定表徵、思考、實踐和研究各種特定事物的方法。」上述有關話語構成的觀點內涵，參（英）斯圖爾特．霍爾（Stuart Hall）編，徐亮、陸興華譯：《表徵——文化表象與意指實踐》（*Representation - Cultural Representations and Signifying Practices*）（北京：商務印書館，2003年），頁6。

temes）的歷史，[13]有其值得進一步探究的詩學內涵。緣諸上述思考，本文擬立足於前賢今能的研究基礎之上，從文化詩學研究立場闡論《水滸傳》敘事的後設命題及其話語構成，期能在形式分析與文化分析兼融並行的討論過程中，就《水滸傳》的寫作意圖、主題寓意及其美學表現做一綜整性的論述，從中提出個人的詮解和看法。

第一節　重寫歷史：「天命」作爲敘事生成的後設命題

《水滸傳》成書的本質在於「重寫歷史」，而非「還原歷史」。從重寫歷史的角度來說，《水滸傳》的話語構成當有其特殊的道德規範和美學考慮，甚且體現出一種關懷歷史興亡的當代意識。重寫歷史作爲一種審美化的再創作行爲、敘事策略和話語表現，可說具體反映了《水滸傳》寫定者看待歷史的一種方式。今可見者，《水滸傳》寫定者在敘事進程之初，即通過〈引首〉一文揭示作品對歷史循環變化的關注，因而呈現出「理念先行」的寫作意向。《水滸傳》寫定者通過「由亂返治」的預述性敘事框架的營造，在神話原型思維中賦予梁山泊好漢出世的合理性和必然性，體現出以「天命」爲後設命題的思維圖式，此一政治無意識（political unconscious）可謂自始至終制約著敘事格局的形成與發展，頗富深意。以下即據以分析之。

---

[13] 樂蘅軍論及水滸的成長與歷史使命時指出，水滸作為知識的討論對象，顯示水滸的時代意義因時代知識演進而有所不同，既提供了人們對水滸有多角度的照射，亦充任這一時代的知識的反映器。參氏著：《意志與命運——中國古典小說世界觀綜論》（臺北：大安出版社，2003年），頁305-306。

一、天人感應：疾病書寫作為歷史興亡治亂的隱喻形式

《水滸傳》之寫定／編輯，乃文人作家試圖通過敘事創造以表達個人對歷史治亂興亡的觀照和反思，具有建構政治理想的積極作用。〈引首〉開篇詞即曰：

> 試看書林隱處，幾多俊逸儒流。虛名薄利不關愁，裁冰及剪雪，談笑看吳鉤。評議前王并後帝，分眞僞占據中州，七雄擾擾亂春秋。興亡如脆柳，身世類虛舟。　見成名無數，圖形無數，更有那逃名無數。霎時新月下長川，江湖變桑田古路。訝求魚緣木，擬窮猿擇木，恐傷弓遠之曲木。不如且覆掌中杯，再聽取新聲曲度。

依此而言，《水滸傳》寫定者的寫作意圖，頗與司馬遷撰作《史記》時所秉持之「究天人之際，通古今之變，成一家之言」的情志精神相近。所謂「聽取新聲曲度」，更意謂著重寫歷史作爲一種建構理想精神價值的書寫策略，乃寫定者試圖以不同以往的觀點、姿態和判斷演義歷史，並從再現歷史中展開一場文化釋義活動。

那麼，《水滸傳》寫定者如何重寫歷史，並賦予小說敘事以思想基調？綜觀《水滸傳》一書可見，寫定者爲表達個人對歷史興亡治亂的看法，早在敘事進程之初即有意識通過「疾病書寫」深化北宋國祚由太平豐登轉爲失序混亂的政治情狀。〈引首〉曰：

> 這朝皇帝，廟號仁宗天子。在位四十二年，改了九個年號。自天聖元年癸亥登基，至天聖九年，那時天下太平，五谷豐登，萬民樂業，路不拾遺，户不夜閉。這九年謂之一登。自明道元年至皇祐三年，這九年亦是豐富，謂之二登。自皇祐四年至嘉祐二年，這九年田禾大熟，謂之三登。一連三九二十七年，號為三登之世，那時百姓受了些快樂。誰想道樂極生悲。嘉祐三年上春間，天下瘟疫盛行，自江南直至兩京，無一處人民不染此症。天下各州各府，雪片也似申奏將來。

在此，《水滸傳》寫定者將北宋國祚衰敗與「瘟疫」之流行作一結合，似乎單純只是在天道循環架構下陳述歷史治亂興亡的自然規律，如同董仲舒《春秋繁露・必仁且智第三十》所言：「凡災異之本，盡生於國家之失，國家之失，乃始萌芽，而天出災害以譴告之；譴告之，而不知變，乃見怪異以驚駭之；驚駭之，尚不知畏恐，其殃咎乃至。以此見天意之仁，而不欲陷人也。」[14]不過，從政治哲學的視野來說，疾病書寫作為一種敘事生成的修辭策略，卻可能具有不可忽視

[14] 〔漢〕董仲舒撰：《春秋繁露》，《四部備要・經部》（據抱經堂本校刊）（臺北：臺灣中華書局，1965-1966年），卷8，頁11上。

的政治倫理隱喻作用。[15]事實上，在「天道」的道德意義的法則和秩序的認知基礎之上，《水滸傳》寫定者以疾病書寫作爲故事歷史背景的基調，藉以隱喻「朝廷不明，天下大亂」的政治現實，整體話語構成即隱含了「由亂返治」的政治關懷和理想期待。

《水滸傳》寫定者對於重建現實政治秩序的籲求，一開始即寄託於「張天師祈禳瘟疫」的行動之上，希冀通過祈天儀式而救治萬民。不過耐人尋味的是，《水滸傳》寫定者意不在陰陽造化的天道循環架構下，展開一場關於祈禳儀式的宗教書寫；反倒是隨後將寫作視角聚焦於「歷史隆替」與「人禍爲害」的相互聯繫之上，展開一場關於亂世英雄出世的政治書寫。第一回敘述者講述洪信不聽張天師勸戒，執意揭開鎮魔封皮的情形時指出：

> 眾人一起都到殿內，黑暗暗不見一物。太尉教從人取十數個火把點着，將來打一照時，四邊並無別物，只中央一箇石碑，約高五六尺，下面石龜趺坐，太半陷在泥裡。照那碑碣上時，前面都是龍章鳳篆，天書符籙，人皆不識；照那碑後時，却有四個眞字大書，鑿著「遇洪而〈開〉（開）」。却不是：一來天罡星合當出世，二來宋朝必顯忠良，三來湊巧遇著洪信，豈

[15] 借（美）蘇珊・桑塔格（Susan Sontag）的觀點來說：「秩序是政治哲學最早關切的東西，如果把城邦政體比作有機體是行得通的話，那把國家的失序比作疾病，也行得通。」又「從政治哲學的主流傳統來說，把國家失序類比為疾病，是為了以此來敦促統治者追求更為理性的政策。」見氏著，程巍譯：《疾病的隱喻》（*Illness as Metaphor and Aids and Its Metaphors*）（上海：上海譯文出版社，2003年），頁68-69。

不是天數？

從表面上看來，「洪太尉誤走妖魔」似乎是天數宿構所致，不足爲奇；但實際上，妖魔之出世乃起於洪太尉恣意妄爲，因而「哄動宋國乾坤，鬧遍趙家社稷」。第二回敘述者於開篇便引詩評論曰：

> 千古幽扃一旦開，天罡地煞出泉臺。自來無事多生事，本爲禳災却惹災。社稷從今雲擾擾，兵戈到處鬧垓垓。高俅奸佞雖堪恨，洪信從今釀禍胎。

在「天人感應」的敘事命題架構上，《水滸傳》寫定者有意在敘事開端通過三十六天罡、七十二地煞「遇洪而開」的預示作爲，揭示宋朝社稷因「妖魔」、「禍胎」出世而紛亂不已的根本因素，乃在於「人禍」所致之上，而如此安排當有其現實覺察和政治考量。在理念先行的主導下，梁山泊英雄好漢的出世乃順應天運而生，實有其合理性和必然性。〈引首〉結尾詩即曰：

> 萬姓熙熙化育中，三登之世樂無窮。豈知禮樂笙鏞治，變作兵戈劍戟叢。水滸寨中屯節俠，梁山泊內聚英雄。細推治亂興亡數，盡屬陰陽造化功。

從印證預告[16]的觀點來說，寫定者一方面必然要逐步描寫一百零八水滸人物在天下無道的歷史現實中終將匯聚的生命歷程，另一方面則在「宋朝必顯忠良」的預言中，寄寓了梁山泊好漢終以忠良英雄之姿出現，實現平定天下的政治願望。所謂「豪傑英雄聚義間，罡星煞曜降塵寰」，實反映了寫定者在敘事進程中所寄寓的強烈政治關懷。

在《水滸傳》的敘事過程中，一開始即以高俅恃權迫害忠良、違亂政體朝綱的政治情狀爲時代背景，此後逐一帶出梁山泊好漢如何以「離家」的姿態遊走於社會邊緣，並在因緣際會上產生命運的共同聯繫，進而投身結盟於梁山泊之中，形成一股不可抑扼的江湖力量，與朝廷政治體制相互抗衡。此一政治書寫作爲，根本上反映出寫定者對於梁山泊好漢出世的形塑，充滿著強烈政治期望。借孔子在《論語・季氏篇第十六》中所提出的歷史哲學觀點來說：

> 天下有道，則禮樂征伐自天子出；天下無道，則禮樂征伐自諸侯出。自諸侯出，蓋十世希不失矣；自大夫出，五世希不失矣；陪臣執國命，三世希不失矣。天下有道，則政不在大夫。天下有道，則庶人不議。[17]

如果說重寫歷史作爲一種審美性的再創作方式，大體反映了《水滸

---

[16] 所謂「印證預告」，指的是一種逐步揭示或證實事件真相的情節類型，在情境轉換過程中透過「發現」，顯示語義的變化。情節發展主要體現為不斷追求、尋找的模式，作品事先預告結局，並在敘事過程中逐步印證這一預告，這是一種證實性的認知的敘事模式。參胡亞敏：《敘事學》（武昌：華中師範大學出版社，1994年），頁136-138。

[17] 〔魏〕何晏集解，〔宋〕刑昺疏：《《論語》注疏》，《十三經注疏》冊8（臺北：藝文印書館，1985年），頁147下。

傳》寫定者借敘事以融入社會意義和再現社會生活，在「天下無道」的歷史文化語境中發出「庶人之議」；那麼爲表達個人對於「歷史」與「人禍」的相互關係的思考，《水滸傳》寫定者在敘事之初利用「下凡歷劫」[18]的神話原型思維建立起敘事的召喚結構和期待視野，可謂體現出天道的自然秩序與天道的倫理秩序互爲糾結的情形。因此，在重寫歷史的進程中，《水滸傳》寫定者對於宋江等人身爲盜寇的身分既有實寫之處，但卻又積極賦予其「誓守忠義」、「替天行道」的形象。從綠林盜寇轉爲忠良英雄，有關梁山泊好漢命運走向的政治書寫，隱隱流露了寫定者個人政治無意識中的一種潛在願望。[19]在天人感應的敘事命題架構中，「由亂返治」的政治期望作爲主導《水滸傳》敘事格局開展的一種主題意識，無疑使得有關梁山泊好漢出世、匯聚及其流散的話語構成具有特殊的政治意涵。

二、天命人受：梁山泊三易首領的思維圖式

從理念先行的角度來說，《水滸傳》寫定者對於歷史興亡治亂的觀照和反思，主要集中在梁山泊人物出世和匯聚的生命歷程的書寫

---

[18] 《水滸傳》一書所體現神話原型思維，大體上與中國古代小說中的「下凡歷劫」故事原型和母題有所關聯。有關「下凡歷劫」故事原型和母題之相關討論，參吳光正：《中國古代小說的原型與母題》（北京：社會科學文獻出版社，2002年），頁103-136。

[19] （美）弗雷德里克・詹姆遜（Fredric Jameson）指出：「歷史不是文本，不是敘事，無論是宏大敘事與否，而作為缺場的原因，它只能以文本的形式接近我們，我們對歷史和現實本身的接觸必然要通過它的事先文本化（textualization），即它在政治無意識中的敘事化（narrativization）。」見氏著，王逢振、陳永國譯：《政治無意識——作為社會象徵行為的敘事》（*The Political Unconscious: Narrative as a Socially Symbolic Act*）（北京：中國社會科學出版社，1999年），頁26。

之上。《水滸傳》寫定者在敘事之初，即通過高俅違亂政體朝綱的描寫，爲小說文本建構佞臣當道、民不聊生的時代歷史背景，由此預示天罡地煞在「亂自上作」的政治情狀下，終將出世並聚義於梁山泊的歷史必然性。以今觀之，《水滸傳》寫定者預設一百零八天罡地煞乃是在現實政治體制的壓迫下，才不斷以違犯法紀和秩序的離心姿態而流離於社會邊緣，因而紛紛投身梁山泊之內，成爲偏安於江湖一隅的綠林集團。在此一認知情況下，當寫定者有意通過水滸英雄好漢之形塑，重新賦予現實以理想政治秩序的力量，從而建立時代歷史應有的中心價值體系，則小說敘事建構對於中心人物的積極性籲求，便顯得極爲突出而重要。[20]進一步來說，《水滸傳》寫定者如何在小說中通過具合法性的形式建構心目中的理想政治秩序，便成爲必須積極面對的一大課題。究其實質表現，《水滸傳》一書對於中心人物的籲求，主要即通過「梁山泊三易首領」的敘事建構來加以表現，[21]其中有關宋江最終能登上梁山泊第一把交椅的情節安排，可謂在天人合一的哲學精神中體現出「天命人受」的敘事命題和原型思維。[22]

---

[20] （美）阿瑟・阿薩・伯杰（Arthur Asa Berger）所言：「作家想要在『娛樂』一詞的最佳意義上『娛樂』讀者——他們想要創作有趣的值得關注的人物，想要讓這些人物以讓我們感到有趣、教會我們有關生活的某些東西、並且給我們帶來思考的方式相互聯繫。」見氏著，姚媛譯：《通俗文化、媒介和日常生活中的敘事》（*Narrative in Popular Culture, Media, and Everyday Life*）（南京：南京大學出版社，2000年），頁146-147。

[21] 有關《水滸傳》以三複情節建構宋江終成梁山泊首領的表現，頗與「三」所具有文化概念息息相關。有關三複情節觀念之討論，可參杜貴晨所撰〈古代數字「三」的觀念與小說的「三複情節」〉、〈中國古代小說「三複情節」的流變及其美學意義〉、〈論《水滸傳》「三而一成」的敘事藝術〉三文，見氏著：《傳統文化與古典小說》（保定：河北大學出版社，2001年），頁3-20，頁253-277。

[22] 參杜貴晨：〈「天人合一」與中國古代小說結構的若干模式〉，《傳統文化與古典小說》，頁21-37。

從現存文獻記載來看，宋江在歷史現實中作爲綠林盜寇之首，相關史料已有明載。以《宋史・卷三百五十一・侯蒙列傳》爲例：

> 宋江寇京東，蒙上書言：「江以三十六人橫行齊、魏，官軍數萬，無敢抗者，其才必過人。今青溪盜起，不若赦江，使討方臘以自贖。」帝曰：「蒙居外不忘君，忠臣也。」命知東平府，未赴而卒。㉓

自北宋末年以來，有關水滸人物的事蹟即不斷通過說書、詩文、筆記、戲劇或傳說等各種展演形式在民間開始流傳，並深入於民間文化之中。其中對於宋江形象的擬塑及其認知，實際上潛藏著一種集體願望。南宋周密爲龔聖與〈宋江三十六人贊並序〉所作〈跋〉中寫道：

> 此皆群盜之靡耳。聖與既各爲之贊，又從而序論之，何哉？太史公序游俠而進奸雄，不免異世之譏。然其首著勝廣於列傳，且爲項籍作本紀，其意亦深矣。識者當自能辨之云。㉔

大體來說，民間百姓對於水滸人物故事的喜愛，反映了人們在尋求安身立命之時，對於非正統體制力量興起的一種內在籲求，進而演化形

㉓ 見朱一玄、劉毓忱編：《《水滸傳》資料彙編》，頁31。

㉔ 見朱一玄、劉毓忱編：《《水滸傳》資料彙編》，頁22-23。

成一種認可水滸人物行誼的集體接受意識和江湖倫理。[25]在文化研究的意義上，水滸故事之創作與流行背後正存在著一種認知與接受上的共享意義（shared meaning），其話語構成及其意義生產直可視爲一種特定的意指實踐（signifying practices），充分反映世俗文化對於水滸故事的一種深刻的認識／認同。[26]

事實上，對於水滸人物行誼作爲的肯定性認識／認同，早在《宣和遺事》的編寫中，便已具體表現在宋江受命於九天玄女贈與天書一事的記載之上，大爲強化了宋江等綠林好漢秉受「天命」以「助行忠義，衛護家國」的合理性：

> 宋江看了人名，末後有一行字寫道：「天書付天罡院三十六員猛將，使呼保義宋江爲帥，廣行忠義，殄滅姦邪。」[27]

這種歸諸天命的集體接受意識，極可能代表的是廣大讀者在接受過程中尋求共同的認識／認知時所形成一種潛在的集體力量和政治願望，因而在建立一種中心理念時，掩飾了宋江等三十六人作爲強盜的根本事實。進一步來說，《水滸傳》寫定者有意承繼《宣和遺事》記載中

---

[25] 孫述宇在〈南宋民衆抗敵與梁山英雄報國〉一文中，認為《水滸傳》所寫盜寇人事內容與宗宋反金的「忠義軍」事蹟在本質上是一致的。宋江的改革形象，象徵著把一群保聚的人改變成忠於宋室的「忠義人」。見氏著：《《水滸傳》的來歷、心態與藝術》（臺北：時報文化出版事業有限公司，1983年），頁47-140。

[26] （英）斯圖爾特・霍爾（Stuart Hall）編，徐亮、陸興華譯：《表徵——文化表象與意指實踐》，頁1。

[27] 〔元〕佚名：《宣和遺事》，收於古本小說集成編輯委員會編：《古本小說集成》（上海：上海古籍出版社，1995年），頁58。

所體現的天命思維，並借助於重寫歷史的審美化再現的修辭策略，一改宋江於歷史中所具有綠林盜寇身分，從而賦予宋江以忠、孝、仁、義、禮、智兼備的正面形象，使得宋江形象具有十足的傳奇性質和浪漫精神。第十八回敘述者講述宋江出場時，即引〈臨江仙〉贊宋江好處曰：

> 起自花村刀筆吏，英靈上應天星。疏財仗義更多能。事親行孝敬，待士有聲名。　濟弱扶傾心慷慨，高名冰月雙清，及時甘雨四方稱。山東呼保義，豪傑宋公明。

除此之外，敘述者亦在第四十二回〈還道村受三卷天書　宋公明遇九天玄女〉中，借宗教謫降神話的預示，強化宋江之成爲梁山泊寨主乃「天命」所授的神聖性。[28]其文曰：

> 娘娘法旨道：「宋星主，傳汝三卷天書，汝可替天行道爲主，全忠仗義爲臣，輔國安民，去邪歸正，他日功成果滿，作爲上卿。」……「玉帝因爲星主魔心未斷，道行未完，暫罰下方，不久重登紫府，切不可分毫失忘。若是他日罪下酆都，吾亦不能救汝。……」

[28] 李豐楙：〈出身與修行：明代小說謫凡敘述模式的形成及其宗教意識──以《水滸傳》、《西遊記》為主〉，《國文學誌》7期，2003年12月，頁85-113。此文另可見於《明道文藝》第334期，2004年1月，頁102-128。

就此而言，從正史記載中的「綠林盜寇」轉為小說虛構中的「孝義黑三郎」，宋江介於現實與想像之間所產生的形象變化，實際上與社會總體想像的關係極為密切，因而具有集體描述的功能。當《水滸傳》寫定者有意在小說中將宋江置於歷史中心和敘事中心進行政治書寫時，則宋江最終能夠坐上梁山泊第一把交椅，對一百零八好漢排列座次，進而領導眾家英雄宣誓「替天行道」、「忠義報國」，其實際的命運走向和歷程便成為《水滸傳》敘事生成的重要基礎。就《水滸傳》作為一種話語構成而言，有關宋江形象之轉化及其行動表現當有其娛樂意義，亦有其思想意義，更是理解、詮釋《水滸傳》的意義生成方式的重要關鍵。

在《水滸傳》的敘事進程中，實際上宋江並非從敘事開展之初即出場，而出場之後也沒有立即投身梁山泊之內而成為首領。今可見者，宋江最終之能夠成為梁山泊首領，乃是寫定者有意在「天命人受」的敘事命題和思維圖式中通過梁山泊三易首領的情節安排加以完成的，饒富深意。

首先，梁山泊第一任寨主是白衣秀士王倫。第十一回敘及柴進濟助林沖，並薦書前往梁山泊，其時寨主乃王倫：

> 林沖道：「若得大官人如此賙濟，教小人安身立命，只不投何處去？」柴進道：「是山東濟州管下一箇水鄉，地名梁山泊，方圓八百餘里，中間是宛子城、蓼兒洼。如今有三箇好漢在那裏扎寨。為頭的喚做白衣秀士王倫，第二箇喚做摸着天杜遷，第三箇喚做雲裏金剛宋萬。那三箇好漢，聚集着七八百個小嘍囉，打

家劫舍。多有做下迷天大罪的人，都投奔那裏躲災避難，他都收留在彼。三位好漢亦與我交厚，常寄書緘來。我今修一封書與兄長，去投那裏入夥如何？」

此時王倫等人所據梁山泊，只不過如同李忠、周通等其他綠林盜寇據山為王一般強占社會一隅，主要以打家劫舍為生，實際不成政治大業。

其次，梁山泊第二任寨主是晁蓋。第二十回敘及晁蓋等人受天之命而七星聚義，因劫生辰綱而逃躲梁山泊。林沖因王倫嫉賢妒能、貪生怕禍，不肯收留晁蓋等人，憤而殺害之，進而尊晁蓋為寨主：

話説林沖殺了王倫，手拿著尖刀，指着眾人說道：「據林沖雖係禁軍，遭配置此，今日為眾豪傑至此相聚，爭奈王倫心胸狹隘，嫉賢妬能，推故不納，因此火併了這廝，非林沖要圖此位。據著我胸襟胆氣，焉敢拒敵官軍，他日剪除君側元凶首惡。今有晁兄仗義疏財，智勇足備。方今天下，人聞其名，無不有伏。我今日以義氣為重，立他為山寨之主，好麼？」

所謂「替天行道人將至，仗義疏財漢便來」，顯示「晁蓋梁山小奪泊」乃因英雄聚義而來。梁山泊自此十一位好漢——晁蓋、吳用、公孫勝、林沖、劉唐、阮小二、阮小五、阮小七、杜遷、宋萬和朱貴——排次坐定，各司其職，此時梁山泊事業的基礎已初步奠定。

再次，梁山泊第三任寨主是宋江。第七十一回敘及梁山泊好漢因石碣天文而知上蒼分定位數，天罡、地煞星辰，都已分定次序。宋江上應星魁，賴託衆弟兄英雄扶助，立爲首領：

> 宋江揀了吉日良時，焚一爐香，鳴鼓聚眾，都到堂上。宋江對眾道：「今非昔比，我有片言。今日既是天罡地曜相會，必須對天盟誓，各無異心，死生相托，吉凶相救，患難相扶，一同保國安民。」眾皆大喜。各人拈香已罷，一齊跪在堂上。宋江爲首誓曰：「宋江鄙猥小吏，無學無能，荷天地之蓋載，感日月之照臨，聚弟兄於梁山，結英雄于水泊。共一百八人，上符天數，下合人心。自今已後，若是各人存心不仁，削絕大義，萬望天地行誅，神人共戮，萬世不得人身，億載永沉末劫。但願共存忠義于心，同著功勛于國，替天行道，保境安民。神天察鑒，報應昭彰。」

由上述發展歷程來看，梁山泊事業乃歷經三易首領之後才眞正完成「大聚義」，至此一百零八好漢順應天命聚義結盟，宣示替天行道，輔國安民，可謂「上符天數，下合人心」。此時，宋江之成爲梁山泊首領，其所秉受的任務並不僅僅在於建立和鞏固水滸事業而已，而是如何在江湖之遠建構理想政治秩序，帶領梁山泊好漢重新回歸正統政治體制之中，由此造就一場新的政治理想。

不可否認，在古代小說的創作與閱讀之間，天命思想作爲人們安頓生命意識的一種精神需要，大體提供了一套認知方式、價值觀念、文化想像和審美趣味等等。[29]《水滸傳》作爲一種話語構成，亦正是在天命的後設命題引導下，通過封閉性敘事框架逐一展演天罡地煞匯聚於梁山泊的生活事實，由此傳達對歷史現實的觀照和反思。[30]尤值得注意的是，宋江形象之擬塑，可謂充分展示寫定者的政治期望和寫作意圖。第二十一回敘述者於開篇引古風一首曰：

宋朝運祚將傾覆，四海英雄起寥廓。
流光垂象在山東，天罡上應三十六。
瑞氣盤纏繞鄆城，此鄉生降宋公明。
神清貌古眞奇異，一舉能令天下驚。
幼年涉獵諸經史，長爲吏役決刑名。
仁義禮智信皆備，曾受九天玄女經。
江湖結納諸豪傑，扶危濟困恩威行。
他年自到梁山泊，綉旗影搖雲水濱。
替天行道呼保義，上應玉府天魁星。

又第五十一回引詩曰：

---

[29] 參龔鵬程〈傳統天命思想在中國小說裡的運用〉一文，見龔鵬程、張火慶：《中國小說史論叢》（臺北：學生書局，1984年），頁21-22。

[30] 誠如（美）弗雷德里克·詹姆遜所言：「在古典敘事裡，敘述開始之前事件就已成過去並得到了處理。這種封閉本身以運氣、命運、天命或命定等概念投射某種類似意識形態的幻象，而這些敘事似乎是『說明』那些概念。」參氏著：王逢振、陳永國譯，《政治無意識——作為社會象徵行為的敘事》，頁140。

龍虎山中走煞罡，英雄豪傑起多方。
魁罡飛入山東界，挺挺黃金架海梁。
幼讀經書明禮義，長爲吏道志軒昂。
名揚四海稱時雨，歲歲朝陽集鳳凰。
運蹇時乖遭迭配，如龍失水困泥岡。
曾將玄女天書受，漫向梁山水滸藏。
報冤率眾臨曾市，挾恨興兵破祝莊。
談笑西陲屯甲冑，等閑東府列刀鎗。
兩贏童貫排天陣，三敗高俅在水鄉。
施功紫塞遼兵退，報國清溪方臘亡。
行道合天呼保義，高名留得萬年揚。

在宗教謫降的預述性敘事框架的設置中，《水滸傳》的話語實踐無疑充滿了天命思想。因此，在梁山泊三易首領的情節安排中，梁山泊好漢位處於法外的邊緣化生存情境之中，試圖逐步通過聚義行動建立起新的法紀和秩序，最終才能在宋江成爲梁山首領之後，確立了共存形態和政治精神，由此建立起盛大的水滸事業，與朝廷相互抗衡。[31]以今觀之，在確立中心和秩序的願望主導下，當《水滸傳》寫定者有意利用宋江形象之改造以進行政治書寫時，則「天命人受」敘事命題作

---

[31] （英）愛德華·希爾斯（Edward Shils）指出：「在有些時候和情境中，人們尋求與中心接觸。他們想為其社會確立一個中心，不管他們如何經常反叛這種中心。他們需要在集體中超越作為個人的自我，這種集體則圍繞著一個關於重大事物的中心文化庫藏。他們渴望以這個中心建立一種秩序，並在中心之中尋找一個位置。中心並不是一項轉瞬即逝的事件，中心具有一種時間上的深度，就像中心周圍的社會一樣。」參氏著，傅鏗、呂樂譯：《論傳統》（*Tradition*）（上海：上海人民出版社，1991年），頁283。

為寫定者在道德、情感與欲望糾葛中建構小說的敘事秩序及其格局的重要參照，既提供了小說敘事進程得以開展和結束的基本依據，又成為主導小說敘事模式建立的原型思維內容。從理念先行的角度來說，《水滸傳》的話語構成本身自有其不可忽視的政治倫理隱喻。

第二節　身分／認同：游移在江湖倫理與政治倫理之間

天命作為《水滸傳》敘事生成的後設命題，說明了一百零八好漢是在天道循環架構下因受石碣天文而生的情形，所謂「光耀飛離土窟間，天罡地煞降塵寰」，賦予了梁山泊好漢之出世有其歷史必然性。從實際情形來看，《水滸傳》中的一百零八位好漢的本質，既是強人，[32]亦是遊民。[33]《水滸傳》寫定者有意在此認知基礎上書寫梁山泊好漢的生存情境及其匯聚過程，並在特定歷史文化語境中確立其主體性（subjectivity），其話語實踐便可能隱含了特定的倫理辯證和美學思維。以今觀之，《水滸傳》寫定者對於梁山泊英雄好漢命運及其聚義性質的關注，主要落實在眾人對於自我身分／認同（identity）的政治書寫之上，著重描寫水滸英雄面對「招安」問題時所引發的複雜而矛盾的政治意識。在《水滸傳》中，梁山泊好漢游移在「江湖倫理」與「政治倫理」之間所引發的倫理議題辯證，可謂賦予

---

[32] 孫述宇指出《水滸傳》是強人說給強人聽的強盜書。見氏著：《《水滸傳》的來歷、心態與藝術》，頁25-46。

[33] 王學泰認為《水滸傳》的形成與中國社會中的遊民情緒、遊民意識和遊民文化有關。見氏著：《遊民文化與中國社會》（北京：學苑出版社，1999年），頁216-294。

了小說話語構成以「有意味的形式」（significant form）。[34]尤其當《水滸傳》寫定者以全知全能的敘述立場普遍預示梁山泊好漢的命運走向時，其中命運作爲一種藝術暗示，當具有其特殊的美學意義和文化價值，[35]頗爲耐人尋味。以下即據以分析之：

一、中心／邊緣：生存情境的再現

《水滸傳》寫定者對既有歷史題材進行重寫，無非試圖在戲擬梁山泊人物命運的過程中寄寓個人對政治現實的反思。《水滸傳》寫定者在敘事之初即通過二元對立觀點書寫「高俅發跡」和「王進私走延安府」、「林沖刺配滄州道」的對抗關係，由此提示梁山泊好漢的聚義行動乃源於亂臣賊子之違亂朝綱、恃權誤國的事實，並藉以揭露歷史盛衰興亡中的「人禍」問題。第二回敘及王進告知史進眞實身分及私走延安府之因時說道：

> 奸不廝欺，俏不廝瞞。小人不姓張，俺是東京八十萬禁軍教頭王進的便是，這鎗棒終日搏弄。爲因新任一個高太尉，原被先父打翻，今做殿帥府太尉，懷挾舊仇，要奈何王進。……

[34] （英）克萊夫・貝爾（Clive Bell）：〈有意味的形式〉，見朱立元總主編、張德興編：《二十世紀西方美學經典文本》．《第一卷：世紀初的啼聲》（上海：復旦大學出版社，2000年），頁460-478。

[35] 蘇桂寧：《宗法倫理精神與中國詩學》（上海：三聯書店，2002年），頁194-195。

第十一回敘及林沖因柴進所薦，前往投身王倫等人所據梁山泊。時值暮冬，獨自在酒店飲酒，悵然有失道：

> 以先在京師做教頭，禁軍中每日六街三市，遊玩吃酒，誰想今日被高俅這賊坑陷了我這一場，文了面，直斷送到這裏。閃得我有家難奔，有國難投，受此寂寞。

由此可見，其政治書寫意涵，正如金聖歎〈《水滸傳》回評〉中所指出的：「不寫一百八人，先寫高俅，則是亂自上作也。」[36]在特定的時代歷史背景中，魯智深拳打鎮關西及大鬧野豬林、林沖雪夜上梁山，晁蓋吳用智取生辰綱，江州劫法場、破高唐州、打青州、鬧華山等等行動的書寫，皆反映了寫定者反抗權奸的意圖和思想。

大體而言，「天罡地煞下凡塵，托化生身各有因」，梁山泊好漢紛紛以離心姿態遊走於從社會邊緣，其初始原因或有不同。但從獨自行事到聚義結盟，其歷程則顯示了梁山泊事業的建構乃是一種想像與遭遇的共同體的再現，潛隱著一股不可抑遏的集體認同力量。這樣的一種集體認同力量，早在晁蓋等人七星聚義並共商奪取蔡京生辰綱時便做了具體展示。第十五回敘述者於開篇引詩曰：

> 英雄聚會本無期，水滸山涯任指揮。
> 欲向生辰邀眾寶，特扳三阮協神機。

---

[36] 〔元〕施耐庵著，〔清〕金聖歎批改：《金批《水滸傳》》（西安：三秦出版社，1998年），頁15。

一時豪傑欺黃屋，七宿光芒動紫微。

眾守梁山同聚義，幾多金帛盡俘歸。

所謂「七星成聚會，四海顯英雄」，晁蓋等七人因天命而聚義，晁蓋坐第一位、其後吳用第二、公孫勝第三、劉唐第四、阮小二第五、阮小五第六、阮小七第七，在「排座次」的政治書寫中，事實上都傳達了寫定者藉江湖倫理秩序之建構，以批判歷史現實中政治倫理秩序失序的寫作意圖和政治期望。具體而言，這樣的寫作意圖和政治期望在「晁蓋梁山小奪泊」、「梁山泊義士尊晁蓋」的聚義行動中，可謂初步完成。第二十回敘述者引詩為證評論曰：

古人交誼斷黃金，心若同時誼亦深。

水滸請看忠義士，死生能守歲寒心。

梁山泊自此是晁蓋、吳用、公孫勝、林沖、劉唐、阮小二、阮小五、阮小七、杜遷、宋萬、朱貴等十一位好漢坐定，「交情渾似股肱，義氣如同骨肉」。從此衆頭領計議，「整點倉廒，修理寨柵，打造軍器，鎗刀弓箭，衣甲頭盔，準備迎敵官軍；安排大小船隻，教演人兵水手，上船廝殺，好做提備。」由此可見，「由亂返治」的政治理想建構，在梁山泊轉易首領的江湖倫理秩序的象徵性建置中，可以說獲得了一次重要的展演。

從重寫歷史的角度來說，《水滸傳》寫定者無不積極嘗試尋找適當的表述形式去敘述梁山泊好漢出世的歷史背景及其生存情境。因此，梁山泊好漢之出世乃順應時世變化而來，並不能僅僅從綠林盜寇身分判斷其存在的合理性／合法性，而必須關注歷史必然性的影響。

清人王韜在〈《水滸傳》序〉有云：

> 試觀一百八人中，誰是甘心爲盜者？必至於途窮勢迫，甚不得已，無可如何，乃出於此。蓋於時，宋室不綱，政以賄成，君子在野，小人在位。賞善罰惡，倒持其柄。賢人才士，困踣流離，至無地以容其身。其上者隱遁以自全，其下者，遂至失身於盜賊。嗚呼！誰使之然？當軸者固不得不任其咎！能以此意讀《水滸傳》，方謂善讀《水滸傳》者也。[37]

就《水滸傳》話語構成的意義結構來說，固然歷史的眞相與敘事的本質存在著不可解決的矛盾，但在話語實踐中，歷史事實的含義作爲對歷史認識結果的呈示，基本上服務於現實政治、道德倫理和美學思想對歷史判斷的合理化。《水滸傳》形塑梁山泊好漢出世的過程，便是將道德倫理上的虛構想像當作歷史事實看待，從而在江湖倫理與政治倫理的權變關係中完成一場文化釋義活動，頗値深思。

二、個人／家國：自我本性的維持

《水滸傳》寫定者借重寫歷史以傳達歷史觀照和反思，主要體現在梁山泊文化的演變及其成型之上。《水滸傳》對於各種社會階層人物的描寫和關注，體現的是一種廣大歷史現實的觀照。在《水滸

---

[37] 王韜：〈《水滸傳》序〉，見朱一玄、劉毓忱編：《《水滸傳》資料彙編》，頁327-328。

傳》中，人物形象紛呈，如晁蓋、宋江、柴進等仗義疏財的義士，如史進、魯智深、武松、李逵等見義勇爲的豪俠，如三阮等出身社會底層而講求義氣的市井小民，如林沖、楊志、呼延灼、關勝、徐寧等接受義氣感召而落草的朝廷將官，所謂「帝子神孫，富豪將吏，並三教九流，乃至獵戶漁人，屠兒劊子」，出身各有不同。大體而言，《水滸傳》寫定者以社會底層人物的生存情境進行政治書寫時，乃試圖從不同側面的官、盜對立衝突中，重建理想的文化結構和生活秩序的中心，進而與現實政治體制進行實質性的對抗或謀和。整體話語構成本身無疑展現一個重大的生存課題：即梁山泊好漢在面對歷史現實困境時，如何致力維持「自我本性」（selfhood）。㊳

在《水滸傳》中，梁山泊好漢從不同現實生活地域逐漸匯聚結盟，進而在「聚義」的認知／認同中紛紛脫離正統政治體制轉而投身梁山泊，此一行動的串連乃是小說敘事進程得以開展的重要事件基礎，亦是小說文本意義生成的關鍵。今可見者，衆家好漢在進入梁山泊之前，大體上皆必須經歷遠離家園、遊走他鄉的生命歷程，進而完成一場策名投山的儀式歷程，顯示出一種有意味的行動模式。如樂蘅軍所指出的：

㊳ （美）亞伯納・柯恩（Abner Cohen）指出：「在任何時候，支持自我本性的象徵行為模式是得自於社會，當社會發生變化的時候，人們總是喜歡維持——實際上是努力的依照傳統的辦法去保存他們的身份和自我本性。社會變遷通常會威脅到我們的自我本性，特別是地位角色發生改變的時候，那時，我們會藉著重新詮釋我們的象徵行為模式而強力的設法維持我們的自我本性。」見氏著，宋光宇譯：《權力結構與符號象徵》（臺北：金楓出版有限公司，1987年），頁86。

> 這個方式經由消極的放逐到積極的尋求，從由母體的分裂到新國度的建立而完成。這中間，參與締造的分子，一百零八人都經歷了同一過程，也就是每一個好漢都必須通過：「難題困境→殺人流血→歷險受難→策名投山」這一個含有儀式意味的不可豁免的全部歷程。[39]

在此一匯聚過程中，水滸人物通過策名儀式而進入梁山泊的行動抉擇，基本上即宣誓了個人與正統政治體制分離的事實，而其中皆必須進行一場思想文化的價值轉換。而這樣的一種價值轉換，乃表現出小說人物身陷歷史困境之中所無法迴避的倫理抉擇問題。其中宋江作爲《水滸傳》的中心人物，亦經歷上述策名投山的儀式歷程，其思想和行動在轉變中所體現的倫理抉擇問題更形深刻。[40]第四十一回描寫宋江因得晁蓋等梁山泊好漢劫法場，因而能夠智取無爲軍，報黃文炳陷害之冤仇。前此，宋江皆顧及自身官吏身分，一直未能接受建議投身水滸。幾經輾轉，至此才正式宣告加入梁山泊之中：

---

[39] 樂蘅軍：《古典小說散論》，頁78。

[40] 吳璧雍指出，《水滸傳》的好漢們，透過「投名狀」的血祭意義（譬如林沖落草前，被要求交上「投名狀」——去殺一個人，將頭獻納），在「官逼民反」的社會裡摶聚成一股勢力。因此，圖快活固是水滸的主題旋律之一，而在腐敗的政治勢力下，挺身痛擊罪惡世界，更是《水滸傳》的一大主題。事實上他們原也是為了破壞而誕生，是魔星轉世，卻以類似血族集團的面貌呈現，強調一種類似兄弟情誼的「義氣」，並以此「義」為指揮行動的方針，「義」成為梁山泊集團的最高行動原則。見氏著，〈從民俗趣味到文人意識的參與——小說（一）〉，載蔡英俊主編：《中國文化新論：文學篇二——意象的流變》（臺北：聯經出版事業公司，1982年），頁429。

> 宋江便道：「小可不才，自小學吏，初世爲人，便要結識天下好漢。奈緣是力薄才疎，家貧不能接待，以遂平生之願。自從刺配江州，經過之時，多感晁頭領並眾豪傑苦苦相留。宋江因父母嚴訓，不曾肯住。正是天賜機會，於路直至潯陽江上，又遭際許多豪傑。不想小可不才，一時間酒後狂言，險累了戴院長性命。感謝眾位豪傑不避凶險，來虎穴龍潭，力救殘生；又蒙協助報了冤仇，恩同天地。今日如此犯下大罪，鬧了兩座州城，必然申奏去了。今日不由宋江不上梁山泊投托哥哥去，未知眾位意下若何？如是相從者，只今收拾便行。如不願去的，一聽尊命。只恐事發，反遭負累。煩可尋思。」

在天命的後設命題架構下，《水滸傳》寫定者對於衆家好漢進入梁山泊的倫理抉擇作爲，大體上採取的是一種認可／認同的態度，從而以聚義／忠義之名掩飾一百零八好漢上山之前違法亂紀所犯種種罪行。但值得注意的是，在所謂「忠義立身之本，奸邪壞國之端，狼心狗幸濫居官，致使英雄扼腕」的時代歷史背景中，《水滸傳》寫定者實有意強化宋江等梁山泊好漢都是在現實政治、官場壓迫下，才以非主動的姿態選擇偏安綠林，秉持忠義精神以待來日。在第五十五回描寫高俅大興三路兵欲取梁山泊，宋江戰勝彭玘，然親解其縛，扶入帳中，分賓而坐：

> 宋江便拜。彭玘連忙答禮拜道：「小子被擒之人，理合就死，何故將軍以賓禮待之？」宋江道：「某等眾

> 人無處容身，暫占水泊，權時避難，造惡甚多。今者朝廷差遣將軍前來收捕。本合延頸就縛。但恐不能存命，因此負罪交鋒，誤犯虎威。敢乞恕罪！」彭玘答道：「素知將軍仗義行仁，扶危濟困，不想果然如此義氣。倘蒙存留微命，當以捐軀保奏。」宋江道：「某等眾弟兄也只待聖主寬恩，赦宥重罪，望生保國，萬死不辭！」

因此，就維持自我本性的觀點來說，梁山泊好漢固然因時命所繫而匯聚山林之中，然而面對時世變化，其本意仍在於「替天行道，招納豪傑，專等招安，與國家出力」。「聚義」作爲一種政治宣誓，無疑是建構社會認同屬性的基本原則，亦是梁山泊好漢堅守自我本性的基本信念。《水滸傳》寫定者通過獨特的藝術形式和精神結構營造一百零八好漢匯聚的共同命運走向，並以梁山泊好漢游移在江湖倫理與政治倫理之間的價值選擇爲書寫重心，主要目的都在說明梁山泊好漢如何在「忠義雙全」的價值實踐中維護自我本性。[41]

不論如何，《水滸傳》寫定者在重寫歷史之際，固然實寫一百零八好漢曾經淪爲強盜、遊民的生活事實，但實際上卻是在匯聚過程中，著意描寫衆人除暴安良、扶危濟困、仗義疏財、重禮守信、生死相託的英雄精神品格，而其中「好漢」作爲一種理想的人格模式，可

[41] 基本上，梁山文化歷經兩個層次的轉變，飽含文人作家所堅持的正統文化觀念，一是行動上的轉變：從「打家劫舍」到「替天行道」；二是思想上的轉變：改「聚義廳」為「忠義堂」。這雙重轉變，可以說為日後朝廷招安奠定基礎。參馮文樓：《四大奇書的文本文化學闡釋》（北京：中國社會科學出版社，2004年），頁168-185。

以說是梁山泊好漢努力自我塑造的一種社會角色——任俠行義。[42]此一政治書寫作爲，當與司馬遷在《史記．游俠列傳第六十四》中讚頌「游俠」時的寫作精神一脈相承：

> 今游俠，其行雖不軌於正義，然其言必信，其行必果，已諾必誠，不愛其軀，赴士之扼困，既已存亡死生矣，而不矜其能，羞伐其德，蓋亦有足多者焉。[43]

從「行俠聚義」到「替天行道」，梁山泊的政治屬性隨敘事進程之開展而有所轉變。在表面上，其不軌於正義的作爲，固然與朝廷之間仍構成一種對立關係；但實際上，在聚義／忠義思想的認同行動之中，梁山泊好漢通過江湖倫理建置所創造的理想政治秩序，最終目的並不在於推翻既有政治體制，而是由此打造另類的烏托邦政治形態。天海藏在〈題《水滸傳》敘〉一文中便指出：

> 噫！不然也。彼蓋強者鋤之，弱者扶之，富者削之，貧者周之，冤屈者起而伸之，囚困者斧而出之。原其心雖未必爲仁者博施濟眾，按其行事之跡，可謂桓文仗義，並軌君子。玩之者，當略彼□□□之非，取其平濟之是，則豪□□□□□，貧困者生全，而奸官斂

---

[42] 曲家源：〈論《水滸傳》的倫理觀念〉，收於氏著：《《水滸傳》新論》（北京：中國和平出版社，1995年），頁45-48。

[43] 〔漢〕司馬遷，〔南朝宋〕裴駰集解，〔唐〕司馬貞索隱，〔唐〕張守節正義：《史記》冊8，《四部備要．史部》（中華書局據武英殿本校刊）（臺北：臺灣中華書局，1965-1966年），卷124，頁10下。

手。□□曰：有爲國之忠，有濟民之義。[44]

以今觀之，梁山泊事業的建立，乃是在以俠義爲本的游俠思想的宣示中體現出一種「族群性」（ethnicity）的文化概念。所謂「爲國之忠，濟民之義」，正凸顯了梁山泊好漢在建立自我本性過程中所共享的規範、價值觀、信仰、文化符號／象徵與文化實踐活動。梁山泊好漢作爲一種族群（ethnic group）的存在，其形成實有賴於在特殊歷史社會與政治脈絡下所發展的一套共享的文化符號（cultural signifiers），並藉此文化符號建構一種至少部分基於共同神話的歸屬感。[45]簡而言之，當宋江將「聚義廳」改爲「忠義堂」之時，「替天行道」的政治期望作爲一種共有的歸屬感，已然成爲梁山泊好漢溝通江湖倫理與政治倫理的思想媒介和價值依歸，從而使得既有的綠林身分從此獲得重要的美學置換，成爲一種新的認同形式。

三、聚義／忠義：忠君倫理的籲求

在《水滸傳》中，梁山泊好漢形象的擬塑作爲一種文化身分／認同的形式表現，一方面顯示出寫定者既定的情感體驗、價值標準和審美指向，另一方面又成爲支配作品主題寓意的主導力量。大體而言，梁山泊一百零八好漢之匯聚乃始於「義氣相投」，所謂「同聲相應歸

---

[44] 見朱一玄、劉毓忱編：《《水滸傳》資料彙編》，頁192。

[45] 有關「族群」（ethnic group）概念的討論，參（澳）Chris Barker著，羅世宏等譯：《文化研究：理論與實踐》（*Cultural Studies: theory and practice*）（臺北：五南圖書出版股份有限公司，2005年），頁234。

水寨，一氣相隨聚水濱」，顯示「聚義」力量的建構，係來自於眾人對於安身立命的基本追求。寫定者於第八十三回即引詩曰：

> 縣官失政羣臣妬，天下黎民思樂土。
>
> 壯哉一百八英雄，任俠施仁聚山塢。

面對生存情境的變化，梁山泊好漢位處於自我與家國之間，其任俠行義的精神始終貫串於小說敘事進程之中。不過，從現實政治體制觀點來說，梁山泊好漢嘯聚山林，俱是反國草寇，有違禮法規範。梁山泊好漢選擇策名入山，其行動本身所凸顯的是在亂世之中有關江湖倫理與政治倫理的價值抉擇問題。今可見者，《水滸傳》寫定者在天道循環架構下，爲賦予梁山泊好漢出世的必然性和合理性，乃有意在敘事進程中進行一場從聚義行動到宣誓忠義的美學置換，從而使得水滸人物在一系列展演中獲得現實身分的轉換。其中「替天行道」之說作爲《水滸傳》話語知識體系生成的主導意識，深刻體現出寫定者在由亂返治的政治期望中，既表達對於梁山泊好漢出世「任俠行義」的積極認同，又表達對於「忠君」倫理的一種深刻籲求。

在強盜與英雄的雙重身分的認知／認同之間，《水滸傳》寫定者如何通過江湖倫理與政治倫理的調和以重塑梁山泊好漢形象的實質意涵，便成爲小說文本意義生成的重要關鍵。在《水滸傳》的話語實踐中，有關忠君倫理之籲求便通過人物對話來進行宣誓。第五十六回描寫湯隆計賺徐寧上山，並請徐寧上山坐把交椅：

> 徐寧道：「都是兄弟送了我也！」宋江執盃向前陪告道：「見今宋江暫居水泊，專待朝廷招安，盡忠竭力

報國，非敢貪財好殺，行不仁不義之事。萬望觀察憐此眞情，一同替天行道。」

又第六十四回描寫宋江率衆將攻打北京城，與關勝相敵，林沖忿怒，欲挺槍出馬，直取關勝：

宋江在門旗下喝住林沖，縱馬親自出陣，欠身與關勝施禮，說道：「鄆城小吏宋江，到此謹參將軍問罪。」關勝道：「汝爲俗吏，安敢背叛朝廷？」宋江答道：「蓋爲朝廷不明，縱容奸臣當道，讒佞專權，設除濫官污吏，陷害天下百姓。宋江等替天行道，並無異心。」

又第六十五回描寫吳用定計，就下雪陷坑中捉了索超：

且說宋江到寨，中軍帳上坐下，早有伏兵解索超到麾下。宋江見了大喜，喝退軍健，親解其縛，請入帳中，致酒相待，用好言撫慰道：「你看我衆兄弟們，一大半都是朝廷軍官。蓋爲朝廷不明，縱容濫官當道，污吏專權，酷害良民，都情願協助宋江，替天行道。若是將軍不棄，同以忠義爲主。」

由上述引文可見，《水滸傳》作爲一種話語構成，乃著重於忠君倫理的象徵性建置之上。忠君倫理的提出，既是爲了特定目的而表現出來的符號與實踐作爲，又是一種文化身分／認同的集體形式表現。從表面上看來，梁山泊好漢之匯聚，乃「天地之意，物理數定」，係天命所繫；但實際上，梁山泊事業之建立，則是在「替天行道，保境安民」的同聲盟誓之中才獲得眞正的完成。

在《水滸傳》中，早在宋江將「聚義廳」改爲「忠義堂」後，便不斷在敘事進程中強化忠君倫理的籲求。從替天行道的政治宣誓可知，宋江試圖以一己之力逐步引導梁山泊好漢從社會邊緣回歸正統政治體制規範之內，言語表達之間皆展現出忠君報國的基本願求。這樣的政治期望，直至梁山泊三易首領之後才實現。在「地煞天罡排姓字，激昂忠義一生心」的醮筵中，宋江坐上第一把交椅，因此「祭獻天地神明，挂上『忠義堂』、『斷金亭』牌額，立起『替天行道』杏黃旗」，終而確立梁山泊事業的中心。不過耐人尋味的是，《水滸傳》寫定者卻又在隨後的「招安」議題上書寫梁山泊好漢之間的爭論，由此呈顯不同人物面對回歸正統政治體制時所存在的內在矛盾。第七十一回描寫宋江因重陽節近，大擺筵席會請衆兄弟賞菊，乘著酒興作〈滿江紅〉一詞，令樂和單唱詞曲：

> 樂和唱這箇詞，正唱到「望天王降詔早招安」，只見武松叫道：「今日也要招安，明日也要招安去，冷了弟兄們的心！」黑旋風便睜圓怪眼大叫道：「招安招安！招甚鳥安！」只一脚，把桌子踢起，攧做粉碎。……（宋江）便叫武松：「兄弟，你也是箇曉事的人。我主張招安，要改邪歸正，爲國家臣子，如何便冷了眾人的心？」魯智深便道：「只今滿朝文武俱

是奸邪，蒙蔽聖聰，就比俺的直裰，染做皂了，洗殺怎得乾淨？招安不濟事。便拜辭了，明日一箇箇各去尋趁罷。」宋江道：「眾弟兄聽說：今皇上至聖至明，只被奸臣閉塞，暫時昏昧。有日雲開見日，知我等替天行道，不擾良民，赦罪招安，同心報國，竭力施功，有何不美。因此只願早早招安，別無他意。」眾皆稱謝不已。當日飲酒終不暢懷。

就此而言，梁山泊好漢游移在江湖倫理與政治倫理之間，對於是否在讒佞專權亂政之際接受朝廷招安，無疑是抱持著疑慮和矛盾的。然而，在《水滸傳》中，宋江作爲調和江湖倫理與政治倫理的中心人物，乃以替天行道爲誓守的目標。因此在「盡歸廟廊佐清朝，萬古千秋尙忠義」的思想引導下，梁山泊好漢即使對於接受招安一事有所疑慮，仍然在宋江的精神感召下跟隨實踐忠君倫理。

《水滸傳》形塑梁山泊好漢匯聚歷程及其命運走向，其話語實踐可謂充滿著政治思維。從任俠聚義到忠義盟誓，梁山泊好漢經歷了一場價值思想的轉換歷程，最終在宋江高揚忠君倫理的信念主導下接受朝廷招安，眞正替天行道，輔國安民，雖死而無憾。李贄在〈《忠義水滸傳》敘〉中說：

獨宋公明者，身居水滸之中，心在朝廷之上；一意招安，專圖報國；卒至於犯大難，成大功，服毒自縊，同死而不辭，則忠義之烈也！眞足以服一百單八人者

之心；故能結義梁山，爲一百單八人之主。㊻

具體來看，《水滸傳》故事從誤走妖魔開始，揭示天罡地煞奔上梁山的天命之職，終因石碣所示天文而完成大聚義，梁山泊好漢亦得在朝廷招安中轉化綠林草寇身分，以忠良英雄之姿重新回歸歷史中心，一展政治宏圖。雖然《水滸傳》中出現諸多涉及「鬧」這一主題的重現情節，但是「到梁山泊弟兄的活動範圍擴展到全天下規模時，那位十六世紀作者就開始把『忠義』主旨超越單純的倫理和政治問題而提高到更加抽象的『治亂』這一儒家經世之道的概念上來進行推敲。」㊼在《水滸傳》的敘事進程中，寫定者通過宋江等梁山好漢忠義爲國形象之擬塑，從中寄寓由亂返治的政治期望，無疑是令人感受深刻的。

第三節　招安／死亡：政治焦慮的置換及其失落

在《水滸傳》中，梁山泊好漢的生命歷程及其命運與其所處現實政治體制，形成了一種對立抗衡關係。在此一對立抗衡關係中，《水滸傳》寫定者對於梁山泊好漢的出世採取正面肯定的態度，試圖在認同江湖倫理的敘述姿態中建構一種理想政治形態。事實上，在梁山泊三易首領之後，宋江率領衆家英雄宣誓常懷忠義、替天行道，梁山泊事業於此達於頂峰，正體現了寫定者認同於梁山泊聚義的政

㊻ 李贄：〈《忠義水滸傳》敘〉，見朱一玄、劉毓忱編：《《水滸傳》資料彙編》，頁172。

㊼ （美）浦安迪（Andrew H. Plaks）著，沈亨壽譯：《明代小說四大奇書》（*The Four Master works of the Ming Novel*）（北京：中國和平出版社，1993年），頁289。

治思維。[48]不過值得注意的是，在梁山泊好漢大聚義的過程當中，衆家英雄對於接受朝廷招安與否，卻是頗見疑慮。大體來說，在「權」與「勢」的對立抗衡中，接受朝廷招安與否，代表的是在順應時勢及回歸正統政治體制的認知中所必須確立的價值選擇。尤其耐人尋味的是，《水滸傳》寫定者卻在政治書寫中，有意激化梁山泊好漢聚義面對倫理抉擇時的內部矛盾，在相當程度上體現了梁山泊好漢的政治焦慮。此外，隱逸／死亡成爲梁山泊好漢接受朝廷招安後的命運結局，其中所隱含的憤懣情緒和嘲弄意味，無疑發人深思。以下即據以分析之：

一、權與勢：知命及其價值選擇

《水滸傳》寫定者在敘事進程中提出朝廷招安的議題，著意對梁山泊好漢如何回歸正統政治體制展開政治書寫，其中有關梁山泊好漢所面臨的倫理抉擇及其後續命運走向的轉變，便成爲解讀《水滸傳》主題寓意的重要關鍵。以今觀之，《水滸傳》的話語實踐，在知命觀念制約下體現了一連串的價值判斷和倫理抉擇問題，其中既包含「士不遇」的政治焦慮，又透露出「禮失而求諸野」的政治期望。

首先，就「士不遇」的政治焦慮而言。

[48] 陳桂聲認為「梁山泊聚義」既非農民起義，也不是一般的打家劫舍的綠林豪俠，而是一個由逐步走向道德完善，最終名垂史冊，深刻體現著古代中國人文化心理的特殊的英雄豪俠集團。參氏著：〈《水滸傳》「梁山泊聚義」性質論析——兼與歐陽健、蕭相愷二先生商榷〉，《河北師範大學學報》（哲學社會科學版），1994年1期，頁27-32。此一看法與本文討論見解相近。

從重寫歷史的角度來說，《水滸傳》作爲特定歷史文化條件下的意識形態創作，其話語構成乃體現出「士不遇」的政治倫理隱喻。今可見者，《水滸傳》寫定者在敘事之初，即通過「高俅發跡」一事即透露了個人強烈的「士不遇」的政治焦慮。第二回描寫高俅出身時即有所評論：

> 且說東京開封府汴梁宣武軍，一箇浮浪破落户子弟，姓高，排行第二，自小不成家業，只好刺鎗使棒，最是踢得好脚氣毬，京師人口順，不叫高二，卻都叫他做高毬。後來發跡，便將那氣毬那字去了毛傍，添作立人，便改作姓高名俅。這人吹彈歌舞，刺鎗使棒，相撲頑耍，頗能詩書詞賦；若論仁義禮智，信行忠良，却是不會。只在東京城裡城外幫閑。

由此可知，高俅的出身是一個幫閑的破落戶，若論「仁義禮智，信行忠良卻是不會」；然而在因緣際會下，竟然因徽宗登基而受到抬舉。沒半年間，直抬舉做到殿帥府太尉職事。此後，高俅便恃權亂政，欺壓忠良。從表面看來，梁山泊好漢乃因天道循環而出世，無須深慮；但實際上，眾家英雄所遭遇的生存困境，實導因於高俅等權奸亂臣破壞現實政治秩序、排除異己所致。就敘事格局的安排而論，《水滸傳》以如此方式作爲小說開端，當有其政治倫理隱喻。當《水滸傳》寫定者意圖借敘事以籲求重建現實政治秩序之時，梁山泊好漢出世的意義，並不僅僅在於印證宋朝必出忠良的天命思想，表達由亂返治的政治關懷；而是在一百零八好漢匯聚的生命歷程中，眾多英雄在江湖倫理體系建構中所展現的「知遇」之情，乃寫定者有意爲之的政治書寫，更是敘事生成及其開展的重要主導因素。[49]

在《水滸傳》中，寫定者將現實中的「士不遇」精神困境及其解決之道，主要寄託於梁山泊好漢共同命運的聯繫之上。從高俅發跡、王進私走延安府開始，《水滸傳》在列傳式的藝術形式中，便反覆書寫水滸英雄在「官逼民反」下紛紛遊走於社會邊緣的情形，卻也在任俠行義的行動中逐一匯聚爲一股強大的反現實政治體制的力量，進而與朝廷相互抗衡。在列傳式離心行動的反覆書寫中，寫定者著意描寫天罡地煞因緣交識而聚義於梁山泊的生命歷程及其命運走向。饒富意味的是，水滸英雄在初次交誼互動時所展現的「知遇」情誼，深爲寫定者所關注。第十九回描寫晁蓋等人因劫蔡京生辰綱，避禍投身於梁山泊，一天與林沖相見：

> 晁蓋道：「久聞教頭大名，不想今日得會。」林沖道：「小人舊在東京時，與朋友交，禮節不曾有誤。雖然今日能勾得見尊顏，不得遂平生之願，特地逕來陪話。」晁蓋稱謝道：「深感厚意。」吳用便動問道：「小生舊日久聞頭領在東京時十分豪傑，不知緣何與高俅不睦，致被陷害？後聞在滄州亦被火燒了大軍草料場，又是他的計策。向後不知誰推薦頭領上

---

[49] （美）浦安迪（Andrew H. Plaks）指出：「正如《金瓶梅》和《西遊記》那樣，這個引子部分起到了介紹一些重要人物出場的作用，對他們的初步描繪烘托出了幾種在作品主體部分將處理的個性典範和核心思想問題，這兒的首要焦點似乎在『知人』和『求主』等主題上。這些主題至少提供了一條有力的線索，把王進、史進、魯達和林沖等人的種種驚險曲折的經歷貫串了起來，而且也為後來對林沖和楊志大體相稱的描寫鋪開了道路。」見氏著，沈亨壽譯：《明代小說四大奇書》，頁254。

山？」林冲道：「若說高俅這賊陷害一節，但提起，毛髮直立，又不能報得此讎！來此容身，皆是柴大官人舉薦到此。」

又第四十一回描寫晁蓋等梁山泊好漢劫法場解救宋江，宋江智取無爲軍後，衆人歡會於聚義廳上，彼此謙讓：

晁蓋便請宋江爲山寨之主，坐第一把交椅。宋江那裏肯，便道：「哥哥差矣！感蒙眾位不避刀斧，救拔宋江性命。哥哥原是山寨之主，如何卻讓不才坐？若要堅執如此相讓，宋江情願就死！」晁蓋道：「賢弟如何這般說？當初若不是賢弟擔那血海般干〈巳〉（系），救得我等七人性命上山，如何有今日之眾？你正是山寨之恩主。你不坐誰坐？」宋江道：「仁兄，論年齒，兄長也大十歲。宋江若坐了，豈不自羞？」再三推晁蓋坐了第一位，宋江坐了第二位，吳學究坐了第三位，公孫勝坐了第四位。

又第八十二回宿太尉奉敕來梁山泊招安，宋江派吳用等人前往迎接：

太尉問其姓氏。吳用答道：「小生吳用，在下朱武、蕭讓、樂和，奉兄長宋公明命，特來迎接恩相。兄長與弟兄，後日離寨三十里外，伏道相迎。」宿太尉大

> 喜，便道：「加亮先生，間別久矣。自從華州一別之後，已經數載。誰想今日得與重會！下官知汝弟兄之心，素懷忠義。只被奸臣閉塞，讒佞專權，使汝眾人下情不能上達。目今天子悉已知之，特命下官賫到天子御筆親書丹詔，金銀牌面，紅綠錦段，御酒表裏，故來招安。汝等勿疑，盡心受領。」吳用等再拜稱謝道：「山野狂夫，有勞恩相降臨，感蒙天恩，皆出乎太尉之賜也。眾弟兄刻骨銘心，難以補報。」

從上述話語實踐中可知，《水滸傳》寫定者不斷強調梁山泊好漢乃基於知遇而聚義結盟，進而建立起屬於法外的理想政治形態。在匯聚過程中，最終由宋江領導梁山泊好漢等待朝廷招安，以期重新回歸正統政治體制之內。大體而言，面對現實政治社會情勢的變化，梁山泊好漢以其江湖倫理試圖重建天下政治秩序，行事固然屬於非法，但最終仍舊盼望能在「奸臣閉塞，讒佞專權」政治現實中受到朝廷有識文士的認同。因此，從敘事格局的安排來看，有關知音遇合的母題，便不斷地在梁山泊好漢匯聚過程之中獲得展演。《水滸傳》作爲一種話語構成，其政治無意識可謂深刻傳達了寫定者面對自我生存的現實困境時所難以迴避的士不遇情結。

在《水滸傳》中，天命作爲敘事生成的後設命題，明顯制約了梁山泊好漢的命運走向，水滸英雄一己的「遇」與「不遇」往往繫諸時命之上，似乎無庸置論。但值得注意的是，當梁山泊好漢宣誓服膺忠義思想、高揚替天行道大旗時，則衆家英雄對於「知遇」的內在籲求，最終乃具體展示在朝廷招安的政治期望之上。今可見者，招安之思早在小說第三十二回宋江與武松分別時的對話中即已出現：

> 武行者道：「我送哥哥一程了却回來。」宋江道：「不須如此。自古道：『送君千里，終有一別。』兄弟，你只顧自己前程萬里，早早的到了彼處。入夥之後，少戒酒性。如得朝廷招安，你便可攛掇魯智深、楊志投降了，日後但是去邊上，一鎗一刀，博得個封妻蔭子，久後青史上留得一個好名，也不枉了爲人一世。我自百無一能，雖有忠心，不能得進步。兄弟，你如此英雄，決定得做大官。可以記心，聽愚兄之言，圖個後日相見。」

而事實上，這樣的政治期望則遲至第八十二回才通過皇帝下詔招安的政治神話的創造而獲得眞正實現。寫定者引招安詔文曰：

> 「制曰：朕自即位以來，用仁義以治天下，行禮樂以變海內，公賞罰以定干戈。求賢之心，未嘗少怠；愛民之心，未嘗少洽。博施濟眾，欲與天地均同；體道行仁，咸使黎民蒙庇。遐邇赤子，咸知朕心。切念宋江、盧俊義等，素懷忠義，不施暴虐。歸順之心已久，報效之志凜然。雖犯罪惡，各有所由，察其情懇，深可憫憐。朕今特差殿前太尉宿元景，賚捧詔書，親到梁山水泊，將宋江等大小人員所犯罪惡，盡

行赦免。給降金牌三十六面，紅錦三十六匹，賜與宋江等上頭領。銀牌七十二面，綠錦七十二匹，賜與宋江部下頭目。赦書到日，莫負朕心，早早歸降，必當重用。故茲詔敕，想宜悉知。

宣和四年春二月　日詔示。」

無庸置疑，在忠君倫理的具體實踐中，梁山泊好漢選擇接受朝廷招安的最終目的，主要在於追求政治的秩序化和合法化，進而實現王道政治。從實際情形來看，朝廷進行招安乃經歷三複過程後才完成，水滸英雄至此也才眞正轉作「忠良英雄」，並「得以圖個蔭子封妻，共享太平之福」。這樣的一種書寫方式，除了凸顯君臣遇合的困境之外，亦凸顯了讒佞專權迫害的事實。因此，期待／接受朝廷招安作爲一種理想政治形態的想像性話語表現，乃是梁山泊好漢在權與勢的矛盾情境中所做的價值選擇，而如此價值選擇可謂在天命所受的思想架構下所體現出的一種知命觀念，無乃有其無從逃脫天命的宿命之思。

其次，就「禮失而求諸野」的政治期望而言。

在士不遇的政治焦慮中，《水滸傳》寫定者以其獨特的藝術形式建構「君臣遇合」的政治圖式，整體話語實踐乃在〈引首〉所提「宋朝必顯忠良」的預言印證中表達出寫定者的價值觀念和期待視野。有關朝廷招安的政治書寫，便深刻體現出「禮失而求諸野」的政治倫理隱喻。《漢書·藝文志第十》曰：「仲尼有言：『禮失而求諸野。』方今去聖久遠，道術缺廢，無所更索，彼九家者，不猶瘉於野乎？」[50]倘借此而言，則《水滸傳》寫定者在重寫歷史的過程中，固以史籍記載的宋江等人爲表現對象，但其話語實踐在意義生成和敘事建構上無不隱含倫理抉擇、價値判斷和文化立場的問題。尤其當《水滸傳》寫定者在君臣遇合的政治圖式中演義歷史時，其話語實踐借宋江等綠林好漢之聚義以高揚替天行道之大旗，並以此挑戰現實政治體制的倫理規範，則「禮失求諸野」的政治期望，在天下無道的歷史文化語境中被提出，可謂富含深意。

《水滸傳》作爲一種話語構成，打從洪太尉誤走妖魔的預言開始，有關魯智深拳打鎭關西、大鬧野豬林，林沖雪夜上梁山，吳用智取生辰綱，梁山泊好漢劫法場，宋公明三打祝家莊、破高唐州、打青州，以及鬧西岳華山等等情節，表面上似乎只是在於說明梁山泊好漢出世爲盜不斷違法亂紀、挑戰正統政治體制、破壞政體朝綱的歷史事實，以印證天命所繫。倘細加察看上述種種行動生發之因，即可發現梁山泊好漢的非法作爲，其實在某種程度上是爲了凸顯高俅、蔡京、童貫、楊戩等亂國權奸違亂朝政的歷史事實。第一百回說道：

> 且說宋朝元來自太宗傳太祖帝位之時，說了誓願，以致朝代奸佞不清。至今徽宗天子，至聖至明，不期致被奸臣當道，讒佞專權，屈害忠良，深可憫念。當此之時，卻是蔡京、童貫、高俅、楊戩四個賊臣，變亂天下，壞國壞家壞民。

[50] 〔漢〕班固撰，〔唐〕顏師古注：《前漢書》冊4，收於《四部備要・史部》（中華書局據武英殿本校刊）（臺北：臺灣中華書局，1965-1966年），卷30，頁24下。

事實上，從《水滸傳》敘事的開端到結尾，高俅等人屈害忠良、閉塞賢臣的讒佞專權形象始終貫串於小說敘事進程之中。以貪官污吏違法亂政作爲小說的時代歷史背景，則梁山泊好漢的出世除了順應時運、服膺天命之外，從打家劫舍到順天護國的形象轉變的政治書寫中，無疑更顯示出梁山泊好漢以妖魔之身出世，乃具有其重要的歷史使命。

不可否認，《水滸傳》寫定者以入世之激情，試圖通過一場政治書寫以建構「天下有道」的理想政治形態，所謂「徽宗朝內長英雄，弟兄聚會梁山泊」的認知漫延在敘事進程之中，在在寄寓了「禮失求諸野」的政治期望。在《水滸傳》話語實踐中，梁山泊好漢因天命宿構而匯聚應當被看作是一種意識形態行爲，而宣誓「忠義報國」、「替天行道」的價值選擇本身，則爲不可解決的社會矛盾發明一個想像的或形式的解決辦法。第七十回敘述者於開篇引詩總括曰：

> 龍虎山中降敕宣，鎖魔殿上散霄烟。
> 致令煞曜離金闕，故使罡星下九天。
> 戰馬嚬嘶楊柳岸，征旗布滿藕花船。
> 只因肝膽存忠義，留得清名萬古傳。

由此可見，在以天命爲後設命題的預述性敘事框架中，梁山泊好漢的知命意識及其價值選擇，乃依託於「忠義」思想和精神之上重建理想政治秩序。而事實上，這種政治理想也是在梁山泊事業建立／確立後才初步有所實現。寫定者於第七十一回引某篇言語，單道梁山泊好處的曰：

> 山分八寨，旗列五方。交情渾似股肱，義氣眞同骨肉。斷金亭上，高懸石綠之碑；忠義堂前，特匾金書之額。……人人戮力，箇箇同心。休言嘯聚山林，眞可圖王伯業。列兩副仗義疏財金字障，豎一面替天行道杏黃旗。

由此可見，相對於現實政治體制中權奸誤國、違亂朝綱的政治失序狀態，梁山泊事業的建立／確立，意謂著梁山泊好漢在江湖倫理的規範中，建立起具有統一秩序的有道政治，頗符合儒家政治思想中原始烏托邦形態。[51]在權與勢的對立抗衡之間，梁山泊好漢的生命及其命運本身固然具有其天命所受的必然性，但類此烏托邦政治理想，無疑可視爲《水滸傳》寫定者在預述性敘事框架中所積極建構的理想世界圖景，深刻滲透了寫定者心中寄寓由亂返治的政治關懷。

大體而言，在「朝廷不明，天下大亂，天子昏昧，奸臣弄權」的歷史政治背景下，梁山泊好漢建立起「替天行道」、「順天護國」的政治事業，無疑爲身處亂世的市民百姓建造了一個充滿想像意義的大同世界，從而使得現實中的憤懣情感獲得某種程度的消解。[52]不過具體來看，在《水滸傳》中，大同世界的實現與維持，其實是幾經戰馬

---

[51] 中國儒家政治思想中的原始烏托邦形態以「大同世界」的美景最為一般人所習知。參陳弱水：〈追求完美的夢──儒家政治思想的烏托邦性格〉，載黃俊傑主編：《中國文化新論：思想篇一──理想與現實》（臺北：聯經出版事業公司，1982年），頁211-242。

[52] 張火慶在〈水滸傳的天命觀念──非抗衡的〉一文所論觀點來說：「假設水滸傳中的『天命』觀念是一種理想的最後歸趨，是施耐庵用以寄託所有無法實現於世間的願望的綜合概念。它可能是一股積抑的憤懣，或轉化了的逃避，或裝飾過的畏縮，總之，只要是現實中所喪失的理想與權力，都可以在這裡獲得補償。」載龔鵬程、張火慶：《中國小說史論叢》，頁128。

嘶鳴，而愈顯艱難。尤其在面對朝廷三複招安的過程中，梁山泊好漢屢遭朝廷官員非議，期盼由此回歸正統政治體制時所面臨的挑戰可謂更形激烈。第七十四回描寫泰安州備將申奏宋江等反亂騷擾一事，進奏院奏請出兵剿捕：

> 天子乃云：「去年上元夜，此寇鬧了京國，今年又往各處騷擾，何況那裏附近州郡。我已累次差遣樞密院進兵，至今不見回奏。」傍有御史大夫崔靖出班奏曰：「臣聞梁山泊上立一面大旗，上書『替天行道』四字。此是曜民之術。民心既伏，不可加兵。即〈目〉（日）遼兵犯境，各處軍馬遮掩不及。若要起兵征伐，深為不便。以臣愚意，此等山間亡命之徒，皆犯官刑，無路可避，遂乃嘯聚山林，恣為不道。若降一封丹詔，光祿寺頒給御酒珍羞，差一員大臣直到梁山泊，好言撫諭，招安來降，假此以敵遼兵，公私兩便。伏乞陛下聖鑒。」

以今觀之，朝廷招安之所以必須經過三複歷程才得完成之主要原因，無乃起於高俅、蔡太師等人蒙蔽天子聖聽，「售奸暗抵」，致使「撫諭招安未十全」，誠如宋江所言：「被至不公不法之人，逼得如此」。因此，在奸臣讒佞危害的情況之下，宋江必須興動戈戟，帶領水滸英雄迎敵，「兩戰童貫」，「三敗高俅」。不過實際上最令人感到荒謬的是，梁山泊好漢最終得以接受朝廷招安以遂忠義報國之志，卻是透過燕青請託名妓李師師安排後，才得以在與道君皇帝唱〈減字玉蘭花〉時進行哀告，由此一紓忠孝之思。第八十一回寫道：

> 天子便問：「汝在梁山泊，必知那裏備細。」燕青奏道：「宋江這伙，旗上大書『替天行道』，堂設忠義爲名，不敢侵占州府，不肯擾害良民，單殺貪官污吏，讒佞之人。只是早望招安，願與國家出力。」天子乃曰：「寡人前者兩番降詔，遣人招安，如何抗拒，不伏歸降？」燕青奏道：「頭一番招安，詔書上並無撫恤招諭之言，更兼抵換了御酒，盡是村醪，以此變了事情。第二番招安，故把詔書讀破句讀，要除宋江，暗藏弊倖，因此又變了事情。童樞密引軍到來，只兩陣，殺的片甲不回。高太尉提督軍馬，又役天下民夫，修造戰船征進，不曾得梁山泊一根折箭。只三陣，殺的手脚無措，軍馬折其二停，自己亦被活捉上山，許了招安，方纔放回，又帶了山上二人在此，却留下聞參謀在彼質當。」天子聽罷，便嘆道：「寡人怎知此事？童貫回京時奏説：軍士不伏暑熱，暫且收兵罷戰。高俅回軍，奏道病患不能征進，權且罷戰回京。」李師師奏説：「陛下雖然聖明，身居九重，却被奸臣閉塞賢路，如之奈何？」天子嗟嘆不已。約有更深，燕青拏了赦書，叩頭安置，自去歇息。天子與李師師上牀同寢，共樂綢繆。

倘將此一青樓議論國事的場景對照第三次降詔招安的盛景——梁山泊好漢「喜得朝廷招安，重見天日之面」，因而竭財買市並打著「順天」、「護國」兩面紅旗浩浩蕩蕩入城面聖，其間落差無疑構成一股難以言喻的反諷意味。基本上，在《水滸傳》中「禮失求諸野」的政治期望是隨著招安三部曲——被人招誘、主動謀求、祈恩降詔的過程而逐漸實現的，但梁山泊好漢從綠林盜寇轉爲忠良英雄所賴以維持的忠君倫理固然有所表現，最終卻也在梁山泊好漢的死亡結局中消亡殆盡，不免徒留感慨和遺憾。[53]

從禮失求諸野的觀點來說，《水滸傳》寫定者對於理想政治形態的追求乃寄託於梁山泊好漢忠義報國、替天行道之上，在「一朝歸順遵大義，誓清天下誅群凶」的征遼、征方臘行動中，可謂達於極致。張鳳翼在〈《水滸傳》序〉指出：

> 禮失而求諸野，非得已也。論宋道，至徽宗，無足觀矣。當時，南衙北司，非京即貫，非球（俅）即勔，蓋無刃而戮，不火而焚，盜莫大于斯矣。宋江輩逋逃于城旦，淵藪于山澤，指而嗚之曰：是鼎食而當鼎烹者也，是丹轂而當赤其族者也！建旗鼓而攻之。即其事未必悉如傳所言，而令讀者快心，要非徒虞初悠謬之論矣。乃知莊生寓言於盜蹠，李涉寄咏于被盜，非偶然也。茲傳也，將謂誨盜耶，將謂弭盜耶？斯人也，果爲寇者也，御寇者耶？彼名非盜而實則盜者，

[53] 參張錦池：〈「亂世忠義」的頌歌——論《水滸》故事的思想傾向〉，見沈伯俊主編：《《水滸》研究論文集》（北京：中華書局，1994年），頁408-426。

獨不當弭耶？[54]

《水滸傳》寫定者在重寫歷史之際，乃有意借宋江一行盜寇之擬塑以表達禮失求諸野的政治期望，一方面表達由亂返治的政治關懷，另一方面則寄意忠君倫理的政治訴求。梁山泊好漢從個人任俠行義逐漸聚義而創建水滸事業，其間固然講求的是江湖倫理，然而相對應於政治倫理的公理不彰、是非不明的情形，梁山泊好漢的忠貞行誼無疑更形可貴。在高揚忠君倫理的政治思維中，《水滸傳》寫定者深刻凸顯出梁山泊好漢面臨天下無道時所具有知命觀念及其價值選擇表現，無疑值得深思。

二、明君賢臣：理想政治形態的建構及其失落

如果說梁山泊好漢聚義結盟、排座次，人人各司其職，代表的是以江湖倫理爲基礎的理想政治形態創造；那麼朝廷招安作爲「君臣遇合」的政治圖式的終極展示，代表的是以「明君賢臣」的政治倫理爲基礎的理想政治形態建構。兩相對照，實富深意。

首先，從賢臣形象的擬塑來說。

梁山泊好漢素秉忠義思想，在忠君倫理的籲求中，宋江等人始終強調「寧可朝廷負我，我忠心不負朝廷」的政治思維。因此，即使朝廷昏昧，每受高俅等奸臣弄權，其忠君報國之志仍無改變。第八十五回描寫宋江率領梁山泊好漢征遼，遼國大臣歐陽侍郎建請遼王招降，

[54] 見朱一玄、劉毓忱編：《《水滸傳》資料彙編》，頁170。

宋江對於此事有所遲疑：

> 宋江却請軍師吳用商議道：「適來遼國侍郎這一席話如何？」吳用聽了，長嘆一聲，低首不語，肚裏沉吟。宋江便問道：「軍師何故嘆氣？」吳用答道：「我尋思起來，只是兄長以忠義爲主，小弟不敢多言。我想歐陽侍郎所說這一席話，端的是有理。目今宋朝天子至聖至明，果被蔡京、童貫、高俅、楊戩四個奸臣專權，主上聽信。設使日後縱有功成，必無陞賞。我等三番招安，兄長爲尊，止得個先鋒虛職。若論我小子愚意，從其大遼，豈不勝如梁山水寨！只是負了兄長忠義之心。」宋江聽罷，便道：「軍師差矣！若從大遼，此事切不可提。縱使宋朝負我，我忠心不負宋朝，久後縱無功賞，也得青史上留名。若背正順逆，天不容恕，吾輩當盡忠報國，死而後已。」

事實上，宋江的忠義思想始終未變，並深刻感化梁山泊好漢。梁山泊好漢縱有短暫情志游移情形，並在言語上構成衝突，但最終仍願矢志追隨宋江而不易改。第九十四回描寫費保因見征方臘之時連連損兵折將，面對李俊時有所感懷：

> 費保對李俊說道：「小弟雖是箇愚鹵匹夫，曾聞聰明人道：世事有成必有敗，爲人有興必有衰。」哥哥在梁山泊勳業，到今已經數十餘載，更兼百戰百勝。去

> 破大遼時，不曾損折了一箇弟兄。今番收方臘，眼見挫動銳氣，天數不久。爲何小弟不願爲官爲將？有日太平之後，一箇箇必然來侵害你性命。自古道：『太平本是將軍定，不許將軍見太平。』此言極妙。今我四人既已結義了哥哥三人，何不趁此氣數未盡之時，尋箇了身達命之處，對付些錢財，打了一隻大船，聚集幾人水手，江海內尋箇淨辦處安身，以終天年，豈不美哉！」李俊聽罷，倒地便拜，說道：「仁兄，重蒙教導，指引愚迷，十分全美。只是方臘未曾勦得，宋公明恩義難拋，行此一步未得。……」

由引文來看，李俊雖認同費保的言語思想，但終仍顧及宋江恩義，繼續參與征方臘一役，以至死亡。倘從賢臣形象擬塑的角度來說，《水滸傳》在「宋朝必顯忠良」的神話預示中，便早已提示了梁山泊好漢將來所具有的正面形象，並在預述性敘事框架中逐步印證衆家英雄從盜寇之身轉爲忠義之臣的政治倫理隱喻。《水滸傳》寫定者在天命架構下重寫歷史，借宋江之重塑以表達對於賢臣形象的追求，無不積極賦予宋江形象以一種理想人格典範。

其次，就明君形象的擬塑而言。

基本上，朝廷招安作爲一種君臣遇合的政治圖式，乃是在《水滸傳》寫定者在士不遇的政治焦慮中所賴以想像創造的美好結局。北宋徽宗皇帝降詔招安，儼然以一明君形象出現，使得當下政治情狀頗見一幅天下清平的圖景。然而，這樣的政治期望卻在宋江等人宣誓征遼與征方臘開始，隨之逐漸在征戰死亡之中走向消亡之途。最終一百零八人中十損其八，只剩正偏將三十六人。在征滅方臘後，梁山泊好漢理當衣錦還鄉，可在第三次進京面聖之時，除魯智深坐化、燕青隱逸等，行伍僅存二十七人，場景零散、蕭條，不禁令人嗟嘆不已。尤其更令人感到難以理解的是，在「奸臣當道，讒佞專權，屈害忠良」的情勢中，梁山泊好漢始終視「貧富貴賤，宿生所載；壽夭命長，人生分定」，將死別生離歸諸天命所繫。只不過「自古權奸害善良，不容忠義立家邦」，可憐徽宗聖聰昏昧、不明事理，終被高俅、蔡京、童貫、楊戩等奸臣讒佞所惑，致使宋江等梁山泊好漢遭受無辜殘害，就此消亡。第一百回描寫宋江託夢於道君皇帝時，宋江表達忠君之思時說道：

> 臣等雖曾抗拒天兵，素秉忠義，並無分毫異心。自從奉陛下敕命招安之後，北退遼兵，東擒方臘，弟兄手足，十損其八。臣蒙陛下命守楚州，到任已來，與軍民水米無交，天地共知臣心。陛下賜以藥酒，與臣服吃。臣死無憾，但恐李逵懷恨，輒起異心，臣特令人去潤州，喚李逵到來，親與藥酒鴆死。吳用、花榮亦爲忠義而來，在臣塚上，俱皆自縊而亡。臣等四人，同葬於楚州南門外蓼兒洼。里人憐憫，建立祠堂於墓前。今臣等與眾已亡者，陰魂不散，俱聚於此，伸告陛下，訴平生衷曲，始終無異。乞陛下聖鑑。

如今看來，甚爲悲涼，令人感傷。宋江自出場及投身梁山泊以來，始終採取儒家入世精神和忠義觀建造梁山泊事業，一意建構明君賢臣的理想政治形態。但從實際情形來看，《水滸傳》寫定者借宋江建立梁山泊政治事業之形象以擬塑明君賢臣的理想政治形態，終無實現之日，如夢一場。寫定者在第一百回引〈滿庭芳〉便有所感嘆：

> 罡星起河北，豪傑四方揚。五臺山發願，掃清遼國轉名香。奉詔南收方臘，催促渡長江。一自潤州破敵，席捲過錢塘。　抵清溪，登昱嶺，涉高岡。蜂巢勦滅，班師衣錦盡還鄉。堪恨當朝讒佞，不識男兒定亂，誑主降遺殃。可憐一場夢，令人淚兩行。

在此，「人生如夢」作爲梁山泊命運歸宿的一種必然性解釋，固然爲《水滸傳》寫定者的現實困境及其悲劇意識找到了解決之道。只不過，當梁山泊好漢的政治期望只能在楚州蓼兒洼廟宇祠堂的建造中獲得補償時，則所謂「千古爲神皆廟食，萬年青史播英雄」的註解，無疑深深透顯了一股無可迴避的悲劇素質及其反諷意味。[55]而「明君」與「仁政」何在？也只能留待夢裡追尋。

從「士不遇」與「禮失求諸野」雙重視野檢視《水滸傳》的話語構成，敘事背後所隱含的憤懣之情及其政治倫理隱喻，可謂深刻。誠如李贄在〈《忠義水滸傳》敘〉中所說：

---

[55] 劉紀曜在〈公與私——忠的倫理內涵〉一文中指出：在帝制時代「君雖不君，臣不可以不臣」的倫理規範下，所謂「忠」，其最大意義乃是道德自我的完成。事實上，此種「盡己」的「忠」的倫理，實含有某種程度的悲劇性。載黃俊傑主編：《中國文化新論：思想篇二——天道與人道》（臺北：聯經出版事業公司，1982年），頁171-207。

> 太史公曰：「〈說難〉、〈孤憤〉，聖賢發憤之所作也。」由此觀之，古之聖賢，不憤則不作矣。……《水滸傳》者，發憤之所作也。蓋自宋室不兢，冠屨倒施，大賢處下，不肖處上，馴致夷狄處上，中原處下。一時君相，猶然處堂燕雀，納幣稱臣，甘心屈膝于犬羊已矣。施、羅二公身在元，心在宋；雖生元日，實憤宋事。是故憤二帝之北狩，則稱大破遼以洩其憤；憤南渡之苟安，則稱滅方臘以洩其憤。敢問洩憤者誰乎？則前日嘯聚水滸之強人也，欲不謂之忠義不可也。[56]

綜觀《水滸傳》一書可知，在權與勢的對立抗衡關係中，梁山泊好漢遵從天命，在知命觀念下所做的價值選擇，乃以忠義報國和替天行道的精神理念實現忠君倫理，藉以重構理想政治秩序。「知命」作爲意識形態素，可以說主導著《水滸傳》走向小說歷史終局的重要關鍵因素。然而當梁山泊好漢接受朝廷招安之後，卻在征遼、征方臘的征戰過程當中風流雲散，則隱逸／死亡的結局安排本身，無疑透顯了《水滸傳》敘事背後所潛隱的一股難以言喻的政治焦慮和悲劇意識，即在天道循環架構的影響下，死亡結局的安排或許消解了權與勢的對立抗衡關係，卻也顯示了梁山泊好漢的命運走向終究無法超越天命。《水滸傳》作爲一種話語構成，如此意義生成方式除了表達對現實正統政

[56] 見朱一玄、劉毓忱編：《《水滸傳》資料彙編》，頁171。

治體制的嘲諷，更是對梁山泊好漢命運的嘲弄。[57]

第四節　結　語

基本上，文學藝術創作的展開，意謂著作家進入一個審美選擇的過程。經由對主題寓意的思考、文體形式的創造、題材內容的決定、人物對象的塑造和時空環境的配置等方面的選擇，從而在創作過程中賦予文本以理想的秩序形態。以今觀之，《水滸傳》是在長期民間集體創作的基礎上產生的，最終寫定之時，可謂集中體現了大衆文化人民的情感理念、思想觀念和價值判準。如華萊士．馬丁（Wallace Martin）指出：「敘事的形式就是某些普遍的文化假定和價值標準——那些我們認爲是重要的，平凡的，幸運的，悲慘的，善的，惡的東西，以及那些推動著由此及彼的運動者——的實例。」[58]無庸置疑，《水滸傳》敘事創造作爲建構理想政治形態和倫理精神的基本策略，可謂寄寓了寫定者探索在天道循環與人事際遇之間的「理」的一種內在欲望，匠心獨具。因此，《水滸傳》在寫定／編輯之時，可以說深刻地傳達出一種生活的事實感及文化假定的價值標準，爲現實

---

[57] 從征方臘一事來看，梁山泊好漢的消亡似乎在於知命及其價值選擇上產生了極大的矛盾，因而構成死亡悲劇的重要因素，充滿嘲弄意味。馮文樓便指出，梁山泊好漢在「忠義雙全」的價值實踐中找到了自我，又在這一價值召喚中丟失了自我；既在「替天行道」的旗幟下團結一致，舉義起事，又在這一旗幟的指引下接受招安，同類相殘。見氏著：《四大奇書的文本文化學闡釋》，頁185。另孫一珍在〈《水滸傳》主題辨〉一文認為宋江將征方臘一事視為保國安民的必要之舉，釀成了他一生中最大的、不可饒恕的錯誤，因而造成無可逃脫的死亡悲劇。載沈伯俊主編：《《水滸》研究論文集》，頁346-366。

[58] （美）華萊士．馬丁（Wallace Martin）著，伍曉明譯：《當代敘事學》（*Recent Theories of Narrative*）（北京：北京大學出版社，2006年），頁79。

世界已失去的秩序留下一個見證。

依本文討論可知，《水滸傳》話語構成所建構的價值觀念系統，乃是在天命的後設命題中，以「天人感應」、「天命人受」的神話結構賦予梁山泊好漢出世的合理性、合法性和歷史必然性。天命作爲《水滸傳》政治書寫中的理性認識和體悟的對象，直可視爲寫定者借小說敘事創造以進行道德情感實踐的最高精神指標。如果說宋江及梁山泊好漢之出世，乃應天道循環的自然規律而來，體現出以天命爲後設命題的思維圖式；那麼一百零八天罡地煞之匯聚所展示之人事際遇，則反映出以命運爲基本母題的寫作意向。究其實質表現，在《水滸傳》的預述性敘事框架中，梁山泊好漢游移在江湖倫理與政治倫理之間追求安身立命，在經過諸多「小聚義」後，終於在梁山泊之內完成「大聚義」。以今觀之，《水滸傳》寫定者通過重寫歷史的敘事策略，乃著意在印證預言的情節模式中書寫梁山泊好漢由盜寇轉爲忠良英雄的政治想像，從中寄遇「由亂返治」的政治期望。《水滸傳》的敘事神理因而涉及天道、人事和心理三個層面，其敘事結構表現或如楊義所說：

> 《水滸》敘事具有三重結構層面或神理：最外一層是以天人感應模式建構起來的超人間的玄想層面，中間一層是以高俅爲代表的奸邪之輩和以宋江爲代表的「義士——罪人」兩極對立的社會層面，最內一層是宋江內心的孝義或忠義兩相共構的心理層面。三個層面的相互呼應、制約和運作，形成了《水滸》形散神

圓的敘事結構和神理。[59]

整體而言，在《水滸傳》中，由梁山泊一百零八好漢所代表的江湖倫理與高俅等讒佞奸臣所據有的政治倫理乃構成二元對立關係，其意義生成模式可以下列圖示表示：

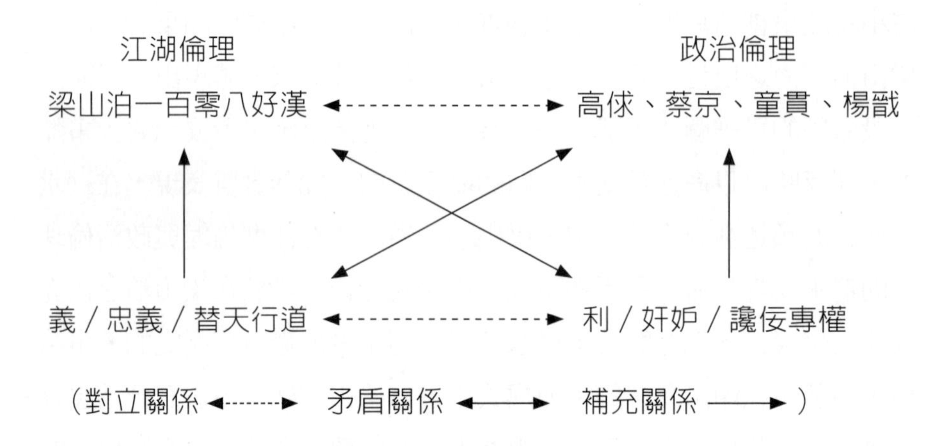

在天道循環與人事際遇之間，《水滸傳》寫定者借敘事以探索歷史興亡之天理，乃試圖借宋江主張實踐「忠君倫理」，以此建構德治仁政、明君賢臣的理想政治形態，其話語構成在上述二元對立關係中所形塑出的內在願望結構，可謂饒富深意，直可將《水滸傳》視爲一種政治寓言。

《水滸傳》借梁山泊好漢宣誓回歸正統政治體制的行動表現的形塑，賦予了梁山泊大聚義以不可忽視的政治倫理隱喻，一方面除了大量融入寫定者服膺於忠君倫理的價值觀念、信仰體系和是非知識之外，另一方面又以忠君倫理作爲支配整個作品的主題以及釋讀作品的

[59] 楊義：《中國古典白話小說史論》（臺北：幼獅文化事業公司，1995年），頁141。

讀者的力量。事實上，在揭櫫「忠君倫理」的寫作意圖主導下，《水滸傳》寫定者借政治書寫以傳達「士不遇的政治焦慮」和「禮失求諸野的政治期望」，可謂交融並現於敘事進程之中。其中「招安」作爲「君臣遇合」的終極願望，可以說是《水滸傳》敘事生成的主導因素。在是否接受招安的矛盾衝突中，最終梁山泊好漢遵從天命做出「替天行道」、「順天護國」的價值選擇，乃深刻傳達了《水滸傳》寫定者企盼回歸正統政治體制的政治理想。然而，令人深感遺憾的是，一百零八梁山泊英雄在兵馬征戰之中逐漸消亡殆盡，可讒佞奸臣卻依舊當道，違亂朝綱，最終更蒙蔽君上賜毒酒於宋江等人。梁山泊好漢往昔所立之豐功偉業，就此消逝無存，令人不勝欷歔。如此結局正如寫定者在第一百回引唐律所發出的感嘆一般：

> 莫把行藏怨老天，韓彭當日亦堪憐。
> 一心征臘摧鋒日，百戰擒遼破敵年。
> 煞曜罡星今已矣，讒臣賊相尚依然。
> 早知鴆毒埋黃壤，學取鴟夷泛釣船。

在天道循環架構下，梁山泊好漢初因天命而生，卻在人事際遇中因人禍而死。《水滸傳》作爲一種政治寓言，實則充滿憤懣之情。誠如陳忱〈《水滸後傳》論略〉所言：

> 《水滸》憤書也。宋鼎既遷，高賢遺老，實切於中；假宋江之縱橫，而成此書，蓋多寓言也。憤大臣之覆餗，而許宋江之忠；憤群工之陰狡，而許宋江之義；憤世風之貪，而許宋江之疏財；憤人情之悍，而許宋

江之謙和；憤強鄰之啓疆，而許宋江之征遼；憤潢池之弄兵，而許宋江之滅方臘也。[60]

在天道循環觀念的影響下，死亡結局的安排或許消解了權與勢的對立抗衡關係，卻也顯示了梁山泊好漢的命運走向終究無法超越天命的宿命之思。如今讀來，「死亡」結局的象徵性建置，不免爲梁山泊好漢的命運增添了無限悲劇情思及難以言喻的反諷意味。

總結來說，如果說梁山泊好漢從綠林盜寇轉爲忠良英雄的命運走向，代表的是「由亂返治」的政治期望；那麼朝廷招安的理想政治圖景，代表的則是「君臣遇合」的政治籲求。「忠君倫理」作爲溝通江湖倫理和政治倫理的價值選擇，最終竟隨宋江等梁山泊好漢隱逸／死亡而風流雲散，如此政治書寫無疑深刻地傳達了《水滸傳》寫定者對現實政治體制的一種深度的嘲諷與控訴，亦是對「天下有道」的政治理想無從實現所發出的無奈感嘆，整體話語構成的意義生成方式在在引人深思。但不論如何，在死亡結局的審美化和道德化的處理中，所謂「死生，命也」所隱含的人生思考，實則爲《水滸傳》一書提供了豐富的想像空間和解讀意涵。尤其在知命觀念的主導下，死亡結局的安排，無疑從悲劇中強化了忠孝仁義本身所具有的道德力量和倫理秩序，可以說隨梁山泊好漢的逝去而延伸到文本之外的現實世界之中，提供讀者無窮省思空間。

---

[60] 見朱一玄、劉毓忱編：《《水滸傳》資料彙編》，頁488-489。

第七章

失去樂園之後——孫悟空終成「鬪戰勝佛」的寓言闡釋

《西遊記》與《三國》、《水滸》和《金瓶梅》並稱明代四大「奇書」。自明代中葉刊刻和流傳以來，即以其神魔幻怪書寫的敘事特質頗受到讀者關注，並影響後繼小說家的仿擬和續作，因而蔚爲「神魔小說」[①]流派，成爲章回體小說的新文類和敘事範式，[②]具有重要的美學意義和文化價值。

自明清以迄現代，《西遊記》研究已形成四百多年的學術史，不論是寫定者、版本、故事源流、文本的形式或內容的研析方面，成果都極爲豐富。其中對於《西遊記》寫作原旨的探求，更是受到論者的普遍重視，歷來不乏議論，新識迭見。不過，因論者的持論視角和

---

① 「神魔小說」一語，首見於魯迅所撰《中國小說史略》，見《魯迅小說史論文集》（臺北：里仁書局，1994年），頁143。有關明清神魔小說流派之梳理，受限於作者身世的隱諱、作品年代的未詳、小說版本的雜亂和思想內容的複雜，形成諸多困難。不過，今人仍有以此為主題進行研究者，可參胡勝：《明清神魔小說研究》（北京：中國社會科學出版社，2004年）。

② 陳文新論及《西遊記》作為神魔小說代表作品，認為其審美規範的確立，應當從小說與佛教和佛經、中國的志怪傳統以及中國的笑話文學的關聯進行考察，將《西遊記》的象徵性主旨、想像世界和戲謔性風格融為一體來加以理解。見陳文新、魯小俊、王同舟：《明清章回小說流派研究》（武昌：武漢大學出版社，2003年），頁49-65。此一見解，可備一參。

闡釋立場多有不同，眾說紛紜，至今未成定論。[3]細究其因，乃在於《西遊記》之成書，大體受益於《大唐西域記》和《大唐大慈恩寺三藏法師傳》所記載唐代玄奘取經史實。在流傳過程中，玄奘取經故事因詩話、平話和雜劇等不同媒介形式的傳播與演化，匯聚了豐富的創作素材。時至明代中葉，才由文人作家寫定／編輯而成，屬於世代累積型作品。[4]今觀《西遊記》一書可見，小說敘事創造基本上承襲玄奘取經史實而有所敷演，並以之作爲核心情節；但值得注意的是，《西遊記》自開篇起，即將寫作視角從玄奘轉向聚焦於孫悟空形象的塑造之上，取經史實故事原型經過置換變形（displacement）之後，在充滿諧謔意味的戲擬（parody）敘述行動中，已使得原有的宗教神聖意涵轉化爲一種時空背景和修辭策略。整體而言，《西遊記》一書所體現的敘事觀念及其審美理想，明顯已與前此宣揚玄奘聖蹟與佛教經義的相關作品大相逕庭。

當然，在玄奘取經史實的參照下，《西遊記》的敘事本質大體上仍與宗教修行主題息息相關，歷來論者亦多以此爲立論中心，分從

---

③ 有關《西遊記》主題接受史的研究成果相當豐富，相關討論可參王平：〈論《西遊記》的原旨與接受〉，《東岳論叢》，2003年9月，頁89-93。胡蓮玉：〈《西遊記》主題接受考論〉，《明清小說研究》，2004年第3期，頁32-45。竺洪波：《四百年《西遊記》學術史》（上海：復旦大學出版社，2006年）。

④ 有關《西遊記》成書演化情形的討論，首見於胡適所撰〈《西遊記》考證〉一文，見陸欽選編：《名家解讀《西遊記》》（濟南：山東人民出版社，1998年），頁3-34。鄭明娳對於《西遊記》一書進行深入探源工作，頗見成果，參氏著：《《西遊記》探源》（全一冊）（臺北：里仁書局，2003年）。

儒、釋、道三教觀點進行闡釋，各有所見。[5]不過，因爲《西遊記》的寫定者至今未定，[6]小說寫作原旨是否意在爲三教立言，自不無疑問。但不論如何，從敘事焦點轉換的角度來看，《西遊記》一書之創作實則隱含著重寫史實的自覺性寫作意圖。今可見者，《西遊記》寫定者並未採取還原歷史的敘述姿態，爲玄奘取經聖蹟建構屬於當代歷史視野下的宏大敘事（grand narrative），從中進一步強化其偉大形象和宗教地位。反倒是在順時線性敘述的話語創造中，以孫悟空「渾沌化生」、「護僧取經」和「登昇成佛」的生命歷程作爲敘事生成的內在邏輯，爲孫悟空建構一場從「大鬧天宮」後展開自我生命救贖的

---

⑤ 在《西遊記》研究的學術史中，最早從儒、釋、道三教觀點推論小說原旨者，首見於清代劉一明〈西遊原旨序〉、〈西遊原旨讀法〉。該序提及：「悟之者在儒即可成聖，在釋即可成佛，在道即可成仙。不待走十萬八千之路，而三藏真經可取；不必遭八十一難之苦，而一觔斗雲可過；不必用降魔除怪之法，而一金箍棒可畢。」該讀法提及：「《西遊》貫通三教一家之理。在釋則為《金剛》、《法華》，在儒則為《河洛》、《周易》，在道則為《參同》、《悟真》。故以西天取經，發《金剛》、《法華》之祕；以九九歸真，闡《參同》、《悟真》之幽；以唐僧師徒，演《河洛》、《周易》之義。知此者，方可讀《西遊》。」見朱一玄、劉毓忱編：《《西遊記》資料彙編》（天津：南開大學出版社，2002年），頁342、344。不過，胡適在〈《西遊記》考證〉一文則提出反駁曰：「《西遊記》被這三四百年來的無數道士和尚秀才弄壞了。道士說，這部書是一部金丹妙訣。和尚說，這部書是禪門心法。秀才說，這部書是一部正心誠意的理學書。這些解說都是《西遊記》的大仇敵。……這部《西遊記》至多不過是一部很有趣味的滑稽小說，神話小說；他並沒有什麼微妙的意思，他至多不過有一點愛罵人的玩世主義。這點玩世主義也是很明白的；他並不隱藏，我們也不必深究。」見陸欽選編：《名家解讀《西遊記》》，頁33-34。

⑥ 有關《西遊記》作者為誰的問題，大體經歷了無作者，或推衍作者為邱處機、吳承恩；否定邱處機，考訂作者為吳承恩；否定吳承恩，尋覓新作者三個歷程。相關討論見黃霖、許建平等著：《20世紀中國古代文學研究史・小說卷》（上海：東方出版中心，2006年），頁294-300。另可參陳曦鐘、段江麗、白嵐玲等著：《中國古代小說研究論辯》（南昌：百花洲文藝出版社，2006年），頁93-104。

「寓言」（allegory）。⑦正如託名元代虞集所撰〈西遊證道書序〉云：「所言者在玄奘，而意實不在玄奘；所紀者在取經，而志實不在取經：特假此以喻大道耳。」⑧在重寫素材的過程中，此一表達形式的轉變便可能賦予了孫悟空形象塑造本身以特定的隱喻意涵，具有其不可忽視的價值取向和美學意義。⑨

基於上述觀點，本書之討論並不打算重複論證前人研究成果，而是嘗試將重點置於孫悟空生命史的重新認識與探討之上，如此或有助於進一步認識《西遊記》的思想命題及其主題寓意。弗雷德里克·詹姆遜（Fredric R. Jameson）在〈寓言〉一文中指出：「對文本的每一次闡釋都總是一個原型寓言，總是意味著文本是一種寓言：全部意義的設定總是以下列為前提的，即文本總是關於別的什麼（al-

⑦ 《西遊記》作為「寓言」之說，首見於明代陳元之於世德堂本所刊《西遊記》序。其言曰：「此其書直寓言哉！彼以為大丹丹數也，東生西成，故西以為紀。彼以為濁世不可以莊語也，故委蛇以浮世。委蛇不可以為教也，故微言以中道理。道之言不可以入俗也，故浪謔笑，謔以恣肆。笑謔不可以見世也，故流連比類以明意。於是其言始參差而俶詭可觀；謬悠荒唐，無端崖涘，而譚言微中，有作者之心傲世之意。夫不可沒已。」見陳元之：〈《西遊記》序〉，見朱一玄、劉毓忱編：《《西遊記》資料彙編》，頁225。本書將《西遊記》視為寓言，既源於前引序文觀點的啓發，同時亦參考西方文學批評觀點，即視「寓言」（allegory）為一種記敘文體，通過人物、情節，有時還包括場景的描寫，構成完整的「字面」，也就是第一層意義，同時借此喻彼表現另一層相關的人物、意念和事件。參（美）M. H. 艾布拉姆斯（M. H. Abrams）著，朱金鵬、朱荔譯：《歐美文學術語詞典》（*A Glossary of Literary Terms*）（北京：北京大學出版社，1990年），頁7。

⑧ 見丁錫根編著：《中國歷代小說序跋集》（下）（北京：人民文學出版社，1996年），頁1352。

⑨ 李晶指出：「小說的存在與存在方式正是在其本體形態中展示了對於人類、對於世界的某種意義，才獲得了它的價值，人類的精神文化價值才由此得到了部分的，卻也是完整的實現。」見氏著：《歷史與文本的超越——小說價值學導論》（上海：上海社會科學院出版社，1992年），頁64。

legoreuein）。這樣……，我們就應該把注意力轉向對文本的控制方式上來，這種控制的目的是要限制意義，限制意義的純粹的量，指導無處不在的闡釋活動，把寓言變成只在適當時候才發生作用的特殊信號。」[10]因此，在細讀文本的過程當中，筆者擬立足重寫素材的認知意義上，重新對《西遊記》敘事創造的意義結構進行寓言闡釋，從中提供個人看法。

第一節　西遊釋厄：孫悟空形象塑造的隱喻意涵

《西遊記》作爲神魔小說的敘事範式，可以說既關注於構成其主題寓意的客體，同時又關注於建立特定表達形式的自身。在重寫素材的過程中，《西遊記》寫定者以玄奘取經史實作爲敘事建構的基礎，意在通過各種行動事件和情節序列的整合安排，賦予可辨認的形式。且觀第一回開場詩云：

> 混沌未分天地亂，茫茫渺渺無人見。
> 自從盤古破鴻蒙，開闢從茲清濁辨。
> 覆載群生仰至仁，發明萬物皆成善。
> 欲知造化會元功，須看《西遊》釋厄傳。

---

[10] （美）弗雷德里克・詹姆遜（Fredric R. Jameson）著，王逢振主編：《詹姆遜文集》第2卷《批評理論和敘事闡釋》（北京：中國人民大學出版社，2004年），頁134。本書對於《西遊記》進行寓言闡釋，其觀念生發大體源於此說。

在理念先行的意向性主導中，《西遊記》寫定者大體採取了一種預設（prefigurative）的敘述姿態爲故事情節建置一個預述性敘事框架，試圖在「自然」與「人文」的對應場域中展開一場道德倫理與政治理想兼容的歷史演義，從中寄寓個人的歷史關懷和價值意識，而有關孫悟空的誕生及其生命歷程開展的書寫，基本承擔了歷史闡釋的重要任務，賦予敘事以特定的故事類型。[11]倘就此而言，如何正確掌握《西遊記》敘事結構中的主導因素或內在邏輯，無疑將有助於我們深入解讀小說文本的思想寓意。

歷來論者談及《西遊記》的結構形式，[12]大體將題材內容分爲三個部分：第一部分是第一回至第七回，描寫孫悟空石卵化生、求生悟道、大鬧三界，終被佛祖如來鎭伏於五行山下。第二部分描寫觀世音菩薩奉佛祖如來之命，東行南贍部洲尋訪取經人，途中感召龍馬、沙僧、豬八戒和孫悟空等人；其後在觀世音菩薩現身昭示下，唐僧奉唐

---

[11] （美）海登・懷特（Hayden White）在〈講故事：歷史與意識形態〉一文中指出：「特別歷史陳述的意識形態內容與其說存在於它所採取的話語模式中，不如說存在於主導情節結構中，我們用這種結構賦予所論事件以可辨認的故事類型。」見氏著，陳永國、張萬娟譯：《後現代歷史敘事學》（北京：中國社會科學出版社，2003年），頁357。

[12] 清代張書紳依據儒學觀點將《西遊記》一書分為三大段，其言曰：「何為三大段？蓋自第一回起，至第二十六回止，其中二十二個題目，單引聖經一章，發明《大學》誠意、正心之要，是一段。又自第二十七回起，至九十七回止，其間七十一回，共二十七個題目，雜引經書，以見氣稟所拘，人欲所蔽，則有時而昏也，是一段。末自九十八回起，至一百回止，共是三回，總結明新止至善，收挽全書之格局，該括一部之大旨，又是一段。」見氏著：〈新說西遊記總批〉，見朱一玄、劉毓忱編：《《西遊記》資料彙編》，頁327。不過，這樣的說法並不流行。胡適在〈《西遊記》考證〉一文認為《西遊記》的結構在中國舊小說之中，要算最精密，並將小說結構分為三個部分，第一部分：齊天大聖的傳。（第一回至第七回）；第二部分：取經的因緣與取經的人。（第八回至第十二回）；第三部分：八十一難的經歷。（第十三回至第一百回）。見陸欽選編：《名家解讀《西遊記》》，頁26。其後論者對於《西遊記》的結構劃分大體依此，無多變化。

太宗之命西行取經。第三部分描寫孫悟空、豬悟能、沙悟淨和龍馬共同護佑唐僧西行前往天竺國靈山取經，歷經與各種妖魔鬥爭的重重考驗，才得以抵達靈山取得三藏眞經，返回中土；最終五聖修成正果，登昇極樂世界。此一劃分方式，大體上略無問題。不過值得注意的是，當論者循此認知對《西遊記》的主題寓意進行解讀時，卻出現了無法取得內在一致性的闡釋結果，從而造成一種充滿矛盾和弔詭的研究現象。[13]究其原因，主要在於論者受到玄奘取經史實的影響，立論或依三教修行主題進行哲學論析，或從歷史現實主題進行政治探究，因而對於孫悟空大鬧三界的抗權行動，既從挑戰政治體制的角度給予極力讚揚，卻又始終無法說明此一行動與孫悟空參與取經隊伍的聯繫關係，提供與後續敘事一致性的適當解釋，因而形成主題爭辯現象，實有必要重新審視研究基礎問題。[14]而此一問題的產生，當可能源於對《西遊記》情節建構的主導因素或內在邏輯的認識不足所造成。[15]且不論如何，倘要深入解讀《西遊記》的思想命題及其主題寓意，恐怕還是要回到小說文本的結構形式上重新進行考察。

---

[13] 關於《西遊記》主題爭辯由來已久，依其意見取向，大體可概括為四類：一是政治性主題說；二是哲理性主題說；三是雙重主題說；四是無自覺主題和模糊主題說。相關討論見黃霖、許建平等著：《20世紀中國古代文學研究史・小說卷》，頁309-313。另可參陳曦鐘、段江麗、白嵐玲等著：《中國古代小說研究論辯》，頁115-126。

[14] 參陳大康：〈關於《西遊記》的兩次爭辯——兼論重新審視研究基礎的必要性〉，見氏著：《古代小說研究及方法》（北京：中華書局，2006年），頁46-48。

[15] 有鑒於以往論者在《西遊記》結構形式分析方面產生矛盾現象，張靜二論析孫悟空的形象意義時，認為要把《西遊記》當作一部「人格塑造小說」（Bildungsroman）來欣賞，「結合人類學、神話學和五行生剋之說去加以探討，就不難發現悟空的人格發展首尾一貫，全書的結構不必『轉折』，主題也沒有混亂。」見氏著：《《西遊記》人物研究》（臺北：臺灣學生書局，1984年），頁61-84。此一看法，可備一參。

從《西遊記》的結構形式可見，小說在前七回中以孫悟空生命前史作爲開場，其情節建構已明顯有別於頌揚玄奘取經史實之相關記載。當《西遊記》寫定者著意通過宇宙創世神話原型的置換變形敘述，從中敷演孫悟空自石卵化生、求生悟道到求名鬧天的鬥爭歷程，我們大體可將孫悟空形象視爲某種新興的個體生命或思想文化孕育的特殊表徵（representation），而此一表徵已與《大唐三藏取經詩話》中具護法身分和行爲的白衣秀士形象不可同日而語。以今觀之，有關孫悟空生命史的書寫之能夠成爲貫串小說文本的主導因素或內在邏輯，其關鍵事件當在於孫悟空大鬧天宮而被佛祖如來收伏及其如何解脫的情節設置之上。且觀第七回敘述者講述如來收伏孫悟空後，大發慈悲之心，因而念動眞言咒語，將五行山召一尊土地神祇，會同五方揭諦，居住此山監押，並指示衆神佛：孫悟空如饑渴時，就與他鐵丸子和銅汁吃飲，待他災愆滿日，自有人救他。其後引詩曰：

天災苦困遭磨蟄，人事淒涼喜命長。
若得英雄重展掙，他年奉佛上西方。

惡貫滿盈身受困，善根不絕氣還昇。
果然脫得如來手，且待唐朝出聖僧。

從「他年奉佛上西方」、「且待唐朝出聖僧」的預告中可知，孫悟空生命困境的轉換契機正在於等待唐朝聖僧的出現。想當時，孫悟空誕生之初，居住在花果山水簾洞，享受「仙山福地，古洞神洲，不伏麒麟轄，不伏鳳凰管，又不伏人間王位拘束，自由自在」的生活。而如今，想要從五行山下解脫，孫悟空必須等待唐僧解救，才能重獲自由。借清代張書紳在〈新說西遊記總批〉一文中所言：「《西遊記》，卻從東勝寫起，唐僧又在中華，其相隔不知幾萬千也，如何會合得來？看它一層一層，有經有緯，有理有法，貫串極其神妙，方知第一回落筆之際，全部的大局，早已在其胸中。非是作了一段，又去想出一段也。」[16]大體而言，正是在「西遊釋厄」的預述性敘事框架的安排中，《西遊記》敘事以孫悟空生命史的開展和變化作為情節建構的基礎，試圖從中提供讀者了解「造化會元」之功。此一語言結構的選擇，無疑是基於特定的目的而完成的。倘依據上述認知重新考察《西遊記》情節建構的編纂方式，將可發現小說話語背後實際上潛藏著一個有意味的形式（significant form），亦即在「渾沌化生」—「護僧取經」—「登昇成佛」的生命史進程中，孫悟空的生命情境亦具現在「樂園（花果山、水簾洞）」、「失樂園（世俗人間）」、「樂園（淨土、極樂國）」的形態變化之中，整體結構形式在樂園的失落、重建與回歸的時間脈絡中，體現出一種烏托邦欲望實踐的深層敘事邏輯。《西遊記》寫定者在「印證預告」[17]中展開想像性情節建置，孫悟空之與唐僧玄奘相遇，並由此展開西行取經的行動，對於孫悟空的自我生命救贖而言，無乃別具意義。

從重寫的意義來說，《西遊記》作為一種「話語」（discourse），直可視為寫定者針對歷史現實進行新的意義闡釋而展開一

---

[16] 張書紳：〈新說《西遊記》總批〉，見朱一玄、劉毓忱編：《《西遊記》資料彙編》，頁326。

[17] 所謂印證預告，指的是一種逐步揭示或證實事件真相的情節類型，在發現過程中，作品已事先預告結局，情節的發展逐步印證這一預告，屬於一種證實性的認知。參胡亞敏：《敘事學》（武昌：華中師範大學出版社，1994年），頁136-137。

種新的轉義行為（troping）。[18]當《西遊記》寫定者有意通過審美再現策略，將敘事焦點從玄奘取經聖蹟的宣揚轉向孫悟空生命史的關注時，則小說話語以孫悟空誕生到終成「鬪戰勝佛」的生命史作為敘事中心，在除妖煉魔的西遊釋厄過程中，護佑唐僧朝向極樂世界而行，其中便可能隱含了關於「樂園」的曲折記憶和永恆追尋，顯然具有特定的意識形態（ideology）取向。[19]在儒、釋、道三教術語語彙的修辭策略運用中，《西遊記》一書體現出正心修行的寓言特質，深刻地表達了寫定者對歷史現實的理解與關懷，整體敘事話語創造具有十足的象徵意味。[20]因此，如何在轉義（trope）的基礎之上，進一步對於《西遊記》孫悟空生命歷程的各種形式變化及其內涵的話語建構有所掌握，將成為對《西遊記》一書進行主題闡釋的重要關鍵。

---

[18] （美）海登・懷特在〈轉義、話語和人的意識模式〉一文中指出：「轉義行為（troping）就是從關於事物如何相互關聯的一種觀念向另一種觀念的運動，是事物之間的一種關聯，從而使事物得以用一種語言表達，同時又考慮到用其他語言表達的可能性。話語是一種文類（genre），其中最主要的是要贏得這種表達的權利，相信事物是完全可以用其他方式來表達的。轉義行為是話語的靈魂，因此，沒有轉義的機制，話語就不能履行其作用，就不能達到其目的。」見陳永國、張萬娟譯：《後現代歷史敘事學》，頁3。

[19] （美）弗雷德里克・詹姆遜（Fredric R. Jameson）指出：「審美行為本身就是意識形態的，而審美或敘事形式的生產將被看作是自身獨立的意識形態行為，其功能就是為不可解決的社會矛盾發明想像的或形式的『解決辦法』。」見氏著，王逢振譯：《政治無意識——作為社會象徵行為的敘事》（*The Political Unconscious: Narrative as a Socially Symbolic Act*）（北京：中國社會科學出版社，1999年），頁67-68。

[20] （美）海登・懷特在〈講故事：歷史與意識形態〉一文中指出：「敘事絕不是一個可以完全清晰地再現事件——不論是想像的還是真實的事件——的中性媒介。它以話語形式表達關於世界及其結構和進程的清晰的體驗和思考模式。」見陳永國、張萬娟譯：《後現代歷史敘事學》，頁346。

第二節 理（禮）欲（慾）之辯：孫悟空爲何失去樂園

在《西遊記》一書中，孫悟空形象塑造所具有的隱喻意涵，主要落實在孫悟空因大鬧天宮被佛祖如來鎭伏於五行山下的結果之上，可視爲解讀《西遊記》思想命題及其主題寓意的核心事件。然而，如前文所言，在孫悟空大鬧天宮事件的相關解讀中，論者雖多認爲孫悟空之抗權行動固然有違禮範，但由於勇於挑戰既有政治體制與爭取個人主體自由，因此多賦予英雄形象的正面評價。但此一看法，明顯又無法與孫悟空因被馴化而參與取經行動的選擇達成一致性的解釋，顯得矛盾重重。問題癥結的產生，或可歸就於論者對於《西遊記》寫定者所作評論意見的否定或忽略所致。第七回敘述者引詞即云：

> 富貴功名，前緣分定，爲人切莫欺心。正大光明，忠良善果彌深。些些狂妄天加譴，眼前不遇待時臨。問東君因甚，如今禍害相侵。只爲心高圖罔極，不分上下亂規箴。

在傳統天命觀和命定思想的影響下，《西遊記》寫定者對於孫悟空以其充滿自然本性的欲望挑戰既定的宇宙人文秩序的作爲並不表示認同，認爲孫悟空因「欺心」而導致狂妄姿態出現，蒙蔽了對既存的政治秩序和思想體系的認識與遵從，尤其妄想取代玉皇大帝寶位，大鬧靈霄寶殿，其行徑直可謂「惡貫滿盈」。基本上，此一評價大體說明了《西遊記》寫定者對於歷史現實政治秩序運作的一種認知，因此如何正確看待評價意見的價值取向，便顯得相對重要。

從開篇起，《西遊記》寫定者便著意從「天地人，三才定位」到「盤古開闢，三皇治世，五帝定倫」的宇宙生成術數推衍中，明確強調宇宙人文秩序在時間演化過程中形成的既存事實，並以「玉皇大帝」作爲此一宇宙人文秩序之最高形象象徵。然而，孫悟空遠離花果山尋求長生之道，竟因個人求名欲望驅使，背離求生初衷，強逞英雄而大鬧三界，甚而兩度不接受玉帝以「弼馬溫」、「齊天大聖」之名招安，一貫秉其猖狂村野之本能，以及「強者爲尊該讓我，英雄只此敢爭先」的想法，「立心端要住瑤天」，屢反天宮，其行徑可謂欺心。第七回敘述者講述佛祖如來接受玉帝之請前來東土收伏孫悟空時，兩人之間有著一場重要的充滿政治倫理思考的對話：

> 佛祖聽言，呵呵冷笑道：「你那廝乃是个猴子成精，焉敢欺心，要奪玉皇上帝龍位？他自幼修持，苦歷過一千七百五十劫，每劫該十二萬九千六百年，你算，他該多少年數，方能享受此無極大道？你那個初世爲人的畜生，如何出此大言？不當人子。不當人子。折了你的壽算。趁早皈依，切莫胡說。但恐遭了毒手，性命頃刻而休，可惜了你的本來面目。」大聖道：「他雖年幼修長，也不應久占在此。常言道：『皇帝輪流做，明年到我家。』只教他搬出去，將天宮讓與我，便罷了；若還不讓，定要攪攘，永不清平。」

從引文中可知，孫悟空固因神聖化育而擁有超凡智慧與能力，但卻因爭名求位的欲望所影響而心性迷失，進而高揚「齊天大聖」旗號大鬧靈霄寶殿，無疑違逆了既定的政治秩序和倫理規範，[21]致使最終反被佛祖如來鎮伏於五行山下。大體而言，此一制裁行動的敘事建置，在歷史闡釋上顯得極爲重要，在某種意義上可以說反映了《西遊記》寫定者所持有的保守政治觀。

從《西遊記》的結構形式來看，孫悟空被佛祖如來鎮伏於五行山下的結局，可謂其來有自。在「靈根孕育源流出，心性修持大道生」的預設結構主導下，[22]《西遊記》一書大多採取預示情節的方式爲事件的發展方向預留伏筆，以爲道德倫理演義的基礎。因此，孫悟空大鬧天宮的下場，恰恰驗證了先前須菩提祖師的一場預言。第二回敘述者講述孫悟空悟道得法，在同門師兄弟前賣弄精神、搬演變化之法，因而被須菩提祖師斥責並驅逐離開靈臺方寸山斜月三星洞：

> 祖師道：「你這去，定生不良。憑你怎麼惹禍行兇，却不許說是我的徒弟。你說出半个字來，我就知之，把你這猢猻剝皮剉骨，將神魂貶在九幽之處，教你萬劫不得番身！」悟空道：「決不敢提起師父一字，只

---

[21] 朱恒夫在研究中指出，孫悟空大鬧三界的情節建構反映普遍的人心——欲望高張，顯然不符合封建的倫理道德，使得欲望掩沒了天理。見氏著：《宋明理學與古代小說》（上海：上海古籍出版社，2005年），頁179。

[22] （美）華萊士．馬丁（Wallace Martin）指出：「敘事是關於過去的，被講述的最早的事件僅僅是由於後來的事件才具有自己的意義，並成為後事的前因。絕大多數科學包含預言，而敘事則包含『後向預言』（retrodiction）。是時間系列的結尾——事情最終演變成了什麼——決定著是哪一事件開始了它：我們正是因為結尾才知道它是開端。」見氏著，伍曉明譯：《當代敘事學》（*Recent Theory of Narrative*）（北京：北京大學出版社，2006年），頁65。

說是我自家會的便罷。」

由此可見，《西遊記》寫定者早已在情節建構中預伏導致孫悟空失去花果山樂園與仙境樂園的根本原因。孫悟空在求生悟道與求名失心之間迷失了本性，失去「良知」，甚至被須菩提祖師驅離之際竟忘了自身來處，以致日後危亂大倫，終受災報。第七回敘述者便藉西天諸佛的念禱進行評論和預告云：

當年卵化學爲人，立志修行果道眞。

萬劫無移居勝境，一朝有變散精神。

欺天罔上思高位，凌聖偷丹亂大倫。

惡貫滿盈今有報，不知何日得翻身。

不可否認，孫悟空因感於天眞地秀、日精月華之靈通，因而化育於石卵之間，具有其與生俱來的神聖內涵。因此，渾沌化生之際，即「目運兩道金光，射衝斗府，驚動高天上聖大慈仁者玉皇大天尊玄穹高上帝」。從孫悟空被鎮伏於五行山下的結局可見，《西遊記》前七回的情節建構，主要反映了孫悟空所代表的自然心性本體與玉皇大帝所代表的宇宙人文秩序之間，潛藏了由來已久的矛盾和衝突。在自然與人文的相互映照中，孫悟空大鬧三界之敘事建置，自可見其深意。具體觀之，孫悟空被鎮伏於五行山下而造成花果山樂園與仙境樂園的雙重失落，乃源於個人心性的迷失。此一敘事安排，可以說反映了《西遊記》作爲一種話語的重要思想命題：慾／禮（欲／理）之辯。

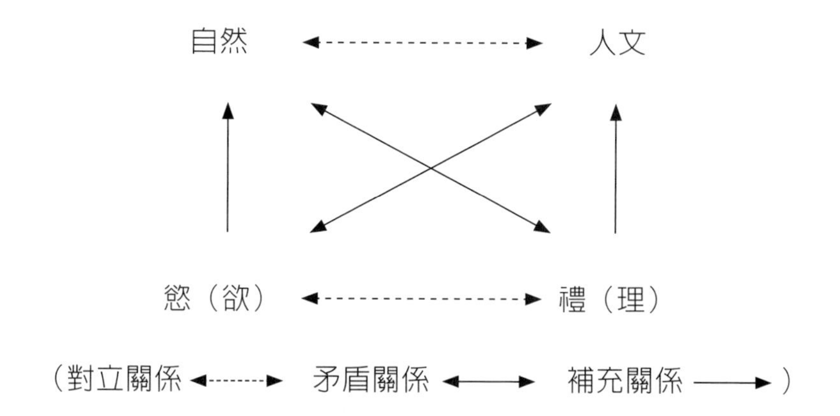

從神話到歷史，孫悟空形象被置放於特定的歷史現實時空之中進行書寫，其生命史作爲敘事生成的中心媒介，除了是一種事實的描述之外，同時也指涉事實本身。因此，如何從政治倫理的角度解讀孫悟空形象所承載的隱喻意涵，便牽涉到《西遊記》寫定者如何通過在情節事件編排中展開感知和想像。在慾／禮（欲／理）之辯的思想命題演義過程中，孫悟空作爲特定的文化想像物，最初是以他者（other）[23]的石猴形象被再現在小說話語之中。從他者形象創造的角度來說，孫悟空以石猴誕生的姿態出現在小說文本之初，本身就是一個極富爭議的顚覆性形象。作爲一個與既定宇宙人文秩序和思想文化系統相異而衝突的文化表徵，孫悟空形象所體現的奇異性，無疑大大地超出了對群體秩序的認同（identify）。

《西遊記》第四回描寫太白金星引領孫悟空前往天庭受封官職時云：

---

[23] 此處討論孫悟空作為他者（other）形象的觀點，主要受益於比較文學中的文學形象學研究觀點，可參孟華主編：《比較文學形象學》（北京：北京大學出版社，2001年）。

> 太白金星，領著美猴王，到于靈霄殿外，不等宣詔，直至御前，朝上禮拜。悟空挺身在傍，且不朝禮，但側耳以聽金星啓奏。金星奏道：「臣領聖旨，已宣妖仙到了。」玉帝垂簾問曰：「那個是妖仙？」悟空卻纔躬身答應道：「老孫便是。」仙卿們都大驚失色道：「這个野猴，怎麼不拜伏參見，輒敢這等答應道：『老孫便是。』却該死了，該死了！」玉帝傳旨道：「那孫悟空乃下界妖仙，初得人身，不知朝禮，且姑恕罪。」眾仙卿叫聲：「謝恩。」猴王却纔朝上唱个大喏。

值得注意的是，在離心書寫當中，孫悟空所體現的否定性形象特點，乃是《西遊記》寫定者有意在既有群體所建構的價值體系和文化規約的歷史語境中，將孫悟空置於特定歷史時空之上進行自我表演，甚而在戲謔言語中挑戰權威，如大罵觀世音菩薩「縱放歹人為惡，太不善也」（第十五回），並咒她「一世無夫」（第三十五回），指責太上老君「縱放家屬為邪」（第五十二回），戲笑佛祖如來是「妖精的外甥」（第七十七回），皆有其不可忽視的意義存在。因此，孫悟空形象的創造，便成為寫定者將現實群體所遵從的價值觀投射到其他的他者身上，提供個人意識形態表現的參照，進而通過孫悟空被鎮伏於五行山下的結局，在文學與政治的雙重想像和闡釋過程中消解他者的野性本能力量。從某種意義來說，雖然孫悟空不斷以其大鬧天宮的特殊行動和猴身面目現身，一再挑戰和顛覆既定的文化認知和人文秩序，但其行動本身實際上在釐清歷史現實中不明確的意識形態方面，有不可忽視的重要隱喻功能。第七回敘述者對此有形象化描寫：

當時眾聖把大聖攢在一處，却不能近身，亂嚷亂鬪。早驚動玉帝，遂傳旨着遊奕靈官同翊聖眞君上西方請佛老降伏。那二聖得了旨，逕到靈山勝境，雷音寶剎之前，對四金剛、八菩薩禮畢，即煩轉達。眾神隨至寶蓮臺下啓知，如來召請。二聖禮佛三匝，侍立臺下。如來問：「玉帝何事，煩二聖下臨？」二聖即啓道：「向時花果山產一猴，在那裏弄神通，聚眾猴攪亂世界。玉帝降招安旨，封爲『弼馬溫』，他嫌官小反去。當遣李天王、哪吒太子擒拿未獲，復招安他，封做『齊天大聖』，先有官無祿。着他代管蟠桃園，他即偷桃。又走至瑤池，偷殽、偷酒，攪亂大會。仗酒又暗入兜率宮，偷老君仙丹，反出天宮。玉帝復遣十萬天兵，亦不能收伏。後觀世音舉二郎眞君，同他義兄弟追殺，他變化多端，虧老君抛金鋼琢打中，二郎方得拿住。解赴御前，即命斬之。刀砍斧剁，火燒雷打，俱不能傷。老君奏准領去，以火鍛煉。四十九日開鼎，他卻又跳出八卦爐，打退天丁，逕入通明殿裏，靈霄殿外。被佑聖眞君的佐使王靈官擋住苦戰。又調三十六員雷將，把他困在垓心，終不能相近。因此玉帝特請如來救駕。」如來聞詔，即對眾菩薩道：「汝等在此穩坐法堂，休得亂了禪位，待我煉魔救駕去來。」

由此可見，孫悟空以石猴之身學作爲人，尋師訪道，即便已入靈臺方寸山修行並能悟道成仙，但進入玉皇大帝乃至佛祖如來所主宰、認可的思想體系和政治秩序之時，仍然被視爲「妖猴」、「妖仙」乃至「妖魔」，因而必須通過各種方式加以收伏和馴化。孫悟空以其自然生命本能衝擊既有思想文化體系，終被道、佛共同馴化而導致失去樂園。此一敘事形式的安排，反映了重整政治秩序的認知和要求，自然具有其特定的意識形態取向。

總的來說，《西遊記》寫定者有意在孫悟空形象塑造上強化其充滿自然野性的生命本能，除了強調其與既定宇宙人文秩序之間的相異性和普遍衝突之外，並進一步將此一相異性和普遍衝突再現爲一個富含被抑制的生命潛能，體現出《西遊記》寫定者參與歷史現實時的一種特殊的評價意識和價值選擇。[24]因此，在慾／禮（欲／理）之辯的思想命題上，如何藉由孫悟空生命史的書寫以創造出特定的轉義話語和政治倫理隱喻，無乃成爲《西遊記》寫定者重寫素材之時首要關注的政治課題。

第三節　佛道之功：召喚樂園與宗教皈依的辯證

基本上，《西遊記》敘事源諸玄奘取經史實，大體參照《大唐三藏取經詩話》中唐僧師徒西行靈山取經的行動描寫，以一種未來完成

[24] 李晶指出：「小說作者所選擇的特定的故事系統和敘述方式本身便體現了作者的評價意識。這裡，促使創作衝動之發生的對象現實，包括人與社會的現實世界和某些文學的傳統，二者共同面臨著作者的現實評價意識和價值評價指向的選擇。小說文本作為作者價值對象化的產物，也因此而在各種不同的結構形態、敘述形態中展示了不同的情感體驗和審美指向。」見氏著：《歷史與文本的超越——小說價值學導論》，頁207。

式的預述性敘事框架來建構話語。承前文所論，《西遊記》開篇以孫悟空大鬧天宮被鎮伏於五行山下，從而造成樂園的雙重失落，其話語構成背後隱含著特殊的道德意識和美學考慮。在慾／禮（欲／理）辯證的思想命題主導下，孫悟空的他者形象既作爲一種政治倫理隱喻，被再現於特定的歷史時空中，對於既有群體價值秩序和象徵體系的顛覆與重整，實際上具有不可忽視的整合功能。因此，在大鬧天宮後的敘事進程中，《西遊記》寫定者對於孫悟空如何脫離五行山的鎮伏，參與唐僧取經隊伍，進而在秉教迦持的護僧旅程之中重新召喚樂園，期待最終能重獲自由，基本上有了更進一步的描寫。

從實際情形來看，孫悟空之能夠在五百年後與唐僧玄奘相遇，主要先見於佛祖如來有關「待他災愆滿日，自有人救他」的預言，後起於佛祖如來在盂蘭盆會上有感南贍部洲人民不事修行、相互爭殺，因此意欲尋訪取經人前來靈山，傳授三藏眞經，以爲勸化衆生之用。第八回敘述者講述如來的感慨曰：

> 如來講罷，對眾言曰：「我觀四大部洲，眾生善惡，各方不一：東勝神洲者，敬天禮地，心爽氣平；北俱蘆洲者，雖好殺生，只因糊口，性拙情疎，無多作踐；我西牛賀洲者，不貪不殺，養氣潛靈，雖無上眞，人人固壽；但那南贍部洲者，貪淫樂禍，多殺多爭，正所謂口舌兇場，是非惡海。我今有三藏眞經，可以勸人爲善。」諸菩薩聞言，合掌皈依，向佛前問曰：「如來有那三藏眞經？」如來曰：「我有《法》一藏，談天；《論》一藏，說地；《經》一藏，度

鬼。三藏共計三十五部，該一萬五千一百四十四卷，乃是修眞之經，正善之門。我待要送上東土，頗耐那方眾生愚蠢，毀謗眞言，不識我法門之旨要，怠慢了瑜迦之正宗。怎麼得一个有法力的，去東土尋一個善信，教他苦歷千山，詢經萬水，到我處求取眞經，永傳東土，勸化眾生，卻乃是個山大的福緣，海深的善慶。誰肯去走一遭來？」當有觀音菩薩行近蓮臺，禮佛三匝道：「弟子不才，願上東土尋一個取經人來也。」

而事實上，有關南贍部洲的混亂世局現象，早在孫悟空遠離花果山水簾洞，進入人間尋訪佛、仙、神聖之道及長生不老之方時已有所預演。當時孫悟空途經南贍部洲，便多見世人都是爲名爲利之徒，更無一個爲身命者。第一回敘述者引詩評論曰：

爭名奪利幾時休？早起遲眠不自由。
騎著驢騾思駿馬，官居宰相望王侯。
只愁衣食耽勞碌，何怕閻君就取勾。
繼子蔭孫圖富貴，更無一个肯回頭。

由此看來，《西遊記》寫定者有意將孫悟空個人心性迷失的現象，進一步投射到南贍部洲的廣大歷史時空語境中，「失樂園」作爲「個人」命運與「歷史」現象相互映照的生命情境基礎，在前後的情節布局當中形成聯繫，可謂寓意深刻。因此，在佛祖如來昭示下，孫悟空得以接受觀世音菩薩感召並參與唐僧取經隊伍，共修正果。以今觀之，此一取經隊伍的組成，如何能夠具體完成取經使命，用以勸化南贍部州人民，學習「敬天禮地」、「養氣潛靈」，重返大同世界，實際上隱含重建樂園的政治意涵和烏托邦願望。在「我佛慈悲」的思想映襯下，前往西天靈山取經行動本身，乃帶有積極而強烈的「救人」與「救世」的政治願望。[25]《西遊記》寫定者試圖以召喚樂園的角度建構烏托邦敘事，無不將此一希望寄託於眾生登昇極樂世界的結局之上。就話語敘述本身而言，如此敘事框架的安排，也反映了《西遊記》敘事本身所隱含的烏托邦欲望特質，在文學想像與政治思維的雙重結合敘述中，提供了主題寓意表達的重要邏輯與線索。

不過必須進一步討論的是，《西遊記》以唐僧師徒西行靈山取經的敘事形式籲求救世之道，的確具有十足的象徵意義。但取經隊伍的形成，乃基於一種重建樂園的政治願望的籲求而來，取經行動的本質，實際上體現爲帶有「契約」性質的政治使命，具有不可忽視的政治意涵。[26]

---

[25] 余國藩在〈源流、版本、史詩與寓言——英譯本《西遊記》導論〉一文提到：在「我佛慈悲」的主題呼應中，「西行的意義不僅限於為唐代百姓求經而已，就取經人個人而言，西行也象徵他們修身修道，更新生命的過程。易言之，《西遊記》乃在透過實際旅程，以表出個人修持功果的主題。」見氏著，李奭學譯：《余國藩《西遊記》論集》（臺北：聯經出版事業公司，1989年），頁128。

[26] 馮文樓指出：「『取經』，這一在歷史上本屬信徒的個體行為，一變而為政府行為。這一原因的重構即使原本就有，也可借此表達百回本作者的關懷所在，不但表達了作者的道德關懷，而且表達了他的政治關懷，其中隱含著改革社會的政治主張和尋求異域資源（真經）的思想追索。」見氏著：《四大奇書的文本文化學闡釋》（北京：中國社會科學出版社，2004年），頁229。

首先，就孫悟空參與取經行動而言，孫悟空之所以參與唐僧取經隊伍，係接受觀世音菩薩之感召而應命。細究此一契約建立的本質，乃因孫悟空迷失心性，爲求名位而大鬧天宮，終被佛祖如來鎮伏於五行山下，以其帶罪之身等待救贖。在小說中，豬八戒、沙僧和龍馬因罪謫降的情形，大體亦復如此。第八回敘述者講述觀世音菩薩東行尋訪取經人，經過五行山時特地留步察看孫悟空：

> 菩薩道：「我奉佛旨，上東土尋取經人去，從此經過，特留殘步看你。」大聖道：「如來哄了我，把我壓在此山，五百餘年了，不能展掙。萬望菩薩方便一二，救我老孫一救。」菩薩道：「你這廝罪業彌深，救你出來，恐你又生禍害，反爲不美。」大聖道：「我已知悔了，但願大慈悲指條門路，情願修行。」

由於孫悟空已知悔前事，情願修行，因此在觀世音菩薩感召下，見性明心歸佛教，專意等待神僧解救出世，取經修行以成正果。因此，孫悟空之參與取經行動，大體上直可視爲一種「試煉除罪」的修行過程，屬於「自我救贖」的個人契約。而此一修行過程，則是借用道教傳統中的「謫凡」神話結構——犯罪被謫（出身）、歷劫除罪（修行）、罪盡重返（返回本身）——以爲情節編纂的深層結構形式。[27]

其次，就唐僧領命前往西天取經而言，主要源於唐太宗失約於涇河龍王，因病去世，冥遊地府。還陽之後，因有感因果輪迴，除命尉遲恭起蓋相國寺之外，更聚集多官，出榜招僧，大舉修建水陸大會，以圖超渡冥府孤魂。經由觀世音菩薩顯像化示，唐僧以金蟬長老前世之身應唐玄宗之命，欲前往西天取經，用以渡化衆生。第十二回敘述者講述觀世音菩薩留下一紙頌子，唐太宗據此徵求取經人：

> 太宗見了頌子，即命眾僧：「且收勝會，待我差人取得『大乘經』來，再秉丹誠，重修善果。」眾官無不遵依。當時在寺中問曰：「誰肯領朕旨意，上西天拜佛求經？」問不了，傍邊閃過法師，帝前施禮道：「貧僧不才，願效犬馬之勞，與陛下求取眞經，祈保我王江山永固。」唐王大喜，上前將御手扶起道：「法師果能盡此忠賢，不怕程途遙遠，跋涉山川，朕情願與你拜爲兄弟。」玄奘頓首謝恩。唐王果是十分賢德，就去那寺裏佛前，與玄奘拜了四拜，口稱「御弟聖僧」。玄奘感謝不盡道：「陛下，貧僧有何德何

---

[27] 李豐楙將《西遊記》視為「奇傳體」小說，依道教觀點分析《西遊記》的義理結構和敘述結構合而為一的現象，頗能說明《西遊記》敘事的深層結構意涵及其表現。參氏著：〈出身與修行：明代小說謫凡敘述模式的形成及其宗教意識——以《水滸傳》、《西遊記》為主〉，《國文學誌》，2003年12月，頁85-113。此文另可見於《明道文藝》第 334 期，2004 年1月，頁102-128。另可參氏著：〈鄧志謨道教小說的謫仙結構：兼論中國傳統小說的神話結構〉一文，亦有針對《西遊記》之奇傳體結構形式表現的相關討論，見《許遜與薩守堅：鄧志謨道教小說研究》（臺北：臺灣學生書局，1997年），頁287-312。

> 能，敢蒙天恩眷顧如此？我這一去，定要捐軀努力，直至西天；如不到西天，不得眞經，即死也不敢回國，永墮沉淪地獄。」隨在佛前拈香，以此爲誓。唐王甚喜，即命回鑾，待選良利日辰，發牒出行，遂此駕回各散。

由引文可知，唐僧之西行取經，乃是有感於唐王意欲普渡衆生、祈保江山的善念，因此願效犬馬之勞以求眞經。因此，唐僧取經行動的開展，便體現爲「弘佛朝聖」的修行旅程，屬於「拯救衆生」的社會契約。此一修行旅程，在以玄奘史實爲中心的認識下，則可以與西方宗教中的「朝聖行」觀點作一參照比較，爲《西遊記》提供最終極也最合宜的表達形式。[28]在求經過程中，玄奘固然必須經驗與孫悟空、豬八戒、沙僧和龍馬等同的贖罪過程，但行滿功成，完成聖教之化，則已超越個體命運的關注。

基本上，在孫悟空護佑唐僧前往西天取經的行動書寫中，《西遊記》的話語構成及其意指實踐，立基於孫悟空的個體生命救贖與取經隊伍的政治使命實踐的相互結合之上進行雙重政治展演，最終在極樂世界的登昇境界中，想像個人心性與群體命運的永恆救贖與終極

---

[28] 余國藩在〈朝聖行——論《神曲》與《西遊記》〉一文中，即根據宗教朝聖的基本特徵提出概括，認為朝聖應包含三種特質：第一，有「聖地」的存在；第二，個人或團體朝「聖地」而行；第三，這種行動可以為「朝聖者」帶來物質或精神上的報償。《西遊記》一書所體現的朝聖之旅，無疑具有與上述特質相近的表現。見氏著，李奭學譯：《余國藩《西遊記》論集》，頁139-180。

歸宿。[29]因此，在重寫的意義上，《西遊記》寫定者在選擇特定敘述形式以敷演孫悟空的生命史時，就可能賦予敘事以意識形態的取向。因此，通過孫悟空被佛祖如來和觀世音菩薩馴化事件以進行歷史闡釋時，其中也必定攜帶著特定的意識形態含義。以今觀之，孫悟空在參與唐僧取經隊伍之前原屬道教系統人物，因大鬧天宮以致「因罪謫凡」，等待救贖。之後，在佛祖如來昭示與蒙受觀世音菩薩感召，最終選擇「棄道從釋」，因而進入取經隊伍，與豬悟能、沙悟淨和龍馬共同護佑唐僧前往西天取經，秉教迦持，共修正果。從《西遊記》的結局中可見，唐僧師徒因取經成功，圓滿達成使命，因而得以「五聖成眞」，登昇極樂世界。由此可見，在重建樂園的意義上，取經作爲救贖必經之試煉過程，基本上是在佛教信仰的護持下接受與完成既定的魔難考驗，方能登昇成佛，重返樂園。由此可見，取經隊伍的形成及其行動歸向，可以說反映了《西遊記》作爲一種話語的另一個重要的思想命題：佛／道之功。

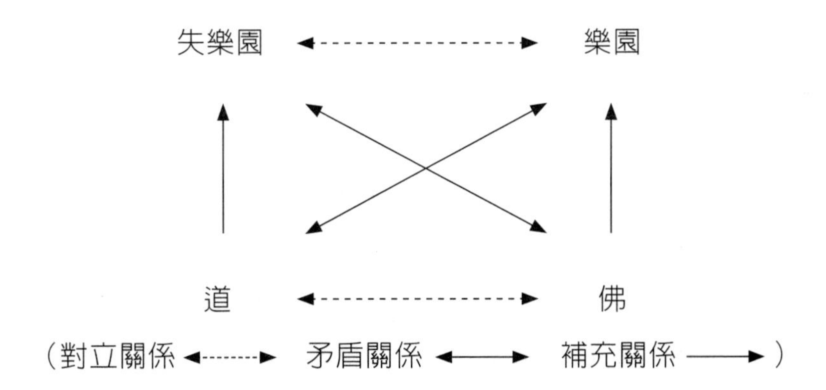

[29] 劉戈論及《西遊記》的主題時，認為西方取經的目的是「拯救」，並從對拯救者、墮落者、天下蒼生和失落精神四方面的拯救進行分析，可為參考。見氏著：《《西遊記》新詮》（北京：學苑出版社，2002年），頁13-132。

正是在佛祖如來昭示和觀世音菩薩的感召之下，孫悟空才能夠參與唐僧取經隊伍，最終並得以完成個人救贖與普救衆生的雙重政治契約。不論從「小我」的個體契約或「大我」的社會契約建立的角度來說，《西遊記》寫定者藉由孫悟空參與取經行動，以表達重建樂園的政治願望，其寫作意圖可謂昭然若揭。

歷來論者對於《西遊記》一書宗教意涵的詮解，總是不遺餘力，爭辯不斷。倘若不從索隱研究角度考慮儒、釋、道三教的可能／實質影響，而單就重建樂園的觀點來說，在佛、道之功的還原敘述之上，《西遊記》寫定者對於孫悟空「棄道從釋」的描寫，其實已藉由各種形象書寫和預設的結構安排而賦予情節事件以特定意涵。今將孫悟空從太上老君的八卦爐中逃離和觀世音菩薩授予唐三藏金箍與緊箍咒以約束孫悟空的情節進行對比，便可見佛、道之功何者為重。且觀第七回敘述者講述孫悟空趁隙逃離兜率宮的情形：

> 那老君到兜率宮，將大聖解去繩索，放了穿琵琶骨之器，推入八卦爐中，命看爐的道人、架火的童子，將火扇起煅煉。原來那爐是乾、坎、艮、震、巽、離、坤、兑八卦。他即將身鑽在「巽宮」位下。巽乃風也，有風則無火。只是風攪得烟來，把一雙眼熖紅了，弄做个老害病眼，故喚作「火眼金睛」。眞个光陰迅速，不覺七七四十九日，老君的火候俱全。忽一日，開爐取丹。那大聖雙手侮著眼，正自揉搓流涕，只聽爐頭聲响。猛睜睛看見光明，他就忍不住，將身一縱，跳出丹爐，吻喇一聲，蹬倒八卦爐，往外就

> 走。慌得那架火、看爐與丁甲一班人來扯，被他一个个都放倒，好似癲癇的白額虎，風狂的獨角龍。老君趕上抓一把，被他一捽，捽了个倒栽蔥，脱身走了。即去耳中掣出如意棒，迎風幌一幌，碗來粗細，依然拿在手中，不分好歹，卻又大亂天宮，打得那九曜星閉門閉户，四天王無影無形。

又觀第十五回敘述者講述觀世音菩薩和孫悟空在蛇盤山鷹愁澗的一場對話：

> 那菩薩與揭諦不多時到了蛇盤山，却在那半空裡留住祥雲，低頭觀看。只見孫行者正在澗邊叫罵。菩薩著揭諦喚他來。那揭諦按落雲頭，不經由三藏，直至澗邊，對行者道：「菩薩來也。」行者聞得，急縱雲跳到空中，對他大叫道：「你這个七佛之師，慈悲的教主，你怎麼生方法兒害我！」菩薩道：「我把你這個大膽的馬流，村愚的赤尻。我倒再三盡意，度得个取經人來，叮嚀教他救你性命，你怎麼不來謝我活命之恩，反來與我嚷鬪？」行者道：「你弄得我好哩。你既放我出來，讓我逍遙自在耍子便了。你前日在海上迎著我，傷了我幾句，教我來盡心竭力伏侍唐僧便罷了，你怎麼送他一頂花帽，哄我戴在頭上受苦？把這个箍子長在老孫頭上，又教他念一卷甚麼《緊箍兒

> 咒》，著那老和尚念了又念，教我這頭上疼了又疼，這不是你害我也？」菩薩咲道：「你這猴子，你不遵教令，不受正果，若不如此拘係你，你又誑上欺天，知甚好歹？再似從前撞出禍來，有誰收管？須是得這个魔頭，你纔肯入我瑜伽之門路哩。」

由上述引文的對比中清楚可見，孫悟空之被道、佛馴服與否以及選擇棄道從釋的敘事安排，在某種程上可以說反映了《西遊記》寫定者的宗教意識和價值觀念。而事實上，《西遊記》寫定者對於道、佛的抉擇，更具體體現在歷史政治層面之上。今可見者，唐僧接受唐太宗任命西行取經之前，乃經過了傅奕與蕭瑀之間一場有關佛旨的激烈辯論。第十一回敘述者寫道：

> 太宗召太僕卿張道源、中書令張士衡，問佛事營福，其應何如。二臣對曰：「佛在清淨仁恕，果正佛空。周武帝以三教分次：大慧禪師有贊幽遠，歷衆供養而無不顯；五祖投胎，達摩現像。自古以來，皆云三教至尊而不可毀，不可廢。伏乞陛下聖鑒明裁。」太宗甚喜道：「卿之言合理。再有所陳者，罪之。」遂著魏徵與蕭瑀、張道源邀請諸佛，選舉一名有大德行者作壇主，設建道場。衆皆頓首謝恩而退。自此時出了法律：但有毀僧謗佛者，斷其臂。

在這場論辯之中可見，佛教作爲西域胡教之法，無君臣父子，夷犯中國，不爲傅奕所代表的傳統儒家文人所接受，直視爲「無父之教」。但在傅奕與蕭瑀的論辯過程之中，《西遊記》寫定者卻有意在周武帝以三教分次的歷史背景中，強化唐太宗擇佛以渡化冤魂的決定，並嵌入佛祖如來勸化眾生的救世意圖之中。最後由唐太宗聖裁設建道場，舉辦超渡冥府孤魂法會，唐僧才得以擔任壇主講法，並應命取經。由此不難想像，「佛」在籲求救世的政治願望實踐過程中所扮演的角色，當屬重要。不論從個人或歷史的選擇來說，《西遊記》寫定者在佛／道抉擇之功的思想命題之上進行探求救世之道的演義，其中孫悟空受到佛祖如來馴服和觀世音菩薩感召而選擇棄道從釋，並護佑唐僧完成取經任務，便格外具有意義。

進一步來說，面對自我救贖與渡化眾生的雙重政治籲求，《西遊記》寫定者在道、佛之間無疑做了一次抉擇，其重要性不言可喻。有關「棄道從釋」敘事的建置，可謂反映了《西遊記》寫定者探求治世之道時的一種價值選擇，有其不可忽視的意識形態取向。不過細觀此一選擇的具體意義時則可發現，《西遊記》固然在敘事中體現出崇佛的意識傾向，但卻並非普遍全面接受佛教各派義旨，而是立足於個人與歷史雙重救贖的政治願望之上，並將之完全寄託在「大乘佛教」的教法義理的實踐過程中，帶有強烈的「濟世」思想。第十二回敘述者講述玄奘講演小乘教法時，遭到觀世音菩薩制止，提示大乘佛教之功：

> 菩薩道：「你這小乘教法，度不得亡者超昇，只可渾俗和光而已。我有大乘佛法三藏，能超亡者昇天，能度難人脱苦，能修無量壽身，能作無來無去。」……太宗道：「你既來此處聽講，只該吃些齋便了，爲何與我法師亂講，擾亂經堂，誤我佛事？」菩薩道：

「你那法師講的是小乘教法，度不得亡者昇天。我有大乘佛法三藏，可以度亡脫苦，壽身無壞。」太宗正色喜問道：「你那大乘佛法在于何處？」菩薩道：「在大西天天竺國大雷音寺我佛如來處，能解百冤之結，能消無妄之災。」太宗道：「你可記得麼？」菩薩道：「我記得。」太宗大喜道：「教法師引去，請上臺開講。」

顯然地，重建樂園的政治契約之建立與實踐，必須在大乘佛教教法的引領下，才能完成個人救贖與衆生度化的功業。事質上，佛教之功具體體現在心／魔相互鬥爭時，唐僧師徒秉持以觀世音菩薩爲代表的大乘佛教的救世信念，因而得以在重重考驗之中受到庇護和協助，進而除魔斬妖，努力達成政治使命。第十五回敘述者講述觀世音菩薩應許孫悟空遇難親救，並贈予本事：

行者扯住菩薩不放道：「我不去了，我不去了！西方路這等崎嶇，保這个凡僧，幾時得到？似這等多磨多折，老孫的性命也難全，如何成得甚麼功果。我不去了！我不去了！」菩薩道：「你當年未成人道，且肯盡心修悟；你今日脫了天災，怎麼倒生懶惰？我門中以寂滅成眞，須是要信心果正。假若到了那傷身苦磨之處，我許你叫天天應，叫地地靈。十分再到那難脫之際，我也親來救你。你過來，我再贈你一般本事。」菩薩將楊柳葉兒摘下三個，放在行者的腦後，

> 喝聲：「變！」即變做三根救命的毫毛。教他：「若到那無濟無主的時節，可以隨機應變，救得你急苦之災。」行者聞了這許多好言，纔謝了大慈大悲的菩薩。那菩薩香風繞繞，彩霧飄飄，徑轉普陀而去。

在《西遊記》中，觀世音菩薩以其救苦救難、施恩濟世的形象代表，每每現身解救唐僧師徒於危難之中，成爲一股重要的信仰力量，諸如「觀世音收伏熊羆怪」（第十七回），「觀世音甘泉活樹」（第二十六回），「觀音慈善縛紅孩」（第四十二回），「觀音現像伏妖王」（第七十一回）等等，皆顯見觀世音菩薩「普濟世人垂敏恤」的宗教精神。[30]

從重寫素材的意圖來說，在佛／道之功的思想命題主導下，當「西方佛教」取代「中土道教」馴服孫悟空並成爲收伏心猿的律法時，孫悟空的皈依行動，除了是基於自我生存與重獲自由的需要所做的決定之外，實際上更可能反映了一場思想價值體系的轉換正在宗教信仰抉擇之中積極醞釀，攸關治世大道的探索與思辯。因此，通過宗教信仰選擇以進行歷史闡釋時，《西遊記》的話語構成體現出一種特殊的價值邏輯和文化取向。

---

[30] 觀音是最富有中國特色的菩薩，民間對她的崇信遠在其他諸佛神之上。觀音作為民間信仰的核心，在《西遊記》中體現的最清楚。參刑莉：《觀音——神聖與世俗》（北京：學苑出版社，2001年），頁2。

第四節　己群之合：生命救贖與政治契約的履踐

《西遊記》敘事源諸玄奘取經史實，乃以弘佛朝聖的取經旅程作爲情節事件發展主體，整體話語創造作爲一種象徵行爲，直可視爲時間過程與價值判斷的整合性系統。承前文所論，在重建樂園的雙重政治契約展演中，取經行動一方面落實在孫悟空、豬悟能、沙悟淨和龍馬各自以待罪之身修行，期待修成正果完成自我救贖，另一方面又反映在唐僧領命朝聖的政治契約履踐，期能達成使命拯救衆生。在《西遊記》的情節建構中，對於靈山的追尋和想像，不僅提供了一個在時空距離當中可以投射的理想烏托邦遠景，而且藉由心／魔鬥爭的各種想像性的解決，乃充分表達了重整世俗人間混亂秩序的政治願望和精神籲求，其話語構成體現出一種政治式寫作傾向。[31]

從《西遊記》宗教信仰的價值抉擇中可見，唐僧師徒所組成的取經隊伍，主要是經由佛祖如來昭示和觀世音菩薩感召，分別在棄道從釋與弘佛朝聖的信仰選擇基礎上完成建構的。在雙重救贖意識的主導下，《西遊記》寫定者爲凸顯取經使命的神聖性，乃以八十一難作爲試煉之途，對於唐僧師徒進行各種心／魔鬥爭的考驗，藉以強化取經事業的烏托邦功能，無疑有其積極意義。因此，即便唐僧師徒已然抵

---

[31] 張錦池在〈論《西遊記》思想和寫法上的總體特點與文化特徵〉一文中認為：從宋元取經故事演化為世本《西遊記》，世本《西遊記》之思想與寫法，主要在於表達宗教光環下的塵俗治平求索。見氏著：《《西遊記》考論》（修訂版）（哈爾濱：黑龍江教育出版社，2003年），頁231-232。

達靈山，仍必經受命定之磨難，以合天命之數。[32]且觀第九十九回敘述者講述唐僧四衆心志虔誠，歷經各種災愆患難，在觀世音菩薩檢視難簿之後發現尚少一難，囑咐金剛還生一難，引詩曰：

> 九九歸眞道行難，堅持篤志立玄關。
> 必須苦煉邪魔退，定要修持正法還。
> 莫把經章當容易，聖僧難過許多般。
> 古來妙合參同契，毫髮差殊不結丹。

由此可見，八十一難被視爲取經旅程之中命定的試煉，最終能否順利圓滿通過考驗，完全必須視取經成員能否守正持忠，一心朝聖。一旦心神游移，意志不堅，必將在心／魔鬥爭中遭受精神與肉體的殘害，更遑論取得眞經用以勸化衆生、拯救生民。不過，從《西遊記》的預述性敘事框架來看，唐僧師徒受到六丁六甲、五方揭諦、四值功曹、一十八位護教伽藍的保護，各各輪流值日聽候，晝夜不離左右，緩緩西行，最終得以在秉持靈山信仰中完成取經使命，修成正果，登昇極樂世界。不可否認，此一喜劇結局的安排，雖可能在歡慶的場景中完全消解了取經行動的種種艱難，但卻也增強了正心修行的信念。

基本上，前往西方靈山取經的修行旅程，並不只是身體上或心理上對唐僧師徒進行某種形式上的考驗而已，更重要的是，在這一場重建樂園的政治使命實踐過程中，如何在「西遊釋厄」的重重試煉過程中完成取經任務，並由此建立「仁」、「善」的極樂世界，無非關乎

---

[32] 有關《西遊記》的命定觀討論，參許麗芳：〈命定與超越：《西遊記》與《紅樓夢》中歷劫意識之異同〉，《漢學研究》23卷第2期，2005年12月，頁231-256。

自我與現實人世是否能夠因而得到雙重救贖，乃是《西遊記》一書的寫作重心之所在。第十三回唐僧臨行之前與衆僧議論取經原由，即已發表宣言道：

> 眾僧們燈下議論佛門定旨，上西天取經的原由。有的說水遠山高，有的說路多虎豹；有的說峻嶺陡崖難度，有的說毒魔惡怪難降。三藏拑口不言，但以手指自心，點頭幾度。眾僧們莫解其意，合掌請問道：「法師指心點頭者，何也？」三藏答曰：「心生，種種魔生；心滅，種種魔滅。我弟子曾在化生寺對佛設下洪誓大願，不由我不盡此心。這一去，定要到西天見佛求經，使我們法輪回轉，願聖王皇圖永固。」眾僧聞得此言，人人稱羨，个个宣揚，都叫一聲：「忠心赤膽大闡法師！」誇讚不盡，請師入榻安寐。

因此，從命定歷劫的角度來說，取經之行勢必可能要面臨各種心／魔鬥爭，唐僧師徒惟有將「靈山只在心頭」作爲一種內在價値信仰，才能逐一戰勝心中妖魔。不過値得注意的是，前往靈山既作爲唐僧領命重建樂園世界的最終歸宿，靈山信仰固然提供了一種關於修行儀式賴以建立的根本信念，引領唐僧及其師徒前行西方以求完成政治契約，但在九九八十一難的各種心／魔鬥爭中，卻總是不斷透露出難以抵達的弔詭意識，並自始至終每每反映在唐僧的畏禍、恐懼與擔憂之上，此一形象與唐僧出發前的宣言形成極大反差，更與宗教史上的聖僧作爲大相逕庭，整體敘事話語因而構成一種強烈的嘲諷意味。如第十五回敘述者講述唐僧坐騎遭到龍馬吞噬時云：

> 三藏道：「既是他吃了，我如何前進？可憐呵！這萬水千山，怎生走得。」說著話，淚如雨落。行者見他哭將起來，他那裡忍得住暴燥，發聲喊道：「師父莫要這等膿包形麼！你坐著，坐著。等老孫去尋著那廝，教他還我馬匹便了。」三藏卻才扯住道：「徒弟啊，你那裏去尋他？只怕他暗地裡攛將出來，卻不又連我都害了？那時節人馬兩亡，怎生是好？」行者聞得這話，越加嗔怒，就叫喊如雷道：「你忒不濟！不濟！又要馬騎，又不放我去，似這般看著行李，坐到老罷。」

又第九十八回敘述者講述唐僧師徒因未備人事而取得無字白經，燃燈古佛吩咐白雄尊者駕狂風吹落經包以暗助唐僧時云：

> 那唐長老正行間，一聞香風滾滾，只道是佛祖之禎祥，未曾提防。又聞得响一聲，半空中伸下一隻手來，將馬馱的經，輕輕搶去，唬得個三藏搥胸叫喚，八戒滾地來追，沙和尚護守著經擔，孫行者急趕去如飛。那白雄尊者，見行者趕得將近，恐他棍頭上沒眼，一時間不分好歹打傷身體，即將經包捽碎，拋落塵埃。行者見經包破落，又被香風吹得飄零，却就按

> 下雲頭顧經，不去追趕。那白雄尊者收風斂霧，回報古佛不題。八戒去追趕，見經本落下，遂與行者收拾背著，來見唐僧，唐僧滿眼垂淚道：「徒弟哑！這个極樂世界，也還有兇魔欺害哩。」

事實上，即便烏巢禪師早已授與唐僧《多心經》一卷，叮囑常加誦念，即可消除魔瘴。但如同上述引文所見，每當唐僧遭遇妖魔之際，幾乎都會重複探問前往靈山的路程遠近多少，意志游移不堅。在畏禍、恐懼與擔憂的行動表現中，唐僧所賴以信仰的佛教經文，並未能為他開化智慧，協助因應各種危難的解決，反倒是由於唐僧秉其愚善思想，不辨妖魔之身，因而屢屢招致禍患。這樣一種反差，在在都使得求經行動本身在自我解構當中，形成一種深具嘲諷意味的敘事話語。從重寫素材的修辭策略運用來說，《西遊記》寫定者的確有意採取戲擬敘述的姿態，針對唐僧面對妖魔之時的畏禍心態極盡嘲諷之能事。在某種意義上，這樣的敘事安排，除了可以凸顯出《西遊記》寫定者欲借唐僧西行取經之畏禍心態，表達重建樂園是一段充滿患難且不易達程的曲折歷程之外；更重要的是，《西遊記》寫定者對於佛教信仰力量是否眞正足以讓生民明心見性、潛心修行以脫離苦難，實則帶有不容忽視的質疑態度，顯得極為耐人尋味。

相對於唐僧的愚庸形象，《西遊記》寫定者對於靈山的追尋和想像，顯然將之寄託於孫悟空與生俱來的神通變化能力和鬪戰精神之上。今可見者，在觀世音菩薩的感召下，孫悟空承命護佑取經隊伍朝向天竺國靈山一路前行，無乃取代唐僧成為匯聚取經隊伍的統一性力量。此一統一性力量，無不體現在唐僧對於西行取經旅程發出疑慮之時，孫悟空替代了佛祖如來和觀世音菩薩，扮演起啓悟者的角色。如

第八十五回敘述者講道：

> 正懽喜處，忽見一座高山阻路。唐僧勒馬道：「徒弟們，你看這面前山勢崔巍，切須仔細。」行者笑道：「放心，放心，保你無事。」三藏道：「休言無事。我看那山峰挺立，遠遠的有些兇氣，暴雲飛出，漸覺驚惶，滿身麻木，神思不安。」行者笑道：「你把烏巢禪師的《多心經》早已忘了？」三藏道：「我記得。」行者道：「你雖記得，這有四句頌子，你却忘了哩。」三藏道：「那四句？」行者道：「佛在靈山莫遠求，靈山只在汝心頭。人人有个靈山塔，好向靈山塔下修。」三藏道：「徒弟，我豈不知？若依此四句，千經萬典，也只是修心。」行者道：「不消說了。心靜孤明獨照，心存萬境皆清。差錯些兒成惰懈，千年萬載不成功。但要一片志誠，雷音只在眼下。似你這般恐懼驚惶，神思不安，大道遠矣，雷音亦遠矣。且莫胡疑，隨我去。」那長老聞言，心神頓爽，萬慮皆休。

孫悟空對於唐僧的勸示見諸話語者實多，如「只要你見性志誠，念念回首處，即是靈山」（第二十四回），「師要身閑，有何難事？若功成之後，萬緣都罷，諸法皆空。那時節，自然而然，卻不是身閑也？」（第三十二回），「老師父，你忘了『無眼耳鼻舌身意』。我等出家之人，眼不視色，耳不聽聲，鼻不嗅香，舌不嘗味，身不知寒暑，意不存妄想：如此謂之祛褪六賊。你如今爲求經，念念在意；怕妖魔，不肯捨身；要齋吃，動舌；喜香甜，觸鼻；聞聲音，驚耳；睹事物，凝眸；招來這六賊紛紛，怎生得西天見佛？」（第四十三回），唐僧不解烏巢禪師所授《心經》眞意，孫悟空卻能以無言語文字得其眞解（第九十三回）。凡此種種皆可看見，孫悟空所扮演的啓悟者角色，對於取經目的的澄清和修行方式的提示，有著極爲重要的整合功能。無庸諱言，此一敘事視角與重心的轉換，可以說顯示出《西遊記》寫定者試圖將孫悟空的生命史視爲一個具體的現實性客體，就其形象特徵加以描述，他者形象的轉變對於歷史現實中既存的價值信仰問題有其重新清理的作用，並成爲闡釋歷史的重要形式載體，當具有不可忽視的政治倫理隱喻。尤其當孫悟空生命史的開展，被視爲構成取經旅程中最有活力的部分時，孫悟空已然取代唐僧的位置，從而獲得歷史主體性的地位，其意義的重要性不言可喻。

不過必須進一步討論的是，《西遊記》寫定者雖然在個體行動層面之上認同於孫悟空的神通智慧和戰鬥性格，但事實上似乎更重視從群體合作的層面之上考察孫悟空與取經成員之間的互動關係，值得深入思考。基本上，孫悟空每每都能在取經隊伍處於危難之時挺身而出，爲了達成取經使命而英勇奮戰，並不斷以其自然本性履行積極進取的戰鬥精神，驅使他能以其身體力量和思想力量對抗各種妖魔，顯現出與其他取經成員大爲不同的智慧和能力。不過，這樣的行動表現，卻不免爲招來嫉妒之心，導致個人被驅逐於取經隊伍之外。第二十七回敘述者講述孫悟空打殺白骨精，因豬八戒挑唆唐僧，唐僧念動緊箍咒，並因此恨逐孫悟空：

> 唐僧見他言言語語，越添惱怒，滾鞍下馬來，叫沙僧

包袱內取出紙筆，即于澗下取水，石上磨墨，寫了一紙貶書，遞於行者道：「猴頭，執此爲照，再不要你做徒弟了；如再與你相見，我就墮了阿鼻地獄！」行者連忙接了貶書道：「師父，不消發誓，老孫去罷。」他將書摺了，留在袖中，却又軟款唐僧道：「師父，我也是跟你一場，又蒙菩薩指教；今日半塗而廢，不曾成得功果，你請坐，受我一拜，我也去得放心。」唐僧轉回身不睬，口裡唧唧噥噥的道：「我是个好和尚，不受你歹人的禮。」大聖見他不睬，又使个身外法，把腦後毫毛拔了三根，吹口仙氣，叫：「變！」即變了三个行者，連本身四個，四面圍住師父下拜。那長老左右躲不脫，好道也受了一拜。大聖跳起來，把身一抖，收上毫毛，却又吩咐沙僧道：「賢弟，你是個好人，卻只要留心防著八戒詀言詀語，途中更要仔細。倘一時有妖精拿住師父，你就說老孫是他大徒弟，西方毛怪，聞我的手段，不敢傷我師父。」唐僧道：「我是个好和尚，不提你這歹人的名字，你回去罷。」那大聖見長老三番兩覆，不肯轉意回心，沒奈何纔去。

又第五十六回敘述者講述孫悟空先前誅殺草寇，八戒挑唆唐僧，致使「孫大聖有不睦之心，八戒、沙僧亦有嫉妒之意，師徒都面是背非」，其後又殺取楊老兒的逆子首級，唐僧大驚失色：

> 沙僧放下担子，攙着唐僧道：「師父請起。」那長老在地下正了性，口中念起《緊箍兒咒》來，把个行者勒得耳紅面赤，眼脹頭昏，在地下打滾，只教：「莫念！莫念！」那長老念勾有十餘遍，還不住口。行者番觔斗，竪蜻蜓，疼痛難禁。只叫：「師父饒我罷。有話便説，莫念！莫念！」三藏却纔住口道：「沒話説，我不要你跟了，你回去罷。」行者忍疼磕頭道：「師父，怎的就趕我去耶？」三藏道：「你這潑猴兇惡太甚，不是個取經之人。昨日在山坡下，打死那兩個賊頭，我已經怪你不仁。及晚了到老者之家，蒙他賜齋借宿，又蒙他開後門放我等逃了性命；雖然他的兒子不肖，與我無干，也不該就梟他首。況又殺死多人，壞了多少生命，傷了天地多少和氣。屢次勸你，更無一毫善念，要你何爲！快走，快走！免得又念眞言。」行者害怕，只教：「莫念！莫念！我去也！」説聲去，一路筋斗雲，無影無踪，遂不見了。

所謂「神無定位道難成」，一旦唐僧誤信迷從於其他徒弟言語而「貶退心猿」，那麼取經隊伍隨後便將深陷於極大危難之中，必須等待孫悟空回歸拯救。而事實上，在敘事進程中，《西遊記》寫定者便多次強調孫悟空的重要性，正如觀世音菩薩喻示唐僧一般：「你今須是收留悟空，一路上魔障未消，必得他保護你，才得到靈山，見佛取經。」（第五十八回）由此看來，在《西遊記》寫定者的敘事意識中，不論在個人救贖或歷史救贖方面，取經隊伍成員都必須學習克制各自本性，在取經修行的象徵秩序中通體合作，達成同心一念的共識，才能共同完成取經使命。[33]在此一前提下，取經隊伍之間潛在的矛盾和衝突，可以說又反映了《西遊記》作爲一種話語的另一個重要的思想命題：己／群之合。

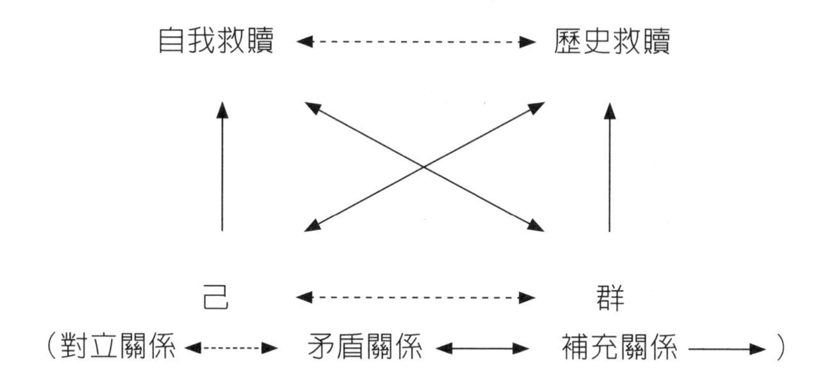

基本上，在己／群之合的思想命題演義之上，唐僧取經隊伍的建立，爲孫悟空、豬八戒、沙僧和龍馬提供更生與解脫的門徑，然而同時也強調必須透過唐僧師徒的互賴互信，才能共同努力達成修行「善根」與積聚「功果」的目的。[34]正如孫悟空所言：「佛恩有德有和融，同幼同生意莫窮。同住同修同解脫，同慈同念顯靈功。同緣同相心貞契，同見同知道轉通。豈料如今無主杖，空拳赤腳怎興隆！」（第五十一回）因此，孫悟空潛心篤志參佛，與取經隊伍共同努力修身煉

---

[33] （美）浦安迪（Andrew H Plaks）指出：貶退心猿造成取經隊伍的「不和」問題，「在好幾個關鍵場合幾乎達到要中斷取經進程的地步。這在翔實描述取經集體分裂的那幾個情節裡表現得最為生動，那就是兩次『放心猿』事件，每一次放逐都導致幾乎解體的危險狀態。」見氏著，沈亨壽譯：《明代小說四大奇書》（*The Four Masterworks of the Ming Novel: Ssu ta ch'i-shu*）（北京：中國和平出版社，1993 年），頁182。

[34] 余國藩：〈源流、版本、史詩與寓言——英譯本《西遊記》導論〉，見氏著，李奭學譯：《余國藩《西遊記》論集》，頁136。

魔，彼此之間並不容許時刻分離。在某種意義上，雖然孫悟空以其勇於戰鬥之自然本性和精神斬妖除魔，被賦予了強大而神聖之生命能量，但基於取經救世之政治使命，孫悟空仍然必須在某種程度上接受「五聖一體」的觀念，與豬八戒、豬悟能和龍馬共同合作，協助唐僧完成取經任務。第二十九回敘述者即曾經引詩曰：

> 妄想不復強滅，眞如何必希求。
> 本原自性佛前修，迷悟豈居前後。
> 悟即剎那成正，迷而萬劫沉流。
> 若能一念合眞修，滅盡恆沙罪垢。

《西遊記》寫定者爲說明己／群之合對於取經救世的重要性，乃有意在敘事進程之中製造取經成員彼此之間的矛盾與衝突，並安排孫悟空幾度被驅逐出唐僧取經隊伍的事件，由此暗示取經行動之成功與否，必須取決於取經四衆五聖之間是否能夠「一念合眞修」，建立同心一念的共識。此一敘事安排，可謂寓意深刻。[35]隨著唐僧師徒歷經八十一難的考驗，終抵靈山，達成取經使命，最終五聖一體成眞，正說明了己／群之合的重要性。第一百回敘述者引詩曰：

> 一體眞如轉落塵，合和四相復修身。
> 五行論色空還寂，百怪虛名總莫論。
> 正果旃檀皈大覺，完成品職脫沉淪。

---

[35] 鄭明娳從寓言角度立論，對於《西遊記》一書主題進行發微時，認為修心是《西遊記》的主題，而降伏心魔，必須有待五聖一體的契合如一，才能有其完美結果。見氏著：《《西遊記》探源》（全一冊・下），頁42。

經傳天下恩光闊，五聖高居不二門。

值得注意的是，孫悟空以他者形象出現，起於顛覆既有政治倫理秩序，終於五聖一體完成取經救世任務。在某種意義上，孫悟空之參與取經，的確具有烏邦欲望實踐的整合功能。不論從試煉修行或弘佛朝聖的角度來看，孫悟空心性之馴服過程被當作考察歷史現實的形式載體時，《西遊記》寫定者固然從取經旅程的心／魔鬥爭中書寫唐僧師徒必經之種種試煉和苦難，但實質上卻是從己／群關係的思想命題中演義孫悟空如何整合取經隊伍，實現個人救贖與衆生拯救的雙重政治使命，最終得以完成烏托邦敘事的建構。無庸置疑，孫悟空最終登昇極樂世界並成爲「鬪戰勝佛」，個人生命史作爲一種寓言的建構，在歷史闡釋中顯然有著更爲深切的文學想像和政治思維。

第五節　生命自由：明心見性與重返樂園的終極追求

《西遊記》試圖爲現實尋找歷史，重寫素材的修辭策略運用，目的並不在於重述玄奘取經史實，而是發現現實轉折中的內在需要，所以自我救贖與歷史救贖的願望都因而壓縮在孫悟空生命史的書寫之中，並在象徵性的情節建構中創造出一種具有特定解釋力的歷史寓言。[36]因此，當《西遊記》寫定者有意以孫悟空生命史之編纂作爲故事講述前提時，斬妖除魔的鬥爭行動在儒、釋、道三教修辭術語背景

---

[36] （美）海登・懷特在〈作為文學仿製品的歷史文本〉一文中指出：敘事就是「一種解碼和再編碼的過程，在這個過程中，根據慣例、權威或習俗所編碼的原始感知被置於一個不同的比喻模式中而得以澄清。因此，原始編碼與後來編碼形成鮮明的對照，這就構成了敘事的解釋力。」見氏著，陳永國、張萬娟譯：《後現代歷史敘事學》，頁188。

中被當作特定編碼的敘事方法，用以解釋構成敘事的事件，在某種意義上，便說明了他已發現隱藏在事件之內或背後的支配規律，從而在意識形態主導中創造特定的故事類型。

以今觀之，《西遊記》的情節建構主體，乃在於講述孫悟空護佑唐僧師徒安抵天竺國靈山，取得三藏眞經，最終完成拯救衆生的使命。基本上，在《西遊記》寫定者預設的宗教編碼中，大體上每一場戰鬥都可能解讀爲一個時空體，有其各自的試煉意涵。九九八十一難情節原型的設置，表面上似乎不過是「遇妖—戰鬥—收妖」的重複展演，充滿了簡單和虛假的複雜性。然而，心／魔對立的乏味敘事，卻每每因所涉及的宗教意識及其辯證而別具意味，更在孫悟空鬪戰精神的積極展演中，顯得興味盎然。面對各種妖魔的誘惑和侵犯，取經隊伍無不倚賴孫悟空與生俱來的除惡務盡的戰鬥精神，才能一一斬妖除魔，順利達成取經任務，最終共同修成正果，登昇極樂世界。孫悟空以他者形象參與取經隊伍，無乃成爲統攝取經隊伍的命運及其走向的重要關鍵要素，既具有整合素材的修辭功能，同時也具有闡釋現實的解釋作用，整體形象塑造實際上有其特定的政治倫理隱喻。在此一認知基礎上，有關孫悟空生命史的書寫，作爲《西遊記》話語建構的主軸，無疑在「文學」與「政治」的想像上，體現出不可忽視的雙重辯證的闡釋性質。

不過，值得討論的是，孫悟空究竟爲何必須持續不斷地戰鬥？當論者不斷強調孫悟空以其英雄特質「護僧取經」而完成「福國淑世」的豐功偉業時，卻似乎遺忘了孫悟空以他者形象出現於道、佛主宰的人文秩序和政治體系時，因求名欲望而大鬧三界，導致衆神靈紛紛表奏「妖孽」爲亂，請旨遣將收降「妖猴」，此時的孫悟空即便已經學道成仙，仍然被視爲必須除去的「妖仙」。第三回敘述者講述孫悟空因賣弄變化被須菩提祖師驅逐離開靈臺方寸山三星洞，重返東勝神洲花果山之後，便以其神力剿滅混世魔王，雄霸一方，不僅七十二洞妖王參拜猴王爲尊，而且更遍訪英豪，結爲賢友：

> 他放下心，日逐騰雲駕霧，遨遊四海，行樂千山。施武藝，遍訪英豪；弄神通，廣交賢友。此時又會了个七弟兄，乃牛魔王、蛟魔王、鵬魔王、獅狔王、獼猴王、㺄狨王，連自家美猴王七个。日逐講文論武，走斝傳觴，絃歌吹舞，朝去暮回，無般兒不樂。

在前七回中，《西遊記》寫定者對於孫悟空作爲妖魔形象的行動與本質的展演，可謂歷歷在目。然而，當孫悟空因觀世音菩薩感召而展開護僧取經之時，面對妖魔之際所展現出的鬪戰精神與行動，已使得原先的妖魔身分歷經了一次次的蛻化，逐漸轉變成爲眞正的「行者」。如第六十一回敘述者講述孫悟空與牛魔王大賭變化，兩人在半空中有一場好殺：

> 齊天孫大聖，混世潑牛王，只爲芭蕉扇，相逢各騁強。粗心大聖將人騙，大膽牛王把扇駈。這一个，金箍棒起無情義；那一个，雙刃青鋒有智量。大聖施威噴彩霧，牛王放潑吐毫光。齊鬪勇，兩不良，咬牙剉齒氣昂昂。播轉揚塵天地暗，飛砂走石鬼神藏。這个說：「你敢無知返騙我！」那个說：「我妻許你共相將！」言村語潑，性烈情剛。那个說：「你哄人妻女

> 眞該死，告到官司有罪殃！」伶俐的齊天聖，兇頑的大力王，一心只要殺，更不待商量。棒打劍迎齊努力，有些鬆慢見閻王。

倘將孫悟空與衆多妖魔的關係一一清理，則可發現孫悟空與妖魔之別，正符合觀世音菩薩親身演法所示：「菩薩、妖精，總是一念；若論本來，皆屬無有。」（第十五回）由此可見，《西遊記》寫定者乃有意以神話想像隱喻精神現象，由此重構了神與魔之間的界限。[37]因此，日後孫悟空面對各種強大難伏的妖魔時，除了自然之怪外，事實上都可歸於唐僧師徒「二心競鬪」所致。對於孫悟空而言，此一心／魔交戰情形，當以六耳獼猴的出現爲其重要象徵。第五十八回敘述者講述二行者在一處，果是不分眞假。「眞猴實受沙門教，假怪虛稱佛子情。蓋爲神通多變化，無眞無假兩相平。」連觀世音菩薩都難以區別眞假，必須有賴佛祖如來親身指點，最終方能收伏：

> 我佛合掌道：「觀音尊者，你看那兩个行者，誰是眞假？」菩薩道：「前日在弟子荒境，委不能辨。他又至天宮、地府，亦俱難認。特來拜告如來，千萬與他辨明辨明。」如來笑道：「汝等法力廣大，只能普閱周天之事，不能徧識周天之物，亦不能廣會周天之種類也。」菩薩又請示周天種類。如來才道：「周天之內有五仙：乃天、地、神、人、鬼。有五蟲：乃嬴、

[37] 楊義：《中國古典小說史論》（北京：中國社會科學出版社，1995年），頁324-329。

> 鱗、毛、羽、昆。這廝非天、非地、非神、非人、非鬼；亦非鸁、非鱗、非毛、非羽、非昆。又有四猴混世，不入十類之種。」菩薩道：「敢問是那四猴？」如來道：「第一是靈明石猴，通變化，識天時，知地利，移星換斗。第二是赤尻馬猴，曉陰陽，會人事，善出入，避死延生。第三是通臂猿猴，拿日月，縮千山，辨休咎，乾坤摩弄。第四是六耳獼猴，善聆音，能察理，知前後，萬物皆明。此四猴者，不入十類之種，不達兩間之名。我觀『假悟空』乃六耳獼猴也。此猴若立一處，能知千里外之事；凡人說話，亦能知之，故此善聆音，能察理，知前後，萬物皆明。與眞悟空同像同音者，六耳獼猴也。」

當佛祖如來在靈鷲峰講論「色空」禪理之際，受觀音請求親自現身說法並收伏六耳獼猴。當時孫悟空「輪起鐵棒，劈頭一下打死」，這才使得孫悟空從此棄絕「二心」，與豬八戒、沙僧和龍馬，同心戮力護佑唐僧趕奔西天取經。借陳元之〈《西遊記》序〉所言：「故魔以心生，亦以心攝。是故攝心以攝魔，攝魔以還理。還理以歸之太初，即心無可攝。」[38]由此可見，心／魔鬥爭作為一種象徵寓言，無乃在斬妖除魔過程中強調了心性修持的重要性。[39]

---

[38] 見朱一玄、劉毓忱編：《《西遊記》資料彙編》，頁225。

[39] 鄭明娳：《《西遊記》探源》（全一冊・下），頁29-37。

進一步來說，關於孫悟空前後形象的轉變及其面對妖魔所展現的積極鬪戰行動的探討，仍然必須回歸到孫悟空大鬧天宮，終被佛祖如來鎮伏於五行山下一事進行考察。今可見者，佛祖如來奉玉帝之請，前來中土收伏孫悟空。如來與孫悟空賭賽，若孫悟空能夠「一觔斗打出我這右手掌中」，「就請玉帝到西方居住，把天宮讓你」，「若不能打出手掌，你還下界爲妖，再修幾劫，卻來爭吵」。孫悟空駕觔斗雲，一縱十萬八千里，卻在盡頭路第一根柱子根下撒了一泡猴尿，並寫下一行大字云：「齊天大聖，到此一遊。」於是翻轉觔斗雲，徑回本處。得意之際，被如來責罵：「我把你這個尿精猴子，你正好不曾離了我掌哩。」（第七回）從此，猴王推出西天門外，被五指化作金、木、水、火、土的五座聯山——「五行山」，輕輕壓住，必須等待取經人前來解救。而事實上，佛祖如來對於孫悟空的收伏行動不止於此。第八回敘述者講述觀世音菩薩奉旨前往長安時，如來除了交付一領「錦襴袈裟」、一根「九環錫杖」，並取出「三個箍兒」給觀音：

> 如來又取出三個箍兒，遞與菩薩道：「此寶喚做『緊箍兒』，雖是一樣三個，但只用各不同。我有金緊禁的咒語三篇。假若路上撞見神通廣大的妖魔，你須是勸他學好，跟那取經人做个徒弟。他若不伏使喚，可將此箍兒與他戴在頭上，自然見肉生根。各依所用的咒語念一念，眼脹頭疼，腦門皆裂，管教他入我門來。」

如前文所言，孫悟空之參與唐僧取經隊伍，乃是在佛祖如來昭示之下所建構的一場試煉除罪／弘佛朝聖之行。因此，在觀世音菩薩的感召和唐僧的解救之下，孫悟空才能脫離五行山的鎮伏，展開自我救贖之旅。具體來看，孫悟空選擇棄道從釋，秉教迦持，一則報答觀世音菩薩的知遇之恩，一則報答唐僧師父的解救之情，因而遵從契約和使命護佑玄奘西行取經。然而，孫悟空雖已皈依佛教，但個人行事仍一憑野性本能和意志，未能遵從佛教戒律，因而一味打殺妖魔，缺乏「戒殺」善念。第十四回敘述者講述行者打殺「六賊」，引發唐僧怒責：

> 行者道：「不瞞師父說，我老孫五百年前，據花果山稱王爲怪的時節，也不知打死多少人。假似你說這般到官，倒也得些狀告是。」三藏道：「只因你沒收沒管，暴橫人間，欺天誑上，纔受這五百年前之難。今既入了沙門，若是還相當時行兇，一味傷生，去不得西天，做不得和尚。忒惡！忒惡！」

由於孫悟空打殺六賊，太過兇頑，又不服教誨，因此被唐僧逐離。之後，觀世音菩薩現身將「定心眞言」和「金箍」交付唐僧，指示給予孫悟空穿戴。當孫悟空受觀世音菩薩勸說返尋師父之際，被唐僧誘騙而將金箍戴在頭頂之上，從此便無法取下，直到日後完成佛祖如來預設的取經重任。從此，只要孫悟空大開殺戒，缺乏慈悲好善之心，便會遭受到唐僧念動眞言的懲罰。倘就此考察《西遊記》的情節建構，則可以了解爲何孫悟空既必須在護僧取經旅程之中不斷斬妖除魔，又必須學習戒殺，常保仁善之心的主要原因。由此看來，孫悟空因受到「金箍」與「定心眞言」的控制，從此心性不得隨意發揮，因此如何能夠早日脫卻金箍箝制，由此獲得眞正的自由，便成爲孫悟空一路秉教迦持，護僧取經，期待早日修成正果以獲解脫的終極願望。[40]倘將孫悟空因大鬧天宮而被鎮前後形象轉變情形作一對比可知，《西遊記》敘事所展演的正心修行寓言，無疑一一落實在孫悟空生命史及其鬪戰行動的書寫之上，具有極爲深刻的思想寓意。此一情節建構的方式，便可能反映了《西遊記》敘事的主題寓意：追求自由。

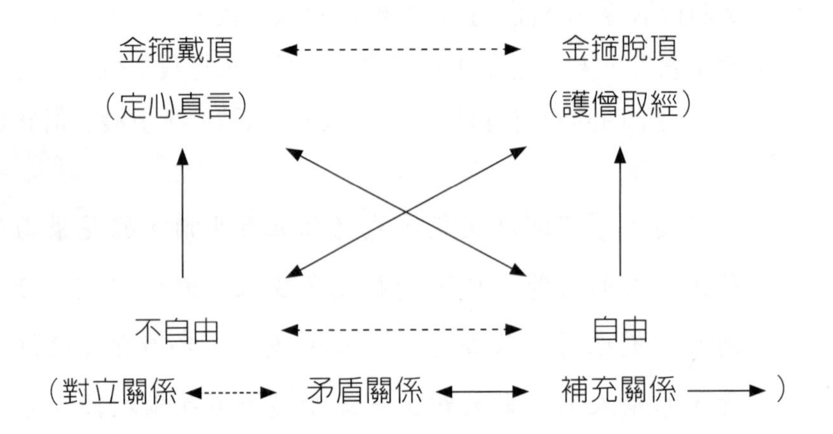

如前文所言，唐僧兩度貶退心猿、恨逐美猴王，都造成取經隊伍陷入絕境，必須等待孫悟空回歸救援，方能脫困，繼續前行靈山之路。然而，孫悟空面對師父唐僧的屢屢誤解，不免心灰意冷，每每興起放棄護僧取經的念頭，而此一念頭的產生，必然都反映要求脫卸金箍的期望之上，如「屍魔三戲唐三藏，聖僧恨逐美猴王」之時，孫悟空即要求唐僧念誦《鬆箍兒咒》，回去才得見故鄉之人（第二十七回）。甚至在面對觀世音菩薩和佛祖如來之時，孫悟空仍然想盡辦法要將金箍取下，求得解脫。如第四十二回敘述者講述觀世音菩薩現身幫助孫悟空收縛紅孩兒，因怕孫悟空騙取淨瓶與龍女，要求留取當頭：

---

[40] 劉戈：《《西遊記》新詮》，頁371-373。

> 菩薩坐定道：「悟空，我這瓶中甘露水漿，比那龍王的私雨不同，能滅那妖精的三昧火。待要與你拿了去，你却拿不動；待要著善財龍女與你同去，你却又不是好心，專一只會騙人。你見我這龍女貌美，淨瓶又是個寶物，你假若騙了去，却那有工夫又來尋你？你須是留些甚麼東西作當。」行者道：「可憐！菩薩這等多心。我弟子自秉沙門，一向不幹那樣事了。你教我留些當頭，卻將何物？我身上這件錦布直裰，還是你老人家賜的。這條虎皮裙子，能值幾个銅錢？這根鐵棒，早晚却要護身。但只是頭上這个箍兒，是個金的，却又被你弄了个方法兒長在我頭上，取不下來。你今要當頭，情願將此爲當。你念個《鬆箍兒咒》，將此除去罷；不然，將何物爲當？」

又第五十八回敘述者講述佛祖如來現身收伏六耳獼猴，要求孫悟空繼續保護唐僧求經：

> 如來道：「你自快去保護唐僧來此求經罷。」大聖叩頭謝道：「上告如來得知。那師父定是不要我，我此去，若不收留，却不又勞一番神思？望如來方便，把《鬆箍兒咒》念一念，褪下這個金箍，交還如來，放我還俗去罷。」如來道：「你休亂想，切莫要刁。我教觀音送你去，不怕他不收。好生保護他去，那時功成歸極樂，汝亦坐蓮臺。」

縱使孫悟空擁有明辨妖魔之身的神通智慧，然而在護佑唐僧取經的過程之中，卻往往因缺乏善念、隨意殺生，而必須遭受唐僧念誦定心眞言的痛苦折磨，不免讓孫悟空興起失去心性自由之嘆。因此，心心念念要想除去頭頂金箍，重獲自由之身。就此而言，孫悟空面對妖魔時所展開的鬪戰行動，不只是為了達成求取三藏眞經的使命，更是為了早日重返樂園，還己心性自由。

基本上，孫悟空之參與唐僧取經隊伍，並護佑唐僧西行靈山完成取經使命，乃是源於佛祖如來有感南贍部洲「雖有孔氏在彼立下仁義禮智之教，帝王相繼，治有徒流絞斬之刑」，卻「愚昧不明，放縱無忌之輩」（第九十八回），致使政治秩序混亂。於是如來大發慈悲，提示三藏之經，預設取經之道，等待取經之人前來靈山。在充滿預設和命定性質的試煉旅程中，孫悟空護佑唐僧取經的鬪戰行動，無疑必須借此門路修功，才能成就正果，而唐僧亦必須在衆徒通力保護之下，才能脫卻凡胎。當唐僧師徒歷經艱苦，最終得到接引佛祖的協助，抛卻「胎胞骨肉身」，彼此「相親相愛」，搭乘無底船穩穩當當渡過凌雲仙渡，因而能夠順利登臨靈山，參見佛祖如來。以今觀之，正因為唐僧師徒能夠守忠持正，圓滿達成取經使命，一方面既履行了拯救衆生的社會契約，一方面也實現了自我救贖的個人契約，最終得以登昇極樂世界，受封成佛，還其本相。然而，饒富意味的是，當諸佛讚揚如來大法之際，孫悟空雖受封為「鬪戰勝佛」，但念念關心者，卻仍在於是否能夠儘早脫卻金箍一事，別具意義。第一百回敘述者講道：

> 長老四眾俱叩頭謝恩。馬亦謝恩訖。仍命揭諦引了馬下靈山後崖，化龍池邊，將馬推入池中。須臾間，那

馬打个展身，即退了毛皮，換了頭角，渾身上長起金鱗，腮頷下生出銀鬚，一身瑞氣，四爪祥雲，飛出化龍池，盤繞在山門裏擎天華表柱上。諸佛讚揚如來的大法。孫行者却又對唐僧道：「師父，此時我已成佛，與你一般，莫成還戴金箍兒，你還念甚麼《緊箍咒》掯勒我？趁早兒念个《鬆箍兒咒》，脫下來打得粉碎，切莫叫那甚麼菩薩再去捉弄他人。」唐僧道：「當時只為你難管，故以此法制之。今已成佛，自然去矣，豈有還在你頭上之理？你試摸摸看。」行者舉手去摸一摸，果然無之。

由此可知，通過脫卻金箍的象徵性行動的建置，孫悟空的鬪戰精神及其行動的本質，乃體現為一種追求心性自由的意識形態取向。事實上，在護僧取經過程當中，當孫悟空由「乾坤四海，歷代持名第一妖」（第十七回）轉變為「舊諱悟空，稱名行者」（第九十四回）時，即見孫悟空已然在鬪戰過程之中褪去世俗死屍之身，由此重獲自由新生。所謂「猿熟馬馴方脫殼，功成行滿見真如」的結果，正足見取經旅程安排之深意。

第六節　結　語

綜合以上討論可知，《西遊記》一書通過孫悟空生命史的展演，主要在慾／禮（欲／理）之辯、佛／道之功、己／群之合的三重思想命題之上進行歷史演義，整體敘事建構在佛祖如來昭示下，以求經方式實踐歷史救贖與自我救贖的雙重政治使命，構成一種象徵結構。[41]而此一關於戰勝妖魔的勝利敘事，在孫悟空光明正大的鬪戰過程中，體現出「傳奇」與「喜劇」兼具的意識形態含義，因而創造出一種具英雄神話性質的潛在敘述程序。[42]如果說，打破「六賊」作爲一種象徵性的鬪戰行動，建立了孫悟空「心猿歸正」的自我救贖之路；那麼，卸脫「金箍」作爲一種象徵性的鬪戰結果，無乃實現了孫悟空「修成正果」的樂園回歸之願。因此，當孫悟空最終受封「鬪戰勝佛」而卸脫「定心金箍」的束縛時，先前不斷以其鬪戰精神正面迎接自我心性變化的各種試煉歷程，無疑都在登昇極樂世界的結局中獲得消解，在重返樂園之際重獲眞正的自由。就此而論，有關《西遊記》主題寓意的討論，直可歸納爲「追求心性自由」。[43]

---

[41] （美）海登・懷特在〈作為文學仿製品的歷史文本〉一文中指出：「歷史永遠不應被視為它所記錄的事件的明確符號，而應被視為象徵結構，即擴展了的隱喻，從而將其中記錄的事件『比喻』成我們在文學文化中已經熟知的某種形式。」見氏著，陳永國、張萬娟譯：《後現代歷史敘事學》，頁181-182。

[42] （法）A. J.格雷馬斯（Algridas Julien Greimas）指出：在關於勝利的敘事中，我們可把解決方案解釋為解決難題的過程，也可以將其當作該過程的終點，即最終得到了所欲求的知識客體。這樣一個可能的解決方案，便呈現為一種潛在的敘述程序。參氏著，吳泓緲、馮學俊譯：《論意義——符號學論文集》（下）（天津：百花文藝出版社，2005年），頁201。

[43] 過去許多論者亦注意到《西遊記》的主題與追求自由有關，然而所論及的自由本質，乃是一種為講求原始本能的自由，而非經由文明洗禮的自由。因此，對於孫悟空被如來鎮伏，被緊箍制約一事大表同情與不滿，認為這是一種限制自由行動的文明枷鎖，寓含沉重的現實悲哀。相關討論可參劉勇強：《《西遊記》論要》（臺北：文津出版社，1991年），頁134-147。另可參梁歸智：〈自由的隱喻——《西遊記》的一種解讀〉，見《西遊記》文化學刊編委會主編：《西遊記文化學刊》第1輯（北京：東方出版社，1998年），頁228-244。不過，筆者歸納《西遊記》的主題為「追求心性自由」，則是認為此一心性自由，乃是在色空的認知基礎上所獲得的一種純粹性質，基本上是《西遊記》作者探索治世大道時深刻觀察與體會的結果。

以今觀之，孫悟空因大鬧天宮而被鎮伏於五行山一事，作爲解讀《西遊記》的思想命題及其主題寓意的重要關鍵，其實便已清楚地傳達了一個事實：即一旦個人因心性迷失而導致失去樂園之後，想要通過試煉／朝聖方式重建樂園乃至回歸樂園，勢必將經歷種種魔難的考驗方能爲之。關於此一事實，孫悟空可謂深有體會。第九十四回敘述者講述孫悟空自報家門的話語時，便見其意：

> 老孫祖居東勝神洲傲來國花果山水簾洞。父天母地，石裂吾生。曾拜至人，學成大道。復轉仙鄉，嘯聚在洞天福地。下海降龍，登山擒獸。消死名，上生籍，官拜齊天大聖。翫賞瓊樓，喜遊寶閣。會天仙，日日歌懽；居聖境，朝朝快樂。只因亂却蟠桃宴，大反天宮，被佛擒伏。困壓在五行山下，饑餐鐵彈，渴飲銅汁，五百年未嘗茶飯。幸我師出東土，拜西方，觀音教令脫天災，離大難，皈正在瑜伽門下。舊諱悟空，稱名行者。

由此可見，孫悟空之被馴化乃至終成「鬪戰勝佛」的情節建構方式，乃是在「借卵化猴完大道」中，將孫悟空的生命史化爲「失去樂園」、「重建樂園」和「回歸樂園」的時間歷程，而最終「五聖成眞」、登昇極樂世界的結局，無疑深刻地傳達了《西遊記》寫定者在歷史闡釋中籲求重返樂園的政治願望。

從小說修辭的道德效果來說，唐僧師徒取經旅程中所出現的各種心／魔鬥爭事件，無乃作爲敘事生成的本質問題而被不斷強化表現，表面上看似隨意增生、漫無秩序的心／魔鬥爭和考驗，事實上都在孫悟空的鬪戰過程當中，眞切地反映了追求心性自由的各種可能面臨的道德問題。[44]今可見者，在《西遊記》的情節建構中，這些道德問題的解決往往都是寄託於《心經》以破妖魔的情節原型之上，始終貫串於取經旅程之中。在前行靈山的過程中，《心經》不僅僅是孫悟空啓悟唐僧的眞理，更是足以戰勝妖魔的信仰。正因爲孫悟空能悟得《心經》眞解，才能護僧取經成功，最終亦得脫卸金箍而獲得眞正的心性自由。顯然的，孫悟空之能夠受封成爲鬪戰勝佛，乃在於孫悟空終能領受佛教戒殺的仁善之念的事實。這一事實正反映在唐僧師徒於銅臺府地靈縣城遭遇盜賊時，孫悟空原欲一棍打死，但恐唐僧怪他傷人性命，因而釋放群賊的作爲之上（第九十七回）。因此，「卸脫金箍」的結局設置，足可見《西遊記》借孫悟空鬪戰妖魔以演義追求心性自由，用意頗深。無可諱言，心性昇華後的自由本質，已與渾沌化生之初所擁有的野性自由意志大爲不同，如第十四回開回敘述者引詩所言：

> 佛即心兮心即佛，心佛從來皆要物。
> 若知無物又無心，便是眞心法身佛。
> 法身佛，沒模樣，一夥圓光涵萬象。
> 無體之體即眞體，無相之相即實相。
> 非色非空非不空，不來不向不回向。
> 無異無同無有無，難捨難取難聽望。

---

[44] （美）韋恩・布斯（W. C. Booth）指出：「當給予人類活動以形式來創造出一部藝術作品時，創造的形式絕不可能與人類意義相分離，包括道德判斷，只要有人活動，它就隱含其中。」見氏著，華明、胡蘇曉、周憲譯：《小說修辭學》（北京：北京大學出版社，1989年），頁441。

內外靈光到處同，一佛國在一沙中。

一粒沙含大千界，一个身心萬個同。

知之須會無心訣，不染不滯爲淨業。

善惡千端無所爲，便是南無釋迦葉。

由此可知，在「色即是空」、「空即是色」的認知基礎上，「若知無物又無心」，則「萬惡千端無所爲」。因此，《西遊記》寫定者對於此一心性自由的追求，無非在「歸返自我」的心性修持中，體現出超越「色」與「空」的意識形態取向。[45]孫悟空最終之能夠成爲「鬪戰勝佛」，正符應了第一回結尾詩所言：

鴻濛初闢原無姓，打破頑空須悟空。

據此而論，孫悟空作爲「空」之深奧教義的代言人，[46]個人生命史的展演呈現出諧謔其表、嚴肅其實的行動和思想特質，無乃是《西遊記》寫定者有意爲之的結果。當《西遊記》寫定者有意通過孫悟空生命史的書寫以進行歷史闡釋，並致力構思歷史救贖與自我救贖的大道時，的確在孫悟空與妖魔鬪戰的象徵性情節建置當中，得到了「追求心性自由」的深刻認識。至於心性修持如何能夠成爲籲求治平救世之大道的基礎，並引領衆生重返樂園，創造「仁」、「善」世界？《西遊記》寫定者乃借行者之名云：惟在「悟空」而已。正是在孫悟空終

---

[45] （美）浦安迪著，沈亨壽譯：《明代小說四大奇書》，頁119-200。

[46] （美）夏志清著，胡益民等譯：《中國古典小說史論》（*The Classic Chinese Novel: A Critical Introduction*）（南昌：江西人民出版社，2003年），頁136。

成鬪戰勝佛之際，我們方才理解《西遊記》寫定者試圖在歷史闡釋中提供一個社會準則時，[47]刻意將石猴命名爲「孫悟空」的深意，以及其在孫悟空西遊釋厄的生命史書寫中探索重返樂園的救世大道的寫作意圖。

最後，行文至此，不免反思《西遊記》寫定者引北宋邵雍〈清夜吟〉詩作以爲目錄卷別的用意，該詩云：「月到天心處，風來水面時。一般清意味，料得少人知。」當歷來論者紛紛從儒、釋、道三教立論以求破譯《西遊記》原旨時，是否也因此落入取經魔障之中而不得心性自由？而如何能夠求得「眞經」，也許只有立足於空的超越之上，才能眞正知其意味。

---

[47] （美）喬納森・卡勒（Jonathan D. Culler）指出：「小說是一種使社會準則內在化的有力方式。不過敘述也提供了一種社會批評的方式。它們揭露世俗成就的空洞虛偽，揭露世間的腐敗，說明它不能滿足我們最高尚的願望。它們在那些吸引讀者的故事中，揭露被壓制者的困境，通過認同使得讀者明白某些處境是不可容忍的。」見氏著，李平譯：《當代學術入門：文學理論》（*Literary Theory: A Very Short Introduction*）（瀋陽：遼寧教育出版社，1998年），頁97。

第八章

《金瓶梅詞話》的情色書寫及其寓言闡釋

《金瓶梅》與《三國》、《水滸》和《西遊記》並稱明代四大奇書。自明代中葉以來，不論在傳抄或刊刻階段，《金瓶梅》以其「世情」題材和「誨淫」特質，受到讀者的普遍關注。誠如魯迅所言：

> 作者之於世情，蓋誠極洞達，凡所形容，或條暢，或曲折，或刻露而盡相，或幽伏而含譏，或一時並寫兩面，使之相形，變幻之情，隨在顯見，同時說部，無以上之，……①

如此敘事表現，可以說深刻且廣泛地影響了後繼小說家各取所需的仿擬、改寫和續作，成爲長篇通俗演義的新文類和敘事範式，具有重要的美學意義和文化價值。

有關《金瓶梅》的刊刻與流傳，經學者考證可知目前所見最早版本爲明代萬曆丁巳年（1617年）刊行的《新刻金瓶梅詞話》，另崇

---

① 魯迅：《中國小說史略》，見《魯迅小說史論文集》（臺北：里仁書局，1994年），頁161。

禎初年時《新刻繡像批評金瓶梅》刊刻出版，其後清代康熙年間張竹坡評點稱之爲《皋鶴堂批評第一奇書金瓶梅》。[②]在刊刻與流傳過程中，由於《金瓶梅》存在諸多「淫穢」的語言、事件和場景，足以影響人心，因此屢遭當局視爲淫書而禁毀。自明清以迄現代，歷來論及《金瓶梅》寫作原旨時，論者對於小說的「誨淫」特質，不論在持論視角或闡釋立場方面多有不同，可謂毀譽參半，褒貶不一，至今未成定論。[③]

經歷來研究所見，《金瓶梅詞話》敘事創造的素材來源，主要取自《水滸傳》中「武松殺嫂爲兄復仇」的故事片段，並襲用諸多民間文藝資料進行獨創的敘述加工表現。[④]在明代中後期的時代氛圍、社會現象和哲學思潮轉變的影響下，《金瓶梅詞話》對於既有素材的改造與重寫，在某種意義上實際上已展現出一種深具文人意識的寫作

---

② 在《金瓶梅》版本研究中，論者對於《新刻金瓶梅詞話》與《新刻繡像批評金瓶梅》的相互關係的認知，可分為兩種說法：一是繼承說；一是平行說。清代張竹坡評點《金瓶梅》係根據《新刻繡像批評金瓶梅》版本，並稱之為《第一奇書》。

③ 相關討論可參鄧紹基、史鐵良主編，史鐵良、陳立人、鄧紹秋撰著：《明代文學研究》（北京：北京出版社，2003年），頁410-433。

④ 參（美）帕特里克 D. 韓南（Patrick D. Hanan）著，包振南譯：〈《金瓶梅》版本及素材來源研究〉，見包振南等編：《〈金瓶梅〉及其他》（長春：吉林文史出版社，1991年），頁14-141。

理念和美學慣例，⑤在表述歷史現實的過程中，使得小說話語構成已然傳達出一種特殊的闡釋意味，實具有不可忽視的意識形態內涵。正如浦安迪（Andrew H. Plaks）考察明代四大奇書時所云：「在研究中，我們已經發現奇書文體有刻意改寫素材的慣例，在某些場合下甚至對素材作戲謔性的翻版處理，不再單純地複述原故事的底本，而注入一層富有反諷色彩的脫離感。這類慣例促使我們回到一個困擾已久的問題——奇書文體作爲一個文化意義上的敘事整體，究竟要通過反諷和寓意曲折地表達什麼樣的潛在本義？」⑥觀其原因，理當與寫定者有意通過重寫素材的策略運用，藉以表達特定思想理念的想法有關。其中頗可留意的是，《金瓶梅詞話》寫定者將寫作視角聚焦於潘金蓮和西門慶的「偷情」事件及其發展之上，並以此新興商人家庭興衰史作爲小說敘事生成的核心情節，用以指涉和敷演廣闊的世態人

---

⑤（美）浦安迪（Andrew H. Plaks）從儒學觀點針對明代小說四大奇書的寫作性質及其敘事系統進行研究，發現四大奇書在敘事表現上具有一致的寫作意識和美學慣例，進而提出「文人小說」的看法，此一觀點頗具參考價值，相關討論參氏著，沈亨壽譯：《明代小說四大奇書》（*The Four Masterworks of the Ming Novel: Ssu ta ch'i-shu*）（北京：中國和平出版社，1993年）。此外，在〈金瓶梅非「集體創作」〉一文中，浦安迪更明確主張《金瓶梅》係經文人加工後的作品，並非世代累積的說散本。不論從結構模式、意象投射、用詩用典、思想含義等，皆證明這驚人的獨創性的文章，只是一個胸中丘壑的文人所能煉成的。該文見中國《金瓶梅》學會編：《《金瓶梅》研究》（第二輯）（南京：江蘇古籍出版社，1991年），頁82-90。然而，（美）夏志清認為《金瓶梅》雖是中國小說發展史上的一個里程碑，但這部作品遠為有意識地為迎合習慣於各種口頭娛樂的聽衆而設計，加入許多詞曲、笑話、世俗故事和佛教故事，就文體和結構而言，可以說是令人失望的一部小說。不過雖說如此，提出這樣的看法的前提，或許可說是基於文人創作的認知而給予上述評價的。見氏著，胡益民等譯：《中國古典小說導論》（*The Classic Chinese Novel: A Critical Introduction*）（南昌：江西人民出版社，2003年），頁171。目前對於兩種觀點的討論，尚未能形成最後定論。

⑥（美）浦安迪（Andrew H. Plaks）講演：《中國敘事學》（*Chinese Narrative*）（北京：北京大學出版社，1998年），頁167。

情現象，可謂展現了深刻洞察世情的能力。以今觀之，有關《金瓶梅詞話》在題材選擇和寫作意識方面的轉向，除了是對《水滸傳》相關情節和人物的模擬嘲諷（parody）之外，[7]實則與明代中後期以來侈靡淫蕩社會文化現象有所聯繫，顯得格外引人關注。尤其當西門慶作爲連結「家」與「國」的中介角色時，《金瓶梅詞話》寫定者對於西門慶「發跡變泰」生命史的關注，在重構歷史發展情境和歷史闡釋之上，便可能賦予小說特定的政治倫理隱喻意涵。因此，倘要深入闡論《金瓶梅》的寫作原旨，則如何客觀審視小說文本中普遍存在的情色書寫現象，無疑將成爲解讀《金瓶梅詞話》主題寓意的重要關鍵。

基於上述觀點，筆者擬從重寫素材的認知意義方面，對《金瓶梅詞話》的情色書寫現象進行「寓言闡釋」。又有關寓言闡釋的觀點，則參考美國學者弗雷德里克·詹姆遜（Fredric R. Jameson）在〈寓言〉一文中所言：「對文本的每一次闡釋都總是一個原型寓言，總是意味著文本是一種寓言：全部意義的設定總是以下列爲前提的，即文本總是關於別的什麼（allegoreuein）。這樣……，我們就應該把注意力轉向對文本的控制方式上來，這種控制的目的是要限制意義，限制意義的純粹的量，指導無處不在的闡釋活動，把寓言變成只在適當的時候才發生作用的特殊信號。」[8]期能在《金瓶梅詞話》主題寓意

---

[7] 有關《金瓶梅》採取戲擬筆法進行敘事創造的看法，可參孫述宇：《金瓶梅的藝術》（臺北：時報文化出版事業公司，1978年），頁116-118。又可參楊義：〈《金瓶梅》：世情書與怪才奇書的雙重品格〉，見氏著：《中國古典白話小說史論》（臺北：幼獅文化事業公司，1995年），頁196-225。

[8] （美）弗雷德里克·詹姆遜（Fredric R. Jameson）著，陳永國譯：《詹姆遜文集》第2卷《批評理論和敘事闡釋》（北京：中國人民大學出版社，2004年），頁134。

的研究方面，提供個人理解的整合性解讀看法與合理的闡釋途徑。⑨

第一節　情色書寫：作爲歷史闡釋的基礎

明代中後期以來，隨著商業經濟的發展，整個歷史文化語境普遍瀰漫著「人情以放蕩爲快，世風以侈靡相高」的縱欲思潮，頗有上行下效、風行草偃之勢。⑩《金瓶梅詞話》在此一社會文化思潮轉型時期中問世，自有其特殊的文化意義。從表面上看來，《金瓶梅詞話》是以西門慶發跡變泰的生命史和興衰榮枯的家庭生活史爲敘事建構的內在邏輯。然而具體來看，《金瓶梅詞話》又以潘金蓮、李瓶兒和龐春梅之名進行命名，又可見對於衆女性形象的關注，尤其是對於女性情慾主體認知和道德倫理規範之間的矛盾衝突的深層觀照，使得整體敘事表現比起以往其他小說類型的創作更形深入。值得注意的是，面對「歷史」與「現實」，《金瓶梅詞話》寫定者究竟如何通過特定的

⑨ 胡衍南在〈《金瓶梅》無「微言大義」〉一文中曾經就傳統研究中頗有重視從「索隱」角度考證和探究《金瓶梅》一書微言大義的情形，然而過度解讀的結果，反而流於本事考證，顯得得不償失，以此提出拒絕「索隱派」讀法的理由。該文結論指出：「《金瓶梅》作為一部偉大的現實主義小說，這個講法應該是不成問題的，那麼它自然要豐富地呈現出明代中期社會的總體風貌。在這個前題下，《金瓶梅》作為一部公認的『蓋有所刺』的優秀小說，所諷刺的必然包括明代中期社會的各個層面，它所指涉的問題也一定包括具象的與抽象的。在這個情況下，《金瓶梅》自然有它的政治意涵，當然也還有其他意蘊：我們固然不必排除它的政治諷喻可能，也斷不能只把它的政治『大義』視為唯一。」見氏著：《《金瓶梅》到《紅樓夢》——明清長篇世情小說研究》（臺北：里仁書局，2009年），頁83-108。以上說法，可備參考。本書探討《金瓶梅詞話》一書以情色書寫作為修辭策略建構政治寓言，最終主旨不在回應傳統研究可能存在的問題，但也不絕然否定索隱派的考證觀點，而是希望能從文本分析中掌握寫定者的政治批評意圖，以為後續研究開展的基礎。

⑩ 參吳存存：《明清社會性愛風氣》（北京：人民文學出版社，2000年），頁59-113。

敘事形式以建構或創造自身所聞見的歷史與現實？又如何想像和闡釋所感受的歷史與現實？凡此問題在「情色書寫」的映襯下，可以說都是十分耐人尋味的。

《金瓶梅詞話》作爲「世情書」⑪的敘事範式，可以說既關注於構成主題寓意的歷史客體，同時又關注於建立表達形式的話語自身。在第一回開篇詞中，敘述者即對小說文本的敘事題材性質有所表述：

> 丈夫隻手把吴鈎，欲斬萬人頭。如何鐵石打成心性，卻爲花柔？ 請看項籍并劉季，一怒使人愁。只因撞着虞姬戚氏，豪傑都休。

在主題先行的意向性主導中，《金瓶梅詞話》寫定者採取回顧「項籍」和「劉季」歷史的方式，便展現出對於歷史闡釋視野建構的根本意圖。事實上，寫定者對於歷史的關注，目的並不在於利用小說語言以再現歷史而已，而在於尋找足以建構敘事話語的重要符號，以便在特定歷史文化語境下，將各種社會語調和價值判斷濃縮於話語本身。因此，在「項籍」和「劉季」的簡要歷史回顧和提示中，便首先確立了以「情色」作爲整體話語構成主要觀照對象。正如上引開篇詞後，敘述者進一步曰：

⑪ 魯迅指出：「當神魔小說盛行時，記人事者亦突起，取其材猶宋市人小說之『銀字兒』，大率為離合悲歡及發跡變泰之事，間雜因果報應，而不甚言靈怪，又緣描摹世態，見其炎涼，故或亦謂之『世情書』也。」見氏著：《中國小說史略》，見《魯迅小說史論文集》，頁161。

> 此一隻詞兒，單說着「情」、「色」二字，乃一體一用。故色絢於目，情感於心，情色相生，心目相視。亘古及今，仁人君子，弗能忘之。晉人云：「情之所鍾，正在我輩。」如磁石吸鐵，隔礙潛通。無情之物尚爾，何況為人，終日在情色中做活計者耶？詞兒「丈夫隻手把吴鈎」，吴鈎，乃古劍也。古有干將、莫邪、太阿、吴鈎、魚腸、屬鏤之名。言丈夫心腸如鐵石，氣慨貫虹蜺，不免屈志於女人。

顯而易見，《金瓶梅詞話》是以「情」、「色」作爲話語構成的主要符號，並意圖使之成爲敘事生成的主導因素和內在邏輯。在敘事進程中，寫定者乃積極融入諸多由「淫情穢語」所構成的情色語言、事件和場景。不可否認，通過此一符號的書寫創造，小說文本本身不僅表述外在世界，也表述語言自身，情色書寫本身所具有的表徵意涵、闡釋意義和修辭作用，的確引起讀者的高度重視。

在《金瓶梅》傳世之初，當時讀者究竟如何看待小說文本通過情色書寫以表述歷史的寫作性質？這無疑將提供我們深入解讀《金瓶梅》主題寓意的重要參照觀點。今可見者，早在《金瓶梅詞話》刻本問世以前，小說文本便以傳抄方式廣泛流傳於文人知識分子階層之間。[12]首先，袁宏道在所撰〈與董思白書〉的信文中對於《金瓶梅》的寫作性質即有所評議：

---

[12] 傳抄本《金瓶梅》是否即今所見《金瓶梅詞話》，未有定論。

> 《金瓶梅》從何得來？伏枕略觀，雲霞滿紙，勝於枚生〈七發〉多矣。後段在何處？抄竟當於何處倒換？幸一的示。[13]

從信文中可知，袁宏道並未能讀竟全書，卻已充分肯定了《金瓶梅》的藝術表現，並將之與枚乘所撰〈七發〉進行聯繫品評，頗重視《金瓶梅》一書所隱含的警戒之旨。劉勰在《文心雕龍．雜文第十四》中論及〈七發〉時云：「觀其大抵所歸，莫不高談宮館，壯語畋獵，窮瑰奇之服饌，極蠱媚之聲色，甘意搖骨（體）髓，艷詞（動）洞魂識，雖始之以淫侈，而終之以居正，然諷一勸百，勢不自反，子雲所謂『先騁鄭衛之聲，曲終奏雅』者也。」[14]如同劉勰評論〈七發〉時所言：「蓋七竅所發，發乎嗜欲，始邪末正，所以戒膏粱之子也」[15]，袁宏道也認爲《金瓶梅》一書對於「人欲」的積極關注，直如〈七發〉一般具有不可忽視的政治諷諭之旨。此外，在〈觴政〉一文中，袁宏道借酒經以言政事時，更是表明了《金瓶梅》作爲「逸典」的政治價值。[16]不過，雖說《金瓶梅》在傳抄階段即受到諸多文人知識分子的高度重視，但對於是否應當付梓刊刻，卻又語帶保留之意。沈德符在《萬曆野獲編》即云：

> 袁中郎〈觴政〉以《金瓶梅》配《水滸傳》爲〈外〉

---

[13] 朱一玄編：《《金瓶梅》資料彙編》（天津：南開大學出版社，2002年），頁157。

[14] 〔南朝梁〕劉勰著，周振甫注：《《文心雕龍》注釋》（臺北：里仁書局，2001年），頁256。

[15] 〔南朝梁〕劉勰著，周振甫注：《《文心雕龍》注釋》，頁255。

[16] 見朱一玄編：《《金瓶梅》資料彙編》，頁178-179。

〔逸〕典，予恨未得見。丙午，遇中郎京邸，問：「曾有全帙否？」曰：「第睹數卷，甚奇快。今惟麻城劉延白承禧家有全本，蓋從其妻家徐文貞錄得者。」又三年，小修上公車，已攜有其書，因與借抄挈歸。吳友馮猶龍見之驚喜，慫恿書坊以重價購刻；馬仲良時榷吳關，亦勸予應梓人之求，可以療饑。予曰：「此等書必遂有人板行，但一刻則家傳户到，壞人心術，他日閻羅究詰始禍，何辭置對？吾豈以刀錐博泥犁哉！」仲良大以爲然，遂固篋之。未幾時，而吳中懸之國門矣。[17]

基本上，袁宏道固然盛讚《金瓶梅》，但其目的並不在於「導淫宣欲」，而是基於「世戒」之旨；而沈德符對於《金瓶梅》是否應行刊刻所發出的疑慮，則是考量小說文本中的情色書寫現象對於人心和人性的影響，不容小覷。一旦刊刻便足以壞人心術，因此不可不慎。顯然這樣的預見之明，的確反映在《金瓶梅詞話》刊刻後的流行現象之上。在《金瓶梅詞話》被刊刻之際，序跋寫定者無不積極提示讀者注意保持正確的閱讀態度。東吳弄珠客在〈《金瓶梅》序〉中云：

《金瓶梅》穢書也。袁石公亟稱之，亦自寄其牢騷耳，非有取於《金瓶梅》也。然作者意自有意，蓋爲世戒，非爲世勸也。……余嘗曰：讀《金瓶梅》而生

---

[17] 見朱一玄編：《《金瓶梅》資料彙編》，頁80。

憐憫心者，菩薩也；生畏懼心者，君子也；生歡喜心者，小人也；生效法心者，乃禽獸耳。[18]

由此可見，文人知識分子有感於《金瓶梅詞話》的情色書寫現象對於世俗人性可能帶來強烈的負面影響，但同時卻又認爲《金瓶梅詞話》可能寄託刺世、諷世之意，對於世道人心具有重要的勸懲意義。因此，在《金瓶梅詞話》付梓刊刻時，對於《金瓶梅詞話》讀法的批評，多主張遵從「世戒」、「世勸」的觀點爲之。

然而，《金瓶梅詞話》的產生究竟所爲何來，寫定者的寫作意圖爲何？向來是論者研究時所關注的議題。表面上，《金瓶梅詞話》的產生，主要基於重寫《水滸傳》中武松殺嫂爲兄復仇的故事片段而來。耐人尋味的是，在第一回故事開端之初，《金瓶梅詞話》寫定者即通過敘述者言語概括敘述「亂世」背景，在在使得潘金蓮與西門慶偷情事件的情節安排，顯得格外意味深長。其文曰：

話說宋徽宗皇帝政和年間，朝中寵信高、楊、童、蔡四個奸臣，以致天下大亂。黎民失業，百姓倒懸，四方盜賊蜂起，罡星下生人間，攪亂大宋花花世界，四處反了四大寇。那四大寇？山東宋江，淮西王慶，河北虎田，江南方臘。皆轟州劫縣，放火殺人，僭稱王號。惟有宋江替天行道，專報不平，殺天下贓官污吏，豪惡刁民。

---

[18] 見朱一玄編：《《金瓶梅》資料彙編》，頁177-178。

在此一亂世的歷史視野中，《金瓶梅詞話》寫定者即採取了一種預設（prefigurative）的敘述姿態，爲後續故事情節建置一個預述性敘事框架，在情節建構中再現序列事件，以此創造出一個特殊種類的故事。值得注意的是，在世變書寫之中，當寫定者試圖通過將各種情色事件和西門慶發跡變泰的家庭興衰史序列進行整合，並從中表述家國興衰的歷史及其緣由的闡釋觀點時，情色書寫作爲一種特定的表達形式，可謂賦予了小說文本以可辨認的敘事形式，從而建立特殊的故事類型。[19]因此，情色書寫作爲一種具有隱喻修辭策略的表達形式，自然不能僅從淫書觀點論之，而必須轉換研究視角，另從世變書寫觀點進行分析。

第二節　不刪鄭衛：寄意時俗的價值辯證

從重寫素材的意圖來說，《金瓶梅詞話》的刊刻出版本身可視爲一個歷史文化事件，在歷史進程中具有某種形塑歷史的能動力量，小說文本中有關新興商人的發跡變泰史和世態人情的社會風俗描寫，或許可與明代中後期以來「私修當代史」的繁盛現象相互呼應。[20]明

---

[19] （美）海登·懷特（Hayden White）在〈講故事：歷史與意識形態〉一文中指出：「特別歷史陳述的意識形態內容與其說存在於它所採取的話語模式中，不如說存在於主導情節結構中，我們用這種結構賦予所論事件以可辨認的故事類型。」見氏著，陳永國、張萬娟譯：《後現代歷史敘事學》（北京：中國社會科學出版社，2003年），頁357。

[20] 由於明代實錄失實與國史失修，因而刺激了私家撰史的熱情，造成明代中後期的史學領域出現了私修當代史繁興的浪潮。而「通今」之學和「以史經世」的思潮，則成了私家撰著當代史社會要求。參楊艷秋：〈明代中後期私修當代史的繁興及其原因〉，《南都學壇》，2003年5月，頁27-30。另可參錢茂偉：《明代史學的歷程》（北京：社會科學文獻出版社，2003年）。該書對於明代史學的演進歷程，有相當全面而清楚的論述，私修史書勝於官修史書，乃是明代史學的一個特殊現象，而史學的通俗化現象，亦充分反映在歷史演義類型創作之上。

代中後期以來，受到陸王心學的啓發，「好貨」、「好色」之社會風氣和思想觀念盛行，文人知識分子對於「百姓日用即道」的「人倫物理」的關注，促使整個社會文化產生了從「心」到「身」的全面解放。如同李贄在《焚書・答鄧明府》一文所云：「如好色，如好貨，如勤學，如進取，如多積金寶，如多買田宅爲子孫謀，博求風水爲兒孫福蔭，凡世間一切治生產業等事，皆其所共好而共習，共知而共言者，是眞邇言也。」㉑由於晚明以來「無私則無心」的縱欲思潮和享樂主義的興起，促使傳統儒學價值體系中的道德規範和倫理觀念受到強烈的衝擊和影響，因而處於急遽轉換階段。《金瓶梅詞話》通過情色書寫以顚覆和解構宋明理學中「天理」與「人欲」對應的儒家核心價值的觀念和秩序，更是具體反映出明代中後期出現的一股不可抑遏的思想潮流趨勢。在重寫既有素材的基礎上，仍然頗具有回應當下歷史文化語境現實的「現時性」意義。那麼，究竟如何理解《金瓶梅詞話》在情色書寫上的著述意圖和修辭功能，無疑是評價小說文本價值的重要關鍵之處。

一、風雅正變：政教書寫傳統的接受

從重寫素材的修辭策略運用來說，《金瓶梅詞話》寫定者顯然並不打算重蹈《三國志演義》、《水滸傳》的歷史演義徑路，反倒是藉情色書寫以進行歷史闡釋，乃試圖在「男女情色」和「家國政治」的對應場域之中，針對明代中晚期的縱情貪歡的世情現象展開一場前所未見的通俗演義，從中寄寓個人的時代關懷和價值論述。此一意識形

㉑〔明〕李贄：《焚書》（臺北：河洛圖書出版社，1974年），頁36。

態內涵，實可與中國文治文化中的「政教意識」進行參照解讀。

中國文學政治觀的歷史形成，有其深厚的文化基礎。[22]在中國古代文治文化傳統的發展脈絡中，文學與政治往往在互爲參照下共同表述歷史現實，可謂促成了文學政治觀的形成。從「以樂觀政」，一直到以「教化」說、「史鑒」說論述文學的政治功能，皆是遵從此一思想基點而來。在先秦時代，《禮記・樂記第十九》即已從「樂爲政象」的角度論述樂與政之關係，其言云：

> 凡音者，生人心者也。情動於中，故形於聲；聲成文，謂之音。是故治世之音安以樂，其政和；亂世之音怨以怒，其政乖；亡國之音哀以思，其民困。聲音之道，與政通矣。[23]

所謂「政和、政乖、民困」顯示的是世代治亂情形，而音樂之正變表現亦具體反映了王政興衰、政教得失的特殊政治倫理隱喻。時至漢代，詩道正變之說的提出，更進一步將文學與政治秩序的變化進行聯結考察。正變之說，始見於〈毛詩序〉論及「六義」之旨時云：

> 至于王道衰，禮義廢，政教失，國異政，家殊俗，而變風變雅作矣。國史明乎得失之迹，傷人倫之廢，哀

---

[22] 參覃召文、劉晟：《中國文學的政治情結》（廣州：廣東人民出版社，2006年），頁1-189。

[23] 〔漢〕鄭玄注，〔唐〕孔穎達疏：《《禮記》注疏》，〔清〕阮元校勘：《十三經注疏》冊5（臺北：藝文印書館，1985年），頁663下。

> 刑政之苛，吟詠情性，以風其上，達於事變而懷其舊俗者也。故變風發乎情，止乎禮義。發乎情，民之性也；止乎禮義，先王之澤也。㉔

由此可見，正變觀念的提出，蘊含著文學與社會現實關係的理論觀察，亦蘊含著文學興替取決於社會現實變化的一個經典命題，對於中國文學批評史及其觀念具有重要的影響作用。

基本上，從「風雅正變」的角度談中國傳統政教功用文學觀的發展情形，先秦兩漢時期的「言志說」、「美刺說」，魏晉六朝的「經國治世說」，唐宋時期的「補世適用說」，皆在不同層面對文學政教價值觀的理論發展有所深化，並且也可以清楚地看到政教功用作爲評判文學價值的基本原則。㉕由於「質文代變」，到了明清時期，則是受到以「教化爲先」的通俗文化思潮觀念的影響，通俗小說、戲曲伴隨商業經濟帶動之消費文化市場的蓬勃發展，因而得以蔚爲流行文學。其中，除了有射利的目的之外，大體上都表明了創作本身亦承擔了「勸善懲惡」的政教功能。更進一步來說，在流行的過程中，通俗文學之「寓教於樂」的文化價值甚至超越了文體的限制，普遍受到明代中後期文人知識分子的重視，如李贄在《焚書・童心說》一文中從文學新變的觀念肯定通俗文學之文體價值時云：

> 詩何必古選，文何必先秦？降而爲六朝，變而爲近

㉔〔漢〕毛亨傳，〔漢〕鄭玄箋，〔唐〕孔穎達疏：《《毛詩》正義》，〔清〕阮元校勘：《十三經注疏》冊2（臺北：藝文印書館，1985年），頁16下-17下。

㉕ 參吳建民：〈政教功用文學觀的理論傳統〉，《忻州師範學院學報》，2003年2月，頁11-14。

> 體；又變而爲傳奇，變而爲院本，爲雜劇，爲《西廂曲》，爲《水滸傳》，爲今之舉子業：皆古今至文，不可得而時勢先後論也。[26]

而事實上，在通俗小說發展的過程中，由於文人知識分子在文學觀念及其價值選擇方面的產生轉變，頗積極強化通俗小說的文體意識，並重視通俗小說的寫作意圖和主題寓意的表現，從而提升了通俗小說的文化品位。從現有文獻來看，託名李漁所撰〈古本《三國志》序〉即指出：

> 昔弇州先生（王世貞）有宇宙四大奇書之目，曰：《史記》也，《南華》也，《水滸》與《西廂》也。馮猶龍亦有四大奇書之目，曰：《三國》也，《水滸》也，《西遊》與《金瓶梅》也。兩人之論各異。愚謂書之奇，當從其類。《水滸》在小說家，與經史不類。《西廂》係詞曲，與小說又不類。今將從其類以配其奇，則馮說爲近是。[27]

由此可見，「奇書」作爲明清時期文人知識分子品評著作的重要標準，並將通俗小說位處品評之列，更說明其文學價值已爲文人知識分子所重視，直可與中國傳統文化中之雅文學並置。因此，爲提升《金

---

[26] 〔明〕李贄：《焚書》，頁97。

[27] 丁錫根編著：《中國歷代小說序跋集》（中）（北京：人民文學出版社，1996年），頁899。

瓶梅詞話》的文學價值，廿公所撰〈跋〉一文即云：

> 《金瓶梅傳》，爲世廟時一巨公寓言，蓋有所刺也。然曲盡人間醜態，其亦先師不刪《鄭》、《衛》之旨乎。中間處處埋伏因果，作者亦大慈悲矣。今後流行此書，功德無量矣。不知者竟目爲淫書，不惟不知作者之旨，并亦冤卻流行者之心矣。特爲白之。㉘

且不論《金瓶梅詞話》是否爲針對某一巨公所寫的寓言，亦不論是否刻意美化《金瓶梅詞話》的「淫書」之貌，廿公從「先師不刪鄭衛之旨」的「正變」觀看待《金瓶梅詞話》情色書寫現象所隱含的政教意識，無疑正面肯定小說創作的文學價值和文化意義。不可否認，《金瓶梅詞話》作爲一種獨特的文化產物，固以通俗演義的小說話語形態問世，但在政教思維的意指實踐上，卻被晚明以來諸多文人知識分子視爲寓有獨特而深刻的意識形態內涵，直可將之視爲一種具有歷史闡釋作用的「寓言」。因此，倘要解決《金瓶梅》主題寓意研究上長期存在的紛爭，我們自不能不客觀審視小說文本中所存在「鄭、衛」之聲的情色書寫現象，才不致斷然視之爲淫書，從而誤解《金瓶梅》寫定者的著述意圖和思想原旨。

㉘ 見朱一玄編：《《金瓶梅》資料彙編》，頁177。

二、情色為禍：輔史教化的勸懲意圖

關於《金瓶梅詞話》一書，晚明時人亦有稱《金瓶梅傳》，[29]顯見當時文人讀者亦有從史傳書寫觀點進行品評的事實，在「稗史」的意義上認可小說本身所具有的歷史闡釋價值。面對「侈靡相尙」、「人欲放蕩」的歷史現實，《金瓶梅詞話》寫定者大體通過預先的文本化方式，[30]提供讀者將自身所見所感的歷史現實與之進行聯結。在《金瓶梅詞話》第一回中，敘述者即對所要講述的故事類型進行定調，並以之作爲召喚讀者進入文本的重要思想依據：

> 說話的，如今只愛說這「情」、「色」二字做甚？故士矜才則德薄，女衒色則情放。若乃持盈愼滿，則爲端士淑女，豈有殺身之禍？今古皆然，貴賤一般。如今這一本書，乃虎中美女，後引出一個風情故事來。一個好色的婦女，因與個破落户相通，日日追歡，朝朝迷戀，後不免屍横刀下，命染黃泉，永不得着綺穿羅，再不能施朱傅粉。靜而思之，着甚來由！況這婦人他死有甚事？貪他的，斷送了堂堂六尺之軀；愛他

---

[29] 在《金瓶梅詞話》中，欣欣子〈《金瓶梅詞話》序〉和廿公〈跋〉皆稱小說為《金瓶梅傳》。

[30] （美）弗雷德里克·詹姆遜（Fredric R. Jameson）著，王逢振譯：《政治無意識——作為社會象徵行為的敘事》（*The Political Unconscious: Narrative as a Socially Symbolic Act*）（北京：中國社會科學出版社，1999年），頁70。

的，丟了潑天關產業，驚動了東平府，大鬧了清河縣。端的不知誰家婦女？誰的妻小？後日乞何人占用？死於何人之手？

顯而易見，《金瓶梅詞話》作爲明代中後期歷史現實的一個組成部分，「情色」作爲小說文本表述歷史文化語境中各種歷史力量、社會能量以及權力關係的複雜糾葛的符號，可以說反映了明代中後期以來的時代氛圍和社會環境充斥著類同的符號。[31]如魯迅所云：

故就文辭與意象以觀《金瓶梅》，則不外描寫世情，盡情情僞，又緣衰世，萬事不綱，爰發苦言，每極峻急，然亦時涉隱曲，猥黷者多。後或略其他文，專注此點，因予惡謚，謂之「淫書」；而在當時，實亦時尚。[32]

不可否認，在《金瓶梅詞話》中，「好色婦女」與「破落戶」之間所引發的「風情故事」本身，可以說早在敘事開展之初，即已被預設成爲承擔藉以作爲歷史闡釋的重要情節事件。然而必須有所釐清的是，《金瓶梅詞話》的話語實踐，並非只是客觀而被動地反映當下歷史文化語境中的外在現實而已，而是通過重寫素材的選擇過程，對寫定

[31] 鄭振鐸在〈談《金瓶梅》〉一文中指出：「人是逃不出環境的支配的；已腐敗了的放縱的社會裡很難保持得了一個『獨善其身』的人物。《金瓶梅》的作者是生活在不斷的產生出《金主亮荒淫》、《如意君傳》、《繡榻野史》等等『穢書』的時代的。」見魯迅等著：《名家眼中的金瓶梅》（北京：文化藝術出版社，2006年），頁43。

[32] 魯迅：《中國小說史略》，見《魯迅小說史論文集》，頁164-165。

者所聞所見的歷史事實進行文本化建構，試圖通過特定的轉義行爲（troping）進行歷史闡釋。[33]而實際上，這個話語實踐過程，頗受到明代中後期歷史文化語境中的權力關係和意識形態的制約，因而並非隨意而爲的。如果說《金瓶梅詞話》寫定者有意在小說敘事進程中，將各種偷情事件的情色書寫與新興商人發跡變泰的家庭興衰史互爲綰合聯繫，從中探求家國歷史興衰的根本緣由；那麼正顯示了在情色書寫中，男女關係和家國政治的內在矛盾所反映的各種權力關係，將成爲人們解讀《金瓶梅詞話》主題寓意時的重要參考依據。

基本上，「情色」作爲《金瓶梅詞話》寫定者所關注的重要議題，乃不容更改的事實；不過《金瓶梅詞話》是否因情色書寫而應被視爲「淫書」、「穢書」？則對小說文本寫作原旨的推論不無影響。[34]以今觀之，《金瓶梅詞話》寫定者即有意以潘金蓮與西門慶的偷情事件作爲故事開展的起點，然而在此之間，卻是先以潘金蓮勾搭武松作爲敘事開展的鋪墊。第一回敘及十一月朔風瑞雪之日，潘金蓮有意撩逗武松，「私心變欲成歡會，暗把邪言釣武松」，直望武松動情。潘金蓮與武松一起吃早飯，連篩了三四杯酒飲過之後，「烘動春心，欲心如火，只把閑話來說」，直到武松已有八九分焦燥之心：

---

[33] （美）海登．懷特在〈轉義、話語與人的意識模式〉一文中指出：「轉義行為（troping）就是從關於事物如何相互關聯的一種觀念另一種觀念的運動，是事物之間的一種關聯，從而使事物得以用一種語言表達，同時又考慮到用其他語言表達的可能性。話語是一種文類（genre），其中最主要的是贏得這種表達的權利，相信事物是完全可以用其他方式來表達的。轉義行為是話語的靈魂，因此，沒有轉義的機制，話語就不能履行其作用，就不能達到目的。」見氏著，陳永國、張萬娟譯：《後現代歷史敘事學》，頁3。

[34] 歷來論者對於應否刪除《金瓶梅詞話》中誨淫文字的爭論，至今並未取得共識。

> 這婦人也不看武松焦燥，便丟下火箸，却篩一盞酒來，自呷了一口，剩下大半盞酒，看著武松道：「你若有心，吃我這半杯兒殘酒。」武松劈手奪過來，潑在地下。說道：「嫂嫂，不要恁的不識羞恥！」把手只一推，爭些兒把婦人推了一跤。武松爭起眼來說道：「武二是個頂天立地的噙齒戴髮的男子漢！不是那等敗壞風俗人倫的豬狗！嫂嫂休要這般不識羞耻，爲此等的勾當。倘有些風吹草動，我武二眼裡認的是嫂嫂，拳頭却不認的是嫂嫂！再來休要如此所爲！」婦人吃他幾句，搶得通紅了面皮，便叫迎兒收拾了碟盞家伙。

在此一調情細節敘述之後，敘述者對於潘金蓮的作爲進行評論曰：「潑賤謀心太不良，貪淫無恥壞綱常。席間尙且求雲雨，反被都頭罵一場。」因此，當潘金蓮「賣俏逞花容」，偶遇近來發跡有錢的西門慶時，從此「淫蕩春心不自由」。顯而易見，《金瓶梅詞話》寫定者對於潘金蓮「背夫常與外人偷」、「賣俏迎奸」的淫蕩春心表現多有微辭非議，其後立足於「情色」的基礎上審視潘金蓮與西門慶的偷情事件，便在敘事進程中不斷通過敘述者的干預評論進行評價。値得注意的是，在重寫素材的過程中，寫定者顯然有意凸顯「情色」議題，由此確立整體話語構成所要傳達的理念意涵，因此，在西門慶與潘金蓮偷情事件的擴大敘述中，即通過各種評論話語表達勸懲警戒之意。如第三回開篇引詞曰：

色不迷人人自迷，迷他端的受他虧。
精神耗散容顏淺，骨髓焦枯氣力微。
犯着奸情家易散，染成色病藥難醫。
古來飽暖生閑事，禍到頭來總不知。

又第四回開篇引詩曰：

酒色多能誤國邦，由來美色喪忠良。
紂因妲己宗祀失，吳爲西施社稷亡。
自愛青春行處樂，豈知紅粉笑中槍。
西門貪戀金蓮色，內失家麋外趕獐。

又第五回開篇引詩曰：

參透風流二字禪，好姻緣是惡姻緣。
痴心做處人人愛，冷眼觀時個個嫌。
野草閑花休採折，貞姿勁質自安然。
山妻稚子家常飯，不害相思不損錢。

又第六回開篇引詩曰：

可怪狂夫戀野花，因貪淫色受波喳。
亡身喪命皆因此，破業傾家總爲他。
半晌風流有何益，一般滋味不須誇。
一朝禍起蕭墻內，虧殺王婆先做牙。

從以上評論話語中明顯可見，在帶有預告性質的評論中，已然傳達出西門慶迷戀潘金蓮的作爲，終將招致禍患的結局。此外，更值得注意的是，對於因女性情色誘惑而導致「個人亡身喪命」以及「家國社稷崩毀」的情形實已表達嚴重的警戒之意，頗見行文之中所刻意揭露的「女禍之思」。[35]顯然的，《金瓶梅詞話》寫定者對於明代中後期以來人們貪戀淫色的社會文化現象有所關注，藉情色書寫以直探問題本質，頗有洞見之明。

然而饒富意味的是，《金瓶梅詞話》寫定者固然有意在敘事開展之初，即通過情節建構和干預評論以確立「情色爲禍」的勸懲之旨，但實際上這些言論和情節的敘事效果，往往顯得「勸百諷一」，沒有發揮眞正的警戒作用。只因爲在諸多情色書寫上，寫定者往往立足於男性中心的視角，每每爲讀者提供各種關於西門慶與潘金蓮，乃至其他人物的性愛場景描繪，以之滿足讀者觀賞之欲。在第四回中敘述者講述西門慶與潘金蓮同枕共歡、初嘗偷情滋味的情形，頗有美化之意：

> 交頸鴛鴦戲水，并頭鸞鳳穿花。喜孜孜連理枝生，美甘甘同心帶結。一個將朱唇緊貼，一個把粉臉斜偎。羅襪高挑，肩膊上露兩彎新月；金釵斜墜，枕頭邊堆一朵烏雲。誓海盟山，摶弄得千般旖旎；羞雲怯雨，揉搓的萬種妖嬈。恰恰鶯聲，不離耳畔；津津甜唾，笑吐舌尖。楊柳腰，脉脉春濃；櫻桃口，微微氣喘。

---

[35] 周中明：《《金瓶梅》藝術論》（臺北：里仁書局，2001年），頁442-444。另可參陳翠英：《世情小說之價值觀探論——以婚姻為定位的考察》（臺北：國立臺灣大學出版委員會，1996年），頁96-101。

> 星眼朦朧，細細汗流香玉顆；酥胸蕩漾，涓涓露滴牡丹心。直饒匹配眷姻諧，眞個偷情滋味美。

此外，將男女性事交往視同一場交戰，更見其意。第二十九回敘述者講述潘金蓮爲從李瓶兒處重奪西門慶寵愛，費心安排同浴蘭湯，共效魚水之歡：

> 華池蕩漾波紋亂，翠幃高捲秋雲暗。才郎情動要爭持，稔色心忙顯手段。一個顫顫巍巍挺硬槍，一個搖搖擺擺輪鋼劍。一個捨死忘生往裡鑽，一個尤雲殢雨將功幹。撲撲鼕鼕皮鼓催，磚磚礴礴槍對劍。砅砅碣碣弄響聲，砰砰硑硑成一片。下下高高水逆流，洶洶湧湧盈清澗。滑滑溜溜怎住停，攔攔濟濟難存站。一來一往□□□，一沖一撞東西探。熱氣騰騰妖雲生，紛紛馥馥香氣散。一個逆水撐船將玉股搖，一個艄公把舵將金蓮搖。一個紫騮猖獗逞威風，一個白面妖嬈遭馬戰。喜喜歡歡美女情，雄雄糾糾男兒願。翻翻覆覆意歡娛，鬧鬧挨挨情摸亂。你死我活更無休，千戰千贏心膽戰；口口聲聲叫殺人，氣氣昂昂情不厭。古古今今廣鬧爭，不似這番水裡戰。

在《金瓶梅詞話》中，有關西門慶與潘金蓮的性愛描寫，主要是以西門慶爲中心，諸多情色書寫對於性事的積極展示，實則充滿以男性爲中心的性別政治意涵。尤其以潘金蓮爲代表的衆女性，爲得到西門慶寵幸，往往是以犧牲自我身體爲代價來換取個人的家庭地位和生存空間。第二十七回敘述者講述「潘金蓮醉鬧葡萄架」，西門慶與潘金蓮交歡，把潘金蓮「兩條腳帶解下來，拴其雙足，吊在兩邊葡萄架上」，玩弄投壺遊戲。之後，西門慶又只顧與龐春梅吃酒，完全不理會潘金蓮，甚且睡了一個時辰。此一性愛遊戲，無寧顯其驚心動魄。敘述者云：

> 睜開眼醒來，看見婦人還吊在架下，兩隻白生生腿兒蹺在兩邊。興不可遏，……婦人則目瞑聚息，微有聲嘶，舌尖冰冷，四肢不收，嚲然於袵席之上矣。西門慶慌了，急解其縛，向牝中摳出硫黃圈并勉鈴來，硫黃圈已折做兩截。於是把婦人扶坐。半日，星眸驚閃，甦省過來。因向西門慶做嬌泣聲，說道：「我的達達，你今日怎的這般大惡？險不喪了奴之性命。今後再不可這般所爲，不是耍處。我如今頭目森森然，莫知所之矣！」

此外，第七十八回敘述者講述西門慶在性愛過程中，要求在如意兒身上「燒香」，以留下情疤。敘述者云：

> 西門慶見丫鬟都不在屋裡，在炕上斜靠著背，扯開白綾吊的絨褲子，露出那話來，帶着銀托子，教他用口吮咂。……咂弄夠一頓飯時，西門慶道：「我兒，我心裡要在你身上燒柱香兒。老婆道：「隨爹你揀着燒

柱香兒。」西門慶令他關上房門，把裙子脫了，上炕來，仰臥在枕上，底下穿着新做的大紅潞紬褲兒，褪下一隻褲腿來。西門慶袖內還有燒林氏剩下的三個燒酒浸的香馬兒，撇去他抹胸兒，一個做在他心口內，一個坐在他小肚兒底下，一個安在他毯蓋子上，用安息香一齊點着。……須臾，那香燒到肉根前，婦人蹙眉齧齒，忍其疼痛，口裡顫聲柔語哼成一塊，沒口子叫：「達達，爹爹，罷了，我了，……好難忍也！」

同樣的燒香情形，也出現在潘金蓮、王六兒和林太太身上，十足凸顯女性被男性宰制的處境。至於其他變態的性愛遊戲，亦普遍存在於小說敘事進程之中。不可否認，《金瓶梅詞話》寫定者採取自然而寫實的筆法進行情色書寫，無乃反映了情色無處不在的情形。而事實上，在明代中後期以來的「人情以放蕩爲快」的思潮中，這早已是普遍存在社會文化現象。[36]

更進一步來看，在《金瓶梅詞話》中，情色書寫所體現的權力關係及其意識形態內涵，充分展現出對於傳統儒家價值體系和倫理觀念的「破壞」與「鞏固」，其中對於「女性情慾」的展示，既可說是「生產性」的，也可說是「壓制性」的。如第一回敘述者講述潘金蓮下嫁武大郎，滿心苦楚云：

---

[36] 參劉達臨：《中國古代性文化》（銀川：寧夏人民出版社，1993年），頁696-870。胡衍南：《飲食情色《金瓶梅》》（臺北：里仁書局，2004年）。

> 想當初，姻緣錯配，奴把他當男兒漢看覷。不是奴自己誇獎，他烏鴉怎配鸞鳳對？奴眞金子埋在土裡，他是塊高麗銅，怎與俺金色比？他本是塊頑石，有甚福抱着我羊脂玉體？好似糞土上長出靈芝。奈何？隨他怎樣，倒底奴心不美！聽知：奴是塊金磚，怎比泥土基？

潘金蓮自嘆顏色美麗，資稟伶俐，卻錯配丈夫，其中已充分展示個人的情慾自主的主體意識，因此日後「若遇風流清子弟，等閒雲雨便偷期」的情形，不難視爲《金瓶梅詞話》寫定者對於女性情慾表現可能衝擊傳統道德倫理價值進行觀察的起點。不過，面對女性情慾的主體性張揚，《金瓶梅詞話》寫定者卻又不斷從「女禍亂政」的觀點告誡讀者不可貪戀美色。最終武松將潘金蓮白馥馥的心窩一剜，予以殺害復仇時，無乃借天道循環的因果報應結局對偷情女性實施懲戒。第八十七回敘述者評論時云：

> 堪悼金蓮誠可憐，衣服脫去跪靈前。
> 誰知武二持刀殺，只道西門綁腿頑。
> 往事堪嗟一場夢，今身不值半文錢。
> 世間一命還一命，報應分明在眼前。

由此可見，由於潘金蓮偷情失貞、殺夫失節的私欲作爲，明顯違反傳統儒家價值體系的道德倫理觀念，這種違反公道的好色行爲，最終必須借助因果報應的框架予以抑制，才得以重建「名教」價值。

實際上，圍繞在西門慶和潘金蓮等人的偷情事件及其行動的情色書寫中，《金瓶梅詞話》寫定者對於傳統儒家價值體系內化的主導意識形態的顛覆以及對於這種顛覆的利用，可以說是同時並存在小說敘事進程之中。從重建名教的角度來說，顛覆之必要，甚至是主導意識形態從反面事例證明自身合法性時所需要的。如同袁中道在〈遊居杮錄〉一文中所提到的：

> 往晤董太史思白，共說諸小說之佳者。思白曰：「近有一小說，名《金瓶梅》，極佳。」予私識之。後從中郎眞州，見此書之半，大約模寫兒女情態俱備，乃從《水滸傳》潘金蓮演出一支。……此書誨淫，有名教之思者，何必務爲新奇以驚愚而蠹俗乎？[37]

從「此書誨淫，有名教之思者」的評論中可知，《金瓶梅詞話》作爲歷史演義的一種轉義話語表現，以「務爲新奇以驚愚而蠹俗」的話語形式問世，對於歷史的表述既可以說是處於文本之內，同時也處於文本之外，因而歷史的文本性和文本的歷史性是交融存在於情色書寫之中而有所表述。因此，在《金瓶梅詞話》中，情色書寫所體現的歷史性含義，可以說是特定的歷史、文化、社會、政治、體制、階級的產物。應當如何正確看待《金瓶梅詞話》的情色存在，以及情色存在中之於《金瓶梅詞話》話語構成的影響，不免牽涉到小說文本所體現的社會規約、文化成規和表述方式。如欣欣子〈《金瓶梅詞話》序〉云：

---

[37] 見朱一玄編：《《金瓶梅》資料彙編》，頁79。

> 竊謂蘭陵笑笑生作《金瓶梅傳》，寄意於時俗，蓋有謂也。……其中未免語涉俚俗，氣含脂粉。余則曰：不然。〈關雎〉之作，樂而不淫，哀而不傷。富與貴，人之所慕也，鮮有不至於淫者；哀與怨，人之所惡也，鮮有不至於傷者。……此一傳者，雖市井之常談，閨房之碎語，使三尺童子，聞之如飫天漿而拔鯨牙，洞洞然易曉。雖不比古之集，理趣文墨，綽有可觀。其他關係世道風化，懲戒善惡，滌慮洗心，無不小補。[38]

從「寄意於時俗，蓋有謂也」的說法來看，《金瓶梅詞話》藉情色書寫以進行歷史闡釋的用心，頗獲欣欣子的認同，認爲有助端正世道風化。此外，謝肇淛在〈金瓶梅跋〉一文中更從「稗官」著史的角度贊論云：

> 《金瓶梅》一書，不著作者名代。……書凡數百萬言，爲卷二十，始末不過數年事耳。其中朝野之政務，官私之晉接，閨闥之媟語，市里之猥談，與夫勢交之利合之態，心輸背笑之局，桑中濮上之期，尊罍枕席之語，駔驵之機械意智，粉黛之自媚爭妍，狎客之從臾逢迎，奴佁之稽唇淬語，窮極境象，駴意快心。譬之范公摶泥，妍媸老少，人鬼萬殊，不徒肖

[38] 見朱一玄編：《《金瓶梅》資料彙編》，頁176。

其貌，且並以其神傳之。信稗官之上乘，爐錘之妙手也。[39]

在〈跋〉文中，謝肇淛從「溱洧之音，聖人不刪」的觀點審視《金瓶梅》，對於小說文本中「猥瑣淫媟」的情色書寫現象，基本上也是採取正面包容的評論態度。顯而易見，《金瓶梅詞話》所展現的話語實踐，乃是藉由通俗小說話語形式的創造以自我造型（self-fashioning），而其中情色書寫與明代中後期色情文化的聯結，既可說是對歷史現實面貌的一種積極反映，亦可視爲小說文本話語構成的修辭手段，應當給予應有的重視。

第三節　克己復禮：道德良知的內在籲求

明代前期，在歷經朝代更替之後，統治者爲結束長期因混亂、分裂的政治局面所導致之倫理綱常失序現象，乃欽定「程朱理學」爲官方哲學和倫理教義，以八股科舉取士，極力倡導尊儒讀經，主張禁欲主義，藉此重整倫理綱常和道德名教，以行思想的統治和控制。因此，明代前期主要是程朱理學昌盛的時代。但中後期開始，在商業經濟的快速發展影響下，整體歷史文化語境產生極大變化。由於市民階層的不斷擴大，「陸王心學」高揚主體精神的思想普遍發展，「百姓日用即道」的學說思想逐漸影響當時人們的生活方式和價值觀念，形成個性解放思潮。「天理」與「人欲」的價值體系正處於轉換的階段，一反「存天理，滅人欲」的程朱理學價值體系。不論是對於

---

[39] 見朱一玄編：《《金瓶梅》資料彙編》，頁179。

「欲」的肯定或對「私」的主張，都是文人知識分子普遍關注的課題，[40]反映了儒家思想的新變化。[41]面對明代中後期縱情聲色享樂的社會文化現象，歷來論者大多視《金瓶梅》的情色書寫及其人欲表現，即是個性解放思潮下的文學和文化產物。

大體而言，無論在審美行爲或敘事形式的創造上，《金瓶梅詞話》所體現的敘事觀念和審美理想，明顯與前此《水滸傳》中武松復仇故事片段的情節模式和思想意涵大相逕庭。那麼《金瓶梅詞話》寫定者究竟如何看待潘金蓮和西門慶偷情所衍生的情色事件，並藉此投射明代中後期的歷史文化語境面貌？便需要進一步進行討論。今可見者，《金瓶梅詞話》寫定者常常借敘述者的干預評論發出警戒之旨。首先，潘金蓮背武大偷奸，最後藥鴆武大郎，謀殺親夫致死。但在靈堂前，仍與西門慶貪歡縱欲，不顧倫理綱常。第六回敘述者講述云：

> 那婦人歸到家中，樓上去設個靈牌，上寫「亡夫武大郎之靈」。靈床子前點一盞琉璃燈，裡面貼些經幡、錢紙、金銀錠之類。那日却和西門慶做一處，打發王婆家去，二人在樓上任意縱橫取樂。不比先前在王婆茶坊裡，只是偷鷄盗狗之歡，如今武大已死，家中無人，兩個恣情肆意，停眠整宿。初時西門慶恐鄰舍瞧破，先到王婆那邊坐一回；今武大死後，帶著跟隨小廝，徑從婦人家後門而入。自此和婦人情沾肺腑、意

[40] （日）溝口雄三著，索介然、龔穎譯：《中國前近代思想的演變》（北京：中華書局，1997年），頁27。

[41] 余英時：《士與中國文化》（上海：人民出版社，2003年），頁525。

> 密如膠，常時三五夜不曾歸去，把家中大小丢得七顛八倒，都不喜歡。原來這女色坑陷得人，有成時必有敗。

事實上，西門慶做爲上述偷情事的主導者，更顯示出西門慶自身陷溺於縱情貪歡的情色行動之中而不得自拔。在《金瓶梅詞話》中隨處可見西門慶極力於追求各種性事活動，甚且趨近於變態。第五十七回敘述者講述吳月娘勸戒西門慶少幹幾樁貪財好色的事體，西門慶卻不以爲意，甚且提出以「人欲」反抗「天理」的說法。西門慶強辭奪理地辯駁云：

> 却不道天地尚有陰陽，男女自然配合。今生偷情的、苟合的，都是前生分定，姻緣簿上註名，今生了還。難道是生剌剌、胡搊亂扯、歪斯纏做的？咱聞那佛祖西天，也止不過要黃金鋪地。陰司十殿，也要些楮鏹營求。咱只消盡這家私，廣爲善事，就使強奸了嫦娥，和奸了織女，拐了許飛瓊，盜了西王母的女兒，也不減我潑天富貴。

正是由於西門慶不改一貫利己的貪色本性，最後，在潘金蓮需索無度的要求下，終致貪欲成病，因而奄奄一息。第七十九回敘述者爲此評論云：

> 看官聽說：一己精神有限，天下色欲無窮。又曰：嗜慾深者，其天機淺。西門慶自知貪淫樂色，更不知油枯燈盡，髓竭人亡。原來這女色坑陷得人有成時必有敗，古人有幾句格言道得好：
>
> 花面金剛，玉體魔王，綺羅纖就豺狼。法場鬥帳，獄牢牙床。柳眉刀，星眼劍，絳唇槍。口美舌香，蛇蠍心腸，共他者無不遭殃。纖塵入水，片雪投湯。秦楚強，吳越壯，爲他亡。早知色是傷人劍，殺盡世人人不防！
>
> 二八佳人體似酥，腰間仗劍斬愚夫。
> 雖然不見人頭落，暗裡教君骨髓枯。

所謂「既其樂矣，然樂極必悲生」、「天數造定」，西門慶終因仍因貪戀酒色過度，在三十三歲壯盛之年死亡。究其根由，乃在於西門慶自身「缺乏道德與理性的力量」。[42]然而令人驚訝的是，即便西門慶死亡在前，其他人物卻沒有因此而得到警示，仍舊各自一本貪欲行事。關於此一情形，或可從諸如「陳經濟竊玉偷香，李嬌兒盜財歸院」、「韓道國拐財倚勢，湯來保欺主背恩」、「潘金蓮月夜偷期，陳經濟畫樓雙美」等後續故事情節的發展中見其端倪，而絕大多數人物，最終也如同西門慶一般，因個人縱情聲色之貪欲而一一死亡，頗見世態炎涼。

---

[42] 孫述宇：《《金瓶梅》的藝術》（臺北，時報出版社，1978年），頁106。

無庸置疑，當《金瓶梅詞話》寫定者將寫作視角聚焦於潘金蓮和西門慶的偷情事件之上時，原有的復仇故事原型經過置換變形以後，已從忠義英雄的浪漫形塑轉化爲男女情色的寫實敘述。其中「貪色」作爲人欲和人性的本能表現，無乃成爲話語構成的主要關注焦點。關於此點，多可見於敘述者的相關評論之中。如第六回敘述者評論云：

> 色膽如天不自由，情深意密兩綢繆。
> 貪歡不管生和死，溺愛誰將身體修？
> 只爲恩深情鬱鬱，多因愛闊恨悠悠。
> 要將吴越冤仇解，地老天荒難歇休。

又第九回開篇詞曰：

> 色膽如天不自由，情深意密兩綢繆。
> 只思當日同歡愛，豈想蕭墻有後憂。
> 只貪快樂恣悠游，英雄壯士報冤仇。
> 天公自有安排處，勝負輸贏卒未休。

値得注意的是，從「貪歡不管生和死，溺愛誰將身體修」、「只貪快樂恣悠遊，英雄壯士報冤仇」的言語內容中可知，「貪色」的人欲行爲所可能帶來的禍患，總是難以超越「天理」所限定的命定框架，其中不免隱含「天道循環」的後設命題，進而主導了《金瓶梅詞話》的話語構成。尤其在西門慶死亡之後，《金瓶梅詞話》寫定者在後續敘事進程中，著重爲其他人物的最終命運設置具因果報應的倫理結局，無不反映了天道循環的深層文化思維。第一百回敘述者在結尾詩云：

閑閱遺書思惘然，誰知天道有循環。西門豪橫難存嗣，經濟顛狂定被殲。樓月善良終有壽，瓶梅淫佚早歸泉。可怪金蓮遭惡報，遺臭千年作話傳。

無庸置疑，在重寫素材的過程當中，《金瓶梅詞話》寫定者早已不再關注英雄傳奇事蹟，而是將情色事件置於「亂世」的歷史背景之中，從中展開一場「世情」演義。其中對於西門慶、潘金蓮、李瓶兒、龐春梅和陳經濟等人物之命運、行動及其結局的處理，可謂隱含了一種「反諷」的思維形態。尤其在「死亡」結局（不論是在形體方面或精神方面）的安排上，無不凸顯出「人欲」無從改變「天理」的既定事實。如此作法，在寫定者有意爲之的話語展演中，明顯展現出大不同於《忠義水滸傳》的著述意識。

從天道循環的後設命題論述《金瓶梅詞話》敘事創造的思想綱領，則《金瓶梅詞話》寫定者對於「天理」之探索，是否可以將此視爲理解歷史走向的基本規律和變化法則的認知依歸，無疑顯得極爲耐人尋味。[43]事實上，在考察《金瓶梅詞話》敘事格局創造的理性過程中，筆者認爲小說文本的話語構成背後始終存在著一種定向的思維圖式，亦即寫定者無不以潛隱在「天道循環」和「人事際遇」之間的「天命」思想作爲敘事秩序建立的「主導」（dominant），由此展現廣大世情之中各種情理事體，以便從中寄寓勸懲之道。如同欣欣子

[43] 高小康認為西門慶命運的盛衰，不是被道德秩序即善惡循環的天道所左右，而是由他個人的行為方式、個人的性格發展所決定。換句話說，西門慶故事背後的世界秩序不是恆定的、客觀的道德秩序，而是以個人的行動為中心的動力秩序—是性格以及行動的力量，而不是客觀的善惡報應、盛衰消長之機決定著人物的命運。見氏著：《中國古代敘事觀念與意識形態》（北京：北京大學出版社，2005年），頁49。

在〈《金瓶梅詞話》序〉評論寫作原旨時所云：

> 無非明人倫，戒淫奔，分淑慝，化善惡，知盛衰消長之機，取報應輪迴之事，如在目前，始終如脈絡貫通，如萬絲迎風而不亂也，使觀者庶幾可以一哂而忘憂也。㊹

準此而言，《金瓶梅詞話》藉「報應輪迴之事」對天道循環的後設命題進行重寫或重構時，無乃在人物命運的寫實觀照中將「天命」與「人生」合而爲一；並且通過人物行動所負載的道德情感實踐意義的書寫，由此建置小說文本內在的道德倫理理想，從而揭示被現實壓抑的政治無意識（political unconscious）。㊺在貼近現實生活的語言表述中，《金瓶梅詞話》寫定者不斷通過敘事干預提示「知命」的重要性，並以此作爲話語構成的意識形態素。「天命」之思，相對成爲《金瓶梅詞話》寫定者建構敘事話語以及解決道德困境的重要思想基礎，無疑在個人欲望的逐一消解中，賦予了話語構成以特定的政治倫理隱喻。因此，當《金瓶梅詞話》寫定者試圖藉由敘事以反諷人物內在的欲望形式時，可以說從中寄寓了一種精神革命和文學革命的歷史意識。整體話語構成體現的眞實性特徵和主體精神，必然展示出寫定者對歷史現實的高度觀照。

㊹ 見朱一玄編：《《金瓶梅》資料彙編》，頁176。

㊺ （美）弗雷德里克・詹姆遜著，王逢振、陳永國譯：《政治無意識——作為社會象徵行為的敘事》，頁24。

如果說，《金瓶梅詞話》對於「人欲」的檢視，強調「道德意識」之省察；那麼，對於「天理」的探求，則無不重視「天道循環」之制約。正如欣欣子在〈《金瓶梅詞話》序〉進一步云：

至於淫人妻子，妻子淫人，禍因惡積，福緣善慶，種種皆不出循環之機。故天有春夏秋冬，人有悲歡離合，莫怪其然也。合天時者，遠則子孫悠久，近則安享終身；逆天時者，身名罹喪，禍不旋踵。人之處世，雖不出乎世運代謝，然不經凶禍，不蒙恥辱者，亦幸矣。㊻

由於《金瓶梅詞話》中的主要人物大多在行動中不能去得「人欲」，因此在好色、好利、好名等「意之不正」的私欲的遮蔽下，無法識得天理，最終都導致「以私害公」，因而招致諸多潛藏之可能禍患，這樣的敘事思維始終貫串於敘事進程之中。如同浦安迪考察明代四大奇書時所指出的現象：

明代四大奇書的通比，使我們看到，眾多的關鍵情節都表現出一種因動因而失高或失控的傾向，這種傾向可以名之爲「亂」。……這個問題體現在四大奇書主人公身上的一種特殊形式，就是一面有個人或集體欲望要求滿足，另一面有外部環境套上去的侷限，兩者

㊻ 見朱一玄編：《《金瓶梅》資料彙編》，頁177。

> 之間經常演出種種衝突場面。很多情況下，這表現爲一種類似自由意志和宿命論拘束之間的抵觸。㊼

據此而論，《金瓶梅詞話》寫定者從反諷立場進行敘事建構，積極營造「天理」與「人欲」的衝突結構，其目的無非在於凸顯人欲無節所可能帶來的影響，往往超乎人物本身所能預期的結果。由於人物受「貪欲」影響，失去應有的節制，致使個人「良知」泯滅，違亂綱常，最終走向毀滅之途。因此，如何修行「克己」工夫，掃除「私欲」，無乃是《金瓶梅詞話》主題寓意寄託之所在。

明代中後期以來，由於政治、社會和文化環境之變化所帶來的倫理綱常失序、社會階層結構解體和文化價值觀念變異和轉型現象，理學核心價值也正經歷一場轉換。陸王心學興起，具有振衰起弊，穩定政治社會秩序之功。尤其陽明心學在反求諸心的「正心」原則上，始終強調「格物」與「良知」同一，主張秉持「良知」以進行道德實踐。王守仁試圖通過心學學說之推廣以改變士風與學風，其所強調的政治道德實踐，乃十分著重通過「存理去欲」的途徑修習「克己」的工夫，並在「心即理」、「心外無理」的思想基礎上肯定「人欲」的合理性存在。「天理」之所在，則取決「天地之心」所具有的「良知」，而「無私欲之蔽」。王守仁在《傳習錄》（上）便指出：

> 人若眞實切己用功不已，則於此心天理之精微，日見一日，私欲之細微亦日見一日。㊽

㊼ （美）浦安迪講演：《中國敘事學》，頁182-185。

㊽ 〔明〕王陽明著，正中書局編審委員會編：《王陽明全書》（一）（臺北：正中書局，1953年），頁17。

因此，陽明心學在理想道德人格的創造上，更從「天命之性」說明人人皆可入聖。他在《傳習錄》（中）說道：

> 夫良知即是道。良知之在人心，不但聖賢，雖常人亦無不如此。若無有物欲牽蔽，但循著良知發用流行將去，即無不是道。[49]

此外，在成聖體道的追求中，王守仁主要是將道德意識、倫理觀念和政治見解融合為一，認為通過克己工夫得以重建倫理道德意識，從而在自我修養中重建社會倫理道德規範，最終在「明德」中達於「至善」的境界。王守仁在〈大學問〉中便說：

> 至善者，明德親民之極則也。天命之性，粹然至善，其靈昭不昧者，此其至善之發見，是乃明德之本體，而即所謂良知者也。[50]

由此可見，陽明心學對於「至善」之理想建構，取決於「良知」的主體認識和把握之上，所謂「吾心之良知即所謂天理」，乃成了個體主體意識和獨立人格得以張揚的依據。如何避免為「物欲牽蔽」，致使不能「循得良知」，便需要學習從「克己」工夫入手。因此，倘人人皆能去欲、明德以致良知，「將好色好貨好名等私，逐一追究搜尋出

---

[49] 〔明〕王陽明著，正中書局編審委員會編：《王陽明全書》（一），頁56。
[50] 〔明〕王陽明著，正中書局編審委員會編：《王陽明全書》（一），頁 120。

來，定要拔去病根，永不復起」，[51]則「天地萬物一體」的政治理想之實現，無疑具有其特定的現實性價值。

在明代中後期的歷史文化語境中，因「情色之迷」的現象普遍存在於社會之中，進而導致傳統儒家價值體系中的道德規範和倫理觀念崩解，無疑引發《金瓶梅詞話》寫定者對於「家國之禍」的高度重視和積極反思。第十四回對於男性沉迷於「女色」之中而終致召禍的情形便有所評論：

> 看官聽說，大抵只是婦人更變，不與男子漢一新，隨你咬折釘子般剛毅之夫，也難防測其暗地之事。自古男治外而女治內，往往男子之名，都被婦人壞了者。爲何？皆由御之不得一道故也。要之，在乎夫唱婦隨，容德相感，緣分相投，男慕乎女，女慕乎男，庶可以保其無咎。稍有微嫌，輒顯厭惡。若似花子虛終日落魄飄風，謾無紀律，而欲其內入不生他意，豈可得乎！

從上述情形可見，《金瓶梅詞話》通過重寫素材以構築男性公共話語的價值體系以及在情色書寫上提供各種性愛場景，主要目的並不在於「導淫宣欲」，而是借情色以表述歷史，寄寓世戒勸懲之意。在敘事創造過程中，《金瓶梅詞話》寫定者實際扮演了兩種角色，正如同王德威所指出的：一方面是社會尺度的代言人，一方面又是社會現象的

[51] 〔明〕王陽明著，正中書局編審委員會編：《王陽明全書》（一），頁 13。

偷窺者。[52]而此一敘事話語表現，頗符應於明代中後期的社會文化現象。就此而論，情色書寫對於《金瓶梅詞話》的寓言建構及其歷史闡釋而言，無乃具有不可忽視的修辭功能和意義，不應等閒視之。《金瓶梅詞話》以「情色」作為敘事創造的發展基礎，基本上清楚地反映了明代中後期以來講究美食、華服、淫聲、麗色的物質追求現象，同時也顯示了「人欲」突破「天理」限制並且獲得高度發展的情形。誠如欣欣子在〈《金瓶梅詞話》序〉所云：

> 譬如房中之事，人皆好之，人皆惡之。人非堯、舜聖賢，鮮不為所耽。富貴善良，是以搖動人心，蕩其素志。觀其高堂大廈，雲窗霧閣，何深沉也；金屏繡褥，何美麗也；鬢雲斜軃，春酥滿胸，何嬋娟也；雄鳳雌凰迭舞，何殷勤也；錦衣玉食，何侈費也；佳人才子，嘲風咏月，何綢繆也；雞舌含香，唾圓流玉，何溢度也；一雙玉腕綰復綰，兩隻金蓮顛倒顛，何猛浪也。[53]

然而值得注意的是，《金瓶梅詞話》寫定者是否意圖通過「食、色，性也」的「人欲」主張，在情色書寫當中表達反抗「天理」的鉗制的思想，其實不無可資議論之處。關於這樣的說法，自然必須回到《金瓶梅詞話》的寫作本質上進行理解和釐清。

---

[52] 王德威：《想像中國的方法》（北京：三聯書店，1998年），頁89。

[53] 見朱一玄編：《《金瓶梅》資料彙編》，頁176-177。

面對晚明以來歷史文化語境的激烈變化，《金瓶梅詞話》寫定者試圖通過現實生活圖景之建構，積極探索「天理」制約下之歷史道德秩序，基本上乃是從宋明理學之「格物致知」的哲學邏輯中展開自我印證的理悟過程。因此，在格物致知的意義上，《金瓶梅詞話》寫定者對於西門慶、潘金蓮、李瓶兒、龐春梅和陳經濟等人物命運的深刻關注，更可能深刻地反映出通過創作以傳達「自我觀」—「克己」與「復禮」的深層思想課題。關於此一思想觀念表現，正可從《金瓶梅詞話》寫定者在「四貪詞」發出的警戒之旨獲得印證，特別是在論「色」時云：

> 休愛綠髩美朱顏，少貪紅粉翠花鈿。損身害命多嬌態，傾國傾城色更鮮。　莫戀此，養丹田。人能寡欲壽長年。從今罷却閑風月，紙帳梅花獨自眠。

在「克去人欲，以明天理」的思想文化背景中問世，《金瓶梅詞話》之創作、傳抄、刊刻、出版乃至普遍流行，當有其不可忽視的政教意識和文化意義。整體而言，《金瓶梅詞話》的敘事話語構成，是以「個人」、「家庭」乃至「國家」之命運的興敗盛衰情形作爲一個考察歷史運行的參照觀點，進而在「格物致知」以「窮理」的過程之中傳達對歷史現實的省思，更在探索天理與歷史的關係中體現出文以明道／載道的根本法則。因此，在《金瓶梅詞話》中，透過情色書寫所暴露的人物貪欲，可以說既是對歷史現實的眞實反映，又可以說是對歷史現實的深刻省察，「縱欲而死」所具有的警示意味，無乃反映了對於克除「私欲」以致「良知」的根本追求，直與晚明思潮中的「克己復禮」思想有所聯繫，[54]可謂意義深刻。

第四節　家國寓言：政治期望的反向建構

明代中後期以來，商品經濟的高度發展與政治綱常的異常腐敗，可以說並存於當時歷史文化語境之中，形成一個充滿各種矛盾和衝突的時代環境。其中個人的感官欲求，充分展現在酒、色、財、氣的貪求之上，縱情享樂成了人們普遍追求的生活方式，因而無視禮法綱常，導致崇奢極靡、亂紀陵夷的情形蔚爲時尚。此時，傳統的道德倫理價值體系已無從規範人心，廢壞極矣。在「好貨」、「好色」的縱欲思潮中，《金瓶梅詞話》寫定者將潘金蓮和西門慶偷情事件，置於惡棍、奸商和貪官集於一身的西門慶的發跡變泰生命史中，可以說由此投射歷史現實現狀，隱含了特殊的政治倫理隱喻。芮效衛（David Tod Roy）指出：

> 《金瓶梅》的深層結構是由個人、家庭、國家的內部機體間一整套精心設計的類比所組成的。我曾在另一處這樣說過：「《金瓶梅》的一個重要的主題思想是要告訴人們：倘使一個人的軀體精力不是妥善使用，而是經常消耗在過度的房事上……其結果必然是那人

[54] 龔鵬程考察晚明思潮時指出「克己復禮」乃是晚明思想史發展的重要路向。見氏著：《晚明思潮》（北京：商務印書館，2005年），頁20-34。另《金瓶梅》與晚明的克己復禮思想的聯繫討論，可參李建武、李冬山：〈《金瓶梅》人性觀與明代中後期「克己復禮」思想無關嗎？〉，《江淮論壇》，2006年第6期，頁168-174。

> 的夭亡。國家的財源勢將枯竭，那就必然導致國家的崩潰和滅亡。」若是看不到這個即小見大的道理並經常牢記在心，《金瓶梅》中許多細節描寫的微言妙旨對那些粗心的讀者就會變得毫無意義了。[55]

如前文所論，《金瓶梅詞話》寫定者有意在「男女情色」和「家國政治」的對應關係中探究歷史文化語境變化下的「人欲」本質。在某種意義上，這樣的創作意識頗與陽明心學強調「正心」的觀念和精神有所聯繫。因此，從重寫的修辭策略表現來說，《金瓶梅詞話》通過對「情色」的關注，並在「貪色」的人欲書寫中進行「家國寓言」的建構，可謂別具深意。

綜觀《金瓶梅詞話》一書可見，寫定者有意以西門慶發跡變泰的生命史作爲考察對象，一則注重個人與家庭生活的鬥爭；一則注重社會與政治環境的弊病，從而探討人性、人欲與世情發展的聯繫關係，尤其對於人倫關係變化的洞察，極其深刻。「西門慶在財色所表現的高度追求，與其權力欲望亦密切相關，二者乃是互相糾結鼓蕩，所有父權的淫威，在西門慶身上作了最完整的演出。攀結富貴，聚斂財富，財力權力的陡漲，也保障情場征戰無往不利，欲深谿壑，就此陷入永無止境的追逐中。」[56]在西門慶的生命史中，潘金蓮以「情色」獻身，不顧人倫綱常，只爲鞏固家庭中的生存地位；而西門慶則是以「財貨」貢獻當道，不惜費金交結，只爲獲取相應的政治地位和權

---

[55] （美）芮效衛（David Tod Roy）：〈湯顯祖創作《金瓶梅》考〉，見徐朔方編選，沈亨壽等譯：《《金瓶梅》西方論文集》（上海：上海古籍出版社，1987年），頁101-102。

[56] 陳翠英：《世情小說之價值觀探論——以婚姻為定位的考察》，頁114。

力，兩者在追求「地位」的問題方面具有同構關係。[57]從實際情形來看，不論是潘金蓮或西門慶，同爲達成個人貪欲目的，不惜違亂既有價值體系中的道德規範和倫理觀念，從而造成「家」、「國」體制的極度紛亂。而此一深刻觀照，正顯現在寫定者有意將西門慶夤權攀貴的行動與朝廷讒佞奸臣結黨營私的作爲加以聯結。第三十回敘述者對於「亂世」的評論時所云：

> 看官聽說：那時徽宗，天下失政，奸臣當道，讒佞盈朝，高、楊、童、蔡，四個奸黨，在朝中賣官鬻獄，賄賂公行，懸秤升官，指方補價。夤緣鑽刺者，驟升美任；賢能廉直者，經歲不除。以致風俗頹敗，贓官污吏，遍滿天下。役煩賦重，民窮盜起，天下騷然。不因奸佞居輔臺，合是中原血染人！

此外，這樣的政治觀察，更是具體反映在西門慶以「提刑官引奏朝儀」的昇平假象之中，評論之間不免有所感嘆。此外，第七十回敘及西門慶轉正千戶掌刑後，與夏提刑一同前往東京引奏謝恩。在與群臣共同庭參朱太尉時，藉由西門慶之眼看見朱太尉秉權衡威，可謂「輦下權豪第一，人間富貴無雙。」經接見後，西門慶剛出大門正要離開時，又忽聽飛馬報來：

---

[57] 參（美）帕特里克 D. 韓南（Patrick D. Hanan）著，包振南譯：〈中國小說的里程碑〉，見包振南等編：《〈金瓶梅〉及其他》，頁1-13。

> 剛出大門來，尋見賁四等。抬擔出來，正要走，忽聽一人拿宛紅拜帖飛馬報來，說道：「王爺、高爺來了。」西門慶與何千户閃在人家門裡觀看。須臾，軍牢喝道，人馬圍隨，塡街塞巷，只見總督京營八十萬禁軍隴西公王燁，同提督神策御林軍總兵官太尉高俅，俱大紅玉帶，坐轎而至。那各省參見官員，都一湧出來，又不得見了。西門慶與何千户，良久等了賁四盒擔出來，到于僻處，呼跟隨人拉過馬來，二人方纔騎上馬回寓。正是：不因奸佞居臺鼎，那得中原血染衣！

在此一場景描寫中，權力與財富的複雜糾葛關係，充分反映在官僚體系的運作形態之上。在佞臣專擅爲政的情形下，君王聖聰不彰，以致國祚逐漸衰微。敘述者對此一情形進行評論時，不免流露激憤之情：

> 看官聽說：妾婦索家，小人亂國，自然之道。識者以爲，將來數賊必覆天下。果到宣和三年，徽、欽北狩，高宗南遷，而天下爲虜有，可深痛哉！史官意不盡，有詩爲證：
>
> 權奸誤國禍機深，開國承家戒小人。六賊深誅何足道，奈何二聖遠蒙塵。

由「妾婦索家，小人亂國」的評論明顯可知，在「家國同構」的政治寓言建構中，「情色」與「財富」構成一種互爲隱喻的意象，有其特定的意指內涵。

《金瓶梅詞話》的寫定者在以「情色」爲主要符號概念的書寫中，無不意圖通過敘事轉向揭露個人的欲望和貪念如何成爲朝政腐敗根源的歷史事實。第七十一回開篇引詞更意味深長地表達看法云：

> 暫時罷鼓膝間琴，閑把遺編閱古今。
> 常嘆賢君務勤儉，深悲庸主事荒淫。
> 致平端自親賢哲，稔亂無非近佞臣。
> 說破興亡多少事，高山流水有知音。

此一詞作原見於《宣和遺事》，而《金瓶梅詞話》寫定者以情色書寫作爲探討家國政體混亂的根本原因而加以參照引用，更能凸顯話語構成本身所隱含的政治批評意圖。事實上，此一政治批評意圖更是在第七十一回敘及北宋徽宗祀畢南郊回來，升崇政大殿，以及接受百官朝賀時，便以反諷敘述方式對於徽宗皇帝有所評論：

> 這帝皇果生得堯眉舜目，禹背湯肩。若說這個官家，才俊過人：口賡詩韵，目數群羊；善寫墨君竹，能揮薛稷書；通三教之書，曉九流之典。朝歡暮樂，依稀似劍閣孟蜀王；愛色貪杯，彷彿如金陵陳後主。從十八歲登基即位，二十五年倒改了五遭年號；先改建中靖國，後改崇寧，改大觀，改政和，改重和，改宣和。

表面上看來，「海宇清寧，天下豐稔」；然而，在朱勔等官員專擅掌握之下，諸多官位卻以私相授受行之。因此，「兩淮、兩浙、山東、山西、河南、河北、關東、關西、福建、廣南、四川等處刑獄千戶章隆等二十六員，例該考察，已更升補。」其中在繳換劄付時，包括西門慶在內，由此顯見吏治混亂不明。更不用說當時山東宋江、淮西王慶、河北田虎、江南方臘四大寇四方蜂起，轟州劫縣，甚至僭稱王號。惟有「宋江替天行道，專報不平，殺天下贓官污吏、豪惡刁民。」因此，在此一亂世背景之中，《金瓶梅詞話》寫定者刻意敷演潘金蓮和西門慶的「偷情」事件，以及西門慶縱淫濫權的行爲表現。正如浦安迪考察所見：

> 當故事繼續向前發展，西門慶與朝政的瓜葛就愈纏愈緊了。……到了本書前半部與後半部之間，就愈來愈清楚了，這位原本無足輕重的小人物卻在仕途上飛黃騰達，取得與現實不成比例的進展——達到與他騰空上升的荒淫程度相並行的地步。他的淫亂活動愈演愈烈之際，他與宮廷的瓜葛也越來越深。[58]

凡有關西門慶在酒、色、財、氣的欲望書寫，在某種意義上都足以投射並擴及至對家國興亡歷史的關注。在家國同構的寓言思維主導下，整體話語構成有意「把西門慶個人的命運與帝國天下的盛衰刻意交織在一起」[59]，當有其特定的政治關懷。

---

[58] （美）浦安迪著，沈亨壽譯：《明代小說四大奇書》，頁116。

[59] （美）浦安迪著，沈亨壽譯：《明代小說四大奇書》，頁117。

《金瓶梅詞話》寫定者對於因各種人欲之貪的惡性膨脹造成政治綱紀廢弛、人倫道德喪亡的事實陳述，實則預示了對於整個家國命運可能因此而走向毀滅之道的深刻觀察。以今觀之，此一有關歷史盛衰興亡之隱喻書寫中，無疑更在西門慶死亡結局的埋藏伏筆，並且在隨後情節中以西門一家走向衰敗的歷程與大宋國祚的命運發展進行綰合，在情節建構上形成了密不可分的互文關係。最終，第一百回敘及「北國大金皇帝滅了遼國，又見東京欽宗皇帝登基，集大勢番兵，分兩路寇亂中原。」卻說「大金人馬，搶過東昌府來，看看到清河縣地界。只見官吏逃亡，城門晝閉，人民逃竄，父子流亡。」那時，西門慶家中吳月娘便和家人一起逃難，往投濟南府雲離守，一來那裡避兵，二來與孝哥完就其親事去。一路上，只見人人慌亂，個個驚駭：

> 不說普靜老師幻化孝哥兒去了。且說吳月娘與吳二舅眾人，在永福寺住了那道十日光景，果然大金國進了張邦昌，在東京稱政，置文武百官。徽宗、欽宗兩君北去；康王泥馬度江，在建康即位，是爲高宗皇帝。拜宗澤爲大將，復取山東河北，分爲兩朝，天下太平，人民復業。後月娘歸家，開了門户，家產器物都不曾疏失。後就把玳安改名做西門安，承受家業，人稱呼爲西門小員外。養活月娘到老，壽年七十歲，善終而亡。此皆平日好善看經之報也。

關於此一江山改易的歷史情勢的敘述，無疑顯現出寫定者的政治焦慮，同時也在家國同構的嘲諷中賦予濃厚的政治批評意味。就此一結局設置的政治意涵而論，《金瓶梅詞話》在歷史話語的建構和闡釋的意義上，的確有意通過政治寓言的創造，從中寄寓特殊的政治倫理隱喻。至於隱喻所指究竟爲何，則有待另闢論題進一步探究。

第五節　結　語

總的來說，《金瓶梅詞話》的敘事審美形態，基本上是以「悲劇」爲導向，通過潘金蓮與西門慶偷情事件及其死亡結局的設置，乃試圖從中提供可資參照的「法則啓示」。[60]在主題先行的預述性敘事框架建置中，「天命人受」之思維圖式，無疑扮演著情節建構的主導動因。在《金瓶梅詞話》中，寫定者似乎有意藉由對人物命運之觀照，表達出對天命本身的信仰與質疑；此外，在格物致知的探索過程中，更試圖從中尋找安頓自我心靈的精神家園。整體而言，《金瓶梅詞話》寫定者對於理想精神家園的建構，早在篇首引詞中便有所表達，最後一首即曰：

淨掃塵埃，惜取蒼苔。任門前紅葉鋪階。也堪圖畫，還也奇哉。有數株松，數竿竹，數枝梅。　花木栽

[60] 事實上，在《金瓶梅詞話》中所建構的價值體系，其實充滿了內在的矛盾，不免令人感到一種價值混淆狀態的存在。宋克夫即指出：「作為價值觀念變革時期人們對新的價值體系的渴望和對傳統價值體系的參照，《金瓶梅》的作者一方面真實地描寫人情物欲對『天理』、『綱常』的衝決，同時又希望以『天理』、『綱常』來拯救那個人欲橫流的社會；一方面客觀地描寫了現實社會中輪迴報應之類宗教思想的荒謬和虛妄，同時又希望以這種輪迴報應思想警戒人生；一方面以放情縱欲的享樂來達到生命價值的確認，同時又希望以生命意識喚起人類對情慾的節制。」見氏著：《宋明理學與章回小說》（武昌：武漢大學出版社，1995年），頁167。另亦可見宋克夫、韓曉著：《心學與文學論稿——明代嘉靖萬曆時期文學概觀》（北京：中國社會科學出版社，2002年），頁316。

培，取次教開。明朝事天自安排，知他富貴幾時來。

且優游，且隨分，且開懷。

這樣的出世思想表現，似乎與敘事進程所展現的人物欲望追求構成了一種敘事意圖的矛盾和衝突。其主要原因即在於，寫定者雖然刻意針對潘金蓮與西門慶的偷情事件和西門慶欲望進行擴張書寫，但實際上卻在各種評論干預之中，傳達傳統天命思想如何對人物命運和生命歷程產生必然的影響與制約，並企圖使之成為後設思想命題之所在。準此而言，筆者以為《金瓶梅詞話》寫定者編創的眞正作意不在於導淫宣欲，而是將「天」與「人」、「命」與「遇」的交會作為一種故事性思維程式，並將勸善懲惡之思落實在小說人物生命歷程的模擬嘲諷（parody）過程中。

根據前文研究可知，《金瓶梅詞話》的整體話語構成無乃在小說人物形體消亡的結局中，深刻傳達出對於「克己」以「復禮」的道德價值體系的重建意圖，期待回歸一種近於「清心寡欲」的自然隱逸生活形態。因此，在敘事進程中，如何通過主角人物行動的失敗和死亡進行告誡，藉以提示個人重視「克己」工夫以達成「至善」理想境界實現的重要性。面對明代中後期以來人欲張揚的歷史文化語境，《金瓶梅詞話》寫定者之所以從開篇即提出「戒四貪」的見解，深切地反映了個人對於「齊家」和「治國」的雙重政治籲求，同時也賦予了奇書敘事以深刻的歷史闡釋意涵和特殊的政治倫理隱喻。此一敘事思維內容，便構成《金瓶梅詞話》敘事創造背後的「潛文本」（sub-text）。總的來說，《金瓶梅詞話》以情色書寫作為修辭策略，目的不在於宣淫導欲，而是在家國同構的政治寓言創造中，以模擬嘲諷的敘述姿態進行政治理想的反向建構，由此傳達重建政治烏托邦的深層願望。

結論

關於明代「四大奇書」——《三國志通俗演義》、《忠義水滸傳》、《西遊記》和《金瓶梅詞話》的研究成果，不論從作者、版本、藝術形式、主題寓意和文化價値等層面來說，可謂汗牛充棟。本書以明代四大奇書爲研究對象，主要原因乃基於「奇書」書寫通過特定藝術形式的創造以參與「歷史」，其生成、出版與流傳頗與嘉靖、萬曆之時的歷史文化語境具有一種特殊的對話關係。由於本書的研究重心，首要在於考察「演義」作爲一種新文體／文類的書寫性質和意識形態內涵，並藉此重新評估四大奇書的文體表現及其敘事形態。在具體論述過程中，有關四大奇書與出版問世之時的歷史文化語境的實際互動關係，由於受限於奇書版本源流至今無法確定的因素，目前暫不論列，期待日後能夠另闢論題繼續落實探討，以還明清以來古代長篇通俗小說文體發展和變化的具體原貌。

經過筆者研究所見，明代四大奇書寫定者以「演義」爲基本創作形態，大體上仍以提供一般世俗百姓閱讀的「適俗」需求爲編創前提，因此在「說話虛擬情境」的程式運用和「通俗爲義」的話語展演方面，無疑皆具有召喚讀者的重要功能。然而，由於四大奇書寫定者的著述意識明顯不同於一般通俗小說編創者，因而不能簡同視之。以今觀之，四大奇書在歷時性的發展和故事類型的預設性想像中，彼此之間構成一種關於「大學之道」的政治理想實踐的對話關係，因而顯得十分耐人尋味。筆者以爲，在四大奇書各自的話語實踐上，寫定者的確有意從事有別於正史記載的歷史修撰工作，因此在特定的歷史意識主導下，除了積極針對小說文本形式進行通俗化處理之外，特別重視如何賦予歷史以「敘事性」，相對地也賦予敘事以「歷史性」。如此作法，不僅使得小說文本在題材選擇與編序上具有可辨識的文體形式和歷史含義，同時更藉「通俗演義」以創造出具典範效果的「奇書文體」，引發後繼編創者的大量摹仿和續寫。

事實上，從明代中葉以來，四大奇書寫定者陸續選擇「演義」的文體／文類形式進行創作時，其話語（discourse）①與社會中的其他話語系統共同成爲參與現實的一種表達形式，並與其他話語系統形成不同的對話關係，從中顯示敘事話語作爲歷史文化語境中的文化釋義系統之一的作用和意義。對於明代四大奇書而言，其話語終能形

---

① 「話語」（discourse）是當代文學批評的一個重要的術語，由於研究認知和取向的不同，有關話語的定義和使用情形顯得極為不同。可參（美）Frank Lentricchia & Thomas Mclaughlin編，張京媛等譯：《文學批評術語》（*Critical Terms for Literary Study*）（香港：牛津大學出版社，1994年），頁66-86。本書採用的是英國文化研究理論家斯圖爾特．霍爾（Stuart Hall）的觀點，即語言提供了文化與表徵的運作方法的一個一般範型。各種話語是指稱或構造有關一個特定話題的實踐——一組觀念、形象和實踐活動（或其構成體），它們提供談論一個特定話題，即社會活動或社會中的制度化情境的方法，提供與此有關的知識和行為的各種形式——的知識的方式。此外，話語「不僅考察語言和表徵如何產生出意義，而且考察一種特有的話語所生產的知識如何與權力聯結，如何規範行為，產生或構造各種認同和主體性，並確定表徵、思考、實踐和研究各種特定事物的方法。在話語途徑中，強調的重點始終是表象的一種特定形式或其『秩序』的歷史具體性，不是作為一般的關心來強調『語言』，而是強調特殊的語言或意義，它們在各個特定時期、在特殊的地方被配置的方式」。參（英）斯圖爾特．霍爾（Stuart Hall）編，徐亮、陸興華譯：《表徵——文化表象與意指實踐》（*Representation: Cultural Representations and Signifying Practices*）（北京：商務印書館，2003年），頁1-9。

成有別於其他話語的藝術形式表現，除了受到寫定者精神本體的影響之外，同時也受到歷史文化語境的影響。從四大奇書研究的學術史來看，不論是在小說史研究或個別文本研究上，以往論者大多著重從「類型」、「流派」或「敘事範式」建立的角度論述其個別藝術成就和影響；然而，由於論者一般不考慮在共時性基礎上探究「演義」作爲一種新文體／文類的敘事本質和美學內涵，因此對於「演義」的文學功能和文化釋義作用便有所忽略，無法完善說明中國古代長篇通俗小說發展的實際面貌。本書題名爲「『演義』——明代四大奇書敘事研究」的主要研究目的，除了在於探究四大奇書的書寫性質及其話語表現之外，更期能借助新的研究視角和理論方法，重新評估和闡釋「奇書文體」之美學成就和文化價值。經過本書深入討論之後，基本上可以確立幾個重要認識觀點，今據研究所見予以統整說明之，以爲本書最後結論：

第一節　「史」與明代四大奇書生成的關係

明代四大奇書——《三國志通俗演義》、《忠義水滸傳》、《西遊記》和《金瓶梅詞話》作爲敘事範式，分別標誌著歷史演義、英雄傳奇、神魔幻怪和人情寫實章回小說流派的原生形態。在傳統研究上，人們一般將明代四大奇書的生成視爲長期在民間創作的基礎上，最終由文人整理加工而成的集體智慧的結晶。以今觀之，四大奇書成書本身，的確可以說充滿了文人意識和審美理想。從敘事格局及其主題寓意表現來看，不論明代四大奇書之創作是屬於累積型或獨創型，當奇書最終由一位寫定者編創完成時，必然是寫定者按照自我人生觀與審美理想所設計而成的作品。因此，美國學者浦安迪論及明代四大奇書的美學特質時，即特別從文人學士的文化價值觀及其思想抱負的表現方面，將四大奇書作品稱爲「文人小說」（scholar novel）。表面上看來，這些作品儘管在主題和風格上大相逕庭，可是在結構和修辭方面的一系列共同特徵顯示出它們的作者具有強烈的文類意識，因而創造出有別於通俗文學的「奇書文體」。[②]不過嚴格來說，上述論斷的提出，主要是以四大奇書「修訂本」和晚明以來評點家的意見作爲參照，而非完全針對早期版本的創作情形進行討論。浦安迪指出：「上述這四種修訂本一問世，便立即成爲隨後長篇小說（國外漢學通常稱作傳統中國的『novel』）發展的範本。事實上，我還可以進一步宣稱：正是這四部書，給明、清嚴肅小說的形式勾劃出了總的輪廓。這四部作品構成小說文類本源的重要地位，恰恰由於作品本身的卓越超群而有點被人忽視，因爲它們的無比豐富內容和精巧絕倫的寫作手法，同類作品中很少有能與之媲美者，因而，這四部『奇書』在一個半世紀裡一直鶴立雞群，自成一體，直到《儒林外史》與《紅樓夢》問世之後，才形成所謂六大古典小說。」[③]當然，相對於一般通俗小說而言，有關「文人小說」觀點的提出，頗有助於深化說明四大奇書敘事創造的特殊性。然而，當浦安迪試圖從明清思想史的高度上，論述四大奇書在主題寓意上所可能具有的哲學意涵以及反諷意識時，或許呼應了晚明以來評點家的閱讀理念和思維方法；但就四大奇書早期版本作爲「演義」之作的書寫性質而言，卻可能因此忽略了「演義」在早期發展階段時，大體上仍然以迎合大眾文化

---

② （美）浦安迪（Andrew H. Plaks）著，沈亨壽譯：《明代小說四大奇書》（*The Four Masterworks of the Ming Novel: Ssu ta ch'i-shu*）（北京：中國和平出版社，1993年），〈序〉，頁1。浦安迪講演：《中國敘事學》（*Chinese Narrative*）（北京：北京大學出版社，1998年），頁19-25。

③ （美）浦安迪著，沈亨壽譯：《明代小說四大奇書》，頁1。

在閱讀接受和理解上所形成的認知感受和審美趣味為主的情形。嚴格來說，以「擬體通俗小說」的調整性說法為後期修訂本作為「文人小說」進行文體定位，雖有其一定道理，但仍不免有其值得進一步商榷和討論的空間存在。

基本上，為了想要釐清明代四大奇書敘事創造的話語屬性，本書著意從「演義」作為一種新文體／文類的角度進行考察，乃有意重新評估四大奇書的文學定位和文化身分。經過實際探討之後發現，四大奇書作為「演義」的代表之作，整體敘事本質及其話語構成，事實上不能不與中國古代歷史敘事傳統的接受發生聯繫。一般來說，在中國古代文化中，小說與歷史之間並無嚴格的區別，小說往往被稱為逸史、稗史或野史，總是以補正史之遺闕為寫作前提，這自不能不與中國自古以來重視歷史和以記事為職業的史官的文化傳統有關。許慎《說文解字》云：「史，記事者也。」段玉裁注云：「君舉必書，良史書法不隱。」[4]在此一文化認知下，「史貴於文」的價值觀對於中國敘事文學傳統的影響極為深刻。[5]因此，文人的歷史意識促進了史官文化的發展，史官制度的建立又加深了文人的歷史意識。對於史的重視，即成為中國傳統文化的重要基調。無庸諱言，史家與小說的密切關係，對中國古代小說的發展產生了深刻的影響，而且貫穿著整個小說史的發展過程。從四大奇書寫定本出現時間的前後順序來看，《三國志通俗演義》和《忠義水滸傳》是最早出現的作品，並且都是以「講史」演義作為敘事生成的基礎。萬曆年間夷白堂主人楊爾在〈《東西兩晉演義》序〉中即指出：

[4] 〔漢〕許慎著，〔清〕段玉裁注：《說文解字注》（臺北：黎明文化事業股份有限公司，1976年），頁117下。

[5] 董乃斌：《中國古典小說的文體獨立》（北京：中國社會科學出版社，1994年），頁92。

> 一代肇興，必有一代之史，而有信史有野史。好事者聚取而演之，以通俗諭人，名曰演義，蓋自羅貫中《水滸傳》、《三國傳》始也。⑥

大體而言，這樣的見解不僅清楚說明了小說與歷史之間的密切關係，而且還從創作方法上提出關於「演義」作爲一種文體／文類的可能性認識。以今觀之，傳統重史的文化觀念，不僅對於宋元講史說話伎藝產生重要影響，對於明代四大奇書之生成和流傳而言，同樣在講史意識形態制約下亦具有其顯著的啓示和影響作用。

綜觀中國古代小說創作和書寫的情形，一般認爲文言小說遵秉正史之餘的創作意識，直接源於史官文化，殆無疑義；至於古代白話小說，則被認爲源於說話伎藝及講唱表演，與市民文化關係較爲密切。不過，這種關於文言小說與白話小說雙軌發展的差異性，卻在明代四大奇書的創作發生上獲得某種程度上的消解與融合，整體敘事表現顯得別具文化意味。依個人之見，明代四大奇書的創作發生，基本上體現出一種「史官文化」與「市民文化」相互交融的創作意識和內在思路。具體言之，四大奇書不論在思想內容、故事情節、人物形象、藝術形式、藝術手法和語言文字等方面都展現出文人的創造性加工處理，與前此小說創作比較後可見其極爲顯著的藝術變形處理，體現出「以俗融雅」、「以雅化俗」的文體意識，從而創造出獨特的小說敘事形態。在四大奇書盛行之際，除了少數論者在評論時秉持傳統文學階層結構的觀點，直視四大奇書爲一般通俗小說而輕視其創作價值；

⑥ 雉衡山人：〈《東西兩晉演義》序〉，見丁錫根編著：《中國歷代小說序跋集》（中）（北京：人民文學出版社，1996年），頁939。

事實上，凡支持與認同通俗文化創作價值的文人讀者，大都十分重視從「擬史」與「史學經世」的角度特論四大奇書的寫作本質及其政治意涵，明顯可見傳統史傳文化的深刻影響。明人庸愚子在〈《三國志通俗演義》序〉指出：

> 前代嘗以野史作爲評話，令瞽者演說，其間言辭鄙謬又失之於野，士君子多厭之。若東原羅貫中，以平陽陳壽《傳》，考諸國史，自漢靈帝中平元年，終於晉太康元年之事，留心損益，目之曰《三國志通俗演義》。文不甚深，言不甚俗，事紀其實，亦庶幾乎史。[7]

張鳳翼在〈《水滸傳》序〉指出：

> 予讀《春秋》而知聖人不得已之心矣。夫仲尼之門，羞稱五伯，故孟氏以爲三王之罪也。而葵丘之會，首止之盟，仲尼汲汲與之者何？以爲春秋之世，王迹熄矣。有五霸，明分猶有存也。是固禮失而求諸野，非得已也。論宋道，至徽宗，無足觀矣。當時，南衙北司，非京即貫，非球（俅）即勔，蓋無刃而戮，不火而焚，盜莫大于斯矣。宋江輩逋逃于城旦，淵藪于山

[7] 朱一玄、劉毓忱編：《《三國演義》資料彙編》（天津：南開大學出版社，2003年），頁232。

> 澤，指而鳴之曰：是鼎食而當鼎烹者也，是丹轂而當赤其族者也！建旗鼓而攻之。即其事未必悉如傳所言，而令讀者快心，要非徒虞初悠謬之論矣。乃知莊生寓言於盜蹠，李涉寄咏于被盜，非偶然也。茲傳也，將謂誨盜耶，將謂弭盜耶？斯人也，果爲寇者也，御寇者耶？彼名非盜而實則盜者，獨不當弭耶？傳行而稱雄稗家，宜矣。[8]

陳元之在〈《西遊記》序〉指出：

> 太史公曰：「天道恢恢，豈不大哉！譚言微中，亦可以解紛。」莊子曰：「道在屎溺」。善乎立言！是故「道惡乎往而不存，言惡乎存而不可」。若必以莊雅之言求之，則幾乎遺《西遊》一書，不知其何人所爲。……此其書直寓言哉！彼以爲大丹丹數也，東生西成，故西以爲紀。彼以爲濁世不可以莊語也，故委蛇以浮世。委蛇不可以爲教也，故微言以中道理。道之言不可以入俗也，故浪謔笑虐以恣肆。笑謔不可以見世也，故流連比類以明意。於是其言始參差而俶詭可觀；謬悠荒唐，無端崖涘，而譚言微中，有作者之

[8] 朱一玄、劉毓忱編：《《水滸傳》資料彙編》（天津：南開大學出版社，2002年），頁170。

> 心傲世之意。夫不可沒也。[9]

欣欣子〈《金瓶梅詞話》序〉指出：

> 竊謂蘭陵笑笑生作《金瓶梅傳》，寄意於時俗，蓋有謂也。人有七情，憂鬱爲甚。上智之士，與化俱生，霧散而冰裂，是故不必言矣。次焉者，亦知以理自排，不使爲累。惟下焉者既不出了于心胸，又無詩書道腴可以撥遣。然則不致於坐病者幾希。吾友笑笑生爲此，爰罄平日所蘊者，著斯傳，凡一百回。其中語句新奇，膾炙人口，無非明人倫，戒淫奔，分淑慝，化善惡，知盛衰消長之機，取報應輪回之事，如在目前，始終如脈絡貫通，如萬絲迎風而不亂也，使觀者庶幾可以一哂而忘憂也。[10]

準此而論，不論是就寫作形式、創作意圖、微言寓意或勸懲鑒戒等方面的把握來看，明代四大奇書之「通俗爲義」，雖然是寫定者爲適應大眾文化讀者閱讀需求而爲之，藉以在「寓教於樂」的創作觀念主導下進行世教風化。但不可否認的是，四大奇書的主題寓意，無不與「史」的書寫觀念具有密切聯繫。因此，四大奇書寫定者在重寫素材

---

[9] 陳元之：〈《西遊記》序〉，見朱一玄、劉毓忱編：《《西遊記》資料彙編》（天津：南開大學出版社，2002年），頁225。

[10] 欣欣子：〈《金瓶梅詞話》序〉，見朱一玄編：《《金瓶梅》資料彙編》（天津：南開大學出版社，2002年），頁176。

的過程中，對於歷史之「事」或生活之「事」進行演義和敘述，便可能在一種特定的話語轉義（trope）的認知模式中進行審美性創造，並在歷史的文本化（textualized）過程中賦予敘事以歷史性，展現出不可忽視的歷史闡釋價值。

簡而言之，明清長篇通俗演義之作的生成與發展，始終與中國歷史敘事傳統緊密相連，其中「講史」作爲一種意識形態和敘述方式，無疑是「演義」作爲一種新文體／文類發生的重要主導因素。此一創作認知觀點，可以說深深影響和制約了四大奇書問世之後的不同故事類型演義之作的話語表現。

第二節　明代四大奇書敘事作爲歷史的文本化表現

基本上，明代四大奇書的成書與流傳所構成的文化現象，頗與明代政治社會的歷史發展有著緊密的聯繫，自不能不受到明代政治、社會、經濟和文化環境的影響，這似乎是無庸置疑的事實。因此，在編撰過程中，四大奇書寫定者不能不參考自身所處歷史文化語境中流行的思想觀念和價值觀念，由此理解和認識既有素材故事，再予以加工改造；[11]不過值得進一步關注的是，四大奇書寫定者似乎從一開始便有意總結整理前人創造的故事，在重寫前文本的編創基礎之上，無不致力於在「總成一篇」的情節建構中表達對於歷史的關注和看法。

從敘事生成的角度來說，明代四大奇書寫定者究竟是以史家之精神生產爲重，還是以通俗小說之物質生產爲要，無疑是一個仍有待釐清的課題。從歷來研究文獻的探討中清楚可知，四大奇書與其後一

---

⑪ 王齊洲：《四大奇書與中國大衆文化》（武漢：湖北教育出版社，2000年），頁58-66。

般通俗小說創作的不同，主要反映在寫定者的敘事動機和著述意識的差異之上。立足於「史學經世」的觀念之上，四大奇書的寫定成書，並不單純只是反映歷史或現實的一種話語表現而已。借新歷史主義的觀點來說，四大奇書的話語構成本身，不僅充分參與當時的歷史或現實，並且與社會相互推動（interact），對於社會的進化、變化，發揮其潛移默化，甚至具有挑戰刺激的功能。尤其，當四大奇書以一種記號（semiotic）的方式問世時，更在某種程度上體現出「自我解釋」的作用，並通過特定的話語實踐以維護作品的意識形態。⑫基於此一認知，如果想要進一步了解四大奇書敘事創造的歷史性，無疑必須將討論重點轉到四大奇書敘事作爲歷史的文本化表現之上，以便進一步探討作品在隱喻層面的話語表現，以及小說文本被歷史化（historicized）後的政治、美學意識形態表現。

大體而言，將明代四大奇書視爲歷史文本，並不表示歷史單純是在一種客觀的、透明的語言表述過程中再現在讀者面前的。歷史之能爲讀者所感知，主要是通過文本化（textualize）的方式而呈現出來的。美國學者弗雷德里克．詹姆遜（Fredric Jameson）指出：

> 那個歷史——阿爾都塞的「缺場的原因」，拉康的「眞實」——並不是一個文本，因爲從本質上說它是非敘事的、非再現性的；然而，還必須附加一個條件，即歷史除非以文本的形式才能接近我們，換言之，我們只有通過預先的（再）文本化才能接近

⑫ 廖炳惠：〈新歷史觀與莎士比亞研究〉，收於張京媛主編：《新歷史主義與文學批評》（北京：北京大學出版社，1993年），頁256。

歷史。⑬

因此，從歷史的文本化觀點來說，四大奇書敘事本身所具有歷史性表現，必然會與語言的文本性、相對性和建構性及其牽涉到的意識形態因素有關。海登・懷特（Hayden White）亦指出：

> 這種關於過去的歷史敘述本身也是基於這樣一種假設，即對於過去事件的書面表達和本文化基本符合這些事件本身的眞實。歷史事件首先是眞正發生過的，或是據信眞正發生過的，但已不再可能被直接感知的事件。由於這種情況，爲了將其作爲思辨的對象來進行建構，它們必須被敘述，即用某種自然或技術語言來加以敘述。……這種敘述是語言凝聚、替換、象徵化和某種貫穿著本文產生過程的二次修正的產物。只有在這個基礎上，我們才能稱歷史爲本文。⑭

正因爲四大奇書作爲一種特殊的歷史文本，在再現歷史的書寫過程中，實際上具有非透明性、能產性、建構性和意識形態性的特質。因此可以理解的是，在探究四大奇書意義的過程中，意義本身已不是通

---

⑬ （美）弗雷德理克・詹姆遜（Fredric Jameson）著，王逢振、陳永國譯：《政治無意識──作為社會象徵行為的敘事》（*The Political Unconscious: Narrative as a Socially Symbolic Act*）（北京：中國社會科學出版社，1999年），頁70。

⑭ （美）海登・懷特（Hayden White）：〈評新歷史主義〉，收於張京媛主編：《新歷史主義與文學批評》，頁100-101。

過發現而獲得的，而是經由一種創造而產生。而事實上，歷來論者對於四大奇書主題寓意所產生的不同解讀結果，便深刻反映了論者對於四大奇書是否作爲一種歷史文本的不同認識和接受。

從出版傳播及其流通的情形來看，明代四大奇書的成書問世和刊刻出版，主要是在嘉靖和萬曆年間。在寫定過程中，今且不論四大奇書寫定者是否必須面對精神生產與商品消費的矛盾對話，以及傳統文化價値的持守與新興流行思潮的張揚的衝突對話。惟清楚可見者，四大奇書寫定者秉其文人身分和政治關懷，放棄傳統文學階層結構的正典（canon）創作觀念，轉而選擇「通俗演義」進行邊緣性敘事話語的創造，自然有其特殊的歷史意識和美學考量。同時在話語實踐中，亦必然有其基本的意識形態立場或創作認知取向。以今觀之，四大奇書所展現的敘事精神，頗與儒家詩教精神所具有的人文關懷和歷史思考有所聯繫。借〈毛詩序〉言之：

> ……至於王道衰，禮義廢，政教失，國異政，家殊俗，而變風變雅作矣。國史明乎得失之迹，傷人倫之廢，哀刑政之苛，吟詠情性，以風其上，達於事變而懷其舊俗者也。……是以一國之事，繫一人之本，謂之風；言天下之事，形四方之風，謂之雅……[15]

因此，四大奇書作爲一種特殊的話語構成，整體話語表現在文化表徵（cultural representation）上所體現的，不僅僅是一種文學話語的

---

[15] 〔漢〕毛亨傳，〔漢〕鄭玄箋，〔唐〕孔穎達疏：《《毛詩》正義》，〔清〕阮元校勘：《十三經注疏》冊2（臺北：藝文印書館，1985年），頁16下-18上。

詩學價值，同時也是一種歷史話語的文化價值。大體而言，在創作與閱讀交織的語境中，四大奇書中的歷史事實可能進一步成爲大衆文化讀者所關注的焦點。四大奇書寫定者有意採取「講史」姿態進行敘事創造，除了有意在通俗話語展演中滿足大衆文化讀者的閱讀需求之外，事實上更有意以通俗演義將歷史予以文本化後，並用以闡釋歷史和過去現實。

在過去的研究中，雖然論者試圖從歷史研究的角度探究明代四大奇書的文本意義，因而相當重視情節事件的「本事」索隱式的探源工作，從而忽略了本事作爲一種歷史證據，僅僅代表的是可能的現實和可能的解釋，最終只有在文本化和敘述化的歷史語境中才能爲人們所理解和掌握。因此，在開放性的敘述進程中，歷史文本的內容和意義只能是一種形式表述的結果，其中作爲敘述媒介的語言，實際上具有非透明性和轉義性，無法在索隱之中加以復原。姑且不論四大奇書敘事創造的深奧之處，是否存在以再現歷史與過去現實爲前提的敘事動機，至少從四大奇書寫定者對於「世變」的深度關注和自覺書寫中，可以充分理解小說文本所描述的歷史事件或生活事件的深層意義，最終必然以特定的話語轉義形式予以再現，並且各自在取喻書寫中構成一種「政治寓言」。

第三節　明代四大奇書在歷史闡釋中的自我塑造表現

基本上，文學作品的創作發生乃是通過某種特殊的言談方式以傳情釋意，大體上可視爲一種具有特定意指作用的話語表現。因此，言談方式的選擇和運作形式，無疑將影響於話語本身的主題寓意的傳達。明代四大奇書究竟爲何而作？自問世以來，即成爲歷來論者研究旨趣和熱點之所在。在重讀明代四大奇書的過程中，個人始終感受到奇書寫定者立足於「講史」的認知模式上將各種經驗組織成具有現實意義的敘事。寫定者一方面試圖通過敘事理解世界，一方面也試圖通過敘事講述世界，因而使得作品能夠在特定的意識形態主導下合理展演一套道德規範、價值態度和情感傾向，並使之凝定爲一種深層精神素質。不過，「就中國敘事文化傳統而言，在具體的敘述活動中，這種所謂的意識形態實際上並不總是以觀念體系的形式通過敘述的內容顯現爲『宏大敘述』，而更多的是滲透在敘述者所構造的社會和自然環境、人物的性格和行爲、人與人的關係以及蘊含在敘述中的情感態度與審美趣味等等。這一切凝聚、整合成爲敘事中的內在統一結構，可以被稱作敘事中的世界圖景。」[16]從「經世」的角度考察四大奇書的政治寓言表現，明顯可見四大奇書話語表現本身構成了文學與文化文本的持續不變的範疇，深刻地反映了寫定者關於歷史和現實的集體思考和集體幻想的基本範疇。

明代四大奇書寫定者選擇「演義」作爲話語表達的形式，可以說賦予奇書敘事具有文學話語和歷史話語的雙重性格，進而使得奇書敘事本身成爲整體結構的社會文化話語轉換和競爭的場地。其中，歷史由政治的、社會的、經濟的、文化的等等諸種力量所構成，其間所顯現的權力關係，便足以影響寫定者在四大奇書創作過程和歷史闡釋中的「自我塑造」（self fashioning）。關於此點，倒是可以借助浦安迪的研究觀點來加以說明：

---

[16] 高小康：《中國古代敘事觀念與意識形態》（北京：北京大學出版社，2005年），頁3。

以「四大奇書」爲其頂峰的一些文學發展呈現出與繪畫界所持有的抱負有許多異曲同工之處，它們基於同一種教養和共同的審美標準，而最重要的是都想通過文藝實踐來實現自我的一種追求。[17]

雖然本書並不試圖強調四大奇書所具有文人性問題，但從「重寫」的角度來說，四大奇書寫定者對既有故事題材進行重寫，無疑是促使小說敘事創造成爲建構理想精神的基本策略和轉義形式的重要關鍵，無不寄寓了寫定者探索歷史發展之「理」的一種內在欲望。因此，重寫本身所形塑的願望結構，除了隱含了寫定者的自我塑造認知之外，更具有不可忽視的特殊政治倫理隱喻的作用。事實上，從四大奇書的歷史闡釋中約略可見，奇書作爲一種特殊的歷史文本所體現的自我塑造表現及其意識形態表現，大體上與儒家文化視野下的「大學之道」的政治理想有著密切的聯繫——即《三國志通俗演義》以「治國」爲主，《忠義水滸傳》以「平天下」爲主，《西遊記》以「修身」爲主，《金瓶梅詞話》則以「齊家」爲主。在「史學經世」的意識形態主導下，四大奇書寫定者爲賦予小說文本以歷史性，可以說在某種程度上規定了小說文本作爲「演義」的話語體式及其敘事秩序。如同盛寧所歸納指出的：

歷史事件如何轉化爲文本，文本又如何轉化爲社會公眾的普遍共識，亦即一般意識形態，而一般意識形態

[17] （美）浦安迪著，沈亨壽譯：《明代小說四大奇書》，頁13。

> 又如何轉化爲文學這樣一個循環往復的過程。⑱

在某種意義上，四大奇書與歷史相互塑造，四大奇書和歷史都參與到文化形成的動態交換之中，構成了對於再現歷史或現實的一個隱喻。在四大奇書敘事創造的話語實踐中，不論寫定者如何通過「鞏固」或「顛覆」的敘事操演策略來激化小說藝術形式的意識形態功能，要深入了解明代四大奇書之生成與流傳的動態聯繫，從中探究寫定者在歷史闡釋中的自我塑造表現，無疑必須將之置於歷史現實和意識形態的結合處中加以觀察。

總的來說，文學是一種參與塑造歷史的能動力量（a shaping power）。英國學者理查德・霍加特在〈當代文化研究：文學與社會研究的一種途徑〉一文中論及文學作品的價值時指出：

> 在任何水平上，文學作品都充滿——瀰散——著價值，充滿著有序的價值和表達的價值。文學必須不斷做的，因而文學的侍女——文學批評必須做的，用柯勒律治的話說，是堅持和表明「應該考慮人而非計算人」。一些社會性的複雜的、具有價值的結構，常常與個體的價值交互作用——正是在這些地方，一個表達的文化就應運而生；然而也正是在這些地方，我們必須非常仔細地去傾聽並嘗試閱讀。⑲

---

⑱ 盛寧：《新歷史主義》（臺北：揚智文化事業公司，1998年），頁29。

⑲ 周憲等編：《當代西方藝術文化學》（北京：北京大學出版社，1988年），頁44。

據此以論，四大奇書寫定者在闡釋歷史的過程時，實際上並不是完全將自身與所處的社會歷史環境進行隔離，而是相互推動和參與。是以四大奇書作爲「演義」的重要價值，便充分體現在它們既作爲文學話語，也作爲歷史話語，整體話語表現無疑深刻地反映了特定的社會意識形態和文化特徵。對於明代四大奇書的話語運作形式及其意義生產而言，乃充分展示出寫定者對於歷史或現實生活的一種理解和闡釋。經前文研究後清楚可知，四大奇書固然是在長期民間集體創作的基礎上產生的，在某種程度上飽含著大衆文化的集體欲望；但最終由文人寫定之時，實際上已融入了寫定者自身的歷史觀察和政治判斷，集中體現了一種回應歷史或現實的情感理念、思想觀念和價值判準。基於上述認識，如果同樣將明清長篇通俗演義創作置於當時的社會慣例和話語實踐關係的場域中，針對諸家演義與社會語境以及與其他文本的互文性關係進行考察，無疑將有助於說明「演義」作爲一種文體／文類所形塑的現實意義及其意識形態功能。而事實上，四大奇書寫定者在取喻書寫中，最終各自建構出一種政治寓言，深刻隱含了特殊的意指實踐。此一作法，對於後來長篇通俗演義之作的產生究竟具有何種程度的影響，無疑是接下來繼續研究明清長篇小說創作現象的重要認知和基本取向，有待來日進行具體論述。

壹、明代四大奇書版本

羅貫中編次：《三國志通俗演義》（嘉靖本），見古本小說集成編委會編：《古本小說集成》（上海：上海古籍出版社，1994年）。

施耐庵、羅貫中著，凌賡、恆鶴、刁寧校點：《容與堂本水滸傳》（上海：上海古籍出版社，1988年）。

華陽洞天主人校：《西遊記》（世德堂本），見古本小說集成編委會編：《古本小說集成》（上海：上海古籍出版社，1994年）。

蘭陵笑笑生著，梅節校注：《金瓶梅詞話》（夢梅館本）（臺北：里仁書局，2007年）。

貳、專　書

一、古　籍

〔春秋〕左丘明傳，〔晉〕杜預注，〔唐〕孔穎達疏：《《春秋左傳》正義》，〔清〕阮元校勘：《十三經注疏》冊6（臺北：藝文印書館，1985年）。

〔戰國〕莊周撰，〔晉〕郭象注：《莊子》，《四部備要．子部》（據華亭張式本校刊）（臺北：臺灣中華書局，1965年）。

〔漢〕毛亨傳，鄭玄箋，〔唐〕孔穎達疏：《《毛詩》正義》，〔清〕阮元校勘：《十三經注疏》冊2（臺北：藝文印書館，1985年）。

〔漢〕司馬遷撰，〔南朝宋〕裴駰集解，〔唐〕司馬貞索隱，〔唐〕張守節正義：《史記》，《四部備要．史部》（據武英殿本校刊）（臺北：臺灣中華書局，1965-1966年）。

〔漢〕班固撰，〔唐〕顏師古注：《前漢書》，見《四部備要．史部》（據武英殿本校刊）（臺北：臺灣中華書局，1965-1966年）。

〔漢〕董仲舒撰：《春秋繁露》，《四部備要．經部》（據抱經堂本校刊）（臺北：臺灣中華書局，1965-1966年）。

〔漢〕趙岐注，〔宋〕孫奭疏：《《孟子》注疏》，〔清〕阮元校勘：《十三經注疏》冊8（臺北：藝文印書館，1985年）。

〔漢〕鄭玄注，〔唐〕孔穎達疏：《《禮記》注疏》，〔清〕阮元校勘：《十三經注疏》冊5（臺北：藝文印書館，1985年）。

〔漢〕鄭玄注，〔宋〕王應麟輯：《《周易》鄭康成注》，《四部叢刊三編・經部》（據上海涵芬樓景印元刊本）（臺北：商務印書館，1966年）。

〔魏〕王弼，〔晉〕韓康伯注，〔唐〕孔穎達等正義：《《周易》正義》，〔清〕阮元校勘：《十三經注疏》冊1（臺北：藝文印書館，1985年）。

〔魏〕何晏集解，〔宋〕刑昺疏：《《論語》注疏》，〔清〕阮元校勘：《十三經注疏》冊8（臺北：藝文印書館，1985年）。

〔晉〕干寶：《搜神記》（臺北：里仁書局，1981年）。

〔南朝宋〕范曄撰，〔唐〕章懷太子賢注：《後漢書》，見《四部備要・史部》（據武英殿本校刊）（臺北：臺灣中華書局，1965-1966年）。

〔南朝梁〕劉勰著，周振甫注：《《文心雕龍》注釋》（臺北：里仁書局，2001年）。

〔梁〕蕭統編，〔唐〕李善注：《文選》（上海：上海古籍出版社，1996年）。

〔唐〕蘇鶚：《蘇氏演義》（全文）（清文淵閣《四庫全書》子部十，雜家類，雜考之屬）（臺北：臺灣商務印書館，1983-1986年）。

〔唐〕釋澄觀：《大方廣佛華嚴經隨疏演義鈔》，《嘉興楞嚴寺方冊藏經》（明崇禎二年（1629）至五年（1632）刊本），線裝。

〔唐〕劉知幾著，〔清〕浦起龍釋：《《史通》通釋》，《四部備要・史部》冊一（據浦氏重校本校刊）（臺北：臺灣中華書局，1965-1966年）。

〔宋〕王炎：《春秋衍義》（存目），《景印文淵閣四庫全書》（臺北：臺灣商務印書館，1983-1986年）。

〔宋〕王柏：《大象衍義》（存目），《景印文淵閣四庫全書》（臺北：臺灣商務印書館，1983-1986年）。

〔宋〕王柏：《太極衍義》（存目），《景印文淵閣四庫全書》（臺北：臺灣商務印書館，1983-1986年）。

〔宋〕司馬光撰，〔宋〕胡省三音註：《資治通鑑》，《四部備要·史部》（據鄱陽胡氏仿元本校刊）（臺北：臺灣中華書局，1965-1966年）。

〔宋〕吳自牧：《夢粱錄》，見〔宋〕孟元老等著：《東京夢華錄》（外四種）（臺北：大立出版社，1980年）。

〔宋〕房庶：《大樂演義》（存目），《景印文淵閣四庫全書》（臺北：臺灣商務印書館，1983-1986年）。

〔宋〕眞德秀：《大學衍義》（全文），《景印文淵閣四庫全書》（子部一，儒家類）（臺北：臺灣商務印書館，1983-1986年）。

〔宋〕張行成：《皇極經世觀物外篇衍義》（全文），《景印文淵閣四庫全書》（子部七，術數類一，數學之屬）（臺北：臺灣商務印書館，1983-1986年）。

〔宋〕張德深：《潛虛演義》（存目），《景印文淵閣四庫全書》（史部，目錄類，經籍之屬）（臺北：臺灣商務印書館，1983-1986年）。

〔宋〕劉元剛：《三經演義》（存目），《景印文淵閣四庫全書》（臺北：臺灣商務印書館，1983-1986年）。

〔宋〕錢時：《尚書演義》（存目），《景印文淵閣四庫全書》（臺北：臺灣商務印書館，1983-1986年）。

〔宋〕謝鑰：《春秋衍義》（存目），《景印文淵閣四庫全書》（臺北：臺灣商務印書館，1983-1986年）。

〔宋〕灌園耐得翁：《都城紀勝》，見〔宋〕孟元老等著：《東京夢華錄》（外四種）（臺北：大立出版社，1980年）。

〔元〕佚名：《宣和遺事》，見古本小說集成編輯委員會編：《古本小說集成》（上海：上海古籍出版社，1995年）。

〔元〕施耐庵著，（清）金聖歎批改：《金批《水滸傳》》（西安：三秦出版社，1998年）。

〔元〕張性：《杜律演義》（存目），《續修四庫全書》（明嘉靖丁酉十六年（1537）汝南王齊刊本）（上海：上海古籍出版社，2002年）。

〔元〕羅貫中著，陳曦鐘、宋祥瑞、魯玉川輯校：《《三國演義》會評本》（北京：北京大學出版社，1986年）。

〔明〕王陽明著，正中書局編審委員會編：《王陽明全書》（臺北：正中書局，1953年）。

〔明〕呂祖謙：《宋文鑑‧皇朝文鑑卷》（四部叢刊景宋刊本），見王雲五主編：《國學基本叢書四百種》（臺北：臺灣商務印書館，1968年）。

〔明〕李贄：《焚書》（臺北：河洛圖書出版社，1974年）。

〔明〕胡經：《易演義》（存目），《景印文淵閣四庫全書》（臺北：臺灣商務印書館，1983-1986年）。

〔明〕胡應麟：《少室山房筆叢》（上海：上海書店出版社，2009年）。

〔明〕徐師曾：《今文周易演義》（存目），《續修四庫全書》（經部，易類）（據北京圖書館藏明隆慶二年董漢策刻本影印）（上海：上海古籍出版社，2002年）。

〔明〕梁寅：《詩演義》（全文），《景印文淵閣四庫全書》（經部三，詩類）（臺北：臺灣商務印書館，1983-1986年）。

〔明〕程道生：《遁甲演義》（全文），《景印文淵閣四庫全書》（子部，術數類，陰陽五行之屬）（臺北：臺灣商務印書館，1983-1986年）。

〔明〕楊愼輯，〔明〕焦竑批點：《絕句衍義》（存目），《續修四庫全書》（集部，總集類）（據北京圖書館藏明曼山館刻本影印）（上海：上海古籍出版社，2002年）。

〔清〕永瑢、紀昀等撰：《四庫全書總目》（清乾隆武英殿刻本）（臺北：臺灣商務印書館，1983年）。

〔清〕徐文昭編：《風月錦囊》，見王秋桂主編：《善本戲曲叢刊》第四輯（臺北：臺灣學生書局，1987年）。

〔清〕章學誠：《文史通義》，見王雲五主編：《國學基本叢書四百種》（臺北：臺灣商務印書館，1968年）。

〔清〕潘鏡若編次：《三教開迷歸正演義》，見古本小說集成編委會：《古本小說集成》（上海：上海古籍出版社，1990年）。

二、近人論著

王平：《中國古代小說敘事研究》（石家莊：河北人民出版社，2001年）。

王汝梅：《《金瓶梅》探索》（長春：吉林大學出版社，1990年）。

王凌：《形式與細讀：古代白話小說文體研究》（北京：人民出版社，2010年）。

王齊洲：《四大奇書與中國大衆文化》（武漢：湖北教育出版社，1991年）。

王德威：《從劉鶚到王禎和——中國現代寫實小說散論》（臺北：時報文化出版有限公司，1986年）。

王德威：《想像中國的方法》（北京：三聯書店，1998年）。

王學泰：《遊民文化與中國社會》（北京：學苑出版社，1999年）。

王瓊玲、胡曉眞主編：《經典轉化與明清敘事文學》（臺北：聯經出版事業股份有限公司，2009年）。

包振南等編：《《金瓶梅》及其他》（長春：吉林文史出版社，1991年）。

司馬雲傑：《盛衰論——關於中國歷史哲學及其盛衰之理的研究》（西安：陝西人民出版社，2003年）。

石昌渝：《中國小說源流論》（北京：生活・讀書・新知三聯書店，1994年）。

刑莉：《觀音——神聖與世俗》（北京：學苑出版社，2001年）。

曲家源：《《水滸傳》新論》（北京：中國和平出版社，1995年）。

朱立元總主編、張德興編：《二十世紀西方美學經典文本》・《第一卷：世紀初的啼聲》（上海：復旦大學出版社，2000年）。

朱恆夫：《宋明理學與古代小說》（上海：上海古籍出版社，2005年）。

余英時：《士與中國文化》（上海：人民出版社，2003年）。

余國藩著，李奭學譯：《余國藩《西遊記》論集》（臺北：聯經出版事業公司，1989年）。

余嘉錫：《宋江三十六人考實·楊家將故事考信錄》（昆明：雲南人民出版社，2005年）。

吳士餘：《中國文化與小說思維》（上海：上海三聯書店，2000年）。

吳光正：《中國古代小說的原型與母題》（北京：社會科學文獻出版社，2002年）。

吳存存：《明清社會性愛風氣》（北京：人民文學出版社，2000年）。

吳國盛：《時間的觀念》（北京：中國社會科學出版社，1996年）。

宋克夫、韓曉著：《心學與文學論稿——明代嘉靖萬曆時期文學概觀》（北京：中國社會科學出版社，2002年）。

宋克夫：《宋明理學與章回小說》（武漢：武漢大學出版社，1995年）。

李晶：《歷史與文本的超越——小說價值學導論》（上海：上海社會科學院出版社，1992年）。

李豐楙：《許遜與薩守堅：鄧志謨道教小說研究》（臺北：臺灣學生書局，1997年）。

杜貴晨：《傳統文化與古典小說》（保定：河北大學出版社，2001年）。

杜維運：《史學方法論》（北京：北京大學出版社，2006年）。

沈伯俊：《《三國演義》新探》（成都：四川人民出版社，2002年）。

沈伯俊主編：《《水滸》研究論文集》（北京：中華書局，1994年）。

周中明：《《金瓶梅》藝術論》（臺北：里仁書局，2001年）。

周憲、羅務桓、戴耘編：《當代西方藝術文化學》（北京：北京大學出版社，1988年）。
孟華主編：《比較文學形象學》（北京：北京大學出版社，2001年）。
竺青選編：《名家解讀《水滸傳》》（濟南：山東人民出版社，1998年）。
竺洪波：《四百年《西遊記》學術史》（上海：復旦大學出版社，2006年）。
侯會：《《水滸》源流新證》（北京：華文出版社，2002年）。
紀德君：《中國歷史小說的藝術流變》（北京：中國社會科學出版社，2002年）。
紀德君：《明清歷史演義小說藝術論》（北京：北京師範大學出版社，2000年）。
胡士瑩：《話本小說概論》（北京：中華書局，1980年）。
胡亞敏：《敘事學》（武昌：華中師範大學出版社，1994年）。
胡昌智：《歷史知識與社會變遷》（臺北：聯經出版事業公司，1988年）。
胡衍南：《《金瓶梅》到《紅樓夢》——明清長篇世情小說研究》（臺北：里仁書局，2009年）。
胡衍南：《飲食情色《金瓶梅》》（臺北：里仁書局，2004年）。
胡勝：《明清神魔小說研究》（北京：中國社會科學出版社，2004年）。
胡智昌：《歷史知識與社會變遷》（臺北：聯經出版事業公司，1988年）。
胡適：《中國章回小說考證》（合肥：安徽教育出版社，2006年）。

苑淑婭編：《中國觀念史》（鄭州：中州古籍出版社，2005年）。
孫述宇：《《水滸傳》的來歷、心態與藝術》（臺北：時報文化出版事業有限公司，1983年）。
孫述宇：《《金瓶梅》的藝術》（臺北：時報文化出版事業公司，1978年）。
孫楷第：《滄州集》（北京：中華書局，2009年）。
徐岱：《小說敘事學》（北京：商務印書館，2010年）。
徐朔方：《小說考信編》（上海：上海古籍出版社，1997年）。
徐朔方：《古代小說戲曲研究》（杭州：浙江大學出版社，2008年）。
祝宇紅：《「故」事如何「新」編——論中國現代「重寫型」小說》（北京：北京大學出版社，2010年）。
馬幼垣：《中國小說史集稿》（臺北：時報出版公司，1987年）。
高小康：《中國古代敘事觀念與意識形態》（北京：北京大學出版社，2005年）。
高辛勇：《形名學與敘事理論——結構主義的小說分析法》（臺北：聯經出版事業公司，1987年）。
康正果：《重審風月鑑》（瀋陽：遼寧教育出版社，1998年）。
張京媛主編：《新歷史主義與文學批評》，（北京：北京大學出版社，1993年）。
張寅德編選：《敘述學研究》（北京：中國社會科學出版社，1989年）。
張錦池：《《西遊記》考論》（修訂版）（哈爾濱：黑龍江教育出版社，2003年）。
張靜二：《《西遊記》人物研究》（臺北：臺灣學生書局，1984年）。

盛寧：《新歷史主義》，（臺北：揚智文化事業公司，1998年）。

許麗芳：《章回小說的歷史書寫與想像——以三國演義與水滸傳的敘事爲例》（臺北：秀威資訊科技股份有限公司，2007年）。

郭丹：《史傳文學：文與史交融的時代畫卷》（桂林：廣西師範大學出版社，1999年）。

郭瑞林：《《三國演義》的文化解讀》（上海：上海古籍出版社，2006年）。

陳大康：《古代小說研究及方法》（北京：中華書局，2006年）。

陳大康：《明代小說史》（上海：上海文藝出版社，2000年）。

陳大康：《通俗小說的歷史軌跡》（長沙：湖南出版社，1993年）。

陳才訓：《源遠流長——論《春秋》《左傳》對古典小說的影響》（北京：中國社會科學出版社，2008年）。

陳文新、魯小俊、王同舟：《明清章回小說流派研究》（武昌：武漢大學出版社，2003年）。

陳文新：《傳統小說與小說傳統》（武昌：武漢大學出版社，2005年）。

陳平原：《小說史：理論與實踐》（北京：北京大學出版社，2010年）。

陳平原：《中國小說敘事模式的轉變》（北京：北京大學出版社，2003年）。

陳平原：《作爲學科的文學史》（北京：北京大學出版社，2011年）。

陳其欣選編：《名家解讀《三國演義》》（濟南：山東人民出版社，1998年）。

陳松柏：《《水滸傳》源流考論》（北京：人民出版社，2006年）。

陳美林、馮保善、李忠明著：《章回小說史》（杭州：浙江古籍出版社，1998年）。

陳翠英：《世情小說之價值觀探論——以婚姻爲定位的考察》（臺北：國立臺灣大學出版委員會，1996年）。

陳曦鐘、段江麗、白嵐玲等著：《中國古代小說研究論辯》（南昌：百花洲文藝出版社，2006年）。

陶東風：《文體演變及其文化意味》（昆明：雲南人民出版社，1994年）。

陸欽選編：《名家解讀《西遊記》》（濟南：山東人民出版社，1998年）。

傅修延：《先秦敘事研究——關於中國敘事傳統的形成》（北京：東方出版社，1999年）。

彭利芝：《說破興亡多少事——明清歷史小說易代主題研究》（北京：中國書店，2010年）。

童慶炳：《文體與文體的創造》（昆明：雲南人民出版社，1994年）。

覃召文、劉晟：《中國文學的政治情結》（廣州：廣東人民出版社，2006年）。

馮文樓：《四大奇書的文本文化學闡釋》（北京：中國社會科學出版社，2004年）。

黃大宏：《唐代小說重寫研究》（重慶：重慶出版社，2004年）。

黃俊傑主編：《中國文化新論：思想篇一——理想與現實》（臺北：聯經出版事業公司，1982年）。

黃俊傑主編：《中國文化新論：思想篇二——天道與人道》（臺北：聯經出版事業公司，1982年）。

黃霖、李桂奎、韓曉、鄧百意：《中國古代小說敘事三維論》（上海：上海世紀出版集團，2009年）。

黃霖主編：《20世紀中國古代文學研究史·小說卷》（上海：東方出版中心，2006年）。

楊義：《中國古典小說史論》（北京：中國社會科學出版社，2004年）。

楊義：《中國古典白話小說史論》（臺北：幼獅文化事業公司，1995年）。

楊義：《中國敘事學》（北京：人民出版社，1997年）。

楊義：《中國敘事學》（嘉義：南華管理學院，1998年）。

董乃斌：《中國古典小說的文體獨立》（北京：中國社會科學出版社，1994年）。

趙毅衡：《苦惱的敘述者——中國小說的敘述形式與中國文化》（北京：北京十月文藝出版社，1994年）。

齊裕焜主編，《中國古代小說演變史》（蘭州：敦煌文藝出版社，1999年）

劉上生：《中國古代小說藝術史》（長沙：湖南師範大學出版社，2002年）。

劉戈：《《西遊記》新詮》（北京：學苑出版社，2002年）。

劉世德：《《三國志演義》作者與版本考論》（北京：中華書局，2010年）。

劉勇強：《《西遊記》論要》（臺北：文津出版社，1991年）。

劉雲春：《歷史敘事傳統語境下的中國古典小說審美研究》（北京：中國社會科學出版社，2010年）。

劉達臨：《中國古代性文化》（銀川：寧夏人民出版社，1993年）。

樂蘅軍：《古典小說散論》（臺北：大安出版社，2004年）。
樂蘅軍：《意志與命運──中國古典小說世界觀綜論》（臺北：大安出版社，2003年）。
樓含松：《從「講史」到「演義」──中國古代通俗小說的歷史敘事》（北京：商務印書館，2008年）。
蔡英俊主編：《中國文化新論：文學篇二──意象的流變》（臺北：聯經出版事業公司，1982年）。
蔡鐵鷹：《《西遊記》的誕生》（北京：中華書局，2003年）。
鄧紹基、史鐵良主編，史鐵良、陳立人、鄧紹秋撰著：《明代文學研究》（北京：北京出版社，2003年）。
鄭明娳：《《西遊記》探源》（臺北：里仁書局，2003年）。
鄭振鐸：《插圖本中國文學史》（上海：上海世紀出版集團，2005年）。
鄭振鐸：《鄭振鐸古典文學論文集》（上海：上海古籍出版社，2009年）。
鄭鐵生：《《三國演義》敘事藝術》（北京：新華出版社，2000年）。
魯迅：《中國小說史略》，見《魯迅小說史論文集》（臺北：里仁書局，1994年）
魯迅等著：《名家眼中的《金瓶梅》》（北京：文化藝術出版社，2006年）。
魯德才：《古代白話小說形態發展史論》（天津：南開大學出版社，2002年）。
盧世華：《元代平話研究──原生態的通俗小說》（北京：中華書局，2009年）。
錢茂偉：《明代史學的歷程》（北京：社會科學文獻出版社，2003年）。

韓進廉：《中國小說美學史》（保定：河北大學出版社，2004年）。

羅筱玉：《宋元講史話本研究》（北京：中國社會科學出版社，2010年）。

譚洛非主編：《《三國演義》與中國文化》（成都：巴蜀書社，1992年）。

關四平：《《三國演義》源流研究》（哈爾濱：黑龍江教育出版社，2001年）。

蘇桂寧：《宗法倫理精神與中國詩學》（上海：三聯書店，2002年）。

蘇興著，蘇鐵戈、蘇銀戈、蘇壯歌選編：《蘇興學術文選》（上海：上海古籍出版社，2011年）。

龔鵬程、張火慶：《中國小說史論叢》（臺北：學生書局，1984年）。

龔鵬程：《晚明思潮》（北京：商務印書館，2005年）。

（日）中川諭：《《三國志演義》版本研究》（上海：上海古籍出版社，2010年）。

（日）溝口雄三著，索介然、龔穎譯：《中國前近代思想的演變》（北京：中華書局，1997年）。

（加）斯蒂文·托托西（Steven Tötösy de Zepetnek）講演，馬瑞奇譯：《文學研究的合法化——一種新實用主義：整體化和經驗主義文學與文化研究方法》（*Legitimizing the study of literature*）（北京：北京大學出版社，1997年）。

（法）A. J. 格雷馬斯（Algridas Julien Greimas）著，吳泓緲、馮學俊譯：《論意義——符號學論文集》（下）（天津：百花文藝出版社，2005年）。

（法）余蓮（François Jullien）著，卓立譯：《勢——中國的效力觀》（*La Propension des Choses*）（北京：北京大學出版社，2009年）。

（俄）米哈伊爾·巴赫金（Mikhail Mikhailovich Bakhtin）著，白春仁、曉河譯：〈小說的時間形式和時空體形式〉，見錢中文主編：《巴赫金全集》第三卷（石家莊：河北教育出版社，1998年）。

（俄）維克多·什克洛夫斯基（Victor Shklovsky）：《散文理論》（*Theory of Prose*）（南昌：百花洲文藝出版社，1994年）。

（美）Frank Lentricchia & Thomas Mclaughlin編，張京媛譯：《文學批評術語》（*Critical Terms for Literary Study*）（香港：牛津大學出版社，1994年）

（美）J. 希利斯·米勒（J. Hillis Miller）著，郭英劍等譯：《重申解構主義》（北京：中國社會科學出版社，1998年）。

（美）M. H. 艾布拉姆斯（M. H. Abrams）著，朱金鵬、朱荔譯：《歐美文學術語詞典》（*A Glossary of Literary Terms*）（北京：北京大學出版社，1990年）。

（美）史蒂芬·科恩（Steven Cohan）、琳達·夏爾斯（Linda M. Shires）著，張方譯：《講故事——對敘事虛構作品的理論分析》（*Telling Story——A Theoretical Analysis of Narrative Fiction*）（臺北：駱駝出版社，1997年）。

（美）弗雷德里克·詹姆遜（Fredric R. Jameson）著，王逢振主編：《詹姆遜文集》第2卷《批評理論和敘事闡釋》（北京：中國人民大學出版社，2004年）。

（美）弗雷德里克・詹姆遜（Fredric R. Jameson）著，王逢振譯：《政治無意識——作爲社會象徵行爲的敘事》（*The Political Unconscious: Narrative as a Socially Symbolic Act*）（北京：中國社會科學出版社，1999年）。

（美）亞伯納・柯恩（Abner Cohen）著，宋光宇譯：《權力結構與符號象徵》（臺北：金楓出版有限公司，1987年）。

（美）阿瑟・阿薩・伯杰（Arthur Asa Berger）著，姚媛譯：《通俗文化、媒介和日常生活中的敘事》（*Narrative in Popular Culture, Media, and Everyday Life*）（南京：南京大學出版社，2000年）。

（美）韋恩・布斯（Wayne C. Booth）著，華明、胡蘇曉、周憲譯：《小說修辭學》（*The Rhetoric of Fiction*）（北京：北京大學出版社，1987年）。

（美）韋勒克、華倫（René Wellek、Austin Warren）著，王夢鷗、許國衡譯：《文學論——文學研究方法論》（*Theory of Literature*）（臺北：志文出版社，1987年）。

（美）夏志清著，胡益民等譯：《中國古典小說史論》（*The Classic Chinese Novel: A Critical Introduction*）（南昌：江西人民出版社，2003年）。

（美）浦安迪（Andrew H. Plaks）講演：《中國敘事學》（*Chinese Narrative*）（北京：北京大學出版社，1998年）。

（美）浦安迪（Andrew H. Plaks）著，沈亨壽譯：《明代小說四大奇書》（*The Four Masterworks of the Ming Novel: Ssu ta ch'i-shu*）（北京：中國和平出版社，1993年）。

（美）浦安迪（Andrew H. Plaks）著，劉倩等譯：《浦安迪自選集》（北京：生活・讀書・新知三聯書店，2011年）。

（美）海登·懷特（Hayden White）著，陳永國、張萬娟譯：《後現代歷史敘事學》（北京：中國社會科學出版社，2003年）。

（美）海登·懷特（Hayden White）著，陳新譯：《元史學：十九世紀歐洲的歷史想像》（*Metahistory: The Historical Imagination in Nineteenth-Century Europe*）（南京：譯林出版社，2004年）。

（美）喬伊斯·艾波比（Joyce Appleby）、琳亨特（Lynn Hunt）、瑪格麗特·傑考（Margaret Jacob）著，薛絢譯：《歷史的眞相》（*Telling the Truth about History*）（臺北：正中書局，1996年）

（美）喬納森·卡勒（Jonathan D. Culler）著，李平譯：《當代學術入門：文學理論》（*Literary Theory：A Very Short Introduction*）（瀋陽：遼寧教育出版社，1998年）。

（美）華萊士·馬丁（Wallace Martin）著，伍曉明譯：《當代敘事學》（*Recent Theories of Narrative*）（北京：北京大學出版社，2006年）。

（美）韓南（Patrick Hanan）著，王秋桂等譯：《韓南中國小說論集》（北京：北京大學出版社，2008年）。

（美）韓南（Patrick Hanan）著，尹慧珉譯：《中國白話小說史》（*The Chinese vernacular story*）（杭州：浙江古籍出版社，1989年）。

（美）蘇珊·桑塔格（Susan Sontag）著，程巍譯：《疾病的隱喻》（*Illness as Metaphor and Aids and Its Metaphors*）（上海：上海譯文出版社，2003年）。

（英）泰瑞・伊果頓（Terry Eagleton）著，吳新發譯：《文學理論導讀》（*Literary Theory: A Introduction*）（臺北：書林出版有限公司，1993年）。

（英）斯圖爾特・霍爾（Stuart Hall）編，徐亮、陸興華譯：《表徵——文化表象與意指實踐》（*Representation——Cultural Representations and Signifying Practices*）（北京：商務印書館，2003年）

（英）愛德華・希爾斯（Edward Shils）著，傅鏗、呂樂譯：《論傳統》（*Tradition*）（上海：上海人民出版社，1991年）。

（英）魏安：《《三國演義》版本考》（上海：上海古籍出版社，1996年）。

（澳）Chris Barker著，羅世宏等譯：《文化研究：理論與實踐》（*Cultural Studies: theory and practice*）（臺北：五南圖書出版股份有限公司，2005年）。

三、工具書

丁錫根編著：《中國歷代小說序跋集》（北京：人民文學出版社，1996年）。

朱一玄、劉毓忱編：《《三國演義》資料彙編》（天津：南開大學出版社，2003年）。

朱一玄、劉毓忱編：《《水滸傳》資料彙編》（天津：南開大學出版社，2002年）。

朱一玄、劉毓忱編：《《西遊記》資料彙編》（天津：南開大學出版社，2002年）。

朱一玄編：《《金瓶梅》資料彙編》（天津：南開大學出版社，2002年）。
朱一玄編：《明清小說資料選編》（天津：南開大學出版社，2006年）。
江蘇省社會科學院明清小說研究中心文學研究所編：《中國通俗小說總目提要》（北京：中國文聯出版公司，1990年）。
沈伯俊、譚良嘯編著：《《三國演義》大辭典》（北京：中華書局，2007年）。
孫楷第：《中國通俗小說書目》（臺北：木鐸出版社，1983年）。
孫楷第：《日本東京所見中國小說書目》（臺北：鳳凰出版社，1974年）。
黃霖、韓同文選注：《中國歷代小說論著選》（南昌：江西人民出版社，2000年）。

參、論　文

一、專書論文

吳璧雍：〈從民俗趣味到文人意識的參與——小說（一）〉，見蔡英俊主編：《中國文化新論：文學篇二——意象的流變》（臺北：聯經出版事業公司，1982年）。
李時人：〈亞史詩：《三國演義》與中國文化〉，見譚洛非主編：《《三國演義》與中國文化》（成都：巴蜀書社，1992年）
孫一珍：〈《水滸傳》主題辨〉，見沈伯俊：《水滸研究論文集》（北京：中華書局，1994年）。

張岱年：〈「天人合一」思想的剖析〉，見苑淑婭編：《中國觀念史》（鄭州：中州古籍出版社，2005年）。

張錦池：〈「亂世忠義」的頌歌──論《水滸》故事的思想傾向〉，見沈伯俊主編：《水滸研究論文集》（北京：中華書局，1994年）。

梁歸智：〈自由的隱喻──《西遊記》的一種解讀〉，見《西遊記》文化學刊編委會主編：《西遊記文化學刊》(1)（北京：東方出版社，1998年）。

陳弱水：〈追求完美的夢──儒家政治思想的烏托邦性格〉，見黃俊傑主編：《中國文化新論：思想篇一──理想與現實》（臺北：聯經出版事業公司，1982年）。

劉紀曜：〈公與私──忠的倫理內涵〉，見黃俊傑主編：《中國文化新論：思想篇二──天道與人道》（臺北：聯經出版事業公司，1982年）。

羅德榮：〈「英雄傳奇」的開山之作──《水滸傳》〉，見沈伯俊主編：《水滸研究論文集》（北京：中華書局，1994年）。

譚帆：〈「四大奇書」：明代小說經典之生成〉，見王瑷玲、胡曉眞主編：《經典轉化與明清敘事文學》（臺北：聯經出版事業股份有限公司，2009年）。

（法）克洛德·布雷蒙（Cl. Brémond）著，張寅德譯：〈敘述可能之邏輯〉，見張寅德編選：《敘述學研究》（北京：中國社會科學出版社，1989年）。

（法）茲維坦·托多羅夫（T. Todorov）著，黃曉敏譯：〈文學作品分析〉，見張寅德編選：《敘述學研究》（北京：中國社會科學出版社，1989年）。

（美）帕特里克 D. 韓南（Patrick D. Hanan）著，包振南譯：〈《金瓶梅》版本及素材來源研究〉，見包振南等編：《《金瓶梅》及其他》（長春：吉林文史出版社，1991年）。

（美）芮效衛（David Tod Roy）：〈湯顯祖創作《金瓶梅》考〉，見徐朔方編選，沈亨壽等譯：《《金瓶梅》西方論文集》（上海：上海古籍出版社，1987年）。

（美）浦安迪（Andrew H. Plaks）：〈《紅樓夢》與「奇書」文體〉，見'93中國古代小說國際研討會學術委員會編：《'93中國古代小說國際研討會論文集》（北京：開明出版社，1996年）。

（美）浦安迪（Andrew H. Plaks）：〈《金瓶梅》非「集體創作」〉，見中國《金瓶梅》學會編：《《金瓶梅》研究》（第二輯）（南京：江蘇古籍出版社，1991年）。

（英）克萊夫・貝爾（Clive Bell）：〈有意味的形式〉，見朱立元總主編、張德興編：《二十世紀西方美學經典文本》・《第一卷：世紀初的啼聲》（上海：復旦大學出版社，2000年）。

二、期刊論文

孔繁華：〈《金瓶梅》與宗教〉，《徐州師範大學學報》（哲學社會科學版），1999年3月，頁74-77。

王平：〈論《西遊記》的原旨與接受〉，《東岳論叢》，2003年9月，頁89-93。

王岳川：〈歷史與文本的張力結構〉，《人文雜誌》，1999年第4期，頁132-136。

王運濤：〈論世代累積型作品的傳播特徵及傳播模式〉，《鄭州輕工業學院學報》（社會科學版），2005年2 月，頁72-74。

王齊洲：〈「四大奇書」命名的文化意義〉，《湖北經濟學院學報》，2004年1月，頁116-120。

石昌渝：〈春秋筆法與《紅樓夢》的敘事方略〉，《紅樓夢學刊》，2004年第1期，頁142-158。

吳建民：〈政教功用文學觀的理論傳統〉，《忻州師範學院學報》，2003年2月，頁11-14。

吳達芸：〈天地不全——西遊記主題試探〉，《中外文學》，第10卷第11期，1982年4月，頁80-109。

宋培憲、岳春蓮：〈四大奇書是「集體創作」嗎？——與徐朔方、徐永斌先生商榷〉，《江淮論壇》，2003年第5期，頁149-152。

李小菊、毛德富：〈論明清章回小說的開頭模式及成因〉，《河南大學學報》（社會科學版），第43卷第6期，2003年11月，頁80-85。

李志宏：〈「演義」：明代四大奇書書寫性質探析〉，《中國學術年刊》，第32期秋季號，2010年9月，頁159-190。

李金松：〈金批《水滸傳》的批評方法研究〉，《漢學研究》，第20卷第2期，2002年12月，頁217-248。

李建武、李冬山：〈《金瓶梅》人性觀與明代中後期「克己復禮」思想無關嗎？〉，《江淮論壇》，2006年第6期，頁168-174。

李桂奎：〈「天時」觀念與明清小說的敘事機制〉，《魯東大學學報》（哲學社會科學版），2009年3月，頁77-83。

李舜華：〈「小說」與「演義」的分野——明中葉人的兩種小說觀〉，《江海學刊》，2004年第1期，頁191-196。

李蕊芹、許勇強：〈世代累積型創作說——一個重要的方法論〉，《寧夏大學學報》（人文社會科學版），2008年11月，頁89-92。

李豐楙：〈出身與修行：明代小說謫凡敘述模式的形成及其宗教意識——以《水滸傳》、《西遊記》爲主〉，《明道文藝》第334期，2004年1月，頁102-128。

李豐楙：〈出身與修行：明代小說謫凡敘述模式的形成及其宗教意識——以《水滸傳》、《西遊記》爲主〉，《國文學誌》，2003年12月，頁85-113。

李豐楙：〈暴力敘述與謫凡神話：中國敘事學的結構問題〉，《中國文哲研究通訊》，第17卷第3期，2007年9月，頁147-158。

李艷蕾：〈《三國演義》的天命空間敘事〉，《山東科技大學學報》（社會科學版），2005年3月，頁87-89。

杜貴晨：〈《水滸傳》「替天行道」論〉，《荷澤學院學報》，2008年11月，頁23-38。

沈伯俊：〈「世代累積型集體創作」說商兌〉，《內江師範學院學報》，2007年第22卷第5期，頁5-9。

周明初：〈中國古代文學中的世代累積型集體創作〉，《社會科學戰線》，2005年第2期，頁112-118。

周明初：〈世代累積型集體創作說釋疑——與紀德君教授商榷〉，《南京師範大學文學院學報》，2007年9月，頁138-145。

段啓明：〈試論《三國演義》歷史觀——關於「英雄史觀」和「正統觀念」的辨析〉，《西南師範大學學報》（人文社會科學版），1983年第1期，頁74-79。

洪哲雄、紀德君：〈明清小說家的「演義」觀與創作實踐〉，《文史哲》，1999年第1期，頁78-82。

紀德君：〈「通鑑」類史書，中國講史小說之前源〉，《社會科學》，2003年第8期，頁112-117。

紀德君：〈世代累積型集體創作說再思考〉，《南京師範大學文學院學報》，2008年6月，頁69-76。

紀德君：〈世代累積型集體創作說獻疑〉，《學術研究》，2005年第11期，頁135-140。

紀德君：〈明代「通鑑」類史書之普及與「按鑑」通俗演義之興起〉，《揚州大學學報》（人文社會科學版），2003年9月，頁62-66。

胡蓮玉：〈《西遊記》主題接受考論〉，《明清小說研究》，2004年第3期，頁32-45。

孫殿玲：〈《三國演義》中諸葛亮命運悲劇根源初探〉，《遼寧教育學院學報》，2000年11月，頁96-98。

徐永斌：〈論中國古代累積型集體創作長篇小說之基本特徵〉，《江淮論壇》，2003年第2期，頁118-121。

徐安懷：〈論演義與小說之關係〉，《四川師範大學學報》（社會科學版），1991年第6期，頁46-52。

張國光：〈《三國演義》——文學與歷史的辯證統一〉，《湖北大學學報》（哲學社會科學版），1997年第2期，頁16-21。

張祥龍：〈中國古代思想中的天時觀〉，《社會科學戰線》，1999年第2期，頁61-72。

符麗平：〈天命觀與《三國演義》孔明形象塑造〉，《成都大學學報》，2006年第6期，頁53-56。

許麗芳：〈命定與超越：《西遊記》與《紅樓夢》中歷劫意識之異同〉，《漢學研究》，23卷第2期，2005年12月，頁231-256。

郭英德：〈懸置名著——明清小說史思辨錄〉，《文學評論》，1999年第2期，頁61-66。

陳才訓、時世平：〈古典小說預敘發達的文化解讀〉，《西華師範大學學報》（哲學社會科學版），2006年第2期，頁26-30。

陳文新：〈論《三國演義》文體之集大成〉，《武漢大學學報》（哲社版），1995年第5期，頁85-92。

陳桂聲：〈《水滸傳》「梁山泊聚義」性質論析——兼與歐陽健、蕭相愷二先生商榷〉，《河北師範大學學報》（哲學社會科學版），1994年1期，頁27-32。

陳維昭：〈論歷史演義的文體定位〉，《明清小說研究》，2000年第1期，頁33-43。

舒媛媛：〈「生」與「死」的背反——《水滸傳》道德觀〉，《明清小說研究》，2007年第1期，頁85-94。

黃卉：〈明代通俗小說的編創觀與其傳播〉，《濟南大學學報》（社會科學版），第20卷第2期，2010年第2期，頁11-16。

黃霖、楊緒容：〈「演義」辨略〉，《文學評論》，2003年6期，頁98-103。

黃霖：〈大衆國學、世代累作及其他——讀《在書場與案頭之間》有感〉，《學術研究》，2009年第 5期，頁133-137。

楊緒容：〈「演義」的生成〉，《文學評論》，2010年第6期，頁98-103。

楊艷秋：〈明代中後期私修當代史的繁興及其原因〉，《南都學壇》，2003年5月，頁27-30。

寧宗一：〈通俗小說家的智慧——借鑒一隅之五〉，《章回小說》，2001年第12期，頁104-107。

劉孝嚴：〈《金瓶梅》天命鬼魂、輪回報應與儒佛道思想〉，《東北師大學報》（哲學社會科學版），2000年第6期，頁69-74。

劉勇強：〈演義述考〉，《明清小說研究》，1993年第1期，頁47-51。

劉曉軍：〈「四大奇書」與章回小說文體的形成〉，《學術研究》，2010年第10期，頁134-142。

劉曉軍：〈「章回體」稱謂考〉，《上海大學學報》（社會科學版），2006年7月，頁118-122。

劉曉軍：〈二十世紀中國古代章回小說文體研究的回顧與反思〉，《中國文學研究》，2007年第4期，頁121-124+41。

蔣玉斌：〈世代累積型集體創作說檢討〉，《學術研究》，2006年第9期，頁122-125。

魯小俊：〈天道的循環與人道的悲劇——《三國演義》的講史基調〉，《天府新論》，2007年第4期，頁128-130。

戴承元：〈試論《三國演義》在「天命」和「人事」之間的兩難抉擇〉，《西安電子科技大學學報》（社會科學版），2000年9月，頁88-91。

韓曉、魏明：〈論「天人合一」對《三國演義》敘事系統的影響〉，《湖北大學學報》（哲學社會科學版），2004年5月，頁328-331。

魏子雲：〈因果、宿命、改寫問題——「金瓶梅」原貌探索〉，《中外文學》，第13卷第9期，1985年2月，頁58-76。

羅書華：〈章回小說之「章回」考察〉，《齊魯學刊》，1999年第6期，頁64-68。

羅書華：〈講史的文體形式成及其在章回小說生成史上的重要作用〉，《南京師大學報》（社會科學版），2008年1月，頁127-134。

譚帆：〈「奇書」與「才子書」── 對明末清初小說史上一種文化現象的解讀〉，《華東師範大學學報》（哲學社會科學版），2003年11月，頁95-102。

譚帆：〈「演義」考〉，《文學遺產》，2002年第2期，頁102-112。

譚帆：〈論明代小說學的基礎觀念〉，《中山大學學報》（社會科學版），2008年第2期，頁71-81。

（美）韓南（Patrick Hanan）著，曹虹、王青平譯：〈中國短篇小說── 年代、作者、作法的研究（一）〉，《明清小說研究》，1986年第1期，頁357-391。

（荷）杜威・佛克馬著，范智紅譯：〈中國與歐洲傳統中的重寫方式〉，《文學評論》，1999年第6期，頁114-149。

三、學位論文

張金梅：〈「《春秋》筆法」與中國文論〉（成都：四川大學博士論文，2007年）。

劉靜怡：〈歷史演義：文體生發與虛實論爭〉（桃園：中央大學中國文學系博士論文，2009年）。

本書所收錄之明代四大奇書研究相關篇章，係由國家科學委員會專題研究計畫和國立臺灣師範大學新進人員研究計畫補助下所完成的部分研究成果，謹此致謝。各項專題研究計畫項目說明如下：

李志宏（2005.08/01-2006.07/31）：〈在文學話語與歷史話語之間——論明代四大奇書敘事的歷史性及其轉義形式〉。國科會補助專題研究計畫。計畫編號：NSC94-2411-H-152-009。

李志宏（2006.08/01-2007.07/31）：〈在天道循環與人事際遇之間——論明代四大奇書敘事的後設命題及其話語構成〉。國科會補助專題研究計畫。計畫編號：NSC95-2411-H-152-009。

李志宏（2009.01/01-2009.12/31）：〈在格致誠正與修齊治平之間——論明代四大奇書之政教寓言及其意指實踐〉。國立臺灣師範大學新任教師專題研究計畫。申請編號：97091003。（97年12月15日97師大研發字第097000229號）

李志宏（2010.08/01-2012.07/31）：〈「演義」敘事學——以明代四大奇書爲考察中心〉。國科會補助專題研究計畫。計畫編號：NSC99-2410-H-003-103-MY2。（兩年期）

由上述各項研究計畫產出的研究成果，今以「『演義』──明代四大奇書敘事研究」爲題名進行統整彙編，並以專書形式出版。在此之前，各篇章之初期成果皆曾以會議論文、專書論文或期刊論文公開發表。收錄於本專書之時，爲因應思維體系的建構和行文論述的需要，許多篇章內容已分別做了局部文字的修改，或者針對章節安排重新劃分調整，以求論點明晰。然而經過一番裁校之後，本書所主張的重要論點，在因應論述完整性要求的前提下，相關論述或引文仍不可避免地重複出現於不同章節內容之中，尚祈讀者明鑒。茲將相關研究成果一併臚列說明如下，以明資料來源：

一、上編：「演義」總論

李志宏（2009.11/28-29）。明代四大奇書敘事的歷史性及其書寫性質。2009敘事文學與文化國際學術研討會。國立臺灣師範大學國文學系。

李志宏（2010）。「演義」：明代四大奇書書寫性質探析。中國學術年刊。32（秋）。

李志宏（2010.09/24-25）。轉義：明代四大奇書寓言建構探析。文學典範的建立與轉化國際學術研討會。國立臺灣大學中國文學系。

李志宏（2009.10/30-31）。知命：明代四大奇書敘事思想命題探析。第四屆中國小說與戲曲國際研討會。國立嘉義大學中國文學系。

李志宏（編印中）。知命：明代四大奇書思想命題探析。第四屆中國小說與戲曲國際研討會論文集。臺北：里仁書局。

二、下編：「明代四大奇書」文本分析

李志宏（2010.11/19-21）。經世：《三國志通俗演義》寓言建構探析。中國古代敘事文學國際學術研討會。中國大陸中央民族大學文學與新聞傳播學院主辦。

李志宏（2006.08）。在天道循環與人事際遇之間——論《水滸傳》敘事之後設命題及其話語構成。羅貫中與《三國演義》、《水滸傳》國際學術研討會。中國大陸山東東平人民政府主辦。

李志宏（2007）。在天道循環與人事際遇之間——論《水滸傳》敘事之後設命題及其話語構成。國立東華大學東華人文學報，10。頁29-53。

李志宏（2007.11/03-04）。失去樂園之後——孫悟空終成「鬪戰勝佛」的寓言闡釋。第三屆中國小說與戲曲國際研討會。國立嘉義大學中國文學系主辦。

李志宏（2008.10）。失去樂園之後——孫悟空終成「鬪戰勝佛」的寓言闡釋。第三屆中國小說與戲曲國際研討會論文集。臺北：里仁書局。頁239-290。

李志宏（2008.07/10-14）。《金瓶梅詞話》的情色書寫及其寓言建構。第六屆（臨清）國際《金瓶梅》學術討論會。中國大陸山東省臨清市政協主辦。

李志宏（2008.06）。《金瓶梅詞話》的情色書寫及其寓言建

構。黃霖、杜明德編：《金瓶梅》與臨清——第六屆國際《金瓶梅》學術討論會論文集。濟南：齊魯書社。頁201-224。

本書得以將以往相關研究成果彙編成稿，首先必須感謝上述各項專題研究計畫、期刊論文之審查委員以及各研討會之討論人，不吝惠賜剴切意見，因而得以作爲我在撰寫論文和修正論文時之重要參考依據，教益良多，銘感於心。同時，本書最後能夠定稿付梓，也要特別感謝匿名審查委員惠賜高見。行文論述如有未盡完備之處，文責皆在本人。此外，在論文撰寫期間，感謝各項專題研究計畫之研究助理協助蒐集、整理相關研究文獻資料和處理庶務，使得各項研究得以順利執行並撰作論文，謹表謝忱。

一如以往所知所感，踏上學術研究之路，終是機緣所致。除了仍然要向碩士、博士階段指導教授胡萬川先生的啓迪和指導表達誠摯謝意之外，執教至今又承蒙諸多師長、同仁和學友們的指教和勉勵，更是督促我持續砥礪從事學術研究的重要助力。因爲來自不同學術場域的對話和交流，得以不斷引領我踏入深遠閎闊的學術廟堂之中進行探索，進而在相互討論和彼此發明中享受問、學、思、辯之趣，實乃人生樂事之一。本書部分研究成果的產出，實際上得益於此。當然，在個人面對學術研究和論文撰作的歷程中，妻子李宜玫教授（現任教於國立臺北教育大學心理與諮商學系）和兩個寶貝女兒雅蓁、宛樺的關懷和體貼，無疑是我能在嚴肅的學術研究之路上，持續努力不懈向前邁進的重要精神動力。

最後必須一提的是，本書得以順利出版，也要特別感謝大安出版社暨陳鳳蛟小姐在編輯事務方面的協助和付出，以及研究助理談啓志同學克盡職責地幫忙查詢資料和負責校對。

本書的出版，僅僅代表的是學術研究之路上的一個標記，而不是終結。在此研究成果的基礎上，期望往後的研究視野能夠繼續不斷地往前延伸和擴大，並在沿途中留下更多足資誌念的標記。

國家圖書館出版品預行編目資料

「演義」——明代四大奇書敘事研究／李志宏著. -- 初版. -- 臺北市：五南，2019.02
面； 公分
ISBN 978-957-763-253-1（平裝）

1.明代文學　2.敘事文學　3.文學評論

820.9706　　107023813

1XCK

「演義」——明代四大奇書敘事研究

作　　者 — 李志宏（82.9）
發 行 人 — 楊榮川
總 經 理 — 楊士清
副總編輯 — 黃文瓊
責任編輯 — 吳雨潔
封面設計 — 姚孝慈
出 版 者 — 五南圖書出版股份有限公司
地　　址：106台北市大安區和平東路二段339號4樓
電　　話：(02)2705-5066　　傳　　真：(02)2706-6100
網　　址：http://www.wunan.com.tw
電子郵件：wunan@wunan.com.tw
劃撥帳號：01068953
戶　　名：五南圖書出版股份有限公司

法律顧問　林勝安律師事務所　林勝安律師

出版日期　2019年2月初版一刷
定　　價　新臺幣680元

凝煉知識品味閱讀